Russian Classics in Russian and English

Leo Tolstoy

Anna Karenina

Volume 2

Find us online:

Russian Novels in Russian and English page
on Facebook

Alexander Vassiliev's page
on Amazon.com and Amazon.co.uk

Russian Classics in Russian and English

ANNA KARENINA (volume 1)
by Leo Tolstoy — ISBN: 978-0956774934

ANNA KARENINA (volume 2)
by Leo Tolstoy — ISBN: 978-0956774941

THE KREUTZER SONATA & THE DEATH OF IVAN ILYICH
by Leo Tolstoy — ISBN: 978-0956401069

CRIME AND PUNISHMENT
by Fyodor Dostoevsky — ISBN: 978-0956774927

NOTES FROM UNDERGROUND
by Fyodor Dostoevsky — ISBN: 978-0956401083

DEAD SOULS
by Nikolai Gogol — ISBN: 978-0956774910

THE LADY WITH THE DOG & OTHER STORIES
by Anton Chekhov — ISBN: 978-0956401076

PLAYS
by Anton Chekhov — ISBN: 978-0956401038

A HERO OF OUR TIME
by Mikhail Lermontov — ISBN: 978-0956401045

THE TORRENTS OF SPRING
by Ivan Turgenev — ISBN: 978-0956401090

FIRST LOVE & ASYA
by Ivan Turgenev — ISBN: 978-0956774903

Contents

Часть пятая

I

Княгиня Щербацкая находила, что сделать свадьбу до поста, до которого оставалось пять недель, было невозможно, так как половина приданого не могла поспеть к этому времени; но она не могла не согласиться с Левиным, что после поста было бы уже и слишком поздно, так как старая родная тетка князя Щербацкого была очень больна и могла скоро умереть, и тогда траур задержал бы еще свадьбу. И потому, решив разделить приданое на две части, большое и малое приданое, княгиня согласилась сделать свадьбу до поста. Она решила, что малую часть приданого она приготовит всю теперь, большое же вышлет после, и очень сердилась на Левина за то, что он никак не мог серьезно ответить ей, согласен ли он на это, или нет. Это соображение было тем более удобно, что молодые ехали тотчас после свадьбы в деревню, где вещи большого приданого не будут нужны.

Левин продолжал находиться все в том же состоянии сумасшествия, в котором ему казалось, что он и его счастье составляют главную и единственную цель всего существующего и что думать и заботиться теперь ему ни о чем не нужно, что все делается и сделается для него другими. Он даже не имел никаких планов и целей для будущей жизни; он предоставлял решение этого другим, зная, что все будет прекрасно. Брат его Сергей Иванович, Степан Аркадьич и княгиня руководили его в том, что ему следовало делать. Он только был совершенно согласен на все, что ему предлагали. Брат занял для него денег, княгиня посоветовала уехать из Москвы после свадьбы. Степан Аркадьич посоветовал ехать за границу. Он на все был согласен. "Делайте, что хотите, если вам это весело. Я счастлив, и счастье мое не может быть ни больше, ни меньше, что бы вы ни делали", — думал он. Когда он передал Кити совет Степана Аркадьича ехать за границу, он очень удивился, что она не соглашалась на это, а имела насчет их будущей жизни какие-то свои определенные требования. Она знала, что у Левина есть дело в деревне, которое он любит. Она, как он видел,

Part Five

I

Princess Shcherbatskaya considered that it was impossible for the wedding to take place before Lent, just five weeks off, since half of the trousseau could not possibly be ready by that time; but she could not but agree with Levin that to fix it for after Lent would be putting it off too late, as an old aunt of Prince Shcherbatsky's was very ill and might die soon, and then the mourning would delay the wedding still longer. And therefore, deciding to divide the trousseau into two parts, a larger and smaller trousseau, the Princess consented to have the wedding before Lent. She decided that she would get the smaller part of the trousseau all ready now and send the larger part later, and she was much vexed with Levin because he was incapable of telling her seriously whether he agreed to it or not. This arrangement was the more suitable as, immediately after the wedding the newlyweds were to go to the country, where the things from the larger trousseau would not be needed.

Levin continued in the same delirious condition in which it seemed to him that he and his happiness constituted the chief and sole aim of all that existed, and that he need not now think or care about anything, that everything was being done and would be done for him by others. He even had no plans or aims for his future life; he left its arrangement to others, knowing that everything would be splendid. His brother Sergey Ivanovich, Stepan Arkadyich, and the Princess guided him in what he had to do. All he did was to agree entirely with everything suggested to him. His brother borrowed money for him, the Princess advised him to leave Moscow after the wedding. Stepan Arkadyich advised him to go abroad. He agreed to everything. "Do as you like, if it amuses you. I'm happy, and my happiness can be no greater and no less for anything you do," he thought. When he told Kitty of Stepan Arkadyich's advice that they should go abroad, he was much surprised that she did not agree to this, and had some definite requirements of her own in regard to their future life. She knew Levin had work he loved in the country. She not only did not, as he saw, understand

не только не понимала этого дела, но и не хотела понимать. Это не мешало ей, однако, считать это дело очень важным. И потому она знала, что их дом будет в деревне, и желала ехать не за границу, где она не будет жить, а туда, где будет их дом. Это определенно выраженное намерение удивило Левина. Но так как ему было все равно, он тотчас же попросил Степана Аркадьича, как будто это была его обязанность, ехать в деревню и устроить там все, что он знает, с тем вкусом, которого у него так много.

— Однако послушай, — сказал раз Степан Аркадьич Левину, возвратившись из деревни, где он все устроил для приезда молодых, — есть у тебя свидетельство о том, что ты был на духу?

— Нет. А что?

— Без этого нельзя венчать.

— Ай, ай, ай! — вскрикнул Левин. — Я ведь, кажется, уже лет девять не говел. Я и не подумал.

— Хорош! — смеясь, сказал Степан Аркадьич, — а меня же называешь нигилистом! Однако ведь это нельзя. Тебе надо говеть.

— Когда же? Четыре дня осталось.

Степан Аркадьич устроил и это. И Левин стал говеть. Для Левина, как для человека неверующего и вместе с тем уважающего верования других людей, присутствие и участие во всяких церковных обрядах было очень тяжело. Теперь, в том чувствительном ко всему, размягченном состоянии духа, в котором он находился, эта необходимость притворяться была Левину не только тяжела, но показалась совершенно невозможна. Теперь, в состоянии своей славы, своего цветения, он должен будет или лгать, или кощунствовать. Он чувствовал себя не в состоянии сделать ни того, ни другого. Но сколько он ни допрашивал Степана Аркадьича, нельзя ли получить свидетельство не говея, Степан Аркадьич объявил, что это невозможно.

— Да и что тебе стóит — два дня? И он премилый, умный старичок. Он тебе выдернет этот зуб так, что ты и не заметишь.

Стоя у первой обедни, Левин попытался освежить в себе юношеские воспоминания того сильного религиозного чувства, которое он пережил от шестнадцати до семнадцати лет. Но тотчас же убедился, что это для него совершенно невозможно. Он попытался смотреть на все это, как на не имеющий значения пустой обычай, подобный обычаю делания визитов; но почувствовал, что и этого он никак не мог сделать. Левин находился в отношении к религии, как и большинство его современников, в самом неопределенном положении. Верить он не мог, а вместе с тем он не был твердо убежден в том, чтобы все это было несправедливо. И поэтому, не будучи в состоянии верить в значительность того, что он делал, ни смотреть на это равнодушно, как на пустую формальность, во все время этого говенья он испытывал чувство неловкости и стыда, делая то, чего сам не понимает, и потому, как ему говорил внутренний голос, что-то лживое и нехорошее.

this work, but did not even care to understand it. But that did not prevent her from regarding this work as a matter of great importance. And therefore she knew that their home would be in the country and wanted to go, not abroad where she was not going to live, but where their home would be. This definitely expressed intention astonished Levin. But since he did not care either way, he immediately asked Stepan Arkadyich, as if it were his duty, to go down to the country and to arrange everything there to the best of his ability with the taste of which he had so much.

"But I say," Stepan Arkadyich said to Levin one day after he had come back from the country, where he had got everything ready for the newlyweds' arrival, "have you a certificate of having been at confession?"

"No. Why?"

"You can't be married without it."

"Ay, ay, ay!" cried Levin. "I believe it's about nine years since I last prepared for holy communion. I never thought of it."

"You're a pretty fellow!" said Stepan Arkadyich laughing, "and you call me a nihilist! But this won't do, you know. You must prepare for holy communion."

"But when? There are four days left now."

Stepan Arkadyich arranged this too. And Levin began to prepare for holy communion. To Levin, as to an unbeliever who however respected the beliefs of others, it was very hard to be present at and take part in any church ceremonies. At this moment, in his present softened state of feeling, sensitive to everything, this necessity to pretend was not merely painful to Levin, but seemed utterly impossible. Now, in the state of his glory, his blossom, he would have either to lie or to blaspheme. He felt incapable of doing either. But though he repeatedly questioned Stepan Arkadyich whether it was possible to obtain the certificate without communion, Stepan Arkadyich declared that it was impossible.

"Besides, what is it to you—two days? And he's an awfully nice, clever old fellow. He'll pull this tooth out for you so gently, you won't notice it."

Standing at the first mass, Levin tried to revive in himself his youthful recollections of the intense religious feeling he had experienced between the ages of sixteen and seventeen. But he was at once convinced that it was utterly impossible to him. He tried to look at it all as an empty custom, having no sort of meaning, like the custom of paying visits; but he felt that he could not do that either. Levin found himself, like the majority of his contemporaries, in the vaguest position in regard to religion. Believe he could not, and at the same time he had no firm conviction that it was all wrong. And consequently, not being able to believe in the significance of what he was doing nor to regard it with indifference as an empty formality, during the whole period of preparing for holy communion he experienced a feeling of discomfort and shame at doing what he did not himself understand, and what, as an inner voice told him, was therefore false and wrong.

Во время службы он то слушал молитвы, стараясь приписывать им значение такое, которое бы не расходилось с его взглядами, то, чувствуя, что он не может понимать и должен осуждать их, старался не слушать их, а занимался своими мыслями, наблюдениями и воспоминаниями, которые с чрезвычайной живостью во время этого праздного стояния в церкви бродили в его голове.

Он отстоял обедню, всенощную и вечерние правила и на другой день, встав раньше обыкновенного, не пив чаю, пришел в восемь часов утра в церковь для слушания утренних правил и исповеди.

В церкви никого не было, кроме нищего солдата, двух старушек и церковнослужителей.

Молодой дьякон, с двумя резко обозначавшимися половинками длинной спины под тонким подрясником, встретил его и тотчас же, подойдя к столику у стены, стал читать правила. По мере чтения, в особенности при частом и быстром повторении тех же слов: "Господи помилуй", которые звучали как "помилос, помилос", Левин чувствовал, что мысль его заперта и запечатана и что трогать и шевелить ее теперь не следует, а то выйдет путаница, и потому он, стоя позади дьякона, продолжал, не слушая и не вникая, думать о своем. "Удивительно много выражения в ее руке", — думал он, вспоминая, как вчера они сидели у углового стола. Говорить им не о чем было, как всегда почти в это время, и она, положив на стол руку, раскрывала и закрывала ее и сама засмеялась, глядя на ее движение. Он вспомнил, как он поцеловал эту руку и потом рассматривал сходящиеся черты на розовой ладони. "Опять помилос", — подумал Левин, крестясь, кланяясь и глядя на гибкое движение спины кланяющегося дьякона. "Она взяла потом мою руку и рассматривала линии: — У тебя славная рука, — сказала она". И он посмотрел на свою руку и на короткую руку дьякона. "Да, теперь скоро кончится, — думал он. — Нет, кажется, опять сначала, — подумал он, прислушиваясь к молитвам. — Нет, кончается; вот уже он кланяется в землю. Это всегда пред концом".

Незаметно получив рукою в плисовом обшлаге трехрублевую бумажку, дьякон сказал, что он запишет, и, бойко звуча новыми сапогами по плитам пустой церкви, прошел в алтарь. Через минуту он выглянул оттуда и поманил Левина. Запертая до сих пор мысль зашевелилась в голове Левина, но он поспешил отогнать ее. "Как-нибудь устроится", — подумал он и пошел к амвону. Он вошел на ступеньки и, повернув направо, увидал священника. Старичок священник, с редкою полуседою бородой, с усталыми добрыми глазами, стоял у аналоя и перелистывал требник. Слегка поклонившись Левину, он тотчас же начал читать привычным голосом молитвы. Окончив их, он поклонился в землю и обратился лицом к Левину.

— Здесь Христос невидимо предстоит, принимая вашу исповедь, — сказал он, указывая на распятие. — Веруете ли вы во все то, чему учит

During the service he would first listen to the prayers, trying to attach some meaning to them not discordant with his views; then feeling that he could not understand and must condemn them, he tried not to listen to them, but to attend to his thoughts, observations, and memories which roamed through his head with extreme vividness during this idle standing in church.

He had stood through the mass, the vigil and the night service, and the next day he got up earlier than usual, and without having tea came at eight o'clock in the morning to the church for the morning service and the confession.

There was no one in the church but a beggar soldier, two old women, and the church officials.

A young deacon, whose long back showed in two distinct halves through his thin undercassock, met him, and at once, going to a little table at the wall, began to read the exhortation. During the reading, especially at the frequent and rapid repetition of the same words, "Lord, have mercy," which sounded like "Loramecy, Loramecy," Levin felt that his thought was locked and sealed up, and that it must not be touched or stirred now or confusion would be the result, and therefore, standing behind the deacon, he went on thinking of his own affairs, neither listening nor trying to understand. "It's a marvel how much expression there is in her hand," he thought, remembering how they had been sitting the day before at a corner table. They had nothing to talk about, as almost always at this time, and laying her hand on the table, she kept opening and closing it, and laughed herself as she watched its movement. He remembered how he had kissed that hand and then had examined the converging lines on the pink palm. "Again Loramecy," thought Levin, crossing himself, bowing, and looking at the supple movement of the bowing deacon's back. "She took my hand then and examined the lines. 'You've got a nice hand,' she said." And he looked at his own hand and the short hand of the deacon. "Yes, now it will soon be over," he thought. "No, it seems to be beginning again," he thought, listening to the prayers. "No, it's ending; there he is bowing down to the ground. That's always before the end."

The deacon's hand in a plush cuff accepted a three-ruble note imperceptibly, and the deacon said he would put it down in the register, and his new boots stamping jauntily over the flagstones of the empty church, he went to the altar. A moment later he peeped out from there and beckoned to Levin. Thought, till then locked up, began to stir in Levin's head, but he made haste to drive it away. "It will come right somehow," he thought and went to the ambo. He went up the steps, and turning to the right, saw the priest. The priest, a little old man with a scanty grizzled beard and weary, kindly eyes, was standing at the lectern, turning over the pages of a missal. With a slight bow to Levin he began immediately reading prayers in a habitual voice. When he had finished them he bowed down to the ground and turned his face to Levin.

"Christ is present here unseen, receiving your confession," he said, pointing to the crucifix. "Do you believe everything which is taught to us by

нас святая апостольская церковь? — продолжал священник, отворачивая глаза от лица Левина и складывая руки под епитрахиль.

— Я сомневался, я сомневаюсь во всем, — проговорил Левин неприятным для себя голосом и замолчал.

Священник подождал несколько секунд, не скажет ли он еще чего, и, закрыв глаза, быстрым владимирским на "о" говором сказал:

— Сомнения свойственны слабости человеческой, но мы должны молиться, чтобы милосердый Господь укрепил нас. Какие особенные грехи имеете? — прибавил он без малейшего промежутка, как бы стараясь не терять времени.

— Мой главный грех есть сомнение. Я во всем сомневаюсь и большею частью нахожусь в сомнении.

— Сомнение свойственно слабости человеческой, — повторил те же слова священник. — В чем же преимущественно вы сомневаетесь?

— Я во всем сомневаюсь. Я сомневаюсь иногда даже в существовании Бога, — невольно сказал Левин и ужаснулся неприличию того, что он говорил. Но на священника слова Левина не произвели, как казалось, впечатления.

— Какие же могут быть сомнения в существовании Бога? — с чуть заметною улыбкой поспешно сказал он.

Левин молчал.

— Какое же вы можете иметь сомнение о Творце, когда вы воззрите на творения его? — продолжал священник быстрым, привычным говором. — Кто же украсил светилами свод небесный? Кто облек землю в красоту ее? Как же без Творца? — сказал он, вопросительно взглянув на Левина.

Левин чувствовал, что неприлично было бы вступать в философские прения со священником, и потому сказал в ответ только то, что прямо относилось к вопросу.

— Я не знаю, — сказал он.

— Не знаете? То как же вы сомневаетесь в том, что Бог сотворил все? — с веселым недоумением сказал священник.

— Я не понимаю ничего, — сказал Левин, краснея и чувствуя, что его слова глупы и что они не могут не быть глупы в таком положении.

— Молитесь Богу и просите его. Даже святые отцы имели сомнения и просили Бога об утверждении своей веры. Дьявол имеет большую силу, и мы не должны поддаваться ему. Молитесь Богу, просите его. Молитесь Богу, — повторил он поспешно.

Священник помолчал несколько времени, как бы задумавшись.

— Вы, как я слышал, собираетесь вступить в брак с дочерью моего прихожанина и сына духовного, князя Щербацкого? — прибавил он с улыбкой. — Прекрасная девица!

— Да, — краснея за священника, отвечал Левин. "К чему ему нужно спрашивать об этом на исповеди?" — подумал он.

И, как бы отвечая на его мысль, священник сказал ему:

the holy apostolic church?" the priest went on, turning his eyes away from Levin's face and folding his hands under his stole.

"I have doubted, I doubt everything," said Levin in a voice that jarred on himself, and fell silent.

The priest waited a few seconds to see if he would say more, and closing his eyes, said with a quick Vladimirsky accent with a stress on the os:

"Doubts are natural to the human weakness, but we must pray that God in His mercy will strengthen us. What are your special sins?" he added, without the slightest interval, as if trying not to waste time.

"My chief sin is doubt. I have doubts of everything, and for the most part I am in doubt."

"Doubt is natural to the human weakness," the priest repeated the same words. "What do you doubt about principally?"

"I doubt of everything. I sometimes even have doubts of the existence of God," Levin said involuntarily, and was horrified at the impropriety of what he was saying. But Levin's words did not, it seemed, make any impression on the priest.

"What doubts can there be of the existence of God?" he said hurriedly, with a just perceptible smile.

Levin was silent.

"What doubt can you have of the Creator when you behold His creations?" the priest went on in the rapid, habitual talk. "Who has decked the heavenly firmament with lights? Who has clothed the earth in its beauty? How can it be without the Creator?" he said, looking inquiringly at Levin.

Levin felt that it would be improper to enter into a philosophical discussion with the priest, and so he said in reply only what had a direct bearing on the question.

"I don't know," he said.

"You don't know? Then how can you doubt that God created everything?" the priest said with cheerful perplexity.

"I don't understand anything," said Levin, blushing, and feeling that his words were stupid, and that they could not be anything but stupid in such a situation.

"Pray to God and beseech Him. Even the holy fathers had doubts, and prayed to God to strengthen their faith. The devil has great power, and we must not yield to him. Pray to God, beseech Him. Pray to God," he repeated hurriedly.

The priest paused for some time, as if meditating.

"You're about, I hear, to marry the daughter of my parishioner and spiritual son, Prince Shcherbatsky?" he added with a smile. "An excellent maiden!"

"Yes," answered Levin, blushing for the priest. "Why does he need to ask about this at confession?" he thought.

And, as if answering his thought, the priest said to him:

— Вы собираетесь вступить в брак, и Бог, может быть, наградит вас потомством, не так ли? Что же, какое воспитание вы можете дать вашим малюткам, если не победите в себе искушение дьявола, влекущего вас к неверию? — сказал он с кроткою укоризной. — Если вы любите свое чадо, то вы, как добрый отец, не одного богатства, роскоши, почести будете желать своему детищу; вы будете желать его спасения, его духовного просвещения светом истины. Не так ли? Что же вы ответите ему, когда невинный малютка спросит у вас: "Папаша! кто сотворил все, что прельщает меня в этом мире, — землю, воды, солнце, цветы, травы?" Неужели вы скажете ему: "Я не знаю"? Вы не можете не знать, когда Господь Бог по великой милости своей открыл вам это. Или дитя ваше спросит вас: "Что ждет меня в загробной жизни?" Что вы скажете ему, когда вы ничего не знаете? Как же вы будете отвечать ему? Предоставите его прелести мира и дьявола? Это нехорошо! — сказал он и остановился, склонив голову набок и глядя на Левина добрыми, кроткими глазами.

Левин ничего не отвечал теперь — не потому, что он не хотел вступать в спор со священником, но потому, что никто ему не задавал таких вопросов; а когда малютки его будут задавать эти вопросы, еще будет время подумать, что отвечать.

— Вы вступаете в пору жизни, — продолжал священник, — когда надо избрать путь и держаться его. Молитесь Богу, чтоб он по своей благости помог вам и помиловал, — заключил он. — "Господь и Бог наш Иисус Христос, благодатию и щедротами своего человеколюбия, да простит ти чадо..." — И, окончив разрешительную молитву, священник благословил и отпустил его.

Вернувшись в этот день домой, Левин испытывал радостное чувство того, что неловкое положение кончилось, и кончилось так, что ему не пришлось лгать. Кроме того, у него осталось неясное воспоминание о том, что то, что говорил этот добрый и милый старичок, было совсем не так глупо, как ему показалось сначала, и что тут что-то есть такое, что нужно уяснить.

"Разумеется, не теперь, — думал Левин, — но когда-нибудь после". Левин, больше чем прежде, чувствовал теперь, что в душе у него что-то неясно и нечисто и что в отношении к религии он находится в том же самом положении, которое он так ясно видел и не любил в других и за которое он упрекал приятеля своего Свияжского.

Проводя этот вечер с невестой у Долли, Левин был особенно весел и, объясняя Степану Аркадьичу то возбужденное состояние, в котором он находился, сказал, что ему весело, как собаке, которую учили скакать через обруч и которая, поняв наконец и совершив то, что от нее требуется, взвизгивает и, махая хвостом, прыгает от восторга на столы и окна.

"You are about to enter into matrimony, and God may bless you with off-spring, is it not so? Well, what sort of upbringing can you give your babies if you do not overcome the temptation of the devil, enticing you to infidelity?" he said with gentle reproach. "If you love your child, then, as a good father, you will not desire only wealth, luxury, honor for your offspring; you will desire his salvation, his spiritual enlightenment with the light of truth. Is it not so? What answer will you make him when the innocent baby asks you: 'Papa! who created all that enchants me in this world—the earth, the waters, the sun, the flowers, the grass?' Will you really say to him: 'I don't know'? You cannot but know, since the Lord God in His infinite mercy has revealed it to you. Or your child will ask you: 'What awaits me in the life beyond the tomb?' What will you say to him when you know nothing? How will you answer him? Will you leave him to the allurements of the world and the devil? That's not good!" he said and stopped, putting his head on one side and looking at Levin with his kindly, gentle eyes.

Levin made no answer this time, not because he did not want to enter into a discussion with the priest, but because no one had ever asked him such questions; and when his babies did ask him those questions, it would be time enough to think what to answer.

"You are entering upon a time of life," the priest went on, "when you must choose your path and keep to it. Pray to God that He may in His mercy aid you and have mercy on you," he concluded. "Our Lord and God, Jesus Christ, in the grace and benevolence of His love for mankind, forgives this child..." and, finishing the prayer of absolution, the priest blessed and dismissed him.

On returning home that day, Levin experienced a delightful feeling of relief at the awkward situation being over and having been got through without his having to lie. Apart from this, there remained a vague memory that what this kind, nice old fellow had said was not at all as stupid as he had fancied at first, and that there was something in it that must be cleared up.

"Of course, not now," thought Levin, "but some day later on." Levin felt more than ever now that there was something not clear and not clean in his soul, and that, in regard to religion, he was in the same position which he perceived so clearly and disliked in others, and for which he reproached his friend Sviyazhsky.

Levin spent that evening with his betrothed at Dolly's, and was in very high spirits; explaining to Stepan Arkadyich the state of excitement in which he found himself, he said that he was happy like a dog being trained to jump through a hoop, which, having at last understood and done what was required of it, yelps, wags its tail, and jumps up onto the tables and windowsills in its delight.

II

В день свадьбы Левин, по обычаю (на исполнении всех обычаев строго настаивали княгиня и Дарья Александровна), не видал своей невесты и обедал у себя в гостинице со случайно собравшимися к нему тремя холостяками: Сергей Иванович, Катавасов, товарищ по университету, теперь профессор естественных наук, которого, встретив на улице, Левин затащил к себе, и Чириков, шафер, московский мировой судья, товарищ Левина по медвежьей охоте. Обед был очень веселый. Сергей Иванович был в самом хорошем расположении духа и забавлялся оригинальностью Катавасова. Катавасов, чувствуя, что его оригинальность оценена и понимаема, щеголял ею. Чириков весело и добродушно поддерживал всякий разговор.

— Ведь вот, — говорил Катавасов, с привычкою, приобретенною на кафедре, растягивая свои слова, — какой был способный малый наш приятель Константин Дмитрич. Я говорю про отсутствующих, потому что его уже нет. И науку любил тогда, по выходе из университета, и интересы имел человеческие; теперь же одна половина его способностей направлена на то, чтоб обманывать себя, и другая — чтоб оправдывать этот обман.

— Более решительного врага женитьбы, как вы, я не видал, — сказал Сергей Иванович.

— Нет, я не враг. Я друг разделения труда. Люди, которые делать ничего не могут, должны делать людей, а остальные — содействовать их просвещению и счастию. Вот как я понимаю. Мешать два эти ремесла есть тьма охотников, я не из их числа.

— Как я буду счастлив, когда узнаю, что вы влюбитесь! — сказал Левин. — Пожалуйста, позовите меня на свадьбу.

— Я влюблен уже.

— Да, в каракатицу. Ты знаешь, — обратился Левин к брату, — Михаил Семеныч пишет сочинение о питании и...

— Ну, уж не путайте! Это все равно, о чем. Дело в том, что я точно люблю каракатицу.

— Но она не помешает вам любить жену.

— Она-то не помешает, да жена помешает.

— Отчего же?

— А вот увидите. Вы вот хозяйство любите, охоту, — ну посмотрите!

— А нынче Архип был, говорил, что лосей пропасть в Прудном и два медведя, — сказал Чириков.

— Ну, уж вы их без меня возьмете.

— Вот и правда, — сказал Сергей Иванович. — Да и вперед простись с медвежьею охотой, — жена не пустит!

Левин улыбнулся. Представление, что жена его не пустит, было ему так приятно, что он готов был навсегда отказаться от удовольствия видеть медведей.

II

On the day of the wedding, according to the custom (the Princess and Darya Alexandrovna insisted on strictly keeping all the customs), Levin did not see his betrothed, and dined at his hotel with three bachelors, casually brought together at his place: Sergey Ivanovich, Katavasov, his university friend, now a professor of natural science, whom Levin had met in the street and dragged to his place, and Chirikov, his best man, a Moscow justice of the peace, Levin's companion in his bear-hunts. The dinner was a very merry one. Sergey Ivanovich was in his happiest mood, and was much amused by Katavasov's originality. Katavasov, feeling that his originality was appreciated and understood, paraded it. Chirikov gave a cheerful and good-humored support to conversation of any sort.

"See, now," said Katavasov, drawling his words from a habit acquired at the lectern, "what a capable fellow was our friend Konstantin Dmitrich. I'm not speaking of present company, for he's absent. At the time he left the university he loved science and had human interests; now half of his abilities are devoted to deceiving himself, and the other to justifying this deceit."

"A more determined enemy of marriage than you I've never seen," said Sergey Ivanovich.

"No, I'm not an enemy. I'm a friend of the division of labor. People who can do nothing ought to make people while the rest work for their enlightenment and happiness. That's how I understand it. The muddling of these two trades is done by lots of enthusiasts; I'm not one of their number."

"How happy I shall be when I hear that you've fallen in love!" said Levin. "Please invite me to the wedding."

"I'm already in love."

"Yes, with the cuttlefish. You know," Levin turned to his brother, "Mikhail Semyonych is writing a work about the nutrition and..."

"Now, don't muddle it! It doesn't matter what about. The point is that I certainly do love the cuttlefish."

"But that's no hindrance to your loving your wife."

"That is no hindrance, but the wife is the hindrance."

"Why so?"

"You'll see. You love farming, hunting,—well, you'll see!"

"Arkhip came today; he said there were a lot of elks in Prudnoye, and two bears," said Chirikov.

"Well, you will get them without me."

"That's the truth," said Sergey Ivanovich. "And you may say good-bye to bear-hunting for the future—your wife won't allow it!"

Levin smiled. The idea of his wife not letting him go was so pleasant to him that he was ready to renounce the delights of seeing bears forever.

— А ведь все-таки жалко, что этих двух медведей без вас возьмут. А помните в Хапилове последний раз? Чудная была бы охота, — сказал Чириков.

Левин не хотел его разочаровывать в том, что где-нибудь может быть что-нибудь хорошее без нее, и потому ничего не сказал.

— Недаром установился этот обычай прощаться с холостою жизнью, — сказал Сергей Иванович. — Как ни будь счастлив, все-таки жаль свободы.

— А признайтесь, есть это чувство, как у гоголевского жениха, что в окошко хочется выпрыгнуть?

— Наверно есть, но не признается! — сказал Катавасов и громко захохотал.

— Что же, окошко открыто... Поедем сейчас в Тверь! Одна медведица, на берлогу можно идти. Право, поедем на пятичасовом! А тут как хотят, — сказал, улыбаясь, Чириков.

— Ну вот ей-богу, — улыбаясь, сказал Левин, — что не могу найти в своей душе этого чувства сожаления о своей свободе!

— Да у вас в душе такой хаос теперь, что ничего не найдете, — сказал Катавасов. — Погодите, как разберетесь немножко, то найдете!

— Нет, я бы чувствовал хотя немного, что, кроме своего чувства (он не хотел сказать при нем — любви)... и счастия, все-таки жаль потерять свободу... Напротив, я этой-то потере свободы и рад.

— Плохо! Безнадежный субъект! — сказал Катавасов. — Ну, выпьем за его исцеление или пожелаем ему только, чтоб хоть одна сотая его мечтаний сбылась. И это уж будет такое счастье, какого не бывало на земле!

Вскоре после обеда гости уехали, чтоб успеть переодеться к свадьбе.

Оставшись один и вспоминая разговоры этих холостяков, Левин еще раз спросил себя: есть ли у него в душе это чувство сожаления о своей свободе, о котором они говорили? Он улыбнулся при этом вопросе. "Свобода? Зачем свобода? Счастие только в том, чтобы любить и желать, думать ее желаниями, ее мыслями, то есть никакой свободы, — вот это счастье!"

"Но знаю ли я ее мысли, ее желания, ее чувства?" — вдруг шепнул ему какой-то голос. Улыбка исчезла с его лица, и он задумался. И вдруг на него нашло странное чувство. На него нашел страх и сомнение, сомнение во всем.

"Что, как она не любит меня? Что, как она выходит за меня только для того, чтобы выйти замуж? Что, если она сама не знает того, что делает? — спрашивал он себя. — Она может опомниться и, только выйдя замуж, поймет, что не любит и не могла любить меня". И странные, самые дурные мысли о ней стали приходить ему. Он ревновал ее к Вронскому, как год тому назад, как будто этот вечер, когда он видел ее с Вронским, был вчера. Он подозревал, что она не все сказала ему.

Он быстро вскочил. "Нет, это так нельзя! — сказал он себе с отчаянием. — Пойду к ней, спрошу, скажу последний раз: мы свободны, и

"Still, it's a pity they should get those two bears without you. Do you remember last time in Khapilovo? That would be a splendid hunt," said Chirikov.

Levin did not want to disillusion him of the notion that there could be anything good anywhere without it, and so said nothing.

"There's some sense in this custom of saying good-bye to bachelor life," said Sergey Ivanovich. "However happy you may be, you must regret your freedom."

"And confess, there is this feeling that you want to jump out of the window, like Gogol's suitor?"

"Of course there is, but he won't confess it!" Katavasov said and broke into loud laughter.

"Well, the window's open... Let's go to Tver right now! There's only a she-bear, one can go to the lair. Seriously, let's go by the five o'clock train! And here let them do what they like," said Chirikov, smiling.

"Well, now, on my honor," said Levin, smiling, "I can't find in my soul that feeling of regret for my freedom!"

"Well, there's such a chaos in your soul now that you can't find anything there," said Katavasov. "Wait a bit, when you set it to rights a little, you'll find it!"

"No; if so, I should have felt a little, apart from my feeling" (he did not want to say love before them) "and happiness, a certain regret at losing my freedom... On the contrary, I am glad at the very loss of my freedom."

"That's bad! It's a hopeless fellow!" said Katavasov. "Well, let's drink to his recovery, or wish that a hundredth part of his dreams may be realized. And that would be happiness such as never has been seen on earth!"

Soon after dinner the guests went away to have time to change for the wedding.

When he was left alone and recalled the conversation of these bachelors, Levin asked himself once more: had he in his soul that regret for his freedom of which they had spoken? He smiled at the question. "Freedom? What is freedom for? Happiness is only in loving and wishing, thinking her wishes, her thoughts, that is, no freedom at all—that's happiness!"

"But do I know her thoughts, her wishes, her feelings?" some voice suddenly whispered to him. The smile disappeared from his face, and he pondered. And suddenly a strange feeling came over him. There came over him a dread and doubt—doubt of everything.

"What if she does not love me? What if she's marrying me only to be married? What if she doesn't know herself what she's doing?" he asked himself. "She may come to her senses, and only after she is married realize that she does not and cannot love me." And strange, most evil thoughts of her began to come to him. He was jealous of Vronsky, as he had been a year ago, as if that evening when he had seen her with Vronsky had been yesterday. He suspected she had not told him everything.

He jumped up quickly. "No, this can't go on!" he said to himself in despair. "I'll go to her, I'll ask her, I'll say for the last time: we are free, and hadn't

не лучше ли остановиться? Все лучше, чем вечное несчастие, позор, неверность!" С отчаянием в сердце и со злобой на всех людей, на себя, на нее он вышел из гостиницы и поехал к ней.

Никто не ждал его. Он застал ее в задних комнатах. Она сидела на сундуке и о чем-то распоряжалась с девушкой, разбирая кучи разноцветных платьев, разложенных на спинках стульев и на полу.

— Ах! — вскрикнула она, увидав его и вся просияв от радости. — Как ты, как же вы (до этого последнего дня она говорила ему то "ты", то "вы")? Вот не ждала! А я разбираю мои девичьи платья, кому какое...

— А! это очень хорошо! — сказал он, мрачно глядя на девушку.

— Уйди, Дуняша, я позову тогда, — сказала Кити. — Что с тобой? — спросила она, решительно говоря ему "ты", как только девушка вышла. Она заметила его странное лицо, взволнованное и мрачное, и на нее нашел страх.

— Кити! я мучаюсь. Я не могу один мучиться, — сказал он с отчаянием в голосе, останавливаясь пред ней и умоляюще глядя ей в глаза. Он уже видел по ее любящему правдивому лицу, что ничего не может выйти из того, что он намерен был сказать, но ему все-таки нужно было, чтоб она сама разуверила его. — Я приехал сказать, что еще время не ушло. Это все можно уничтожить и поправить.

— Что? Я ничего не понимаю. Что с тобой?

— То, что я тысячу раз говорил и не могу не думать... то, что я не стою тебя. Ты не могла согласиться выйти за меня замуж. Ты подумай. Ты ошиблась. Ты подумай хорошенько. Ты не можешь любить меня... Если... лучше скажи, — говорил он, не глядя на нее. — Я буду несчастлив. Пускай все говорят, что хотят; все лучше, чем несчастье... Все лучше теперь, пока есть время...

— Я не понимаю, — испуганно отвечала она, — то есть что ты хочешь отказаться... что не надо?

— Да, если ты не любишь меня.

— Ты с ума сошел! — вскрикнула она, покраснев от досады.

Но лицо его было так жалко, что она удержала свою досаду и, сбросив платья с кресла, пересела ближе к нему.

— Что ты думаешь? скажи все.

— Я думаю, что ты не можешь любить меня. За что ты можешь любить меня?

— Боже мой! что же я могу?.. — сказала она и заплакала.

— Ах, что я сделал! — вскрикнул он и, став пред ней на колени, стал целовать ее руки.

Когда княгиня через пять минут вошла в комнату, она нашла их уже совершенно помирившимися. Кити не только уверила его, что она его любит, но даже, отвечая на его вопрос, за что она любит его, объяснила ему, за что. Она сказала ему, что она любит его за то, что она понимает его всего, за то, что она знает, что он должен любить, и что все, что он любит, все хорошо. И это показалось ему вполне

we better stop? Anything's better than endless misery, disgrace, infidelity!"
With despair in his heart and anger against all people, against himself,
against her, he went out of the hotel and drove to her house.

No one was expecting him. He found her in the back rooms. She was sitting on a chest and making some arrangements with her maid, sorting over
heaps of dresses of different colors, spread on the backs of chairs and on
the floor.

"Ah!" she cried, seeing him, and beaming with joy. "Kostya! Konstantin
Dmitriyevich!" (These latter days she used these names almost alternately.)
"I didn't expect you! I'm sorting out my maiden dresses to see which goes
to whom..."

"Ah! that's very nice!" he said, looking gloomily at the maid.

"You can go, Dunyasha, I'll call you then," said Kitty. "Kostya, what's the
matter with you?" she asked, decisively addressing him in an informal way
as soon as the maid had gone out. She noticed his strange face, agitated and
gloomy, and fear came over her.

"Kitty! I'm suffering. I can't suffer alone," he said with despair in his voice,
standing before her and looking imploringly into her eyes. He saw already
from her loving, truthful face, that nothing could come of what he had
meant to say, but yet he wanted her to reassure him herself. "I've come to
say that there's still time. This can all be terminated and corrected."

"What? I don't understand anything. What is the matter with you?"

"What I have said a thousand times over, and can't help thinking... that
I'm not worthy of you. You couldn't consent to marry me. Think. You've
made a mistake. Think better. You can't love me... If... better say so," he
said, not looking at her. "I shall be miserable. Let people say what they like;
anything's better than misery... Far better now while there's still time..."

"I don't understand," she answered in alarm; "you mean you want to
withdraw... don't want it?"

"Yes, if you don't love me."

"You're out of your mind!" she cried, flushing with vexation.

But his face was so piteous that she restrained her vexation, and flinging
some dresses off an arm-chair, sat closer to him.

"What are you thinking? tell me all."

"I am thinking you can't love me. What can you love me for?"

"My God! what can I do?.." she said and burst into tears.

"Ah! what have I done!" he cried, and kneeling before her, he began kissing her hands.

When the Princess came into the room five minutes later, she found
them completely reconciled. Kitty had not only assured him that she loved
him, but had gone so far—in answer to his question, what she loved him
for—as to explain to him what for. She told him that she loved him because
she understood him completely, because she knew what he must love, and
because everything he loved was good. And this seemed to him perfectly

ясно. Когда княгиня вошла к ним, они рядом сидели на сундуке, разбирали платья и спорили о том, что Кити хотела отдать Дуняше то коричневое платье, в котором она была, когда Левин ей сделал предложение, а он настаивал, чтоб это платье никому не отдавать, а дать Дуняше голубое.

— Как ты не понимаешь? Она брюнетка, и ей не будет идти... У меня это все рассчитано.

Узнав, зачем он приезжал, княгиня полушуточно-полусерьезно рассердилась и услала его домой одеваться и не мешать Кити причесываться, так как Шарль сейчас приедет.

— Она и так ничего не ест все эти дни и подурнела, а ты еще ее расстраиваешь своими глупостями, — сказала она ему. — Убирайся, убирайся, любезный.

Левин, виноватый и пристыженный, но успокоенный, вернулся в свою гостиницу. Его брат, Дарья Александровна и Степан Аркадьич, все в полном туалете, уже ждали его, чтобы благословить образом. Медлить некогда было. Дарья Александровна должна была еще заехать домой, с тем чтобы взять своего напомаженного и завитого сына, который должен был везти образ с невестой. Потом одну карету надо было послать за шафером, а другую, которая отвезет Сергея Ивановича, прислать назад... Вообще соображений, весьма сложных, было очень много. Одно было несомненно, что надо было не мешкать, потому что уже половина седьмого.

Из благословенья образом ничего не вышло. Степан Аркадьич стал в комически-торжественную позу рядом с женою, взял образ и, велев Левину кланяться в землю, благословил его с доброю и насмешливою улыбкой и поцеловал его троекратно; то же сделала и Дарья Александровна и тотчас же заспешила ехать и опять запуталась в предначертаниях движения экипажей.

— Ну, так вот что мы сделаем: ты поезжай в нашей карете за ним, а Сергей Иванович уже если бы был так добр заехать, а потом послать.

— Что же, я очень рад.

— А мы сейчас с ним приедем. Вещи отправлены? — сказал Степан Аркадьич.

— Отправлены, — отвечал Левин и велел Кузьме подавать одеваться.

III

Толпа народа, в особенности женщин, окружала освещенную для свадьбы церковь. Те, которые не успели проникнуть в средину, толпились около окон, толкаясь, споря и заглядывая сквозь решетки.

Больше двадцати карет уже были расставлены жандармами вдоль по улице. Полицейский офицер, пренебрегая морозом, стоял у входа, сияя своим мундиром. Беспрестанно подъезжали еще экипажи, и то

clear. When the Princess came to them, they were sitting side by side on the chest, sorting out the dresses and arguing over Kitty's wanting to give Dunyasha the brown dress she had been wearing when Levin proposed to her, while he insisted that that dress must never be given away to anyone, and that Dunyasha should have the blue one.

"How is it you don't understand? She's a brunette, and it won't suit her... I've worked it all out."

On learning why he had come, the Princess was half humorously, half seriously angry with him, and sent him home to get dressed and not to hinder Kitty's hair-dressing, as Charles was just coming.

"As it is, she's been eating nothing all these days and is losing her looks, and then you must come and upset her with your nonsense," she said to him. "Away with you, away with you, my dear."

Levin, guilty and ashamed, but pacified, went back to his hotel. His brother, Darya Alexandrovna, and Stepan Arkadyich, all in full dress, were waiting for him to bless him with an icon. There was no time to lose. Darya Alexandrovna still had to drive home to fetch her pomaded and curled son, who was to carry the icon for the bride. Then one carriage had to be sent for the best man, and another that would take Sergey Ivanovich away would have to be sent back... Generally, there were a great many most complicated considerations. One thing was unmistakable, that there must be no delay, as it was already half-past six.

The benediction with the icon didn't work well. Stepan Arkadyich stood in a comically solemn pose beside his wife, took the icon, and telling Levin to bow down to the ground, blessed him with his kindly, jestful smile, and kissed him three times; Darya Alexandrovna did the same, and immediately was in a hurry to get off, and again became confused about the destinations of the carriages.

"Well, I'll tell you what we'll do: you drive in our carriage to fetch him, and Sergey Ivanovich, if he'll be so good, will drive there and then send his carriage."

"Of course, I shall be delighted."

"We'll come on with him now. Are your things sent off?" said Stepan Arkadyich.

"They are," answered Levin, and he told Kuzma to put out his clothes.

III

A crowd of people, principally women, surrounded the church lighted up for the wedding. Those who had not succeeded in getting into the middle were crowding about the windows, pushing, wrangling, and peeping through the gratings.

More than twenty carriages had already been drawn up in ranks along the street by the police. A police officer, regardless of the frost, stood at the entrance in his shining uniform. More carriages were continually driving

дамы в цветах с поднятыми шлейфами, то мужчины, снимая кепи или черную шляпу, вступали в церковь. В самой церкви уже были зажжены обе люстры и все свечи у местных образов. Золотое сияние на красном фоне иконостаса, и золоченая резьба икон, и серебро паникадил и подсвечников, и плиты пола, и коврики, и хоругви вверху у клиросов, и ступеньки амвона, и старые почерневшие книги, и подрясники, и стихари — все было залито светом. На правой стороне теплой церкви, в толпе фраков и белых галстуков, мундиров и штофов, бархата, атласа, волос, цветов, обнаженных плеч и рук и высоких перчаток, шел сдержанный и оживленный говор, странно отдававшийся в высоком куполе. Каждый раз, как раздавался писк отворяемой двери, говор в толпе затихал, и все оглядывались, ожидая видеть входящих жениха и невесту. Но дверь уже отворялась более чем десять раз, и каждый раз это был или запоздавший гость или гостья, присоединявшиеся к кружку званых, направо, или зрительница, обманувшая или умилостивившая полицейского офицера, присоединявшаяся к чужой толпе, налево. И родные и посторонние уже прошли чрез все фазы ожидания.

Сначала полагали, что жених с невестой сию минуту приедут, не приписывая никакого значения этому запозданию. Потом стали чаще и чаще поглядывать на дверь, поговаривая о том, что не случилось ли чего-нибудь. Потом это опоздание стало уже неловко, и родные и гости старались делать вид, что они не думают о женихе и заняты своим разговором.

Протодьякон, как бы напоминая о ценности своего времени, нетерпеливо покашливал, заставляя дрожать стекла в окнах. На клиросе слышны были то пробы голосов, то сморкание соскучившихся певчих. Священник беспрестанно высылал то дьячка, то дьякона узнать, не приехал ли жених, и сам, в лиловой рясе и шитом поясе, чаще и чаще выходил к боковым дверям, ожидая жениха. Наконец одна из дам, взглянув на часы, сказала: "Однако это странно!" — и все гости пришли в беспокойство и стали громко выражать свое удивление и неудовольствие. Один из шаферов поехал узнать, что случилось. Кити в это время, давно уже совсем готовая, в белом платье, длинном вуале и венке померанцевых цветов, с посаженой матерью и сестрой Львовой стояла в зале щербацкого дома и смотрела в окно, тщетно ожидая уже более получаса известия от своего шафера о приезде жениха в церковь.

Левин же между тем в панталонах, но без жилета и фрака ходил взад и вперед по своему нумеру, беспрестанно высовываясь в дверь и оглядывая коридор. Но в коридоре не видно было того, кого он ожидал, и он, с отчаянием возвращаясь и взмахивая руками, относился к спокойно курившему Степану Аркадьичу.

— Был ли когда-нибудь человек в таком ужасном дурацком положении! — говорил он.

up, and ladies wearing flowers and carrying their trains, and men taking off their caps or black hats kept walking into the church. Inside the church both lustres were already lighted as well as all the candles before the icons. The golden shine on the red background of the iconostasis, and the gilt relief on the icons, and the silver of the chandeliers and candlesticks, and the flagstones of the floor, and the rugs, and the banners above in the choir, and the steps of the ambo, and the old blackened books, and the undercassocks and surplices—all were flooded with light. On the right side of the warm church, in the crowd of tailcoats and white ties, uniforms and broadcloth, velvet, satin, hair, flowers, bare shoulders and arms and long gloves, there was discreet but lively conversation that echoed strangely in the high cupola. Every time there was heard the creak of the opening door the conversation in the crowd died away, and everybody looked round expecting to see the bride and bridegroom come in. But the door had already opened more than ten times, and each time it was either a belated guest who joined the circle of the invited on the right, or a spectatress, who had eluded or softened the police officer, and went to join the crowd of outsiders on the left. Both the relatives and the outsiders had by now passed through all the phases of anticipation.

At first they supposed that the bride and bridegroom would arrive immediately, and attached no importance at all to their being late. Then they began to look more and more often at the door, and to talk of whether anything could have happened. Then the delay became discomforting, and the relatives and guests tried to look as if they were not thinking of the bridegroom but were engrossed in their conversation.

The protodeacon, as if to remind them of the value of his time, coughed impatiently, making the glass in the windows quiver. In the choir the bored choristers could be heard trying their voices and blowing their noses. The priest was continually sending first the beadle and then the deacon to find out whether the bridegroom had come, more and more often he went himself, in a lilac cassock and an embroidered sash, to the side door, expecting the bridegroom. At last one of the ladies, glancing at her watch, said: "It is strange, though!" and all the guests became uneasy and began loudly expressing their wonder and dissatisfaction. One of the groomsmen went to find out what had happened. Kitty meanwhile had long ago been quite ready, and in her white dress, long veil and chaplet of orange blossoms she was standing in the drawing-room of the Shcherbatskys' house with her bridal-mother and her sister Lvova, looking out of the window, waiting in vain for over half an hour to hear from her best man that the bridegroom had arrived at the church.

Levin meanwhile, in his trousers, but without his waistcoat and tailcoat, was walking to and fro in his room, continually putting his head out of the door and looking up and down the corridor. But in the corridor there was no sign of the person he was expecting and he came back in despair, and waving his hands addressed Stepan Arkadyich, who was smoking serenely.

"Was ever a man in such a terribly foolish position!" he said.

— Да, глупо, — подтвердил Степан Аркадьич, смягчительно улыбаясь. — Но успокойся, сейчас привезут.

— Нет, как же! — со сдержанным бешенством говорил Левин. — И эти дурацкие открытые жилеты! Невозможно! — говорил он, глядя на измятый перед своей рубашки. — И что как вещи увезли уже на железную дорогу! — вскрикнул он с отчаянием.

— Тогда мою наденешь.

— И давно бы так надо.

— Нехорошо быть смешным... Погоди! *образуется.*

Дело было в том, что, когда Левин потребовал одеваться, Кузьма, старый слуга Левина, принес фрак, жилет и все, что нужно было.

— А рубашка! — вскрикнул Левин.

— Рубашка на вас, — с спокойною улыбкой ответил Кузьма.

Рубашки чистой Кузьма не догадался оставить, и, получив приказанье все уложить и свезти к Щербацким, от которых в нынешний же вечер уезжали молодые, он так и сделал, уложив все, кроме фрачной пары. Рубашка, надетая с утра, была измята и невозможна с открытой модой жилетов. Посылать к Щербацким было далеко. Послали купить рубашку. Лакей вернулся: все заперто — воскресенье. Послали к Степану Аркадьичу, привезли рубашку; она была невозможно широка и коротка. Послали, наконец, к Щербацким разложить вещи. Жениха ждали в церкви, а он, как запертый в клетке зверь, ходил по комнате, выглядывая в коридор и с ужасом и отчаянием вспоминая, что он наговорил Кити и что она может теперь думать.

Наконец виноватый Кузьма, насилу переводя дух, влетел в комнату с рубашкой.

— Только застал. Уж на ломового поднимали, — сказал Кузьма.

Через три минуты, не глядя на часы, чтобы не растравлять раны, Левин бегом бежал по коридору.

— Уж этим не поможешь, — говорил Степан Аркадьич с улыбкой, неторопливо поспешая за ним. — *Образуется, образуется...* — говорю тебе.

IV

— Приехали! — Вот он! — Который? — Помоложе-то, что ль? — А она-то, матушка, ни жива ни мертва! — заговорили в толпе, когда Левин, встретив невесту у подъезда, с нею вместе вошел в церковь.

Степан Аркадьич рассказал жене причину замедления, и гости, улыбаясь, перешептывались между собой. Левин ничего и никого не замечал: он, не спуская глаз, смотрел на свою невесту.

Все говорили, что она очень подурнела в эти последние дни и была под венцом далеко не так хороша, как обыкновенно; но Левин не на-

"Yes, it is stupid," Stepan Arkadyich assented, smiling soothingly. "But calm down, it'll be brought in a moment."

"No, how about that!" said Levin with restrained fury. "And these foolish open waistcoats! Impossible!" he said, looking at the crumpled front of his shirt. "And what if the things have been taken on to the railway station!" he cried in desperation.

"Then you'll put on mine."

"I ought to have done so long ago."

"It's not nice to look ridiculous... Wait! *it will come round.*"

The point was that when Levin asked for his clothes, Kuzma, Levin's old servant, had brought him the tailcoat, waistcoat, and everything that was needed.

"But the shirt!" cried Levin.

"You've got a shirt on," Kuzma answered with a placid smile.

Kuzma had not thought of leaving out a clean shirt, and on receiving instructions to pack up everything and take it to the Shcherbatskys', from where the newlyweds were to set out the same evening, he had done so, packing everything but the dress suit. The shirt worn since the morning was crumpled and impossible with the fashionable open waistcoat. It was a long way to send to the Shcherbatskys'. They sent out to buy a shirt. The servant came back: everything was closed—it was Sunday. They sent to Stepan Arkadyich's and brought a shirt; it was impossibly wide and short. They sent finally to the Shcherbatskys' to unpack the things. The bridegroom was expected at the church while he was pacing up and down his room like a wild beast in a cage, peeping out into the corridor, and with horror and despair recalling what he had said to Kitty and what she might be thinking now.

At last the guilty Kuzma flew panting into the room with the shirt.

"Only just in time. They were just lifting it into the van," said Kuzma.

Three minutes later Levin ran full speed down the corridor, not looking at his watch for fear of aggravating his sufferings.

"You won't help like this," said Stepan Arkadyich with a smile, hurrying with deliberation after him. "*It will come round, it will come round...* I'm telling you."

IV

"They've come!" "Here he is!" "Which one?" "The younger one, eh?" "Why, she, my dear soul, looks more dead than alive!" were the comments in the crowd, when Levin, meeting his bride at the entrance, walked with her into the church.

Stepan Arkadyich told his wife the cause of the delay, and the guests were whispering with smiles to one another. Levin noticed nothing and no one: he was looking at his bride without taking his eyes off her.

Everyone said she had lost her looks dreadfully of late, and was not nearly as pretty on her wedding day as usual; but Levin did not think so. He looked

ходил этого. Он смотрел на ее высокую прическу с длинным белым вуалем и белыми цветами, на высоко стоявший сборчатый воротник, особенно девственно закрывавший с боков и открывавший спереди ее длинную шею, и поразительно тонкую талию, и ему казалось, что она была лучше, чем когда-нибудь, — не потому, чтоб эти цветы, этот вуаль, это выписанное из Парижа платье прибавляли что-нибудь к ее красоте, но потому, что, несмотря на эту приготовленную пышность наряда, выражение ее милого лица, ее взгляда, ее губ было все тем же ее особенным выражением невинной правдивости.

— Я думала уже, что ты хотел бежать, — сказала она и улыбнулась ему.

— Так глупо, что со мной случилось, совестно говорить! — сказал он, краснея, и должен был обратиться к подошедшему Сергею Ивановичу.

— Хороша твоя история с рубашкой! — сказал Сергей Иванович, покачивая головой и улыбаясь.

— Да, да, — отвечал Левин, не понимая, о чем ему говорят.

— Ну, Костя, теперь надо решить, — сказал Степан Аркадьич с притворно-испуганным видом, — важный вопрос. Ты именно теперь в состоянии оценить всю важность его. У меня спрашивают: обожженные ли свечи зажечь, или необожженные? Разница десять рублей, — присовокупил он, собирая губы в улыбку. — Я решил, но боюсь, что ты не изъявишь согласия.

Левин понял, что это была шутка, но не мог улыбнуться.

— Так как же? необожженные или обожженные? вот вопрос.

— Да, да! необожженные.

— Ну, я очень рад. Вопрос решен! — сказал Степан Аркадьич, улыбаясь. — Однако как глупеют люди в этом положении, — сказал он Чирикову, когда Левин, растерянно поглядев на него, подвинулся к невесте.

— Смотри, Кити, первая стань на ковер, — сказала графиня Нордстон, подходя. — Хороши вы! — обратилась она к Левину.

— Что, не страшно? — сказала Марья Дмитриевна, старая тетка.

— Тебе не свежо ли? Ты бледна. Постой, нагнись! — сказала сестра Кити, Львова, и, округлив свои полные прекрасные руки, с улыбкою поправила ей цветы на голове.

Долли подошла, хотела сказать что-то, но не могла выговорить, заплакала и неестественно засмеялась.

Кити смотрела на всех такими же отсутствующими глазами, как и Левин. На все обращенные к ней речи она могла отвечать только улыбкой счастья, которая теперь была ей так естественна.

Между тем церковнослужители облачились, и священник с дьяконом вышли к аналою, стоявшему в притворе церкви. Священник обратился к Левину, что-то сказав. Левин не расслушал того, что сказал священник.

— Берите за руку невесту и ведите, — сказал шафер Левину.

Долго Левин не мог понять, чего от него требовали. Долго поправляли его и хотели уж бросить, — потому что он брал все не тою рукой или не за ту руку, — когда он понял, наконец, что надо было правою

at her hair done up high, with the long white veil and white flowers, at her high, stand-up, rippled collar, that in an especially maidenly fashion hid her long neck at the sides and showed it in front, her strikingly slender waist, and it seemed to him that she looked better than ever—not because these flowers, this veil, this gown ordered from Paris added anything to her beauty, but because, in spite of the elaborate sumptuousness of her attire, the expression of her sweet face, her eyes, her lips was still her own characteristic expression of innocent truthfulness.

"I thought you wanted to run away," she said and smiled to him.

"It's so stupid what happened to me, I'm ashamed to speak of it!" he said, blushing, and he had to turn to Sergey Ivanovich, who came up to him.

"This is a pretty story of yours about the shirt!" said Sergey Ivanovich, shaking his head and smiling.

"Yes, yes," answered Levin, not understanding what they told him.

"Now, Kostya, we have to decide," said Stepan Arkadyich with an air of mock dismay, "an important question. You are at this moment just in the mood to appreciate all its importance. They ask me, are they to light the candles that have been lighted before or candles that have never been lighted? It's a difference of ten rubles," he added, assembling his lips into a smile. "I have decided, but I was afraid you might not agree."

Levin understood that it was a joke, but he could not smile.

"So, how's it to be then? unlighted or lighted? that's the question."

"Yes, yes! unlighted."

"Well, I'm very glad. The question's decided!" said Stepan Arkadyich, smiling. "How silly people get, though, in this situation," he said to Chirikov, when Levin, after looking absently at him, had moved back to his bride.

"Kitty, mind you're the first to step on the carpet," said Countess Nordston, coming up. "You're a nice person!" she said to Levin.

"Aren't you frightened, eh?" said Marya Dmitrievna, an old aunt.

"Are you cold? You're pale. Wait, bend down!" said Kitty's sister, Lvova, and rounding her plump, beautiful arms she smilingly set straight the flowers on her head.

Dolly came up, tried to say something, but could not utter it, began to cry, and then laughed unnaturally.

Kitty looked at all of them with the same absent eyes as Levin. To all that was addressed to her she was only able to respond with a smile of happiness, which now was so natural to her.

Meanwhile the clergy had got into their vestments, and the priest and deacon came out to the lectern, which stood in the forepart of the church. The priest turned to Levin saying something. Levin did not hear what the priest said.

"Take the bride's hand and lead her up," the best man said to Levin.

For a long time Levin could not understand what was expected of him. For a long time they tried to set him right and already wanted to stop doing it—because he kept taking the wrong hand or taking it with the wrong

рукой, не переменяя положения, взять ее за правую же руку. Когда он, наконец, взял невесту за руку, как надо было, священник прошел несколько шагов впереди их и остановился у аналоя. Толпа родных и знакомых, жужжа говором и шурша шлейфами, подвинулась за ними. Кто-то, нагнувшись, поправил шлейф невесты. В церкви стало так тихо, что слышалось падение капель воска.

Старичок священник, в камилавке, с блестящими серебром седыми прядями волос, разобранными на две стороны за ушами, выпростав маленькие старческие руки из-под тяжелой серебряной с золотым крестом на спине ризы, перебирал что-то у аналоя.

Степан Аркадьич осторожно подошел к нему, пошептал что-то и, подмигнув Левину, зашел опять назад.

Священник зажег две украшенные цветами свечи, держа их боком в левой руке, так что воск капал с них медленно, и повернулся лицом к новоневестным. Священник был тот же самый, который исповедовал Левина. Он посмотрел усталым и грустным взглядом на жениха и невесту, вздохнул и, выпростав из-под ризы правую руку, благословил ею жениха и так же, но с оттенком осторожной нежности, наложил сложенные персты на склоненную голову Кити. Потом он подал им свечи и, взяв кадило, медленно отошел от них.

“Неужели это правда?” — подумал Левин и оглянулся на невесту. Ему несколько сверху виднелся ее профиль, и по чуть заметному движению ее губ и ресниц он знал, что она почувствовала его взгляд. Она не оглянулась, но высокий сборчатый воротничок зашевелился, поднимаясь к ее розовому маленькому уху. Он видел, что вздох остановился в ее груди и задрожала маленькая рука в высокой перчатке, державшая свечу.

Вся суета рубашки, опоздания, разговор с знакомыми, родными, их неудовольствие, его смешное положение — все вдруг исчезло, и ему стало радостно и страшно.

Красивый рослый протодьякон в серебряном стихаре, со стоящими по сторонам расчесанными завитыми кудрями, бойко выступил вперед и, привычным жестом приподняв на двух пальцах орарь, остановился против священника.

“Бла-го-сло-ви, вла-дыко!” — медленно один за другим, колебля волны воздуха, раздались торжественные звуки.

“Благословен Бог наш всегда, ныне и присно и во веки веков”, — смиренно и певуче ответил старичок священник, продолжая перебирать что-то на аналое. И, наполняя всю церковь от окон до сводов, стройно и широко поднялся, усилился, остановился на мгновение и тихо замер полный аккорд невидимого клира.

Молились, как и всегда, о свышнем мире и спасении, о синоде, о государе; молились и о ныне обручающихся рабе Божием Константине и Екатерине.

hand—when he understood at last that, without changing his position, he had to take her right hand with his own right hand. When at last he had taken the bride's hand in the correct way, the priest walked a few paces ahead of them and stopped at the lectern. The crowd of relations and acquaintances moved after them, with a buzz of talk and a rustle of trains. Someone bent down and adjusted the bride's train. The church became so still that the drops of wax could be heard falling.

The little old priest in his ecclesiastical cap, with his gray locks of hair, gleaming with silver and parted on two sides behind his ears, was fumbling with something at the lectern, putting out his little old hands from under the heavy silver vestment with a gold cross on the back.

Stepan Arkadyich approached him cautiously, whispered something, and winking at Levin, walked back again.

The priest lighted two candles, adorned with flowers, holding them at an angle in his left hand so that the wax dropped slowly from them, and turned to face the bridal couple. The priest was the same who had confessed Levin. He looked with weary and sad eyes at the bride and bridegroom, sighed, and putting his right hand out from under his vestment, blessed the bridegroom with it, and in the same manner, but with a shade of careful tenderness laid the crossed fingers on the bowed head of Kitty. Then he gave them the candles, and taking the censer, moved slowly away from them.

"Can it be true?" Levin thought and looked at his bride. Looking down at her he saw her profile, and from the scarcely perceptible movement of her lips and eyelashes he knew that she felt his gaze. She did not turn, but her high rippled collar stirred, rising to her little pink ear. He saw that a sigh had stopped in her breast, and her little hand in the long glove shook, holding the candle.

All the fuss about the shirt, about being late, all the talk with acquaintances, relations, their displeasure, his ludicrous position—all suddenly disappeared, and he was filled with joy and dread.

The handsome, tall protodeacon in a silver surplice, his brushed curly locks standing out at either side of his head, stepped sprightly forward, and lifting his stole on two fingers with a habitual gesture, stopped opposite the priest.

"Bless, Your Grace!" the solemn sounds rang out slowly one after another, setting the waves of the air quivering.

"Blessed is our God always, now and ever, and unto the ages of ages," the little old priest answered meekly and melodiously, still fumbling with something on the lectern. And the full accord of the unseen choir rose up euphoniously and broadly, filling the whole church from the windows to the vaults, grew stronger, rested for an instant, and slowly died away.

They prayed, as always, for peace from above and for salvation, for the Synod, for the tsar; they prayed, too, for the servants of God, Konstantin and Ekaterina, now plighting their troth.

"О еже ниспослатися им любве совершенней, мирней и помощи, Господу помолимся", — как бы дышала вся церковь голосом протодьякона.

Левин слушал слова, и они поражали его. "Как они догадались, что помощи, именно помощи? — думал он, вспоминая все свои недавние страхи и сомнения. — Что я знаю? Что я могу в этом страшном деле, — думал он, — без помощи? Именно помощи мне нужно теперь".

Когда дьякон кончил ектенью, священник обратился к обручавшимся с книгой:

"Боже вечный, расстоящияся собравый в соединение, — читал он кротким певучим голосом, — и союз любве положивый им неразрушимый; благословивый Исаака и Ревекку, наследники я Твоего обетования показавый: сам благослови и рабы Твоя сия, Константина, Екатерину, наставляя я на всякое дело благое. Яко милостивый и человеколюбец Бог еси, и Тебе славу воссылаем, Отцу, и Сыну, и Святому Духу, ныне и присно и во веки веков". — "А-аминь", — опять разлился в воздухе невидимый хор.

"Расстоящияся собравый в соединение и союз любве положивый", — как глубокомысленны эти слова и как соответственны тому, что чувствуешь в эту минуту! — думал Левин. — Чувствует ли она то же, что я?"

И, оглянувшись, он встретил ее взгляд.

И по выражению этого взгляда он заключил, что она понимала то же, что и он. Но это была неправда; она совсем почти не понимала слов службы и даже не слушала их во время обручения. Она не могла слушать и понимать их: так сильно было одно то чувство, которое наполняло ее душу и все более и более усиливалось. Чувство это была радость полного совершения того, что уже полтора месяца совершилось в ее душе и что в продолжение всех этих шести недель радовало и мучало ее. В душе ее в тот день, как она в своем коричневом платье в зале арбатского дома подошла к нему молча и отдалась ему, — в душе ее в этот день и час совершился полный разрыв со всею прежнею жизнью, и началась совершенно другая, новая, совершенно неизвестная ей жизнь, в действительности же продолжалась старая. Эти шесть недель были самое блаженное и самое мучительное для нее время. Вся жизнь ее, все желания, надежды были сосредоточены на одном этом непонятном еще для нее человеке, с которым связывало ее какое-то еще более непонятное, чем сам человек, то сближающее, то отталкивающее чувство, а вместе с тем она продолжала жить в условиях прежней жизни. Живя старою жизнью, она ужасалась на себя, на свое полное непреодолимое равнодушие ко всему своему прошедшему: к вещам, к привычкам, к людям, любившим и любящим ее, к огорченной этим равнодушием матери, к милому, прежде больше всего на свете любимому нежному отцу. То она ужасалась на это равнодушие, то радовалась тому, что привело ее к этому равнодушию. Ни думать, ни желать она ничего не могла вне жизни с этим человеком; но этой новой жизни еще не было, и она не могла себе

"Vouchsafe to them love made perfect, peace and help, O Lord, we beseech Thee," the whole church seemed to breathe with the voice of the protodeacon.

Levin listened to the words, and they impressed him. "How did they guess that it is help, precisely help?" he thought, recalling all his fears and doubts of late. "What do I know? What can I do in this fearful matter," he thought, "without help? It is precisely help that I need now."

When the deacon finished the ektene, the priest turned to the bridal couple with his book:

"Eternal God, that joinest together in love them that were separate," he read in a meek, melodious voice, "who hast ordained the union of holy wedlock that cannot be set asunder, Thou who didst bless Isaac and Rebecca and their descendants, according to Thy Holy Covenant; bless Thy servants, Konstantin and Ekaterina, leading them in the path of all good works. For gracious and merciful art Thou, our Lord, and glory be to Thee, the Father, the Son, and the Holy Ghost, now and ever, and unto the ages of ages."—"Amen!" the unseen choir flooded again into the air.

"'Joinest together in love them that were separate.' What deep meaning in those words, and how they correspond to what one feels at this moment!" thought Levin. "Is she feeling the same as I?"

And looking round, he met her eyes.

And from the expression in those eyes he concluded that she understood it just as he did. But this was wrong; she almost completely missed the meaning of the words of the service and did not even listen to them during the betrothal. She could not listen to them and understand them: so strong was the one feeling that filled her soul and grew stronger and stronger. That feeling was the joy at the complete fulfillment of the process that for the last month and a half had been going on in her soul, and had during those six weeks been a joy and a torture to her. On that day when, in her brown dress, in the drawing room of their house in the Arbat Street she had silently gone up to him and given herself to him—on that day, at that hour, there took place in her soul a complete break with all her previous life, and a totally different, new, totally strange life began, while the old one was actually going on as before. Those six weeks had been a time of the utmost bliss and the utmost misery for her. All her life, all her desires and hopes were concentrated on this one man, still incomprehensible to her, to whom she was bound by a feeling of alternate attraction and repulsion, even more incomprehensible than the man himself, and all the while she went on living in the conditions of her previous life. Living her old life, she was horrified at herself, at her utter, insurmountable indifference to all her own past: to things, to habits, to the people who had loved and still loved her, to her mother, who was wounded by this indifference, to her kind, tender father, till then dearer than anything in the world. At one moment she was horrified at this indifference, at another she rejoiced at what had brought her to this indifference. She could neither think nor wish anything outside her life with this man; but this new life was not yet, and she could not even

даже представить ее ясно. Было одно ожидание — страх и радость нового и неизвестного. И теперь вот-вот ожидание, и неизвестность, и раскаяние в отречении от прежней жизни — все кончится, и начнется новое. Это новое не могло быть не страшно по своей неизвестности; но страшно или не страшно — оно уже совершилось еще шесть недель тому назад в ее душе; теперь же только освящалось то, что давно уже сделалось в ее душе.

Повернувшись опять к аналою, священник с трудом поймал маленькое кольцо Кити и, потребовав руку Левина, надел на первый сустав его пальца. "Обручается раб Божий Константин рабе Божией Екатерине". И, надев большое кольцо на розовый, маленький, жалкий своею слабостью палец Кити, священник проговорил то же.

Несколько раз обручаемые хотели догадаться, что надо сделать, и каждый раз ошибались, и священник шепотом поправлял их. Наконец, сделав, что нужно было, перекрестив их кольцами, он опять передал Кити большое, а Левину маленькое; опять они запутались и два раза передавали кольцо из руки в руку, и все-таки выходило не то, что требовалось.

Долли, Чириков и Степан Аркадьич выступили вперед поправить их. Произошло замешательство, шепот и улыбки, но торжественно-умиленное выражение на лицах обручаемых не изменилось; напротив, путаясь руками, они смотрели серьезнее и торжественнее, чем прежде, и улыбка, с которою Степан Аркадьич шепнул, чтобы теперь каждый надел свое кольцо, невольно замерла у него на губах. Ему чувствовалось, что всякая улыбка оскорбит их.

"Ты бо изначала создал еси мужеский пол и женский, — читал священник вслед за переменой колец, — и от Тебе сочетается мужу жена, в помощь и в восприятие рода человеча. Сам убо, Господи Боже наш, пославый истину на наследие Твое и обетование Твое, на рабы Твоя отцы наша, в коемждо роде и роде, избранныя Твоя: призри на раба Твоего Константина и на рабу Твою Екатерину и утверди обручение их в вере, и единомыслии, и истине, и любви..."

Левин чувствовал все более и более, что все его мысли о женитьбе, его мечты о том, как он устроит свою жизнь, — что все это было ребячество и что это что-то такое, чего он не понимал до сих пор и теперь еще менее понимает, хотя это и совершается над ним; в груди его все выше и выше поднимались содрогания, и непокорные слезы выступали ему на глаза.

V

В церкви была вся Москва, родные и знакомые. И во время обряда обручения, в блестящем освещении церкви, в кругу разряженных женщин, девушек и мужчин в белых галстуках, фраках и мундирах,

picture it clearly to herself. There was only anticipation—the dread and joy of the new and the unknown. And now the anticipation and uncertainty and remorse at the abandonment of the previous life—all was going to end, and the new was going to begin. This new could not help being dreadful for its obscurity; but, dreadful or not, it had already occurred six weeks before in her soul; and now was merely the sanctification of what had long been completed in her soul.

Turning again to the lectern, the priest with some difficulty took Kitty's little ring, and asking Levin for his hand, put it on the first joint of his finger. "The servant of God, Konstantin, plights his troth to the servant of God, Ekaterina." And putting his big ring on Kitty's pathetically weak, pink little finger, the priest said the same thing.

Several times the bridal couple tried to guess what they had to do, and each time made some mistake, and the priest corrected them in a whisper. At last, having done what was necessary, having crossed them with the rings, he again handed Kitty the big ring, and Levin the little one; again they became confused, and twice passed the rings from hand to hand, still without doing what was expected.

Dolly, Chirikov, and Stepan Arkadyich stepped forward to set them right. There was some confusion, whispering, and smiles, but the expression of solemn tenderness on the faces of the betrothed pair did not change; on the contrary, in their perplexity over their hands they looked more seriously and solemnly than before, and the smile with which Stepan Arkadyich whispered to them that now each of them should put on their own ring, involuntarily died away on his lips. He had a feeling that any smile would offend them.

"Thou who didst from the beginning create male and female," the priest read after the exchange of rings, "from Thee woman was given to man to be a helpmeet to him, and for the procreation of children. O Lord, our God, who hast poured down the blessings of Thy Truth according to Thy Holy Covenant upon Thy chosen servants, our fathers, from generation to generation, bless Thy servants Konstantin and Ekaterina, and make their troth fast in faith, and union of hearts, and truth, and love..."

Levin felt more and more that all his ideas of marriage, his dreams of how he would order his life, were mere childishness, and that it was something he had not understood hitherto, and now understood less than ever, though it was being performed upon him; shudders in his chest were rising higher and higher, and uncontrollable tears were coming into his eyes.

V

In the church there was all Moscow, relations and acquaintances. And during the ceremony of betrothal, in the brilliantly lighted church, there was an incessant flow of discreetly subdued talk in the circle of dressed-up women, girls, and men in white ties, tailcoats, and uniforms; the talk was

не переставал прилично-тихий говор, который преимущественно
затевали мужчины, между тем как женщины были поглощены наблюдением всех подробностей столь всегда затрогивающего их священнодействия.

В кружке самом близком к невесте были ее две сестры: Долли и
старшая, спокойная красавица Львова, приехавшая из-за границы.

— Что же это Мари в лиловом, точно черное, на свадьбу? — говорила
Корсунская.

— С ее цветом лица одно спасенье... — отвечала Друбецкая. — Я удивляюсь, зачем они вечером сделали свадьбу. Это купечество...

— Красивее. Я тоже венчалась вечером, — отвечала Корсунская и
вздохнула, вспомнив о том, как мила она была в этот день, как смешно
был влюблен ее муж и как теперь все другое.

— Говорят, что кто больше десяти раз бывает шафером, тот не женится; хотел десятый быть, чтобы застраховаться, но место было занято, — говорил граф Синявин хорошенькой княжне Чарской, которая
имела на него виды.

Чарская отвечала ему только улыбкой. Она смотрела на Кити,
думая о том, как и когда она будет стоять с графом Синявиным в положении Кити и как она тогда напомнит ему его теперешнюю шутку.

Щербацкий говорил старой фрейлине Николаевой, что он намерен
надеть венец на шиньон Кити, чтоб она была счастлива.

— Не надо было надевать шиньона, — отвечала Николаева, давно
решившая, что если старый вдовец, которого она ловила, женится на
ней, то свадьба будет самая простая. — Я не люблю этот фаст.

Сергей Иванович говорил с Дарьей Дмитриевной, шутя уверяя ее,
что обычай уезжать после свадьбы распространяется потому, что
новобрачным всегда бывает несколько совестно.

— Брат ваш может гордиться. Она чудо как мила. Я думаю, вам за-
видно?

— Я уже это пережил, Дарья Дмитриевна, — отвечал он, и лицо его
неожиданно приняло грустное и серьезное выражение.

Степан Аркадьич рассказывал свояченице свой каламбур о разводе.

— Надо поправить венок, — отвечала она, не слушая его.

— Как жаль, что она так подурнела, — говорила графиня Нордстон
Львовой. — А все-таки он не стоит ее пальца. Не правда ли?

— Нет, он мне очень нравится. Не оттого, что он будущий beau-frère[1],
— отвечала Львова. — И как он хорошо себя держит! А это так трудно
держать себя хорошо в этом положении — не быть смешным. А он не
смешон, не натянут, он видно, что тронут.

— Кажется, вы ждали этого?

— Почти. Она всегда его любила.

— Ну, будем смотреть, кто из них прежде станет на ковер. Я советовала Кити.

— Все равно, — отвечала Львова, — мы все покорные жены, это у нас
в породе.

— А я так нарочно первая стала с Васильем. А вы, Долли?

[1] зять (франц.).

principally started by the men, while the women were absorbed in watching every detail of the sacred ceremony, which always means so much to them.

In the group nearest to the bride were her two sisters: Dolly, and the eldest, the calm beauty Lvova, who had arrived from abroad.

"Why is it Marie's in lilac, like black, at a wedding?" said Korsunskaya.

"With her complexion it's the only salvation..." responded Drubetskaya. "I wonder why they have the wedding in the evening? It's like merchants..."

"It's prettier. I was married in the evening too," Korsunskaya answered and sighed, remembering how charming she had been that day, and how funnily in love her husband was, and how different it all was now.

"They say if anyone's best man more than ten times, he'll never be married; I wanted to be for the tenth time to insure myself, but the post was taken," said Count Sinyavin to the pretty young Princess Charskaya, who had designs on him.

Charskaya answered him only with a smile. She looked at Kitty, thinking how and when she would stand with Count Sinyavin in Kitty's place, and how she would remind him then of his present joke.

Shcherbatsky told the old maid of honor Nikolayeva, that he meant to put the crown on Kitty's chignon so that she would be happy.

"She ought not to be wearing a chignon," answered Nikolayeva, who had long ago made up her mind that if the elderly widower she was angling for married her, the wedding should be of the simplest. "I don't like such pomp."

Sergey Ivanovich was talking to Darya Dmitrievna, jestingly assuring her that the custom of going away after the wedding was becoming common because newlyweds always felt a little ashamed.

"Your brother may feel proud of himself. She's a marvel of sweetness. I believe you're envious?"

"I've already experienced that, Darya Dmitrievna," he answered, and a sad and serious expression suddenly came over his face.

Stepan Arkadyich was telling his sister-in-law his pun about break-up.

"The chaplet wants setting straight," she answered, not listening to him.

"What a pity she's lost her looks so," Countess Nordston said to Lvova. "Still he's not worth her finger. Isn't it so?"

"No, I like him very much. Not because he's my future beau-frère[1]," answered Lvova. "And how well he carries himself! It's so difficult to carry oneself well in such a situation—not to be ridiculous. And he's not ridiculous, not affected, one can see he's moved."

"You expected this, I suppose?"

"Almost. She always loved him."

"Well, let's see which of them will step on the rug first. I advised Kitty."

"It will make no difference," Lvova responded, "we're all obedient wives, it runs in the family."

"And I stepped on the rug before Vassily on purpose. And you, Dolly?"

[1] brother-in-law (French).

Долли стояла подле них, слышала их, но не отвечала. Она была растрогана. Слезы стояли у ней в глазах, и она не могла бы ничего сказать, не расплакавшись.

Она радовалась на Кити и Левина; возвращаясь мыслью к своей свадьбе, она взглядывала на сияющего Степана Аркадьича, забывала все настоящее и помнила только свою первую невинную любовь. Она вспоминала не одну себя, но всех женщин, близких и знакомых ей; она вспомнила о них в то единственное торжественное для них время, когда они, так же как Кити, стояли под венцом с любовью, надеждой и страхом в сердце, отрекаясь от прошедшего и вступая в таинственное будущее. В числе этих всех невест, которые приходили ей на память, она вспомнила и свою милую Анну, подробности о предполагаемом разводе которой она недавно слышала. И она также, чистая, стояла в померанцевых цветах и вуале. А теперь что?

— Ужасно странно, — проговорила она.

Не одни сестры, приятельницы и родные следили за всеми подробностями священнодействия; посторонние женщины, зрительницы, с волнением, захватывающим дыхание, следили, боясь упустить каждое движение, выражение лица жениха и невесты и с досадой не отвечали и часто не слыхали речей равнодушных мужчин, делавших шутливые или посторонние замечания.

— Что же так заплакана? Или поневоле идет?

— Чего же поневоле за такого молодца? Князь, что ли?

— А это сестра в белом атласе? Ну, слушай, как рявкнет дьякон: "Да боится своего мужа".

— Чудовские?

— Синодальные.

— Я лакея спрашивала. Говорит, сейчас везет к себе в вотчину. Богат страсть, говорят. Затем и выдали.

— Нет, парочка хороша.

— А вот вы спорили, Марья Власьевна, что карналины в отлет носят. Глянь-ка у той в пюсовом, посланница, говорят, с каким подбором... Так, и опять этак.

— Экая милочка невеста-то, как овечка убранная! А как ни говорите, жалко нашу сестру.

Так говорилось в толпе зрительниц, успевших проскочить в двери церкви.

VI

Когда обряд обручения окончился, церковнослужитель постлал пред аналоем в середине церкви кусок розовой шелковой ткани, хор запел искусный и сложный псалом, в котором бас и тенор перекликались между собою, и священник, оборотившись, указал обрученным на разостланный розовый кусок ткани. Как ни часто и много слышали оба о примете, что кто первый ступит на ковер, тот

Dolly stood beside them, heard them, but did not answer. She was moved. The tears stood in her eyes, and she could not have spoken without crying.

She rejoiced over Kitty and Levin; going back in thought to her own wedding, she glanced at the radiant Stepan Arkadyich, forgot all the present, and remembered only her first innocent love. She recalled not only herself, but all women, her friends and acquaintances; she recalled them at that one and only time of their triumph, when they had stood like Kitty under the crown with love, hope and dread in their hearts, renouncing the past and stepping into the mysterious future. Among all these brides that came to her memory, she also recalled her darling Anna, the details of whose alleged divorce she had recently heard. And she, too, had stood innocent in orange blossoms and veil. And now what?

"It's terribly strange," she said to herself.

It was not only the sisters, friends and relations who were following every detail of the sacred ceremony; unrelated women spectators, were following it excitedly, holding their breath, in fear of missing a single movement or facial expression of the bride and bridegroom, and vexedly not answering, often not hearing, the remarks of the indifferent men, who kept making jocular or irrelevant observations.

"Why has she been crying? Or is she being married against her will?"

"Against her will to a fine fellow like that? A Prince, isn't he?"

"Is that her sister in the white satin? Just listen how the deacon barks out: 'And fearing her husband.'"

"Are the choristers from Chudovo?"

"From the Synod."

"I asked the footman. He says he's taking her to his estate at once. Awfully rich, they say. That's why they gave her in marriage to him."

"No, they're a fine couple."

"I say, Marya Vlasyevna, you were arguing that crinolines are worn flyaway. Just look at that one in the puce dress—an ambassador's wife, they say—how hers is pleated... This way, and again this way."

"What a pretty dear the bride is—like a lamb decked with flowers! Well, say what you will, one feels for our sister."

Such were the comments in the crowd of women spectators who had succeeded in slipping in through the doors of the church.

VI

When the ceremony of betrothal was over, the beadle spread before the lectern in the middle of the church a piece of pink silk cloth, the choir started singing an elaborate and complex psalm, in which the bass and tenor sang responses to one another, and the priest, turning round, pointed the betrothed to the outspread piece of pink cloth. Though both had often heard a great deal about the omen that the one who steps first on

будет главой в семье, ни Левин, ни Кити не могли об этом вспомнить, когда они сделали эти несколько шагов. Они не слышали и громких замечаний и споров о том, что, по наблюдению одних, он стал прежде, по мнению других, оба вместе.

После обычных вопросов о желании их вступить в брак, и не обещались ли они другим, и их странно для них самих звучавших ответов началась новая служба. Кити слушала слова молитвы, желая понять их смысл, но не могла. Чувство торжества и светлой радости по мере совершения обряда все больше и больше переполняло ее душу и лишало ее возможности внимания.

Молились "о еже податися им целомудрию и плоду чрева на пользу, о еже возвеселитися им видением сынов и дщерей". Упоминалось о том, что Бог сотворил жену из ребра Адама, и "сего ради оставит человек отца и матерь и прилепится к жене, будет два в плоть едину", и что "тайна сия велика есть"; просили, чтобы Бог дал им плодородие и благословение, как Исааку и Ревекке, Иосифу, Моисею и Сепфоре, и чтоб они видели сыны сынов своих. "Все это было прекрасно, — думала Кити, слушая эти слова, — все это и не может быть иначе", — и улыбка радости, сообщавшаяся невольно всем смотревшим на нее, сияла на ее просветлевшем лице.

— Наденьте совсем! — послышались советы, когда священник надел на них венцы и Щербацкий, дрожа рукою в трехпуговичной перчатке, держал высоко венец над ее головой.

— Наденьте! — прошептала она, улыбаясь.

Левин оглянулся на нее и был поражен тем радостным сиянием, которое было на ее лице; и чувство это невольно сообщилось ему. Ему стало, так же как и ей, светло и весело.

Им весело было слушать чтение послания апостольского и раскат голоса протодьякона при последнем стихе, ожидаемый с таким нетерпением постороннею публикой. Весело было пить из плоской чаши теплое красное вино с водой, и стало еще веселее, когда священник, откинув ризу и взяв обе руки в свою, повел их при порывах баса, выводившего "Исаие ликуй", вокруг аналоя. Щербацкий и Чириков, поддерживавшие венцы, путаясь в шлейфе невесты, тоже улыбаясь и радуясь чему-то, то отставали, то натыкались на венчаемых при остановках священника. Искра радости, зажегшаяся в Кити, казалось, сообщилась всем бывшим в церкви. Левину казалось, что и священнику и дьякону, так же как и ему, хотелось улыбаться.

Сняв венцы с голов их, священник прочел последнюю молитву и поздравил молодых. Левин взглянул на Кити, и никогда он не видал ее до сих пор такою. Она была прелестна тем новым сиянием счастия, которое было на ее лице. Левину хотелось сказать ей что-нибудь, но он не знал, кончилось ли. Священник вывел его из затруднения. Он улыбнулся своим добрым ртом и тихо сказал:

— Поцелуйте жену, и вы поцелуйте мужа, — и взял у них из рук свечи.

the rug will be the head in the family, neither Levin nor Kitty were capable of recollecting it, as they took those few steps. They did not hear the loud remarks and disputes that, in the observation of some, he had stepped on first, and in the opinion of others, both had stepped on together.

After the customary questions about their desire to enter into matrimony, and whether they were pledged to others, and their answers, which sounded strange to themselves, a new service began. Kitty listened to the words of the prayer, wishing to understand their meaning, but she could not. A feeling of triumph and serene joy flooded her soul more and more as the ceremony went on, and deprived her of the ability of attention.

They prayed: "Endow them with continence and fruitfulness, and vouch-safe that their hearts may rejoice looking upon their sons and daughters." They alluded to God's creation of a wife from Adam's rib, "and for this cause a man shall leave father and mother, and cleave unto his wife, and they two shall be one flesh," and that "this is a great mystery"; they prayed that God would make them fruitful and bless them, like Isaac and Rebecca, Joseph, Moses and Zipporah, and that they see their children's children. "That's all splendid," thought Kitty, listening to these words, "all that cannot be other-wise," and a smile of joy, involuntarily reflected in everyone who looked at her, beamed on her radiant face.

"Put it on quite!" voices were heard urging, when the priest had put the crowns on them, and Shcherbatsky, his hand shaking in its three-button glove, held the crown high above her head.

"Put it on!" she whispered, smiling.

Levin looked at her and was struck by the joyful radiance on her face, and involuntarily her feeling infected him. He too, like her, felt serene and happy.

They were happy listening to the epistle read, and to the roll of the proto-deacon's voice at the last verse, awaited with such impatience by the outside public. They were happy drinking out of the shallow cup the warm red wine mixed with water, and they were still happier when the priest, flinging back his vestment and taking both their hands in his, led them round the lectern to the storm of the bass chanting "Rejoice, O Isaiah." Shcherbatsky and Chirikov, supporting the crowns and getting tangled in the bride's train, also smiling and rejoicing at something, were at one moment left behind, at the next running against the bridal couple as the priest stopped. The spark of joy kindled in Kitty seemed to have infected everyone in the church. It seemed to Levin that both the priest and the deacon too wanted to smile just as he did.

Taking the crowns off their heads, the priest read the last prayer and congratulated the newlyweds. Levin looked at Kitty, and he had never be-fore seen her look as she did. She was charming with the new radiance of happiness on her face. Levin longed to say something to her, but he did not know whether it was all over. The priest got him out of his difficulty. He smiled with his kindly mouth and said gently:

"Kiss your wife, and you kiss your husband," and took the candles out of their hands.

Левин поцеловал с осторожностью ее улыбнувшиеся губы, подал ей руку и, ощущая новую, странную близость, пошел из церкви. Он не верил, не мог верить, что это была правда. Только когда встречались их удивленные и робкие взгляды, он верил этому, потому что чувствовал, что они уже были одно.

После ужина в ту же ночь молодые уехали в деревню.

VII

Вронский с Анною три месяца уже путешествовали вместе по Европе. Они объездили Венецию, Рим, Неаполь и только что приехали в небольшой итальянский город, где хотели поселиться на некоторое время.

Красавец обер-кельнер с начинавшимся от шеи пробором в густых напомаженных волосах, во фраке и с широкою белою батистовою грудью рубашки, со связкой брелок над округленным брюшком, заложив руки в карманы, презрительно прищурившись, строго отвечал что-то остановившемуся господину. Услыхав с другой стороны подъезда шаги, всходившие на лестницу, обер-кельнер обернулся и, увидав русского графа, занимавшего у них лучшие комнаты, почтительно вынул руки из карманов и, наклонившись, объяснил, что курьер был и что дело с наймом палаццо состоялось. Главный управляющий готов подписать условие.

— А! Я очень рад, — сказал Вронский. — А госпожа дома или нет?

— Они выходили гулять, но теперь вернулись, — отвечал кельнер.

Вронский снял с своей головы мягкую с большими полями шляпу и отер платком потный лоб и отпущенные до половины ушей волосы, зачесанные назад и закрывавшие его лысину. И, взглянув рассеянно на стоявшего еще и приглядывавшегося к нему господина, он хотел пройти.

— Господин этот русский и спрашивал про вас, — сказал обер-кельнер.

Со смешанным чувством досады, что никуда не уйдешь от знакомых, и желания найти хоть какое-нибудь развлечение от однообразия своей жизни, Вронский еще раз оглянулся на отошедшего и остановившегося господина; и в одно и то же время у обоих просветлели глаза.

— Голенищев!

— Вронский!

Действительно, это был Голенищев, товарищ Вронского по Пажескому корпусу. Голенищев в корпусе принадлежал к либеральной партии, из корпуса вышел гражданским чином и нигде не служил. Товарищи совсем разошлись по выходе из корпуса и встретились после только один раз.

Levin kissed her smiling lips with care, gave her his arm, and with a new strange sense of closeness, walked out of the church. He did not believe, he could not believe, that it was true. Only when their wondering and timid eyes met did he believe it, because he felt that they were already one.

After supper, the same night, the newlyweds left for the country.

VII

Vronsky and Anna had been traveling for three months together in Europe. They had visited Venice, Rome, and Naples, and had just arrived at a small Italian town where they meant to stay some time.

A handsome head waiter, his thick pomaded hair parted from the neck upwards, wearing a tailcoat, a broad white cambric shirt front, and a bunch of trinkets on his rounded belly, his hands in his pockets, his eyelids narrowed contemptuously, was giving some harsh reply to a gentleman who stopped in front of him. Catching the sound of footsteps coming from the other side of the entry up the staircase, the head waiter turned, and seeing the Russian Count, who had taken their best rooms, deferentially took his hands out of his pockets, and with a bow informed him that a courier had been, and that the business of renting the palazzo had been arranged. The head steward was ready to sign the agreement.

"Ah! I'm very glad," said Vronsky. "Is madame at home or not?"

"Madame has been out for a walk but has returned now," answered the waiter.

Vronsky took off his soft, wide-brimmed hat from his head and passed his handkerchief over his sweaty forehead and hair, which had grown half-way over his ears, and was combed back covering his bald patch. And glancing absentmindedly at the gentleman, who still stood there gazing intently at him, he was about to go on.

"This gentleman is a Russian, and was inquiring about you," said the head waiter.

With a mixed feeling of annoyance at never being able to get away from acquaintances anywhere, and longing to find some sort of diversion from the monotony of his life, Vronsky looked once more at the gentleman, who had retreated and stood still, and at the same moment a light came into the eyes of both.

"Golenishchev!"

"Vronsky!"

It really was Golenishchev, a comrade of Vronsky's in the Corps of Pages. In the corps Golenishchev had belonged to the liberal party; he left the corps with a civil grade, and had not served anywhere. The comrades had gone completely different ways on leaving the corps, and had only met once since.

При этой встрече Вронский понял, что Голенищев избрал какую-то высокоумную либеральную деятельность и вследствие этого хотел презирать деятельность и звание Вронского. Поэтому Вронский при встрече с Голенищевым дал ему тот холодный и гордый отпор, который он умел давать людям и смысл которого был таков: "Вам может нравиться или не нравиться мой образ жизни, но мне это совершенно все равно: вы должны уважать меня, если хотите меня знать". Голенищев же был презрительно равнодушен к тону Вронского. Эта встреча, казалось бы, еще больше должна была разобщить их. Теперь же они просияли и вскрикнули от радости, узнав друг друга. Вронский никак не ожидал, что он так обрадуется Голенищеву, но, вероятно, он сам не знал, как ему было скучно. Он забыл неприятное впечатление последней встречи и с открытым радостным лицом протянул руку бывшему товарищу. Такое же выражение радости заменило прежнее тревожное выражение лица Голенищева.

— Как я рад тебя встретить! — сказал Вронский, выставляя дружелюбною улыбкой свои крепкие белые зубы.

— А я слышу: Вронский, но который — не знал. Очень, очень рад!

— Войдем же. Ну, что ты делаешь?

— Я уже второй год живу здесь. Работаю.

— А! — с участием сказал Вронский, — Войдем же.

И по обычной привычке русских, вместо того чтоб именно по-русски сказать то, что он хотел скрыть от слуг, заговорил по-французски.

— Ты знаком с Карениной? Мы вместе путешествуем. Я к ней иду, — по-французски сказал он, внимательно вглядываясь в лицо Голенищева.

— А! Я и не знал (хотя он и знал), — равнодушно отвечал Голенищев. — Ты давно приехал? — прибавил он.

— Я? Четвертый день, — ответил Вронский, еще раз внимательно вглядываясь в лицо товарища.

"Да, он порядочный человек и смотрит на дело как должно, — сказал себе Вронский, поняв значение выражения лица Голенищева и перемены разговора. — Можно познакомить его с Анной, он смотрит как должно".

Вронский в эти три месяца, которые он провел с Анной за границей, сходясь с новыми людьми, всегда задавал себе вопрос о том, как это новое лицо посмотрит на его отношения к Анне, и большею частью встречал в мужчинах какое должно понимание. Но если б его спросили и спросили тех, которые понимали "как должно", в чем состояло это понимание, и он и они были бы в большом затруднении.

В сущности, понимавшие, по мнению Вронского, "как должно" никак не понимали этого, а держали себя вообще, как держат себя благовоспитанные люди относительно всех сложных и неразрешимых вопросов, со всех сторон окружающих жизнь, — держали себя прилично, избегая намеков и неприятных вопросов. Они делали вид, что

At that meeting Vronsky perceived that Golenishchev had taken up a sort of lofty-minded liberal activity, and was consequently disposed to scorn Vronsky's activity and rank. Hence Vronsky had met Golenishchev with the chilling and proud snub he knew how to give people, the meaning of which was: "You may like or dislike my way of life, but that's a matter of total indifference to me: you will have to respect me if you want to know me." But Golenishchev had been contemptuously indifferent to Vronsky's tone. That meeting might have been expected, one would suppose, to estrange them still more. But now they beamed and exclaimed with joy on recognizing one another. Vronsky had never expected to be so pleased to see Golenishchev, but probably he was not himself aware how bored he was. He forgot the disagreeable impression of their last meeting, and with an open, joyful face held out his hand to his former comrade. The same expression of joy replaced the previous look of uneasiness on Golenishtchev's face.

"How glad I am to meet you!" said Vronsky, showing his strong white teeth in a friendly smile.

"I heard the name Vronsky, but I didn't know which one. I'm very, very glad!"

"Let's go in. Well, what have you been up to?"

"I've been living here for more than a year. I'm working."

"Ah!" said Vronsky, with sympathy. "Let's go in."

And with the habit common with Russians, instead of saying in Russian what he wanted to keep from the servants, he began to speak in French.

"Do you know Karenina? We are traveling together. I am going to see her now," he said in French, carefully scrutinizing Golenishtchev's face.

"Ah! I did not know" (though he did know), Golenishchev answered indifferently. "Have you been here long?" he added.

"I? This is the fourth day," Vronsky answered, once more scrutinizing his comrade's face intently.

"Yes, he's a decent fellow, and looks at the thing properly," Vronsky said to himself, understanding the meaning of Golenishtchev's expression and the change of subject. "I can introduce him to Anna, he looks at it properly."

During those three months that Vronsky had spent abroad with Anna, he had always, on meeting new people, asked himself how the new person would look at his relations with Anna, and for the most part, in men, he had met with the "proper" way of looking at it. But if he had been asked, and those who looked at it "properly" had been asked, exactly how they did look at it, both he and they would have been in great puzzlement.

As a matter of fact, those who in Vronsky's opinion had the "proper" view had no sort of view at all, but behaved in general as well-bred people do behave in regard to all the complex and insoluble problems with which life is encompassed on all sides; they behaved with propriety, avoiding allusions and unpleasant questions. They assumed an air of fully comprehending the

вполне понимают значение и смысл положения, признают и даже одобряют его, но считают неуместным и лишним объяснять все это.

Вронский сейчас же догадался, что Голенищев был один из таких, и потому вдвойне был рад ему. Действительно, Голенищев держал себя с Карениной, когда был введен к ней, так, как только Вронский мог желать этого. Он, очевидно, без малейшего усилия избегал всех разговоров, которые могли бы повести к неловкости.

Он не знал прежде Анну и был поражен ее красотой и еще более тою простотой, с которою она принимала свое положение. Она покраснела, когда Вронский ввел Голенищева, и эта детская краска, покрывшая ее открытое и красивое лицо, чрезвычайно понравилась ему. Но особенно понравилось ему то, что она тотчас же, как бы нарочно, чтобы не могло быть недоразумений при чужом человеке, назвала Вронского просто Алексеем и сказала, что они переезжают с ним во вновь нанятый дом, который здесь называют палаццо. Это прямое и простое отношение к своему положению понравилось Голенищеву. Глядя на добродушно-веселую энергическую манеру Анны, зная Алексея Александровича и Вронского, Голенищеву казалось, что он вполне понимает ее. Ему казалось, что он понимает то, чего она никак не понимала: именно того, как она могла, сделав несчастие мужа, бросив его и сына и потеряв добрую славу, чувствовать себя энергически-веселою и счастливою.

— Он в гиде есть, — сказал Голенищев про тот палаццо, который нанимал Вронский. — Там прекрасный Тинторетто есть. Из его последней эпохи.

— Знаете что? Погода прекрасная, пойдемте туда, еще раз взглянем, — сказал Вронский, обращаясь к Анне.

— Очень рада, я сейчас пойду надену шляпу. Вы говорите, что жарко? — сказала она, остановившись у двери и вопросительно глядя на Вронского. И опять яркая краска покрыла ее лицо.

Вронский понял по ее взгляду, что она не знала, в каких отношениях он хочет быть с Голенищевым, и что она боится, так ли она вела себя, как он бы хотел.

Он посмотрел на нее нежным, продолжительным взглядом.

— Нет, не очень, — сказал он.

И ей показалось, что она все поняла, главное то, что он доволен ею; и, улыбнувшись ему, она быстрою походкой вышла из двери.

Приятели взглянули друг на друга, и в лицах обоих произошло замешательство, как будто Голенищев, очевидно любовавшийся ею, хотел что-нибудь сказать о ней и не находил что, а Вронский желал и боялся того же.

— Так вот как, — начал Вронский, чтобы начать какой-нибудь разговор. — Так ты поселился здесь? Так ты все занимаешься тем же? — продолжал он, вспоминая, что ему говорили, что Голенищев писал что-то...

significance and meaning of the situation, of accepting and even approving of it, but of considering it superfluous and uncalled for to put all this into words.

Vronsky at once realized that Golenishchev was one of those, and therefore was doubly pleased to see him. And in fact, Golenishtchev's manner to Karenina, when he was brought to her, was all that Vronsky could have desired. Obviously without the slightest effort he steered clear of all conversations which might have led to embarrassment.

He had never met Anna before, and was struck by her beauty, and still more by the frankness with which she accepted her position. She blushed when Vronsky brought in Golenishchev, and he liked very much this childlike color overspreading her open and beautiful face. But what he liked particularly was the way in which at once, as if on purpose that there might be no misunderstanding with an outsider, she called Vronsky simply Alexey, and said that they were moving together to a house they had just taken, what was here called a palazzo. Golenishchev liked this direct and simple attitude to her position. Looking at Anna's manner of simplehearted, spirited gaiety, and knowing Alexey Alexandrovich and Vronsky, Golenishchev fancied that he understood her perfectly. He fancied that he understood what she was utterly unable to understand: how it was that, having made her husband miserable, having abandoned him and her son and lost her good name, she could yet feel spiritedly cheerful and happy.

"It's in the guidebook," said Golenishchev, referring to the palazzo Vronsky had taken. "There's a first-rate Tintoretto there. One of his latest period."

"You know what? It's a lovely day, let's go there and have another look," said Vronsky, addressing Anna.

"I shall be very glad to; I'll go and put on my hat. You're saying it's hot?" she said, stopping at the door and looking inquiringly at Vronsky. And again the vivid color overspread her face.

Vronsky saw from her eyes that she did not know on what terms he wanted to be with Golenishchev, and that she was afraid of not behaving as he would wish.

He gave her a long, tender look.

"No, not very," he said.

And it seemed to her that she understood everything, most of all, that he was pleased with her; and smiling to him, she walked with her rapid step out of the door.

The friends glanced at one another, and a look of hesitation came onto both faces, as if Golenishchev, obviously admiring her, would have liked to say something about her, and could not find what, while Vronsky desired and dreaded the same thing.

"Well then," Vronsky began to begin a conversation of some sort. "So you've settled here? So you're still doing the same thing?" he went on, recalling that he had been told Golenishchev was writing something...

— Да, я пишу вторую часть “Двух начал”, — сказал Голенищев, вспыхнув от удовольствия при этом вопросе, — то есть, чтобы быть точным, я не пишу еще, но подготовляю, собираю материалы. Она будет гораздо обширнее и захватит почти все вопросы. У нас, в России, не хотят понять, что мы наследники Византии, — начал он длинное, горячее объяснение.

Вронскому было сначала неловко за то, что он не знал и первой статьи о “Двух началах”, про которую ему говорил автор как про что-то известное. Но потом, когда Голенищев стал излагать свои мысли и Вронский мог следить за ним, то, и не зная “Двух начал”, он не без интереса слушал его, так как Голенищев говорил хорошо. Но Вронского удивляло и огорчало то раздраженное волнение, с которым Голенищев говорил о занимавшем его предмете. Чем дальше он говорил, тем больше у него разгорались глаза, тем поспешнее он возражал мнимым противникам и тем тревожнее и оскорбленнее становилось выражение его лица. Вспоминая Голенищева худеньким, живым, добродушным и благородным мальчиком, всегда первым учеником в корпусе, Вронский никак не мог понять причины этого раздражения и не одобрял его. В особенности ему не нравилось то, что Голенищев, человек хорошего круга, становился на одну доску с какими-то писаками, которые его раздражали, и сердился на них. Стоило ли это того? Это не нравилось Вронскому, но, несмотря на то, он чувствовал, что Голенищев несчастлив, и ему жалко было его. Несчастие, почти умопомешательство, видно было в этом подвижном, довольно красивом лице в то время, как он, не замечая даже выхода Анны, продолжал торопливо и горячо высказывать свои мысли.

Когда Анна вышла в шляпе и накидке и, быстрым движением красивой руки играя зонтиком, остановилась подле него, Вронский с чувством облегчения оторвался от пристально устремленных на него жалующихся глаз Голенищева и с новою любовию взглянул на свою прелестную, полную жизни и радости подругу. Голенищев с трудом опомнился и первое время был уныл и мрачен, но Анна, ласково расположенная ко всем (какою она была это время), скоро освежила его своим простым и веселым обращением. Попытав разные предметы разговора, она навела его на живопись, о которой он говорил очень хорошо, и внимательно слушала его. Они дошли пешком до нанятого дома и осмотрели его.

— Я очень рада одному, — сказала Анна Голенищеву, когда они уже возвращались. — У Алексея будет atelier хороший. Непременно ты возьми эту комнату, — сказала она Вронскому по-русски и говоря ему ты, так как она уже поняла, что Голенищев в их уединении сделается близким человеком и что пред ним скрываться не нужно.

— Разве ты пишешь? — сказал Голенищев, быстро оборачиваясь к Вронскому.

— Да, я давно занимался и теперь немного начал, — сказал Вронский, краснея.

"Yes, I'm writing the second part of The Two Elements," said Golenishchev, flushing with pleasure at the question, "that is, to be precise, I am not writing yet, but I am preparing, collecting materials. It will be of far wider scope, and will touch on almost all questions. We in Russia don't want to understand that we are heirs of Byzantium," and he launched into a long, passionate explanation.

Vronsky at first felt embarrassed, not knowing even the first part of The Two Elements, of which the author spoke to him as something well known. But then, as Golenishchev began to lay down his ideas and Vronsky was able to follow them, even without knowing The Two Elements, he listened to him not without interest, for Golenishchev spoke well. But Vronsky was surprised and vexed by the nervous agitation with which Golenishchev talked of the subject that engrossed him. The longer he talked, the more his eyes glittered, the more he hurried in his objections to imaginary opponents, and the more worried and aggrieved the expression of his face became. Remembering Golenishchev as a thin, lively, good-natured and noble boy, always the first student in the corps, Vronsky could by no means understand the reason of this anger and did not approve of it. What he particularly disliked was that Golenishchev, a man from a good set, put himself on the same level with some scribblers who irritated him, and was angry with them. Was it worth it? Vronsky disliked it, yet, in spite of it, he felt that Golenishchev was unhappy, and was sorry for him. Unhappiness, almost mental derangement, was visible on this agile, rather handsome face, while without even noticing Anna's coming out, he went on hurriedly and passionately expressing his ideas.

When Anna came out in her hat and cape, her lovely hand playing in rapid movements with her parasol, and stood beside him, Vronsky broke away with a feeling of relief from Golenishchev's plaintive eyes which fastened intently upon him, and with a new love looked at his charming companion, full of life and joy. Golenishchev recovered himself with an effort, and at first was dejected and gloomy, but Anna, tenderly disposed towards everyone (as she was at that time), soon revived him by her simple and cheerful manner. After trying various subjects of conversation, she got him upon painting, of which he talked very well, and she listened to him attentively. They walked to the house they had taken, and looked it over.

"I am very glad of one thing," said Anna to Golenishchev when they were on their way back. "Alexey will have a good atelier. You must certainly take that room," she said to Vronsky in Russian, using the familiar form, as she already understood that Golenishchev would become close to them in their isolation, and that there was no need of reserve before him.

"Do you paint?" said Golenishchev, turning quickly to Vronsky.

"Yes, I used to paint long ago, and now I have begun a little," said Vronsky, blushing.

— У него большой талант, — сказала Анна с радостною улыбкой. — Я, разумеется, не судья! Но судьи знающие то же сказали.

VIII

Анна в этот первый период своего освобождения и быстрого выздоровления чувствовала себя непростительно счастливою и полною радости жизни. Воспоминание несчастия мужа не отравляло ее счастия. Воспоминание это, с одной стороны, было слишком ужасно, чтобы думать о нем. С другой стороны, несчастие ее мужа дало ей слишком большое счастие, чтобы раскаиваться. Воспоминание обо всем, что случилось с нею после болезни: примирение с мужем, разрыв, известие о ране Вронского, его появление, приготовление к разводу, отъезд из дома мужа, прощанье с сыном — все это казалось ей горячечным сном, от которого она проснулась одна с Вронским за границей. Воспоминание о зле, причиненном мужу, возбуждало в ней чувство, похожее на отвращение и подобное тому, какое испытывал бы тонувший человек, оторвавший от себя вцепившегося в него человека. Человек этот утонул. Разумеется, это было дурно, но это было единственное спасенье, и лучше не вспоминать об этих страшных подробностях.

Одно успокоительное рассуждение о своем поступке пришло ей тогда, в первую минуту разрыва, и, когда она вспомнила теперь обо всем прошедшем, она вспомнила это одно рассуждение. "Я неизбежно сделала несчастие этого человека, — думала она, — но я не хочу пользоваться этим несчастием; я тоже страдаю и буду страдать: я лишаюсь того, чем я более всего дорожила, — я лишаюсь честного имени и сына. Я сделала дурно и потому не хочу счастия, не хочу развода и буду страдать позором и разлукой с сыном". Но, как ни искренно хотела Анна страдать, она не страдала. Позора никакого не было. С тем тактом, которого так много было у обоих, они за границей, избегая русских дам, никогда не ставили себя в фальшивое положение и везде встречали людей, которые притворялись, что вполне понимали их взаимное положение гораздо лучше, чем они сами понимали его. Разлука с сыном, которого она любила, и та не мучала ее первое время. Девочка, его ребенок, была так мила и так привязала к себе Анну с тех пор, как у ней осталась одна эта девочка, что Анна редко вспоминала о сыне.

Потребность жизни, увеличенная выздоровлением, была так сильна и условия жизни были так новы и приятны, что Анна чувствовала себя непростительно счастливою. Чем больше она узнавала Вронского, тем больше она любила его. Она любила его за его самого и за его любовь к ней. Полное обладание им было ей постоянно радостно. Близость его ей всегда была приятна. Все черты его характера, который она узнавала больше и больше, были для нее невыразимо милы. Наружность его, изменившаяся в штатском платье, была для

"He has great talent," said Anna with a cheerful smile. "I'm no judge, of course! But competent judges have said the same."

VIII

Anna, in that first period of her emancipation and rapid recovery, felt herself unpardonably happy and full of the joy of life. The recollection of her husband's unhappiness did not poison her happiness. On the one hand, that recollection was too awful to be thought of. On the other hand, her husband's unhappiness had given her too much happiness to be regretted. The recollection of all that had happened to her after her illness: the reconciliation with her husband, the break-up, the news of Vronsky's wound, his appearance, the preparation for divorce, the departure from her husband's house, the parting from her son—all that seemed to her a delirious dream, from which she had waked up alone with Vronsky abroad. The recollection of the harm caused to her husband aroused in her a feeling like repulsion, and akin to what a drowning man might feel who has shaken off another man clinging to him. That man did drown. It was an evil action, of course, but it was the sole means of salvation, and better not to remember those terrible details.

One consolatory reflection upon her conduct had occurred to her then, at the first moment of the break-up, and when now she recalled all the past, she recalled that one reflection. "I have inevitably made that man miserable," she thought, "but I don't want to profit by this misery; I too am suffering, and shall suffer; I am losing what I valued above everything—I am losing my good name and my son. I have done wrong, and so I don't want happiness, I don't want a divorce, and shall suffer from my shame and the separation from my son." But, however sincerely Anna wanted to suffer, she was not suffering. Shame there was not. With the tact of which both had such a large share, they had succeeded in avoiding Russian ladies abroad, and so had never placed themselves in a false position, and everywhere they had met people who pretended that they perfectly understood their mutual position far better than they did themselves. Separation from the son she loved—even that did not cause her anguish in these early days. The baby girl, his child, was so sweet, and had so won Anna's heart, since she was all that was left her, that Anna rarely remembered her son.

The desire for life, increased by her recovery, was so intense, and the conditions of life were so new and pleasant, that Anna felt unpardonably happy. The more she got to know Vronsky, the more she loved him. She loved him for himself, and for his love for her. Her complete ownership of him was a continual joy to her. His closeness was always pleasant to her. All the traits of his character, which she was getting to know better and better, were unutterably dear to her. His appearance, changed by

нее привлекательна, как для молодой влюбленной. Во всем, что он говорил, думал и делал, она видела что-то особенно благородное и возвышенное. Ее восхищение пред ним часто пугало ее самое: она искала и не могла найти в нем ничего непрекрасного. Она не смела показывать ему сознание своего ничтожества пред ним. Ей казалось, что он, зная это, скорее может разлюбить ее; а она ничего так не боялась теперь, хотя и не имела к тому никаких поводов, как потерять его любовь. Но она не могла не быть благодарна ему за его отношение к ней и не показывать, как она ценит его. Он, по ее мнению, имевший такое определенное призвание к государственной деятельности, в которой должен был играть видную роль, — он пожертвовал честолюбием для нее, никогда не показывая ни малейшего сожаления. Он был, более чем прежде, любовно-почтителен к ней, и мысль о том, чтоб она никогда не почувствовала неловкости своего положения, ни на минуту не покидала его. Он, столь мужественный человек, в отношении ее не только никогда не противоречил, но не имел своей воли и был, казалось, только занят тем, как предупредить ее желания. И она не могла не ценить этого, хотя эта самая напряженность его внимания к ней, эта атмосфера забот, которою он окружал ее, иногда тяготили ее.

Вронский между тем, несмотря на полное осуществление того, чего он желал так долго, не был вполне счастлив. Он скоро почувствовал, что осуществление его желания доставило ему только песчинку из той горы счастия, которой он ожидал. Это осуществление показало ему ту вечную ошибку, которую делают люди, представляя себе счастие осуществлением желания. Первое время после того, как он соединился с нею и надел штатское платье, он почувствовал всю прелесть свободы вообще, которой он не знал прежде, и свободы любви, и был доволен, но недолго. Он скоро почувствовал, что в душе его поднялись желания желаний, тоска. Независимо от своей воли, он стал хвататься за каждый мимолетный каприз, принимая его за желание и цель. Шестнадцать часов дня надо было занять чем-нибудь, так как они жили за границей на совершенной свободе, вне того круга условий общественной жизни, который занимал время в Петербурге. Об удовольствиях холостой жизни, которые в прежние поездки за границу занимали Вронского, нельзя было и думать, так как одна попытка такого рода произвела неожиданное и не соответствующее позднему ужину с знакомыми уныние в Анне. Сношений с обществом местным и русским, при неопределенности их положения, тоже нельзя было иметь. Осматривание достопримечательностей, не говоря о том, что все уже было видено, не имело для него, как для русского и умного человека, той необъяснимой значительности, которую умеют приписывать этому делу англичане.

И как голодное животное хватает всякий попадающийся предмет, надеясь найти в нем пищу, так и Вронский совершенно бессознательно хватался то за политику, то за новые книги, то за картины.

his civilian dress, was as fascinating to her as to a young girl in love. In everything he said, thought, and did, she saw something particularly noble and elevated. Her admiration for him often alarmed her: she sought and could not find in him anything not fine. She dared not show him her sense of her own insignificance before him. It seemed to her that, knowing this, he might sooner cease to love her; and she dreaded nothing now so much as losing his love, though she had no grounds for it. But she could not help being grateful to him for his attitude to her, and showing how much she appreciated it. He, who had in her opinion such an obvious vocation for state activity, in which he ought to have played an eminent part—he had sacrificed his ambition for her, and never showed the slightest regret. He was more lovingly respectful to her than ever, and the thought that she should never feel the awkwardness of her position did not desert him for a single instant. He, so manly a man, not only never contradicted her, but had no will of his own, and was anxious, it seemed, for nothing but to anticipate her wishes. And she could not but appreciate this, though the very intensity of his solicitude for her, the atmosphere of care with which he surrounded her, sometimes weighed upon her.

Vronsky, meanwhile, in spite of the complete realization of what he had so long desired, was not entirely happy. He soon felt that the realization of his desire gave him only a grain out of the mountain of happiness he had expected. This realization showed him the eternal mistake people make in picturing to themselves happiness as the realization of their desires. At first, after joining his life to hers and putting on civilian clothes, he had felt all the delight of freedom in general which he had not known before, and of freedom of love, and he was content, but not for long. He soon felt that there was springing up in his soul a desire for desires, an anxiety. Independently of his will, he began to clutch at every passing caprice, taking it for a desire and an object. Sixteen hours of the day had to be occupied in some way, since they were living abroad in complete freedom, outside the conditions of social life which had occupied their time in Petersburg. Of the pleasures of bachelor life, which had occupied Vronsky on previous tours abroad, he could not even think, since the sole attempt of the sort had led to a sudden attack of depression in Anna, quite out of proportion with the cause—a late supper with acquaintances. Relations with local or Russian society were equally out of the question owing to the ambiguity of their position. Sightseeing, apart from the fact that everything had been seen already, had not for him, a Russian and a sensible man, the inexplicable significance Englishmen are able to attach to that pursuit.

And just as a hungry animal grabs every object it comes across, hoping to find nourishment in it, so Vronsky quite unconsciously grabbed first politics, then new books, and then pictures.

Так как смолоду у него была способность к живописи и так как он, не зная, куда тратить свои деньги, начал собирать гравюры, он остановился на живописи, стал заниматься ею и в нее положил тот незанятый запас желаний, который требовал удовлетворения.

У него была способность понимать искусство и верно, со вкусом подражать искусству, и он подумал, что у него есть то самое, что нужно для художника, и, несколько времени поколебавшись, какой он выберет род живописи: религиозный, исторический жанр или реалистический, он принялся писать. Он понимал все роды и мог вдохновляться и тем и другим; но он не мог себе представить того, чтобы можно было вовсе не знать, какие есть роды живописи, и вдохновляться непосредственно тем, что есть в душе, не заботясь, будет ли то, что он напишет, принадлежать к какому-нибудь известному роду. Так как он не знал этого и вдохновлялся не непосредственно жизнью, а посредственно, жизнью, уже воплощенною искусством, то он вдохновлялся очень быстро и легко и так же быстро и легко достигал того, что то, что он писал, было очень похоже на тот род, которому он хотел подражать.

Более всех других родов ему нравился французский, грациозный и эффектный, и в таком роде он начал писать портрет Анны в итальянском костюме, и портрет этот казался ему и всем, кто его видел, очень удачным.

IX

Старый, запущенный палаццо с высокими лепными плафонами и фресками на стенах, с мозаичными полами, с тяжелыми желтыми штофными гардинами на высоких окнах, вазами на консолях и каминах, с резными дверями и с мрачными залами, увешанными картинами, — палаццо этот, после того как они переехали в него, самою своею внешностью поддерживал во Вронском приятное заблуждение, что он не столько русский помещик, егермейстер без службы, сколько просвещенный любитель и покровитель искусств, и сам — скромный художник, отрекшийся от света, связей, честолюбия для любимой женщины.

Избранная Вронским роль с переездом в палаццо удалась совершенно, и, познакомившись чрез посредство Голенищева с некоторыми интересными лицами, первое время он был спокоен. Он писал под руководством итальянского профессора живописи этюды с натуры и занимался средневековою итальянскою жизнью. Средневековая итальянская жизнь в последнее время так прельстила Вронского, что он даже шляпу и плед через плечо стал носить по-средневековски, что очень шло к нему.

— А мы живем и ничего не знаем, — сказал раз Вронский пришедшему к ним поутру Голенищеву. — Ты видел картину Михайлова? — сказал он, подавая ему только что полученную утром русскую газету

As he had from his youth an ability for painting, and as, not knowing what to spend his money on, he had begun collecting engravings, he came to a stop at painting, began practicing it, and put into it the unoccupied stock of desires which demanded satisfaction.

He had an ability to appreciate art, and correctly, with a taste, to imitate art, and he supposed himself to have the real thing essential for an artist, and after hesitating for some time which kind of painting to select—religious, historical, or realistic—he started to paint. He appreciated all kinds and could be inspired by any one of them; but he could not imagine the possibility of knowing nothing at all of any kind of painting, and of being inspired directly by what is within the soul, without caring whether what is painted will belong to any specific kind. Since he did not know this, and drew his inspiration not directly from life, but indirectly from life already embodied in art, his inspiration came very quickly and easily, and as quickly and easily came his success in painting something very similar to the kind of painting he wanted to imitate.

More than any other style he liked the French—graceful and effective—and in that style he began to paint Anna's portrait in Italian costume, and this portrait seemed to him, and to everyone who saw it, extremely successful.

IX

The old neglected palazzo, with high stucco ceilings and frescoes on the walls, with mosaic floors, heavy yellow brocade curtains on the high windows, vases on consoles and mantelpieces, carved doors and gloomy halls hung with pictures—this palazzo did much, by its very appearance after they had moved into it, to confirm in Vronsky the agreeable illusion that he was not so much a Russian landowner, a chief ranger without a post, as an enlightened amateur and patron of the arts, himself a modest artist who had renounced society, connections, ambition for the woman he loved.

The role chosen by Vronsky with their removal into the palazzo was completely successful, and having, through Golenishchev, made acquaintance with a few interesting people, for a time he was satisfied. He painted studies from nature under the guidance of an Italian professor of painting, and studied mediaeval Italian life. Mediaeval Italian life so fascinated Vronsky lately that he even wore a hat and flung a plaid over his shoulder in the mediaeval style, which was extremely becoming to him.

"Here we live and know nothing," Vronsky said to Golenishchev as he came to see them one morning. "Have you seen Mikhailov's picture?" he said, handing him a Russian newspaper he had just received that

и указывая на статью о русском художнике, жившем в том же городе и окончившем картину, о которой давно ходили слухи и которая вперед была куплена. В статье были укоры правительству и Академии за то, что замечательный художник был лишен всякого поощрения и помощи.

— Видел, — отвечал Голенищев. — Разумеется, он не лишен дарования, но совершенно фальшивое направление. Все то же ивановско-штрау-совско-ренановское отношение к Христу и религиозной живописи.

— Что представляет картина? — спросила Анна.

— Христос пред Пилатом. Христос представлен евреем со всем реализмом новой школы.

И, вопросом о содержании картины наведенный на одну из самых любимых тем своих, Голенищев начал излагать:

— Я не понимаю, как они могут так грубо ошибаться. Христос уже имеет свое определенное воплощение в искусстве великих стариков. Стало быть, если они хотят изображать не Бога, а революционера или мудреца, то пусть из истории берут Сократа, Франклина, Шарлотту Корде, но только не Христа. Они берут то самое лицо, которое нельзя брать для искусства, и потом...

— А что же, правда, что этот Михайлов в такой бедности? — спросил Вронский, думая, что ему, как русскому меценату, несмотря на то, хороша ли, или дурна его картина, надо бы помочь художнику.

— Едва ли. Он портретист замечательный. Вы видели его портрет Васильчиковой? Но он, кажется, не хочет больше писать портретов, и потому, может быть, что и точно он в нужде. Я говорю, что...

— Нельзя ли его попросить сделать портрет Анны Аркадьевны? — сказал Вронский.

— Зачем мой? — сказала Анна. — После твоего я не хочу никакого портрета. Лучше Ани (так она звала свою девочку). Вот и она, — прибавила она, выглянув в окно на красавицу итальянку-кормилицу, которая вынесла ребенка в сад, и тотчас же незаметно оглянувшись на Вронского. Красавица кормилица, с которой Вронский писал голову для своей картины, была единственное тайное горе в жизни Анны. Вронский, писав с нее, любовался ее красотой и средневековостью, и Анна не смела себе признаться, что она боится ревновать эту кормилицу, и поэтому особенно ласкала и баловала и ее и ее маленького сына.

Вронский взглянул тоже в окно и в глаза Анны и, тотчас же оборотившись к Голенищеву, сказал:

— А ты знаешь этого Михайлова?

— Я его встречал. Но он чудак и без всякого образования. Знаете, один из этих диких новых людей, которые теперь часто встречаются; знаете, из тех вольнодумцев, которые d'emblée[1] воспитаны в понятиях неверия, отрицания и материализма. Прежде, бывало, — говорил Голенищев, не замечая или не желая заметить, что и Анне и Вронскому хотелось говорить, — прежде, бывало, вольнодумец был человек, который воспитался в понятиях религии, закона, нравственности и сам борьбой и трудом доходил до вольнодумства; но теперь является

---

[1] сразу (франц.).

morning, and pointing to an article about a Russian artist, living in the same town, and just finishing a picture which had long been talked about, and had been bought beforehand. The article reproached the government and the Academy for letting so remarkable an artist be left without any encouragement and support.

"I've seen it," answered Golenishchev. "Of course, he's not without talent, but it's all in a false direction. It's the same old Ivanov-Strauss-Renan attitude to Christ and religious painting."

"What does the picture represent?" asked Anna.

"Christ before Pilate. Christ is presented as a Jew with all the realism of the new school."

And the question of the subject of the picture having brought him to one of his favorite topics, Golenishchev began to enunciate:

"I don't understand how they can fall into such a gross mistake. Christ already has His definite embodiment in the art of the great old masters. And therefore, if they want to depict not God, but a revolutionary or a sage, let them take from history Socrates, Franklin, Charlotte Corday, only not Christ. They take the very figure which cannot be taken for art, and then..."

"And is it true that this Mikhailov is in such poverty?" asked Vronsky, thinking that, as a Russian Maecenas, it was his duty to help the artist regardless of whether his picture was good or bad.

"Hardly. He's a remarkable portrait-painter. Have you seen his portrait of Vassilchikova? But I believe he doesn't care about painting any more portraits, and so very likely he is in want. I'm saying that..."

"Couldn't we ask him to paint a portrait of Anna Arkadyevna?" said Vronsky.

"Why of me?" said Anna. "After yours I don't want any portrait. Better of Annie" (so she called her baby girl). "Here she is," she added, looking out of the window at the beautiful Italian wet nurse, who had carried the child out into the garden, and immediately glancing imperceptibly at Vronsky. The beautiful wet nurse, from whom Vronsky was painting a head for his picture, was the only secret grief in Anna's life. While painting her, Vronsky admired her beauty and mediaevalness, and Anna dared not admit to herself that she was afraid of becoming jealous of this wet nurse, and for that reason she particularly cherished and spoiled both her and her little son.

Vronsky, too, glanced out of the window and into Anna's eyes, and, turning at once to Golenishtchev, he said:

"Do you know this Mikhailov?"

"I have met him. But he's a queer fish, and quite without education. You know, one of those wild new people one's so often coming across nowadays; one of those free-thinkers, you know, who are brought up d'emblée[1] in ideas of unbelief, negation, and materialism. In former days," said Golenishchev, not noticing, or not willing to notice, that both Anna and Vronsky wanted to speak, "in former days the free-thinker was a man who had been brought up in ideas of religion, law, morality, and through his struggle and trouble came to free-thinking by himself; but now there has sprung up a

[1] out of hand (French).

новый тип самородных вольнодумцев, которые вырастают и не слыхав даже, что были законы нравственности, религии, что были авторитеты, а которые прямо вырастают в понятиях отрицания всего, то есть дикими. Вот он такой. Он сын, кажется, московского камер-лакея и не получил никакого образования. Когда он поступил в Академию и сделал себе репутацию, он, как человек неглупый, захотел образоваться. И обратился к тому, что ему казалось источником образования, — к журналам. И понимаете, в старину человек, хотевший образоваться, положим француз, стал бы изучать всех классиков: и богословов, и трагиков, и историков, и философов, и, понимаете, весь труд умственный, который бы предстоял ему. Но у нас теперь он прямо попал на отрицательную литературу, усвоил себе очень быстро весь экстракт науки отрицательной, и готов. И мало того: лет двадцать тому назад он нашел бы в этой литературе признаки борьбы с авторитетами, с вековыми воззрениями, он бы из этой борьбы понял, что было что-то другое; но теперь он прямо попадает на такую, в которой даже не удостоивают спором старинные воззрения, а прямо говорят: ничего нет, évolution[1], подбор, борьба за существование — и все. Я в своей статье...

— Знаете что, — сказала Анна, уже давно осторожно переглядывавшаяся с Вронским и знавшая, что Вронского не интересовало образование этого художника, а занимала только мысль помочь ему и заказать ему портрет. — Знаете что? — решительно перебила она разговорившегося Голенищева. — Поедемте к нему!

Голенищев опомнился и охотно согласился. Но так как художник жил в дальнем квартале, то решили взять коляску.

Через час Анна рядом с Голенищевым и с Вронским на переднем месте коляски подъехали к новому некрасивому дому в дальнем квартале. Узнав от вышедшей к ним жены дворника, что Михайлов пускает в свою студию, но что он теперь у себя на квартире в двух шагах, они послали ее к нему с своими карточками, прося позволения видеть его картины.

X

Художник Михайлов, как и всегда, был за работой, когда ему принесли карточки графа Вронского и Голенищева. Утро он работал в студии над большою картиной. Придя к себе, он рассердился на жену за то, что она не умела обойтись с хозяйкой, требовавшею денег.

— Двадцать раз тебе говорил, не входи в объяснения. Ты и так дура, а начнешь по-итальянски объясняться, то выйдешь тройная дура, — сказал он ей после долгого спора.

— Так ты не запускай, я не виновата. Если б у меня были деньги...

— Оставь меня в покое, ради Бога! — вскрикнул со слезами в голосе Михайлов и, заткнув уши, ушел в свою рабочую комнату за перего-

---

[1] эволюция (*франц.*).

new type of self-originated free-thinkers who grow up without even having heard of laws of morality, religion, of the existence of authorities, who grow up directly in ideas of negation of everything, that is, as savages. He's like that. He's the son, it appears, of some Moscow butler, and has never had any sort of education. When he entered the Academy and made his reputation, he wanted, as he's no fool, to educate himself. And he turned to what seemed to him the source of education—the magazines. In old times, you see, a man who wanted to educate himself—a Frenchman, for instance— would start to study all the classics: theologians, tragedians, historians, philosophers, and, you know, all the intellectual work that preceded him. But in our country now he goes straight for the literature of negation, very quickly assimilates all the extract of the science of negation, and he's ready. And that's not all: some twenty years ago he would have found in that literature traces of a struggle with authorities, with the creeds of the ages; he would have perceived from this struggle that there was something else; but now he comes at once upon a literature which doesn't even condescend to argue with the old creeds, but says baldly: there is nothing else—evolution, selection, struggle for existence—and that's all. In my article I..."

"You know what," said Anna, who had for a long while been exchanging wary glances with Vronsky, and knew that Vronsky was not interested in the education of this artist, but was only absorbed by the idea of helping him and commissioning the portrait from him. "You know what?" she resolutely interrupted Golenishchev, who was talking away. "Let's go and see him!"

Golenishchev recovered himself and gladly agreed. But as the artist lived in a remote quarter, they decided to take a carriage.

An hour later Anna, with Golenishchev by her side and Vronsky on the front seat of the carriage, drove up to a new ugly house in the remote quarter. On learning from the yard-keeper's wife, who came out to them, that Mikhailov saw visitors at his studio, but that at that moment he was in his lodging only a couple of steps off, they sent her to him with their cards, asking permission to see his pictures.

X

The artist Mikhailov was, as always, at work when the cards of Count Vronsky and Golenishchev were brought to him. In the morning he had been working in his studio at his big picture. On getting home he flew into a rage with his wife for not managing to deal with the landlady, who was demanding money.

"I've said it to you twenty times, don't enter into explanations. You're a fool at all times, and when you start speaking Italian you look a triple fool," he said to her after a long quarrel.

"Don't let it run so long; it's not my fault. If I had the money..."

"Leave me in peace, for God's sake!" Mikhailov shrieked, with tears in his voice, and, stopping his ears, went off into his working room behind the

родкой и запер за собою дверь. "Бестолковая!" — сказал он себе, сел за стол и, раскрыв папку, тотчас с особенным жаром принялся за начатый рисунок.

Никогда он с таким жаром и успехом не работал, как когда жизнь его шла плохо, и в особенности, когда он ссорился с женой. "Ах! провалиться бы куда-нибудь!" — думал он, продолжая работать. Он делал рисунок для фигуры человека, находящегося в припадке гнева. Рисунок был сделан прежде; но он был недоволен им. "Нет, тот был лучше... Где он?" Он пошел к жене и, насупившись, не глядя на нее, спросил у старшей девочки, где та бумага, которую он дал им. Бумага с брошенным рисунком нашлась, но была испачкана и закапана стеарином. Он все-таки взял рисунок, положил к себе на стол и, отдалившись и прищурившись, стал смотреть на него. Вдруг он улыбнулся и радостно взмахнул руками.

— Так, так! — проговорил он и тотчас же, взяв карандаш, начал быстро рисовать. Пятно стеарина давало человеку новую позу.

Он рисовал эту новую позу, и вдруг ему вспомнилось с выдающимся подбородком энергическое лицо купца, у которого он брал сигары, и он это самое лицо, этот подбородок нарисовал человеку. Он засмеялся от радости. Фигура вдруг из мертвой, выдуманной стала живая и такая, которой нельзя уже было изменить. Фигура эта жила и была ясно и несомненно определена. Можно было поправить рисунок сообразно с требованиями этой фигуры, можно и должно даже было иначе расставить ноги, совсем переменить положение левой руки, откинуть волосы. Но, делая эти поправки, он не изменял фигуры, а только откидывал то, что скрывало фигуру. Он как бы снимал с нее те покровы, из-за которых она не вся была видна; каждая новая черта только больше выказывала всю фигуру во всей ее энергической силе, такою, какою она явилась ему вдруг от произведенного стеарином пятна. Он осторожно доканчивал фигуру, когда ему принесли карточки.

— Сейчас, сейчас!

Он прошел к жене.

— Ну полно, Саша, не сердись! — сказал он ей, робко и нежно улыбаясь. — Ты была виновата. Я был виноват. Я все устрою. — И, помирившись с женой, он надел оливковое с бархатным воротничком пальто и шляпу и пошел в студию. Удавшаяся фигура уже была забыта им. Теперь его радовало и волновало посещение его студии этими важными русскими, приехавшими в коляске.

О своей картине, той, которая стояла теперь на его мольберте, у него в глубине души было одно суждение — то, что подобной картины никто никогда не писал. Он не думал, чтобы картина его была лучше всех Рафаелевых, но он знал, что того, что он хотел передать и передал в этой картине, никто никогда не передавал. Это он знал твердо и знал уже давно, с тех пор как начал писать ее; но суждения людей, какие бы они ни были, имели для него все-таки огромную важность и до глубины души волновали его. Всякое замечание, самое ничтожное, показывающее, что судьи видят хоть маленькую часть того, что он

partition and closed the door after him. "Stupid woman!" he said to himself, sat down to the table, and, opening a portfolio, set to work at once with peculiar fervor at a sketch he had begun.

Never did he work with such fervor and success as when his life was going badly, and especially when he quarreled with his wife. "Ah! damn them all!" he thought as he went on working. He was making a sketch for the figure of a man in a fit of rage. A sketch had been made before, but he was dissatisfied with it. "No, that one was better... Where is it?" He went to his wife, and scowling, not looking at her, asked the older girl, where was that piece of paper he had given them? The paper with the discarded sketch was found, but it was dirty and spotted with stearin. Still, he took the sketch, laid it on his table, and, moving a little away and screwing up his eyes, fell to gazing at it. All at once he smiled and gleefully threw up his hands.

"That's it, that's it!" he said, and, at once taking up the pencil, began drawing rapidly. The spot of stearin had given the man a new pose.

He was sketching this new pose, when all at once he recalled the face of a shopkeeper of whom he had bought cigars, a vigorous face with a prominent chin, and he sketched that very face, that chin for the man. He laughed with joy. The figure from a lifeless imagined one had become living, and such that it could never be changed. That figure lived, and was clearly and positively defined. The sketch might be corrected in accordance with the requirements of the figure, the legs, indeed, could and must be put differently, and the position of the left arm must be quite altered; the hair might be thrown back. But in making these corrections he was not altering the figure but only getting rid of what concealed the figure. He was, as it were, stripping off the wrappings which hindered it from being distinctly seen; each new feature only brought out the whole figure in all its vigorous force, as it had suddenly come to him from the spot of stearin. He was carefully finishing the figure when the cards were brought to him.

"In a moment, in a moment!"

He went to his wife.

"Come, Sasha, don't be cross!" he said to her, smiling timidly and affectionately. "You were to blame. I was to blame. I'll make it all right." And having made peace with his wife, he put on an olive-green coat with a velvet collar and a hat, and went to his studio. The successful figure he had already forgotten. Now he was delighted and excited at the visit to his studio of these important Russians, who had come in a carriage.

Of his picture, the one that stood now on his easel, he had at the depths of his soul one verdict—that no one had ever painted a picture like it. He did not believe that his picture was better than all the pictures of Raphael, but he knew that what he wanted to convey and did convey in that picture, no one ever had conveyed. This he knew positively, and had known a long while, ever since he had begun to paint it; but people's verdicts, whatever they might be, had yet immense importance for him, and they agitated him to the depths of his soul. Any remark, the most insignificant, that showed that the judges saw even a small part of what he saw in this picture, agitated

видел в этой картине, до глубины души волновало его. Судьям своим он приписывал всегда глубину понимания больше той, какую он сам имел, и всегда ждал от них чего-нибудь такого, чего он сам не видал в своей картине. И часто в суждениях зрителей, ему казалось, он находил это.

Он подходил быстрым шагом к двери своей студии, и, несмотря на свое волнение, мягкое освещение фигуры Анны, стоявшей в тени подъезда и слушавшей горячо говорившего ей что-то Голенищева и в то же время, очевидно, желавшей оглядеть подходящего художника, поразило его. Он и сам не заметил, как он, подходя к ним, схватил и проглотил это впечатление, так же как и подбородок купца, продававшего сигары, и спрятал его куда-то, откуда он вынет его, когда понадобится. Посетители, разочарованные уже вперед рассказом Голенищева о художнике, еще более разочаровались его внешностью. Среднего роста, плотный, с вертлявою походкой, Михайлов, в своей коричневой шляпе, оливковом пальто и узких панталонах, тогда как уже давно носили широкие, в особенности обыкновенностью своего широкого лица и соединением выражения робости и желания соблюсти свое достоинство, произвел неприятное впечатление.

— Прошу покорно, — сказал он, стараясь иметь равнодушный вид, и, войдя в сени, достал ключ из кармана и отпер дверь.

XI

Войдя в студию, художник Михайлов еще раз оглянул гостей и отметил в своем воображении еще выражение лица Вронского, в особенности его скул. Несмотря на то, что его художественное чувство не переставая работало, собирая себе материал, несмотря на то, что он чувствовал все большее и большее волнение оттого, что приближалась минута суждений о его работе, он быстро и тонко из незаметных признаков составлял себе понятие об этих трех лицах. Тот (Голенищев) был здешний русский. Михайлов не помнил ни его фамилии, ни того, где встретил его и что с ним говорил. Он помнил только его лицо, как помнил все лица, которые он когда-либо видел, но он помнил тоже, что это было одно из лиц, отложенных в его воображении в огромный отдел фальшиво-значительных и бедных по выражению. Большие волосы и очень открытый лоб давали внешнюю значительность лицу, в котором было одно маленькое детское беспокойное выражение, сосредоточившееся над узкою переносицей. Вронский и Каренина, по соображениям Михайлова, должны были быть знатные и богатые русские, ничего не понимающие в искусстве, как и все эти богатые русские, но прикидывавшиеся любителями и ценителями. "Верно, уже осмотрели всю старину и теперь объезжают студии новых, шарлатана немца и дурака прерафаелита англичанина, и ко мне приехали только для полноты обозрения", — думал он. Он

him to the depths of his soul. He always attributed to his judges a more profound comprehension than he had himself, and always expected from them something he did not himself see in his picture. And often in the verdicts of viewers he fancied that he had found this.

He walked rapidly to the door of his studio, and in spite of his excitement he was struck by the soft light on Anna's figure as she stood in the shade of the entrance listening to Golenishchev, who was eagerly telling her something, while she evidently wanted to look at the approaching artist. He himself did not notice how, as he approached them, he seized on this impression and swallowed it, as he had the chin of the shopkeeper who had sold him the cigars, and put it away somewhere to be brought out when he needed it. The visitors, disappointed beforehand by Golenishchev's account of the artist, were still more disappointed by his appearance. Thick-set and of middle height, with a fidgety walk, in his brown hat, olive-green coat and narrow trousers, though wide ones had been a long while in fashion, most of all, with the ordinariness of his broad face and the combined expression of timidity and anxiety to keep up his dignity, Mikhailov made an unpleasant impression.

"Please step in," he said, trying to look indifferent, and going into the anteroom he took a key out of his pocket and opened the door.

XI

On entering the studio, the artist Mikhailov once again looked his visitors over and noted down in his imagination the expression of Vronsky's face too, especially his cheekbones. Although his artistic sense was unceasingly at work, collecting material, although he felt a continually increasing excitement as the moment of verdicts on his work drew nearer, he rapidly and subtly formed, from imperceptible signs, an idea of these three persons. That fellow (Golenishchev) was a local Russian. Mikhailov did not remember his surname or where he had met him and what they had talked about. He only remembered his face as he remembered all the faces he had ever seen; but he remembered, too, that it was one of the faces laid by in his imagination in the immense department of the falsely important and poor in expression. The abundant hair and a very open forehead gave an outward importance to the face, which had only a petty, childish, uneasy expression, concentrated above the narrow bridge of the nose. Vronsky and Karenina, Mikhailov supposed, must have been noble and wealthy Russians, knowing nothing about art, like all those wealthy Russians, but posing as amateurs and connoisseurs. "Most likely they've already looked at all the antiques, and now they're making the round of the studios of the new ones, the German charlatan and the stupid Pre-Raphaelite Englishman, and have come to me only to make the overview complete," he thought. He was very

знал очень хорошо манеру дилетантов (чем умнее они были, тем хуже) осматривать студии современных художников только с той целью, чтоб иметь право сказать, что искусство пало и что чем больше смотришь на новых, тем более видишь, как неподражаемы остались великие древние мастера. Он всего этого ждал, все это видел в их лицах, видел в той равнодушной небрежности, с которою они говорили между собой, смотрели на манекены и бюсты и свободно прохаживались, ожидая того, чтоб он открыл картину. Но, несмотря на это, в то время как он перевертывал свои этюды, поднимал сторы и снимал простыню, он чувствовал сильное волнение, и тем больше, что, несмотря на то, что все знатные и богатые русские должны были быть скоты и дураки в его понятии, и Вронский и в особенности Анна нравились ему.

— Вот, не угодно ли? — сказал он, вертлявою походкой отходя к стороне и указывая на картину. — Это увещание Пилатом. Матфея глава XXVII, — сказал он, чувствуя, что губы его начинают трястись от волнения. Он отошел и стал позади их.

В те несколько секунд, во время которых посетители молча смотрели на картину, Михайлов тоже смотрел на нее, и смотрел равнодушным, посторонним глазом. В эти несколько секунд он вперед верил тому, что высший, справедливейший суд будет произнесен ими, именно этими посетителями, которых он так презирал минуту тому назад. Он забыл все то, что он думал о своей картине прежде, в те три года, когда он писал ее; он забыл все те ее достоинства, которые были для него несомненны, — он видел картину их равнодушным, посторонним, новым взглядом и не видел в ней ничего хорошего. Он видел на первом плане досадовавшее лицо Пилата и спокойное лицо Христа и на втором плане фигуры прислужников Пилата и вглядывавшееся в то, что происходило, лицо Иоанна. Всякое лицо, с таким исканием, с такими ошибками, поправками выросшее в нем с своим особенным характером, каждое лицо, доставлявшее ему столько мучений и радости, и все эти лица, столько раз перемещаемые для соблюдения общего, все оттенки колорита и тонов, с таким трудом достигнутые им, — все это вместе теперь, глядя их глазами, казалось ему пошлостью, тысячу раз повторенною. Самое дорогое ему лицо, лицо Христа, средоточие картины, доставившее ему такой восторг при своем открытии, все было потеряно для него, когда он взглянул на картину их глазами. Он видел хорошо написанное (и то даже не хорошо, — он ясно видел теперь кучу недостатков) повторение тех бесконечных Христов Тициана, Рафаэля, Рубенса и тех же воинов и Пилата. Все это было пошло, бедно и старо и даже дурно написано — пестро и слабо. Они будут правы, говоря притворно-учтивые фразы в присутствии художника и жалея его и смеясь над ним, когда останутся одни.

Ему стало слишком тяжело это молчание (хотя оно продолжалось не более минуты). Чтобы прервать его и показать, что он не взволнован, он, сделав усилие над собой, обратился к Голенищеву.

well acquainted with the dilettantes' manner (the cleverer they were the worse he found them) of looking at the studios of contemporary artists with the sole object of having the right to say that art has degraded, and that the more one looks at the new artists, the more one sees how inimitable the great old masters have remained. He expected all this, he saw it all in their faces, saw it in the indifferent carelessness with which they talked among themselves, looked at the mannequins and busts, and walked about freely, waiting for him to uncover the picture. But in spite of this, while he was turning over his studies, pulling up the blinds and taking off the sheet, he felt an intense excitement, especially as, in spite of his conviction that all noble and wealthy Russians were certain to be brutes and fools, he liked Vronsky and especially Anna.

"Here, if you please," he said, moving aside with his fidgety walk and pointing to the picture. "It's the exhortation to Pilate. Matthew, chapter XXVII," he said, feeling his lips were beginning to tremble with emotion. He moved away and stood behind them.

For those few seconds during which the visitors were gazing at the picture in silence, Mikhailov also gazed at it, and gazed with an indifferent, outside eye. For those few seconds he believed in anticipation that the highest, the fairest verdict would be uttered by them, by those very visitors whom he had been so despising a moment before. He forgot all he had thought about his picture before during the three years he had been painting it; he forgot all its merits which had been undeniable to him—he saw the picture with their indifferent, outside, new eyes, and saw nothing good in it. He saw in the foreground Pilate's irritated face and the serene face of Christ, and in the background the figures of Pilate's servants and the face of John, watching what was happening. Every face that, with so much searching, with such blunders and corrections had grown up within him with its special character, every face that had given him so much torments and joy, and all these faces so many times transposed for the sake of the harmony of the whole, all the shades of color and tones that he had attained with so much labor—all of this together, looking with their eyes, seemed to him now a vulgarity repeated a thousand times. The face dearest to him, the face of Christ, the heart of the picture, which had given him such rapture as he discovered it, was utterly lost to him when he looked at the picture with their eyes. He saw a well-painted (no, not even well-painted—he distinctly saw now a pile of defects) repetition of those endless Christs of Titian, Raphael, Rubens, and the same soldiers and Pilate. It was all vulgar, poor and old, and even badly painted—garish and weak. They would be right in saying hypocritically polite phrases in the presence of the artist, and pitying him and laughing at him when they were alone.

This silence became too intolerable to him (though it lasted no more than a minute). To break it and to show that he was not nervous, he made an effort and addressed Golenishchev.

— Я, кажется, имел удовольствие встречаться, — сказал он ему, беспокойно оглядываясь то на Анну, то на Вронского, чтобы не проронить ни одной черты из выражения их лиц.

— Как же! мы виделись у Росси, помните, на этом вечере, где декламировала эта итальянская барышня — новая Рашель, — свободно заговорил Голенищев, без малейшего сожаления отводя взгляд от картины и обращаясь к художнику.

Заметив, однако, что Михайлов ждет суждения о картине, он сказал:

— Картина ваша очень подвинулась с тех пор, как я в последний раз видел ее. И как тогда, так и теперь меня необыкновенно поражает фигура Пилата. Так понимаешь этого человека, доброго, славного малого, но чиновника до глубины души, который не ведает, что творит. Но мне кажется...

Все подвижное лицо Михайлова вдруг просияло: глаза засветились. Он хотел что-то сказать, но не мог выговорить от волнения и притворялся, что откашливается. Как ни низко он ценил способность понимания искусства Голенищевым, как ни ничтожно было то справедливое замечание о верности выражения лица Пилата как чиновника, как ни обидно могло бы ему показаться высказывание первого такого ничтожного замечания, тогда как не говорилось о важнейших, Михайлов был в восхищении от этого замечания. Он сам думал о фигуре Пилата то же, что сказал Голенищев. То, что это соображение было одно из миллионов других соображений, которые, как Михайлов твердо знал это, все были бы верны, не уменьшило для него значения замечания Голенищева. Он полюбил Голенищева за это замечание и от состояния уныния вдруг перешел к восторгу. Тотчас же вся картина его ожила пред ним со всею невыразимою сложностью всего живого. Михайлов опять попытался сказать, что он так понимал Пилата; но губы его непокорно тряслись, и он не мог выговорить. Вронский и Анна тоже что-то говорили тем тихим голосом, которым, отчасти чтобы не оскорбить художника, отчасти чтобы не сказать громко глупость, которую так легко сказать, говоря об искусстве, обыкновенно говорят на выставках картин. Михайлову казалось, что картина и на них произвела впечатление. Он подошел к ним.

— Как удивительно выражение Христа! — сказала Анна. Из всего, что она видела, это выражение ей больше всего понравилось, и она чувствовала, что это центр картины, и потому похвала этого будет приятна художнику. — Видно, что ему жалко Пилата.

Это было опять одно из того миллиона верных соображений, которые можно было найти в его картине и в фигуре Христа. Она сказала, что ему жалко Пилата. В выражении Христа должно быть и выражение жалости, потому что в нем есть выражение любви, неземного спокойствия, готовности к смерти и сознания тщеты слов. Разумеется, есть выражение чиновника в Пилате и жалости в Христе, так как один олицетворение плотской, другой — духовной жизни. Все

"I think I've had the pleasure of meeting you," he said to him, looking uneasily first at Anna, then at Vronsky, in order not to lose any shade of the expressions on their faces.

"Of course! we met at Rossi's, do you remember, at that soirée when that Italian young lady recited—the new Rachel," Golenishchev said easily, removing his eyes without the slightest regret from the picture and turning to the artist.

Noticing, however, that Mikhailov was expecting a verdict on the picture, he said:

"Your picture has got on a great deal since I saw it last time. And what strikes me extremely now, as it did then, is the figure of Pilate. One so understands this man: a good-natured, nice fellow, but an official through and through, who does not know what he is doing. But I think..."

All Mikhailov's mobile face beamed at once: his eyes shined. He wanted to say something, but he could not speak for excitement, and pretended to be coughing. Low as was his opinion of Golenishchev's capacity for understanding art, trifling as was the true remark upon the fidelity of the expression of Pilate as an official, and offensive as might have seemed the utterance of so insignificant an observation first while nothing was said of more serious points, Mikhailov was rapturous at this observation. He had himself thought about Pilate's figure just what Golenishchev said. The fact that this reflection was one of millions of other reflections, which, as Mikhailov knew for certain, would all be true, did not diminish for him the significance of Golenishchev's observation. He came to love Golenishchev for this observation, and from a state of depression suddenly passed to ecstasy. At once the whole of his picture came to life before him in all the unutterable complexity of everything living. Mikhailov again tried to say that that was how he understood Pilate, but his lips quivered intractably, and he could not pronounce the words. Vronsky and Anna were also saying something in that subdued voice in which, partly to avoid hurting the artist, partly to avoid saying out loud something silly—so easily said when talking of art—people usually speak at exhibitions of pictures. Mikhailov fancied that the picture had made an impression on them too. He went up to them.

"How marvelous Christ's expression is!" said Anna. Of all she saw she liked that expression most of all, and she felt that it was the heart of the picture, and so praise of it would be pleasant to the artist. "One can see that He pities Pilate."

This again was one of the million true reflections that could be found in his picture and in the figure of Christ. She said that He pitied Pilate. In Christ's expression there ought to be indeed an expression of pity, since there is an expression of love, unearthly peace, readiness for death, and a sense of the vanity of words. Of course, there is the expression of an official in Pilate and of pity in Christ, since one is the incarnation of the fleshly and

это и многое другое промелькнуло в мысли Михайлова. И опять лицо его просияло восторгом.

— Да, и как сделана эта фигура, сколько воздуха. Обойти можно, — сказал Голенищев, очевидно этим замечанием показывая, что он не одобряет содержания и мысли фигуры.

— Да, удивительное мастерство! — сказал Вронский. — Как эти фигуры на заднем плане выделяются! Вот техника, — сказал он, обращаясь к Голенищеву и этим намекая на бывший между ними разговор о том, что Вронский отчаивался приобрести эту технику.

— Да, да, удивительно! — подтвердили Голенищев и Анна. Несмотря на возбужденное состояние, в котором он находился, замечание о технике больно заскребло на сердце Михайлова, и он, сердито посмотрев на Вронского, вдруг насупился. Он часто слышал это слово *техника* и решительно не понимал, что такое под этим разумели. Он знал, что под этим словом разумели механическую способность писать и рисовать, совершенно независимую от содержания. Часто он замечал, как и в настоящей похвале, что технику противополагали внутреннему достоинству, как будто можно было написать хорошо то, что было дурно. Он знал, что надо было много внимания и осторожности для того, чтобы, снимая покров, не повредить самого произведения, и для того, чтобы снять все покровы; но искусства писать, техники тут никакой не было. Если бы малому ребенку или его кухарке также открылось то, что он видел, то и она сумела бы вылущить то, что она видит. А самый опытный и искусный живописец-техник одною механическою способностью не мог бы написать ничего, если бы ему не открылись прежде границы содержания. Кроме того, он видел, что если уже говорить о технике, то нельзя было его хвалить за нее. Во всем, что он писал и написал, он видел режущие ему глаза недостатки, происходившие от неосторожности, с которою он снимал покровы, и которых он теперь уже не мог исправить, не испортив всего произведения. И почти на всех фигурах и лицах он видел еще остатки не вполне снятых покровов, портившие картину.

— Одно, что можно сказать, если вы позволите сделать это замечание... — заметил Голенищев.

— Ах, я очень рад и прошу вас, — сказал Михайлов, притворно улыбаясь.

— Это то, что Он у вас человекобог, а не богочеловек. Впрочем, я знаю, что вы этого и хотели.

— Я не мог писать того Христа, которого у меня нет в душе, — сказал Михайлов мрачно.

— Да, но в таком случае, если вы позволите сказать свою мысль... Картина ваша так хороша, что мое замечание не может повредить ей, и потом это мое личное мнение. У вас это другое. Самый мотив другой. Но возьмем хоть Иванова. Я полагаю, что если Христос сведен на степень исторического лица, то лучше было бы Иванову и избрать другую историческую тему, свежую, нетронутую.

— Но если это величайшая тема, которая представляется искусству?

the other of the spiritual life. All this and much more flashed in Mikhailov's thoughts. And again his face beamed with rapture.

"Yes, and how that figure is done, so much air. One can walk round it," said Golenishchev, obviously showing by this remark that he did not approve of the substance and idea of the figure.

"Yes, wonderful mastery!" said Vronsky. "How those figures in the background stand out! There you have technique," he said, addressing Golenishchev, alluding to a conversation between them about Vronsky's despair of acquiring this technique.

"Yes, yes, marvelous!" Golenishchev and Anna assented. In spite of the excited condition in which he was, the remark about technique scratched painfully Mikhailov's heart, and looking angrily at Vronsky he suddenly scowled. He had often heard this word *technique* and absolutely did not understand what it meant. He knew that this word meant a mechanical facility for painting and drawing, entirely independent from substance. He had often noticed that, as in this actual praise, technique was opposed to inner merit, as if one could paint well something that was bad. He knew that a great deal of attention and care was necessary in stripping off the wrappings, to avoid harming the creation itself, and to take off all the wrappings; but there was no art of painting, no technique of any sort about it. If to a little child or to his cook were revealed what he saw, they too would have been able to shell what they saw. And the most experienced and adroit artist-technician could not by mere mechanical facility paint anything if the scope of the substance were not revealed to him first. Besides, he saw that if it came to talking about technique, it was impossible to praise him for it. In all he had been painting he saw faults that hurt his eyes, coming from the carelessness with which he had taken off the wrappings—faults he could not correct now without spoiling the whole creation. And in almost all the figures and faces he still saw remnants of the wrappings not yet completely removed that spoiled the picture.

"One thing might be said, if you will allow me to make this remark..." observed Golenishchev.

"Ah, I shall be delighted, I beg you," said Mikhailov with a false smile.

"That is, that you make Him the man-God, and not the God-man. But I know that's what you meant to do."

"I could not paint a Christ that is not in my soul," said Mikhailov gloomily.

"Yes, but in that case, if you will allow me to say what I think... Your picture is so fine that my remark cannot detract from it, and, besides, it is my personal opinion. With you it is different. Your very motive is different. But let us take Ivanov. I suppose that if Christ is brought down to the level of a historical figure, it would have been better for Ivanov to select some other historical subject, fresh, untouched."

"But if this is the greatest subject presented to art?"

— Если поискать, то найдутся другие. Но дело в том, что искусство не терпит спора и рассуждений. А при картине Иванова для верующего и для неверующего является вопрос: Бог это или не Бог? и разрушает единство впечатления.

— Почему же? Мне кажется, что для образованных людей, — сказал Михайлов,— спора уже не может существовать.

Голенищев не согласился с этим и, держась своей первой мысли о единстве впечатления, нужного для искусства, разбил Михайлова.

Михайлов волновался, но не умел ничего сказать в защиту своей мысли.

XII

Анна с Вронским уже давно переглядывались, сожалея об умной говорливости своего приятеля, и наконец Вронский перешел, не дожидаясь хозяина, к другой, небольшой картине.

— Ах, какая прелесть, что за прелесть! Чудо! Какая прелесть! — заговорили они в один голос.

“Что им так понравилось?” — подумал Михайлов. Он и забыл про эту, три года назад писанную, картину. Забыл все страдания и восторги, которые он пережил с этою картиной, когда она несколько месяцев одна неотступно день и ночь занимала его, забыл, как он всегда забывал про оконченные картины. Он не любил даже смотреть на нее и выставил только потому, что ждал англичанина, желавшего купить ее.

— Это так, этюд давнишний, — сказал он.

— Как хорошо! — сказал Голенищев, тоже, очевидно, искренно подпавший под прелесть картины.

Два мальчика в тени ракиты ловили удочками рыбу. Один, старший, только что закинул удочку и старательно выводил поплавок из-за куста, весь поглощенный этим делом; другой, помоложе, лежал в траве, облокотив спутанную белокурую голову на руки, и смотрел задумчивыми голубыми глазами на воду. О чем он думал?

Восхищение пред этою его картиной шевельнуло в Михайлове прежнее волнение, но он боялся и не любил этого праздного чувства к прошедшему, и потому, хотя ему и радостны были эти похвалы, он хотел отвлечь посетителей к третьей картине.

Но Вронский спросил, не продается ли картина. Для Михайлова теперь, взволнованного посетителями, речь о денежном деле была весьма неприятна.

— Она выставлена для продажи, — отвечал он, мрачно насупливаясь.

Когда посетители уехали, Михайлов сел против картины Пилата и Христа и в уме своем повторял то, что было сказано, и хотя и не сказано, но подразумеваемо этими посетителями. И странно: то, что имело такой вес для него, когда они были тут и когда он мысленно переносился на их точку зрения, вдруг потеряло для него всякое

"If one looked one would find others. But the point is that art cannot suffer dispute and reasoning. And before the picture of Ivanov the question arises for the believer and the unbeliever alike: 'Is it God, or is it not God?' and the unity of the impression is destroyed."

"Why so? I think that for educated people," said Mikhailov, "the question can no longer exist."

Golenishchev did not agree with this, and, sticking to his first idea of the unity of the impression being essential to art, confounded Mikhailov.

Mikhailov was perturbed, but he could say nothing in defense of his own idea.

XII

Anna and Vronsky had long been exchanging glances, regretting their friend's clever talkativeness, and Vronsky at last, without waiting for the host, walked away to another, small picture.

"Ah, how lovely, what a lovely thing! A marvel! How lovely!" they said with one voice.

"What is it they're so pleased with?" thought Mikhailov. He had positively forgotten that picture he had painted three years ago. He had forgotten all the agonies and the ecstasies he had lived through with that picture when for several months it had been the one thought haunting him day and night; he had forgotten, as he always forgot the pictures he had finished. He did not even like to look at it, and had only brought it out because he was expecting an Englishman who wanted to buy it.

"That's just an old study," he said.

"How fine!" said Golenishchev, who too, with obvious sincerity, had fallen under the charm of the picture.

Two boys were fishing in the shade of a willow. The elder had just dropped in the hook, and was carefully pulling the float from behind a bush, entirely absorbed in what he was doing; the other, a little younger, was lying in the grass, his tangled fair head resting on his hands, staring at the water with his pensive blue eyes. What was he thinking of?

The admiration for this picture of his stirred the old excitement in Mikhailov, but he feared and disliked this idle feeling for the past, and so, even though this praise was grateful to him, he wanted to draw his visitors away to a third picture.

But Vronsky asked whether the picture was for sale. To Mikhailov at that moment, excited by visitors, it was extremely distasteful to speak of money matters.

"It is put out to be sold," he answered, scowling gloomily.

When the visitors had gone, Mikhailov sat down opposite the picture of Pilate and Christ, and in his mind went over what had been said, and what, though not said, had been implied by those visitors. And, strangely, what had had such weight for him, when they were there and when he mentally put himself at their point of view, suddenly lost all importance for him. He

значение. Он стал смотреть на свою картину всем своим полным художественным взглядом и пришел в то состояние уверенности в совершенстве и потому в значительности своей картины, которое нужно было ему для того исключающего все другие интересы напряжения, при котором одном он мог работать.

Нога Христа в ракурсе все-таки была не то. Он взял палитру и принялся работать. Исправляя ногу, он беспрестанно всматривался в фигуру Иоанна на заднем плане, которой посетители и не заметили, но которая, он знал, была верх совершенства. Окончив ногу, он хотел взяться за эту фигуру, но почувствовал себя слишком взволнованным для этого. Он одинаково не мог работать, когда был холоден, как и тогда, когда был слишком размягчен и слишком видел все. Была только одна ступень на этом переходе от холодности ко вдохновению, на которой возможна была работа. А нынче он слишком был взволнован. Он хотел закрыть картину, но остановился и, держа рукой простыню, блаженно улыбаясь, долго смотрел на фигуру Иоанна. Наконец, как бы с грустью отрываясь, опустил простыню и, усталый, но счастливый, пошел к себе.

Вронский, Анна и Голенищев, возвращаясь домой, были особенно оживлены и веселы. Они говорили о Михайлове и его картинах. Слово *талант*, под которым они разумели прирожденную, почти физическую способность, независимую от ума и сердца, и которым они хотели назвать все, что переживаемо было художником, особенно часто встречалось в их разговоре, так как оно им было необходимо, для того чтобы называть то, о чем они не имели никакого понятия, но хотели говорить. Они говорили, что в таланте ему нельзя отказать, но что талант его не мог развиться от недостатка образования — общего несчастия наших русских художников. Но картина мальчиков запала в их памяти, и нет-нет они возвращались к ней.

— Что за прелесть! Как это удалось ему, и как просто! Он и не понимает, как это хорошо. Да, надо не упустить и купить ее, — говорил Вронский.

XIII

Михайлов продал Вронскому свою картинку и согласился делать портрет Анны. В назначенный день он пришел и начал работу.

Портрет с пятого сеанса поразил всех, в особенности Вронского, не только сходством, но и особенною красотою. Странно было, как мог Михайлов найти ту ее особенную красоту. "Надо было знать и любить ее, как я любил, чтобы найти это самое милое ее душевное выражение", — думал Вронский, хотя он по этому портрету только узнал это самое милое ее душевное выражение. Но выражение это было так правдиво, что ему и другим казалось, что они давно знали его.

— Я сколько времени бьюсь и ничего не сделал, — говорил он про свой портрет, — а он посмотрел и написал. Вот что значит техника.

began to look at his picture with all his full artistic vision, and was soon in that mood of conviction of the perfection, and so of the significance of his picture, which he needed for that tension, excluding all other interests, in which alone he could work.

Christ's foreshortened leg was not right, though. He took his palette and began to work. As he corrected the leg, he looked continually at the figure of John in the background, which the visitors had not even noticed, but which, he knew, was the top of perfection. When he had finished the leg he wanted to tackle that figure, but he felt too excited for it. He was equally unable to work when he was cold and when he was too much affected and saw everything too much. There was only one stage in this transition from coldness to inspiration at which work was possible. But today he was too excited. He wanted to cover the picture, but stopped and, holding the sheet in his hand and smiling blissfully, gazed for a long while at the figure of John. At last, as if regretfully tearing himself away, he dropped the sheet, and, tired but happy, went home.

Vronsky, Anna, and Golenishchev, on their way home, were particularly lively and cheerful. They talked of Mikhailov and his pictures. The word *talent*, by which they meant an inborn, almost physical aptitude independent from brain and heart, and in which they wanted to find a name for all the artist had experienced, recurred particularly often in their talk, since it was necessary for them to name what they had no idea of, but wanted to talk about. They said that there was no denying his talent, but that his talent could not develop for lack of education—a common misfortune of our Russian artists. But the picture of the boys had imprinted itself on their memory, and they were continually coming back to it.

"What a lovely thing! How he has succeeded in it, and how simply! He doesn't even comprehend how good it is. Yes, I mustn't let it slip, I must buy it," said Vronsky.

XIII

Mikhailov sold Vronsky his little picture and agreed to do a portrait of Anna. On the appointed day he came and began to work.

From the fifth sitting the portrait impressed everyone, especially Vronsky, not only by its resemblance, but by its particular beauty. It was strange how Mikhailov could have discovered this particular beauty of hers. "One needs to know and love her as I have loved her to discover this sweetest expression of her soul," Vronsky thought, though it was only from this portrait that he had learned this sweetest expression of her soul. But this expression was so true that he and others fancied they had long known it.

"I have been struggling for so long and have done nothing," he said of his own portrait, "and he just looked and painted it. That's what technique means."

— Это придет, — утешал его Голенищев, в понятии которого Вронский имел и талант и, главное, образование, дающее возвышенный взгляд на искусство. Убеждение Голенищева в таланте Вронского поддерживалось еще и тем, что ему нужно было сочувствие и похвалы Вронского его статьям и мыслям, и он чувствовал, что похвалы и поддержка должны быть взаимны.

В чужом доме и в особенности в палаццо у Вронского Михайлов был совсем другим человеком, чем у себя в студии. Он был неприязненно почтителен, как бы боясь сближения с людьми, которых он не уважал. Он называл Вронского — ваше сиятельство и никогда, несмотря на приглашения Анны и Вронского, не оставался обедать и не приходил иначе, как для сеансов. Анна была более, чем к другим, ласкова к нему и благодарна за свой портрет. Вронский был с ним более чем учтив и, очевидно, интересовался суждением художника о своей картине. Голенищев не пропускал случая внушать Михайлову настоящие понятия об искусстве. Но Михайлов оставался одинаково холоден ко всем. Анна чувствовала по его взгляду, что он любил смотреть на нее; но он избегал разговоров с нею. На разговоры Вронского о его живописи он упорно молчал и так же упорно молчал, когда ему показали картину Вронского, и, очевидно, тяготился разговорами Голенищева и не возражал ему.

Вообще Михайлов своим сдержанным и неприятным, как бы враждебным, отношением очень не понравился им, когда они узнали его ближе. И они рады были, когда сеансы кончились, в руках их остался прекрасный портрет, а он перестал ходить.

Голенищев первый высказал мысль, которую все имели, — именно, что Михайлов просто завидовал Вронскому.

— Положим, не завидует, потому что у него талант; но ему досадно, что придворный и богатый человек, еще граф (ведь они всё это ненавидят), без особенного труда делает то же, если не лучше, чем он, посвятивший на это всю жизнь. Главное, образование, которого у него нет.

Вронский защищал Михайлова, но в глубине души он верил этому, потому что, по его понятию, человек другого, низшего мира должен был завидовать.

Портрет Анны, — одно и то же и писанное с натуры им и Михайловым, должно бы было показать Вронскому разницу, которая была между ним и Михайловым; но он не видал ее. Он только после Михайлова перестал писать свой портрет Анны, решив, что это теперь было излишне. Картину же свою из средневековой жизни он продолжал. И он сам, и Голенищев, и в особенности Анна находили, что она была очень хороша, потому что была гораздо более похожа на знаменитые картины, чем картина Михайлова.

Михайлов между тем, несмотря на то, что портрет Анны очень увлек его, был еще более рад, чем они, когда сеансы кончились и ему не надо было больше слушать толки Голенищева об искусстве и можно забыть про живопись Вронского. Он знал, что нельзя было запретить Вронскому баловать живописью; он знал, что он и все

"That will come," consoled him Golenishchev, in whose view Vronsky had both talent and, what was most important, education, giving one an elevated outlook on art. Golenishchev's faith in Vronsky's talent was propped up by his own need of Vronsky's sympathy and praise for his articles and ideas, and he felt that the praise and support must be mutual.

In another man's house, and especially in Vronsky's palazzo, Mikhailov was quite a different man from what he was in his studio. He behaved with hostile complaisance, as if he was afraid of getting close to people he did not respect. He called Vronsky "your excellency," and despite Anna's and Vronsky's invitations, he would never stay to dinner, nor come except for the sittings. Anna was nicer to him than to others, and was grateful for her portrait. Vronsky was more than courteous with him, and was obviously interested in the artist's opinion of his picture. Golenishchev never missed an opportunity of instilling sound ideas about art into Mikhailov. But Mikhailov remained equally cold to all of them. Anna felt from his eyes that he liked looking at her, but he avoided conversation with her. Vronsky's talk about his painting he met with stubborn silence, and he was as stubbornly silent when he was shown Vronsky's picture; he was obviously burdened by Golenishchev's talk and did not contradict him.

Generally, Mikhailov, with his reserved and disagreeable, as it were, hostile attitude, was quite disliked by them as they got to know him better. And they were glad when the sittings were over, and they were left with a magnificent portrait in their possession, and he gave up coming.

Golenishchev was the first to express an idea which all of them had—namely, that Mikhailov was simply envious of Vronsky.

"Not envious, let us say, since he has talent; but it annoys him that a courtier and a wealthy man, and a Count, too (they detest all that), without any particular trouble does the same, if not better, as he who has devoted all his life to it. And more than all, it's education, which he doesn't have."

Vronsky defended Mikhailov, but at the bottom of his soul he believed it, because in his view a man of a different, lower world would be sure to be envious.

Anna's portrait—the same subject painted from nature both by him and by Mikhailov—ought to have shown Vronsky the difference between him and Mikhailov; but he did not see it. Only after Mikhailov's portrait was painted he stopped painting his portrait of Anna, deciding that it was now redundant. But his picture of mediaeval life he went on with. And he himself, and Golenishchev, and especially Anna, thought it very good, because it was far more like the celebrated pictures than Mikhailov's picture.

Mikhailov meanwhile, although Anna's portrait greatly captivated him, was even gladder than they were when the sittings were over, and he had no longer to listen to Golenishchev's comments upon art, and could forget about Vronsky's painting. He knew that Vronsky could not be forbidden to amuse himself with painting; he knew that he and all the dilettantes had a

дилетанты имели полное право писать, что им угодно, но ему было неприятно. Нельзя запретить человеку сделать себе большую куклу из воска и целовать ее. Но если б этот человек с куклой пришел и сел пред влюбленным и принялся бы ласкать свою куклу, как влюбленный ласкает ту, которую он любит, то влюбленному было бы неприятно. Такое же неприятное чувство испытывал Михайлов при виде живописи Вронского; ему было и смешно, и досадно, и жалко, и оскорбительно.

Увлечение Вронского живописью и средними веками продолжалось недолго. Он имел настолько вкуса к живописи, что не мог докончить своей картины. Картина остановилась. Он смутно чувствовал, что недостатки ее, мало заметные при начале, будут поразительны, если он будет продолжать. С ним случилось то же, что и с Голенищевым, чувствующим, что ему нечего сказать, и постоянно обманывающим себя тем, что мысль не созрела, что он вынашивает ее и готовит материалы. Но Голенищева это озлобило и измучало, Вронский же не мог обманывать и мучать себя и в особенности озлобляться. Он со свойственною ему решительностью характера, ничего не объясняя и не оправдываясь, перестал заниматься живописью.

Но без этого занятия жизнь его и Анны, удивлявшейся его разочарованию, показалась ему так скучна в итальянском городе, палаццо вдруг стал так очевидно стар и грязен, так неприятно пригляделись пятна на гардинах, трещины на полах, отбитая штукатурка на карнизах и так скучен стал все один и тот же Голенищев, итальянский профессор и немец-путешественник, что надо было переменить жизнь. Они решили ехать в Россию, в деревню. В Петербурге Вронский намеревался сделать раздел с братом, а Анна повидать сына. Лето же они намеревались прожить в большом родовом имении Вронского.

XIV

Левин был женат третий месяц. Он был счастлив, но совсем не так, как ожидал. На каждом шагу он находил разочарование в прежних мечтах и новое неожиданное очарование. Левин был счастлив, но, вступив в семейную жизнь, он на каждом шагу видел, что это было совсем не то, что он воображал. На каждом шагу он испытывал то, что испытывал бы человек, любовавшийся плавным, счастливым ходом лодочки по озеру, после того как он бы сам сел в эту лодочку. Он видел, что мало того, чтобы сидеть ровно, не качаясь, — надо еще соображаться, ни на минуту не забывая, куда плыть, что под ногами вода и надо грести, и что непривычным рукам больно, что только смотреть на это легко, а что делать это хотя и очень радостно, но очень трудно.

Бывало, холостым, глядя на чужую супружескую жизнь, на мелочные заботы, ссоры, ревность, он только презрительно улыбался в душе. В его будущей супружеской жизни не только не могло быть,

perfect right to paint what they liked, but it was distasteful to him. A man could not be forbidden to make a big wax doll for himself, and to kiss it. But if this man with the doll came and sat before a man in love and began caressing his doll like the man in love caressed the woman he loved, it would be distasteful to the man in love. The same distasteful sensation Mikhailov felt at the sight of Vronsky's painting; he felt it ludicrous, irritating, pitiable and offensive.

Vronsky's interest in painting and the Middle Ages did not last long. He had enough taste for painting to be unable to finish his picture. The picture came to a standstill. He vaguely felt that its defects, inconspicuous at first, would be startling if he went on with it. The same thing happened with him as with Golenishchev, who felt that he had nothing to say, and continually deceived himself by believing that his idea had not ripened yet, that he was working it out and preparing materials. But this exasperated and tortured Golenishchev, while Vronsky was incapable of deceiving and torturing himself, and even more incapable of exasperation. With his usual firmness of character, without explanation or apology, he stopped practicing painting.

But without this occupation his life and Anna's, who wondered at his disappointment, seemed to him so tedious in this Italian town, the palazzo suddenly became so obviously old and dirty, the spots on the curtains, the cracks in the floors, the broken plaster on the cornices became so disagreeably visible, and the one and the same Golenishchev, the Italian professor and the German traveler became so tedious that they had to change their life. They decided to go to Russia, to the country. In Petersburg Vronsky intended to arrange a partition of property with his brother, while Anna meant to see her son. The summer they intended to spend on Vronsky's big family estate.

XIV

Levin had been married for more than two months. He was happy, but not at all in the way he had expected to be. At every step he found his former dreams disappointed, and a new, unexpected charm. Levin was happy, but on entering upon family life he saw at every step that it was utterly different from what he had imagined. At every step he experienced what a man would experience who, after admiring the smooth, happy course of a little boat on a lake, should get himself into that little boat. He saw that it was not enough sitting tranquilly, without rocking; one had to think too, not forgetting for a minute, where one was floating; that there was water underneath, and that one must row, and that his unaccustomed hands were sore, that it was easy only to look at it, but doing it, though very delightful, was very difficult.

As a bachelor, seeing other people's married life, their petty cares, squabbles, jealousy, he had only smiled contemptuously in his soul. In his future married life, he was convinced, there not only could be nothing of that sort,

по его убеждению, ничего подобного, но даже все внешние формы, казалось ему, должны были быть во всем совершенно не похожи на жизнь других. И вдруг вместо этого жизнь его с женою не только не сложилась особенно, а, напротив, вся сложилась из тех самых ничтожных мелочей, которые он так презирал прежде, но которые теперь против его воли получали необыкновенную и неопровержимую значительность. И Левин видел, что устройство всех этих мелочей совсем не так легко было, как ему казалось прежде. Несмотря на то, что Левин полагал, что он имеет самые точные понятия о семейной жизни, он, как и все мужчины, представлял себе невольно семейную жизнь только как наслаждение любви, которой ничто не должно было препятствовать и от которой не должны были отвлекать мелкие заботы. Он должен был, по его понятию, работать свою работу и отдыхать от нее в счастии любви. Она должна была быть любима, и только. Но он, как и все мужчины, забывал, что и ей надо работать. И он удивлялся, как она, эта поэтическая, прелестная Кити, могла в первые же не только недели, в первые дни семейной жизни думать, помнить и хлопотать о скатертях, о мебели, о тюфяках для приезжих, о подносе, о поваре, обеде и т. п. Еще бывши женихом, он был поражен тою определенностью, с которою она отказалась от поездки за границу и решила ехать в деревню, как будто она знала что-то такое, что нужно, и, кроме своей любви, могла еще думать о постороннем. Это оскорбило его тогда, и теперь несколько раз ее мелочные хлопоты и заботы оскорбляли его. Но он видел, что это ей необходимо. И он, любя ее, хотя и не понимал зачем, хотя и посмеивался над этими заботами, не мог не любоваться ими. Он посмеивался над тем, как она расставляла мебель, привезенную из Москвы, как убирала по-новому свою и его комнату, как вешала гардины, как распределяла будущее помещение для гостей, для Долли, как устраивала помещение своей новой девушке, как заказывала обед старику повару, как входила в препиранья с Агафьей Михайловной, отстраняя ее от провизии. Он видел, что старик повар улыбался, любуясь ею и слушая ее неумелые, невозможные приказания; видел, что Агафья Михайловна задумчиво и ласково покачивала головой на новые распоряжения молодой барыни в кладовой; видел, что Кити была необыкновенно мила, когда она, смеясь и плача, приходила к нему объявить, что девушка Маша привыкла считать ее барышней и оттого ее никто не слушает. Ему это казалось мило, но странно, и он думал, что лучше бы было без этого.

Он не знал того чувства перемены, которое она испытывала после того, как ей дома иногда хотелось капусты с квасом или конфет, и ни того, ни другого нельзя было иметь, а теперь она могла заказать, что хотела, купить груды конфет, издержать сколько хотела денег и заказать какое хотела пирожное.

Она теперь с радостью мечтала о приезде Долли с детьми, в особенности потому, что она для детей будет заказывать любимое каждым пирожное, а Долли оценит все ее новое устройство. Она сама не знала, зачем и для чего, но домашнее хозяйство неудержимо влекло ее к себе.

but even all the external forms, he fancied, must be utterly unlike the life of others in everything. And all of a sudden, instead of that, his life with his wife did not work out in a special way, but was, on the contrary, entirely made up of those pettiest trifles, which he had despised so much before, but which now, contrary to his will, gained an extraordinary and irrefutable importance. And Levin saw that the organization of all these trifles was by no means as easy as he had fancied before. Although Levin believed himself to have the most exact conceptions of family life, involuntarily, like all men, he pictured family life only as the enjoyment of love, which nothing should hinder and from which petty cares should not distract. He ought, according to his conception, to do his work and to rest from it in the happiness of love. She ought to be loved, and nothing more. But, like all men, he forgot that she also needed to work. And he was surprised that she, this poetic, exquisite Kitty, could, not merely in the first weeks, but even in the first days of their family life, think, remember and busy herself about tablecloths, about furniture, about mattresses for visitors, about a tray, about the cook, the dinner and so on. While he was still her fiancé, he had been struck by the definiteness with which she had declined the tour abroad and decided to go to the country, as if she knew something necessary, and could still think of something outside her love. This had offended him then, and now her petty troubles and cares offended him several times. But he saw that this was essential for her. And, loving her as he did, though he did not understand why, though he chaffed at these cares, he could not help admiring them. He chaffed at the way she arranged the furniture brought from Moscow, decorated her room and his in a new fashion, hung up curtains, allocated future lodgings for visitors, for Dolly, furnished lodgings for her new maid, ordered dinner of the old cook, came into arguments with Agafya Mikhailovna, relieving her from the charge of provisions. He saw how the old cook smiled, admiring her and listening to her inexperienced, impossible orders; he saw how pensively and tenderly Agafya Mikhailovna shook her head over the young mistress's new arrangements in the storeroom; he saw that Kitty was extraordinarily sweet when, laughing and crying, she came to tell him that her maid, Masha, was used to looking upon her as a young girl, and so no one obeyed her. It seemed sweet to him, but strange, and he thought it would have been better without this.

He did not know that sense of change she was experiencing; she, who at home had sometimes wanted cabbage with kvass or sweets, without the possibility of getting either, now could order what she wanted, buy piles of sweets, spend as much money as she liked, and order any pastry she wanted.

She was dreaming with delight now of Dolly's coming to them with her children, especially because she would order for the children their favorite pastries, and Dolly would appreciate all her new arrangements. She did not know herself why and wherefore, but housekeeping had an irresistible

Она, инстинктивно чувствуя приближение весны и зная, что будут и ненастные дни, вила, как умела, свое гнездо и торопилась в одно время и вить его и учиться, как это делать.

Эта мелочная озабоченность Кити, столь противоположная идеалу Левина возвышенного счастия первого времени, было одно из разочарований; и эта милая озабоченность, которой смысла он не понимал, но не мог не любить, было одно из новых очарований.

Другое разочарование и очарование были ссоры. Левин никогда не мог себе представить, чтобы между им и женою могли быть другие отношения, кроме нежных, уважительных, любовных, и вдруг с первых же дней они поссорились, так что она сказала ему, что он не любит ее, любит себя одного, заплакала и замахала руками.

Первая эта их ссора произошла оттого, что Левин поехал на новый хутор и пробыл полчаса долее, потому что хотел проехать ближнею дорогой и заблудился. Он ехал домой, только думая о ней, о ее любви, о своем счастье, и чем ближе подъезжал, тем больше разгоралась в нем нежность к ней. Он вбежал в комнату с тем же чувством и еще сильнейшим, чем то, с каким он приехал к Щербацким делать предложение. И вдруг его встретило мрачное, никогда не виданное им в ней выражение. Он хотел поцеловать ее, она оттолкнула его.

— Что ты?

— Тебе весело... — начала она, желая быть спокойно-ядовитою.

Но только что она открыла рот, как слова упреков бессмысленной ревности, всего, что мучало ее в эти полчаса, которые она неподвижно провела, сидя на окне, вырвались у ней. Тут только в первый раз он ясно понял то, чего он не понимал, когда после венца повел ее из церкви. Он понял, что она не только близка ему, но что он теперь не знает, где кончается она и начинается он. Он понял это по тому мучительному чувству раздвоения, которое он испытывал в эту минуту. Он оскорбился в первую минуту, но в ту же секунду он почувствовал, что он не может быть оскорблен ею, что она была он сам. Он испытывал в первую минуту чувство, подобное тому, какое испытывает человек, когда, получив вдруг сильный удар сзади, с досадой и желанием мести оборачивается, чтобы найти виновного, и убеждается, что это он сам нечаянно ударил себя, что сердиться не на кого и надо перенести и утишить боль.

Никогда он с такою силой после уже не чувствовал этого, но в этот первый раз он долго не мог опомниться. Естественное чувство требовало от него оправдаться, доказать ей вину ее; но доказать ей вину значило еще более раздражить ее и сделать больше тот разрыв, который был причиною всего горя. Одно привычное чувство влекло его к тому, чтобы снять с себя и на нее перенести вину; другое чувство, более сильное, влекло к тому, чтобы скорее, как можно скорее, не давая увеличиться происшедшему разрыву, загладить его. Оставаться с таким несправедливым обвинением было мучительно, но,

attraction for her. Instinctively feeling the approach of spring and knowing that there would be days of rough weather too, she was building her nest as best she could, and was in haste at the same time to build it and to learn how to do it.

This petty care of Kitty's, so opposite to Levin's ideal of the exalted happiness of the beginning, was one of the disappointments; and this sweet care, the meaning of which he did not understand, but could not help loving, was one of the new enchantments.

Another disappointment and enchantment came in their quarrels. Levin could never have imagined that between him and his wife any relations could arise other than tender, respectful, loving, and all at once in the very early days they quarreled, so that she said to him he did not love her, that he loved only himself, burst into tears and waved her arms.

This first quarrel of theirs happened because Levin had gone out to a new farmstead and having been away half an hour too long, because he had tried to get home by a short cut and had lost his way. He drove home thinking of nothing but her, of her love, of his own happiness, and the nearer he drew to home, the warmer was his tenderness for her. He ran into the room with the same feeling, with an even stronger feeling than he had had when he came to the Shcherbatskys' house to propose. And suddenly he was met by a gloomy expression he had never seen in her. He wanted to kiss her, she pushed him away.

"What is it?"

"You've been enjoying yourself..." she began, trying to be calm and venomous.

But as soon as she opened her mouth, words of reproach, of senseless jealousy, of all that had been torturing her during that half hour which she had spent sitting motionless on the windowsill, burst from her. It was only then, for the first time, that he clearly understood what he had not understood when he led her out of the church after the wedding. He understood that she was not only close to him, but that he did not know now where she ended and he began. He understood this by the agonizing feeling of division into two that he experienced at that instant. He was offended for the first instant, but the very same second he felt that he could not be offended by her, that she was him. He felt for the first moment as a man feels when, having suddenly received a violent blow from behind, turns round, vexed and eager to avenge himself, to look for the culprit, and finds that he has accidentally struck himself, that there is no one to be angry with, and that he must endure and soothe the pain.

Never afterwards did he feel it with such intensity, but this first time he could not for a long while get over it. His natural feeling urged him to justify himself, to prove to her that she was wrong; but to prove her wrong would mean irritating her still more and making the rupture that was the cause of all this suffering still greater. One habitual feeling impelled him to get rid of the blame and to pass it on to her; another feeling, even stronger, impelled him quickly, as quickly as possible, to smooth over the rupture without letting it grow greater. To remain under such an unfair accusation was

оправдавшись, сделать ей больно было еще хуже. Как человек, в полусне томящийся болью, он хотел оторвать, отбросить от себя больное место и, опомнившись, чувствовал, что больное место — он сам. Надо было стараться только помочь больному месту перетерпеть, и он постарался это сделать.

Они помирились. Она, сознав свою вину, но не высказав ее, стала нежнее к нему, и они испытали новое, удвоенное счастье любви. Но это не помешало тому, чтобы столкновения эти не повторялись и даже особенно часто, по самым неожиданным и ничтожным поводам. Столкновения эти происходили часто и оттого, что они не знали еще, что друг для друга важно, и оттого, что все это первое время они оба часто бывали в дурном расположении духа. Когда один был в хорошем, а другой в дурном, то мир не нарушался, но когда оба случались в дурном расположении, то столкновения происходили из таких непонятных по ничтожности причин, что они потом никак не могли вспомнить, о чем они ссорились. Правда, когда они оба были в хорошем расположении духа, радость жизни их удвоялась. Но все-таки это первое время было тяжелое для них время.

Во все это первое время особенно живо чувствовалась натянутость, как бы подергиванье в ту и другую сторону той цепи, которою они были связаны. Вообще тот медовый месяц, то есть месяц после свадьбы, от которого, по преданию, ждал Левин столь многого, был не только не медовым, но остался в воспоминаниях их обоих самым тяжелым и унизительным временем их жизни. Они оба одинаково старались в последующей жизни вычеркнуть из своей памяти все уродливые, постыдные обстоятельства этого нездорового времени, когда оба они редко бывали в нормальном настроении духа, редко бывали сами собою.

Только на третий месяц супружества, после возвращения их из Москвы, куда они ездили на месяц, жизнь их стала ровнее.

XV

Они только что приехали из Москвы и рады были своему уединению. Он сидел в кабинете у письменного стола и писал. Она, в том темно-лиловом платье, которое она носила первые дни замужества и нынче опять надела и которое было особенно памятно и дорого ему, сидела на диване, на том самом кожаном старинном диване, который стоял всегда в кабинете у деда и отца Левина, и шила broderie anglaise[1]. Он думал и писал, не переставая радостно чувствовать ее присутствие. Занятия его и хозяйством и книгой, в которой должны были быть изложены основания нового хозяйства, не были оставлены им; но как прежде эти занятия и мысли показались ему малы и ничтожны в сравнении с мраком, покрывшим всю жизнь, так точно неважны и малы они казались теперь в сравнении с тою облитою ярким светом счастья предстоящею жизнью. Он продолжал свои занятия, но чувствовал теперь, что центр тяжести его внимания

---

[1] английской гладью *(франц.)*.

painful, but to make her suffer by justifying himself was still worse. Like a man half asleep in an agony of pain, he wanted to tear out, to fling away the aching place, and coming to his senses, he felt that the aching place was himself. He could do nothing but try to help the aching place to bear it, and this he tried to do.

They made peace. She, realizing that she was wrong, though she did not say so, became tenderer to him, and they experienced new, redoubled happiness in their love. But that did not prevent such quarrels from happening again, and exceedingly often too, on the most unexpected and trifling grounds. These quarrels frequently arose from the fact that they did not yet know what was of importance to each other and that all this early period they were both often in a bad temper. When one was in a good temper, and the other in a bad temper, the peace was not broken; but when both happened to be in a bad temper, quarrels sprang up from such incomprehensibly trifling causes, that they could never remember afterwards what they had quarreled about. True, when they were both in a good temper their enjoyment of life was doubled. But still this first period was a difficult time for them.

During all this first period they had a peculiarly vivid sense of tension, as it were, a tugging in opposite directions of the chain by which they were bound. Generally, that honeymoon, that is, the month after their wedding, from which by tradition Levin expected so much, was not only not honeysweet, but remained in the memories of both as the bitterest and most humiliating time of their life. They both alike tried in later life to blot out from their memories all the ugly, shameful circumstances of that unhealthy time, when both were rarely in a normal frame of mind, both were rarely themselves.

Only in the third month of their married life, after their return from Moscow, where they had gone for a month, did their life become smoother.

XV

They had just come back from Moscow, and were glad to be alone. He was sitting at the desk in his study, writing. She, in that dark lilac dress she had worn during the first days of their married life and put on again today, and which was particularly memorable and precious to him, was sitting on the sofa, that same old-fashioned leather sofa which had always stood in the study of Levin's father and grandfather, and sewing broderie anglaise. He thought and wrote, never losing the happy feeling of her presence. His work, both on the estate and on the book, in which the principles of a new system of farming were to be laid down, had not been abandoned by him; but just as formerly this work and ideas had seemed to him petty and trivial in comparison with the darkness that overspread all life, now they seemed as unimportant and petty in comparison with the life that lay before him suffused with the bright light of happiness. He went on with his work, but he felt now that the center of gravity of his attention

перешел на другое и что вследствие этого он совсем иначе и яснее смотрит на дело. Прежде дело это было для него спасением от жизни. Прежде он чувствовал, что без этого дела жизнь его будет слишком мрачна. Теперь же занятия эти ему были необходимы, чтобы жизнь не была слишком однообразно светла. Взявшись опять за свои бумаги, перечтя то, что было написано, он с удовольствием нашел, что дело стоило того, чтобы им заниматься. Дело было новое и полезное. Многие из прежних мыслей показались ему излишними и крайними, но многие пробелы стали ему ясны, когда он освежил в своей памяти все дело. Он писал теперь новую главу о причинах невыгодного положения земледелия в России. Он доказывал, что бедность России происходит не только от неправильного распределения поземельной собственности и ложного направления, но что этому содействовали в последнее время ненормально привитая России внешняя цивилизация, в особенности пути сообщения, железные дороги, повлекшие за собою централизацию в городах, развитие роскоши и вследствие того, в ущерб земледелию, развитие фабричной промышленности, кредита и его спутника — биржевой игры. Ему казалось, что при нормальном развитии богатства в государстве все эти явления наступают, только когда на земледелие положен уже значительный труд, когда оно стало в правильные, по крайней мере в определенные условия; что богатство страны должно расти равномерно и в особенности так, чтобы другие отрасли богатства не опережали земледелия; что сообразно с известным состоянием земледелия должны быть соответствующие ему и пути сообщения, и что при нашем неправильном пользовании землей железные дороги, вызванные не экономическою, но политическою необходимостью, были преждевременны и, вместо содействия земледелию, которого ожидали от них, опередив земледелие и вызвав развитие промышленности и кредита, остановили его, и что потому, так же как одностороннее и преждевременное развитие одного органа в животном помешало бы его общему развитию, так для общего развития богатства в России кредит, пути сообщения, усиление фабричной деятельности, несомненно необходимые в Европе, где они своевременны, у нас только сделали вред, отстранив главный очередной вопрос устройства земледелия.

Между тем как он писал свое, она думала о том, как ненатурально внимателен был ее муж с молодым князем Чарским, который очень бестактно любезничал с нею накануне отъезда. "Ведь он ревнует, — думала она. — Боже мой! как он мил и глуп. Он ревнует меня! Если б он знал, что они все для меня как Петр-повар, — думала она, глядя с странным для себя чувством собственности на его затылок и красную шею. — Хоть и жалко отрывать его от занятий (но он успеет!), надо посмотреть его лицо; почувствует ли он, что я смотрю на него? Хочу, чтоб он оборотился... Хочу, ну!" — И она шире открыла глаза, желая этим усилить действие взгляда.

had passed to something else, and that consequently he looked at his work quite differently and more clearly. Formerly this work had been for him an escape from life. Formerly he had felt that without this work his life would be too gloomy. But now this work was necessary for him so that life might not be too uniformly bright. Taking up his papers again, rereading what he had written, he found with pleasure that the task was worth his working at. It was new and useful. Many of his former ideas seemed to him superfluous and extreme, but many blanks became distinct to him when he refreshed the whole thing in his memory. He was writing now a new chapter on the causes of the unfavorable condition of agriculture in Russia. He maintained that the poverty of Russia arose not only from the anomalous distribution of landed property and wrong direction, but had recently been contributed to by a foreign civilization abnormally grafted upon Russia, especially by the lines of communication, as railways, leading to centralization in towns, the development of luxury, and the consequent development of factory industry, credit and its companion—the stock gambling, all to the detriment of agriculture. It seemed to him that in a normal development of wealth in a state all these phenomena would arise only when a considerable amount of labor had been put into agriculture, when it had come under regular, or at least definite, conditions; that the wealth of a country ought to grow evenly, and especially in such a way that other sectors of wealth should not outstrip agriculture; that in harmony with a certain state of agriculture there should be lines of communication corresponding to it, and that with our anomalous use of the land, the railways, called into being by political and not by economic necessity, were premature, and instead of promoting agriculture, as was expected of them, they, outstripping agriculture and causing the development of industry and credit, brought it to a stop; and that just as the one-sided and premature development of one organ in an animal would hinder its general development, so in the general development of wealth in Russia, credit, lines of communication, the increase of manufacturing activity, undoubtedly necessary in Europe, where they were well-timed, had only done harm with us by putting aside the chief, foremost question of the organization of agriculture.

While he was writing his stuff, she was thinking how unnaturally cordial her husband had been to the young Prince Charsky, who had very tactlessly flirted with her on the eve of their departure. "He's jealous," she thought. "My God! how sweet and silly he is. He's jealous of me! If he knew that they are all the same as Pyotr the cook to me," she thought, looking at the back of his head and red neck with a feeling of possession strange to her. "Though it's a pity to distract him from his work (but he'll have plenty of time!), I must look at his face; will he feel I'm looking at him? I wish he'd turn round... I'll will him to!" And she opened her eyes wide, wishing thereby to intensify the influence of her gaze.

— Да, они отвлекают к себе все соки и дают ложный блеск, — пробормотал он, остановившись писать, и, чувствуя, что она глядит на него и улыбается, оглянулся.

— Что? — спросил он, улыбаясь и вставая.

"Оглянулся", — подумала она.

— Ничего, я хотела, чтобы ты оглянулся, — сказала она, глядя на него и желая догадаться, досадно ли ему или нет то, что она оторвала его.

— Ну, ведь как хорошо нам вдвоем! Мне то есть, — сказал он, подходя к ней и сияя улыбкой счастья.

— Мне так хорошо! Никуда не поеду, особенно в Москву.

— А о чем ты думала?

— Я? Я думала... Нет, нет, иди пиши, не развлекайся, — сказала она, морща губы, — и мне надо теперь вырезать вот эти дырочки, видишь?

Она взяла ножницы и стала прорезывать.

— Нет, скажи же, что? — сказал он, подсаживаясь к ней и следя за кругообразным движением маленьких ножниц.

— Ах, я что думала? Я думала о Москве, о твоем затылке.

— За что именно мне такое счастье? Ненатурально. Слишком хорошо, — сказал он, целуя ее руку.

— Мне, напротив, чем лучше, тем натуральнее.

— А у тебя косичка, — сказал он, осторожно поворачивая ее голову. — Косичка. Видишь, вот тут. Нет, нет, мы делом занимаемся.

Занятие уже не продолжалось, и они, как виноватые, отскочили друг от друга, когда Кузьма вошел доложить, что чай подан.

— А из города приехали? — спросил Левин у Кузьмы.

— Только что приехали, разбираются.

— Приходи же скорее, — сказала она ему, уходя из кабинета, — а то без тебя прочту письма. И давай в четыре руки играть.

Оставшись один и убрав свои тетради в новый, купленный ею портфель, он стал умывать руки в новом умывальнике с новыми, все с нею же появившимися элегантными принадлежностями. Левин улыбался своим мыслям и неодобрительно покачивал головой на эти мысли; чувство, подобное раскаянию, мучало его. Что-то стыдное, изнеженное, капуйское, как он себе называл это, было в его теперешней жизни. "Жить так не хорошо, — думал он. — Вот скоро три месяца, а я ничего почти не делаю. Нынче почти в первый раз я взялся серьезно за работу, и что же? Только начал и бросил. Даже обычные свои занятия — и те я почти оставил. По хозяйству — и то я почти не хожу и не езжу. То мне жалко ее оставить, то я вижу, что ей скучно. А я-то думал, что до женитьбы жизнь так себе, кое-как, не считается, а что после женитьбы начнется настоящая. А вот три месяца скоро, и я никогда так праздно и бесполезно не проводил время. Нет, это нельзя, надо начать. Разумеется, она не виновата. Ее не в чем было упрекнуть. Я сам должен был быть тверже, выгородить свою мужскую независимость. А то этак можно самому привыкнуть и ее приучить... Разумеется, она не виновата", — говорил он себе.

"Yes, they draw away all the sap to themselves and give a false luster," he muttered, stopping to write, and, feeling that she was looking at him and smiling, looked round.

"What?" he asked, smiling and getting up.

"He looked round," she thought.

"Nothing; I wanted you to look round," she said, looking at him and trying to guess whether he was vexed that she had distracted him.

"How happy we are alone together! I am, that is," he said, going up to her with a radiant smile of happiness.

"I'm just as happy! I won't go anywhere, especially not to Moscow."

"And what were you thinking about?"

"I? I was thinking... No, no, go on writing, don't get distracted," she said, pursing up her lips, "and I must cut out these little holes now, do you see?"

She took up her scissors and began cutting them out.

"No, tell me, what was it?" he said, sitting down beside her and watching the small scissors moving round.

"Ah, what was I thinking about? I was thinking about Moscow, about the back of your head."

"Why should I, of all people, have such happiness? It's unnatural. Too good," he said, kissing her hand.

"To me, on the contrary, the better things are, the more natural it seems."

"And you've got a little plait," he said, carefully turning her head. "A little plait. See, right here. No, no, we are busy at our work."

Work did not progress further, and they darted apart from one another like culprits when Kuzma came in to announce that tea was ready.

"Have they come from the town?" Levin asked Kuzma.

"They've just come; they're unpacking the things."

"Come quickly," she said to him as she went out of the study, "or else I shall read the letters without you. And let's play a duet on the piano."

Left alone, after putting his notebooks in the new briefcase bought by her, he began washing his hands at the new washstand with the new elegant accessories, which had also appeared with her. Levin smiled at his thoughts and shook his head disapprovingly at those thoughts; a feeling akin to remorse tormented him. There was something shameful, effeminate, Capuan, as he called it to himself, in his present life. "It's not right to live like this," he thought. "It'll soon be three months, and I'm doing almost nothing. Today, almost for the first time, I set to work seriously, and what? I did nothing but begin and drop it. Even my ordinary pursuits I have almost given up. On the estate I scarcely walk or drive about to look after things. Either I feel sorry to leave her, or I see she's bored. And I used to think that before marriage life was nothing much, somehow didn't count, but that after marriage life began in earnest. And here almost three months have passed, and I have never spent my time so idly and uselessly. No, this won't do, I must begin. Of course, she is not to blame. She's not to blame in any way. I ought to be firmer myself, to rail off my male independence. Or else I shall get used to it and teach her too... Of course, she is not to blame," he told himself.

Но трудно человеку недовольному не упрекать кого-нибудь другого, и того самого, кто ближе всего ему, в том, в чем он недоволен. И Левину смутно приходило в голову, что не то что она сама виновата (виноватою она ни в чем не могла быть), но виновато ее воспитание, слишком поверхностное и фривольное ("этот дурак Чарский: она, я знаю, хотела, но не умела остановить его"). "Да, кроме интереса к дому (это было у нее), кроме своего туалета и кроме broderie anglaise, у нее нет серьезных интересов. Ни интереса к моему делу, к хозяйству, к мужикам, ни к музыке, в которой она довольно сильна, ни к чтению. Она ничего не делает и совершенно удовлетворена". Левин в душе осуждал это и не понимал еще, что она готовилась к тому периоду деятельности, который должен был наступить для нее, когда она будет в одно и то же время женой мужа, хозяйкой дома, будет носить, кормить и воспитывать детей. Он не понимал, что она чутьем знала это и, готовясь к этому страшному труду, не упрекала себя в минутах беззаботности и счастия любви, которыми она пользовалась теперь, весело свивая свое будущее гнездо.

XVI

Когда Левин вошел наверх, жена его сидела у нового серебряного самовара за новым чайным прибором и, посадив у маленького столика старую Агафью Михайловну с налитою ей чашкой чая, читала письмо Долли, с которою они были в постоянной и частой переписке.

— Вишь, посадила меня ваша барыня, велела с ней сидеть, — сказала Агафья Михайловна, дружелюбно улыбаясь на Кити.

В этих словах Агафьи Михайловны Левин прочел развязку драмы, которая в последнее время происходила между Агафьей Михайловной и Кити. Он видел, что, несмотря на все огорчение, причиненное Агафье Михайловне новою хозяйкой, отнявшею у нее бразды правления, Кити все-таки победила ее и заставила себя любить.

— Вот я и прочла твое письмо, — сказала Кити, подавая ему безграмотное письмо. — Это от той женщины, кажется, твоего брата... — сказала она. — Я не прочла. А это от моих и от Долли. Представь! Долли возила к Сарматским на детский бал Гришу и Таню; Таня была маркизой.

Но Левин не слушал ее; он, покраснев, взял письмо от Марьи Николаевны, бывшей любовницы брата Николая, и стал читать его. Это было уже второе письмо от Марьи Николаевны. В первом письме Марья Николаевна писала, что брат прогнал ее от себя без вины, и с трогательною наивностью прибавляла, что хотя она опять в нищете, но ничего не просит, не желает, а что только убивает ее мысль о том, что Николай Дмитриевич пропадет без нее по слабости своего здоровья, и просила брата следить за ним. Теперь она писала другое. Она нашла Николая Дмитриевича, опять сошлась с ним в Москве и с ним поехала в губернский город, где он получил место на службе.

But it is hard for a man who is dissatisfied not to blame someone else, and especially the person nearest of all to him, for the ground of his dissatisfaction. And it vaguely came into Levin's mind that she herself was not to blame (she could not be to blame for anything), but that her upbringing was to blame, too superficial and frivolous ("that fool Charsky: she wanted, I know, to stop him, but didn't know how to.") "Yes, apart from her interest in the house (that she has), apart from her dresses and broderie anglaise, she has no serious interests. No interest in my work, in the estate, in the peasants, nor in music, though she's rather good at it, nor in reading. She does nothing and is perfectly satisfied." Levin, in his soul, censured this, and did not as yet understand that she was preparing for that period of activity which was to come for her when she would at once be the wife of her husband and mistress of the house, and would bear, and nurse, and bring up children. He did not understand that she knew it instinctively, and preparing for this tremendous toil, did not reproach herself for the moments of serenity and happiness of love that she enjoyed now while gaily building her future nest.

XVI

When Levin came upstairs, his wife was sitting near the new silver samovar by the new tea set, and, having settled old Agafya Mikhailovna at a little table with a full cup of tea, was reading a letter from Dolly, with whom they were in continual and frequent correspondence.

"You see, your good lady's settled me here, told me to sit with her," said Agafya Mikhailovna, smiling amicably at Kitty.

In these words of Agafya Mikhailovna Levin read the resolution of the drama which had been enacted of late between Agafya Mikhailovna and Kitty. He saw that in spite of all the grief caused to Agafya Mikhaylovna by the new mistress, who had taken the reins of government from her, Kitty had yet conquered her and made her love her.

"Here, I read your letter too," said Kitty, handing him an illiterate letter. "It's from that woman, I think, your brother's..." she said. "I did not read it. And this is from my folks and from Dolly. Imagine! Dolly took Grisha and Tanya to a children's ball at the Sarmatskys'; Tanya was a marquise."

But Levin was not listening to her; flushing, he took the letter from Marya Nikolayevna, his brother Nikolay's former mistress, and began to read it. This was the second letter from Marya Nikolayevna. In the first letter Marya Nikolayevna wrote that his brother had sent her away for no fault of hers, and, with touching naivety, added that though she was in want again, she asked for nothing, and wished for nothing, but was only tormented by the thought that Nikolay Dmitriyevich would perish without her, owing to the weakness of his health, and asked his brother to look after him. Now she wrote something different. She had found Nikolay Dmitriyevich, had again made it up with him in Moscow, and had gone with him to a provincial

Но что там он поссорился с начальником и поехал назад в Москву, но дорогой так заболел, что едва ли встанет, — писала она. "Всё о вас поминали, да и денег больше нет".

— Прочти, о тебе Долли пишет, — начала было Кити, улыбаясь, но вдруг остановилась, заметив переменившееся выражение лица мужа.

— Что ты? Что такое?

— Она мне пишет, что Николай, брат, при смерти! Я поеду.

Лицо Кити вдруг переменилось. Мысли о Тане маркизой, о Долли, все это исчезло.

— Когда же ты поедешь? — сказала она.

— Завтра.

— И я с тобой, можно? — сказала она.

— Кити! Ну, что это? — с упреком сказал он.

— Как что? — оскорбившись за то, что он как бы с неохотой и досадой принимает ее предложение. — Отчего же мне не ехать? Я тебе не буду мешать. Я...

— Я еду потому, что мой брат умирает, — сказал Левин. — Для чего ты...

— Для чего? Для того же, для чего и ты.

"И в такую для меня важную минуту она думает только о том, что ей будет скучно одной", — подумал Левин. И эта отговорка в деле таком важном рассердила его.

— Это невозможно, — сказал он строго.

Агафья Михайловна, видя, что дело доходит до ссоры, тихо поставила чашку и вышла. Кити даже не заметила ее. Тон, которым муж сказал последние слова, оскорбил ее в особенности тем, что он, видимо, не верил тому, что она сказала.

— А я тебе говорю, что, если ты поедешь, и я поеду с тобой, непременно поеду, — торопливо и гневно заговорила она. — Почему невозможно? Почему ты говоришь, что невозможно?

— Потому, что ехать Бог знает куда, по каким дорогам, гостиницам. Ты стеснять меня будешь, — говорил Левин, стараясь быть хладнокровным.

— Нисколько. Мне ничего не нужно. Где ты можешь, там и я...

— Ну, уже по одному тому, что там эта женщина, с которою ты не можешь сближаться.

— Я ничего не знаю и знать не хочу, кто там и что. Я знаю, что брат моего мужа умирает и муж едет к нему, и я еду с мужем, чтобы...

— Кити! Не рассердись. Но ты подумай, дело это так важно, что мне больно думать, что ты смешиваешь чувство слабости, нежелания остаться одной. Ну, тебе скучно будет одной, ну, поезжай в Москву.

— Вот, ты всегда приписываешь мне дурные, подлые мысли, — заговорила она со слезами оскорбления и гнева. — Я ничего, ни слабости,

town, where he had received a post in the service. But that he had quarreled with his boss there and was going back to Moscow, only he had been taken so ill on the road that it was doubtful if he would ever get back on his feet, she wrote. "It's always of you he has talked, and, besides, we have no more money."

"Read this, Dolly writes about you," Kitty began, smiling, but stopped suddenly, noticing the changed expression on her husband's face.

"What is it? What's the matter?"

"She writes to me that Nikolay, my brother, is dying! I shall go."

Kitty's face changed at once. Thoughts of Tanya as a marquise, of Dolly, all vanished.

"When are you going?" she said.

"Tomorrow."

"And I will go with you, can I?" she said.

"Kitty! What are you thinking of?" he said reproachfully.

"How do you mean?" offended that he seemed to take her suggestion with reluctance and vexation. "Why shouldn't I go? I shan't be in your way. I..."

"I'm going because my brother is dying," said Levin. "Why should you..."

"Why? For the same reason as you."

"And at such an important moment for me she thinks only of her being bored by herself," thought Levin. And this excuse in such an important matter angered him.

"It's impossible," he said sternly.

Agafya Mikhailovna, seeing that it was coming to a quarrel, gently put down her cup and withdrew. Kitty did not even notice her. The tone in which her husband had said the last words offended her, especially because he evidently did not believe what she had said.

"I tell you, that if you go, I shall go with you, I shall certainly come," she said hastily and wrathfully. "Why is it impossible? Why do you say it's impossible?"

"Because it'll be going God knows where, by all sorts of roads and to all sorts of hotels. You would be a hindrance to me," said Levin, trying to be cool.

"Not at all. I don't need anything. Where you can go, I can..."

"Well, for one thing then, because this woman's there, with whom you can't get close."

"I don't know and don't care to know who's there and what. I know that my husband's brother is dying and my husband is going to him, and I go with my husband to..."

"Kitty! Don't get angry. But just think, this is a matter of such importance that I can't bear to think that you should bring in a feeling of weakness, of reluctance to being left alone. Come, you'll be dull alone, so go to Moscow."

"There, you always ascribe bad, base thoughts to me," she said with tears of offence and fury. "I didn't mean, it wasn't weakness, it wasn't... I feel

ничего... Я чувствую, что мой долг быть с мужем, когда он в горе, но ты хочешь нарочно сделать мне больно, нарочно хочешь не понимать...

— Нет, это ужасно. Быть рабом каким-то! — вскрикнул Левин, вставая и не в силах более удерживать своей досады. Но в ту же секунду почувствовал, что он бьет сам себя.

— Так зачем ты женился? Был бы свободен. Зачем, если ты раскаиваешься? — заговорила она, вскочила и побежала в гостиную.

Когда он пришел за ней, она всхлипывала от слез.

Он начал говорить, желая найти те слова, которые могли бы не то что разубедить, но только успокоить ее. Но она не слушала его и ни с чем не соглашалась. Он нагнулся к ней и взял ее сопротивляющуюся руку. Он поцеловал ее руку, поцеловал волосы, опять поцеловал руку, — она все молчала. Но когда он взял ее обеими руками за лицо и сказал: "Кити!" — вдруг она опомнилась, поплакала и примирилась.

Было решено ехать завтра вместе. Левин сказал жене, что он верит, что она желала ехать, только чтобы быть полезною, согласился, что присутствие Марьи Николаевны при брате не представляет ничего неприличного; но в глубине души он ехал недовольный ею и собой. Он был недоволен ею за то, что она не могла взять на себя отпустить его, когда это было нужно (и как странно ему было думать, что он, так недавно еще не смевший верить тому счастью, что она может полюбить его, теперь чувствовал себя несчастным оттого, что она слишком любит его!), и недоволен собой за то, что не выдержал характера. Еще более он был во глубине души не согласен с тем, что ей нет дела до той женщины, которая с братом, и он с ужасом думал о всех могущих встретиться столкновениях. Уж одно, что его жена, его Кити, будет в одной комнате с девкой, заставляло его вздрагивать от отвращения и ужаса.

XVII

Гостиница губернского города, в которой лежал Николай Левин, была одна из тех губернских гостиниц, которые устраиваются по новым усовершенствованным образцам, с самыми лучшими намерениями чистоты, комфорта и даже элегантности, но которые по публике посещающей их, с чрезвычайной быстротой превращаются в грязные кабаки с претензией на современные усовершенствования, и делаются этою самою претензией еще хуже старинных, просто грязных гостиниц. Гостиница эта уже пришла в это состояние; и солдат в грязном мундире, курящий папироску у входа, долженствовавший изображать швейцара, и чугунная, сквозная, мрачная и неприятная лестница, и развязный половой в грязном фраке, и общая зала с пыльным восковым букетом цветов, украшающим стол, и грязь, пыль и неряшество везде, и вместе какая-то новая современно железнодорожная самодовольная озабоченность этой гостиницы — произвели на Левиных после их молодой жизни самое тяжелое чувство, в

that it's my duty to be with my husband when he's in grief, but you want on purpose to hurt me, you want on purpose not to understand..."

"No, this is awful. To be some sort of slave!" cried Levin, getting up and unable to restrain his vexation any longer. But at the same second he felt that he was beating himself.

"Then why did you marry? You could have been free. Why, if you regret it?" she said, getting up and running into the drawing room.

When he went to her, she was sobbing.

He began to speak, wishing to find words that could not so much dissuade her as simply soothe her. But she did not listen to him, and did not agree with anything. He bent down to her and took her resisting hand. He kissed her hand, kissed her hair, kissed her hand again—still she was silent. But when he took her face in both his hands and said "Kitty!" she suddenly recovered herself, cried a bit, and reconciled with him.

It was decided that they should go together the next day. Levin told his wife that he believed she wanted to go only in order to be of use, agreed that Marya Nikolayevna's being with his brother did not create any impropriety; but he set off dissatisfied at the bottom of his soul both with her and with himself. He was dissatisfied with her for being unable to make up her mind to let him go when it was necessary (and how strange it was for him to think that he, so lately hardly daring to believe in such happiness as that she could love him, now felt unhappy because she loved him too much!), and he was dissatisfied with himself for not showing more strength of character. Even greater was the feeling of disagreement at the bottom of his soul as to her not needing to consider the woman who was with his brother, and he thought with horror of all the collisions they might have. The mere idea of his wife, his Kitty, being in the same room with a whore, set him shuddering with disgust and horror.

XVII

The hotel of the provincial town where Nikolay Levin was lying was one of those provincial hotels which are constructed on the new, improved models, with the best intentions of cleanliness, comfort, and even elegance, but owing to the public that patronizes them, are with exceptional rapidity transformed into filthy taverns with a pretension of modern improvements that only makes them worse than the old-fashioned, simply filthy hotels. This hotel had already reached that stage; the soldier in a filthy uniform smoking a cigarette at the entry, supposed to stand for a doorkeeper, and the cast-iron, transparent, dark and disagreeable staircase, and the vulgar waiter in a filthy tailcoat, and the common hall with a dusty bouquet of wax flowers adorning the table, and filth, dust, and raunch everywhere, and at the same time some sort of new, modern railway conceited anxiety of this hotel, aroused a most painful feeling in the Levins after their newlywed life,

особенности тем, что фальшивое впечатление, производимое гостиницей, никак не мирилось с тем, что ожидало их.

Как всегда, оказалось, что после вопроса о том, в какую цену им угодно нумер, ни одного хорошего нумера не было: один хороший нумер был занят ревизором железной дороги, другой — адвокатом из Москвы, третий — княгинею Астафьевой из деревни. Оставался один грязный нумер, рядом с которым к вечеру обещали опростать другой. Досадуя на жену за то, что сбывалось то, чего он ждал, именно то, что в минуту приезда, тогда как у него сердце захватывало от волнения при мысли о том, что́ с братом, ему приходилось заботиться о ней, вместо того чтобы бежать тотчас же к брату, Левин ввел жену в отведенный им нумер.

— Иди, иди! — сказала она, робким, виноватым взглядом глядя на него.

Он молча вышел из двери и тут же столкнулся с Марьей Николаевной, узнавшей о его приезде и не смевшей войти к нему. Она была точно такая же, какою он видел ее в Москве: то же шерстяное платье и голые руки и шея и то же добродушно-тупое, несколько пополневшее, рябое лицо.

— Ну, что? Как он? что?

— Очень плохо. Не встают. Они все ждали вас. Они... Вы... с супругой.

Левин не понял в первую минуту того, что смущало ее, но она тотчас же разъяснила ему.

— Я уйду, я на кухню пойду, — выговорила она. — Они рады будут. Они слышали, и их знают и помнят за границей.

Левин понял, что она разумела его жену, и не знал, что ответить.

— Пойдемте, пойдемте! — сказал он.

Но только что он двинулся, дверь его нумера отворилась, и Кити выглянула. Левин покраснел и от стыда и от досады на свою жену, поставившую себя и его в это тяжелое положение; но Марья Николаевна покраснела еще больше. Она вся сжалась и покраснела до слез и, ухватив обеими руками концы платка, свертывала их красными пальцами, не зная, что говорить и что делать.

Первое мгновение Левин видел выражение жадного любопытства в том взгляде, которым Кити смотрела на эту непонятную для нее ужасную женщину; но это продолжалось только одно мгновение.

— Ну что же? Что же он? — обратилась она к мужу и потом к ней.

— Да нельзя же в коридоре разговаривать! — сказал Левин, с досадой оглядываясь на господина, который, подрагивая ногами, как будто по своему делу шел в это время по коридору.

— Ну, так войдите, — сказала Кити, обращаясь к оправившейся Марье Николаевне; но, заметив испуганное лицо мужа, — или идите, идите и пришлите за мной, — сказала она и вернулась в нумер. Левин пошел к брату.

Он никак не ожидал того, что он увидал и почувствовал у брата. Он ожидал найти то же состояние самообманыванья, которое, он слыхал,

especially because the impression of falsity made by the hotel was so out of keeping with what awaited them.

As always, after they had been asked at what price they wanted a room, it appeared that there was not one decent room for them; one decent room had been taken by the inspector of railroads, another by a lawyer from Moscow, a third by Princess Astafyeva from the country. There remained only one filthy room, next to which they promised that another should be empty by the evening. Vexed with his wife because what he had expected was coming true, which was that at the moment of arrival, when his heart throbbed with trouble at the thought of his brother, he had to take care of her, instead of rushing at once to his brother, Levin conducted his wife to the room assigned to them.

"Go, go!" she said, looking at him with timid and guilty eyes.

He silently went out of the door and at once bumped into Marya Niko-layevna, who had learned of his arrival and had not dared to go into his room. She was just the same as when he saw her in Moscow: the same woolen dress, and bare arms and neck, and the same good-naturedly stupid, pockmarked face, only a little plumper.

"Well, what? How is he?"

"Very bad. He doesn't get up. He has kept expecting you. He... You... with your wife."

Levin did not for the first moment understand what embarrassed her, but she immediately enlightened him.

"I'll go away, I'll go to the kitchen," she brought out. "He will be delighted. He heard, and knows her and remembers her abroad."

Levin realized that she meant his wife, and did not know what to answer.

"Come along, come along!" he said.

But as soon as he moved, the door of his room opened and Kitty peeped out. Levin flushed both from shame and vexation with his wife, who had put herself and him in this difficult position; but Marya Nikolayevna flushed even more. She positively shrank and flushed to the point of tears, and clutching the ends of her kerchief in both hands, twisted them in her red fingers without knowing what to say and what to do.

For the first instant Levin saw an expression of eager curiosity in the eyes with which Kitty looked at this awful woman, incomprehensible to her; but it lasted only an instant.

"Well? How is he?" she turned to her husband and then to her.

"But we can't talk in the corridor like this!" Levin said, looking vexedly at a gentleman who walked at that moment on his trembling legs down the corridor, as if about his own business.

"Well then, come in," said Kitty, turning to Marya Nikolayevna, who had recovered herself; but noticing her husband's scared face, "or go on, go and then send for me," she said and went back into the room. Levin went to his brother.

He had not in the least expected what he saw and felt in his brother's room. He had expected to find him in the same state of self-deception

так часто бывает у чахоточных и которое так сильно поразило его во время осеннего приезда брата. Он ожидал найти физические признаки приближающейся смерти более определенными, бо́льшую слабость, бо́льшую худобу, но все-таки почти то же положение. Он ожидал, что сам испытает то же чувство жалости к утрате любимого брата и ужаса пред смертию, которое он испытал тогда, но только в большей степени. И он готовился на это; но нашел совсем другое.

В маленьком грязном нумере, заплеванном по раскрашенным панно стен, за тонкою перегородкой которого слышался говор, в пропитанном удушливым запахом нечистот воздухе, на отодвинутой от стены кровати лежало покрытое одеялом тело. Одна рука этого тела была сверх одеяла, и огромная, как грабли, кисть этой руки непонятно была прикреплена к тонкой и ровной от начала до середины длинной цевке. Голова лежала боком на подушке. Левину видны были потные редкие волосы на висках и обтянутый, точно прозрачный лоб.

“Не может быть, чтоб это страшное тело был брат Николай”, — подумал Левин. Но он подошел ближе, увидал лицо, и сомнение уже стало невозможно. Несмотря на страшное изменение лица, Левину стоило взглянуть в эти живые поднявшиеся на входившего глаза, заметить легкое движение рта под слипшимися усами, чтобы понять ту страшную истину, что это мертвое тело было живой брат.

Блестящие глаза строго и укоризненно взглянули на входившего брата. И тотчас этим взглядом установилось живое отношение между живыми. Левин тотчас же почувствовал укоризну в устремленном на него взгляде и раскаяние за свое счастье.

Когда Константин взял его за руку, Николай улыбнулся. Улыбка была слабая, чуть заметная, и, несмотря на улыбку, строгое выражение глаз не изменилось.

— Ты не ожидал меня найти таким, — с трудом выговорил он.

— Да... нет, — говорил Левин, путаясь в словах. — Как же ты не дал знать прежде, то есть во время еще моей свадьбы? Я наводил справки везде.

Надо было говорить, чтобы не молчать, а он не знал, что говорить, тем более что брат ничего не отвечал, а только смотрел, не спуская глаз, и, очевидно, вникал в значение каждого слова. Левин сообщил брату, что жена его приехала с ним. Николай выразил удовольствие, но сказал, что боится испугать ее своим положением. Наступило молчание. Вдруг Николай зашевелился и начал что-то говорить. Левин ждал чего-нибудь особенно значительного и важного по выражению его лица, но Николай заговорил о своем здоровье. Он обвинял доктора, жалел, что нет московского знаменитого доктора, и Левин понял, что он все еще надеялся.

Выбрав первую минуту молчания, Левин встал, желая избавиться хоть на минуту от мучительного чувства, и сказал, что пойдет приведет жену.

which, he had heard, was so frequent with the consumptives, and which had struck him so much during his brother's visit in the autumn. He had expected to find the physical signs of the approaching death more explicit—greater weakness, greater emaciation, but still almost the same condition. He had expected to feel for himself the same pity at the loss of his beloved brother and the same horror in the face of death as he had felt then, only in a greater degree. And he had been preparing himself for this; but he found something utterly different.

In a little dirty room with the painted panels of its walls filthy with spittle, and voices audible behind the thin partition, in an atmosphere saturated with a stifling smell of human waste, on a bed moved away from the wall, there lay a body covered with a quilt. One arm of this body was above the quilt, and the hand, huge as a rake, was in some inconceivable way attached to the thin, long bone of the arm smooth from the beginning to the middle. The head lay sideways on the pillow. Levin could see the sweaty scanty hair on the temples and the tense, transparent-looking forehead.

"It cannot be that this fearful body was my brother Nikolay," thought Levin. But he came closer, saw the face, and doubt became impossible. In spite of the terrible change in the face, Levin had only to glance into those living eyes raised at him as he entered, catch the faint movement of the mouth under the sticky mustache, to realize the terrible truth that this dead body was his living brother.

The glittering eyes looked sternly and reproachfully at the entering brother. And immediately this glance established a living relation between the living men. Levin immediately felt the reproach in the eyes fixed on him and remorse for his own happiness.

When Konstantin took him by the hand, Nikolay smiled. The smile was faint, scarcely perceptible, and in spite of the smile the stern expression of the eyes did not change.

"You did not expect to find me like this," he brought out with effort.

"Yes... no," said Levin, hesitating over his words. "How was it you didn't let me know before, that is, at the time of my wedding? I made inquiries everywhere."

He had to talk so as not to be silent, and he did not know what to say, especially as his brother made no reply, and only stared without dropping his eyes, and evidently tried to catch the meaning of each word. Levin told his brother that his wife had come with him. Nikolay expressed pleasure, but said he was afraid of frightening her by his condition. A silence followed. Suddenly Nikolay stirred and began to say something. Levin expected something of special gravity and importance from the expression of his face, but Nikolay began speaking of his health. He blamed the doctor, regretted that a celebrated Moscow doctor was not there, and Levin realized that he still hoped.

Seizing the first moment of silence, Levin got up, anxious to escape, if only for a moment, from his agonizing emotion, and said that he would go and fetch his wife.

— Ну, хорошо, а я велю подчистить здесь. Здесь грязно и воняет, я думаю. Маша! убери здесь, — с трудом сказал больной. — Да как уберешь, сама уйди, — прибавил он, вопросительно глядя на брата.

Левин ничего не ответил. Выйдя в коридор, он остановился. Он сказал, что приведет жену, но теперь, дав себе отчет в том чувстве, которое он испытывал, он решил, что, напротив, постарается уговорить ее, чтоб она не ходила к больному. "За что ей мучаться, как я?" — подумал он.

— Ну, что? как? — с испуганным лицом спросила Кити.

— Ах, это ужасно, ужасно! Зачем ты приехала? — сказал Левин.

Кити помолчала несколько секунд, робко и жалостно глядя на мужа; потом подошла и обеими руками взялась за его локоть.

— Костя! сведи меня к нему, нам легче будет вдвоем. Ты только сведи меня, сведи меня, пожалуйста, и уйди, — заговорила она. — Ты пойми, что мне видеть тебя и не видеть его тяжелее гораздо. Там я могу быть, может быть, полезна тебе и ему. Пожалуйста, позволь! — умоляла она мужа, как будто счастье жизни ее зависело от этого.

Левин должен был согласиться, и, оправившись и совершенно забыв уже про Марью Николаевну, он опять с Кити пошел к брату.

Легко ступая и беспрестанно взглядывая на мужа и показывая ему храброе и сочувственное лицо, она вошла в комнату больного и, неторопливо повернувшись, бесшумно затворила дверь. Неслышными шагами она быстро подошла к одру больного и, зайдя так, чтоб ему не нужно было поворачивать головы, тотчас же взяла в свою свежую молодую руку остов его огромной руки, пожала ее и с той, только женщинам свойственною, не оскорбляющею и сочувствующею тихою оживленностью начала говорить с ним.

— Мы встречались, но не были знакомы, в Содене, — сказала она. — Вы не думали, что я буду ваша сестра.

— Вы бы не узнали меня? — сказал он с просиявшею при ее входе улыбкой.

— Нет, я узнала бы. Как хорошо вы сделали, что дали нам знать! Не было дня, чтобы Костя не вспоминал о вас и не беспокоился.

Но оживление больного продолжалось недолго.

Еще она не кончила говорить, как на лице его установилось опять строгое укоризненное выражение зависти умирающего к живому.

— Я боюсь, что вам здесь не совсем хорошо, — сказала она, отворачиваясь от его пристального взгляда и оглядывая комнату. — Надо будет спросить у хозяина другую комнату, — сказала она мужу, — и потом чтобы нам ближе быть.

XVIII

Левин не мог спокойно смотреть на брата, не мог быть сам естествен и спокоен в его присутствии. Когда он входил к больному, глаза и вни-

"Very well, and I'll tell to tidy up here. It's dirty and stinking here, I think. Masha! clean up here," the sick man said with effort. "And when you've cleaned up, go away," he added, looking inquiringly at his brother.

Levin made no answer. Going out into the corridor, he stopped. He had said he would fetch his wife, but now, taking stock of the emotion he was feeling, he decided that he would try, on the contrary, to persuade her not to go to the sick man. "Why should she suffer as I do?" he thought.

"Well, how is he?" Kitty asked with a frightened face.

"Oh, it's awful, it's awful! What did you come for?" said Levin.

Kitty was silent for a few seconds, looking timidly and pitifully at her husband; then she went up and took him by the elbow with both hands.

"Kostya! take me to him, it will be easier for two of us together. You only take me, take me to him, please, and go away," she said. "You must understand that for me to see you, and not to see him, is far more painful. There I might be a help to you and to him. Please, let me!" she begged her husband, as if the happiness of her life depended on it.

Levin had to agree, and regaining his composure, and completely forgetting about Marya Nikolayevna by now, he went again to his brother with Kitty.

Stepping lightly and continually glancing at her husband, showing him a valorous and sympathetic face, she went into the sick man's room and, turning without haste, noiselessly closed the door. With inaudible steps she went quickly to the sick man's bed, and going up so that he had not to turn his head, she immediately took in her fresh young hand the skeleton of his huge hand, pressed it, and began talking to him with that soft vivacity, inoffensive and sympathetic, which is peculiar only to women.

"We have met, though we were not acquainted, at Soden," she said. "You never thought I'd be your sister."

"You would not have recognized me?" he said, with a radiant smile at her entrance.

"Yes, I should. What a good thing you let us know! Not a day has passed that Kostya has not mentioned you, and been anxious."

But the sick man's animation did not last long.

Before she had finished speaking, there had come back onto his face the stern, reproachful expression of the dying man's envy of the living.

"I am afraid you are not quite comfortable here," she said, turning away from his intense stare, and looking about the room. "We must ask the innkeeper about another room," she said to her husband, "so that we might be nearer too."

XVIII

Levin could not look calmly at his brother, he could not himself be natural and calm in his presence. When he went in to the sick man, his eyes and

мание его бессознательно застилались, и он не видел и не различал подробностей положения брата. Он слышал ужасный запах, видел грязь, беспорядок и мучительное положение и стоны и чувствовал, что помочь этому нельзя. Ему и в голову не приходило подумать, чтобы разобрать все подробности состояния больного, подумать о том, как лежало там, под одеялом, это тело, как, сгибаясь, уложены были эти исхудалые голени, кострецы, спина и нельзя ли как-нибудь лучше уложить их, сделать что-нибудь, чтобы было хоть не лучше, но менее дурно. Его мороз пробирал по спине, когда он начинал думать о всех этих подробностях. Он был убежден несомненно, что ничего сделать нельзя ни для продления жизни, ни для облегчения страданий. Но сознание того, что он признает всякую помощь невозможною, чувствовалось больным и раздражало его. И потому Левину было еще тяжелее. Быть в комнате больного было для него мучительно, не быть еще хуже. И он беспрестанно под разными предлогами выходил и опять входил, не в силах будучи оставаться одним.

Но Кити думала, чувствовала и действовала совсем не так. При виде больного ей стало жалко его. И жалость в ее женской душе произвела совсем не то чувство ужаса и гадливости, которое она произвела в ее муже, а потребность действовать, узнать все подробности его состояния и помочь им. И так как в ней не было ни малейшего сомнения, что она должна помочь ему, она не сомневалась и в том, что это можно, и тотчас же принялась за дело. Те самые подробности, одна мысль о которых приводила ее мужа в ужас, тотчас же обратили ее внимание. Она послала за доктором, послала в аптеку, заставила приехавшую с ней девушку и Марью Николаевну месть, стирать пыль, мыть, что-то сама обмывала, промывала, что-то подкладывала под одеяло. Что-то по ее распоряжению вносили и уносили из комнаты больного. Сама она несколько раз ходила в свой нумер, не обращая внимания на проходивших ей навстречу господ, доставала и приносила простыни, наволочки, полотенцы, рубашки.

Лакей, подававший в общей зале обед инженерам, несколько раз с сердитым лицом приходил на ее зов и не мог не исполнить ее приказания, так как она с такою ласковою настоятельностью отдавала их, что никак нельзя было уйти от нее. Левин не одобрял этого всего; он не верил, чтоб из этого вышла какая-нибудь польза для больного. Более же всего он боялся, чтобы больной не рассердился. Но больной, хотя и, казалось, был равнодушен к этому, не сердился, а только стыдился, вообще же как будто интересовался тем, что она над ним делала. Вернувшись от доктора, к которому посылала его Кити, Левин, отворив дверь, застал больного в ту минуту, как ему по распоряжению Кити переменяли белье. Длинный белый остов спины с огромными выдающимися лопатками и торчащими ребрами и позвонками был обнажен, и Марья Николаевна с лакеем запутались в рукаве рубашки и не могли направить в него длинную висевшую руку. Кити, поспешно затворившая дверь за Левиным, не смотрела в ту сторону; но больной застонал, и она быстро направилась к нему.

his attention were unconsciously dimmed, and he did not see and did not distinguish the details of his brother's condition. He smelt the awful odor, saw the dirt, disorder, and miserable condition, and heard the groans, and felt that nothing could be done to help. It never entered his head to analyze the details of the sick man's condition, to consider how that body was lying under the quilt, how those emaciated shanks, rump, back were lying huddled up, and whether they could not be laid better, to do something to make things, if not better, at least less bad. A chill ran down his back when he began to think of all these details. He was absolutely convinced that nothing could be done to prolong life or to relieve suffering. But a sense of his regarding all help impossible was felt by the sick man, and exasperated him. And this made it still more painful for Levin. To be in the sick man's room was agony to him, not to be there still worse. And he was continually, on various pretexts, going out and coming in again, unable to remain alone.

But Kitty thought, felt and acted quite differently. On seeing the sick man, she pitied him. And pity in her womanly soul did not arouse at all that feeling of horror and loathing that it aroused in her husband, but a need to act, to find out all the details of his condition and help with them. And since she had not the slightest doubt that she had to help him, she had no doubt either that it was possible, and immediately set to work. The same details, the mere thought of which reduced her husband to terror, immediately engaged her attention. She sent for the doctor, sent to the chemist's, set the maid who had come with her and Marya Nikolayevna to sweep, dust, scrub, she herself washed up and rinsed something, laid something under the quilt. Something was by her directions brought into the sick man's room, something else was carried out. She herself went several times to her room, regardless of the men she met in the corridor, got out and brought in sheets, pillowcases, towels, shirts.

The lackey, who was serving dinner to some engineers in the hall, came several times with an angry face at her summons, and could not avoid carrying out her orders, as she gave them with such gracious insistence that there was no evading her. Levin did not approve of all this; he did not believe it would be of any good to the sick man. Above all, he feared the sick man would get angry. But the sick man, though he seemed indifferent about it, was not angry, but only abashed, and on the whole as it were interested in what she was doing with him. Coming back from the doctor to whom Kitty had sent him, Levin, on opening the door, came upon the sick man at the moment when, by Kitty's directions, they were changing his underwear. The long white frame of his back, with the huge, prominent shoulder blades and jutting ribs and vertebrae, was bare, and Marya Nikolayevna and the lackey were struggling with a shirt sleeve, and could not get the long, limp arm into it. Kitty, hurriedly closing the door after Levin, was not looking that way; but the sick man groaned, and she went rapidly to him.

— Скорее же, — сказала она.

— Да не ходите, — проговорил сердито больной, — я сам...

— Что говорите? — переспросила Марья Николаева.

Но Кити расслышала и поняла, что ему совестно и неприятно было быть обнаженным при ней.

— Я не смотрю, не смотрю! — сказала она, поправляя руку. — Марья Николаевна, а вы зайдите с той стороны, поправьте, — прибавила она.

— Поди, пожалуйста, у меня в маленьком мешочке сткляночку, — обратилась она к мужу, — знаешь, в боковом карманчике, принеси, пожалуйста, а покуда здесь уберут совсем.

Вернувшись со стклянкой, Левин нашел уже больного уложенным и все вокруг него совершенно измененным. Тяжелый запах заменился запахом уксуса с духами, который, выставив губы и раздув румяные щеки, Кити прыскала в трубочку. Пыли нигде не было видно, под кроватью был ковер. На столе стояли аккуратно стклянки, графин и сложено было нужное белье и работа broderie anglaise Кити. На другом столе, у кровати больного, было питье, свеча и порошки. Сам больной, вымытый и причесанный, лежал на чистых простынях, на высоко поднятых подушках, в чистой рубашке с белым воротником около неестественно тонкой шеи и с новым выражением надежды, не спуская глаз, смотрел на Кити.

Привезенный Левиным и найденный в клубе доктор был не тот, который лечил Николая Левина и которым тот был недоволен. Новый доктор достал трубочку и прослушал больного, покачал головой, прописал лекарство и с особенною подробностью объяснил сначала, как принимать лекарство, потом — какую соблюдать диету. Он советовал яйца сырые или чуть сваренные и сельтерскую воду с парным молоком известной температуры. Когда доктор уехал, больной что-то сказал брату; но Левин расслышал только последние слова: "твоя Катя", по взгляду же, с которым он посмотрел на нее, Левин понял, что он хвалил ее. Он подозвал и Катю, как он звал ее.

— Мне гораздо уж лучше, — сказал он. — Вот с вами я бы давно выздоровел. Как хорошо! — Он взял ее руку и потянул ее к своим губам, но, как бы боясь, что это ей неприятно будет, раздумал, выпустил и только погладил ее. Кити взяла эту руку обеими руками и пожала ее.

— Теперь переложите меня на левую сторону и идите спать, — проговорил он.

Никто не расслышал того, что он сказал, одна Кити поняла. Она понимала, потому что не переставая следила мыслью за тем, что ему нужно было.

— На другую сторону, — сказала она мужу, — он спит всегда на той. Переложи его, неприятно звать слуг. Я не могу. А вы не можете? — обратилась она к Марье Николаевне.

— Я боюсь, — отвечала Марья Николаевна.

Как ни страшно было Левину обнять руками это страшное тело, взяться за те места под одеялом, про которые он хотел не знать, но, поддаваясь влиянию жены, Левин сделал свое решительное лицо,

"Make haste," she said.

"Don't you come," said the sick man angrily. "I myself..."

"What say?" asked Marya Nikolayevna.

But Kitty heard and realized he was ashamed and uncomfortable at being naked before her.

"I'm not looking, I'm not looking!" she said, putting the arm right. "Marya Nikolayevna, you come that side, you put it right," she added.

"Please, go for me, there's a little bottle in my small bag," she turned to her husband, "you know, in the side pocket; bring it, please, and meanwhile they'll finish clearing up here."

Returning with the bottle, Levin found the sick man settled and everything around him completely changed. The heavy smell was replaced by the smell of aromatic vinegar, which Kitty with pouting lips and puffed-out, rosy cheeks was squirting through a little pipe. There was no dust visible anywhere, a rug was laid under the bed. On the table stood bottles and a decanter tidily arranged, and the necessary linen was folded up there, together with Kitty's broderie anglaise. On the other table, by the sick man's bed, there were drink, a candle and powders. The sick man himself, washed and combed, lay on clean sheets, on high raised pillows, in a clean shirt with a white collar about his unnaturally thin neck, and with a new expression of hope looked fixedly at Kitty.

The doctor brought by Levin, and found by him at the club, was not the one who had treated Nikolay Levin and with whom he was dissatisfied. The new doctor took out a little tube and sounded the sick man, shook his head, prescribed medicine, and with extreme minuteness explained first how to take the medicine and then what diet was to be kept to. He advised eggs, raw or slightly boiled, and seltzer water with newly drawn milk at a certain temperature. When the doctor had gone away, the sick man said something to his brother; but Levin could distinguish only the last words: "your Katia;" by the expression with which he gazed at her, Levin understood that he was praising her. He called indeed to Katia, as he called her.

"I'm much better already," he said. "With you I should have got well long ago. How nice!" He took her hand and drew it towards his lips, but as if afraid she would dislike it, he changed his mind, let it go, and only stroked it. Kitty took his hand in both hers and pressed it.

"Now turn me over on the left side and go to bed," he said.

No one made out what he said, only Kitty understood. She understood because she was all the while mentally keeping watch on what he needed.

"On the other side," she said to her husband, "he always sleeps on that side. Turn him over, it's disagreeable calling the servants. I can't do it. Can you?" she turned to Marya Nikolayevna.

"I'm scared," answered Marya Nikolayevna.

Terrifying as it was to Levin to put his arms round that terrible body, to take hold of those places under the quilt, which he did not want to know about, under his wife's influence Levin made his resolute face that his wife

какое знала его жена, и, запустив руки, взялся, но, несмотря на свою силу, был поражен странною тяжестью этих изможденных членов. Пока он поворачивал его, чувствуя свою шею обнятою огромной исхудалой рукой, Кити быстро, неслышно перевернула подушку, подбила ее и поправила голову больного и редкие его волосы, опять прилипшие на виске.

Больной удержал в своей руке руку брата. Левин чувствовал, что он хочет что-то сделать с его рукой и тянет ее куда-то. Левин отдавался, замирая. Да, он притянул ее к своему рту и поцеловал. Левин затрясся от рыдания и, не в силах ничего выговорить, вышел из комнаты.

XIX

"Скрыл от премудрых и открыл детям и неразумным". Так думал Левин про свою жену, разговаривая с ней в этот вечер.

Левин думал о евангельском изречении не потому, чтоб он считал себя премудрым. Он не считал себя премудрым, но не мог не знать, что он был умнее жены и Агафьи Михайловны, и не мог не знать того, что, когда он думал о смерти, он думал всеми силами души. Он знал тоже, что многие мужские большие умы, мысли которых об этом он читал, думали об этом и не знали одной сотой того, что знала об этом его жена и Агафья Михайловна. Как ни различны были эти две женщины, Агафья Михайловна и Катя, как ее называл брат Николай и как теперь Левину было особенно приятно называть ее, они в этом были совершенно похожи. Обе несомненно знали, что такое была жизнь и что такое была смерть, и хотя никак не могли ответить и не поняли бы даже тех вопросов, которые представлялись Левину, обе не сомневались в значении этого явления и совершенно одинаково, не только между собой, но разделяя этот взгляд с миллионами людей, смотрели на это. Доказательство того, что они знали твердо, что такое была смерть, состояло в том, что они, ни секунды не сомневаясь, знали, как надо действовать с умирающими, и не боялись их. Левин же и другие, хотя и многое могли сказать о смерти, очевидно не знали, потому что боялись смерти и решительно не знали, что надо делать, когда люди умирают. Если бы Левин был теперь один с братом Николаем, он бы с ужасом смотрел на него и еще с большим ужасом ждал, и больше ничего бы не умел сделать.

Мало того, он не знал, что говорить, как смотреть, как ходить. Говорить о постороннем ему казалось оскорбительным, нельзя; говорить о смерти, о мрачном — тоже нельзя. Молчать — тоже нельзя. "Смотреть — он подумает, что я изучаю его, боюсь; не смотреть — он подумает, что я о другом думаю. Ходить на цыпочках — он будет недоволен; на всю ногу — совестно". Кити же, очевидно, не думала и не имела времени думать о себе; она думала о нем, потому что знала что-то, и все выходило хорошо. Она и про себя рассказывала и про свою

knew so well, and putting his arms into the bed took hold of the body, but in spite of his own strength he was struck by the strange heaviness of those debilitated limbs. While he was turning him over, feeling a huge emaciated arm around his neck, Kitty swiftly and noiselessly turned over the pillow, beat it up and put right the sick man's head and his scanty hair, sticking again to his temple.

The sick man kept his brother's hand in his own. Levin felt that he wanted to do something with his hand and was pulling it somewhere. Levin yielded with a sinking heart. Yes, he drew it to his mouth and kissed it. Levin shook with sobs and, unable to articulate a word, went out of the room.

XIX

"Thou hast hid these things from the wise and hast revealed them unto babes and the imprudent." So Levin thought about his wife as he talked to her that evening.

Levin thought of the evangelical sentence not because he considered himself wise. He did not consider himself wise, but he could not help knowing that he was more intelligent than his wife and Agafya Mikhailovna, and he could not help knowing that when he thought of death, he thought with all the forces of his soul. He also knew that many great male minds, whose ideas about it he had read, had thought about it and yet knew not a hundredth part of what his wife and Agafya Mikhailovna knew about it. Different as those two women were, Agafya Mikhailovna and Katia, as his brother Nikolay had called her and as Levin particularly liked to call her now, they were quite alike in this. Both undoubtedly knew what life was and what death was, and though neither of them could have answered, and would even not have understood the questions that presented themselves to Levin, both had no doubt about the meaning of this event, and were precisely alike in their way of looking at it, which they shared not only between themselves but with millions of people. The proof that they knew for sure what death was lay in the fact that they knew without a second of doubt how to deal with the dying, and were not afraid of them. Levin and others, though they could say a great deal about death, obviously did not know this since they were afraid of death, and were absolutely at a loss what to do when people were dying. If Levin had been alone now with his brother Nikolay, he would have looked at him with horror, and with still greater horror waited, and would not have known what else to do.

More than that, he did not know what to say, how to look, how to walk. To talk of outside things seemed to him insulting, impossible; to talk of death, of gloomy subjects—also impossible. To be silent—also impossible. "If I look at him, I am afraid he will think I am studying him; if I don't look at him, he'll think I'm thinking of other things. If I walk on tiptoe, he will be annoyed; to tread firmly, I'm ashamed." Kitty evidently did not think of herself and had no time to think of herself; she was thinking about him because she knew something, and all went well. She told him about

свадьбу, и улыбалась, и жалела, и ласкала его, и говорила о случаях выздоровления, и все выходило хорошо; стало быть, она знала. Доказательством того, что деятельность ее и Агафьи Михайловны была не инстинктивная, животная, неразумная, было то, что, кроме физического ухода, облегчения страданий, и Агафья Михайловна и Кити требовали для умирающего еще чего-то такого, более важного, чем физический уход, и чего-то такого, что не имело ничего общего с условиями физическими. Агафья Михайловна, говоря об умершем старике, сказала: "Что ж, слава Богу, причастили, соборовали, дай Бог каждому так умереть". Катя точно так же, кроме всех забот о белье, пролежнях, питье, в первый же день успела уговорить больного в необходимости причаститься и собороваться.

Вернувшись от больного на ночь в свои два нумера, Левин сидел, опустив голову, не зная, что делать. Не говоря уже о том, чтоб ужинать, устраиваться на ночлег, обдумывать, что они будут делать, он даже и говорить с женою не мог: ему совестно было. Кити же, напротив, была деятельнее обыкновенного. Она даже была оживленнее обыкновенного. Она велела принести ужинать, сама разобрала вещи, сама помогла стлать постели и не забыла обсыпать их персидским порошком. В ней было возбуждение и быстрота соображения, которые появляются у мужчин пред сражением, борьбой, в опасные и решительные минуты жизни, те минуты, когда раз навсегда мужчина показывает свою цену и то, что все прошедшее его было не даром, а приготовлением к этим минутам.

Все дело спорилось у нее, и еще не было двенадцати, как все вещи были разобраны чисто, аккуратно, как-то так особенно, что нумер стал похож на дом, на ее комнаты: постели постланы, щетки, гребни, зеркальца выложены, салфеточки постланы.

Левин находил, что непростительно есть, спать, говорить даже теперь, и чувствовал, что каждое движение его было неприлично. Она же разбирала щеточки, но делала все это так, что ничего в этом оскорбительного не было.

Есть, однако, они ничего не могли, и долго не могли заснуть, и даже долго не ложились спать.

— Я очень рада, что уговорила его завтра собороваться, — говорила она, сидя в кофточке пред своим складным зеркалом и расчесывая частым гребнем мягкие душистые волосы. — Я никогда не видала этого, но знаю, мама мне говорила, что тут молитвы об исцелении.

— Неужели ты думаешь, что он может выздороветь? — сказал Левин, глядя на постоянно закрывавшийся, как только она вперед проводила гребень, узкий ряд назади ее круглой головки.

— Я спрашивала доктора: он сказал, что он не может жить больше трех дней. Но разве они могут знать? Я все-таки очень рада, что уговорила его, — сказала она, косясь на мужа из-за волос. — Все может быть, — прибавила она с тем особенным, несколько хитрым выражением, которое на ее лице всегда бывало, когда она говорила о религии.

herself and about her wedding, and smiled and sympathized with him and petted him, and talked of cases of recovery, and all went well; so then, she knew. The proof that her activity and Agafya Mikhailovna's was not instinctive, animal, irrational, was that apart from the physical treatment, the relief of suffering, both Agafya Mikhailovna and Kitty required for the dying man something more important than the physical treatment, and something which had nothing in common with physical conditions. Agafya Mikhailovna, speaking of an old man who had died, said: "Well, thank God, he took communion, received anointment; God grant everybody such a death." Katia in just the same way, besides all her cares about underwear, bedsores, drink, succeeded on the very first day in persuading the sick man of the necessity of taking communion and receiving anointment.

On getting back from the sick man's room to their own two rooms for the night, Levin sat, his head bowed, not knowing what to do. Not to mention having supper, preparing for the night, considering what they were going to do, he could not even talk to his wife: he was ashamed to. Kitty, on the contrary, was more active than usual. She was even livelier than usual. She ordered supper to be brought, herself unpacked their things, and herself helped to make the beds, and did not forget to sprinkle them with Persian powder. She had in her that agitation and swiftness of reflection which come out in men before a battle, a fight, in dangerous and decisive moments of life, those moments when a man shows once and for all his value, and that all his past has not been wasted but has been a preparation for these moments.

Everything went well in her hands, and before it was twelve o'clock all their things were arranged cleanly and tidily, in such a special way that the room seemed like home, like her rooms: the beds made, brushes, combs, mirrors put out, napkins spread.

Levin found it unpardonable to eat, to sleep, to talk even now, and felt that every movement he made was unseemly. She was arranging the brushes, but doing it all so that there was nothing offensive in it.

However, they could not eat anything, and for a long while they could not sleep, and did not even go to bed.

"I am very glad I persuaded him to receive anointment tomorrow," she said, sitting in her dressing jacket before her folding mirror, combing her soft, fragrant hair with a fine comb. "I have never seen it, but I know, mama has told me, there are prayers said for recovery."

"Do you really suppose he can recover?" said Levin, watching a slender parting at the back of her round little head that was continually hidden when she passed the comb forward.

"I asked the doctor: he said he can't live more than three days. But can they really know? I'm very glad, anyway, that I persuaded him," she said, looking askance at her husband through her hair. "Anything is possible," she added with that peculiar, rather sly expression that was always on her face when she spoke of religion.

После их разговора о религии, когда они были еще женихом и невестой, ни он, ни она никогда не затевали разговора об этом, но она исполняла свои обряды посещения церкви, молитвы всегда с одинаковым спокойным сознанием, что это так нужно. Несмотря на его уверения в противном, она была твердо уверена, что он такой же и еще лучше христианин, чем она, и что все то, что он говорит об этом, есть одна из его смешных мужских выходок, как то, что он говорил про broderie anglaise: будто добрые люди штопают дыры, а она их нарочно вырезывает, и т. п.

— Да, вот эта женщина, Марья Николаевна, не умела устроить всего этого,— сказал Левин. — И... должен признаться, что я очень, очень рад, что ты приехала. Ты такая чистота, что... — Он взял ее руку и не поцеловал (целовать ее руку в этой близости смерти ему казалось непристойным), а только пожал ее с виноватым выражением, глядя в ее просветлевшие глаза.

— Тебе бы так мучительно было одному, — сказала она и, подняв высоко руки, которые закрывали ее покрасневшие от удовольствия щеки, свернула на затылке косы и зашпилила их. — Нет, — продолжала она, — она не знала... Я, к счастию, научилась многому в Содене.

— Неужели там такие же были больные?

— Хуже.

— Для меня ужасно то, что я не могу не видеть его, каким он был молодым... Ты не поверишь, какой он был прелестный юноша, но я не понимал его тогда.

— Очень, очень верю. Как я чувствую, мы бы дружны *были* с ним, — сказала она и испугалась за то, что сказала, оглянулась на мужа, и слезы выступили ей на глаза.

— Да, *были бы*, — сказал он грустно. — Вот именно один из тех людей, о которых говорят, что они не для этого мира.

— Однако нам много предстоит дней, надо ложиться, — сказала Кити, взглянув на свои крошечные часы.

XX

СМЕРТЬ

На другой день больного причастили и соборовали. Во время обряда Николай Левин горячо молился. В больших глазах его, устремленных на поставленный на ломберном, покрытом цветною салфеткой столе образ, выражалась такая страстная мольба и надежда, что Левину было ужасно смотреть на это. Левин знал, что эта страстная мольба и надежда сделают только еще тяжелее для него разлуку с жизнью, которую он так любил. Левин знал брата и ход его мыслей; он знал, что неверие его произошло не потому, что ему легче было жить без веры, но потому, что шаг за шагом современно-научные объяснения

Since their conversation about religion when they were still engaged, neither of them had ever started a conversation about it, but she always performed her ceremonies of going to church, saying her prayers with the unvarying calm conviction that this ought to be so. In spite of his assurances to the contrary, she was firmly convinced that he was as much a Christian as she, and indeed a better one, and that all he said about it was one of his funny male freaks, just as he would say about her broderie anglaise that good people patch holes, but she cut them on purpose, and so on.

"Yes, this woman, Marya Nikolayevna, did not know how to manage all this," said Levin. "And... I must admit I'm very, very glad you came. You are such purity that..." He took her hand and did not kiss it (to kiss her hand in such closeness to death seemed to him improper); he merely pressed it with a guilty air, looking into her brightening eyes.

"It would have been so cruel for you to be alone," she said, and raising high her arms which hid her cheeks flushing with pleasure, twisted her plaits on the back of her head and pinned them. "No," she went on, "she did not know... Luckily, I learned a lot at Soden."

"Is it possible there were such ill people there?"

"Worse."

"What's so awful to me is that I can't help seeing him as he was when he was young... You would not believe how charming he was as a youth, but I did not understand him then."

"I can quite, quite believe it. How I feel that we *might have been* friends," she said, and became scared at what she had said, looked round at her husband, and tears came into her eyes.

"Yes, *might have been*," he said mournfully. "He's just one of those people of whom they say they're not for this world."

"But we have many days before us, we must go to bed," said Kitty, glancing at her tiny watch.

XX

DEATH

The next day the sick man took communion and received anointment. During the ceremony Nikolay Levin prayed fervently. His big eyes, fastened on an icon that was set on a card table covered with a colored napkin, expressed such passionate prayer and hope that it was awful to Levin to see it. Levin knew that this passionate prayer and hope would only make it harder for him to part from life which he loved so much. Levin knew his brother and the thread of his thoughts; he knew that his unbelief came not because it was easier for him to live without faith, but because step by step the contemporary scientific interpretation of the phenomena of the world

явлений мира вытеснили верования, и потому он знал, что теперешнее возвращение его не было законное, совершившееся путем той же мысли, но было только временное, корыстное, с безумною надеждой исцеления. Левин знал тоже, что Кити усилила эту надежду еще рассказами о слышанных ею необыкновенных исцелениях. Все это знал Левин, и ему мучительно больно было смотреть на этот умоляющий, полный надежды взгляд и на эту исхудалую кисть руки, с трудом поднимающуюся и кладущую крестное знамение на туго обтянутый лоб, на эти выдающиеся плечи и хрипящую пустую грудь, которые уже не могли вместить в себе той жизни, о которой больной просил. Во время таинства Левин молился тоже и делал то, что он, неверующий, тысячу раз делал. Он говорил, обращаясь к Богу: "Сделай, если ты существуешь, то, чтоб исцелился этот человек (ведь это самое повторялось много раз), и ты спасешь его и меня".

После помазания больному стало вдруг гораздо лучше. Он не кашлял ни разу в продолжение часа, улыбался, целовал руки Кити, со слезами благодаря ее, и говорил, что ему хорошо, нигде не больно и что он чувствует аппетит и силу. Он даже сам поднялся, когда ему принесли суп, и попросил еще котлету. Как ни безнадежен он был, как ни очевидно было при взгляде на него, что он не может выздороветь, Левин и Кити находились этот час в одном и том же счастливом и робком, как бы не ошибиться, возбуждении.

— Лучше. — Да, гораздо. — Удивительно. — Ничего нет удивительного. — Все-таки лучше, — говорили они шепотом, улыбаясь друг другу.

Обольщение это было непродолжительно. Больной заснул спокойно, но чрез полчаса кашель разбудил его. И вдруг исчезли все надежды и в окружающих его и в нем самом. Действительность страдания, без сомнения, даже без воспоминаний о прежних надеждах, разрушила их в Левине и Кити и в самом больном.

Не поминая даже о том, чему он верил полчаса назад, как будто совестно и вспоминать об этом, он потребовал, чтоб ему дали йоду для вдыхания в стклянке, покрытой бумажкой с проткнутыми дырочками. Левин подал ему банку, и тот же взгляд страстной надежды, с которою он соборовался, устремился теперь на брата, требуя от него подтверждения слов доктора о том, что вдыхания йода производят чудеса.

— Что, Кати нет? — прохрипел он, оглядываясь, когда Левин неохотно подтвердил слова доктора. — Нет, так можно сказать... Для нее я проделал эту комедию. Она такая милая, но уже нам с тобою нельзя обманывать себя. Вот этому я верю, — сказал он и, сжимая стклянку костлявой рукой, стал дышать над ней.

В восьмом часу вечера Левин с женою пил чай в своем нумере, когда Марья Николаевна, запыхавшись, прибежала к ним. Она была бледна, и губы ее дрожали.

— Умирает! — прошептала она. — Я боюсь, сейчас умрет...

Оба побежали к нему. Он, поднявшись, сидел, облокотившись рукой, на кровати, согнув свою длинную спину и низко опустив голову.

crushed out religious faiths, and so he knew that his present return was not a legitimate one, brought about by way of the same thinking, but only a temporary, selfish return in a desperate hope of recovery. Levin also knew that Kitty had strengthened this hope by accounts of the marvelous recoveries she had heard of. Levin knew all this, and it was agonizingly painful to him to look at those supplicant eyes, full of hope, and that emaciated hand, rising with difficulty and making the sign of the cross on the tense forehead, and the prominent shoulders and hollow, croaking chest, which could no longer hold the life the sick man was praying for. During the sacrament Levin also prayed and did what he, an unbeliever, had done a thousand times. He said, addressing God: "If Thou dost exist, make this man to recover" (for this same thing has been repeated many times), "and Thou wilt save him and me."

After the anointment the sick man suddenly felt much better. He did not cough once in the course of an hour, smiled, kissed Kitty's hand, thanking her with tears, and said that he was well, free from pain, and that he felt appetite and strength. He even raised himself when soup was brought for him, and asked for a cutlet as well. Hopeless as he was, obvious as it was from one glance at him that he could not recover, Levin and Kitty were for that hour both in the same state of excitement, happy, though fearful of being mistaken.

"He is better."—"Yes, much."—"Extraordinary."—"There's nothing extraordinary."—"Anyway, he's better," they said in a whisper, smiling to one another.

This delusion did not last long. The sick man fell quietly asleep, but was waked up half an hour later by his cough. And suddenly all hopes vanished in those about him and in himself. The reality of his suffering crushed them in Levin and Kitty and in the sick man himself, leaving no doubt, no memory even of past hopes.

Without referring to what he had believed in half an hour before, as if ashamed even to recall it, he asked to be given iodine to inhale in a bottle covered with perforated paper. Levin gave him the bottle, and the same look of passionate hope with which he had received anointment was now fastened on his brother, demanding from him the confirmation of the doctor's words that inhaling iodine worked wonders.

"Is Katia not here?" he croaked, looking round when Levin reluctantly confirmed the doctor's words. "No; so I can say it... It was for her sake I went through that farce. She's so sweet, but you and I can't deceive ourselves. This is what I believe in," he said, and, clasping the bottle in his bony hand, he began breathing over it.

After seven o'clock in the evening Levin and his wife were having tea in their room when Marya Nikolayevna ran in to them breathlessly. She was pale, and her lips were quivering.

"He is dying!" she whispered. "I'm afraid he'll die this minute..."

Both of them ran to him. He was sitting, raised up, on the bed, propped on his elbow, his long back bent, and his head hanging low.

— Что ты чувствуешь? — спросил шепотом Левин после молчания.

— Чувствую, что отправляюсь, — с трудом, но с чрезвычайною определенностью, медленно выжимая из себя слова, проговорил Николай. Он не поднимал головы, но только направлял глаза вверх, не достигая ими лица брата. — Катя, уйди! — проговорил он еще.

Левин вскочил и повелительным шепотом заставил ее выйти.

— Отправляюсь, — сказал он опять.

— Почему ты думаешь? — сказал Левин, чтобы сказать что-нибудь.

— Потому, что отправляюсь, — как будто полюбив это выражение, повторил он. — Конец.

Марья Николаевна подошла к нему.

— Вы бы легли, вам легче, — сказала она.

— Скоро буду лежать тихо, — проговорил он, — мертвый, — сказал он насмешливо, сердито. — Ну, положите, коли хотите.

Левин положил брата на спину, сел подле него и, не дыша, глядел на его лицо. Умирающий лежал, закрыв глаза, но на лбу его изредка шевелились мускулы, как у человека, который глубоко и напряженно думает. Левин невольно думал вместе с ним о том, что такое совершается теперь в нем, но, несмотря на все усилия мысли, чтоб идти с ним вместе, он видел по выражению этого спокойного строгого лица и игре мускула над бровью, что для умирающего уясняется и уясняется то, что все так же темно остается для Левина.

— Да, да, так, — с расстановкой, медленно проговорил умирающий. — Постойте. — Опять он помолчал. — Так! — вдруг успокоительно протянул он, как будто все разрешилось для него. — О Господи! — проговорил он и тяжело вздохнул.

Марья Николаевна пощупала его ноги.

— Холодеют, — прошептала она.

Долго, очень долго, как показалось Левину, больной лежал неподвижно. Но он все еще был жив и изредка вздыхал. Левин уже устал от напряжения мысли. Он чувствовал, что, несмотря на все напряжение мысли, он не мог понять то, что было *так*. Он чувствовал, что давно уже отстал от умирающего. Он не мог уже думать о самом вопросе смерти, но невольно ему приходили мысли о том, что теперь, сейчас, придется ему делать: закрывать глаза, одевать, заказывать гроб. И, странное дело, он чувствовал себя совершенно холодным и не испытывал ни горя, ни потери, ни еще меньше жалости к брату. Если было у него чувство к брату теперь, то скорее зависть за то знание, которое имеет теперь умирающий, но которого он не может иметь.

Он еще долго сидел так над ним, все ожидая конца. Но конец не приходил. Дверь отворилась, и показалась Кити. Левин встал, чтоб остановить ее. Но в то время как он вставал, он услыхал движение мертвеца.

— Не уходи, — сказал Николай и протянул руку. Левин подал ему свою и сердито замахал жене, чтоб она ушла.

С рукой мертвеца в своей руке он сидел полчаса, час, еще час. Он теперь уже вовсе не думал о смерти. Он думал о том, что делает Кити,

"What do you feel?" Levin asked in a whisper, after a silence.

"I feel I'm setting off," Nikolay said with difficulty, but with extreme distinctness, slowly squeezing the words out of himself. He did not raise his head, but only turned his eyes upwards, his gaze not reaching his brother's face. "Katia, go away!" he added.

Levin jumped up, and with a peremptory whisper made her go out.

"I'm setting off," he said again.

"Why do you think so?" said Levin, so as to say something.

"Because I'm setting off," he repeated, as if he liked this expression. "It's the end."

Marya Nikolayevna went up to him.

"You'd better lie down, you'd feel better," she said.

"I shall soon lie quietly," he said, "dead," he said sarcastically, wrathfully. "Well, lay me down if you like."

Levin laid his brother on his back, sat down beside him, and gazed at his face, holding his breath. The dying man lay with closed eyes, but the muscles twitched from time to time on his forehead, as with a man thinking deeply and intensely. Levin involuntarily thought with him of what was happening to him now, but in spite of all his mental efforts to go along with him, he saw by the expression of that calm, stern face and the play of a muscle over his eyebrow that for the dying man all was growing clearer and clearer that was still as dark as ever for Levin.

"Yes, yes, that's it," the dying man articulated slowly, distinctly. "Wait." Again he was silent. "That's it!" he pronounced all at once reassuringly, as if everything was solved for him. "O Lord!" he said and sighed heavily.

Marya Nikolayevna felt his feet.

"They're getting cold," she whispered.

For a long while, a very long while it seemed to Levin, the sick man lay motionless. But he was still alive, and from time to time he sighed. Levin by now was exhausted from mental strain. He felt that, in spite of all his mental strain, he could not understand what was 'that's it.' He felt that he had lost the dying man long time ago. He could no longer think of the question of death itself, but with no will of his own thoughts kept coming to him of what he had to do next, presently: closing his eyes, dressing him, ordering the coffin. And, strange to say, he felt utterly cold and experienced neither sorrow nor loss, nor still less pity for his brother. If he had any feeling for his brother now, it was rather envy for the knowledge the dying man had now that he could not have.

A long time more he sat over him like that, waiting for the end. But the end did not come. The door opened and Kitty appeared. Levin got up to stop her. But as he was getting up, he heard the dead man stirring.

"Don't go," said Nikolay and held out his hand. Levin gave him his, and angrily waved to his wife to go away.

With the dead man's hand in his hand, he sat for half an hour, an hour, another hour. He was no longer thinking of death at all now. He was

кто живет в соседнем нумере, свой ли дом у доктора. Ему захотелось есть и спать. Он осторожно выпростал руку и ощупал ноги. Ноги были холодны, но больной дышал. Левин опять на цыпочках хотел выйти, но больной опять зашевелился и сказал:

— Не уходи.

Рассвело; положение больного было то же. Левин, потихоньку выпростав руку, не глядя на умирающего, ушел к себе и заснул. Когда он проснулся, вместо известия о смерти брата, которого он ждал, он узнал, что больной пришел в прежнее состояние. Он опять стал садиться, кашлять, стал опять есть, стал говорить и опять перестал говорить о смерти, опять стал выражать надежду на выздоровление и сделался еще раздражительнее и мрачнее чем прежде. Никто, ни брат, ни Кити, не могли успокоить его. Он на всех сердился и всем говорил неприятности, всех упрекал в своих страданиях и требовал, чтоб ему привезли знаменитого доктора из Москвы. На все вопросы, которые ему делали о том, как он себя чувствует, он отвечал одинаково с выражением злобы и упрека:

— Страдаю ужасно, невыносимо!

Больной страдал все больше и больше, в особенности от пролежней, которые нельзя уже было залечить, и больше и больше сердился на окружающих, упрекая их во всем и в особенности за то, что ему не привозили доктора из Москвы. Кити всячески старалась помочь ему, успокоить его; но все было напрасно, и Левин видел, что она сама и физически и нравственно была измучена, хотя и не признавалась в этом. То чувство смерти, которое было вызвано во всех его прощанием с жизнью в ту ночь, когда он призвал брата, было разрушено. Все знали, что он неизбежно и скоро умрет, что он наполовину мертв уже. Все одного только желали — чтоб он как можно скорее умер, и все, скрывая это, давали ему из стклянки лекарства, искали лекарств, докторов и обманывали его, и себя, и друг друга. Все это была ложь, гадкая, оскорбительная и кощунственная ложь. И эту ложь, и по свойству своего характера и потому, что он больше всех любил умирающего, Левин особенно больно чувствовал.

Левин, которого давно занимала мысль о том, чтобы помирить братьев хотя перед смертью, писал брату Сергею Ивановичу и, получив от него ответ, прочел это письмо больному. Сергей Иванович писал, что не может сам ехать, но в трогательных выражениях просил прощения у брата.

Больной ничего не сказал.

— Что же мне написать ему? — спросил Левин. — Надеюсь, ты не сердишься на него?

— Нет, нисколько! — с досадой на этот вопрос отвечал Николай. — Напиши ему, чтоб он прислал ко мне доктора.

Прошли еще мучительные три дня; больной был все в том же положении. Чувство желания его смерти испытывали теперь все, кто толь-

thinking of what Kitty was doing, who lived in the next room, whether the doctor lived in a house of his own. He wanted to eat and sleep. He cautiously drew away his hand and felt the feet. The feet were cold, but the sick man was breathing. Levin tried again to move away on tiptoe, but the sick man stirred again and said:

"Don't go."

The dawn came; the sick man's condition was the same. Levin stealthily withdrew his hand, and without looking at the dying man, went off to his room and fell asleep. When he woke up, instead of the news of his brother's death which he expected, he learned that the sick man had returned to his earlier condition. He began sitting up again, coughing, began eating again, talking, and again stopped talking of death, again began to express hope for recovery, and became even more irritable and gloomy than ever. No one, neither his brother nor Kitty, could soothe him. He was angry with everyone, and said nasty things to everyone, reproached everyone for his sufferings, and insisted that they should get him a celebrated doctor from Moscow. To all questions made to him as to how he felt, he made the same answer with an expression of animosity and reproach:

"I'm suffering horribly, intolerably!"

The sick man was suffering more and more, especially from bedsores, which it was impossible now to remedy, and grew more and more angry with everyone about him, blaming them for everything, and especially for not having brought him a doctor from Moscow. Kitty tried in every possible way to relieve him, to soothe him; but it was all in vain, and Levin saw that she herself was exhausted both physically and morally, though she would not admit it. The sense of death, which had been evoked in all by his taking leave of life on the night when he had called his brother, was broken up. Everyone knew that he must inevitably die soon, that he was half dead already. Everyone wished for nothing but that he should die as soon as possible, and everyone, concealing this, gave him medicines from bottles, looked for medicines and doctors, and deceived him and themselves, and each other. All this was a lie, a disgusting, offensive and sacrilegious lie. And owing to the bent of his character, and because he loved the dying man more than anyone else did, Levin felt this lie particularly painfully.

Levin, who had long been concerned with the idea of reconciling his brothers, at least in face of death, had written to his brother Sergey Ivanovich, and having received an answer from him, read this letter to the sick man. Sergey Ivanovich wrote that he could not come himself, but in touching terms begged his brother's forgiveness.

The sick man said nothing.

"What am I to write to him?" asked Levin. "I hope you are not angry with him?"

"No, not in the least!" Nikolay answered, vexed at this question. "Write to him to send me a doctor."

Three more days of agony followed; the sick man was still in the same condition. The sense of longing for his death was felt now by everyone who

ко видел его: и лакеи гостиницы, и хозяин ее, и все постояльцы, и доктор, и Марья Николаевна, и Левин, и Кити. Только один больной не выражал этого чувства, а, напротив, сердился за то, что не привезли доктора, и продолжал принимать лекарство и говорил о жизни. Только в редкие минуты, когда опиум заставлял его на мгновение забыться от непрестанных страданий, он в полусне иногда говорил то, что сильнее, чем у всех других, было в его душе: "Ах, хоть бы один конец!" Или: "Когда это кончится!"

Страдания, равномерно увеличиваясь, делали свое дело и приготовляли его к смерти. Не было положения, в котором бы он не страдал, не было минуты, в которую бы он забылся, не было места, члена его тела, которые бы не болели, не мучали его. Даже воспоминания, впечатления, мысли этого тела теперь уже возбуждали в нем такое же отвращение, как и самое тело. Вид других людей, их речи, свои собственные воспоминания — все это было для него только мучительно. Окружающие чувствовали это и бессознательно не позволяли себе при нем ни свободных движений, ни разговоров, ни выражения своих желаний. Вся жизнь его сливалась в одно чувство страдания и желания избавиться от него.

В нем, очевидно, совершался тот переворот, который должен был заставить его смотреть на смерть как на удовлетворение его желаний, как на счастие. Прежде каждое отдельное желание, вызванное страданием или лишением, как голод, усталость, жажда, удовлетворялись отправлением тела, дававшим наслаждение; но теперь лишение и страдание не получали удовлетворения, а попытка удовлетворения вызывала новое страдание. И потому все желания сливались в одно — желание избавиться от всех страданий и их источника, тела. Но для выражения этого желания освобождения не было у него слов, и потому он не говорил об этом, а по привычке требовал удовлетворения тех желаний, которые уже не могли быть исполнены. "Переложите меня на другой бок", — говорил он и тотчас после требовал, чтобы его положили, как прежде. "Дайте бульону. Унесите бульон. Расскажите что-нибудь, что вы молчите". И как только начинали говорить, он закрывал глаза и выражал усталость, равнодушие и отвращение.

На десятый день после приезда в город Кити заболела. У нее сделалась головная боль, рвота, и она все утро не могла встать с постели.

Доктор объяснил, что болезнь произошла от усталости, волнения, и предписал ей душевное спокойствие.

После обеда, однако, Кити встала и пошла, как всегда, с работой к больному. Он строго посмотрел на нее, когда она вошла, и презрительно улыбнулся, когда она сказала, что была больна. В этот день он беспрестанно сморкался и жалобно стонал.

— Как вы себя чувствуете? — спросила она его.

— Хуже, — с трудом выговорил он. — Больно!

— Где больно?

— Везде.

saw him: the lackeys in the hotel, and its keeper, and all the lodgers, and the doctor, and Marya Nikolayevna, and Levin, and Kitty. The sick man alone did not express this feeling, but, on the contrary, was angry at their not getting him the doctor, and went on taking medicine and talking of life. Only at rare moments, when the opium gave him an instant's relief from the never-ceasing pain, he would sometimes, half asleep, said what was more intense in his soul than in all the others: "Ah, if it were only the end!" Or: "When will it be over!"

His pain, steadily growing more intense, did its work and prepared him for death. There was no position in which he was not in pain, there was no minute in which he was unconscious, no part or limb of his body that did not ache and cause him agony. Even the memories, the impressions, the thoughts of this body awakened in him now the same aversion as the body itself. The sight of other people, their conversations, his own memories—all this was for him just a source of agony. Those around him felt this and instinctively did not allow themselves to move freely, to talk, to express their wishes before him. All his life merged into one feeling of suffering and desire to be rid of it.

There was evidently taking place in him that overturn that was to make him look upon death as the satisfaction of his desires, as happiness. Hitherto each separate desire, caused by pain or privation, such as hunger, fatigue, thirst, had been satisfied by some bodily function giving pleasure; but now privation and pain received no satisfaction, and the effort to satisfy them caused new pain. And so all desires merged into one—the desire to be rid of all pains and their source, the body. But he had no words to express this desire of deliverance, and so he did not speak of it, and from habit asked for the satisfaction of desires which could not now be satisfied. "Turn me over on the other side," he would say, and immediately after he would ask to be turned back as before. "Give me some broth. Take away the broth. Talk of something, why are you silent?" And as soon as they began to talk he would close his eyes and show fatigue, indifference and aversion.

On the tenth day after their arrival at the town, Kitty fell ill. She suffered from headache and vomit, and she could not get up from her bed all the morning.

The doctor explained that the illness arose from fatigue and trouble, and prescribed inner rest.

After dinner, however, Kitty got up and went as usual with her work to the sick man. He looked at her sternly when she came in, and smiled contemptuously when she said she had been ill. That day he was continually blowing his nose, and groaning piteously.

"How do you feel?" she asked him.

"Worse," he said with difficulty. "It's painful!"

"Where is it painful?"

"Everywhere."

— Нынче кончится, посмотрите, — сказала Марья Николаевна хотя и шепотом, но так, что больной, очень чуткий, как замечал Левин, должен был слышать ее. Левин зашикал на нее и оглянулся на больного. Николай слышал, но эти слова не произвели на него никакого впечатления. Взгляд его был все тот же укоризненный и напряженный.

— Отчего вы думаете? — спросил Левин ее, когда она вышла за ним в коридор.

— Стал обирать себя, — сказала Марья Николаевна.

— Как обирать?

— Вот так, — сказала она, обдергивая складки своего шерстяного платья. Действительно, он заметил, что во весь этот день больной хватал на себе и как будто хотел сдергивать что-то.

Предсказание Марьи Николаевны было верно. Больной к ночи уже был не в силах поднимать рук и только смотрел пред собой, не изменяя внимательно сосредоточенного выражения взгляда. Даже когда брат или Кити наклонялись над ним, так, чтоб он мог их видеть, он так же смотрел. Кити послала за священником, чтобы читать отходную.

Пока священник читал отходную, умирающий не показывал никакого признака жизни; глаза были закрыты. Левин, Кити и Марья Николаевна стояли у постели. Молитва еще не была дочтена священником, как умирающий потянулся, вздохнул и открыл глаза. Священник, окончив молитву, приложил к холодному лбу крест, потом медленно завернул его в епитрахиль и, постояв еще молча минуты две, дотронулся до похолодевшей и бескровной огромной руки.

— Кончился, — сказал священник и хотел отойти; но вдруг слипшиеся усы мертвеца шевельнулись, и ясно в тишине послышались из глубины груди определенно резкие звуки:

— Не совсем... Скоро.

И через минуту лицо просветлело, под усами выступила улыбка, и собравшиеся женщины озабоченно принялись убирать покойника.

Вид брата и близость смерти возобновили в душе Левина то чувство ужаса пред неразгаданностью и вместе близостью и неизбежностью смерти, которое охватило его в тот осенний вечер, когда приехал к нему брат. Чувство это теперь было еще сильнее, чем прежде; еще менее, чем прежде, он чувствовал себя способным понять смысл смерти, и еще ужаснее представлялась ему ее неизбежность; но теперь, благодаря близости жены, чувство это не приводило его в отчаяние: он, несмотря на смерть, чувствовал необходимость жить и любить. Он чувствовал, что любовь спасала его от отчаяния и что любовь эта под угрозой отчаяния становилась еще сильнее и чище.

Не успела на его глазах совершиться одна тайна смерти, оставшаяся неразгаданной, как возникла другая, столь же неразгаданная, вызывавшая к любви и жизни.

Доктор подтвердил свои предположения насчет Кити. Нездоровье ее была беременность.

"He will expire today, you will see," said Marya Nikolayevna in a whisper, which was loud enough for the sick man, whose hearing, as Levin had noticed, was very keen, to hear her. Levin said hush to her and looked at the sick man. Nikolay had heard, but these words produced no effect on him. He had the same reproachful and intense look.

"Why do you think so?" Levin asked her, when she followed him into the corridor.

"He has begun picking at himself," said Marya Nikolayevna.

"How, picking?"

"Like this," she said, tugging at the folds of her woolen dress. He noticed, indeed, that all that day the sick man had been snatching at himself, as if trying to throw something off.

Marya Nikolayevna's prediction came true. Towards night the sick man was no longer able to raise his arms and only looked before him without changing the intensely concentrated expression of his gaze. Even when his brother or Kitty bent over him, so that he could see them, he looked just the same. Kitty sent for a priest to read the prayer for the dying.

While the priest was reading the prayer, the dying man did not show any sign of life; his eyes were closed. Levin, Kitty and Marya Nikolayevna stood by the bed. The priest had not quite finished reading the prayer when the dying man stretched, sighed and opened his eyes. The priest, on finishing the prayer, put the cross to the cold forehead, then slowly wrapped it in his stole and, after standing for a couple of minutes more in silence, touched the huge, cold and bloodless hand.

"Expired," the priest said and wanted to move away; but suddenly the dead man's sticky mustache stirred, and clearly in the silence they heard from the bottom of his chest the sharply distinct sounds:

"Not quite... Soon."

And a minute later his face brightened, a smile came out under the mustache, and the women who had gathered round began anxiously laying out the departed.

The sight of his brother and the nearness of death revived in Levin's soul that feeling of horror at the impenetrability together with the nearness and inevitability of death, that had come upon him that autumn evening when his brother had come to him. This feeling was now even stronger than before; even less than before did he feel capable of understanding the meaning of death, and its inevitability rose up before him more terrible than ever; but now, thanks to his wife's presence, that feeling did not reduce him to despair: in spite of death, he felt the need to live and to love. He felt that love saved him from despair and that this love, under the menace of despair, was becoming still stronger and purer.

No sooner had the one mystery of death passed before his eyes, still unsolved, than another arose, equally unsolved, urging him to love and to life.

The doctor confirmed his own suppositions in regard to Kitty. Her illness was pregnancy.

XXI

С той минуты, как Алексей Александрович понял из объяснений с Бетси и со Степаном Аркадьичем, что от него требовалось только того, чтоб он оставил свою жену в покое, не утруждая ее своим присутствием, и что сама жена его желала этого, он почувствовал себя столь потерянным, что не мог ничего сам решить, не знал сам, чего он хотел теперь, и, отдавшись в руки тех, которые с таким удовольствием занимались его делами, на все отвечал согласием. Только когда Анна уже уехала из его дома и англичанка прислала спросить его, должна ли она обедать с ним, или отдельно, он в первый раз понял ясно свое положение и ужаснулся ему.

Труднее всего в этом положении было то, что он никак не мог соединить и примирить своего прошедшего с тем, что теперь было. Не то прошедшее, когда он счастливо жил с женою, смущало его. Переход от того прошедшего к знанию о неверности жены он страдальчески пережил уже; состояние это было тяжело, но было понятно ему. Если бы жена тогда, объявив о своей неверности, ушла от него, он был бы огорчен, несчастлив, но он не был бы в том для самого себя безвыходном непонятном положении, в каком он чувствовал себя теперь. Он не мог теперь никак примирить свое недавнее прощение, свое умиление, свою любовь к больной жене и чужому ребенку с тем, что теперь было, то есть с тем, что, как бы в награду за все это, он теперь очутился один, опозоренный, осмеянный, никому не нужный и всеми презираемый.

Первые два дня после отъезда жены Алексей Александрович принимал просителей, правителя дел, ездил в комитет и выходил обедать в столовую, как и обыкновенно. Не отдавая себе отчета, для чего он это делает, он все силы своей души напрягал в эти два дня только на то, чтоб иметь вид спокойный и даже равнодушный. Отвечая на вопросы о том, как распорядиться с вещами и комнатами Анны Аркадьевны, он делал величайшие усилия над собой, чтоб иметь вид человека, для которого случившееся событие не было непредвиденным и не имеет в себе ничего выходящего из ряда обыкновенных событий, и он достигал своей цели: никто не мог заметить в нем признаков отчаяния. Но на второй день после отъезда, когда Корней подал ему счет из модного магазина, который забыла заплатить Анна, и доложил, что приказчик сам тут, Алексей Александрович велел позвать приказчика.

— Извините, ваше превосходительство, что осмеливаюсь беспокоить вас. Но если прикажете обратиться к ее превосходительству, то не благоволите ли сообщить их адрес.

Алексей Александрович задумался, как показалось приказчику, и вдруг, повернувшись, сел к столу. Опустив голову на руки, он долго сидел в этом положении, несколько раз пытался заговорить и останавливался.

XXI

From the moment when Alexey Alexandrovich understood from his explanations with Betsy and Stepan Arkadyich that all that was expected of him was to leave his wife in peace, without burdening her with his presence, and that his wife herself desired this, he felt so lost that he could come to no decision of himself, he did not know himself what he wanted now, and putting himself in the hands of those who were so pleased to handle his affairs, he gave assent to everything. It was only when Anna had left his house, and the English governess sent to ask him whether she should dine with him or separately, that for the first time he clearly understood his situation, and was appalled by it.

Most difficult of all in this situation was the fact that he could not in any way connect and reconcile his past with what there was now. It was not the past when he had lived happily with his wife that troubled him. The transition from that past to the knowledge of his wife's unfaithfulness he had already lived through miserably; that state was painful but understandable to him. If his wife had then, on declaring her unfaithfulness, left him, he would have been wounded, unhappy, but he would not have been in that hopeless situation, incomprehensible to himself, in which he felt himself now. He could not now reconcile his recent forgiveness, his tenderness, his love for his sick wife and for the other man's child with what there was now, that is, with the fact that, as it were, in reward for all this he now found himself alone, dishonored, ridiculed, needed by no one and despised by everyone.

For the first two days after his wife's departure Alexey Alexandrovich received petitioners, his office manager, went to the committee and came out to dinner in the dining room as usual. Without giving himself a reason why he was doing it, he strained all the strength of his soul for those two days simply to have an appearance of composure and even of indifference. Answering questions about the disposition of Anna Arkadyevna's belongings and rooms, he made immense efforts to appear like a man for whom what had occurred had not been unforeseen nor out of the ordinary course of events, and he attained his aim: no one could detect in him signs of despair. But on the second day after her departure, when Korney gave him a bill from a fashion shop, which Anna had forgotten to pay, and announced that the salesclerk was there himself, Alexey Alexandrovich told him to show in the salesclerk.

"Excuse me, your excellency, for venturing to trouble you. But if you direct us to apply to her excellency, would you graciously oblige us with her address?"

Alexey Alexandrovich pondered, as it seemed to the salesclerk, and all at once, turning round, sat down at his desk. Letting his head sink into his hands, he sat for a long while in that position, several times attempted to speak and stopped.

Поняв чувства барина, Корней попросил приказчика прийти в другой раз. Оставшись опять один, Алексей Александрович понял, что он не в силах более выдерживать роль твердости и спокойствия. Он велел отложить дожидавшуюся карету, никого не велел принимать и не вышел обедать.

Он почувствовал, что ему не выдержать того всеобщего напора презрения и ожесточения, которые он ясно видел на лице и этого приказчика, и Корнея, и всех без исключения, кого он встречал в эти два дня. Он чувствовал, что не может отвратить от себя ненависти людей, потому что ненависть эта происходила не оттого, что он был дурен (тогда бы он мог стараться быть лучше), но оттого, что он постыдно и отвратительно несчастлив. Он чувствовал, что за это, за то самое, что сердце его истерзано, они будут безжалостны к нему. Он чувствовал, что люди уничтожат его, как собаки задушат истерзанную, визжащую от боли собаку. Он знал, что единственное спасение от людей — скрыть от них свои раны, и он это бессознательно пытался делать два дня, но теперь почувствовал себя уже не в силах продолжать эту неравную борьбу.

Отчаяние его еще усиливалось сознанием, что он был совершенно одинок со своим горем. Не только в Петербурге у него не было ни одного человека, кому бы он мог высказать все, что испытывал, кто бы пожалел его не как высшего чиновника, не как члена общества, но просто как страдающего человека; но и нигде у него не было такого человека.

Алексей Александрович рос сиротой. Их было два брата. Отца они не помнили, мать умерла, когда Алексею Александровичу было десять лет. Состояние было маленькое. Дядя Каренин, важный чиновник и когда-то любимец покойного императора, воспитал их.

Окончив курсы в гимназии и университете с медалями, Алексей Александрович с помощью дяди тотчас стал на видную служебную дорогу и с той поры исключительно отдался служебному честолюбию. Ни в гимназии, ни в университете, ни после на службе Алексей Александрович не завязал ни с кем дружеских отношений. Брат был самый близкий ему по душе человек, но он служил по министерству иностранных дел, жил всегда за границей, где он и умер скоро после женитьбы Алексея Александровича.

Во время его губернаторства тетка Анны, богатая губернская барыня, свела хотя немолодого уже человека, но молодого губернатора со своею племянницей и поставила его в такое положение, что он должен был или высказаться, или уехать из города. Алексей Александрович долго колебался. Столько же доводов было тогда за этот шаг, сколько и против, и не было того решительного повода, который бы заставил его изменить своему правилу: воздерживаться в сомнении; но тетка Анны внушила ему через знакомого, что он уже компрометировал девушку и что долг чести обязывает его сделать предложение. Он сде-

Korney, perceiving his master's emotions, asked the salesclerk to come another time. Left alone again, Alexey Alexandrovich realized that he had no longer the strength to keep up the role of firmness and composure. He gave orders for the waiting carriage to be taken back, and for no one to be admitted, and did not come out to dinner.

He felt that he could not endure the universal pressure of contempt and exasperation, which he saw distinctly on the face of this salesclerk and of Korney, and of everyone, without exception, whom he had met during those two days. He felt that he could not turn aside from himself the hatred of people, because that hatred did not come from his being bad (in that case he could have tried to be better), but from his being shamefully and repulsively unhappy. He felt that for this, for the very fact that his heart was mauled, they would be merciless to him. He felt that people would annihilate him as dogs strangle a mauled dog yelping with pain. He knew that the sole salvation from people was to hide his wounds from them, and instinctively he tried to do this for two days, but now he felt incapable of keeping up this unequal struggle.

His despair was intensified by the consciousness that he was utterly alone with his sorrow. Not only did he not have a single person in Petersburg to whom he could express all that he was feeling, who would sympathize with him not as a high official, not as a member of society, but simply as a suffering person; but he had no such person anywhere.

Alexey Alexandrovich grew up an orphan. They were two brothers. They did not remember their father, and their mother died when Alexey Alexandrovich was ten. The fortune was a small one. Their uncle Karenin, an influential official and at one time a favorite of the late emperor, had brought them up.

On completing his school and university courses with medals, Alexey Alexandrovich had, with his uncle's help, immediately started a prominent career in the service, and from then onward had devoted himself exclusively to his service ambitions. Neither at school, nor at the university, nor afterwards in the service had Alexey Alexandrovich formed friendly relations with anyone. His brother had been the person nearest to his soul, but he had served in the ministry of foreign affairs and had always lived abroad, where he had died shortly after Alexey Alexandrovich's marriage.

While he was a governor, Anna's aunt, a wealthy provincial lady, had thrown him—middle-aged as he was, though young for a governor—together with her niece, and put him in such a position that he had either to declare himself or to leave the town. Alexey Alexandrovich hesitated a long while. There were at the time as many reasons for this step as against it, and there was no decisive motive which could make him break his rule of abstaining when in doubt; but Anna's aunt insinuated through an acquaintance that he had already compromised the girl, and that he was in honor bound to make

лал предложение и отдал невесте и жене все то чувство, на которое был способен.

Та привязанность, которую он испытывал к Анне, исключила в его душе последние потребности сердечных отношений к людям. И теперь изо всех его знакомых у него не было никого близкого. У него много было того, что называется связями; но дружеских отношений не было. Было у Алексея Александровича много таких людей, которых он мог позвать к себе обедать, попросить об участии в интересовавшем его деле, о протекции какому-нибудь искателю, с которыми мог обсуждать откровенно действия других лиц и высшего правительства; но отношения к этим лицам были заключены в одну твердо определенную обычаем и привычкой область, из которой невозможно было выйти. Был один университетский товарищ, с которым он сблизился после и с которым он мог бы поговорить о личном горе; но товарищ этот был попечителем в дальнем учебном округе. Из лиц же, бывших в Петербурге, ближе и возможнее всех были правитель канцелярии и доктор.

Михаил Васильевич Слюдин, правитель дел, был простой, умный, добрый и нравственный человек, и в нем Алексей Александрович чувствовал личное к себе расположение; но пятилетняя служебная их деятельность положила между ними преграду для душевных объяснений.

Алексей Александрович, окончив подписку бумаг, долго молчал, взглядывая на Михаила Васильевича, и несколько раз пытался, но не мог заговорить. Он приготовил уже фразу: "Вы слышали о моем горе?" Но кончил тем, что сказал, как и обыкновенно: "Так вы это приготовите мне", — и с тем отпустил его.

Другой человек был доктор, который тоже был хорошо расположен к нему; но между ними уже давно было молчаливым соглашением признано, что оба завалены делом и обоим надо торопиться.

О женских своих друзьях и о первейшем из них, о графине Лидии Ивановне, Алексей Александрович не думал. Все женщины, просто как женщины, были страшны и противны ему.

XXII

Алексей Александрович забыл о графине Лидии Ивановне, но она не забыла его. В эту самую тяжелую минуту одинокого отчаяния она приехала к нему и без доклада вошла в его кабинет. Она застала его в том же положении, в котором он сидел, опершись головой на обе руки.

— J'ai forcé la consigne[1], — сказала она, входя быстрым шагом и тяжело дыша от волнения и быстрого движения. — Я все слышала! Алексей Александрович! Друг мой! — продолжала она, крепко обеими руками пожимая его руку и глядя ему в глаза своими прекрасными задумчивыми глазами.

[1] Я нарушила запрет (франц.).

her an offer. He made the offer and gave his betrothed and his wife all the feeling of which he was capable.

The attachment he felt to Anna precluded in his soul the last need for intimate relations with people. And now among all his acquaintances he had no one he was close with. He had plenty of so-called connections, but no friendly relations. Alexey Alexandrovich had plenty of people whom he could invite to dinner, ask to take part in an affair he was concerned about or to render patronage to an applicant, with whom he could candidly discuss the actions of other people and of the supreme government; but his relations with these people were confined to one field, strictly defined by custom and practice, from which it was impossible to depart. There was one university comrade with whom he had become close later and with whom he could have talked about a personal sorrow; but this comrade was a curator in a remote school district. Of the people in Petersburg the closest and most possible were his office manager and his doctor.

Mikhail Vassilyevich Slyudin, the office manager, was a simple, intelligent, kind and wholesome man, and Alexey Alexandrovich was aware of his personal goodwill; but their five years of official work together had put between them a barrier to warm-hearted conversations.

Having finished signing the papers, Alexey Alexandrovich sat for a long while in silence, glancing at Mikhail Vassilyevich, and several times he attempted to speak, but could not. He had already prepared the phrase: "You have heard of my sorrow?" But he ended by saying, as usual: "So you'll get this ready for me," and with that dismissed him.

The other person was the doctor, who was also well disposed towards him; but there had long existed a tacit understanding between them that both were weighed down by work and always in a hurry.

Of his women friends, and of the foremost among them, Countess Lydia Ivanovna, Alexey Alexandrovich did not think. All women, simply as women, were terrifying and repugnant to him.

XXII

Alexey Alexandrovich had forgotten Countess Lydia Ivanovna, but she had not forgotten him. At this bitterest moment of his lonely despair she came to him and walked into his study announced. She found him in the same position in which he had been sitting, with his head leaning on both hands.

"J'ai forcé la consigne[1]," she said, walking in with rapid steps and breathing hard from excitement and rapid movement. "I have heard everything! Alexey Alexandrovich! My friend!" she went on, firmly squeezing his hand with both hands and gazing into his eyes with her lovely pensive eyes.

---

[1] I have broken the ban *(French)*.

Алексей Александрович, хмурясь, привстал и, выпростав от нее руку, подвинул ей стул.

— Не угодно ли, графиня? Я не принимаю, потому что я болен, графиня, — сказал он, и губы его задрожали.

— Друг мой! — повторила графиня Лидия Ивановна, не спуская с него глаз, и вдруг брови ее поднялись внутренними сторонами, образуя треугольник на лбу; некрасивое желтое лицо ее стало еще некрасивее; но Алексей Александрович почувствовал, что она жалеет его и готова плакать. И на него нашло умиление: он схватил ее пухлую руку и стал целовать ее.

— Друг мой! — сказала она прерывающимся от волнения голосом. — Вы не должны отдаваться горю. Горе ваше велико, но вы должны найти утешение.

— Я разбит, я убит, я не человек более! — сказал Алексей Александрович, выпуская ее руку, но продолжая глядеть в ее наполненные слезами глаза. — Положение мое тем ужасно, что я не нахожу нигде, в самом себе не нахожу точки опоры.

— Вы найдете опору, ищите ее не во мне, хотя прошу вас верить в мою дружбу, — сказала она со вздохом. — Опора наша есть любовь, та любовь, которую Он завещал нам. Бремя Его легко, — сказала она с тем восторженным взглядом, который так знал Алексей Александрович. — Он поддержит вас и поможет вам.

Несмотря на то, что в этих словах было то умиление пред своими высокими чувствами и было то, казавшееся Алексею Александровичу излишним, новое, восторженное, недавно распространившееся в Петербурге мистическое настроение, Алексею Александровичу приятно было это слышать теперь.

— Я слаб. Я уничтожен. Я ничего не предвидел и теперь ничего не понимаю.

— Друг мой, — повторяла Лидия Ивановна.

— Не потеря того, чего нет теперь, не это, — продолжал Алексей Александрович. — Я не жалею. Но я не могу не стыдиться пред людьми за то положение, в котором я нахожусь. Это дурно, но я не могу, я не могу.

— Не вы совершили тот высокий поступок прощения, которым я восхищаюсь и все, но Он, обитая в вашем сердце, — сказала графиня Лидия Ивановна, восторженно поднимая глаза, — и потому вы не можете стыдиться своего поступка.

Алексей Александрович нахмурился и, загнув руки, стал трещать пальцами.

— Надо знать все подробности, — сказал он тонким голосом. — Силы человека имеют пределы, графиня, и я нашел предел своих. Целый день нынче я должен был делать распоряжения, распоряжения по дому, вытекавшие (он налег на слово *вытекавшие*) из моего нового, одинокого положения. Прислуга, гувернантка, счеты... Этот мелкий огонь сжег меня, я не в силах был выдержать. За обедом... я вчера едва не ушел от обеда. Я не мог перенести того, как сын мой смотрел

Alexey Alexandrovich, frowning, got up and, disengaging his hand from hers, moved a chair for her.

"Won't you sit down, Countess? I am not receiving because I am ill, Countess," he said, and his lips twitched.

"My friend!" repeated Countess Lydia Ivanovna, not taking her eyes off him, and suddenly her eyebrows rose at the inner corners, forming a triangle on her forehead; her ugly yellow face became still uglier; but Alexey Alexandrovich felt that she sympathized with him and was ready to cry. And he too was softened: he grasped her plump hand and began to kiss it.

"My friend!" she said in a voice breaking with emotion. "You should not give way to sorrow. Your sorrow is great, but you should find consolation."

"I am crushed, I am killed, I am no longer a man!" said Alexey Alexandrovich, letting go her hand, but still gazing into her eyes filled with tears. "My position is so awful because I can find nowhere, I cannot find a point of support within myself."

"You will find support; seek it not in me, though I beseech you to believe in my friendship," she said with a sigh. "Our support is love, that love that He has bequeathed to us. His burden is light," she said, with the look of ecstasy Alexey Alexandrovich knew so well. "He will be your support and your succor."

Although there was in these words that tenderness before her own lofty feelings, and that new mystical fervor which had lately gained ground in Petersburg and which seemed to Alexey Alexandrovich excessive, still it was pleasant to Alexey Alexandrovich to hear this now.

"I am weak. I am annihilated. I foresaw nothing, and now I understand nothing."

"My friend," repeated Lydia Ivanovna.

"It's not the loss of what isn't there now, it's not that," Alexey Alexandrovich went on. "I do not grieve for that. But I cannot help feeling ashamed before people for the position I am in. It is wrong, but I can't help it, I can't help it."

"It was not you who performed that noble act of forgiveness, which I admire, and everyone else too, but He, living in your heart," said Countess Lydia Ivanovna, raising her eyes rapturously, "and so you cannot be ashamed of your act."

Alexey Alexandrovich frowned and, crooking his hands, began cracking his fingers.

"One must know all the details," he said in his thin voice. "A man's strength has its limits, Countess, and I have found my limits. The whole day today I have had to be making arrangements, arrangements about the household, arising" (he emphasized the word *arising*) "from my new, solitary position. The servants, the governess, the accounts... This small fire burned me down, I had no strength to bear it. At dinner... yesterday I almost got up from the dinner table. I could not bear the way my son looked

на меня. Он не спрашивал меня о значении всего этого, но он хотел спросить, и я не мог выдержать этого взгляда. Он боялся смотреть на меня, но этого мало...

Алексей Александрович хотел упомянуть про счет, который принесли ему, но голос его задрожал, и он остановился. Про этот счет, на синей бумаге, за шляпку, ленты он не мог вспомнить без жалости к самому себе.

— Я понимаю, друг мой, — сказала графиня Лидия Ивановна. — Я все понимаю. Помощь и утешение вы найдете не во мне, но я все-таки приехала только затем, чтобы помочь вам, если могу. Если б я могла снять с вас все эти мелкие унижающие заботы... Я понимаю, что нужно женское слово, женское распоряжение. Вы поручаете мне?

Алексей Александрович молча и благодарно пожал ее руку.

— Мы вместе займемся Сережей. Я не сильна в практических делах. Но я возьмусь, я буду ваша экономка. Не благодарите меня. Я делаю это не сама...

— Я не могу не благодарить.

— Но, друг мой, не отдавайтесь этому чувству, о котором вы говорили, — стыдиться того, что есть высшая высота христианина: *кто унижает себя, тот возвысится*. И благодарить меня вы не можете. Надо благодарить Его и просить Его о помощи. В Нем одном мы найдем спокойствие, утешение, спасение и любовь, — сказала она и, подняв глаза к небу, начала молиться, как понял Алексей Александрович по ее молчанию.

Алексей Александрович слушал ее теперь, и те выражения, которые прежде не то что были неприятны ему, а казались излишними, теперь показались естественны и утешительны. Алексей Александрович не любил этот новый восторженный дух. Он был верующий человек, интересовавшийся религией преимущественно в политическом смысле, а новое учение, позволявшее себе некоторые новые толкования, потому именно, что оно открывало двери спору и анализу, по принципу было неприятно ему. Он прежде относился холодно и даже враждебно к этому новому учению и с графиней Лидией Ивановной, увлекавшеюся им, никогда не спорил, а старательно обходил молчанием ее вызовы. Теперь же в первый раз он слушал ее слова с удовольствием и внутренне не возражал им.

— Я очень, очень благодарен вам и за дела и за слова ваши, — сказал он, когда она кончила молиться.

Графиня Лидия Ивановна еще раз пожала обе руки своего друга.

— Теперь я приступаю к делу, — сказала она с улыбкой, помолчав и отирая с лица остатки слез. — Я иду к Сереже. Только в крайнем случае я обращусь к вам. — И она встала и вышла.

Графиня Лидия Ивановна пошла на половину Сережи и там, обливая слезами щеки испуганного мальчика, сказала ему, что отец его святой и что мать его умерла.

Графиня Лидия Ивановна исполнила свое обещание. Она действительно взяла на себя все заботы по устройству и ведению дома Алек-

at me. He did not ask me the meaning of it all, but he wanted to ask, and I could not bear that look. He was afraid to look at me, but that is not all..."

Alexey Alexandrovich wanted to mention the bill that had been brought to him, but his voice shook, and he stopped. That bill, on blue paper, for a hat and ribbons, he could not recall without self-pity.

"I understand, my friend," said Countess Lydia Ivanovna. "I understand it all. Succor and comfort you will find not in me, though I have come only to aid you if I can. If I could take from you all these petty, humiliating cares... I understand that a woman's word, a woman's disposition is needed. Will you entrust it to me?"

Silently and gratefully Alexey Alexandrovich pressed her hand.

"Together we will take care of Seryozha. Practical affairs are not my strong point. But I will go at it, I will be your housekeeper. Don't thank me. I do it not from myself..."

"I cannot help thanking you."

"But, my friend, do not give way to the feeling of which you spoke—being ashamed of what is the Christian's highest loftiness: *he who humbles himself shall be exalted.* And you cannot thank me. You must thank Him and pray to Him for succor. In Him alone we shall find peace, consolation, salvation and love," she said and, raising her eyes to heaven, began praying, as Alexey Alexandrovich understood from her silence.

Alexey Alexandrovich listened to her now, and those expressions which had hitherto seemed to him, if not distasteful, at least excessive, now seemed natural and consolatory. Alexey Alexandrovich had disliked this new exalted spirit. He was a believer, who was interested in religion primarily in its political aspect, and the new doctrine which ventured upon some new interpretations, precisely because it opened the doors to dispute and analysis, was in principle disagreeable to him. He had hitherto taken up a cold and even antagonistic attitude to this new doctrine, and had never argued with Countess Lydia Ivanovna, who had been carried away by it, but had assiduously parried her challenges by silence. But now for the first time he listened to her words with pleasure and did not inwardly oppose them.

"I am very, very grateful to you, both for your deeds and for your words," he said, when she had finished praying.

Countess Lydia Ivanovna once more pressed both her friend's hands.

"Now I shall begin my work," she said with a smile after a pause, wiping away the remains of tears from her face. "I am going to Seryozha. Only in the extreme case shall I apply to you." And she got up and went out.

Countess Lydia Ivanovna went to Seryozha's part of the house and there, flooding the scared boy's cheeks with tears, told him that his father was a saint and his mother was dead.

Countess Lydia Ivanovna kept her promise. She did actually take upon herself the care of the organization and management of Alexey Alexandro-

сея Александровича. Но она не преувеличивала, говоря, что она не сильна в практических делах. Все ее распоряжения надо было изменять, так как они были неисполнимы, и изменялись они Корнеем, камердинером Алексея Александровича, который незаметно для всех повел теперь весь дом Каренина и спокойно и осторожно во время одеванья барина докладывал ему, что было нужно. Но помощь Лидии Ивановны все-таки была в высшей степени действительна: она дала нравственную опору Алексею Александровичу в сознании ее любви и уважения к нему и в особенности в том, что, как ей утешительно было думать, она почти обратила его в христианство, то есть из равнодушно и лениво верующего обратила его в горячего и твердого сторонника того нового объяснения христианского учения, которое распространилось в последнее время в Петербурге. Алексею Александровичу легко было убедиться в этом. Алексей Александрович, так же как и Лидия Ивановна и другие люди, разделявшие их воззрения, был вовсе лишен глубины воображения, той душевной способности, благодаря которой представления, вызываемые воображением, становятся так действительны, что требуют соответствия с другими представлениями и с действительностью. Он не видел ничего невозможного и несообразного в представлении о том, что смерть, существующая для неверующих, для него не существует, и что так как он обладает полнейшею верой, судьей меры которой он сам, то и греха уже нет в его душе, и он испытывает здесь, на земле, уже полное спасение.

Правда, что легкость и ошибочность этого представления о своей вере смутно чувствовалась Алексею Александровичу, и он знал, что когда он, вовсе не думая о том, что его прощение есть действие высшей силы, отдался этому непосредственному чувству, он испытал больше счастья, чем когда он, как теперь, каждую минуту думал, что в его душе живет Христос, и что, подписывая бумаги, он исполняет его волю; но для Алексея Александровича было необходимо так думать, ему было так необходимо в его унижении иметь ту, хотя бы и выдуманную высоту, с которой он, презираемый всеми, мог бы презирать других, что он держался, как за спасение, за свое мнимое спасение.

XXIII

Графиня Лидия Ивановна очень молодою восторженною девушкой была выдана замуж за богатого, знатного, добродушнейшего и распутнейшего весельчака. На второй месяц муж бросил ее и на восторженные ее уверения в нежности отвечал только насмешкой и даже враждебностью, которую люди, знавшие и доброе сердце графа и не видевшие никаких недостатков в восторженной Лидии, никак не могли объяснить себе. С тех пор, хотя они не были в разводе, они жили врозь, и когда муж встречался с женою, то всегда относился к ней с неизменною ядовитою насмешкой, причину которой нельзя было понять.

vich's household. But she was not exaggerating when saying that practical affairs were not her strong point. All her arrangements had to be modified because they could not be carried out, and they were modified by Korney, Alexey Alexandrovich's valet, who, imperceptibly to everyone, now managed Karenin's household, and quietly and discreetly reported to his master, while he was dressing, what was needed. But Lydia Ivanovna's help was none the less real in the highest degree: she gave Alexey Alexandrovich moral support in the consciousness of her love and respect for him, and especially, as it was soothing to her to believe, in that she almost converted him to Christianity, that is, from an indifferent and idle believer turned him into an ardent and firm adherent of that new interpretation of Christian doctrine, which had been gaining ground of late in Petersburg. It was easy for Alexey Alexandrovich to become convinced of it. Alexey Alexandrovich, like Lydia Ivanovna and other people who shared their views, was completely devoid of depth of imagination, that inner faculty in virtue of which the conceptions evoked by the imagination become so real that they demand harmony with other conceptions and with reality. He saw nothing impossible and inconceivable in the idea that death, though existing for unbelievers, did not exist for him, and that, as he possessed the fullest faith, of the measure of which he was himself the judge, therefore there was no sin in his soul, and he was already experiencing complete salvation here on earth.

It is true that the lightness and erroneousness of this conception of his faith was dimly perceptible to Alexey Alexandrovich, and he knew that when, without the slightest idea that his forgiveness was the action of a higher power, he had surrendered to this direct feeling, he had felt more happiness than when he was thinking every instant, as he was now, that Christ lived in his soul and that in signing papers he was executing His will; but it was necessary for Alexey Alexandrovich to think that way, it was so necessary for him in his humiliation to have some eminence, however fictitious, from which, despised by all, he could despise others, that he clung, as to his salvation, to his imaginary salvation.

XXIII

Countess Lydia Ivanovna had, as a very young and exalted girl, been married to a wealthy, noble, extremely good-natured and extremely dissipated jolly fellow. In the second month her husband abandoned her, and her exalted assurances of affection he met only with scorn and even hostility that people knowing the Count's good heart and seeing no defects in the exalted Lydia, were at a loss to explain. Since then, though they were not divorced, they had lived apart, and whenever the husband met the wife, he invariably treated her with the same poisonous scorn, the cause of which was incomprehensible.

Графиня Лидия Ивановна давно уже перестала быть влюбленною в мужа, но никогда с тех пор не переставала быть влюбленною в кого-нибудь. Она бывала влюблена в нескольких вдруг, и в мужчин и в женщин; она бывала влюблена во всех почти людей, чем-нибудь особенно выдающихся. Она была влюблена во всех новых принцесс и принцев, вступавших в родство с царскою фамилией, была влюблена в одного митрополита, одного викарного и одного священника. Была влюблена в одного журналиста, в трех славян, в Комисарова; в одного министра, одного доктора, одного английского миссионера и в Каренина. Все эти любви, то ослабевая, то усиливаясь, наполняли ее сердце, давали ей занятие и не мешали ей в ведении самых распространенных и сложных придворных и светских отношений. Но с тех пор как она, после несчастия, постигшего Каренина, взяла его под свое особенное покровительство, с тех пор как она потрудилась в доме Каренина, заботясь о его благосостоянии, она почувствовала, что все остальные любви не настоящие, а что она истинно влюблена теперь в одного Каренина. Чувство, которое она теперь испытывала к нему, казалось ей сильнее всех прежних чувств. Анализируя свое чувство и сравнивая его с прежними, она ясно видела, что не была бы влюблена в Комисарова, если б он не спас жизни государю, не была бы влюблена в Ристич-Куджицкого, если бы не было славянского вопроса, но что Каренина она любила за него самого, за его высокую непонятую душу, за милый для нее тонкий звук его голоса с его протяжными интонациями, за его усталый взгляд, за его характер и мягкие белые руки с напухшими жилами. Она не только радовалась встрече с ним, но она искала на его лице признаков того впечатления, которое она производила на него. Она хотела нравиться ему не только речами, но и всею своею особою. Она для него занималась теперь своим туалетом больше, чем когда-нибудь прежде. Она заставала себя на мечтаниях о том, что было бы, если б она не была замужем и он был бы свободен. Она краснела от волнения, когда он входил в комнату, она не могла удержать улыбку восторга, когда он говорил ей приятное.

Уже несколько дней графиня Лидия Ивановна находилась в сильнейшем волнении. Она узнала, что Анна с Вронским в Петербурге. Надо было спасти Алексея Александровича от свидания с нею, надо было спасти его даже от мучительного знания того, что эта ужасная женщина находится в одном городе с ним и что он каждую минуту может встретить ее.

Лидия Ивановна через своих знакомых разведывала о том, что намерены делать эти *отвратительные люди*, как она называла Анну с Вронским, и старалась руководить в эти дни всеми движениями своего друга, чтоб он не мог встретить их. Молодой адъютант, приятель Вронского, через которого она получала сведения и который через графиню Лидию Ивановну надеялся получить концессию, сказал ей, что они кончили свои дела и уезжают на другой день. Лидия Ивановна уже стала успокоиваться, как на другое же утро ей принесли записку, почерк которой она с ужасом узнала. Это был почерк Анны

Countess Lydia Ivanovna had long given up being in love with her husband, but from that time she had never given up being in love with someone. She was in love with several people at once, both men and women; she had been in love with almost everyone who had been particularly distinguished in any way. She was in love with all the new Princesses and Princes who married into the imperial family; she had been in love with one metropolitan, one bishop and one priest. She had been in love with one journalist, three Slavophiles, with Komisarov; with one minister, one doctor, one English missionary and with Karenin. All these loves, now waning, now growing, filled her heart, gave her something to do and did not prevent her from keeping up the most extended and complicated relations at court and in society. But since she took Karenin under her special protection after the misfortune that overtook him, since she did some work in Karenin's household looking after his welfare, she felt that all her other loves were not real, and that she was now genuinely in love with no one but Karenin. The feeling she now experienced for him seemed to her stronger than any of her former feelings. Analyzing her feeling and comparing it with the former ones, she distinctly saw that she would not have been in love with Komisarov if he had not saved the life of the tsar, that she would not have been in love with Ristich-Kudzhitsky if there had been no Slavonic question, but that she loved Karenin for himself, for his lofty, misunderstood soul, for the high sound of his voice, so sweet to her, with its drawling intonations, for his weary gaze, for his character and his soft white hands with their swollen veins. She was not only rejoiced at meeting him, but sought on his face signs of the impression she was making on him. She wanted to please him, not by her words only, but by her whole person. For his sake she now lavished more care on her dress than ever before. She caught herself in reveries on what might have been, if she had not been married and he had been free. She blushed with emotion when he came into the room, she could not repress a smile of rapture when he said anything pleasant to her.

For several days now Countess Lydia Ivanovna had been in the greatest excitement. She had learned that Anna and Vronsky were in Petersburg. Alexey Alexandrovich had to be saved from seeing her, he had to be saved even from the torturing knowledge that that awful woman was in the same town with him, and that he might meet her any minute.

Lydia Ivanovna made inquiries through her acquaintances as to what those *disgusting people*, as she called Anna and Vronsky, intended to do, and tried to guide every movement of her friend during those days so that he would not meet them. The young adjutant, a friend of Vronsky's, through whom she obtained information and who hoped to obtain a concession through Countess Lydia Ivanovna, told her that they had finished their business and were going away the next day. Lydia Ivanovna had already begun to calm down, when the next morning a note was brought to her, the handwriting of which she recognized with horror. It was the handwriting of

Карениной. Конверт был из толстой, как лубок, бумаги; на продолговатой желтой бумаге была огромная монограмма и от письма пахло прекрасно.

— Кто принес?

— Комиссионер из гостиницы.

Графиня Лидия Ивановна долго не могла сесть, чтобы прочесть письмо. У ней от волнения сделался припадок одышки, которой она была подвержена. Когда она успокоилась, она прочла следующее французское письмо:

“Madame la Comtesse[1], — христианские чувства, которые наполняют ваше сердце, дают мне, я чувствую, непростительную смелость писать вам. Я несчастна от разлуки с сыном. Я умоляю о позволении видеть его один раз пред моим отъездом. Простите меня, что я напоминаю вам о себе. Я обращаюсь к вам, а не к Алексею Александровичу только потому, что не хочу заставить страдать этого великодушного человека воспоминанием о себе. Зная вашу дружбу к нему, вы поймете меня. Пришлете ли вы Сережу ко мне, или мне приехать в дом в известный, назначенный час, или вы мне дадите знать, когда и где я могу его видеть вне дома? Я не предполагаю отказа, зная великодушие того, от кого это зависит. Вы не можете себе представить ту жажду его видеть, которую я испытываю, и потому не можете представить ту благодарность, которую во мне возбудит ваша помощь.

                                                                            Анна”.

Все в этом письме раздражило графиню Лидию Ивановну: и содержание, и намек на великодушие, и в особенности развязный, как ей показалось, тон.

— Скажи, что ответа не будет, — сказала графиня Лидия Ивановна и тотчас, открыв бювар, написала Алексею Александровичу, что надеется видеть его в первом часу на поздравлении во дворце.

“Мне нужно переговорить с вами о важном и грустном деле. Там мы условимся, где. Лучше всего у меня, где я велю приготовить ваш чай. Необходимо. Он налагает крест. Он дает и силы”, — прибавила она, чтобы хоть немного приготовить его.

Графиня Лидия Ивановна писала обыкновенно по две и по три записки в день Алексею Александровичу. Она любила этот процесс сообщения с ним, имеющий в себе элегантность и таинственность, каких недоставало в ее личных сношениях.

XXIV

Поздравление кончалось. Уезжавшие, встречаясь, переговаривались о последней новости дня, вновь полученных наградах и перемещении важных служащих.

— Как бы графине Марье Борисовне — военное министерство, а начальником бы штаба — княгиню Ватковскую, — говорил, обращаясь к высокой красавице фрейлине, спрашивавшей у него о перемещении, седой старичок в расшитом золотом мундире.

---

[1] Графиня (франц.).

Anna Karenina. The envelope was of paper as thick as bark; on the oblong yellow paper there was a huge monogram, and the letter smelt of fine scent.

"Who brought it?"

"A commissionaire from a hotel."

It was some time before Countess Lydia Ivanovna could sit down to read the letter. Her excitement brought on an attack of short breath, to which she was subject. When she calmed down, she read the following letter in French:

"Madame la Comtesse,

"The Christian feelings with which your heart is filled give me, I feel, the unpardonable boldness to write to you. I am miserable at being separated from my son. I entreat permission to see him once before my departure. Forgive me for reminding you about myself. I apply to you and not to Alexey Alexandrovich only because I do not want to make that generous man suffer in remembering me. Knowing your friendship for him, I know you will understand me. Will you send Seryozha to me, or should I come to the house at a certain fixed hour, or will you let me know when and where I could see him outside the house? I do not anticipate a refusal, knowing the magnanimity of the person on whom it depends. You cannot imagine the craving I have to see him, and so cannot imagine the gratitude your help will arouse in me.

Anna."

Everything in this letter exasperated Countess Lydia Ivanovna: its content and the allusion to magnanimity, and especially its pushy—as she considered—tone.

"Say that there will be no answer," Countess Lydia Ivanovna said and immediately, opening her blotting-case, wrote to Alexey Alexandrovich that she hoped to see him after twelve at the levee.

"I must talk with you of an important and sad subject. There we will arrange where to meet. Best of all at my house, where I will order your tea. Necessary. He lays the cross. He also gives the strength," she added, so as to prepare him at least a little.

Countess Lydia Ivanovna usually wrote some two or three notes a day to Alexey Alexandrovich. She enjoyed that process of communication with him, which had elegance and mystery, lacking in her personal relations.

XXIV

The levee was drawing to a close. People met as they were going away and gossiped of the latest news of the day, of the newly bestowed awards and the transfers of important functionaries.

"If only Countess Marya Borissovna got the ministry of war, and Princess Vatkovskaya was chief of staff," said a gray-headed, little old man in a gold-embroidered uniform, addressing a tall, beautiful maid of honor who had asked him about the transfers.

— А меня в адъютанты, — отвечала фрейлина, улыбаясь.

— Вам уж есть назначение. Вас по духовному ведомству. И в помощники вам — Каренина.

— Здравствуйте, князь! — сказал старичок, пожимая руку подошедшему.

— Что вы про Каренина говорили? — сказал князь.

— Он и Путятов Александра Невского получили.

— Я думал, что у него уж есть.

— Нет. Вы взгляните на него, — сказал старичок, указывая расшитою шляпой на остановившегося в двери залы с одним из влиятельных членов Государственного совета Каренина в придворном мундире с новою красною лентою через плечо. — Счастлив и доволен, как медный грош, — прибавил он, останавливаясь, чтобы пожать руку атлетически сложенному красавцу камергеру.

— Нет, он постарел, — сказал камергер.

— От забот. Он теперь все проекты пишет. Он теперь не отпустит несчастного, пока не изложит все по пунктам.

— Как постарел? Il fait des passions[1]. Я думаю, графиня Лидия Ивановна ревнует его теперь к жене.

— Ну, что! Про графиню Лидию Ивановну, пожалуйста, не говорите дурного.

— Да разве это дурно, что она влюблена в Каренина?

— А правда, что Каренина здесь?

— То есть не здесь, во дворце, а в Петербурге. Я вчера встретил их, с Алексеем Вронским, bras dessus, bras dessous[2], на Морской.

— C'est un homme qui n'a pas...[3] — начал было камергер, но остановился, давая дорогу и кланяясь проходившей особе царской фамилии.

Так не переставая говорили об Алексее Александровиче, осуждая его и смеясь над ним, между тем как он, заступив дорогу пойманному им члену Государственного совета и ни на минуту не прекращая своего изложения, чтобы не упустить его, по пунктам излагал ему финансовый проект.

Почти в одно и то же время, как жена ушла от Алексея Александровича, с ним случилось и самое горькое для служащего человека событие — прекращение восходящего служебного движения. Прекращение это совершилось, и все ясно видели это, но сам Алексей Александрович не сознавал еще того, что карьера его кончена. Столкновение ли со Стремовым, несчастие ли с женой, или просто то, что Алексей Александрович дошел до предела, который ему был предназначен, но для всех в нынешнем году стало очевидно, что служебное поприще его кончено. Он еще занимал важное место, он был членом многих комиссий и комитетов; но он был человеком, который весь вышел и от которого ничего более не ждут. Что бы он ни говорил, что бы

---

[1] Он имеет успех (франц.).
[2] под руку (франц.).
[3] Это человек, у которого нет... (франц.)

"And me an adjutant," replied the maid of honor, smiling.

"You already have an appointment. You're in the ecclesiastical department. And your assistant is Karenin."

"How do you do, Prince!" said the little old man, shaking hands with a man who came up to him.

"What were you saying about Karenin?" said the Prince.

"He and Putyatov have received the Alexander Nevsky."

"I thought he had it already."

"No. Just look at him," said the little old man, pointing with his embroidered hat to Karenin in his court uniform with the new red ribbon across his shoulder, standing in the doorway of the hall with an influential member of the State Council. "Happy and pleased as a brass farthing," he added, stopping to shake hands with a handsome, athletically built gentleman of the bedchamber.

"No, he's looking older," said the gentleman of the bedchamber.

"From troubles. He's always drawing up projects nowadays. He won't let a poor man go nowadays till he's explained it all to him point by point."

"Looking older? Il fait des passions[1]. I believe Countess Lydia Ivanovna is jealous now of his wife."

"Oh, come now! Please don't say anything bad about Countess Lydia Ivanovna."

"Why, is there anything bad in her being in love with Karenin?"

"But is it true that Karenina is here?"

"Well, not here in the palace, but in Petersburg. I met her yesterday with Alexey Vronsky, bras dessus, bras dessous[2], on Morskaya."

"C'est un homme qui n'a pas...[3]" the gentleman of the bedchamber was beginning, but he stopped to make room, bowing, for a member of the Imperial family to pass.

Thus people talked incessantly of Alexey Alexandrovich, judging him and laughing at him, while he, blocking up the way of the member of the State Council he had captured, was explaining to him point by point his financial project, not interrupting his explanation for an instant for fear he should escape.

Almost at the same time that his wife left Alexey Alexandrovich there had happened to him that bitterest event in the life of an official—the cessation of his upward career movement. This cessation had happened and everyone saw it distinctly, but Alexey Alexandrovich himself was not yet aware that his career was over. Whether it was due to his collision with Stremov, or his misfortune with his wife, or simply that Alexey Alexandrovich had reached his destined limit, it had become evident to everyone that year that his official career was at an end. He still filled an important position, sat on many commissions and committees, but he was a man whose day was over, and from whom nothing more was expected. Whatever he said, whatever

---

[1] He's a success (French).
[2] arm in arm (French).
[3] This is a man who has no... (French)

ни предлагал, его слушали так, как будто то, что он предлагает, давно уже известно и есть то самое, что не нужно.

Но Алексей Александрович не чувствовал этого и, напротив того, будучи устранен от прямого участия в правительственной деятельности, яснее чем прежде видел теперь недостатки и ошибки в деятельности других и считал своим долгом указывать на средства к исправлению их. Вскоре после своей разлуки с женой он начал писать свою первую записку о новом суде из бесчисленного ряда никому не нужных записок по всем отраслям управления, которые было суждено написать ему.

Алексей Александрович не только не замечал своего безнадежного положения в служебном мире и не только не огорчался им, но больше чем когда-нибудь был доволен своею деятельностью.

"Женатый заботится о мирском, как угодить жене, неженатый заботится о Господнем, как угодить Господу", — говорит апостол Павел, и Алексей Александрович, во всех делах руководившийся теперь писанием, часто вспоминал этот текст. Ему казалось, что с тех пор, как он остался без жены, он этими самыми проектами более служил Господу, чем прежде.

Очевидное нетерпение члена Совета, желавшего уйти от него, не смущало Алексея Александровича; он перестал излагать, только когда член, воспользовавшись проходом лица царской фамилии, ускользнул от него.

Оставшись один, Алексей Александрович опустил голову, собирая мысли, потом рассеянно оглянулся и пошел к двери, у которой надеялся встретить графиню Лидию Ивановну.

"И как они все сильны и здоровы физически, — думал Алексей Александрович, глядя на могучего с расчесанными душистыми бакенбардами камергера и на красную шею затянутого в мундире князя, мимо которых ему надо было пройти. — Справедливо сказано, что все в мире есть зло", — подумал он, косясь еще раз на икры камергера.

Неторопливо передвигая ноги, Алексей Александрович с обычным видом усталости и достоинства поклонился этим господам, говорившим о нем, и, глядя в дверь, отыскивал глазами графиню Лидию Ивановну.

— А! Алексей Александрович! — сказал старичок, злобно блестя глазами, в то время как Каренин поравнялся с ним и холодным жестом склонил голову. — Я вас еще не поздравил, — сказал он, указывая на его новополученную ленту.

— Благодарю вас, — ответил Алексей Александрович. — Какой нынче *прекрасный* день, — прибавил он, по своей привычке особенно налегая на слове "прекрасный".

Что они смеялись над ним, он знал это, но он и не ждал от них ничего, кроме враждебности; он уже привык к этому.

he proposed, he was listened to as if it were something long known and the very thing that was not needed.

But Alexey Alexandrovich did not feel this and, on the contrary, being removed from direct participation in government activity, saw more clearly than ever the defects and errors in the activity of others and thought it his duty to point out means for their correction. Shortly after his separation from his wife, he began writing his memorandum on the new courts, the first of the endless series of utterly useless memoranda on every branch of administration which he was destined to write in the future.

Alexey Alexandrovich not only failed to notice his hopeless position in the official world and be upset by it, but was more satisfied than ever with his own activity.

"He that is unmarried careth for the things that belong to the Lord, how he may please the Lord: But he that is married careth for the things that are of the world, how he may please his wife," says the apostle Paul, and Alexey Alexandrovich, who was now guided in every action by Scripture, often recalled this text. It seemed to him that ever since he had been left without a wife, he had in these very projects been serving the Lord more than before.

The evident impatience of the member of the Council, wishing to get away from him, did not trouble Alexey Alexandrovich; he gave up his explanation only when the member, seizing his chance when a person of the tsar's family was passing, slipped away from him.

Left alone, Alexey Alexandrovich bowed his head, collecting his thoughts, then looked absently about him and walked towards the door, where he hoped to meet Countess Lydia Ivanovna.

"And how strong and physically healthy they all are," thought Alexey Alexandrovich, looking at the powerfully built gentleman of the bedchamber with his well-combed, perfumed whiskers, and at the red neck of the Prince, pinched in his tight uniform, whom he had to pass by. "Truly it is said that all is evil in the world," he thought, with another sidelong glance at the calves of the gentleman of the bedchamber.

Moving his feet deliberately, Alexey Alexandrovich bowed with his usual air of weariness and dignity to these gentlemen who had been talking about him and, looking through the doorway, sought Countess Lydia Ivanovna with his eyes.

"Ah! Alexey Alexandrovich!" said the little old man, with a malicious glitter in his eyes, at the moment when Karenin came abreast of him and nodded with a frigid gesture. "I haven't congratulated you yet," he said, pointing to his newly received ribbon.

"Thank you," answered Alexey Alexandrovich. "What an *excellent* day today," he added, laying emphasis in his habitual way on the word excellent.

That they laughed at him he knew, but he did not expect anything but hostility from them; he was used to it by now.

Увидав воздымающиеся из корсета желтые плечи графини Лидии Ивановны, вышедшей в дверь, и зовущие к себе прекрасные задумчивые глаза ее, Алексей Александрович улыбнулся, открыв неувядающие белые зубы, и подошел к ней.

Туалет Лидии Ивановны стоил ей большого труда, как и все ее туалеты в это последнее время. Цель ее туалета была теперь совсем обратная той, которую она преследовала тридцать лет тому назад. Тогда ей хотелось украсить себя чем-нибудь, и чем больше, тем лучше. Теперь, напротив, она обязательно была так несоответственно годам и фигуре разукрашена, что заботилась лишь о том, чтобы противоположность этих украшений с ее наружностью была не слишком ужасна. И в отношении Алексея Александровича она достигала этого и казалась ему привлекательною. Для него она была единственным островом не только доброго к нему расположения, но любви среди моря враждебности и насмешки, которое окружало его.

Проходя сквозь строй насмешливых взглядов, он естественно тянулся к ее влюбленному взгляду, как растение к свету.

— Поздравляю вас, — сказала она ему, указывая глазами на ленту.

Сдерживая улыбку удовольствия, он пожал плечами, закрыв глаза, как бы говоря, что это не может радовать его. Графиня Лидия Ивановна знала хорошо, что это одна из его главных радостей, хотя он никогда и не признается в этом.

— Что наш ангел? — сказала графиня Лидия Ивановна, подразумевая Сережу.

— Не могу сказать, чтоб я был вполне доволен им, — поднимая брови и открывая глаза, сказал Алексей Александрович. — И Ситников недоволен им. (Ситников был педагог, которому было поручено светское воспитание Сережи.) Как я говорил вам, есть в нем какая-то холодность к тем самым главным вопросам, которые должны трогать душу всякого человека и всякого ребенка, — начал излагать свои мысли Алексей Александрович по единственному, кроме службы, интересовавшему его вопросу — воспитанию сына.

Когда Алексей Александрович с помощью Лидии Ивановны вновь вернулся к жизни и деятельности, он почувствовал своею обязанностью заняться воспитанием оставшегося на его руках сына. Никогда прежде не занимавшись вопросами воспитания, Алексей Александрович посвятил несколько времени на теоретическое изучение предмета. И прочтя много книг антропологии, педагогики и дидактики, Алексей Александрович составил себе план воспитания и, пригласив лучшего петербургского педагога для руководства, приступил к делу. И дело это постоянно занимало его.

— Да, но сердце? Я вижу в нем сердце отца, и с таким сердцем ребенок не может быть дурен, — сказала графиня Лидия Ивановна с восторгом.

— Да, может быть... Что до меня, то я исполняю свой долг. Это все, что я могу сделать.

— Вы приедете ко мне, — сказала графиня Лидия Ивановна, помолчав, — нам надо поговорить о грустном для вас деле. Я все бы дала,

Catching sight of the yellow shoulders jutting out above the corset of Countess Lydia Ivanovna, who came through the door, and of her fine pensive eyes bidding him to her, Alexey Alexandrovich smiled, revealing his unfading white teeth, and went up to her.

Lydia Ivanovna's dress had cost her great pains, as had all her dresses of late. Her aim in dress was now quite the reverse of that she had pursued thirty years ago. Then her desire had been to adorn herself with something, and the more the better. Now, on the contrary, she was perforce decked out in a way so inconsistent with her years and figure, that her only anxiety was that the contrast between these adornments and her own exterior should not be too appalling. And as far as Alexey Alexandrovich was concerned she succeeded and seemed attractive to him. For him she was the one island not only of goodwill to him, but of love in the midst of the sea of hostility and mockery that surrounded him.

Passing through rows of derisive eyes, he was drawn as naturally to her amorous glance as a plant to the light.

"I congratulate you," she said to him, pointing with her eyes to his ribbon.

Suppressing a smile of pleasure, he shrugged his shoulders, closing his eyes, as if to say that that could not be a source of joy to him. Countess Lydia Ivanovna knew very well that it was one of his chief joys, though he would never admit it.

"How is our angel?" said Countess Lydia Ivanovna, meaning Seryozha.

"I can't say I'm quite pleased with him," said Alexey Alexandrovich, raising his eyebrows and opening his eyes. "And Sitnikov is not pleased with him." (Sitnikov was the pedagogue to whom Seryozha's secular education had been entrusted.) "As I told you, there's a sort of coldness in him towards the most important questions which ought to touch the soul of every man and every child," Alexey Alexandrovich began expounding his ideas on the sole question that interested him besides the service—the education of his son.

When Alexey Alexandrovich with Lydia Ivanovna's help returned anew to life and activity, he felt it his duty to take care of the education of the son left on his hands. Having never before taken any interest in educational questions, Alexey Alexandrovich devoted some time to the theoretical study of the subject. After reading many books on anthropology, pedagogy and didactics, Alexey Alexandrovich drew up a plan of education and, engaging the best pedagogue in Petersburg to superintend it, set to work. And this subject continually absorbed him.

"Yes, but his heart? I see in him his father's heart, and with such a heart a child cannot be bad," said Countess Lydia Ivanovna with rapture.

"Yes, perhaps... As for me, I do my duty. It's all I can do."

"You shall come to my house," said Countess Lydia Ivanovna, after a pause, "we have to speak of a subject distressing for you. I would give any-

чтоб избавить вас от некоторых воспоминаний, но другие не так думают. Я получила от *нее* письмо. *Она* здесь, в Петербурге.

Алексей Александрович вздрогнул при упоминании о жене, но тотчас же на лице его установилась та мертвая неподвижность, которая выражала совершенную беспомощность в этом деле.

— Я ждал этого, — сказал он.

Графиня Лидия Ивановна посмотрела на него восторженно, и слезы восхищения пред величием его души выступили на ее глаза.

XXV

Когда Алексей Александрович вошел в маленький, уставленный старинным фарфором и увешанный портретами, уютный кабинет графини Лидии Ивановны, самой хозяйки еще не было. Она переодевалась.

На круглом столе была накрыта скатерть и стоял китайский прибор и серебряный спиртовой чайник. Алексей Александрович рассеянно оглянул бесчисленные знакомые портреты, украшавшие кабинет, и, присев к столу, раскрыл лежавшее на нем Евангелие. Шум шелкового платья графини развлек его.

— Ну вот, теперь мы сядем спокойно, — сказала графиня Лидия Ивановна, с взволнованною улыбкой поспешно пролезая между столом и диваном, — и поговорим за нашим чаем.

После нескольких слов приготовления графиня Лидия Ивановна, тяжело дыша и краснея, передала в руки Алексея Александровича полученное ею письмо.

Прочтя письмо, он долго молчал.

— Я не полагаю, чтоб я имел право отказать ей, — сказал он робко, подняв глаза.

— Друг мой! Вы ни в ком не видите зла!

— Я, напротив, вижу, что все есть зло. Но справедливо ли это?..

В лице его была нерешительность и искание совета, поддержки и руководства в деле, для него непонятном.

— Нет, — перебила его графиня Лидия Ивановна. — Есть предел всему. Я понимаю безнравственность, — не совсем искренно сказала она, так как она никогда не могла понять того, что приводит женщин к безнравственности, — но я не понимаю жестокости, к кому же? к вам! Как оставаться в том городе, где вы? Нет, век живи, век учись. И я учусь понимать вашу высоту и ее низость.

— А кто бросит камень? — сказал Алексей Александрович, очевидно довольный своею ролью. — Я все простил и потому я не могу лишать ее того, что есть потребность любви для нее — любви к сыну...

— Но любовь ли, друг мой? Искренно ли это? Положим, вы простили, вы прощаете... но имеем ли мы право действовать на душу этого ангела? Он считает ее умершею. Он молится за нее и просит Бога простить ее грехи... И так лучше. А тут что он будет думать?

thing to have spared you certain memories, but others are not of the same mind. I have received a letter from *her. She* is here, in Petersburg."

Alexey Alexandrovich shuddered at the allusion to his wife, but immediately his face assumed that dead immobility which expressed his utter helplessness in this matter.

"I was expecting it," he said.

Countess Lydia Ivanovna looked at him rapturously, and tears of admiration at the greatness of his soul came into her eyes.

XXV

When Alexey Alexandrovich came into Countess Lydia Ivanovna's snug little boudoir, decorated with old china and hung with portraits, the hostess herself was not there yet. She was changing.

A tablecloth was laid on a round table, and on it stood a china tea service and a silver spirit-lamp and tea kettle. Alexey Alexandrovich looked absently about at the countless familiar portraits which adorned the boudoir, and sitting down to the table, opened the Gospel lying upon it. The rustle of the Countess's silk dress distracted him.

"Well, now we can sit quietly," said Countess Lydia Ivanovna, slipping hurriedly with an agitated smile between the table and the sofa, "and talk over our tea."

After some words of preparation, Countess Lydia Ivanovna, breathing heavily and flushing, gave into Alexey Alexandrovich's hands the letter she had received.

After reading the letter, he was silent for a long while.

"I don't suppose I have the right to refuse her," he said, timidly raising his eyes.

"My friend! You don't see evil in anyone!"

"On the contrary, I see that all is evil. But is it just?.."

His face showed hesitation and a seeking for counsel, support and guidance in a matter he did not understand.

"No," Countess Lydia Ivanovna interrupted him. "There is a limit to everything. I can understand immorality," she said, not quite frankly, since she never could understand that which led women to immorality, "but I don't understand cruelty; and to whom? to you! How can she stay in the town where you are? No, live and learn. And I'm learning to understand your loftiness and her baseness."

"And who is to throw a stone?" said Alexey Alexandrovich, evidently pleased with his role. "I have forgiven all, and so I cannot deprive her of what is exacted by love in her—by love for her son..."

"But is that love, my friend? Is it sincere? Admitting that you have forgiven, that you forgive... have we the right to work on the soul of that angel? He considers her dead. He prays for her and beseeches God to forgive her sins... And it is better so. But now what will he think?"

— Я не думал этого, — сказал Алексей Александрович, очевидно соглашаясь.

Графиня Лидия Ивановна закрыла лицо руками и помолчала. Она молилась.

— Если вы спрашиваете моего совета, — сказала она, помолившись и открывая лицо, — то я не советую вам делать этого. Разве я не вижу, как вы страдаете, как это раскрыло все ваши раны? Но, положим, вы, как всегда, забываете о себе. Но к чему же это может повести? К новым страданиям с вашей стороны, к мучениям для ребенка? Если в ней осталось что-нибудь человеческое, она сама не должна желать этого. Нет, я, не колеблясь, не советую, и, если вы разрешаете мне, я напишу к ней.

И Алексей Александрович согласился, и графиня Лидия написала следующее французское письмо:

"Милостивая государыня,

Воспоминание о вас для вашего сына может повести к вопросам с его стороны, на которые нельзя отвечать, не вложив в душу ребенка духа осуждения к тому, что должно быть для него святыней, и потому прошу понять отказ вашего мужа в духе христианской любви. Прошу всевышнего о милосердии к вам.

Графиня Лидия".

Письмо это достигло той затаенной цели, которую графиня Лидия Ивановна скрывала от самой себя. Оно до глубины души оскорбило Анну.

С своей стороны, Алексей Александрович, вернувшись от Лидии Ивановны домой, не мог в этот день предаться своим обычным занятиям и найти то душевное спокойствие верующего и спасенного человека, которое он чувствовал прежде.

Воспоминание о жене, которая так много была виновата пред ним и пред которою он так был свят, как справедливо говорила ему графиня Лидия Ивановна, не должно было бы смущать его; но он не был спокоен: он не мог понимать книги, которую он читал, не мог отогнать мучительных воспоминаний о своих отношениях к ней, о тех ошибках, которые он, как ему теперь казалось, сделал относительно ее. Воспоминание о том, как он принял, возвращаясь со скачек, ее признание в неверности (то в особенности, что он требовал от нее только внешнего приличия, а не вызвал на дуэль), как раскаяние, мучало его. Также мучало его воспоминание о письме, которое он написал ей; в особенности его прощение, никому не нужное, и его заботы о чужом ребенке жгли его сердце стыдом и раскаянием.

И точно такое же чувство стыда и раскаяния он испытывал теперь, перебирая все свое прошедшее с нею и вспоминая неловкие слова, которыми он после долгих колебаний сделал ей предложение.

"Но в чем же я виноват?" — говорил он себе. И этот вопрос всегда вызывал в нем другой вопрос — о том, иначе ли чувствуют, иначе ли любят, иначе ли женятся эти другие люди, эти Вронские, Облонские... эти камергеры с толстыми икрами. И ему представлялся целый ряд

"I had not thought of that," said Alexey Alexandrovich, evidently agreeing.

Countess Lydia Ivanovna covered her face with her hands and was silent. She was praying.

"If you ask my advice," she said, having finished her prayer and uncovered her face, "I do not advise you to do this. Can't I see how you are suffering, how this has torn open all your wounds? But supposing that, as always, you forget about yourself. What can it lead to? To new sufferings on your part, to torture for the child? If there is anything human left in her, she ought not to wish for it herself. No, I have no hesitation in advising against it, and if you permit me, I will write to her."

And Alexey Alexandrovich consented, and Countess Lydia Ivanovna wrote the following letter in French:

"Dear Madame,

"To be reminded of you might lead to questions on the part of your son which could not be answered without implanting in the child's soul a spirit of censure towards what should be sacred for him, and therefore I beg you to interpret your husband's refusal in the spirit of Christian love. I pray the Almighty to have mercy on you.

Countess Lydia."

This letter attained the secret object which Countess Lydia Ivanovna had concealed from herself. It offended Anna to the quick.

For his part, Alexey Alexandrovich, on returning home from Lydia Ivanovna's, could not all that day give himself to his usual pursuits and find that inner peace of a saved and believing man which he had felt before.

The recollection of his wife who was so guilty before him and before whom he was so saintly, as Countess Lydia Ivanovna had justly told him, ought not to have troubled him; but he was not at peace: he could not understand the book he was reading, he could not drive away painful recollections of his relations with her, of the mistakes which, as it now seemed to him, he had made in regard to her. The recollection of how he had received her confession of infidelity on their way back from the races (especially that he had demanded only external decorum from her and had not sent a challenge to a duel) tortured him like remorse. He was also tortured by the recollection of the letter he had written her; and especially his forgiveness, which nobody needed, and his care of the other man's child burned his heart with shame and remorse.

And exactly the same sense of shame and remorse he felt now, as he reviewed all his past with her, recalling the awkward words in which, after long hesitation, he had made her an offer.

"But what is my guilt?" he said to himself. And this question always prompted another question in him—whether they felt differently, loved differently, married differently, these other people, these Vronskys and Oblonskys... these gentlemen of the bedchamber with their fat calves. And

этих сочных, сильных, не сомневающихся людей, которые невольно всегда и везде обращали на себя его любопытное внимание. Он отгонял от себя эти мысли, он старался убеждать себя, что он живет не для здешней, временной жизни, а для вечной, что в душе его находится мир и любовь. Но то, что он в этой временной, ничтожной жизни сделал, как ему казалось, некоторые ничтожные ошибки, мучало его так, как будто и не было того вечного спасения, в которое он верил. Но искушение это продолжалось недолго, и скоро опять в душе Алексея Александровича восстановилось то спокойствие и та высота, благодаря которым он мог забывать о том, чего не хотел помнить.

XXVI

— Ну что, Капитоныч? — сказал Сережа, румяный и веселый возвратившись с гулянья накануне дня своего рождения и отдавая свою сборчатую поддевку высокому, улыбающемуся на маленького человека с высоты своего роста, старому швейцару. — Что, был нынче подвязанный чиновник? Принял папа?

— Приняли. Только правитель вышли, я и доложил, — весело подмигнув, сказал швейцар. — Пожалуйте, я сниму.

— Сережа! — сказал славянин-гувернер, остановясь в дверях, ведших во внутренние комнаты. — Сами снимите.

Но Сережа, хотя и слышал слабый голос гувернера, не обратил на него внимания. Он стоял, держась рукой за перевязь швейцара, и смотрел ему в лицо.

— Что ж, и сделал для него папа, что надо?

Швейцар утвердительно кивнул головой.

Подвязанный чиновник, ходивший уже семь раз о чем-то просить Алексея Александровича, интересовал и Сережу и швейцара. Сережа застал его раз в сенях и слышал, как он жалостно просил швейцара доложить о себе, говоря, что ему с детьми умирать приходится.

С тех пор Сережа, другой раз встретив чиновника в сенях, заинтересовался им.

— Что ж, очень рад был? — спрашивал он.

— Как же не рад! Чуть не прыгает пошел отсюда.

— А что-нибудь принесли? — спросил Сережа, помолчав.

— Ну, сударь, — покачивая головой, шепотом сказал швейцар, — есть от графини.

Сережа тотчас понял, что то, о чем говорил швейцар, был подарок от графини Лидии Ивановны к его рожденью.

— Что ты говоришь? Где?

— К папе Корней внес. Должно, хороша штучка!

— Как велико? Этак будет?

— Поменьше, да хороша.

— Книжка?

he imagined a whole series of these racy, vigorous, self-confident people, who always and everywhere drew his inquisitive attention in spite of himself. He dispelled these thoughts, he tried to persuade himself that he was living not for this transient life of this world but for the eternal life, and that there was peace and love in his soul. But the fact that in this transient, insignificant life he had made, as it seemed to him, some insignificant mistakes tortured him as if the eternal salvation in which he believed did not exist. But this temptation did not last long, and soon there was reestablished in Alexey Alexandrovich's soul the peace and the loftiness by virtue of which he could forget what he did not want to remember.

XXVI

"Well, Kapitonych?" said Seryozha, coming back rosy and cheerful from his walk on the eve of his birthday and giving his rippled coat to the tall old porter, who smiled down at the little person from the height of his long figure. "Well, has the bandaged clerk been here today? Did papa receive him?"

"He received him. As soon as the manager came out, I announced him," said the porter with a cheerful wink. "Please, I'll take it off."

"Seryozha!" said the Slav tutor, stopping in the doorway leading to the inner rooms. "Take it off yourself."

But Seryozha, though he heard his tutor's feeble voice, did not pay attention to it. He stood keeping hold of the porter's belt and gazing into his face.

"Well, and did papa do what was necessary?"

The porter nodded his head affirmatively.

The bandaged clerk, who had already been seven times to ask some favor of Alexey Alexandrovich, interested both Seryozha and the porter. Seryozha had come upon him once in the anteroom and had heard him plaintively beg the porter to announce him, saying that he and his children were going to die.

Since then Seryozha, having met the clerk a second time in the anteroom, took an interest in him.

"Well, was he very glad?" he asked.

"Glad? I should think so! Almost skipping as he walked away."

"And has anything been brought?" asked Seryozha, after a pause.

"Well, sir," said the porter in a whisper, shaking his head, "there is something from the Countess."

Seryozha understood at once that what the porter was speaking of was a present from Countess Lydia Ivanovna for his birthday.

"What do you say? Where?"

"Korney took it to your papa. A fine thing it must be too!"

"How big? Like this?"

"A bit smaller, but a fine one."

"A book?"

— Нет, штука. Идите, идите, Василий Лукич зовет, — сказал швейцар, слыша приближавшиеся шаги гувернера и осторожно расправляя ручку в до половины снятой перчатке, державшую его за перевязь, и, подмигивая, показывал головой на Вунича.

— Василий Лукич, сию минуточку! — отвечал Сережа с тою веселою и любящею улыбкой, которая всегда побеждала исполнительного Василия Лукича.

Сереже было слишком весело, слишком все было счастливо, чтоб он мог не поделиться со своим другом швейцаром еще семейною радостью, про которую он узнал на гулянье в Летнем саду от племянницы графини Лидии Ивановны. Радость эта особенно важна казалась ему по совпадению с радостью чиновника и своей радостью о том, что принесли игрушки. Сереже казалось, что нынче такой день, в который все должны быть рады и веселы.

— Ты знаешь, папа получил Александра Невского?

— Как не знать! Уж приезжали поздравлять.

— Что ж, он рад?

— Как царской милости не радоваться! Значит, заслужил, — сказал швейцар строго и серьезно.

Сережа задумался, вглядываясь в изученное до малейших подробностей лицо швейцара, в особенности в подбородок, висевший между седыми бакенбардами, который никто не видал, кроме Сережи, смотревшего на него всегда не иначе, как снизу.

— Ну, а твоя дочь давно была у тебя?

Дочь швейцара была балетная танцовщица.

— Когда же ходить по будням? У них тоже ученье. И вам ученье, сударь, идите.

Придя в комнату, Сережа, вместо того чтобы сесть за уроки, рассказал учителю свое предположение о том, что то, что принесли, должно быть машина.

— Вы как думаете? — спросил он.

Но Василий Лукич думал только о том, что надо готовить урок из грамматики для учителя, который придет в два часа.

— Нет, вы мне только скажите, Василий Лукич, — спросил он вдруг, уже сидя за рабочим столом и держа в руках книгу, — что больше Александра Невского? Вы знаете, папа получил Александра Невского?

Василий Лукич отвечал, что больше Александра Невского есть Владимир.

— А выше?

— А выше всего Андрей Первозванный.

— А выше еще Андрея?

— Я не знаю.

— Как, и вы не знаете? — и Сережа, облокотившись на руки, углубился в размышления.

Размышления его были самые сложные и разнообразные. Он соображал о том, как отец его получит вдруг и Владимира и Андрея, и как он вследствие этого нынче на уроке будет гораздо добрее, и как

"No, a thing. Go, go, Vassily Lukich is calling," said the porter, hearing the tutor's steps approaching, and carefully unclasping the little hand in the glove half pulled off, which was holding on to his belt, he winked and signed with his head towards Vunich.

"In a moment, Vassily Lukich!" answered Seryozha with that cheerful and loving smile which always won over the conscientious Vassily Lukich.

Seryozha was too cheerful, everything was too happy for him to be able to help sharing with his friend the porter a family joy of which he had learned during his walk in the Summer Garden from Countess Lydia Ivanovna's niece. This joy seemed to him particularly important from its coming at the same time with the joy of the clerk and his own joy at toys having come for him. It seemed to Seryozha that this was a day on which everyone ought to be glad and cheerful.

"You know papa's received the Alexander Nevsky?"

"To be sure I do! People have already been to congratulate him."

"And is he glad?"

"To be sure he's glad at the tsar's favor! It means he's deserved it," said the porter severely and seriously.

Seryozha fell to thinking, peering at the face of the porter, which he had studied in the smallest detail, especially his chin that hung down between the gray whiskers, never seen by anyone but Seryozha, who always looked at him only from below.

"Well, and has your daughter been to see you lately?"

The porter's daughter was a ballet dancer.

"When is she to come on weekdays? They've their lessons to learn too. And you've your lesson, sir; go."

On coming into his room, Seryozha, instead of sitting down to his lessons, told his tutor of his supposition that what had been brought must be a machine.

"What do you think?" he asked.

But Vassily Lukich was thinking of nothing but the need of learning the grammar lesson for the teacher, who was coming at two.

"No, do just tell me, Vassily Lukich," he asked suddenly, when he was already seated at his desk with the book in his hands, "what is greater than the Alexander Nevsky? You know papa's received the Alexander Nevsky?"

Vassily Lukich replied that the Vladimir was greater than the Alexander Nevsky.

"And higher still?"

"Well, the highest of all is the Andrey Pervozvanny."

"And higher than the Andrey?"

"I don't know."

"What, even you don't know?" and Seryozha, leaning on his elbows, sank into thought.

His thoughts were of the most complex and diverse character. He imagined his father's having suddenly been presented with both the Vladimir and the Andrey, and in consequence being much kinder today at the lesson,

он сам, когда будет большой, получит все ордена и то, что выдумают выше Андрея. Только что выдумают, а он заслужит. Они еще выше выдумают, а он сейчас и заслужит.

В таких размышлениях прошло время, и, когда учитель пришел, урок об обстоятельствах времени и места и образа действия был не готов, и учитель был не только недоволен, но и огорчен. Это огорчение учителя тронуло Сережу. Он чувствовал себя невиноватым за то, что не выучил урока; но как бы он ни старался, он решительно не мог этого сделать: покуда учитель толковал ему, он верил и как будто понимал, но как только он оставался один, он решительно не мог вспомнить и понять, что коротенькое и такое понятное слово "вдруг" есть *обстоятельство образа действия*. Но все-таки ему жалко было то, что он огорчил учителя, и хотелось утешить его.

Он выбрал минуту, когда учитель молча смотрел в книгу.

— Михаил Иваныч, когда бывают ваши именины? — спросил он вдруг.

— Вы бы лучше думали о своей работе, а именины никакого значения не имеют для разумного существа. Такой же день, как и другие, в которые надо работать.

Сережа внимательно посмотрел на учителя, на его редкую бородку, на очки, которые спустились ниже зарубки, бывшей на носу, и задумался так, что уже ничего не слыхал из того, что ему объяснял учитель. Он понимал, что учитель не думает того, что говорит, он это чувствовал по тону, которым это было сказано. "Но для чего они все сговорились это говорить всё одним манером, всё самое скучное и ненужное? Зачем он отталкивает меня от себя, за что он не любит меня?" — спрашивал он себя с грустью и не мог придумать ответа.

XXVII

После учителя был урок отца. Пока отец не приходил, Сережа сел к столу, играя ножичком, и стал думать. В числе любимых занятий Сережи было отыскивание своей матери во время гулянья. Он не верил в смерть вообще и в особенности в ее смерть, несмотря на то, что Лидия Ивановна сказала ему и отец подтвердил это, и потому и после того, как ему сказали, что она умерла, он во время гулянья отыскивал ее. Всякая женщина, полная, грациозная, с темными волосами, была его мать. При виде такой женщины в душе его поднималось чувство нежности, такое, что он задыхался и слезы выступали на глаза. И он вот-вот ждал, что она подойдет к нему, поднимет вуаль. Все лицо ее будет видно, она улыбнется, обнимет его, он услышит ее запах, почувствует нежность ее руки и заплачет счастливо, как он раз вечером лег ей в ноги и она щекотала его, а он хохотал и кусал ее белую с кольцами руку. Потом, когда он узнал случайно от няни, что мать его не умерла, и отец с Лидией Ивановной объяснили ему, что

and how, when he was grown up, he would himself receive all the orders, and what they might invent higher than the Andrey. Directly any higher order was invented, he would win it. They would invent a higher one still, and he would immediately win that too.

The time passed in such thoughts, and when the teacher came, the lesson about the adverbial modifiers of time, place and manner was not prepared, and the teacher was not only displeased, but also upset. The teacher's being upset touched Seryozha. He felt he was not to blame for not having learned the lesson; however much he tried, he was utterly unable to do that: as long as the teacher was explaining to him, he believed him and seemed to understand, but as soon as he was left alone, he was utterly unable to recollect and to understand that the short and clear word "suddenly" was *an adverbial modifier of manner*. Still he was sorry that he had disappointed his teacher and wanted to console him.

He chose a moment when the teacher was looking in silence in the book.

"Mikhail Ivanych, when is your name day?" he asked suddenly.

"You'd better be thinking about your work; name days are of no importance to a rational being. It's a day like any other on which one has to work."

Seryozha looked attentively at the teacher, at his scanty little beard, at his spectacles, which had slipped down below the mark on his nose, and fell into thought so that he heard nothing of what the teacher was explaining to him. He realized that the teacher did not think what he said, he felt it from the tone in which it was said. "But why have they all agreed to say it in the same manner, always the dreariest and most useless stuff? Why does he push me away from him? Why doesn't he love me?" he asked himself mournfully, and could not think of an answer.

XXVII

After the teacher came his father's lesson. While waiting for his father, Seryozha sat at the desk playing with his penknife, and fell to thinking. Among Seryozha's favorite occupations was searching for his mother during his walks. He did not believe in death generally, and in her death in particular, in spite of what Lydia Ivanovna had told him and his father had confirmed, and therefore, even after he had been told she was dead, he looked for her during his walks. Every woman of full, graceful figure with dark hair was his mother. At the sight of such a woman such a feeling of tenderness was stirred in his soul that he gasped and tears came to his eyes. And he was on the tiptoe of expectation that she would come up to him, would raise her veil. All her face would be visible, she would smile, she would hug him, he would smell her fragrance, feel the softness of her hand, and cry with happiness, just as he had one evening lain at her feet while she tickled him, and he laughed and bit her white hand with its rings. Later, when he accidentally learned from his nurse that his mother was not dead, and his father and Lydia Ivanovna had explained to him that she was

она умерла для него, потому что она нехорошая (чему он уже никак не мог верить, потому что любил ее), он точно так же отыскивал и ждал ее. Нынче в Летнем саду была одна дама в лиловом вуале, за которой он с замиранием сердца, ожидая, что это она, следил, в то время как она подходила к ним по дорожке. Дама эта не дошла до них и куда-то скрылась. Нынче сильнее, чем когда-нибудь, Сережа чувствовал прилив любви к ней и теперь, забывшись, ожидая отца, изрезал весь край стола ножичком, блестящими глазами глядя пред собой и думая о ней.

— Папа идет! — развлек его Василий Лукич.

Сережа вскочил, подошел к отцу и, поцеловав его руку, поглядел на него внимательно, отыскивая признаков радости в получении Александра Невского.

— Ты гулял хорошо? — сказал Алексей Александрович, садясь на свое кресло, придвигая к себе книгу Ветхого завета и открывая ее. Несмотря на то, что Алексей Александрович не раз говорил Сереже, что всякий христианин должен знать твердо священную историю, он сам в Ветхом завете часто справлялся с книгой, и Сережа заметил это.

— Да, очень весело было, папа, — сказал Сережа, садясь боком на стул и качая его, что было запрещено. — Я видел Наденьку (Наденька была воспитывавшаяся у Лидии Ивановны ее племянница). Она мне сказала, что вам дали звезду новую. Вы рады, папа?

— Во-первых, не качайся, пожалуйста, — сказал Алексей Александрович. — А во-вторых, дорога не награда, а труд. И я желал бы, чтобы ты понимал это. Вот если ты будешь трудиться, учиться для того, чтобы получить награду, то труд тебе покажется тяжел; но когда ты трудишься (говорил Алексей Александрович, вспоминая, как он поддерживал себя сознанием долга при скучном труде нынешнего утра, состоявшем в подписании ста восемнадцати бумаг), любя труд, ты в нем найдешь для себя награду.

Блестящие нежностью и весельем глаза Сережи потухли и опустились под взглядом отца. Это был тот самый давно знакомый тон, с которым отец всегда относился к нему и к которому Сережа научился уже подделываться. Отец всегда говорил с ним — так чувствовал Сережа, — как будто он обращался к какому-то воображаемому им мальчику, одному из таких, какие бывают в книжках, но совсем не похожему на Сережу. И Сережа всегда с отцом старался притвориться этим самым книжным мальчиком.

— Ты понимаешь это, я надеюсь? — сказал отец.

— Да, папа, — отвечал Сережа, притворяясь воображаемым мальчиком.

Урок состоял в выучиванье наизусть нескольких стихов из Евангелия и повторении начал Ветхого завета. Стихи из Евангелия Сережа знал порядочно, но в ту минуту, как он говорил их, он загляделся на кость лба отца, которая загибалась так круто у виска, что он запутался и конец одного стиха на одинаковом слове переставил к началу

dead to him because she was wicked (which he could not possibly believe, because he loved her), he went on seeking her and expecting her in the same way. Today in the Summer Garden there had been a lady in a lilac veil, whom he had watched with a throbbing heart, expecting it to be her, as she came towards them along the path. The lady had not come up to them but had disappeared somewhere. Today, more intensely than ever, Seryozha felt a rush of love for her, and now, waiting for his father, he forgot himself and cut all round the edge of the desk with his penknife, staring straight before him with sparkling eyes and thinking of her.

"Your papa is coming!" Vassily Lukich distracted him.

Seryozha jumped up, went up to his father, and kissing his hand, looked at him attentively, looking for signs of joy at receiving the Alexander Nevsky.

"Did you have a nice walk?" said Alexey Alexandrovich, sitting down in his armchair, pulling the book of the Old Testament to him and opening it. Although Alexey Alexandrovich had more than once told Seryozha that every Christian ought to know Scripture history thoroughly, he often referred to the Old Testament himself, and Seryozha noticed it.

"Yes, it was very joyful, papa," said Seryozha, sitting sideways on his chair and rocking it, which was forbidden. "I saw Nadenka" (Nadenka was a niece of Lydia Ivanovna's who was being brought up in her house). "She told me you'd been given a new star. Are you glad, papa?"

"First of all, don't rock, please," said Alexey Alexandrovich. "And secondly, it's not the reward that's precious, but the work. And I wish you to understand that. If you work and study in order to win a reward, then the work will seem hard to you; but when you work" (Alexey Alexandrovich spoke, recalling how he had sustained himself by a sense of duty through the wearisome work that morning, consisting of signing one hundred and eighteen papers), "loving your work, you will find your reward in it."

Seryozha's eyes, shining with tenderness and gaiety, grew dull and dropped under his father's gaze. This was the same long-familiar tone his father always took with him, and Seryozha had learned by now to fall in with it. His father always talked to him—so Seryozha felt—as if he were addressing some imaginary boy, one of those that exist in books, but utterly unlike Seryozha. And Seryozha always tried with his father to pretend being that book boy.

"You understand that, I hope?" said his father.

"Yes, papa," answered Seryozha, pretending being the imaginary boy.

The lesson consisted of learning by heart several verses from the Gospel and the repetition of the beginning of the Old Testament. The verses from the Gospel Seryozha knew fairly well, but at the moment when he was saying them he became absorbed in looking at the bone of his father's forehead, which curved so sharply at the temple, that he lost the thread and transposed the end of one verse and the beginning of another with the same

другого. Для Алексея Александровича было очевидно, что он не понимал того, что говорил, и это раздражило его.

Он нахмурился и начал объяснять то, что Сережа уже много раз слышал и никогда не мог запомнить, потому что слишком ясно понимал — вроде того, что "вдруг" есть обстоятельство образа действия. Сережа испуганным взглядом смотрел на отца и думал только об одном: заставит или нет отец повторить то, что он сказал, как это бывало иногда. И эта мысль так пугала Сережу, что он уже ничего не понимал. Но отец не заставил повторить и перешел к уроку из Ветхого завета. Сережа рассказал хорошо самые события, но, когда надо было отвечать на вопросы о том, что прообразовали некоторые события, он ничего не знал, несмотря на то, что был уже наказан за этот урок. Место же, где он уже ничего не мог сказать и мялся, и резал стол, и качался на стуле, было то, где ему надо было сказать о допотопных патриархах. Из них он никого не знал, кроме Еноха, взятого живым на небо. Прежде он помнил имена, но теперь забыл совсем, в особенности потому, что Енох был любимое его лицо изо всего Ветхого завета, и ко взятию Еноха живого на небо в голове его привязывался целый длинный ход мысли, которому он и предался теперь, остановившимися глазами глядя на цепочку часов отца и до половины застегнутую пуговицу жилета.

В смерть, про которую ему так часто говорили, Сережа не верил совершенно. Он не верил в то, что любимые им люди могут умереть, и в особенности в то, что он сам умрет. Это было для него совершенно невозможно и непонятно. Но ему говорили, что все умрут; он спрашивал даже людей, которым верил, и те подтверждали это; няня тоже говорила, хотя и неохотно. Но Енох не умер, стало быть, не все умирают. "И почему же и всякий не может так же заслужить пред Богом и быть взят живым на небо?" — думал Сережа. Дурные, то есть те, которых Сережа не любил, те могли умереть, но хорошие все могут быть как Енох.

— Ну, так какие же патриархи?

— Енох, Енос.

— Да уж это ты говорил. Дурно, Сережа, очень дурно. Если ты не стараешься узнать того, что нужнее всего для христианина, — сказал отец, вставая, — то что же может занимать тебя? Я недоволен тобой, и Петр Игнатьич (это был главный педагог) недоволен тобой... Я должен наказать тебя.

Отец и педагог были оба недовольны Сережей, и действительно, он учился очень дурно. Но никак нельзя было сказать, чтоб он был неспособный мальчик. Напротив, он был много способнее тех мальчиков, которых педагог ставил в пример Сереже. С точки зрения отца, он не хотел учиться тому, чему его учили. В сущности же, он не мог этому учиться. Он не мог потому, что в душе его были требования, более для него обязательные, чем те, которые заявляли отец и педагог. Эти

word. It was evident to Alexey Alexandrovich that he did not understand what he was saying, and that irritated him.

He frowned and began explaining what Seryozha had heard many times before and never could remember, because he understood it too well, just as that "suddenly" was an adverbial modifier of manner. Seryozha looked with scared eyes at his father and could think of nothing but whether his father would make him repeat what he had said, as he sometimes did. And this thought so alarmed Seryozha that he now understood nothing. But his father did not make him repeat it and passed on to the lesson from the Old Testament. Seryozha recounted the events themselves well enough, but when he had to answer questions as to what certain events foreshadowed, he knew nothing, though he had already been punished for this lesson. The passage at which he was no longer able to say anything and fidgeted, and cut the desk, and rocked on his chair, was where he had to speak about the antediluvian patriarchs. He did not know one of them, except Enoch, who had been taken up alive to heaven. He had remembered their names before, but now he had forgotten them completely, especially because Enoch was his favorite personage in the whole of the Old Testament, and Enoch's transfer to heaven alive was connected in his mind with a whole long train of thought, in which he became absorbed now while he gazed with fixed eyes at his father's watch chain and a half-unbuttoned button on his waistcoat.

In death, of which they talked to him so often, Seryozha disbelieved entirely. He did not believe that the people he loved could die, and especially that he himself would die. That was to him something utterly impossible and inconceivable. But he had been told that everyone would die; he had even asked people whom he trusted and they had confirmed it; his nurse, too, said the same, though reluctantly. But Enoch had not died, and so it followed that not everyone died. "And why cannot anyone else so serve God and be taken alive to heaven?" thought Seryozha. The bad ones, that is, those Seryozha did not like, they might die, but the good ones might all be like Enoch.

"Well, what are the names of the patriarchs?"

"Enoch, Enos."

"But you have said that already. This is bad, Seryozha, very bad. If you don't try to learn what is most necessary for a Christian," said his father, getting up, "whatever can interest you? I am displeased with you, and Pyotr Ignatych" (this was the chief pedagogue) "is displeased with you... I shall have to punish you."

His father and his pedagogue were both displeased with Seryozha, and indeed he studied very badly. But by no means could it be said that he was an incapable boy. On the contrary, he was much more capable than the boys his pedagogue held up as examples to Seryozha. From his father's point of view, he did not want to learn what he was taught. In reality he could not learn that. He could not, because the claims of his own soul were more binding on him than those claims his father and his pedagogue made

требования были в противоречии, и он прямо боролся со своими воспитателями.

Ему было девять лет, он был ребенок; но душу свою он знал, она была дорога ему, он берег ее, как веко бережет глаз, и без ключа любви никого не пускал в свою душу. Воспитатели его жаловались, что он не хотел учиться, а душа его была переполнена жаждой познания. И он учился у Капитоныча, у няни, у Наденьки, у Василия Лукича, а не у учителей. Та вода, которую отец и педагог ждали на свои колеса, давно уже просочилась и работала в другом месте.

Отец наказал Сережу, не пустив его к Наденьке, племяннице Лидии Ивановны; но это наказание оказалось к счастью для Сережи. Василий Лукич был в духе и показал ему, как делать ветряные мельницы. Целый вечер прошел за работой и мечтами о том, как можно сделать такую мельницу, чтобы на ней вертеться: схватиться руками за крылья или привязать себя — и вертеться. О матери Сережа не думал весь вечер, но, уложившись в постель, он вдруг вспомнил о ней и помолился своими словами о том, чтобы мать его завтра, к его рожденью, перестала скрываться и пришла к нему.

— Василий Лукич, знаете, о чем я лишнее, не в счет, помолился?

— Чтобы учиться лучше?

— Нет.

— Игрушки?

— Нет. Не угадаете. Отличное, но секрет! Когда сбудется, я вам скажу. Не угадали?

— Нет, я не угадаю. Вы скажите, — сказал Василий Лукич, улыбаясь, что с ним редко бывало. — Ну, ложитесь, я тушу свечку.

— А мне без свечки виднее то, что я вижу и о чем я молился. Вот чуть было не сказал секрет! — весело засмеявшись, сказал Сережа.

Когда унесли свечу, Сережа слышал и чувствовал мать. Она стояла над ним и ласкала его любовным взглядом. Но явились мельницы, ножик, все смешалось, и он заснул.

XXVIII

Приехав в Петербург, Вронский с Анной остановились в одной из лучших гостиниц. Вронский отдельно, в нижнем этаже, Анна наверху с ребенком, кормилицей и девушкой, в большом отделении, состоящем из четырех комнат.

В первый же день приезда Вронский поехал к брату. Там он застал приехавшую из Москвы по делам мать. Мать и невестка встретили его как обыкновенно; они расспрашивали его о поездке за границу, говорили об общих знакомых, но ни словом не упомянули о его связи с Анной. Брат же, на другой день приехав утром к Вронскому, сам спросил его о ней, и Алексей Вронский прямо сказал ему, что он смотрит на свою связь с Карениной как на брак; что он надеется

upon him. Those claims were in opposition, and he fought directly with his tutors.

He was nine years old, he was a child; but he knew his own soul, it was precious to him, he guarded it as the eyelid guards the eye, and without the key of love he let no one into his soul. His tutors complained that he did not want to learn, but his soul was brimming over with a thirst for knowledge. And he learned from Kapitonych, from his nurse, from Nadenka, from Vassily Lukich, but not from his teachers. The water his father and his pedagogue reckoned upon to turn their mill-wheels had long drained away and was working in some other place.

His father punished Seryozha by not letting him go to see Nadenka, Lydia Ivanovna's niece; but this punishment turned out happily for Seryozha. Vassily Lukich was in a good mood and showed him how to make windmills. The whole evening passed over this work and in dreaming how to make a windmill on which he could turn round: clutch at the sails or tie himself on—and turn round. Of his mother Seryozha did not think all the evening, but when he had gone to bed, he suddenly remembered her and prayed in his own words that his mother tomorrow for his birthday might stop hiding and come to him.

"Vassily Lukich, do you know what extra I prayed for besides?"

"To study better?"

"No."

"Toys?"

"No. You'll never guess. A splendid thing, but it's a secret! When it comes true, I'll tell you. Can't you guess?"

"No, I can't guess. You tell me," said Vassily Lukich, smiling, which was rare with him. "Come, lie down, I'm putting out the candle."

"Without the candle I can see better what I see and what I prayed for. Now I've almost told you the secret!" said Seryozha, laughing gaily.

When the candle was taken away, Seryozha heard and felt his mother. She stood over him and caressed him with her loving eyes. But then came windmills, a penknife, everything got mixed up, and he fell asleep.

XXVIII

On arriving in Petersburg, Vronsky and Anna stayed at one of the best hotels; Vronsky separately on the lower floor, Anna upstairs with her child, the wet nurse and the maid, in a large suite of four rooms.

On the day of their arrival Vronsky went to his brother's. There he found his mother, who had come from Moscow on business. His mother and sister-in-law greeted him as usual; they asked him about his trip abroad, talked of their common acquaintances, but did not say a word about his liaison with Anna. His brother came the next morning to see Vronsky and asked him about her himself, and Alexey Vronsky told him directly that he looked upon his liaison with Karenina as marriage; that he hoped to arrange a

устроить развод и тогда женится на ней, а до тех пор считает ее такою же своею женой, как и всякую другую жену, и просит его так передать матери и своей жене.

— Если свет не одобряет этого, то мне все равно, — сказал Вронский, — но если родные мои хотят быть в родственных отношениях со мною, то они должны быть в таких же отношениях с моею женой.

Старший брат, всегда уважавший суждения меньшего, не знал хорошенько, прав ли он, или нет, до тех пор, пока свет не решил этого вопроса; сам же, с своей стороны, ничего не имел против этого и вместе с Алексеем пошел к Анне.

Вронский при брате говорил, как и при всех, Анне вы и обращался с нею как с близкою знакомой, но было подразумеваемо, что брат знает их отношения, и говорилось о том, что Анна едет в имение Вронского.

Несмотря на всю свою светскую опытность, Вронский, вследствие того нового положения, в котором он находился, был в странном заблуждении. Казалось, ему надо бы понимать, что свет закрыт для него с Анной; но теперь в голове его родились какие-то неясные соображения, что так было только в старину, а что теперь, при быстром прогрессе (он незаметно для себя теперь был сторонником всякого прогресса), что теперь взгляд общества изменился и что вопрос о том, будут ли они приняты в общество, еще не решен. "Разумеется, — думал он, — свет придворный не примет ее, но люди близкие могут и должны понять это как следует".

Можно просидеть несколько часов сряду, поджав ноги, в одном и том же положении, если знаешь, что ничто не помешает переменить положение; но если человек знает, что он должен сидеть так с поджатыми ногами, то сделаются судороги, ноги будут дергаться и тискаться в то место, куда бы он хотел вытянуть их. Это самое испытывал Вронский относительно света. Хотя он в глубине души знал, что свет закрыт для них, он пробовал, не изменится ли теперь свет и не примут ли их. Но он очень скоро заметил, что хотя свет был открыт для него лично, он был закрыт для Анны. Как в игре в кошку-мышку, руки, поднятые для него, тотчас же опускались пред Анной.

Одна из первых дам петербургского света, которую увидел Вронский, была его кузина Бетси.

— Наконец! — радостно встретила она его. — А Анна? Как я рада! Где вы остановились? Я воображаю, как после вашего прелестного путешествия вам ужасен наш Петербург; я воображаю ваш медовый месяц в Риме. Что развод? Всё это сделали?

Вронский заметил, что восхищение Бетси уменьшилось, когда она узнала, что развода еще не было.

— В меня кинут камень, я знаю, — сказала она, — но я приеду к Анне; да, я непременно приеду. Вы не долго пробудете здесь?

И действительно, она в тот же день приехала к Анне; но тон ее был уже совсем не тот, как прежде. Она, очевидно, гордилась своею

divorce and then to marry her, and until then he considered her as much his wife as any other wife and asked him to tell their mother and his wife so.

"If society disapproves it, I don't care," said Vronsky, "but if my family wants to be on terms of family relations with me, they will have to be on the same terms with my wife."

The elder brother, who had always respected his younger brother's judgment, could not well tell whether he was right or not until society had decided this question; for his part he had nothing against it, and with Alexey he went up to see Anna.

Before his brother, as before everyone, Vronsky addressed Anna with a certain formality, treating her as a close acquaintance, but it was understood that his brother knew their relations, and they talked about Anna's going to Vronsky's estate.

In spite of all his social experience Vronsky, in consequence of the new position in which he found himself, was under a strange misapprehension. One would have thought he must have understood that society was closed for him and Anna; but now some vague ideas had sprung up in his head that this was only the case in the old days, and that now, with the rapid progress (he had unconsciously become by now a partisan of every sort of progress), the views of society had changed, and that the question whether they would be received in society was not a foregone conclusion. "Of course," he thought, "she would not be received by court society, but close acquaintances can and must understand it properly."

One may sit for several hours at a stretch with one's legs crossed in the same position, if one knows that there's nothing to prevent one's changing one's position; but if a man knows that he must remain sitting so with crossed legs, then cramps will come on, his legs will twitch and strain towards the spot to which he would like to stretch them. This was what Vronsky was experiencing in regard to society. Though at the bottom of his soul he knew that society was closed to them, he tested whether society might change now and receive them. But he very quickly noticed that though society was open for him personally, it was closed for Anna. As in the game of cat and mouse, the arms raised for him were immediately dropped before Anna.

One of the first ladies of Petersburg society whom Vronsky saw was his cousin Betsy.

"At last!" she greeted him joyfully. "And Anna? How glad I am! Where are you staying? I can imagine how horrid our Petersburg must seem to you after your delightful trip; I can imagine your honeymoon in Rome. What about the divorce? Is that all done?"

Vronsky noticed that Betsy's rapture waned when she learned that no divorce had as yet taken place.

"They will throw stones at me, I know," she said, "but I shall come and see Anna; yes, I shall certainly come. You won't be here long?"

And, indeed, she came to see Anna the same day; but her tone was not at all the same as in former days. She evidently prided herself on her courage

смелостью и желала, чтоб Анна оценила верность ее дружбы. Она пробыла не более десяти минут, разговаривая о светских новостях, и при отъезде сказала:

— Вы мне не сказали, когда развод. Положим, я забросила свой чепец через мельницу, но другие поднятые воротники будут вас бить холодом, пока вы не женитесь. И это так просто теперь. Ça se fait[1]. Так вы в пятницу едете? Жалко, что мы больше не увидимся.

По тону Бетси Вронский мог бы понять, чего ему надо ждать от света; но он сделал еще попытку в своем семействе. На мать свою он не надеялся. Он знал, что мать, так восхищавшаяся Анной во время своего первого знакомства, теперь была неумолима к ней за то, что она была причиной расстройства карьеры сына. Но он возлагал большие надежды на Варю, жену брата. Ему казалось, что она не бросит камня и с простотой и решительностью поедет к Анне и примет ее.

На другой же день по своем приезде Вронский поехал к ней и, застав одну, прямо высказал свое желание.

— Ты знаешь, Алексей, — сказала она, выслушав его, — как я люблю тебя и как готова все для тебя сделать; но я молчала, потому что знала, что не могу тебе и Анне Аркадьевне быть полезною, — сказала она, особенно старательно выговорив "Анна Аркадьевна". — Не думай, пожалуйста, чтобы я осуждала. Никогда; может быть, я на ее месте сделала бы то же самое. Я не вхожу и не могу входить в подробности, — говорила она, робко взглядывая на его мрачное лицо. — Но надо называть вещи по имени. Ты хочешь, чтобы я поехала к ней, принимала бы ее и тем реабилитировала бы ее в обществе; но ты пойми, что я не могу этого сделать. У меня дочери растут, и я должна жить в свете для мужа. Ну, я приеду к Анне Аркадьевне; она поймет, что я ее не могу звать к себе или должна это сделать так, чтобы она не встретила тех, кто смотрит иначе; это ее же оскорбит. Я не могу поднять ее...

— Да я не считаю, чтоб она упала более, чем сотни женщин, которых вы принимаете! — еще мрачнее перебил ее Вронский и молча встал, поняв, что решение невестки неизменно.

— Алексей! Не сердись на меня. Пожалуйста, пойми, что я не виновата, — заговорила Варя, с робкой улыбкой глядя на него.

— Я не сержусь на тебя, — сказал он так же мрачно, — но мне больно вдвойне. Мне больно еще то, что это разрывает нашу дружбу. Положим, не разрывает, но ослабляет. Ты понимаешь, что и для меня это не может быть иначе.

И с этим он вышел от нее.

Вронский понял, что дальнейшие попытки тщетны и что надо пробыть в Петербурге эти несколько дней, как в чужом городе, избегая всяких сношений с прежним светом, чтобы не подвергаться неприятностям и оскорблениям, которые были так мучительны для него. Одна из главных неприятностей положения в Петербурге была та, что Алексей Александрович и его имя, казалось, были везде. <u>Нельзя было ни о чем</u> начать говорить, чтобы разговор не свернулся

---

[1] Это обычное дело (франц.).

and wished Anna to appreciate the fidelity of her friendship. She stayed no longer than ten minutes, talking of society news, and on leaving she said:

"You haven't told me when the divorce is to be. Supposing I've flung my cap over the mill, but other starchy collars will give you the cold shoulder until you get married. And that's so simple nowadays. Ça se fait[1]. So you're going on Friday? Sorry we shan't see each other again."

From Betsy's tone Vronsky might have grasped what he had to expect from society; but he made another attempt in his family. His mother he did not reckon upon. He knew that his mother, who had been so enthusiastic over Anna at their first acquaintance, had no mercy on her now for having ruined her son's career. But he had great hopes of Varya, his brother's wife. It seemed to him she would not throw stones and would simply and decisively go to see Anna and receive her.

The day after his arrival Vronsky went to her and, finding her alone, expressed his wish directly.

"You know, Alexey," she said after hearing him out, "how much I love you and how ready I am to do anything for you; but I have kept silence because I knew I could be of no use to you and to Anna Arkadyevna," she said, articulating "Anna Arkadyevna" with particular care. "Don't suppose, please, that I judge her. Never; perhaps in her place I should have done the same. I don't and can't go into details," she said, glancing timidly at his gloomy face. "But one must call things by their names. You want me to go and see her, to receive her, and thus to rehabilitate her in society; but do understand that I cannot do that. I have daughters growing up, and I must live in society for my husband's sake. Well, suppose I do come and see Anna Arkadyevna; she will understand that I can't invite her here or I must do it in such a way that she would not meet those who look at it differently; that will offend her. I can't raise her..."

"I don't regard her as fallen more than hundreds of women you do receive!" Vronsky interrupted her still more gloomily and got up in silence, understanding that his sister-in-law's decision was irrevocable.

"Alexey! Don't be angry with me. Please understand that I'm not to blame," said Varya, looking at him with a timid smile.

"I'm not angry with you," he said still as gloomily, "but it gives me double pain. It gives me pain, too, that it breaks up our friendship. Well, it doesn't break it up, but weakens it. You understand that for me, too, it cannot be otherwise."

And with that he left her.

Vronsky realized that further attempts were useless and that they had to spend these few days in Petersburg as if in an alien town, avoiding every sort of relation with their former society in order not to be exposed to the annoyances and humiliations which were so painful to him. One of the main annoyances of their position in Petersburg was that Alexey Alexandrovich and his name seemed to be everywhere. It was impossible to begin to talk of anything without the conversation turning to Alexey Alexandrovich;

[1] It is done *(French)*.

на Алексея Александровича; никуда нельзя было поехать, чтобы не встретить его. Так по крайней мере казалось Вронскому, как кажется человеку с больным пальцем, что он, как нарочно, обо все задевает этим самым больным пальцем.

Пребывание в Петербурге казалось Вронскому еще тем тяжелее, что все это время он видел в Анне какое-то новое, непонятное для него настроение. То она была как будто влюблена в него, то она становилась холодна, раздражительна и непроницаема. Она чем-то мучалась и что-то скрывала от него и как будто не замечала тех оскорблений, которые отравляли его жизнь и для нее, с ее тонкостью понимания, должны были быть еще мучительнее.

XXIX

Одна из целей поездки в Россию для Анны была свидание с сыном. С того дня, как она выехала из Италии, мысль об этом свидании не переставала волновать ее. И чем ближе она подъезжала к Петербургу, тем радость и значительность этого свидания представлялись ей больше и больше. Она и не задавала себе вопроса о том, как устроить это свидание. Ей казалось натурально и просто видеть сына, когда она будет в одном с ним городе; но по приезде в Петербург ей вдруг представилось ясно ее теперешнее положение в обществе, и она поняла, что устроить свидание было трудно.

Она уж два дня жила в Петербурге. Мысль о сыне ни на минуту не покидала ее, но она еще не видала сына. Поехать прямо в дом, где можно было встретиться с Алексеем Александровичем, она чувствовала, что не имела права. Ее могли не пустить и оскорбить. Писать и входить в сношения с мужем ей было мучительно и подумать: она могла быть спокойна, только когда не думала о муже. Увидать сына на гулянье, узнав, куда и когда он выходит, ей было мало: она так готовилась к этому свиданию, ей столько нужно было сказать ему, ей так хотелось обнимать, целовать его. Старая няня Сережи могла помочь ей и научить ее. Но няня уже не находилась в доме Алексея Александровича. В этих колебаниях и в разыскиваньях няни прошло два дня.

Узнав о близких отношениях Алексея Александровича к графине Лидии Ивановне, Анна на третий день решилась написать ей стоившее ей большого труда письмо, в котором она умышленно говорила, что разрешение видеть сына должно зависеть от великодушия мужа. Она знала, что, если письмо покажут мужу, он, продолжая свою роль великодушия, не откажет ей.

Комиссионер, носивший письмо, передал ей самый жестокий и неожиданный ею ответ, что ответа не будет. Она никогда не чувствовала себя столь униженною, как в ту минуту, когда, призвав комиссионера, услышала от него подробный рассказ о том, как он дожидался и как потом ему сказали: "Ответа никакого не будет".

it was impossible to go anywhere without meeting him. So at least it seemed to Vronsky, just as it seems to a man with a sore finger that he is continually, as if on purpose, grazing his sore finger on everything.

Their stay in Petersburg seemed the more painful to Vronsky because all that time he saw in Anna a sort of new mood that he could not understand. At one time she would seem in love with him, and then she would become cold, irritable, and impenetrable. She was worrying over something and keeping something back from him, and did not seem to notice the humiliations which poisoned his life, and for her, with her delicate intuition, must have been still more painful.

XXIX

One of Anna's objects in coming back to Russia had been to see her son. From the day she left Italy the thought of seeing him had never ceased to agitate her. And as she got nearer to Petersburg, the joy and importance of this meeting grew ever greater in her imagination. She did not even put to herself the question how to arrange this meeting. It seemed to her natural and simple to see her son when she should be in the same town with him; but on her arrival in Petersburg she was suddenly made distinctly aware of her present position in society, and she realized that it would be difficult to arrange this meeting.

She had now been two days in Petersburg. The thought of her son never left her for a single instant, but she had not yet seen her son. To go straight to the house, where she might meet Alexey Alexandrovich, that she felt she had no right to do. She might be refused admittance and insulted. To write and to enter into relations with her husband—that it made her miserable even to think of doing: she could only be at peace when she did not think of her husband. To see her son out walking, finding out where and when he went out, was not enough for her: she had been preparing so long for this meeting, she had so much to tell him, she so longed to embrace him, to kiss him. Seryozha's old nurse might help her and tell her what to do. But the nurse no longer lived in Alexey Alexandrovich's house. In these hesitations and in the efforts to find the nurse, two days slipped by.

Learning of the close relations between Alexey Alexandrovich and Countess Lydia Ivanovna, Anna decided on the third day to write her a letter, which cost her great pains, and in which she intentionally said that permission to see her son must depend on her husband's generosity. She knew that if the letter were shown to her husband, he would keep up his character of generosity, and would not refuse her.

The commissionaire who had taken the letter brought her back the most cruel and unexpected answer, that there was no answer. She had never felt so humiliated as at the moment when, having summoned the commissionaire, she heard from him a detailed account of how he had waited and how afterwards he had been told: "There will be no answer."

Анна чувствовала себя униженною, оскорбленною, но она видела, что с своей точки зрения графиня Лидия Ивановна права. Горе ее было тем сильнее, что оно было одиноко. Она не могла и не хотела поделиться им с Вронским. Она знала, что для него, несмотря на то, что он был главной причиной ее несчастья, вопрос о свидании ее с сыном покажется самою неважною вещью. Она знала, что никогда он не будет в силах понять всей глубины ее страданья; она знала, что за его холодный тон при упоминании об этом она возненавидит его. И она боялась этого больше всего на свете и потому скрывала от него все, что касалось сына.

Просидев дома целый день, она придумывала средства для свиданья с сыном и остановилась на решении написать мужу. Она уже сочиняла это письмо, когда ей принесли письмо Лидии Ивановны. Молчание графини смирило и покорило ее, но письмо, все то, что она прочла между его строками, так раздражило ее, так ей возмутительна показалась эта злоба в сравнении с ее страстною законною нежностью к сыну, что она возмутилась против других и перестала обвинять себя.

"Эта холодность — притворство чувства! — говорила она себе. — Им нужно только оскорбить меня и измучать ребенка, а я стану покоряться им! Ни за что! Она хуже меня. Я не лгу по крайней мере". И тут же она решила, что завтра же, в самый день рожденья Сережи, она поедет прямо в дом к мужу, подкупит людей, будет обманывать, но во что бы то ни стало увидит сына и разрушит этот безобразный обман, которым они окружили несчастного ребенка.

Она поехала в игрушечную лавку, накупила игрушек и обдумала план действий. Она приедет рано утром, в восемь часов, когда Алексей Александрович еще, верно, не вставал. Она будет иметь в руках деньги, которые даст швейцару и лакею, с тем чтоб они пустили ее, и, не поднимая вуаля, скажет, что она от крестного отца Сережи приехала поздравить и что ей поручено поставить игрушки у кровати. Она не приготовила только тех слов, которые она скажет сыну. Сколько она ни думала об этом, она ничего не могла придумать.

На другой день, в восемь часов утра, Анна вышла одна из извозчичьей кареты и позвонила у большого подъезда своего бывшего дома.

— Поди посмотри, чего надо. Какая-то барыня, — сказал Капитоныч, еще не одетый, в пальто и калошах, выглянув в окно на даму, покрытую вуалем, стоявшую у самой двери.

Помощник швейцара, незнакомый Анне молодой малый, только что отворил ей дверь, как она уже вошла в нее и, вынув из муфты трехрублевую бумажку, поспешно сунула ему в руку.

— Сережа... Сергей Алексеич, — проговорила она и пошла было вперед. Осмотрев бумажку, помощник швейцара остановил ее у другой стеклянной двери.

— Вам кого надо? — спросил он.

Она не слышала его слов и ничего не отвечала.

Anna felt humiliated, insulted, but she saw that from her point of view Countess Lydia Ivanovna was right. Her sorrow was the more poignant because it was secluded. She could not and would not share it with Vronsky. She knew that to him, although he was the primary cause of her distress, the question of her meeting with her son would seem a most insignificant matter. She knew that he would never be capable of understanding all the depth of her suffering; she knew that for his cold tone at any allusion to it she would begin to hate him. And she dreaded that more than anything in the world, and so she hid from him everything that related to her son.

Spending the whole day at home, she considered ways of seeing her son, and had reached the decision to write to her husband. She was just composing this letter when the letter from Lydia Ivanovna was brought to her. The Countess's silence had subdued and conquered her, but the letter, all that she read between its lines, exasperated her so much, this malice seemed so revolting compared with her passionate, legitimate tenderness for her son, that she turned against other people and stopped blaming herself.

"This coldness is a pretense of feeling!" she said to herself. "They just want to insult me and torture the child, and I am to submit to them! No way! She is worse than I am. At least I don't lie." And she immediately decided that the next day, Seryozha's birthday, she would go straight to her husband's house, bribe the servants, deceive them, but at any cost see her son and destroy this hideous deception with which they encompassed the unhappy child.

She went to a toy shop, bought toys and thought over a plan of action. She would come early in the morning, at eight o'clock, when Alexey Alexandrovich would be certain not to be up yet. She would have money in her hands, which she would give to the porter and the footman so that they would let her in, and not raising her veil, she would say that she had come from Seryozha's godfather to congratulate him, and that she had been charged to put the toys at his bed. She had prepared everything but the words she would say to her son. However much she thought of it, she could not think of anything.

The next day, at eight o'clock in the morning, Anna got out of a hired carriage by herself and rang at the front entrance of her former home.

"Go and see what's wanted. Some lady," said Kapitonych, who, not dressed yet, in his coat and galoshes, looked out of the window at a lady in a veil, standing close up to the door.

The porter's assistant, a young lad Anna did not know, had no sooner opened the door to her than she came in and, pulling a three-ruble note out of her muff, put it hurriedly into his hand.

"Seryozha... Sergey Alexeyich," she said, and was going on. Scrutinizing the note, the porter's assistant stopped her at the second glass door.

"Whom do you want?" he asked.
She did not hear his words and made no answer.

Заметив замешательство неизвестной, сам Капитоныч вышел к ней, пропустил в двери и спросил, что ей угодно.

— От князя Скородумова к Сергею Алексеичу, — проговорила она.

— Они не встали еще, — внимательно приглядываясь к ней, сказал швейцар.

Анна никак не ожидала, чтобы та, совершенно не изменившаяся, обстановка передней того дома, где она жила девять лет, так сильно подействовала на нее. Одно за другим, воспоминания, радостные и мучительные, поднялись в ее душе, и она на мгновенье забыла, зачем она здесь.

— Подождать изволите? — сказал Капитоныч, снимая с нее шубку.

Сняв шубку, Капитоныч заглянул ей в лицо, узнал ее и молча низко поклонился ей.

— Пожалуйте, ваше превосходительство, — сказал он ей.

Она хотела что-то сказать, но голос отказался произнести какие-нибудь звуки; с виноватою мольбой взглянув на старика, она быстрыми легкими шагами пошла на лестницу. Перегнувшись весь вперед и цепляясь калошами о ступени, Капитоныч бежал за ней, стараясь перегнать ее.

— Учитель там, может, раздет. Я доложу.

Анна продолжала идти по знакомой лестнице, не понимая того, что говорил старик.

— Сюда, налево пожалуйте. Извините, что нечисто. Они теперь в прежней диванной, — отпыхиваясь, говорил швейцар. — Позвольте повременить, ваше превосходительство, я загляну, — говорил он и, обогнав ее, приотворил высокую дверь и скрылся за нею. Анна остановилась, ожидая. — Только проснулись, — сказал швейцар, опять выходя из двери.

И в ту минуту, как швейцар говорил это, Анна услыхала звук детского зеванья. По одному голосу этого зеванья она узнала сына и как живого увидала его пред собою.

— Пусти, пусти, поди! — заговорила она и вошла в высокую дверь. Направо от двери стояла кровать, и на кровати сидел, поднявшись, мальчик в одной расстегнутой рубашечке и, перегнувшись тельцем, потягиваясь, доканчивал зевок. В ту минуту, как губы его сходились вместе, они сложились в блаженно-сонную улыбку, и с этою улыбкой он опять медленно и сладко повалился назад.

— Сережа! — прошептала она, неслышно подходя к нему.

Во время разлуки с ним и при том приливе любви, который она испытывала все это последнее время, она воображала его четырехлетним мальчиком, каким она больше всего любила его. Теперь он был даже не таким, как она оставила его; он еще дальше стал от четырехлетнего, еще вырос и похудел. Что это! Как худо его лицо, как коротки его волосы! Как длинны руки! Как изменился он с тех пор, как она оставила его! Но это был он, с его формой головы, его губами, его мягкою шейкой и широкими плечиками.

— Сережа! — повторила она над самым ухом ребенка.

Noticing the embarrassment of the unknown lady, Kapitonych himself went out to her, let her in the door and asked what she was pleased to want.

"From Prince Skorodumov for Sergey Alexeyich," she said.

"He is not up yet," said the porter, looking at her attentively.

Anna had not anticipated that the absolutely unchanged furnishings of the anteroom of the house where she had lived for nine years would so greatly affect her. Memories pleasant and painful rose one after another in her soul, and for a moment she forgot what she was here for.

"Would you kindly wait?" said Kapitonych, taking off her fur coat.

As he took off her coat, Kapitonych glanced at her face, recognized her and made her a low bow in silence.

"Please come in, your excellency," he said to her.

She wanted to say something, but her voice refused to utter any sound; looking at the old man with a guilty plea, she went with swift, light steps up the stairs. All bent forward, his galoshes catching in the steps, Kapitonych ran after her, trying to overtake her.

"The tutor's there, maybe he's not dressed. I'll announce you."

Anna still mounted the familiar staircase, not understanding what the old man was saying.

"This way, to the left, if you please. Excuse its not being tidy. He is in the former parlor now," the porter said, panting. "Excuse me, wait a little, your excellency, I'll peep in," he said, and overtaking her, he half opened the tall door and disappeared behind it. Anna stood waiting. "He's only just awake," said the porter, coming out the door again.

And at the very instant the porter said it, Anna heard the sound of a child's yawn. From the sound of this yawn alone she recognized her son and seemed to see him living before her.

"Let me in, let me in, go away!" she said and went in through the tall doorway. To the right of the door stood a bed, and sitting up on the bed was the boy, his little body bent in his unbuttoned nightshirt; he was stretching and finishing a yawn. The instant his lips came together, they curved into a blissfully sleepy smile, and with that smile he slowly and sweetly fell back again.

"Seryozha!" she whispered, going quietly up to him.

While she was parted from him, and with that rush of love she had been feeling all the time lately, she had pictured him as he was at four years old, when she had loved him most of all. Now he was not even the same as when she had left him; he was still further from the four-year-old boy, more grown and thinner. What was it! How thin his face was, how short his hair was! How long his arms! How he had changed since she left him! But it was he, with his shape of head, his lips, his soft little neck and broad little shoulders.

"Seryozha!" she repeated just over the child's ear.

Он поднялся опять на локоть, поводил спутанною головой на обе стороны, как бы отыскивая что-то, и открыл глаза. Тихо и вопросительно он поглядел несколько секунд на неподвижно стоявшую пред ним мать, потом вдруг блаженно улыбнулся и, опять закрыв слипающиеся глаза, повалился, но не назад, а к ней, к ее рукам.

— Сережа! Мальчик мой милый! — проговорила она, задыхаясь и обнимая руками его пухлое тело.

— Мама! — проговорил он, двигаясь под ее руками, чтобы разными местами тела касаться ее рук.

Сонно улыбаясь, все с закрытыми глазами, он перехватился пухлыми ручонками от спинки кровати за ее плечи, привалился к ней, обдавая ее тем милым сонным запахом и теплотой, которые бывают только у детей, и стал тереться лицом об ее шею и плечи.

— Я знал, — открывая глаза, сказал он. — Нынче мое рожденье. Я знал, что ты придешь. Я встану сейчас.

И, говоря это, он засыпал.

Анна жадно оглядывала его; она видела, как он вырос и переменился в ее отсутствие. Она узнавала и не узнавала его голые, такие большие теперь, ноги, выпроставшиеся из одеяла, узнавала эти похуделые щеки, эти обрезанные короткие завитки волос на затылке, в который она так часто целовала его. Она ощупывала все это и не могла ничего говорить; слезы душили ее.

— О чем же ты плачешь, мама? — сказал он, совершенно проснувшись.

— Мама, о чем ты плачешь? — прокричал он плаксивым голосом.

— Я? не буду плакать... Я плачу от радости. Я так давно не видела тебя. Я не буду, не буду, — сказала она, глотая слезы и отворачиваясь. — Ну, тебе одеваться теперь, — оправившись, прибавила она, помолчав, и, не выпуская его руки, села у его кровати на стул, на котором было приготовлено платье.

— Как ты одеваешься без меня? Как... — хотела она начать говорить просто и весело, но не могла и опять отвернулась.

— Я не моюсь холодной водой, папа не велел. А Василия Лукича ты не видала? Он придет. А ты села на мое платье! — И Сережа расхохотался.

Она посмотрела на него и улыбнулась.

— Мама, душечка, голубушка! — закричал он, бросаясь опять к ней и обнимая ее. Как будто он теперь только, увидав ее улыбку, ясно понял, что случилось. — Это не надо, — говорил он, снимая с нее шляпу. И, как будто вновь увидав ее без шляпы, он опять бросился целовать ее.

— Но что же ты думал обо мне? Ты не думал, что я умерла?

— Никогда не верил.

— Не верил, друг мой?

— Я знал, я знал! — говорил он свою любимую фразу и, схватив ее руку, которая ласкала его волосы, стал прижимать ее ладонью к своему рту и целовать ее.

He rose again on his elbow, turned his tangled head from side to side as if looking for something, and opened his eyes. Quietly and inquiringly he looked for several seconds at his mother standing motionless before him, then suddenly smiled blissfully and, closing his drooping eyes again, fell, not backwards, but towards her, towards her arms.

"Seryozha! My darling boy!" she said, gasping and putting her arms round his plump body.

"Mama!" he said, moving under her arms so as to touch her arms with different parts of his body.

Smiling sleepily, still with closed eyes, he moved his plump little hands from the back of the bed to her shoulders, snuggled against her, wrapping her up in that nice sleepy fragrance and warmth that only children have, and began rubbing his face against her neck and shoulders.

"I knew," he said, opening his eyes. "It's my birthday today. I knew you'd come. I'll get up now."

And saying that, he was falling asleep.

Anna looked him over hungrily; she saw how he had grown and changed in her absence. She recognized, and did not recognize, his bare feet, so big now, that were thrust out from under the quilt, recognized those thinned cheeks, those short-cropped curls of hair on the back of his neck in which she had so often kissed him. She touched all this and could say nothing; tears choked her.

"What are you crying for, mama?" he said, waking completely up. "Mama, what are you crying for?" he cried in a tearful voice.

"I? I won't cry... I'm crying from joy. It's so long since I've seen you. I won't, I won't," she said, swallowing her tears and turning away. "Well, it's time for you to dress now," she added after a pause, recovering, and without letting go his hand, she sat down by his bed on a chair, where his clothes were put ready.

"How do you dress without me? How..." she wanted to begin talking simply and cheerfully, but could not and turned away again.

"I don't wash with cold water, papa doesn't allow me to. And have you seen Vassily Lukich? He'll come. And you sat on my clothes!" And Seryozha burst out laughing.

She looked at him and smiled.

"Mama, my darling, my dear!" he shouted, flinging himself on her again and hugging her. It was as if only now, on seeing her smile, he clearly realized what had happened. "I don't want that," he said, taking off her hat. And as it were, seeing her anew without her hat, he fell to kissing her again.

"But what did you think about me? You didn't think I was dead?"

"I never believed it."

"You didn't believe it, my sweet?"

"I knew, I knew!" he repeated his favorite phrase, and snatching her hand that was stroking his hair, he pressed her palm to his mouth and began kissing it.

XXX

Василий Лукич между тем, не понимавший сначала, кто была эта дама, и узнав из разговора, что это была та самая мать, которая бросила мужа и которую он не знал, так как поступил в дом уже после нее, был в сомнении, войти ли ему, или нет, или сообщить Алексею Александровичу. Сообразив, наконец, то, что его обязанность состоит в том, чтобы поднимать Сережу в определенный час и что поэтому ему нечего разбирать, кто там сидит, мать или другой кто, а нужно исполнять свою обязанность, он оделся, подошел к двери и отворил ее.

Но ласки матери и сына, звуки их голосов и то, что они говорили, — все это заставило его изменить намерение. Он покачал головой и, вздохнув, затворил дверь. "Подожду еще десять минут", — сказал он себе, откашливаясь и утирая слезы.

Между прислугой дома в это же время происходило сильное волнение. Все узнали, что приехала барыня, и что Капитоныч пустил ее, и что она теперь в детской, а между тем барин всегда в девятом часу сам заходит в детскую, и все понимали, что встреча супругов невозможна и что надо помешать ей. Корней, камердинер, сойдя в швейцарскую, спрашивал, кто и как пропустил ее, и, узнав, что Капитоныч принял и проводил ее, выговаривал старику. Швейцар упорно молчал, но когда Корней сказал ему, что за это его согнать следует, Капитоныч подскочил к нему и, замахав руками пред лицом Корнея, заговорил:

— Да, вот ты бы не впустил! Десять лет служил, кроме милости, ничего не видал, да ты бы пошел теперь да и сказал: пожалуйте, мол, вон! Ты политику-то тонко понимаешь! Так-то! Ты бы про себя помнил, как барина обирать да енотовые шубы таскать!

— Солдат! — презрительно сказал Корней и повернулся ко входившей няне. — Вот судите, Марья Ефимовна: впустил, никому не сказал, — обратился к ней Корней. — Алексей Александрович сейчас выйдут, пойдут в детскую.

— Дела, дела! — говорила няня. — Вы бы, Корней Васильевич, как-нибудь задержали его, барина-то, а я побегу, как-нибудь ее уведу. Дела, дела!

Когда няня вошла в детскую, Сережа рассказывал матери о том, как они упали вместе с Наденькой, покатившись с горы, и три раза перекувырнулись. Она слушала звуки его голоса, видела его лицо и игру выражения, ощущала его руку, но не понимала того, что он говорил. Надо было уходить, надо было оставить его, — только одно это и думала и чувствовала она. Она слышала и шаги Василия Лукича, подходившего к двери и кашлявшего, слышала и шаги подходившей няни; но сидела, как окаменелая, не в силах ни начать говорить, ни встать.

XXX

Meanwhile Vassily Lukich had not at first understood who this lady was, and had learned from their conversation that she was the same mother who had left her husband and whom he did not know as he had entered the house after her departure; he was in doubt whether to go in or not, or whether to let Alexey Alexandrovich know. Understanding finally that his duty was to get Seryozha up at the hour fixed, and that it was therefore not his business to consider who was sitting there, the mother or anyone else, but to do his duty, he got dressed, went to the door and opened it.

But the caresses of the mother and son, the sounds of their voices, and what they were saying—all this made him change his mind. He shook his head and closed the door with a sigh. "I'll wait another ten minutes," he said to himself, clearing his throat and wiping away his tears.

Among the servants of the household there was intense agitation all this time. Everyone had learned that the mistress had come, and that Kapitonych had let her in, and that she was now in the nursery; and meanwhile the master always went in person to the nursery before nine o'clock, and everyone comprehended that a meeting between the spouses was impossible and that they had to prevent it. Korney, the valet, going down to the porter's room, asked who had let her in and how, and learning that Kapitonych had admitted her and shown her up, he gave the old man a talking-to. The porter was doggedly silent, but when Korney told him he ought to be sent away for it, Kapitonych darted up to him, and waving his hands before Korney's face, said:

"Yes, and you'd not have let her in! After ten years' service, seeing nothing but kindness, and now you'd go and say: "Please go away!" You're a shrewd one at politics, I dare say! You mind yourself, swindling the master and stealing raccoon coats!"

"Soldier!" Korney said contemptuously and turned to the nurse who was coming in. "Here, what do you think, Marya Efimovna: he let her in, didn't tell anybody," Korney said addressing her. "Alexey Alexandrovich will come out now and go to the nursery."

"How do you like that!" said the nurse. "You, Korney Vassilyevich, you'd best keep him some way or other, the master, while I'll run and get her away somehow. How do you like that!"

When the nurse went into the nursery, Seryozha was telling his mother how he and Nadenka had had a fall in sledging downhill, and had turned over three times. She listened to the sounds of his voice, saw his face and the play of expression on it, felt his hand, but did not understand what he was saying. She had to go, she had to leave him—this was the only thing she was thinking and feeling. She heard the steps of Vassily Lukich coming up to the door and coughing; she heard, too, the steps of the nurse as she came near; but she sat like one turned to stone, unable either to begin speaking or to get up.

— Барыня, голубушка! — заговорила няня, подходя к Анне и целуя ее руки и плечи. — Вот Бог привел радость имениннику. Ничего-то вы не переменились.

— Ах, няня, милая, я не знала, что вы в доме, — на минуту очнувшись, сказала Анна.

— Я не живу, я с дочерью живу, я поздравить пришла, Анна Аркадьевна, голубушка!

Няня вдруг заплакала и опять стала целовать ее руку.

Сережа, сияя глазами и улыбкой и держась одною рукой за мать, другою за няню, топотал по ковру жирными голыми ножками. Нежность любимой няни к матери приводила его в восхищенье.

— Мама! Она часто ходит ко мне, и когда придет... — начал было он, но остановился, заметив, что няня шепотом что-то сказала матери и что на лице матери выразились испуг и что-то похожее на стыд, что так не шло к матери.

Она подошла к нему.

— Милый мой! — сказала она.

Она не могла сказать *прощай*, но выражение ее лица сказало это, и он понял.

— Милый, милый Кутик! — проговорила она имя, которым звала его маленьким, — ты не забудешь меня? Ты... — но больше она не могла говорить.

Сколько потом она придумывала слов, которые она могла сказать ему! А теперь она ничего не умела и не могла сказать. Но Сережа понял все, что она хотела сказать ему. Он понял, что она была несчастлива и любила его. Он понял даже то, что шепотом говорила няня. Он слышал слова: "Всегда в девятом часу", и он понял, что это говорилось про отца и что матери с отцом нельзя встречаться. Это он понимал, но одного он не мог понять: почему на ее лице показались испуг и стыд?.. Она не виновата, а боится его и стыдится чего-то. Он хотел сделать вопрос, который разъяснил бы ему это сомнение, но не смел этого сделать: он видел, что она страдает, и ему было жаль ее. Он молча прижался к ней и шепотом сказал:

— Еще не уходи. Он не скоро придет.

Мать отстранила его от себя, чтобы понять, то ли он думает, что говорит, и в испуганном выражении его лица она прочла, что он не только говорил об отце, но как бы спрашивал ее, как ему надо об отце думать.

— Сережа, друг мой, — сказала она, — люби его, он лучше и добрее меня, и я пред ним виновата. Когда ты вырастешь, ты рассудишь.

— Лучше тебя нет!.. — с отчаянием закричал он сквозь слезы и, схватив ее за плечи, изо всех сил стал прижимать ее к себе дрожащими от напряжения руками.

— Душечка, маленький мой! — проговорила Анна и заплакала так же слабо, по-детски, как плакал он.

"Mistress, darling!" said the nurse, going up to Anna and kissing her hands and shoulders. "God has brought joy indeed to our birthday boy. You haven't changed one bit."

"Ah, nurse, dear, I didn't know you were in the house," said Anna, coming to her senses for a moment.

"I'm not living here, I'm living with my daughter, I came to congratulate him, Anna Arkadyevna, darling!"

The nurse suddenly started crying and kissing her hand again.

Seryozha, with radiant eyes and smiles, holding his mother by one hand and his nurse by the other, pattered on the rug with his fat little bare feet. The tenderness shown by his beloved nurse to his mother enraptured him.

"Mama! She often comes to see me, and when she comes..." he began, but stopped, noticing that the nurse was saying something in a whisper to his mother, and that on his mother's face there was a look of alarm and something like shame, which was so unbecoming to his mother.

She went up to him.

"My dear!" she said.

She could not say *good-bye*, but the expression on her face said it, and he understood.

"Dear, dear Kutik!" she said the name by which she had called him when he was little, "you won't forget me? You..." but she could not say more.

How many words she thought of afterwards which she might have said to him! But now she did not know what to say, and could not say anything. But Seryozha understood all she wanted to say to him. He understood that she was unhappy and loved him. He even understood what the nurse had said in a whisper. He had heard the words "always before nine o'clock" and understood that this was said of his father, and that his mother and father must not meet. That he understood, but one thing he could not understand: why did alarm and shame appear on her face?.. She was not in fault, but she was afraid of him and ashamed of something. He wanted to put a question that would have clarified this doubt, but did not dare to do it: he saw that she was suffering and he felt sorry for her. Silently he pressed himself to her and said in a whisper:

"Don't go yet. He won't come soon."

His mother held him away from her to see whether he was thinking what he was saying, and in his frightened face she read not only that he was speaking of his father, but, as it were, asking her what he ought to think about his father.

"Seryozha, my darling," she said, "love him, he's better and kinder than I am, and I am guilty before him. When you grow up, you will judge."

"There's no one better than you!.." he cried in despair through his tears, and, clutching her by the shoulders, he began pressing her with all his force to him, his arms trembling with the strain.

"My sweet, my little one!" said Anna, and she began crying as weakly and childishly as he.

В это время дверь отворилась, вошел Василий Лукич. У другой двери послышались шаги, и няня испуганным шепотом сказала:

— Идет,— и подала шляпу Анне.

Сережа опустился в постель и зарыдал, закрыв лицо руками. Анна отняла эти руки, еще раз поцеловала его мокрое лицо и быстрыми шагами вышла в дверь. Алексей Александрович шел ей навстречу. Увидав ее, он остановился и наклонил голову.

Несмотря на то, что она только что говорила, что он лучше и добрее ее, при быстром взгляде, который она бросила на него, охватив всю его фигуру со всеми подробностями, чувства отвращения и злобы к нему и зависти за сына охватили ее. Она быстрым движением опустила вуаль и, прибавив шагу, почти выбежала из комнаты.

Она не успела и вынуть и так и привезла домой те игрушки, которые она с такой любовью и грустью выбирала вчера в лавке.

XXXI

Как ни сильно желала Анна свиданья с сыном, как ни давно думала о том и готовилась к тому, она никак не ожидала, чтоб это свидание так сильно подействовало на нее. Вернувшись в свое одинокое отделение в гостинице, она долго не могла понять, зачем она здесь. "Да, все это кончено, и я опять одна", — сказала она себе и, не снимая шляпы, села на стоявшее у камина кресло. Уставившись неподвижными глазами на бронзовые часы, стоявшие на столе между окон, она стала думать.

Девушка-француженка, привезенная из-за границы, вошла предложить ей одеваться. Она с удивлением посмотрела на нее и сказала:

— После.

Лакей предложил кофе.

— После, — сказала она.

Кормилица-итальянка, убрав девочку, вошла с нею и поднесла ее Анне. Пухлая, хорошо выкормленная девочка, как всегда, увидав мать, подвернула перетянутые ниточками голые ручонки ладонями книзу и, улыбаясь беззубым ротиком, начала, как рыба поплавками[1], загребать ручонками, шурша ими по крахмаленым складкам вышитой юбочки. Нельзя было не улыбнуться, не поцеловать девочку, нельзя было не подставить ей палец, за который она ухватилась, взвизгивая и подпрыгивая всем телом; нельзя было не подставить ей губу, которую она, в виде поцелуя, забрала в ротик. И все это сделала Анна, и взяла ее на руки, и заставила ее попрыгать, и поцеловала ее свежую щечку и оголенные локотки, но при виде этого ребенка ей еще яснее было, что то чувство, которое она испытывала к нему, было даже не любовь в сравнении с тем, что она чувствовала к Сереже. Все в этой девочке было мило, но все это почему-то не забирало за сердце. На первого ребенка, хотя и от нелюбимого человека, были положены все силы любви, не получавшие удовлетворения; девочка была рожде-

[1] Так у автора.

At that moment the door opened and Vassily Lukich came in. At the other door there was the sound of steps, and the nurse said in a scared whisper:

"He's coming," and gave Anna her hat.

Seryozha sank onto the bed and sobbed, covering his face with his hands. Anna removed his hands, once more kissed his wet face and with rapid steps went out of the door. Alexey Alexandrovich was coming towards her. Seeing her, he stopped and bowed his head.

Although she had just said that he was better and kinder than she, in the rapid glance she flung at him, taking in his whole figure in all its details, feelings of repulsion and rage for him and jealousy over her son took possession of her. With a swift movement she put down her veil, and, quickening her pace, almost ran out of the room.

She had had no time to take out the toys which she had chosen with such love and sorrow the day before in the shop, and so brought them home with her.

XXXI

As intensely as Anna had longed to see her son, and long as she had been thinking of it and preparing for it, she had not in the least expected that seeing him would affect her so intensely. On getting back to her lonely suite in the hotel, she could not for a long while understand why she was there. "Yes, it's all over, and I am alone again," she said to herself, and without taking off her hat she sat down in an armchair by the hearth. Fixing her eyes on a bronze clock standing on the table between the windows, she began thinking.

The French maid, brought from abroad, came in to suggest she should dress. She gazed at her wonderingly and said:

"Later."

The footman offered her coffee.

"Later," she said.

The Italian wet nurse, having dressed the little girl, came in with her and brought her to Anna. The plump, well-fed little girl, as always, on seeing her mother, turned, palms down, her bare little arms with threads tied round them, and, smiling with her toothless little mouth, began, like a fish with its fins, rowing with her little hands, making the starched folds of her embroidered little skirt rustle. It was impossible not to smile, not to kiss the little girl, impossible not to hold out a finger for her, at which she clutched, yelping and bobbing with her whole body; impossible not to offer her a lip, which she sucked into her little mouth by way of a kiss. And all this Anna did, and took her in her arms and made her prance, and kissed her fresh little cheek and bare little elbows; but at the sight of this child it was clearer than ever to her that the feeling she had for her was not even love in comparison with what she felt for Seryozha. Everything in this little girl was charming, but for some reason all this did not go deep to her heart. On her first child, though the child of an unloved man, had been concentrated all the force of a love that had not found satisfaction; her baby

на в самых тяжелых условиях, и на нее не было положено и сотой доли тех забот, которые были положены на первого. Кроме того, в девочке все было еще ожидания, а Сережа был уже почти человек, и любимый человек; в нем уже боролись мысли, чувства; он понимал, он любил, он судил ее, думала она, вспоминая его слова и взгляды. И она навсегда не только физически, но духовно была разъединена с ним, и поправить этого нельзя было.

Она отдала девочку кормилице, отпустила ее и открыла медальон, в котором был портрет Сережи, когда он был почти того же возраста, как и девочка. Она встала и, сняв шляпу, взяла на столике альбом, в котором были фотографические карточки сына в других возрастах. Она хотела сличить карточки и стала вынимать их из альбома. Она вынула их все. Оставалась одна, последняя, лучшая карточка. Он в белой рубашке сидел верхом на стуле, хмурился глазами и улыбался ртом. Это было самое особенное, лучшее его выражение. Маленькими ловкими руками, которые нынче особенно напряженно двигались своими белыми тонкими пальцами, она несколько раз задевала за уголок карточки, но карточка срывалась, и она не могла достать ее. Разрезного ножика не было на столе, и она, вынув карточку, бывшую рядом (это была карточка Вронского, сделанная в Риме, в круглой шляпе и с длинными волосами), ею вытолкнула карточку сына, "Да, вот он!" — сказала она, взглянув на карточку Вронского, и вдруг вспомнила, кто был причиной ее теперешнего горя. Она ни разу не вспоминала о нем все это утро. Но теперь вдруг, увидав это мужественное, благородное, столь знакомое и милое ей лицо, она почувствовала неожиданный прилив любви к нему.

"Да где же он? Как же он оставляет меня одну с моими страданиями?" — вдруг с чувством упрека подумала она, забывая, что она сама скрывала от него все, касавшееся сына. Она послала к нему просить его прийти к ней сейчас же; с замиранием сердца, придумывая слова, которыми она скажет ему все, и те выражения его любви, которые утешат ее, она ждала его. Посланный вернулся с ответом, что у него гость, но что он сейчас придет и приказал спросить, может ли она принять его с приехавшим в Петербург князем Яшвиным. "Не один придет, а со вчерашнего обеда он не видал меня, — подумала она, — не так придет, чтоб я могла все высказать ему, а придет с Яшвиным". И вдруг ей пришла странная мысль: что, если он разлюбил ее?

И, перебирая события последних дней, ей казалось, что во всем она видела подтверждение этой страшной мысли: и то, что он вчера обедал не дома, и то, что он настоял на том, чтоб они в Петербурге остановились врозь, и то, что он даже теперь шел к ней не один, как бы избегая свиданья с глазу на глаз.

"Но он должен сказать мне это. Мне нужно знать это. Если я буду знать это, тогда я знаю, что я сделаю", — говорила она себе, не в силах представить себе того положения, в котором она будет, убедившись

girl had been born in the most difficult circumstances and had not had a hundredth part of the care which had been concentrated on the first child. Besides, in the little girl everything was still in the future, while Seryozha was by now almost a person, and a loved person; thoughts and feelings were already struggling in him; he understood her, he loved her, he judged her, she thought, recalling his words and glances. And she was forever, not only physically but also spiritually, separated from him, and it was impossible to set this right.

She gave the girl back to the wet nurse, let her go, and opened the locket in which there was Seryozha's portrait when he was almost of the same age as the girl. She got up, and, taking off her hat, took up from a little table an album in which there were photographs of her son at other ages. She wanted to compare the photographs and began taking them out of the album. She took them all out. One remained, the last, the best photograph. He was in a white shirt, sitting astride a chair, with frowning eyes and smiling mouth. It was his most special, his best expression. With her little agile hands, her white, delicate fingers, that moved with a peculiar intensity today, she pulled at a corner of the photograph several times, but the photograph was stuck, and she could not get it out. There was no paper knife on the table, and so, pulling out the photograph next to it (it was a photograph of Vronsky taken at Rome in a round hat and with long hair), she used it to push out her son's photograph. "Yes, here he is!" she said, glancing at the photograph of Vronsky, and she suddenly recalled who was the cause of her present misery. She had not once thought of him all the morning. But now suddenly, seeing that manly, noble face, so familiar and so dear to her, she felt an unexpected rush of love for him.

"But where is he? How is it he leaves me alone with my sufferings?" she thought all at once with a feeling of reproach, forgetting she had herself kept from him everything concerning her son. She sent to him to ask him to come to her immediately; with a throbbing heart she awaited him, inventing the words in which she would tell him all, and the expressions of his love which would console her. The messenger returned with the answer that he had a visitor, but that he would come immediately, and that he asked whether she could receive him with Prince Yashvin, who had arrived in Petersburg. "He's not coming alone, and since dinner yesterday he has not seen me," she thought, "he's not coming so that I could tell him everything, but coming with Yashvin." And all at once a strange idea came to her: what if he had ceased to love her?

And going over the events of the last few days, it seemed to her that she saw in everything a confirmation of this terrible idea: in the fact that he had not dined at home yesterday, and that he had insisted on their staying separately in Petersburg, and that even now he was not coming to her alone, as if to avoid meeting her in private.

"But he ought to tell me that. I must know that. If I knew it, then I know what I should do," she said to herself, unable to imagine the position she would be in if she were convinced of his indifference. She thought he

в его равнодушии. Она думала, что он разлюбил ее, она чувствовала себя близкою к отчаянию, и вследствие этого она почувствовала себя особенно возбужденною. Она позвонила девушку и пошла в уборную. Одеваясь, она занялась больше, чем все эти дни, своим туалетом, как будто он мог, разлюбив ее, опять полюбить за то, что на ней будет то платье и та прическа, которые больше шли к ней.

Она услыхала звонок прежде, чем была готова.

Когда она вышла в гостиную, не он, а Яшвин встретил ее взглядом. Он рассматривал карточки ее сына, которые она забыла на столе, и не торопился взглянуть на нее.

— Мы знакомы, — сказала она, кладя свою маленькую руку в огромную руку конфузившегося (что так странно было при его громадном росте и грубом лице) Яшвина. — Знакомы с прошлого года, на скачках. Дайте, — сказала она, быстрым движением отбирая от Вронского карточки сына, которые он смотрел, и значительно блестящими глазами взглядывая на него. — Нынешний год хороши были скачки? Вместо этих я смотрела скачки на Корсо в Риме. Вы, впрочем, не любите заграничной жизни, — сказала она, ласково улыбаясь. — Я вас знаю и знаю все ваши вкусы, хотя мало встречалась с вами.

— Это мне очень жалко, потому что мои вкусы все больше дурные, — сказал Яшвин, закусывая свой левый ус.

Поговорив несколько времени и заметив, что Вронский взглянул на часы, Яшвин спросил ее, долго ли она пробудет еще в Петербурге, и, разогнув свою огромную фигуру, взялся за кепи.

— Кажется, недолго, — сказала она с замешательством, взглянув на Вронского.

— Так и не увидимся больше? — сказал Яшвин, вставая и обращаясь к Вронскому. — Где ты обедаешь?

— Приезжайте обедать ко мне, — решительно сказала Анна, как бы рассердившись на себя за свое смущение, но краснея, как всегда, когда выказывала пред новым человеком свое положение. — Обед здесь не хорош, но по крайней мере вы увидитесь с ним. Алексей изо всех полковых никого не любит, как вас.

— Очень рад, — сказал Яшвин с улыбкой, по которой Вронский видел, что Анна очень понравилась ему.

Яшвин раскланялся и вышел, Вронский остался позади.

— Ты тоже едешь? — сказала она ему.

— Я уже опоздал, — отвечал он. — Иди! Я сейчас догоню тебя, — крикнул он Яшвину.

Она взяла его за руку и, не спуская глаз, смотрела на него, отыскивая в мыслях, что бы сказать, чтоб удержать его.

— Постой, мне кое-что надо сказать, — и, взяв его короткую руку, она прижала ее к своей шее. — Да, ничего, что я позвала его обедать?

— Прекрасно сделала, — сказал он со спокойной улыбкой, открывая свои сплошные зубы и целуя ее руку.

— Алексей, ты не изменился ко мне? — сказала она, обеими руками сжимая его руку. — Алексей, я измучилась здесь. Когда мы уедем?

had ceased to love her, she felt close to despair, and consequently she felt exceptionally excited. She rang for her maid and went to her dressing room. As she dressed, she took more care over her appearance than she had all those days, as if he might, having ceased to love her, fall in love with her again because she was wearing a dress and arranged her hair in a way more becoming to her.

She heard the bell ring before she was ready.

When she came out to the drawing room, it was not he, but Yashvin, who met her with his eyes. Vronsky was looking at the photographs of her son, which she had forgotten on the table, and made no haste to look at her.

"We are acquainted," she said, putting her little hand into the huge hand of Yashvin, whose confusion was so strangely out of keeping with his immense frame and coarse face. "We met last year at the races. Give them to me," she said, with a rapid movement taking from Vronsky the photographs of her son which he had been looking at, and glancing significantly at him with flashing eyes. "Were the races good this year? Instead of them I saw the races at the Corso in Rome. But you don't care for life abroad," she said with a tender smile. "I know you and all your tastes, though I have seen so little of you."

"I'm awfully sorry for that, for my tastes are mostly bad," said Yashvin, gnawing at his left mustache.

Having talked for a while and noticing that Vronsky glanced at the clock, Yashvin asked her how long she would be staying in Petersburg, and unbending his huge figure, took his cap.

"Not long, I think," she said hesitatingly, glancing at Vronsky.

"So then we shan't meet again?" said Yashvin, getting up and addressing Vronsky. "Where are you dining?"

"Come and dine with me," said Anna resolutely, angry it seemed with herself for her embarrassment, but blushing as she always did when she defined her position before a new person. "The dinner here is not good, but at least you will see him. There is no one of his friends in the regiment Alexey loves as he does you."

"Delighted," said Yashvin with a smile, from which Vronsky could see that he liked Anna very much.

Yashvin bowed and went out; Vronsky stayed behind.

"Are you going too?" she said to him.

"I'm late already," he answered. "Go! I'll catch up with you in a moment," he called to Yashvin.

She took him by the hand, and without taking her eyes off him, gazed at him, searching her mind for something to say that would keep him.

"Wait, I need to tell you something," and taking his short hand, she pressed it to her neck. "Oh, was it right my asking him to dinner?"

"You did quite right," he said with a serene smile that showed his even teeth and kissed her hand.

"Alexey, you have not changed to me?" she said, pressing his hand in both of hers. "Alexey, I am miserable here. When are we going away?"

— Скоро, скоро. Ты не поверишь, как и мне тяжела наша жизнь здесь, — сказал он и потянул свою руку.

— Ну, иди, иди! — с оскорблением сказала она и быстро ушла от него.

XXXII

Когда Вронский вернулся домой, Анны не было еще дома. Вскоре после него, как ему сказали, к ней приехала какая-то дама, и она с нею вместе уехала. То, что она уехала, не сказав куда, то, что ее до сих пор не было, то, что она утром еще ездила куда-то, ничего не сказав ему, — все это, вместе со странно возбужденным выражением ее лица нынче утром и с воспоминанием того враждебного тона, с которым она при Яшвине почти вырвала из его рук карточки сына, заставило его задуматься. Он решил, что необходимо объясниться с ней. И он ждал ее в ее гостиной. Но Анна вернулась не одна, а привезла с собой свою тетку, старую деву, княжну Облонскую. Это была та самая, которая приезжала утром и с которою Анна ездила за покупками. Анна как будто не замечала выражения лица Вронского, озабоченного и вопросительного, и весело рассказывала ему, что она купила нынче утром. Он видел, что в ней происходило что-то особенное: в блестящих глазах, когда они мельком останавливались на нем, было напряженное внимание, и в речи и движениях была та нервная быстрота и грация, которые в первое время их сближения так прельщали его, а теперь тревожили и пугали.

Обед был накрыт на четырех. Все уже собрались, чтобы выйти в маленькую столовую, как приехал еще Тушкевич с поручением к Анне от княгини Бетси. Княгиня Бетси просила извинить, что она не приехала проститься; она была нездорова, но просила Анну приехать к ней между половиной седьмого и девятью часами. Вронский взглянул на Анну при этом определении времени, показывавшем, что были приняты меры, чтоб она никого не встретила; но Анна как будто и не заметила этого.

— Очень жалко, что я именно не могу между половиной седьмого и девятью, — сказала она, чуть улыбаясь.

— Княгиня очень будет жалеть.

— И я тоже.

— Вы, верно, едете слушать Патти? — сказал Тушкевич.

— Патти? Вы мне даете мысль. Я поехала бы, если бы можно было достать ложу.

— Я могу достать, — вызвался Тушкевич.

— Я бы очень, очень была вам благодарна, — сказала Анна. — Да не хотите ли с нами обедать?

Вронский пожал чуть заметно плечами. Он решительно не понимал, что делала Анна. Зачем она привезла эту старую княжну, зачем оставляла обедать Тушкевича и, удивительнее всего, зачем посылала

"Soon, soon. You wouldn't believe how difficult our life here is to me too," he said and drew away his hand.

"Well, go, go!" she said in a tone of offense and walked quickly away from him.

XXXII

When Vronsky returned home, Anna was not yet home. Soon after he had left, some lady, so they told him, had come to see her, and she had gone out with her. That she had gone out without saying where, that she had not yet come back, and that in the morning she had also gone somewhere without telling him anything—all this, together with the strange look of excitement on her face in the morning and the recollection of the hostile tone with which she had before Yashvin almost snatched her son's photographs out of his hands, made him think. He decided he absolutely must speak with her. And he waited for her in her drawing room. But Anna did not return alone, but brought her aunt with her, a spinster, Princess Oblonskaya. This was the lady who had come in the morning, and with whom Anna had gone out shopping. Anna appeared not to notice Vronsky's worried and inquiring expression, and cheerfully told him what she had bought in the morning. He saw that there was something unusual happening within her: in her shining eyes, when they rested for a moment on him, there was an intense attention, and in her words and movements there was that nervous rapidity and grace which, during the early period of their intimacy, had so fascinated him but now disturbed and alarmed him.

The dinner was laid for four. All were gathered together and about to go to the small dining room when Tushkevich arrived with a message for Anna from Princess Betsy. Princess Betsy asked her to excuse her not having come to say good-bye; she had been indisposed, but asked Anna to come to her between half-past six and nine. Vronsky glanced at Anna at this designation of the time, showing that measures had been taken so that she should meet no one; but Anna appeared not to notice it.

"Very sorry that I can't come precisely between half-past six and nine," she said with a faint smile.

"The Princess will be very sorry."

"And so am I."

"You're going, no doubt, to listen to Patti?" said Tushkevich.

"Patti? You suggest an idea to me. I would go if it were possible to get a box."

"I can get one," Tushkevich offered his services.

"I should be very, very grateful to you," said Anna. "But won't you dine with us?"

Vronsky gave a hardly perceptible shrug. He was at a complete loss to understand what Anna was doing. Why had she brought this old Princess, why had she made Tushkevich stay to dinner, and, most amazing of all, why

его за ложей? Разве возможно было думать, чтобы в ее положении ехать в абонемент Патти, где будет весь ей знакомый свет? Он серьезным взглядом посмотрел на нее, но она ответила ему тем же вызывающим, не то веселым, не то отчаянным взглядом, значение которого он не мог понять. За обедом Анна была наступательно весела: она как будто кокетничала с Тушкевичем и Яшвиным. Когда встали от обеда и Тушкевич поехал за ложей, а Яшвин пошел курить, Вронский сошел с ним вместе к себе. Посидев несколько времени, он взбежал наверх. Анна уже была одета в светлое шелковое с бархатом платье, которое она сшила в Париже, с открытою грудью, и с белым дорогим кружевом на голове, обрамлявшим ее лицо и особенно выгодно выставлявшим ее яркую красоту.

— Вы точно поедете в театр? — сказал он, стараясь не смотреть на нее.

— Отчего же вы так испуганно спрашиваете? — вновь оскорбленная тем, что он не смотрел на нее, сказала она. — Отчего же мне не ехать?

Она как будто не понимала значения его слов.

— Разумеется, нет никакой причины, — нахмурившись, сказал он.

— Вот это самое я и говорю, — сказала она, умышленно не понимая иронии его тона и спокойно заворачивая длинную душистую перчатку.

— Анна, ради Бога! что с вами? — сказал он, будя ее, точно так же как говорил ей когда-то ее муж.

— Я не понимаю, о чем вы спрашиваете.

— Вы знаете, что нельзя ехать.

— Отчего? Я поеду не одна. Княжна Варвара поехала одеваться, она поедет со мной.

Он пожал плечами с видом недоумения и отчаяния.

— Но разве вы не знаете... — начал было он.

— Да я не хочу знать! — почти вскрикнула она. — Не хочу. Раскаиваюсь я в том, что сделала? Нет, нет и нет. И если б опять то же, то было бы опять то же. Для нас, для меня и для вас, важно только одно: любим ли мы друг друга. А других нет соображений. Для чего мы живем здесь врозь и не видимся? Почему я не могу ехать? Я тебя люблю, и мне все равно, — сказала она по-русски, с особенным, непонятным ему блеском глаз взглянув на него, — если ты не изменился. Отчего же ты не смотришь на меня?

Он посмотрел на нее. Он видел всю красоту ее лица и наряда, всегда так шедшего к ней. Но теперь именно красота и элегантность ее были то самое, что раздражало его.

— Чувство мое не может измениться, вы знаете, но я прошу не ездить, умоляю вас, — сказал он опять по-французски с нежною мольбой в голосе, но с холодностью во взгляде.

Она не слышала слов, но видела холодность взгляда и с раздражением отвечала:

— А я прошу вас объявить, почему я не должна ехать.

— Потому, что это может причинить вам то... — он замялся.

was she sending him for a box? Could she possibly think in her position of going to Patti's benefit, where all her society acquaintances would be? He gave her a serious look, but she responded with the same defiant, half-mirthful, half-desperate look, the meaning of which he could not comprehend. At dinner Anna was in aggressively high spirits: she seemed to flirt both with Tushkevich and with Yashvin. When they got up from dinner, Tushkevich went to get a box and Yashvin went to smoke, Vronsky went down with him to his own rooms. After sitting there for some time, he ran upstairs. Anna was already dressed in a low-necked gown of light silk and velvet that she had had made in Paris, and with costly white lace on her head, framing her face, and particularly becoming, showing up her dazzling beauty.

"Are you really going to the theater?" he said, trying not to look at her.

"Why do you ask with such alarm?" she said, offended again by his not looking at her. "Why shouldn't I go?"

She appeared not to understand the meaning of his words.

"Of course, there's no reason whatever," he said, frowning.

"That's just what I say," she said, willfully not seeing the irony of his tone, and quietly rolling up her long, perfumed glove.

"Anna, for God's sake! what is the matter with you?" he said, waking her up, exactly as her husband had once spoken to her.

"I don't understand what you are asking."

"You know that it's out of the question to go."

"Why? I'm not going alone. Princess Varvara has gone to dress, she is going with me."

He shrugged his shoulders with an air of perplexity and despair.

"But don't you know..." he began.

"I don't care to know!" she almost shrieked. "I don't care to. Do I regret what I have done? No, no, and no. If it were all to do again, it would be the same. For us, for you and for me, there is only one thing that matters: whether we love each other. There are no other considerations. Why are we living here apart and not seeing each other? Why can't I go? I love you, and I don't care," she said in Russian, glancing at him with a peculiar gleam in her eyes that he could not understand, "if you have not changed. Why don't you look at me?"

He looked at her. He saw all the beauty of her face and attire, always so becoming to her. But now her beauty and elegance were just what irritated him.

"My feeling cannot change, you know that, but I beg you not to go, I entreat you," he said again in French, with a tender supplication in his voice, but with coldness in his eyes.

She did not hear the words, but saw the coldness of his eyes, and answered with irritation:

"And I ask you to explain why I should not go."

"Because it might cause you..." he hesitated.

— Ничего не понимаю. Яшвин n'est pas compromettant[1], и княжна Варвара ничем не хуже других. А вот и она.

XXXIII

Вронский в первый раз испытывал против Анны чувство досады, почти злобы за ее умышленное непонимание своего положения. Чувство это усиливалось еще тем, что он не мог выразить ей причину своей досады. Если б он сказал ей прямо то, что он думал, то он сказал бы:

"В этом наряде, с известной всем княжной появиться в театре — значило не только признать свое положение погибшей женщины, но и бросить вызов свету, то есть навсегда отречься от него".

Он не мог сказать ей это. "Но как она может не понимать этого, и что в ней делается?" — говорил он себе. Он чувствовал, как в одно и то же время уважение его к ней уменьшалось и увеличивалось сознание ее красоты.

Нахмуренный вернулся он в свой номер и, подсев к Яшвину, вытянувшему свои длинные ноги на стул и пившему коньяк с сельтерской водой, велел себе подать того же.

— Ты говоришь, Могучий Ланковского. Это лошадь хорошая, и я советую тебе купить, — сказал Яшвин, оглянув мрачное лицо товарища. — У него вислозадина, но ноги и голова — желать лучше нельзя.

— Я думаю, что возьму, — отвечал Вронский.

Разговор о лошадях занимал его, но ни на минуту он не забывал Анны, невольно прислушивался к звукам шагов по коридору и поглядывал на часы на камине.

— Анна Аркадьевна приказала доложить, что они поехали в театр.

Яшвин, опрокинув еще рюмку коньяку в шипящую воду, выпил и встал, застегиваясь.

— Что ж? поедем, — сказал он, чуть улыбаясь под усами и показывая этою улыбкой, что понимает причину мрачности Вронского, но не придает ей значения.

— Я не поеду, — мрачно отвечал Вронский.

— А мне надо, я обещал. Ну, до свиданья. А то приезжай в кресла, Красинского кресло возьми, — прибавил Яшвин, выходя.

— Нет, мне дело есть.

"С женой забота, с не-женою еще хуже", — подумал Яшвин, выходя из гостиницы.

Вронский, оставшись один, встал со стула и принялся ходить по комнате.

"Да нынче что? Четвертый абонемент... Егор с женою там и мать, вероятно. Это значит — весь Петербург там. Теперь она вошла, сняла шубку и вышла на свет. Тушкевич, Яшвин, княжна Варвара... — представлял он себе. — Что ж я-то? Или я боюсь, или передал покрови-

---

[1] не может компрометировать (франц.).

"I don't understand anything. Yashvin n'est pas compromettant[1], and young Princess Varvara is no worse than others. Ah, here she is."

XXXIII

Vronsky for the first time experienced a feeling of annoyance with Anna, almost of anger for her willfully refusing to understand her position. This feeling was aggravated by his being unable to tell her the cause of his annoyance. If he had told her directly what he was thinking, he would have said:

"In that attire, with a young Princess only too well known to everyone, to appear in the theater is equivalent not only to acknowledging your position as a fallen woman, but also to flinging down a challenge to society, that is, to renouncing it forever."

He could not say that to her. "But how can she fail to understand it, and what is going on in her?" he said to himself. He felt that his respect for her was diminishing at the same time as his sense of her beauty was intensifying.

He went back scowling to his rooms, and sitting down beside Yashvin, who, with his long legs stretched out on a chair, was drinking cognac with seltzer water, ordered the same for himself.

"You were talking of Lankovsky's Powerful. That's a fine horse, and I advise you to buy him," said Yashvin, glancing at his comrade's gloomy face. "He has a sloping croup, but the legs and head—one couldn't wish for better."

"I think I will take him," answered Vronsky.

The conversation about horses interested him, but he did not for an instant forget Anna, and could not help listening to the sound of steps in the corridor and looking at the clock on the mantelpiece.

"Anna Arkadyevna ordered to announce that she has gone to the theater."

Yashvin, tipping another glass of cognac into the fizzy water, drank it and got up, buttoning his coat.

"Well, let's go," he said, faintly smiling under his mustache and showing by this smile that he understood the cause of Vronsky's gloominess, but did not attach any significance to it.

"I'm not going," Vronsky answered gloomily.

"Well, I must, I promised to. Good-bye, then. Otherwise, come to the stalls, you can take Krasinsky's seat," added Yashvin as he went out.

"No, I've got things to do."

"A wife is a problem, a non-wife is even worse," thought Yashvin, as he walked out of the hotel.

Vronsky, left alone, got up from his chair and began pacing up and down the room.

"And what's today? The fourth night... Yegor and his wife are there, and my mother, most likely. It means all Petersburg is there. Now she's gone in, taken off her fur coat and come into the light. Tushkevich, Yashvin, young Princess Varvara..." he pictured them to himself. "What about me? Either

[1] is not compromising (French).

тельство над ней Тушкевичу? Как ни смотри — глупо, глупо... И зачем она ставит меня в это положение?” — сказал он, махнув рукой.

Этим движением он зацепил столик, на котором стояла бутылка сельтерской воды и графин с коньяком, и чуть не столкнул его. Он хотел подхватить, уронил и с досады толкнул ногой стол и позвонил.

— Если ты хочешь служить у меня, — сказал он вошедшему камердинеру, — то помни свое дело. Чтоб этого не было. Ты должен убрать.

Камердинер, чувствуя себя ни в чем не виноватым, хотел оправдываться, но, взглянув на барина, понял по его лицу, что надо только молчать, и, поспешно извиваясь, опустился на ковер и стал разбирать целые и разбитые рюмки и бутылки.

— Это не твое дело, пошли лакея убирать и приготовь мне фрак.

Вронский вошел в театр в половине девятого. Спектакль был во всем разгаре. Капельдинер-старичок снял шубу с Вронского и, узнав его, назвал “ваше сиятельство” и предложил не брать нумерка, а просто крикнуть Федора. В светлом коридоре никого не было, кроме капельдинеров и двух лакеев с шубами на руках, слушавших у двери. Из-за притворенной двери слышались звуки осторожного аккомпанемента стаккато оркестра и одного женского голоса, который отчетливо выговаривал музыкальную фразу. Дверь отворилась, пропуская прошмыгнувшего капельдинера, и фраза, подходившая к концу, ясно поразила слух Вронского. Но дверь тотчас же затворилась, и Вронский не слышал конца фразы и каданса, но понял по грому рукоплесканий из-за двери, что каданс кончился. Когда он вошел в ярко освещенную люстрами и бронзовыми газовыми рожками залу, шум еще продолжался. На сцене певица, блестя обнаженными плечами и бриллиантами, нагибаясь и улыбаясь, собирала с помощью тенора, державшего ее за руку, неловко перелетавшие через рампу букеты и подходила к господину с рядом посередине блестевших помадой волос, тянувшемуся длинными руками через рампу с какою-то вещью, — и вся публика в партере, как и в ложах, суетилась, тянулась вперед, кричала и хлопала. Капельмейстер на своем возвышении помогал в передаче и оправлял свой белый галстук. Вронский вошел в середину партера и, остановившись, стал оглядываться. Нынче менее, чем когда-нибудь, обратил он внимание на знакомую, привычную обстановку, на сцену, на этот шум, на все это знакомое, неинтересное, пестрое стадо зрителей в битком набитом театре.

Те же, как всегда, были по ложам какие-то дамы с какими-то офицерами в задах лож; те же, Бог знает кто, разноцветные женщины, и мундиры, и сюртуки; та же грязная толпа в райке, и во всей этой толпе, в ложах и в первых рядах были человек сорок *настоящих* мужчин и женщин. И на эти оазисы Вронский тотчас обратил внимание и с ними тотчас же вошел в сношение.

Акт кончился, когда он вошел, и потому он, не заходя в ложу брата, прошел до первого ряда и остановился у рампы с Серпуховским, кото-

that I'm frightened or have given up to Tushkevich the duty to protect her? From every point of view—stupid, stupid... And why is she putting me in such a position?" he said, waving his arm.

With that gesture he knocked against the little table, on which there was standing the bottle of seltzer water and the decanter of cognac, and almost upset it. He tried to catch it, let it slip, kicked the table in vexation and rang.

"If you want to be in my service," he said to the valet who came in, "then remember your duties. This shouldn't be here. You must clear it away."

The valet, conscious of his own innocence, wanted to defend himself, but glancing at his master, realized from his face that the only thing to do was to be silent, and hurriedly threading his way in and out, dropped down on the carpet and began gathering up the whole and broken glasses and bottles.

"That's not your duty, send a lackey to clear away, and get my tailcoat out."

Vronsky went into the theater at half-past eight. The performance was in full swing. A little old box-keeper helped Vronsky off with his fur coat and, recognizing him, called him "your excellency" and suggested he should not take a check but should simply call Fyodor. In the bright corridor there was no one but the box-keepers and two lackeys with fur coats on their arms, listening at the door. From behind the closed door came the sounds of the discreet staccato accompaniment of the orchestra and a single female voice rendering distinctly a musical phrase. The door opened to let a box-keeper slip through, and the phrase drawing to the end struck Vronsky's ear clearly. But the door closed at once, and Vronsky did not hear the end of the phrase and the cadence, though he understood from the thunder of applause behind the door that the cadence was over. When he entered the hall, brightly lighted by chandeliers and bronze gas brackets, the noise was still going on. On the stage the singer, bowing and smiling, with bare shoulders and diamonds flashing, was, with the help of the tenor who held her hand, gathering up the bouquets that were flying awkwardly over the footlights; then she went up to a gentleman with glossy pomaded hair parted in the middle, who was stretching his long arms across the footlights, holding out something to her—and all the public in the stalls as well as in the boxes was bustling, craning forward, shouting and clapping. The conductor on his dais assisted in passing the offering and straightened his white tie. Vronsky walked into the middle of the stalls, stopped and began looking around. That day less than ever was his attention turned upon the familiar, habitual surroundings, the stage, the noise, all the familiar, uninteresting, particolored herd of spectators in the packed theater.

There were, as always, the same ladies of some sort with officers of some sort in the back of the boxes; the same particolored women, God knows who, and uniforms and frock coats; the same dirty crowd in the gallery; and among all this crowd, in the boxes and in the front rows, there were about forty *real* men and women. And to those oases Vronsky at once directed his attention, and with them he entered at once into relation.

The act was over when he went in, and so he, without going to his brother's box, went up to the first row and stopped at the footlights with Ser-

рый, согнув колено и постукивая каблуком в рампу и издалека увидав его, подозвал к себе улыбкой.

Вронский еще не видал Анны, он нарочно не смотрел в ее сторону. Но он знал по направлению взглядов, где она. Он незаметно оглядывался, но не искал ее; ожидая худшего, он искал глазами Алексея Александровича. На его счастие, Алексея Александровича нынешний раз не было в театре.

— Как в тебе мало осталось военного! — сказал ему Серпуховской. — Дипломат, артист, вот этакое что-то.

— Да, я как домой вернулся, так надел фрак, — отвечал Вронский, улыбаясь и медленно вынимая бинокль.

— Вот в этом я, признаюсь, тебе завидую. Я когда возвращаюсь из-за границы и надеваю это, — он тронул эксельбанты, — мне жалко свободы.

Серпуховской уже давно махнул рукой на служебную деятельность Вронского, но любил его по-прежнему и теперь был с ним особенно любезен.

— Жалко, ты опоздал к первому акту.

Вронский, слушая одним ухом, переводил бинокль с бенуара на бельэтаж и оглядывал ложи. Подле дамы в тюрбане и плешивого старичка, сердито мигавшего в стекле подвигавшегося бинокля, Вронский вдруг увидал голову Анны, гордую, поразительно красивую и улыбающуюся в рамке кружев. Она была в пятом бенуаре, в двадцати шагах от него. Сидела она спереди и, слегка оборотившись, говорила что-то Яшвину. Постанов ее головы на красивых и широких плечах и сдержанно-возбужденное сияние ее глаз и всего лица напомнили ему ее такою совершенно, какою он увидел ее на бале в Москве. Но он совсем иначе теперь ощущал эту красоту. В чувстве его к ней теперь не было ничего таинственного, и потому красота ее, хотя и сильнее, чем прежде, привлекала его, вместе с тем теперь оскорбляла его. Она не смотрела в его сторону, но Вронский чувствовал, что она уже видела его.

Когда Вронский опять навел в ту сторону бинокль, он заметил, что княжна Варвара особенно красна, неестественно смеется и беспрестанно оглядывается на соседнюю ложу; Анна же, сложив веер и постукивая им по красному бархату, приглядывается куда-то, но не видит и, очевидно, не хочет видеть того, что происходит в соседней ложе. На лице Яшвина было то выражение, которое бывало на нем, когда он проигрывал. Он, насупившись, засовывал все глубже и глубже в рот свой левый ус и косился на ту же соседнюю ложу.

В ложе этой, слева, были Картасовы. Вронский знал их и знал, что Анна с ними была знакома. Картасова, худая, маленькая женщина, стояла в своей ложе и, спиной оборотившись к Анне, надевала накидку, подаваемую ей мужем. Лицо ее было бледно и сердито, и она что-то взволнованно говорила. Картасов, толстый, плешивый господин, беспрестанно оглядываясь на Анну, старался успокоить жену. Когда жена вышла, муж долго медлил, отыскивая глазами взгляда Анны и, видимо, желая ей поклониться. Но Анна, очевидно нарочно не заме-

pukhovskoy, who, bending his knee and tapping his heel on the footlights, saw him from a distance and beckoned him with a smile.

Vronsky had not yet seen Anna; he purposely did not look in her direction. But he knew by the direction of people's eyes where she was. He looked round imperceptibly, but he was not seeking her; expecting the worst, his eyes were seeking Alexey Alexandrovich. Luckily for him, Alexey Alexandrovich was not in the theater this time.

"How little of the military there is left in you!" Serpukhovskoy said to him. "A diplomat, an artist, something of that sort."

"Yes, as soon as I came back home, I put on a tailcoat," answered Vronsky, smiling and slowly taking out his opera glass.

"Well, I confess I envy you there. When I come back from abroad and put on this," he touched his aiguillettes, "I regret my freedom."

Serpukhovskoy had long given up all hope of Vronsky's career, but he loved him as before, and was now particularly cordial to him.

"What a pity you were late for the first act."

Vronsky, listening with one ear, moved his opera glass from the baignoire to the dress circle and scanned the boxes. Next to a lady in a turban and a bald little old man, who blinked angrily into the moving opera glass, Vronsky suddenly saw Anna's head, proud, strikingly beautiful and smiling in the frame of lace. She was in the fifth baignoire, twenty paces from him. She was sitting in front, and slightly turning, was saying something to Yashvin. The setting of her head on her beautiful, broad shoulders, and the restrained excitement and radiance of her eyes and her whole face reminded him of her just as he had seen her at the ball in Moscow. But he felt utterly different towards this beauty now. In his feeling for her now there was nothing mysterious, and therefore her beauty, though it attracted him even more intensely than before, at the same time offended him now. She was not looking in his direction, but Vronsky felt that she had seen him already.

When Vronsky turned the opera glass again in that direction, he noticed that young Princess Varvara was particularly red, laughed unnaturally and kept looking round at the neighboring box; while Anna, folding her fan and tapping it on the red velvet, was gazing somewhere and did not see, and obviously did not want to see what was going on in the neighboring box. Yashvin's face wore the expression which was common when he was losing at cards. Scowling, he shoved the left end of his mustache further and further into his mouth, and cast sidelong glances at the same neighboring box.

In that box on the left were the Kartasovs. Vronsky knew them and knew that Anna was acquainted with them. Kartasova, a thin little woman, was standing up in her box, and, her back turned to Anna, she was putting on a mantle that her husband was holding for her. Her face was pale and angry, and she was saying something excitedly. Kartasov, a fat, bald gentleman, was continually looking round at Anna and trying to soothe his wife. When the wife had gone out, the husband lingered a long while and tried to catch Anna's eyes, apparently anxious to bow to her. But Anna, evidently on

чая его, оборотившись назад, что-то говорила нагнувшемуся к ней стриженою головой Яшвину. Картасов вышел, не поклонившись, и ложа осталась пустою.

Вронский не понял того, что именно произошло между Картасовыми и Анной, но он понял, что произошло что-то унизительное для Анны. Он понял это и по тому, что видел, и более всего по лицу Анны, которая, он знал, собрала свои последние силы, чтобы выдерживать взятую на себя роль. И эта роль внешнего спокойствия вполне удавалась ей. Кто не знал ее и ее круга, не слыхал всех выражений соболезнования, негодования и удивления женщин, что она позволила себе показаться в свете и показаться так заметно в своем кружевном уборе и со своей красотой, те любовались спокойствием и красотой этой женщины и не подозревали, что она испытывала чувства человека, выставляемого у позорного столба.

Зная, что что-то случилось, но не зная, что именно, Вронский испытывал мучительную тревогу и, надеясь узнать что-нибудь, пошел в ложу брата. Нарочно выбрав противоположный от ложи Анны пролет партера, он, выходя, столкнулся с бывшим полковым командиром своим, говорившим с двумя знакомыми. Вронский слышал, как было произнесено имя Карениной, и заметил, как поспешил полковой командир громко назвать Вронского, значительно взглянув на говоривших.

— А, Вронский! Когда же в полк? Мы тебя не можем отпустить без пира. Ты самый коренной наш, — сказал полковой командир.

— Не успею, очень жалко, до другого раза, — сказал Вронский и побежал вверх по лестнице в ложу брата.

Старая графиня, мать Вронского, со своими стальными букольками, была в ложе брата. Варя с княжной Сорокиной встретились ему в коридоре бельэтажа.

Проводив княжну Сорокину до матери, Варя подала руку деверю и тотчас же начала говорить с ним о том, что интересовало его. Она была взволнована так, как он редко видал ее.

— Я нахожу, что это низко и гадко, и madame Картасова не имела никакого права. Madame Каренина... — начала она.

— Да что? Я не знаю.

— Как, ты не слышал?

— Ты понимаешь, что я последний об этом услышу.

— Есть ли злее существо, как эта Картасова?

— Да что она сделала?

— Мне муж рассказал... Она оскорбила Каренину. Муж ее через ложу стал говорить с ней, а Картасова сделала ему сцену. Она, говорят, громко сказала что-то оскорбительное и вышла.

— Граф, вас ваша maman зовет, — сказала княжна Сорокина, выглядывая из двери ложи.

— А я тебя все жду, — сказала ему мать, насмешливо улыбаясь. — Тебя совсем не видно.

Сын видел, что она не могла удержать улыбку радости.

purpose, avoided noticing him and, turning round, was saying something to Yashvin, whose cropped head was bent down to her. Kartasov went out without bowing, and the box was left empty.

Vronsky did not understand what exactly had happened between the Kartasovs and Anna, but he realized that something humiliating for Anna had happened. He realized this both from what he had seen, and most of all from the face of Anna, who, he knew, had gathered her last forces to carry through the part she had taken up. And in this part of external composure she was quite successful. Anyone who did not know her and her circle, who had not heard all the utterances of the women expressive of commiseration, indignation and amazement, that she should allow herself to appear in society and appear so conspicuously with her lace and her beauty, admired the composure and beauty of this woman and did not suspect that she was undergoing the sensations of a person in the pillory.

Knowing that something had happened, but not knowing precisely what, Vronsky felt an agonizing anxiety, and hoping to find out something, went to his brother's box. Purposely choosing the aisle in the stalls opposite Anna's box, he bumped as he came out into the commander of his former regiment, talking to two acquaintances. Vronsky heard the name of Karenina spoken, and noticed how the commander of the regiment hastened to address Vronsky loudly by name, with a meaningful glance at his companions.

"Ah, Vronsky! When are you coming to the regiment? We can't let you off without a feast. You're one of the old set," said the commander of the regiment.

"I have no time, awfully sorry, another time," Vronsky said and ran upstairs to his brother's box.

The old Countess, Vronsky's mother, with her steel-gray little curls, was in his brother's box. Varya with the young Princess Sorokina met him in the corridor of the dress circle.

After accompanying Princess Sorokina to his mother, Varya held out her hand to her brother-in-law and began immediately to speak to him of what interested him. She was so excited as he had rarely seen her.

"I think it's mean and vile, and Madame Kartasova had no right. Madame Karenina..." she began.

"But what is it? I don't know."

"What? you have not heard?"

"You know I should be the last person to hear of it."

"Is there a more spiteful creature than that Kartasova?"

"But what did she do?"

"My husband told me... She insulted Karenina. Her husband began talking to her across the box, and Kartasova made a scene. They say she said something insulting aloud and went out."

"Count, your maman is calling you," said the young Princess Sorokina, peeping out of the door of the box.

"I've been expecting you all the while," his mother said to him, smiling sarcastically. "You were nowhere to be seen."

Her son saw that she could not suppress a smile of joy.

— Здравствуйте, maman. Я шел к вам, — сказал он холодно.

— Что же ты не идешь faire la cour à madame Karenine[1]? — прибавила она, когда княжна Сорокина отошла. — Elle fait sensation. On oublie la Patti pour elle[2].

— Maman, я вас просил не говорить мне про это, — отвечал он, хмурясь.

— Я говорю то, что говорят все.

Вронский ничего не ответил и, сказав несколько слов княжне Сорокиной, вышел. В дверях он встретил брата.

— А, Алексей! — сказал брат. — Какая гадость! Дура, больше ничего... Я сейчас хотел к ней идти. Пойдем вместе.

Вронский не слушал его. Он быстрыми шагами пошел вниз: он чувствовал, что ему надо что-то сделать, но не знал что. Досада на нее за то, что она ставила себя и его в такое фальшивое положение, вместе с жалостью к ней за ее страдания волновали его. Он сошел вниз в партер и направился прямо к бенуару Анны. У бенуара стоял Стремов и разговаривал с нею:

— Теноров нет больше. Le moule en est brisé[3].

Вронский поклонился ей и остановился, здороваясь со Стремовым.

— Вы, кажется, поздно приехали и не слыхали лучшей арии, — сказала Анна Вронскому, насмешливо, как ему показалось, взглянув на него.

— Я плохой ценитель, — сказал он, строго глядя на нее.

— Как князь Яшвин, — сказала она, улыбаясь, — который находит, что Патти поет слишком громко.

— Благодарю вас, — сказала она, взяв в маленькую руку в длинной перчатке поднятую Вронским афишу, и вдруг в это мгновение красивое лицо ее вздрогнуло. Она встала и пошла в глубь ложи.

Заметив, что на следующий акт ложа ее осталась пустою, Вронский, возбуждая шиканье затихшего при звуках каватины театра, вышел из партера и поехал домой.

Анна уже была дома. Когда Вронский вошел к ней, она была одна в том самом наряде, в котором она была в театре. Она сидела на первом у стены кресле и смотрела пред собой. Она взглянула на него и тотчас же приняла прежнее положение.

— Анна, — сказал он.

— Ты, ты виноват во всем! — вскрикнула она со слезами отчаяния и злости в голосе, вставая.

— Я просил, я умолял тебя не ездить, я знал, что тебе будет неприятно...

— Неприятно! — вскрикнула она. — Ужасно! Сколько бы я ни жила, я не забуду этого. Она сказала, что позорно сидеть рядом со мной.

— Слова глупой женщины, — сказал он, — но для чего рисковать, вызывать...

— Я ненавижу твое спокойствие. Ты не должен был доводить меня до этого. Если бы ты любил меня...

---

[1] ухаживать за мадам Карениной? *(франц.)*
[2] Она производит сенсацию. Из-за нее забывают о Патти. *(франц.)*
[3] Они перевелись. *(франц.)*

"Good evening, maman. I was coming to you," he said coldly.

"Why aren't you going to faire la cour à Madame Karenine[1]?" she added, when Princess Sorokina had moved away. "Elle fait sensation. On oublie la Patti pour elle[2]."

"Maman, I have asked you not to talk to me about that," he answered, scowling.

"I'm saying what everyone's saying."

Vronsky made no reply, and saying a few words to Princess Sorokina, went out. In the doorway he met his brother.

"Ah, Alexey!" said his brother. "How disgusting! A fool, nothing else... I wanted to go straight to her. Let's go together."

Vronsky was not listening to him. With rapid steps he went downstairs: he felt that he must do something but did not know what. Vexation with her for putting herself and him in such a false position, together with pity for her suffering, disturbed him. He went down to the stalls and made straight for Anna's baignoire. At her baignoire stood Stremov, talking to her:

"There are no more tenors. Le moule en est brisé[3]."

Vronsky bowed to her and stopped to greet Stremov.

"You came in late, I think, and have missed the best aria," Anna said to Vronsky, glancing sarcastically, he thought, at him.

"I am a poor judge," he said, looking sternly at her.

"Like Prince Yashvin," she said, smiling, "who finds that Patti sings too loud."

"Thank you," she said, her little hand in its long glove taking the playbill Vronsky picked up, and suddenly at that instant her beautiful face winced. She got up and went to the back of the box.

Noticing in the next act that her box was empty, Vronsky, rousing "hushes" in the audience, which was silent at the sounds of the cavatina, went out of the stalls and drove home.

Anna was already at home. When Vronsky came in, she was alone, still in the same dress she had worn at the theater. She was sitting in the first armchair by the wall, looking straight before her. She looked at him and at once resumed her former position.

"Anna," he said.

"You, you are to blame for everything!" she cried with tears of despair and anger in her voice, getting up.

"I asked, I implored you not to go, I knew it would be unpleasant..."

"Unpleasant!" she cried. "Hideous! As long as I live I shall never forget it. She said it was a disgrace to sit beside me."

"A silly woman's words," he said, "but why risk, why provoke..."

"I hate your composure. You ought not to have brought me to this. If you loved me..."

---

[1] Make court to Madame Karenina? *(French)*

[2] She creates a sensation. They forget Patti because of her. *(French)*

[3] Their mold is broken. *(French)*

— Анна! К чему тут вопрос о моей любви...

— Да, если бы ты любил меня, как я, если бы ты мучался, как я... — сказала она, с выражением испуга взглядывая на него.

Ему жалко было ее и все-таки досадно. Он уверял ее в своей любви, потому что видел, что только одно это может теперь успокоить ее, и не упрекал ее словами, но в душе своей он упрекал ее.

И те уверения в любви, которые ему казались так пошлы, что ему совестно было выговаривать их, она впивала в себя и понемногу успокаивалась. На другой день после этого, совершенно примиренные, они уехали в деревню.

"Anna! How does the question of my love come in?"

"Yes, if you loved me as I do, if you were tortured as I am..." she said, looking at him with an expression of terror.

He was sorry for her, and vexed notwithstanding. He assured her of his love because he saw that this was the only means of soothing her now, and he did not reproach her in words, but in his soul he reproached her.

And those assurances of love, which seemed to him so vulgar that he was ashamed to utter them, she drank in and gradually became calmer. The next day after this, completely reconciled, they left for the country.

Часть шестая

I

Дарья Александровна проводила лето с детьми в Покровском, у сестры Кити Левиной. В ее именье дом совсем развалился, и Левин с женой уговорили ее провести лето у них. Степан Аркадьич очень одобрил это устройство. Он говорил, что очень сожалеет, что служба мешает ему провести с семейством лето в деревне, что для него было бы высшим счастьем, и, оставаясь в Москве, приезжал изредка в деревню на день и два. Кроме Облонских со всеми детьми и гувернанткой, в это лето гостила у Левиных еще старая княгиня, считавшая своим долгом следить за неопытною дочерью, находившеюся в *таком положении*. Кроме того, Варенька, заграничная приятельница Кити, исполнила свое обещание приехать к ней, когда Кити будет замужем, и гостила у своего друга. Все это были родные и друзья жены Левина. И хотя он всех их любил, ему немного жалко было своего левинского мира и порядка, который был заглушаем этим наплывом "щербацкого элемента", как он говорил себе. Из его родных гостил в это лето у них один Сергей Иванович, но и тот был не левинского, а кознышевского склада человек, так что левинский дух совершенно уничтожался.

В левинском давно пустынном доме теперь было так много народа, что почти все комнаты были заняты, и почти каждый день старой княгине приходилось, садясь за стол, пересчитывать всех и отсаживать тринадцатого внука или внучку за особенный столик. И для Кити, старательно занимавшейся хозяйством, было немало хлопот о приобретении кур, индюшек, уток, которых при летних аппетитах гостей и детей выходило очень много.

Все семейство сидело за обедом. Дети Долли с гувернанткой и Варенькой делали планы о том, куда идти за грибами. Сергей Иванович, пользовавшийся между всеми гостями уважением к его уму и учености, доходившим почти до поклонения, удивил всех, вмешавшись в разговор о грибах.

Part Six

I

Darya Alexandrovna was spending the summer with her children at Pokrovskoye, at her sister Kitty Levina's. The house on her own estate was quite in ruins, and Levin and his wife had persuaded her to spend the summer with them. Stepan Arkadyich greatly approved of this arrangement. He said he was very sorry his official duties prevented him from spending the summer in the country with his family, which would have been the greatest happiness for him; and remaining in Moscow, he came down to the country from time to time for a day or two. Besides the Oblonskys, with all their children and their governess, the old Princess too came to stay that summer with the Levins, as she considered it her duty to watch over her inexperienced daughter in her *interesting condition.* Besides, Varenka, Kitty's friend from abroad, kept her promise to come to Kitty when she was married, and stayed with her friend. All of these were relations and friends of Levin's wife. And though he loved them all, he rather regretted his own Levin world and order, which was smothered by this influx of the "Shcherbatsky element," as he called it to himself. Of his own relations there stayed with him only Sergey Ivanovich that summer, but he too was a man of the Koznyshev and not the Levin stamp, so that the Levin spirit was utterly obliterated.

In the Levins' house, so long deserted, there were now so many people that almost all the rooms were occupied, and almost every day the old Princess, sitting down to table, had to count them and put the thirteenth grandson or granddaughter at a separate table. And Kitty, with her careful housekeeping, had no little trouble to get chickens, turkeys and ducks, of which so many were needed to satisfy the summer appetites of the guests and children.

The whole family was sitting at dinner. Dolly's children, with their governess and Varenka, were making plans about where to go mushrooming. Sergey Ivanovich, who was looked up to by all the guests for his intellect and learning, with a respect that almost amounted to worship, surprised everyone by joining in the conversation about mushrooms.

— И меня возьмите с собой. Я очень люблю ходить за грибами, — сказал он, глядя на Вареньку, — я нахожу, что это очень хорошее занятие.

— Что ж, мы очень рады, — покраснев, отвечала Варенька. Кити значительно переглянулась с Долли. Предложение ученого и умного Сергея Ивановича идти за грибами с Варенькой подтверждало некоторые предположения Кити, в последнее время очень ее занимавшие. Она поспешила заговорить с матерью, чтобы взгляд ее не был замечен. После обеда Сергей Иванович сел со своею чашкой кофе у окна в гостиной, продолжая начатый разговор с братом и поглядывая на дверь, из которой должны были выйти дети, собиравшиеся за грибами. Левин присел на окне возле брата.

Кити стояла подле мужа, очевидно дожидаясь конца неинтересовавшего разговора, чтобы сказать ему что-то.

— Ты во многом переменился с тех пор, как женился, и к лучшему, — сказал Сергей Иванович, улыбаясь Кити и, очевидно, мало интересуясь начатым разговором, — но остался верен своей страсти защищать самые парадоксальные темы.

— Катя, тебе не хорошо стоять, — сказал ей муж, подвигая ей стул и значительно глядя на нее.

— Ну, да, впрочем, и некогда, — прибавил Сергей Иванович, увидав выбегавших детей.

Впереди всех боком, галопом, в своих натянутых чулках, махая корзинкой и шляпой Сергея Ивановича, прямо на него бежала Таня.

Смело подбежав к Сергею Ивановичу и блестя глазами, столь похожими на прекрасные глаза отца, она подала Сергею Ивановичу его шляпу и сделала вид, что хочет надеть на него, робкою и нежною улыбкой смягчая свою вольность.

— Варенька ждет, — сказала она, осторожно надевая на него шляпу, по улыбке Сергея Ивановича увидав, что это было можно.

Варенька стояла в дверях, переодетая в желтое ситцевое платье, с повязанным на голове белым платком.

— Иду, иду, Варвара Андреевна, — сказал Сергей Иванович, допивая из чашки кофей и разбирая по карманам платок и сигарочницу.

— А что за прелесть моя Варенька! А? — сказала Кити мужу, как только Сергей Иванович встал. Она сказала это так, что Сергей Иванович мог слышать ее, чего она, очевидно, хотела. — И как она красива, благородно красива! Варенька! — прокричала Кити, — вы будете в мельничном лесу? Мы приедем к вам.

— Ты решительно забываешь свое положение, Кити,— проговорила старая княгиня, поспешно выходя из двери. — Тебе нельзя так кричать.

Варенька, услыхав зов Кити и выговор ее матери, быстро, легкими шагами подошла к Кити. Быстрота движений, краска, покрывавшая оживленное лицо, — все показывало, что в ней происходило что-то

"Take me with you. I like mushrooming very much," he said, looking at Varenka, "I think it's a very nice occupation."

"Well, we shall be delighted," answered Varenka, blushing. Kitty exchanged meaningful glances with Dolly. The proposal of the learned and intelligent Sergey Ivanovich to go mushrooming with Varenka confirmed certain theories of Kitty's with which her mind had been very busy of late. She made haste to address her mother, so that her glance should not be noticed. After dinner Sergey Ivanovich sat with his cup of coffee at the drawing-room window, continuing a conversation he had begun with his brother and watching the door through which the children, who were going mushrooming, were supposed to come. Levin sat on the window sill near his brother.

Kitty stood beside her husband, evidently awaiting the end of a conversation that had no interest for her, in order to tell him something.

"You have changed in many respects since you got married, and for the better," said Sergey Ivanovich, smiling to Kitty, and evidently little interested in the conversation they had begun, "but you have remained true to your passion for defending the most paradoxical theories."

"Katia, it's not good for you to stand," her husband said to her, moving a chair for her and looking significantly at her.

"Well, and there's no time either," added Sergey Ivanovich, seeing the children running out.

At the head of them all Tanya galloped sideways, in her tightly- drawn stockings, and waving a basket and Sergey Ivanovich's hat, she ran straight up to him.

Boldly running up to Sergey Ivanovich with shining eyes, so like her father's fine eyes, she handed Sergey Ivanovich his hat and made as if she would put it on him, softening her liberty by a shy and tender smile.

"Varenka's waiting," she said, carefully putting the hat on him, seeing by Sergey Ivanovich's smile that she might do so.

Varenka was standing in the doorway, having changed into a yellow print dress, with a white kerchief on her head.

"I'm coming, I'm coming, Varvara Andreyevna," said Sergey Ivanovich, finishing his cup of coffee and putting his handkerchief and cigar-case in his pockets.

"And how sweet my Varenka is! Ah?" said Kitty to her husband, as soon as Sergey Ivanovich got up. She said it so that Sergey Ivanovich could hear her, which she evidently wanted. "And how beautiful she is, such a refined beauty! Varenka!" Kitty shouted, "shall you be in the mill forest? We'll come to you."

"You certainly forget your condition, Kitty," said the old Princess, hurriedly coming out of the door. "You mustn't shout like that."

Varenka, hearing Kitty's voice and her mother's reprimand, went with light, rapid steps up to Kitty. The rapidity of her movement, her flushed and lively face, everything showed that something uncommon was going on in

необыкновенное. Кити знала, что было это необыкновенное, и внимательно следила за ней. Она теперь позвала Вареньку только затем, чтобы мысленно благословить ее на то важное событие, которое, по мысли Кити, должно было совершиться нынче после обеда в лесу.

— Варенька, я очень счастлива, но я могу быть еще счастливее, если случится одна вещь, — шепотом сказала она, целуя ее.

— А вы с нами пойдете? — смутившись, сказала Варенька Левину, делая вид, что не слыхала того, что ей было сказано.

— Я пойду, но только до гумна, и там останусь.

— Ну что тебе за охота? — сказала Кити.

— Нужно новые фуры взглянуть и учесть, — сказал Левин. — А ты где будешь?

— На террасе.

II

На террасе собралось все женское общество. Они и вообще любили сидеть там после обеда, но нынче там было еще и дело. Кроме шитья распашонок и вязанья свивальников, которым все были заняты, нынче там варилось варенье по новой для Агафьи Михайловны методе без прибавления воды. Кити вводила эту новую методу, употреблявшуюся у них дома. Агафья Михайловна, которой прежде было поручено это дело, считая, что то, что делалось в доме Левиных, не могло быть дурно, все-таки налила воды в клубнику и землянику, утверждая, что это невозможно иначе; она была уличена в этом, и теперь варилась малина при всех, и Агафья Михайловна должна была быть приведена к убеждению, что и без воды варенье выйдет хорошо.

Агафья Михайловна с разгоряченным и огорченным лицом, спутанными волосами и обнаженными по локоть худыми руками кругообразно покачивала тазик над жаровней и мрачно смотрела на малину, от всей души желая, чтоб она застыла и не проварилась. Княгиня, чувствуя, что на нее, как на главную советницу по варке малины, должен быть направлен гнев Агафьи Михайловны, старалась сделать вид, что она занята другим и не интересуется малиной, говорила о постороннем, но искоса поглядывала на жаровню.

— Я на дешевом товаре всегда платья девушкам покупаю сама, — говорила княгиня, продолжая начатый разговор... — Не снять ли теперь пенки, голубушка? — прибавила она, обращаясь к Агафье Михайловне. — Совсем тебе не нужно это делать самой, и жарко, — остановила она Кити.

— Я сделаю, — сказала Долли и, встав, осторожно стала водить ложкой по пенящемуся сахару, изредка, чтоб отлепить от ложки приставшее к ней, постукивая ею по тарелке, покрытой уже разноцветными, желто-розовыми, с подтекающими кровяным сиропом,

her. Kitty knew what this uncommon thing was and watched her intently. She called Varenka now merely in order to give her mentally a blessing for the important event which, as Kitty thought, was bound to happen today after dinner in the forest.

"Varenka, I am very happy but I should be even happier if a certain thing happens," she said in a whisper, kissing her.

"And are you coming with us?" Varenka said to Levin in confusion, pretending not to have heard what had been said to her.

"I am coming, but only as far as the threshing floor, and I shall stay there."

"Why, what do you want there?" said Kitty.

"I must have a look at the new wagons and count them," said Levin. "And where will you be?"

"On the terrace."

II

On the terrace were assembled all the women of the company. They always liked sitting there after dinner, but today they had work to do there too. Besides the sewing of baby shirts and the knitting of swaddling bands, with which all of them were busy, today jam was being made there by a method new to Agafya Mikhailovna, without the addition of water. Kitty was introducing this new method, which had been in use at her home. Agafya Mikhailovna, to whom this task had been entrusted before, considering that what had been done in the Levin household could not be amiss, had nevertheless put water in the strawberries and wild strawberries, maintaining that it could not be done otherwise; she had been caught in the act, and now raspberry jam was being made before everyone, and Agafya Mikhailovna had to be persuaded that jam could be very well made without water.

Agafya Mikhailovna, her face heated and distressed, her hair matted, and her thin arms bare to the elbows, was swinging the bowl over the charcoal stove, looking darkly at the raspberries and wishing with all her soul that they would jellify and not cook properly. The Princess, conscious that Agafya Mikhailovna's wrath must be directed against her, as the chief adviser on the raspberry jam-making, tried to appear to be busy with other things and not interested in the raspberry jam, talked of other matters, but cast sidelong glances at the stove.

"I always buy my maids' dresses myself in cheap shops," the Princess said, continuing the conversation they had begun... "Isn't it time to skim it, my dear?" she added, addressing Agafya Mikhailovna. "There's not the slightest need for you to do it yourself, and it's hot for you," she stopped Kitty.

"I'll do it," said Dolly, and getting up, she began passing the spoon carefully over the frothing sugar, from time to time shaking off the clinging jam from the spoon by knocking it on a plate that was already covered with the multicolored, yellow-pink scum and blood-colored syrup. "How they'll lick

пенками. "Как они будут это лизать с чаем!" — думала она о своих детях, вспоминая, как она сама, бывши ребенком, удивлялась, что большие не едят самого лучшего — пенок.

— Стива говорит, что гораздо лучше давать деньги, — продолжала между тем Долли начатый занимательный разговор о том, как лучше дарить людей, — но...

— Как можно деньги! — в один голос заговорили княгиня и Кити. — Они ценят это.

— Ну, я, например, в прошлом году купила нашей Матрене Семеновне не поплин, а вроде этого, — сказала княгиня.

— Я помню, она в ваши именины в нем была.

— Премиленький узор; так просто и благородно. Я сама хотела себе сделать, если бы у нее не было. Вроде как у Вареньки. Так мило и дешево.

— Ну, теперь, кажется, готово, — сказала Долли, спуская сироп с ложки.

— Когда крендельками, тогда готово. Еще поварите, Агафья Михайловна.

— Эти мухи! — сердито сказала Агафья Михайловна. — Все то же будет, — прибавила она.

— Ах, как он мил, не пугайте его! — неожиданно сказала Кити, глядя на воробья, который сел на перила и, перевернув стерженек малины, стал клевать его. '

— Да, но ты бы подальше от жаровни, — сказала мать.

— À propos de Варенька[1], — сказала Кити по-французски, как они и все время говорили, чтоб Агафья Михайловна не понимала их. — Вы знаете, maman, что я нынче почему-то жду решения. Вы понимаете какое. Как бы хорошо было!

— Однако какова мастерица сваха! — сказала Долли. — Как она осторожно и ловко сводит их...

— Нет, скажите, maman, что вы думаете?

— Да что же думать? Он (они разумели Сергея Ивановича) мог всегда сделать первую партию в России; теперь он уж не так молод, но всетаки, я знаю, за него и теперь пошли бы многие... Она очень добрая, но он мог бы...

— Нет, вы поймите, мама, почему для него и для нее лучше нельзя придумать. Первое — она прелесть! — сказала Кити, загнув один палец.

— Она очень нравится ему, это верно, — подтвердила Долли.

— Потом второе: он такое занимает положение в свете, что ему ни состояние, ни положение в свете его жены совершенно не нужны. Ему нужно одно — хорошую, милую жену, спокойную.

— Да, уж с ней можно быть спокойным, — подтвердила Долли.

— Третье, чтоб она его любила. И это есть... То есть это так бы хорошо было!.. Жду, что вот они явятся из леса, и все решится. Я сейчас увижу по глазам. Я бы так рада была! Как ты думаешь, Долли?

---

[1] Кстати о Вареньке (франц.).

it up with tea!" she thought of her children, remembering how she herself as a child had wondered how it was the grown-ups did not eat the best part—the scum.

"Stiva says it's much better to give money," Dolly continued meanwhile the engaging conversation they had begun about the best way to give presents to servants, "but..."

"Money's out of the question!" the Princess and Kitty said with one voice. "They appreciate it."

"Well, last year, for instance, I bought for our Matryona Semyonovna not a poplin, but something of that sort," said the Princess.

"I remember, she was wearing it on your name day."

"A charming pattern—so simple and refined. I should have liked to make it for myself, if she hadn't had it. Something like Varenka's. So pretty and inexpensive."

"Well, now I think it's done," said Dolly, dropping the syrup from the spoon.

"When it sets in the form of cracknels, it's ready. Cook it a little longer, Agafya Mikhailovna."

"These flies!" said Agafya Mikhailovna angrily. "It'll be all the same," she added.

"Ah, how sweet it is, don't frighten it!" Kitty said suddenly, looking at a sparrow that had settled on the railing and, turning over a raspberry stalk, began pecking at it.

"Yes, but you keep a little further from the stove," said her mother.

"À propos de Varenka," said Kitty in French, which they had been speaking all the while, so that Agafya Mikhailovna should not understand them. "You know, maman, I somehow expect a decision today. You understand what I mean. How good it would be!"

"But what a skilful matchmaker she is!" said Dolly. "How carefully and cleverly she brings them together..."

"No, tell me, maman, what do you think?"

"Well, what is one to think? He" (he meant Sergey Ivanovich) "could at any time make a top match in Russia; now he's not so young, still I know ever so many girls would marry him even now... She's very kind, but he could..."

"No, mama, do understand why, for him and for her, nothing better could be imagined. First, she's charming!" said Kitty, crooking one of her fingers.

"He likes her very much, it's true," Dolly acknowledged.

"Then secondly: he occupies such a position in society that he has no need whatsoever for either fortune or position in society of his wife. All he needs is a good, sweet wife, a restful one."

"Yes, with her one can be restful," Dolly acknowledged.

"Thirdly, that she should love him. And so it is... That is, it would be so good!.. I look forward to seeing them coming back from the forest, and everything will be settled. I shall see at once by their eyes. I should be so delighted! What do you think, Dolly?"

— Да ты не волнуйся. Тебе совсем не нужно волноваться, — сказала мать.

— Да я не волнуюсь, мама. Мне кажется, что он нынче сделает предложение.

— Ах, это так странно, как и когда мужчина делает предложение... Есть какая-то преграда, и вдруг она прорвется, — сказала Долли, задумчиво улыбаясь и вспоминая свое прошедшее со Степаном Аркадьичем.

— Мама, как вам папа сделал предложение? — вдруг спросила Кити.

— Ничего необыкновенного не было, очень просто, — отвечала княгиня, но лицо ее все просияло от этого воспоминания.

— Нет, но как? Вы все-таки его любили, прежде чем вам позволили говорить?

Кити испытывала особенную прелесть в том, что она с матерью теперь могла говорить, как с равною, об этих самых главных вопросах в жизни женщины.

— Разумеется, любила; он ездил к нам в деревню.

— Но как решилось? Мама?

— Ты думаешь, верно, что вы что-нибудь новое выдумали? Все одно: решилось глазами, улыбками...

— Как вы это хорошо сказали, мама! Именно глазами и улыбками, — подтвердила Долли.

— Но какие слова он говорил?

— Какие тебе Костя говорил?

— Он писал мелом. Это было удивительно... Как это мне давно кажется! — сказала она.

И три женщины задумались об одном и том же. Кити первая прервала молчание. Ей вспомнилась вся эта последняя пред ее замужеством зима и ее увлечение Вронским.

— Одно... это прежняя пассия Вареньки, — сказала она, по естественной связи мысли вспомнив об этом. — Я хотела сказать как-нибудь Сергею Ивановичу, приготовить его. Они, все мужчины, — прибавила она, — ужасно ревнивы к нашему прошедшему.

— Не все, — сказала Долли. — Ты это судишь по своему мужу. Он до сих пор мучается воспоминанием о Вронском. Да? Правда ведь?

— Правда, — задумчиво улыбаясь глазами, отвечала Кити.

— Только я не знаю, — вступилась княгиня-мать за свое материнское наблюдение за дочерью, — какое же твое прошедшее могло его беспокоить? Что Вронский ухаживал за тобой? Это бывает с каждою девушкой.

— Ну, да не про это мы говорим, — покраснев, сказала Кити.

— Нет, позволь, — продолжала мать, — и потом ты сама не хотела мне позволить переговорить с Вронским. Помнишь?

— Ах, мама! — с выражением страдания сказала Кити.

— Теперь вас не удержишь... Отношения твои и не могли зайти дальше, чем должно; я бы сама вызвала его. Впрочем, тебе, моя душа, не годится волноваться. Пожалуйста, помни это и успокойся.

— Я совершенно спокойна, maman.

"But don't excite yourself. You should not be excited at all," said her mother.

"Oh, I'm not excited, mama. I think he will make her an offer today."

"Ah, that's so strange, how and when a man makes an offer... There is a sort of barrier, and all at once it's broken down," said Dolly, smiling pensively and recalling her past with Stepan Arkadyich.

"Mama, how did papa make you an offer?" Kitty asked suddenly.

"There was nothing out of the way, it was very simple," answered the Princess, but her face beamed all over at the recollection.

"No, but how? You loved him, anyway, before you were allowed to talk?"

Kitty felt a peculiar charm in being able now to talk to her mother on equal terms about these most important issues in a woman's life.

"Of course I loved him; he used to visit us in the country."

"But how was it settled? Mama?"

"You probably imagine that you invented something new? It's all the same: it was settled by the eyes, by smiles..."

"How nicely you said that, mama! Precisely by the eyes and smiles," Dolly acknowledged.

"But what words did he say?"

"What did Kostya say to you?"

"He wrote with chalk. It was wonderful... How long ago it seems!" she said.

And the three women fell to musing on the same thing. Kitty was the first to break the silence. She remembered all that last winter before her marriage, and her passion for Vronsky.

"There's one thing... that former passion of Varenka's," she said, remembering it due to a natural chain of ideas. "I wanted somehow to tell Sergey Ivanovich, to prepare him. They, all men," she added, "are awfully jealous over our past."

"Not all," said Dolly. "You judge by your husband. It makes him miserable even now to remember Vronsky. Yes? It's true, isn't it?"

"It is," Kitty answered, smiling pensively with her eyes.

"Only I don't know," the Princess-mother defended her motherly care of her daughter, "what past of yours could worry him? That Vronsky courted you? That happens to every girl."

"Well, we are not talking about that," Kitty said, blushing.

"No, let me speak," her mother went on, "and then you yourself didn't want to let me have a talk with Vronsky. Do you remember?"

"Ah, mama!" said Kitty, with an expression of suffering.

"There's no keeping you in check nowadays... Your relations could not have gone beyond what was suitable; I myself should have called upon him. But, my darling, it's not right for you to be agitated. Please remember that and calm yourself."

"I'm perfectly calm, maman."

— Как счастливо вышло тогда для Кити, что приехала Анна, — сказала Долли, — и как несчастливо для нее. Вот именно наоборот, — прибавила она, пораженная своею мыслью. — Тогда Анна так была счастлива, а Кити себя считала несчастливой. Как совсем наоборот! Я часто о ней думаю.

— Есть о ком думать! Гадкая, отвратительная женщина, без сердца, — сказала мать, не могшая забыть, что Кити вышла не за Вронского, а за Левина.

— Что за охота про это говорить, — с досадой сказала Кити, — я об этом не думаю и не хочу думать... И не хочу думать, — повторила она, прислушиваясь к знакомым шагам мужа по лестнице террасы.

— О чем это: и не хочу думать? — спросил Левин, входя на террасу.

Но никто не ответил ему, и он не повторил вопроса.

— Мне жалко, что я расстроил ваше женское царство, — сказал он, недовольно оглянув всех и поняв, что говорили о чем-то таком, чего бы не стали говорить при нем.

На секунду он почувствовал, что разделяет чувство Агафьи Михайловны, недовольство на то, что варят малину без воды, и вообще на чуждое щербацкое влияние. Он улыбнулся, однако, и подошел к Кити.

— Ну, что? — спросил он ее, с тем самым выражением глядя на нее, с которым теперь все обращались к ней.

— Ничего, прекрасно, — улыбаясь, сказала Кити, — а у тебя как?

— Да втрое больше везут, чем телега. Так ехать за детьми? Я велел закладывать.

— Что ж, ты хочешь Кити на линейке везти? — с упреком сказала мать.

— Да ведь шагом, княгиня.

Левин никогда не называл княгиню maman, как это делают зятья, и это было неприятно княгине. Но Левин, несмотря на то, что он очень любил и уважал княгиню, не мог, не осквернив чувства к своей умершей матери, называть ее так.

— Поедемте с нами, maman, — сказала Кити.

— Не хочу я смотреть на это безрассудство.

— Ну, я пешком пойду. Ведь мне здорово. — Кити встала, подошла к мужу и взяла его за руку.

— Здорово, но все в меру, — сказала княгиня.

— Ну что, Агафья Михайловна, готово варенье? — сказал Левин, улыбаясь Агафье Михайловне и желая развеселить ее. — Хорошо по-новому?

— Должно быть, хорошо. По-нашему, переварено.

— Оно и лучше, Агафья Михайловна, не прокиснет, а то у нас лед теперь уж растаял, а беречь негде, — сказала Кити, тотчас же поняв намерение мужа и с тем же чувством обращаясь к старухе. — Зато ваше соленье такое, что мама говорит, никогда такого не едала, — прибавила она, улыбаясь и поправляя на ней косынку.

"How happy it was for Kitty that Anna came then," said Dolly, "and how unhappy for her. Exactly the opposite," she added, struck by her idea. "Then Anna was so happy, and Kitty thought herself unhappy. How completely opposite! I often think about her."

"A nice person to think about! A repulsive, horrid woman with no heart," said her mother, who could not forget that Kitty had married not Vronsky, but Levin.

"Why you want to talk about it," Kitty said with annoyance, "I don't think about it and I don't want to think... And I don't want to think," she repeated, listening to her husband's familiar steps on the stairs of the terrace.

"What's that you don't want to think about?" asked Levin, coming onto the terrace.

But no one answered him, and he did not repeat the question.

"I'm sorry I've disturbed your women's kingdom," he said, looking round at everyone discontentedly and realizing that they had been talking about something which they would not talk about before him.

For a second he felt that he was sharing the feeling of Agafya Mikhailovna, vexation at their making the raspberry jam without water, and in general at the alien Shcherbatsky influence. He smiled, however, and went up to Kitty.

"Well, how are you?" he asked her, looking at her with the same expression with which everyone addressed her now.

"Oh, very well," said Kitty, smiling, "and how are things with you?"

"They hold three times as much as a cart. Well, are we going for the children? I've ordered the horses to be put in."

"What, you want to take Kitty in the wagonette?" her mother said reproachfully.

"But at a walking pace, Princess."

Levin never called the Princess "maman," as sons-in-law do, and that displeased the Princess. But though Levin loved and respected the Princess very much, he could not call her so without profaning his feelings for his dead mother.

"Come with us, maman," said Kitty.

"I don't want to look at this imprudence."

"Well, I'll walk then. It's good for my health." Kitty got up, went to her husband and took his hand.

"Good for your health, but everything in moderation," said the Princess.

"Well, Agafya Mikhailovna, is the jam done?" said Levin, smiling to Agafya Mikhailovna and wishing to cheer her up. "Is it all right in the new way?"

"I suppose it's all right. For our notions it's overcooked."

"It'll be all the better, Agafya Mikhailovna, it won't turn sour; our ice has already melted, so there is no place to store it," said Kitty, at once understanding her husband's motive and addressing the old woman with the same feeling. "But your pickle's so good, that mama says she never tasted any like it," she added, smiling and putting the old woman's kerchief straight.

Агафья Михайловна посмотрела на Кити сердито.

— Вы меня не утешайте, барыня. Я вот посмотрю на вас с ним, мне и весело, — сказала она, и это грубое выражение с ним, а не с ними тронуло Кити.

— Поедемте с нами за грибами, вы нам места покажете. — Агафья Михайловна улыбнулась, покачала головой, как бы говоря: "И рада бы посердиться на вас, да нельзя".

— Сделайте, пожалуйста, по моему совету, — сказала старая княгиня, — сверху положите бумажку и ромом намочите: и безо льда никогда плесени не будет.

III

Кити была в особенности рада случаю побыть с глазу на глаз с мужем, потому что она заметила, как тень огорчения пробежала на его так живо все отражающем лице в ту минуту, как он вошел на террасу и спросил, о чем говорили, и ему не ответили.

Когда они пошли пешком вперед других и вышли из виду дома на накатанную, пыльную и усыпанную ржаными колосьями и зернами дорогу, она крепче оперлась на его руку и прижала ее к себе. Он уже забыл о минутном неприятном впечатлении и наедине с нею испытывал теперь, когда мысль о ее беременности ни на минуту не покидала его, то, еще новое для него и радостное, совершенно чистое от чувственности наслаждение близости к любимой женщине. Говорить было нечего, но ему хотелось слышать звук ее голоса, так же как и взгляд, изменившегося теперь при беременности. В голосе, как и во взгляде, была мягкость и серьезность, подобная той, которая бывает у людей, постоянно сосредоточенных над одним любимым делом.

— Так ты не устанешь? Упирайся больше, — сказал он.

— Нет, я так рада случаю побыть с тобою наедине, и, признаюсь, как мне ни хорошо с ними, жалко наших зимних вечеров вдвоем.

— То было хорошо, а это еще лучше. Оба лучше, — сказал он, прижимая ее руку.

— Ты знаешь, про что мы говорили, когда ты вошел?

— Про варенье?

— Да, и про варенье; но потом о том, как делают предложение.

— А! — сказал Левин, более слушая звук ее голоса, чем слова, которые она говорила, все время думая о дороге, которая шла теперь лесом, и обходя те места, где бы она могла неверно ступить.

— И о Сергее Иваныче и Вареньке. Ты заметил?.. Я очень желаю этого, — продолжала она. — Как ты об этом думаешь? — И она заглянула ему в лицо.

— Не знаю, что думать, — улыбаясь, отвечал Левин. — Сергей в этом отношении очень странен для меня. Я ведь рассказывал...

— Да, что он был влюблен в эту девушку, которая умерла...

Agafya Mikhailovna looked angrily at Kitty.

"Don't console me, mistress. I just look at you with him, and I feel happy," she said, and this rough expression "with him" instead of "with the master" touched Kitty.

"Come along mushrooming with us, you will show us the places." Agafya Mikhailovna smiled and shook her head, as if to say: "I should like to be angry with you, but I can't."

"Do it, please, by my advice," said the old Princess, "put some paper over the jam and moisten it with rum: and even without ice it will never go mildewy."

III

Kitty was particularly glad of a chance of being alone with her husband, for she had noticed the shade of disappointment that had passed over his face—so quick to reflect every feeling—at the moment when he had come onto the terrace and asked what they were talking about, and had got no answer.

When they had set off on foot ahead of the others, and had come out of sight of the house onto the beaten dusty road, bestrewed with rye heads and grains, she leaned harder on his arm and pressed it to her. He had already forgotten the momentary unpleasant impression, and alone with her he felt, now that the thought of her pregnancy never left him for a moment, a new and mirthful pleasure, totally free of sensuality, in the closeness to the woman he loved. There was nothing to talk about, yet he wanted to hear the sound of her voice, which like her eyes had changed now with her pregnancy. In her voice, as in her eyes, there was that softness and gravity which is found in people continually concentrated on one cherished pursuit.

"So you won't get tired? Lean more on me," he said.

"No, I'm so glad of a chance of being alone with you, and I must own, however good it is for me to be with them, I do miss our winter evenings alone."

"That was good, but this is even better. Both are better," he said, pressing her arm to him.

"Do you know what we were talking about when you came in?"

"About jam?"

"Yes, about jam too; but afterwards, about how men make offers."

"Ah!" said Levin, listening more to the sound of her voice than to the words she was saying, and all the while thinking about the road, which passed now through the forest, and avoiding places where she might make a false step.

"And about Sergey Ivanych and Varenka. Have you noticed?.. I wish it very much," she went on. "What do you think about it?" And she peeped into his face.

"I don't know what to think," Levin answered, smiling. "Sergey seems very strange to me in that respect. I told you..."

"Yes, that he was in love with that girl who died..."

— Это было, когда я был ребенком; я знаю это по преданиям. Я помню его тогда. Он был удивительно мил. Но с тех пор я наблюдаю его с женщинами: он любезен, некоторые ему нравятся, но чувствуешь, что они для него просто люди, а не женщины.

— Да, но теперь с Варенькой... Кажется, что-то есть...

— Может быть, и есть... Но его надо знать... Он особенный, удивительный человек. Он живет одною духовною жизнью. Он слишком чистый и высокой души человек.

— Как? Разве это унизит его?

— Нет, но он так привык жить одною духовною жизнью, что не может примириться с действительностью, а Варенька все-таки действительность.

Левин уже привык теперь смело говорить свою мысль, не давая себе труда облекать ее в точные слова; он знал, что жена в такие любовные минуты, как теперь, поймет, что он хочет сказать, с намека, и она поняла его.

— Да, но в ней нет этой действительности, как во мне; я понимаю, что он меня никогда бы не полюбил. Она вся духовная...

— Ну нет, он тебя так любит, и мне это всегда так приятно, что мои тебя любят...

— Да, он ко мне добр, но...

— Но не так, как с Николенькой покойным... вы полюбили друг друга, — докончил Левин. — Отчего не говорить? — прибавил он. — Я иногда упрекаю себя: кончится тем, что забудешь. Ах, какой был ужасный и прелестный человек... Да, так о чем же мы говорили? — помолчав, сказал Левин.

— Ты думаешь, что он не может влюбиться, — переводя на свой язык, сказала Кити.

— Не то что не может влюбиться, — улыбаясь, сказал Левин, — но у него нет той слабости, которая нужна... Я всегда завидовал ему, и теперь даже, когда я так счастлив, все-таки завидую.

— Завидуешь, что он не может влюбиться?

— Я завидую тому, что он лучше меня, — улыбаясь, сказал Левин. — Он живет не для себя. У него вся жизнь подчинена долгу. И потому он может быть спокоен и доволен.

— А ты? — с насмешливою, любовною улыбкой сказала Кити.

Она никак не могла бы выразить тот ход мыслей, который заставлял ее улыбаться; но последний вывод был тот, что муж ее, восхищающийся братом и унижающий себя пред ним, был неискренен. Кити знала, что эта неискренность его происходила от любви к брату, от чувства совестливости за то, что он слишком счастлив, и в особенности от не оставляющего его желания быть лучше, — она любила это в нем и потому улыбалась.

— А ты? Чем же ты недоволен? — спросила она с тою же улыбкой.

Ее недоверие к его недовольству собой радовало его, и он бессознательно вызывал ее на то, чтоб она высказала причины своего недоверия.

— Я счастлив, но недоволен собой... — сказал он.

"That was when I was a child; I know about it from hearsay. I remember him then. He was wonderfully sweet. But I've watched him since with women: he is amiable, some of them he likes, but one feels that to him they're simply people, not women."

"Yes, but now with Varenka... I think there's something..."

"Perhaps there is... But one has to know him... He's an exceptional, wonderful person. He lives a spiritual life only. He's too pure, too exalted a person."

"Why? Would this lower him?"

"No, but he's so used to living only a spiritual life that he can't reconcile himself with reality, and Varenka is after all a reality."

Levin had grown used by now to uttering his thought boldly, without taking the trouble of clothing it in exact words; he knew that his wife, in such loving moments as now, would understand what he meant to say from a hint, and she did understand him.

"Yes, but there's nothing of that reality about her as about me; I understand that he would never love me. She is all spiritual..."

"Oh, no, he loves you so much, and I am always so pleased that my people love you..."

"Yes, he's nice to me, but..."

"It's not as it was with the late Nikolenka... you fell in love with each other," Levin finished. "Why not speak of him?" he added. "I sometimes blame myself: it will end in one's forgetting. Ah, what a terrible and dear man he was... Yes, what were we talking about?" Levin said, after a pause.

"You think he can't fall in love," said Kitty, translating into her own language.

"It's not that he can't fall in love," Levin said, smiling, "but he doesn't have the necessary weakness... I've always envied him, and even now, when I'm so happy, I still envy him."

"You envy him for not being able to fall in love?"

"I envy him for being better than I," said Levin, smiling. "He does not live for himself. His whole life is subordinated to his duty. And that's why he can be calm and contented."

"And you?" Kitty said, with an ironical and loving smile.

She could never have explained the chain of thought that made her smile; but the last conclusion was that her husband, in admiring his brother and abasing himself before him, was insincere. Kitty knew that this insincerity came from his love for his brother, from his sense of shame at being too happy, and above all from his unflagging craving to be better—she loved it in him, and so she smiled.

"And you? What are you dissatisfied with?" she asked with the same smile.

Her disbelief in his self-dissatisfaction delighted him, and unconsciously he provoked her to express the grounds of her disbelief.

"I am happy, but dissatisfied with myself..." he said.

— Так как же ты можешь быть недоволен, если ты счастлив?

— То есть как тебе сказать?.. Я по душе ничего не желаю, кроме того, чтобы вот ты не споткнулась. Ах, да ведь нельзя же так прыгать! — прервал он свой разговор упреком за то, что она сделала слишком быстрое движение, переступая через лежавший на тропинке сук. — Но когда я рассуждаю о себе и сравниваю себя с другими, особенно с братом, я чувствую, что я плох.

— Да чем же? — с тою же улыбкой продолжала Кити. — Разве ты тоже не делаешь для других? И твои хутора, и твое хозяйство, и твоя книга?..

— Нет, я чувствую и особенно теперь: ты виновата, — сказал он, прижав ее руку, — что это не то. Я делаю это так, слегка. Если б я мог любить все это дело, как я люблю тебя... а то я последнее время делаю, как заданный урок.

— Ну, что ты скажешь про папа? — спросила Кити. — Что ж, и он плох, потому что ничего не делал для общего дела?

— Он? — нет. Но надо иметь ту простоту, ясность, доброту, как твой отец, а у меня есть ли это? Я не делаю и мучаюсь. Все это ты наделала. Когда тебя не было и еще не было этого, — сказал он со взглядом на ее живот, который она поняла, — я все свои силы клал на дело; а теперь не могу, и мне совестно; я делаю именно как заданный урок, я притворяюсь...

— Ну, а захотел бы ты сейчас променяться с Сергей Иванычем? — сказала Кити. — Захотел бы ты делать это общее дело и любить этот заданный урок, как он, и только?

— Разумеется, нет, — сказал Левин. — Впрочем, я так счастлив, что ничего не понимаю. А ты уж думаешь, что он нынче сделает предложение? — прибавил он, помолчав.

— И думаю, и нет. Только мне ужасно хочется. Вот постой. — Она нагнулась и сорвала на краю дороги дикую ромашку. — Ну, считай: сделает, не сделает предложение, — сказала она, подавая ему цветок.

— Сделает, не сделает, — говорил Левин, обрывая белые узкие продороженные лепестки.

— Нет, нет! — схватив его за руку, остановила его Кити, с волнением следившая за его пальцами. — Ты два оторвал.

— Ну, зато вот этот маленький не в счет, — сказал Левин, срывая коротенький недоросший лепесток. — Вот и линейка догнала нас.

— Не устала ли ты, Кити? — прокричала княгиня.

— Нисколько.

— А то садись, если лошади смирны, и шагом.

Но не стоило садиться. Было уже близко, и все пошли пешком.

IV

Варенька в своем белом платке на черных волосах, окруженная детьми, добродушно и весело занятая ими и, очевидно, взволнованная

"How can you be dissatisfied if you are happy?"

"Well, how shall I say?.. In my soul I really care for nothing but that you should not stumble. Ah, but really you mustn't skip about like that!" he said, interrupting his talk to scold her for too agile a movement in stepping over a branch that lay in the path. "But when I think about myself and compare myself with others, especially with my brother, I feel I'm bad."

"But in what way?" Kitty went on with the same smile. "Don't you too work for others? What about your farmsteads, and your farming, and your book?.."

"No, I feel, and particularly now: it's your fault," he said, pressing her arm to him, "that all that doesn't count. I do it in passing. If I could love all that as I love you... but I've been doing it lately like a set task."

"Well, what would you say about papa?" asked Kitty. "Is he bad, too, as he's been doing nothing for the common cause?"

"He?—no. But one must have the simplicity, the serenity, the goodness of your father, and do I have that? I do nothing and I fret about it. It's all your doing. Before there was you—and this too," he said with a glance at her belly, which she understood, "I put all my strength into work; but now I can't, and I'm ashamed; I do it just as a set task, I'm pretending..."

"Well, but would you like to switch places with Sergey Ivanych now?" said Kitty. "Would you like to do this work for the common cause and to love this set task, as he does, and nothing else?"

"Of course not," said Levin. "But I'm so happy that I don't understand anything. So you think he'll make her an offer today?" he added after a pause.

"I think so, and I don't think so. Only I want it awfully. Here, wait." She stooped down and picked a wild chamomile at the edge of the road. "Come, count: he will make an offer, he won't make an offer," she said, giving him the flower.

"He will, he won't," said Levin, tearing off the white, narrow, grooved petals.

"No, no!" Kitty, who was anxiously watching his fingers, stopped him, snatching at his hand. "You tore off two."

"Well, but this little one won't count," said Levin, tearing off a short half-grown petal. "And here's the wagonette catching up with us."

"Aren't you tired, Kitty?" called the Princess.

"Not in the least."

"If you are you can get in, if the horses are quiet and walking."

But it was not worthwhile to get in. They were quite near the place, and all walked on.

IV

Varenka, with her white kerchief on her black hair, surrounded by the children, good-humoredly and gaily looking after them, and evidently ex-

возможностью объяснения с нравящимся ей мужчиною, была очень привлекательна. Сергей Иванович ходил рядом с ней и не переставая любовался ею. Глядя на нее, он вспоминал все те милые речи, которые он слышал от нее, все, что знал про нее хорошего, и все более и более сознавал, что чувство, которое он испытывает к ней, есть что-то особенное, испытанное им давно-давно и один только раз, в первой молодости. Чувство радости от близости к ней, все усиливаясь, дошло до того, что, подавая ей в ее корзинку найденный им огромный на тонком корне с завернувшимися краями березовый гриб, он взглянул ей в глаза и, заметив краску радостного и испуганного волнения, покрывшую ее лицо, сам смутился и улыбнулся ей молча такою улыбкой, которая слишком много говорила.

“Если так, — сказал он себе, — я должен обдумать и решить, а не отдаваться, как мальчик, увлеченью минуты”.

— Пойду теперь независимо от всех собирать грибы, а то мои приобретения незаметны, — сказал он и пошел один с опушки леса, где они ходили по шелковистой низкой траве между редкими старыми березами, в середину леса, где между белыми березовыми стволами серели стволы осины и темнели кусты орешника. Отойдя шагов сорок и зайдя за куст бересклета в полном цвету с его розово-красными сережками, Сергей Иванович, зная, что его не видят, остановился. Вокруг него было совершенно тихо. Только вверху берез, под которыми он стоял, как рой пчел, неумолкаемо шумели мухи, и изредка доносились голоса детей. Вдруг недалеко с края леса прозвучал контральтовый голос Вареньки, звавший Гришу, и радостная улыбка выступила на лицо Сергея Ивановича. Сознав эту улыбку, Сергей Иванович покачал неодобрительно головой на свое состояние и, достав сигару, стал закуривать. Он долго не мог зажечь спичку о ствол березы. Нежная пленка белой коры облепляла фосфор, и огонь тух. Наконец одна из спичек загорелась, и пахучий дым сигары колеблющеюся широкою скатертью определенно потянулся вперед и вверх над кустом под спускавшиеся ветки березы. Следя глазами за полосой дыма, Сергей Иванович пошел тихим шагом, обдумывая свое состояние.

“Отчего же и нет? — думал он. — Если б это была вспышка или страсть, если б я испытывал только это влечение — это взаимное влечение (я могу сказать *взаимное*), но чувствовал бы, что оно идет вразрез со всем складом моей жизни, если б я чувствовал, что, отдавшись этому влечению, я изменяю своему призванию и долгу... но этого нет. Одно, что я могу сказать против, это то, что, потеряв Marie, я говорил себе, что останусь верен ее памяти. Одно это я могу сказать против своего чувства... Это важно”, — говорил себе Сергей Иванович, чувствуя вместе с тем, что это соображение для него лично не могло иметь никакой важности, а разве только портило в глазах других людей его поэтическую роль. “Но, кроме этого, сколько бы я ни искал,

cited by the possibility of a declaration from the man she liked, was very attractive. Sergey Ivanovich walked beside her, and never left off admiring her. Looking at her, he recalled all the lovely talk he had heard from her, all the good he knew about her, and became more and more conscious that the feeling he had for her was something special that he had felt long, long ago, and only once, in his early youth. The feeling of happiness in being near her continually grew and reached such a point that, as he put in her basket a huge, slender-stalked rough boletus with a curved edge, he looked into her eyes, and noticing the blush of glad and alarmed excitement that overspread her face, became confused himself and silently smiled to her a smile that said too much.

"If so," he said to himself, "I must think it over and decide, and not give way like a boy to the impulse of a moment."

"I'm going now to pick mushrooms by myself apart from all the rest, or else my acquisitions will make no show," he said and left alone the edge of the forest where they were walking on low silky grass between old birch trees standing far apart, and went more into the heart of the forest, where between the white birch trunks there were gray trunks of aspen and dark bushes of hazel. Walking some forty paces away and getting behind a spindle tree in full blossom with its rosy red catkins, Sergey Ivanovich, knowing he was out of sight, stopped. It was perfectly still all round him. Only in the tops of the birches under which he stood, the flies, like a swarm of bees, buzzed unceasingly, and from time to time the children's voices were floated across to him. Suddenly he heard, not far from the edge of the forest, Varenka's contralto voice, calling Grisha, and a joyful smile passed over Sergey Ivanovich's face. Conscious of this smile, Sergey Ivanovich shook his head disapprovingly at his condition, and taking out a cigar, began lighting it. For a long while he could not strike a match against the trunk of a birch tree. The soft skin of the white bark stuck to the phosphorus, and the light went out. At last one of the matches flamed up, and the fragrant cigar smoke, hovering as a wide tablecloth, distinctly stretched away forwards and upwards over a bush under the overhanging branches of a birch tree. Watching the streak of smoke, Sergey Ivanovich walked gently on, deliberating on his condition.

"And why not?" he thought. "If it were a blaze or a passion, if I felt only this attraction—this mutual attraction (I can call it *mutual*), but if I felt that it was in contradiction with the whole mode of my life, if I felt that in giving way to this attraction I would betray my vocation and my duty... but it's not so. The only thing I can say against it is that, when I lost Marie, I said to myself that I would remain faithful to her memory. That's the only thing I can say against my feeling... That's important," Sergey Ivanovich said to himself, feeling at the same time that this consideration had not the slightest importance for him personally, but would only perhaps detract from his romantic character in the eyes of others. "But apart from that, however much I searched, I would never find anything to say against my

я ничего не найду, что бы сказать против моего чувства. Если бы я выбирал одним разумом, я ничего не мог бы найти лучше".

Сколько он ни вспоминал женщин и девушек, которых он знал, он не мог вспомнить девушки, которая бы до такой степени соединяла все, именно все качества, которые он, холодно рассуждая, желал видеть в своей жене. Она имела всю прелесть и свежесть молодости, но не была ребенком, и если любила его, то любила сознательно, как должна любить женщина: это было одно. Другое: она была не только далека от светскости, но, очевидно, имела отвращение к свету, а вместе с тем знала свет и имела все те приемы женщины хорошего общества, без которых для Сергея Ивановича была немыслима подруга жизни. Третье: она была религиозна, и не как ребенок безотчетно религиозна и добра, какою была, например, Кити; но жизнь ее была основана на религиозных убеждениях. Даже до мелочей Сергей Иванович находил в ней все то, чего он желал от жены: она была бедна и одинока, так что она не приведет с собой кучу родных и их влияние в дом мужа, как это он видел на Кити, а будет всем обязана мужу, чего он тоже всегда желал для своей будущей семейной жизни. И эта девушка, соединявшая в себе все эти качества, любила его. Он был скромен, но не мог не видеть этого. И он любил ее. Одно соображение против — были его года. Но его порода долговечна, у него не было ни одного седого волоса, ему никто не давал сорока лет, и он помнил, что Варенька говорила, что только в России люди в пятьдесят лет считают себя стариками, а что во Франции пятидесятилетний человек считает себя dans la force de l'âge[1], а сорокалетний — un jeune homme[2]. Но что значил счет годов, когда он чувствовал себя молодым душой, каким он был двадцать лет тому назад? Разве не молодость было то чувство, которое он испытывал теперь, когда, выйдя с другой стороны опять на край леса, он увидел на ярком свете косых лучей солнца грациозную фигуру Вареньки, в желтом платье и с корзинкой шедшей легким шагом мимо ствола старой березы, и когда это впечатление вида Вареньки слилось в одно с поразившим его своею красотой видом облитого косыми лучами желтеющего овсяного поля и за полем далекого старого леса, испещренного желтизною, тающего в синей дали? Сердце его радостно сжалось. Чувство умиления охватило его. Он почувствовал, что решился. Варенька, только что присевшая, чтобы поднять гриб, гибким движением поднялась и оглянулась. Бросив сигару, Сергей Иванович решительными шагами направился к ней.

V

"Варвара Андреевна, когда еще я был очень молод, я составил себе идеал женщины, которую я полюблю и которую я буду счастлив назвать своею женой. Я прожил длинную жизнь и теперь в первый раз встретил в вас то, чего искал. Я люблю вас и предлагаю вам руку".

---

[1] в расцвете лет (франц.).
[2] молодым человеком (франц.).

feeling. If I were choosing with my brain alone, I could not have found anything better."

However many women and girls he thought of whom he knew, he could not think of a girl who united to such a degree all, positively all, the qualities that he, reasoning coldly, would wish to see in his wife. She had all the charm and freshness of youth, but she was not a child; and if she loved him, she loved him consciously as a woman ought to love: that was one thing. Another: she was not only far from being worldly, but had an evident distaste for society, and at the same time she knew society and had all the ways of a woman of good society, without which a companion in life was inconceivable for Sergey Ivanovich. Third: she was religious, and not like a child, unconsciously religious and good, as Kitty, for example, was, but her life was founded on religious beliefs. Even in trifling matters, Sergey Ivanovich found in her all that he wanted in his wife: she was poor and alone, so she would not bring with her a mass of relations and their influence into her husband's house, as he saw in Kitty's case, but would owe everything to her husband, which he had always desired too for his future family life. And this girl, who united all these qualities in herself, loved him. He was modest, but he could not help seeing it. And he loved her. There was one consideration against it—his age. But he came of a long-lived family, he had not a single gray hair, no one would have taken him for forty, and he remembered Varenka's saying that it was only in Russia that men of fifty thought themselves old, and that in France a man of fifty considers himself dans la force de l'âge[1], while a man of forty is un jeune homme[2]. But what did the reckoning of years matter when he felt as young in soul as he had been twenty years ago? Was it not youth to feel as he felt now, when coming from the other side to the edge of the forest again, he saw in the glowing light of the slanting sunbeams the gracious figure of Varenka in her yellow dress with her basket, walking lightly by the trunk of an old birch tree, and when this impression of the sight of Varenka blended with the view, which struck him with its beauty, of a yellowing field of oats lying bathed in the slanting beams, and, beyond the field, of a distant old forest flecked with yellow, melting into the blue distance? His heart throbbed joyously. A feeling of tenderness came over him. He felt that he had made up his mind. Varenka, who had just crouched down to pick a mushroom, rose with a supple movement and looked round. Flinging away the cigar, Sergey Ivanovich walked with resolute steps towards her.

V

"Varvara Andreyevna, when I was still very young, I created for myself an ideal of the woman I would love and whom I would be happy to call my wife. I have lived a long life, and now for the first time I have met in you what I have been seeking. I love you and offer you my hand."

---

[1] in the prime of life *(French)*.
[2] a young man *(French)*.

Сергей Иванович говорил себе это в то время, как он был уже в десяти шагах от Вареньки. Опустившись на колени и защищая руками гриб от Гриши, она звала маленькую Машу.

— Сюда, сюда! Маленькие! Много! — своим милым грудным голосом говорила она.

Увидав подходившего Сергея Ивановича, она не поднялась и не переменила положения; но все говорило ему, что она чувствует его приближение и радуется ему.

— Что, вы нашли что-нибудь? — спросила она, из-за белого платка поворачивая к нему свое красивое, тихо улыбающееся лицо.

— Ни одного, — сказал Сергей Иванович. — А вы?

Она не отвечала ему, занятая детьми, которые окружали ее.

— Еще этот, подле ветки, — указала она маленькой Маше маленькую сыроежку, перерезанную поперек своей упругой розовой шляпки сухою травинкой, из-под которой она выдиралась. Она встала, когда Маша, разломив на две белые половинки, подняла сыроежку. — Это мне детство напоминает, — прибавила она, отходя от детей рядом с Сергеем Ивановичем.

Они прошли молча несколько шагов. Варенька видела, что он хотел говорить; она догадывалась о чем и замирала от волнения радости и страха. Они отошли так далеко, что никто уже не мог бы слышать их, но он все еще не начинал говорить. Вареньке лучше было молчать. После молчания можно было легче сказать то, что они хотели сказать, чем после слов о грибах; но против своей воли, как будто нечаянно, Варенька сказала:

— Так вы ничего не нашли? Впрочем, в середине леса всегда меньше.

Сергей Иванович вздохнул и ничего не отвечал. Ему было досадно, что она заговорила о грибах. Он хотел воротить ее к первым словам, которые она сказала о своем детстве; но, как бы против воли своей, помолчав несколько времени, сделал замечание на ее последние слова.

— Я слышал только, что белые бывают преимущественно на краю, хотя я и не умею отличить белого.

Прошло еще несколько минут, они отошли еще дальше от детей и были совершенно одни. Сердце Вареньки билось так, что она слышала удары его и чувствовала, что краснеет, бледнеет и опять краснеет.

Быть женой такого человека, как Кознышев, после своего положения у госпожи Шталь представлялось ей верхом счастья. Кроме того, она почти была уверена, что она влюблена в него. И сейчас это должно было решиться. Ей страшно было. Страшно было и то, что он скажет, и то, что он не скажет.

Теперь или никогда надо было объясниться; это чувствовал и Сергей Иванович. Все, во взгляде, в румянце, в опущенных глазах Вареньки, показывало болезненное ожидание. Сергей Иванович видел это и жалел ее. Он чувствовал даже то, что ничего не сказать теперь значило оскорбить ее. Он быстро в уме своем повторял себе все доводы в пользу своего решения. Он повторял себе и слова, которыми

Sergey Ivanovich was saying this to himself while he was ten paces from Varenka. Kneeling down, with her hands over a mushroom to guard it from Grisha, she was calling little Masha.

"Come here, come here! Little ones! There are a lot!" she was saying in her sweet, chesty voice.

Seeing Sergey Ivanovich approaching, she did not get up and did not change her position; but everything told him that she felt him approaching and was glad of it.

"Well, did you find some?" she asked, turning her beautiful, gently smiling face to him from behind the white kerchief.

"Not one," said Sergey Ivanovich. "Did you?"

She did not answer him, busy with the children who surrounded her.

"That one too, near the twig," she pointed out to little Masha a little russula, cut across its elastic rosy cap by a dry grass blade from under which it thrust itself. She got up when Masha picked the russula, breaking it into two white halves. "This brings back my childhood," she added, moving away from the children beside Sergey Ivanovich.

They walked on for some steps in silence. Varenka saw that he wanted to speak; she guessed of what, and was transfixed with the emotion of joy and fear. They walked so far away that no one could hear them, but still he did not begin to speak. It would have been better for Varenka to be silent. After a silence it would have been easier to say what they wanted to say than after talking about mushrooms; but against her own will, as if accidentally, Varenka said:

"So you found nothing? In the middle of the forest there are always fewer, though."

Sergey Ivanovich sighed and made no answer. He was annoyed that she had spoken about the mushrooms. He wanted to bring her back to the first words she had said about her childhood; but after a pause of some length, as if against his own will, he remarked in response to her last words.

"I have heard only that the edible boletus is found principally at the edge, though I can't tell the edible boletus."

Some minutes more passed, they moved still further away from the children and were quite alone. Varenka's heart throbbed so that she heard it beating and felt herself blush, then turn pale, then blush again.

To be the wife of a man like Koznyshev, after her position with Madame Stahl, seemed to her the height of happiness. Besides, she was almost certain that she was in love with him. And now it would have to be decided. She felt frightened. She dreaded both his speaking and his not speaking.

Now or never he had to declare himself; that Sergey Ivanovich felt too. Everything in the look, the blush and the downcast eyes of Varenka betrayed a painful suspense. Sergey Ivanovich saw it and felt sorry for her. He felt even that to say nothing now would be an insult to her. Rapidly in his mind he repeated all the arguments in support of his decision. He also repeated the words in which he meant to express his offer; but instead of

он хотел выразить свое предложение; но вместо этих слов, по какому-то неожиданно пришедшему ему соображению, он вдруг спросил:

— Какая же разница между белым и березовым?

Губы Вареньки дрожали от волнения, когда она ответила:

— В шляпке нет разницы, но в корне.

И как только эти слова были сказаны, и он и она поняли, что дело кончено, что то, что должно было быть сказано, не будет сказано, и волнение их, дошедшее пред этим до высшей степени, стало утихать.

— Березовый гриб — корень его напоминает двухдневную небритую бороду брюнета, — сказал уже покойно Сергей Иванович.

— Да, это правда, — улыбаясь, отвечала Варенька, и невольно направление их прогулки изменилось. Они стали приближаться к детям. Вареньке было и больно и стыдно, но вместе с тем она испытывала и чувство облегчения.

Возвратившись домой и перебирая все доводы, Сергей Иванович нашел, что он рассуждал неправильно. Он не мог изменить памяти Marie.

— Тише, дети, тише! — даже сердито закричал Левин на детей, становясь пред женой, чтобы защитить ее, когда толпа детей с визгом радости разлетелась им навстречу.

После детей вышли из лесу и Сергей Иванович с Варенькой. Кити не нужно было спрашивать Вареньку; она по спокойным и несколько пристыженным выражениям обоих лиц поняла, что планы ее не сбылись.

— Ну, что? — спросил ее муж, когда они опять возвращались домой.

— Не берет, — сказала Кити, улыбкой и манерой говорить напоминая отца, что часто с удовольствием замечал в ней Левин.

— Как не берет?

— Вот так, — сказала она, взяв руку мужа, поднося ее ко рту и дотрагиваясь до нее нераскрытыми губами. — Как у архиерея руку целуют.

— У кого же не берет? — сказал он, смеясь.

— У обоих. А надо, чтобы вот так...

— Мужики едут...

— Нет, они не видали.

VI

Во время детского чая большие сидели на балконе и разговаривали так, как будто ничего не случилось, хотя все, и в особенности Сергей Иванович и Варенька, очень хорошо знали, что случилось хотя и отрицательное, но очень важное обстоятельство. Они испытывали оба одинаковое чувство, подобное тому, какое испытывает ученик после неудавшегося экзамена, оставшись в том же классе или навсегда исключенный из заведения. Все присутствующие, чувствуя тоже, что что-то случилось, говорили оживленно о посторонних предметах.

those words, some unexpected reflection that occurred to him made him ask:

"What is the difference between the edible boletus and the rough boletus?"

Varenka's lips quivered with emotion as she answered:

"In the caps there is no difference, it's in the stalks."

And as soon as these words were uttered, both he and she felt that it was over, that what was to have been said would not be said, and their emotion, which had by then reached the highest degree, began to subside.

"The rough boletus—its stalk suggests a brunet's chin after two days without shaving," said Sergey Ivanovich, calmly now.

"Yes, that's true," answered Varenka smiling, and involuntarily the direction of their walk changed. They began drawing near the children. Varenka felt both sore and ashamed, but at the same time she had a sense of relief.

When he had got home and went over all the arguments, Sergey Ivanovich found that his reasoning had been wrong. He could not betray the memory of Marie.

"Gently, children, gently!" Levin shouted quite angrily at the children, standing before his wife to protect her when the crowd of children flew with shrieks of joy to meet them.

After the children Sergey Ivanovich and Varenka walked out of the forest. Kitty had no need to ask Varenka; she saw from the calm and somewhat abashed faces of both that her plans had not come off.

"Well?" her husband asked her as they were going home again.

"It doesn't bite," said Kitty, her smile and manner of speaking recalling her father, a likeness Levin often noticed in her with pleasure.

"How doesn't bite?"

"Like this," she said, taking her husband's hand, putting it to her mouth, and brushing it with unopened lips. "Like kissing an eparch's hand."

"Which didn't it bite with?" he said, laughing.

"Both. It should have been like this..."

"There are peasants coming..."

"No, they didn't see."

VI

During the children's tea the grown-ups sat on the balcony and talked as if nothing had happened, though they all, especially Sergey Ivanovich and Varenka, were very well aware that there had happened an event which, though negative, was very important. They both had the same feeling, rather like that of a schoolboy after failing an examination, which has left him in the same class or shut him out of the school forever. Everyone present, feeling too that something had happened, talked eagerly about

Левин и Кити чувствовали себя особенно счастливыми и любовными в нынешний вечер. И что они были счастливы своею любовью, это заключало в себе неприятный намек на тех, которые того же хотели и не могли, — и им было совестно.

— Попомните мое слово: Alexandre не приедет, — сказала старая княгиня.

Нынче вечером ждали с поезда Степана Аркадьича, и старый князь писал, что, может быть, и он приедет.

— И я знаю отчего, — продолжала княгиня, — он говорит, что молодых надо оставлять одних на первое время.

— Да папа и так нас оставил. Мы его не видали, — сказала Кити. — И какие же мы молодые? Мы уже такие старые.

— Только если он не приедет, и я прощусь с вами, дети, — грустно вздохнув, сказала княгиня.

— Ну, что вам, мама! — напали на нее обе дочери.

— Ты подумай, ему-то каково? Ведь теперь...

И вдруг совершенно неожиданно голос старой княгини задрожал. Дочери замолчали и переглянулись. “Maman всегда найдет себе что-нибудь грустное”, — сказали они этим взглядом. Они не знали, что, как ни хорошо было княгине у дочери, как она ни чувствовала себя нужною тут, ей было мучительно грустно и за себя и за мужа с тех пор, как они отдали замуж последнюю любимую дочь и гнездо совсем опустело.

— Что вам, Агафья Михайловна? — спросила вдруг Кити остановившуюся с таинственным видом и значительным лицом Агафью Михайловну.

— Насчет ужина.

— Ну вот и прекрасно, — сказала Долли, — ты поди распоряжайся, а я пойду с Гришей повторю его урок. А то он нынче ничего не делал.

— Это мне урок! Нет, Долли, я пойду, — вскочив, проговорил Левин. Гриша, уже поступивший в гимназию, летом должен был повторять уроки. Дарья Александровна, еще в Москве учившаяся с сыном вместе латинскому языку, приехав к Левиным, за правило себе поставила повторять с ним, хоть раз в день, уроки самые трудные из арифметики и латинского. Левин вызвался заменить ее; но мать, услыхав раз урок Левина и заметив, что это делается не так, как в Москве репетировал учитель, конфузясь и стараясь не оскорбить Левина, решительно высказала ему, что надо проходить по книге так, как учитель, и что она лучше будет опять сама это делать. Левину досадно было и на Степана Аркадьича за то, что по его беспечности не он, а мать занималась наблюдением за преподаванием, в котором она ничего не понимала, и на учителей за то, что они так дурно учат детей; но свояченице он обещался вести учение, как она этого хотела. И он продолжал заниматься с Гришей уже не по-своему, а по книге, а потому неохотно и часто забывая время урока. Так было и нынче.

extraneous subjects. Levin and Kitty felt particularly happy and amorous that evening. And their happiness in their love seemed to imply a disagreeable slur on those who wanted to feel the same but could not—and they felt ashamed.

"Mark my words: Alexander will not come," said the old Princess.

That evening they were expecting Stepan Arkadyich to come down by train, and the old Prince had written that possibly he might come too.

"And I know why," the Princess went on, "he says that young marrieds ought to be left alone for a while at first."

"But papa has left us alone anyway. We have not seen him," said Kitty. "Besides, we're not young marrieds! We're already old ones."

"Only if he doesn't come, I, too, shall say good-bye to you, children," said the Princess, sighing mournfully.

"Why do you care, mama!" both daughters fell upon her.

"How do you suppose he is feeling? Why, now..."

And suddenly there was a totally unexpected quiver in the old Princess's voice. Her daughters fell silent and looked at one another. "Maman always finds something sad for herself," they said in these glances. They did not know that happy as the Princess was in her daughter's house, and useful as she felt herself there, she had been painfully miserable, both on her own account and her husband's, ever since they had married their last beloved daughter, and the nest had been left empty.

"What is it, Agafya Mikhailovna?" Kitty suddenly asked Agafya Mikhailovna, who was standing with a mysterious air and a meaningful face.

"About supper."

"Well, that's splendid," said Dolly, "you go and arrange about it, and I'll go and hear Grisha repeat his lesson. Otherwise he will have nothing done today."

"That's a lesson for me! No, Dolly, I'm going," said Levin, jumping up.

Grisha, who was by now at school, had to go over his lessons during the summer. Darya Alexandrovna, who had been studying Latin with her son while still in Moscow, had made it a rule on coming to the Levins' to go over with him, at least once a day, the most difficult lessons of arithmetic and Latin. Levin had offered to take her place, but the mother, having once heard Levin's lesson, and noticing that it was not given exactly as the teacher in Moscow had given it, said resolutely to Levin, though with embarrassment and anxiety not to offend him, that they must keep to the book as the teacher had done, and that she had better do it again herself. Levin was annoyed both at Stepan Arkadyich, who, by neglecting his duty, threw upon the mother the supervision of studies of which she had no comprehension, and at the teachers for teaching the children so badly; but he promised his sister-in-law to give the lessons exactly as she wished. And he went on teaching Grisha, not in his own way, but by the book, and so took little interest in it and often forgot the hour of the lesson. So it had been today.

— Нет, я пойду, Долли, ты сиди, — сказал он. — Мы все сделаем по порядку, по книжке. Только вот, как Стива приедет, мы на охоту уедем, тогда уж пропущу.

И Левин пошел к Грише.

То же самое сказала Варенька Кити. Варенька и в счастливом благоустроенном доме Левиных сумела быть полезною.

— Я закажу ужин, а вы сидите, — сказала она и встала к Агафье Михайловне.

— Да, да, верно, цыплят не нашли. Тогда своих... — сказала Кити.

— Мы рассудим с Агафьей Михайловной. — И Варенька скрылась с нею.

— Какая милая девушка! — сказала княгиня.

— Не милая, maman, а прелесть такая, каких не бывает.

— Так вы нынче ждете Степана Аркадьича? — сказал Сергей Иванович, очевидно не желая продолжать разговор о Вареньке. — Трудно найти двух свояков, менее похожих друг на друга, как ваши мужья, — сказал он с тонкою улыбкой. — Один подвижной, живущий только в обществе, как рыба в воде; другой, наш Костя, живой, быстрый, чуткий на все, но, как только в обществе, так или замирает, или бьется бестолково, как рыба на земле.

— Да, он легкомыслен очень, — сказала княгиня, обращаясь к Сергею Ивановичу. — Я хотела именно просить вас поговорить ему, что ей, Кити, невозможно оставаться здесь, а непременно надо приехать в Москву. Он говорит, выписать доктора...

— Maman, он все сделает, он на все согласен, — с досадой на мать за то, что она призывает в этом деле судьей Сергея Ивановича, сказала Кити.

В середине их разговора в аллее послышалось фырканье лошадей и звук колес по щебню.

Не успела еще Долли встать, чтоб идти навстречу мужу, как внизу, из окна комнаты, в которой учился Гриша, выскочил Левин и ссадил Гришу.

— Это Стива! — из-под балкона крикнул Левин. — Мы кончили, Долли, не бойся! — прибавил он и, как мальчик, пустился бежать навстречу экипажу.

— Is, ea, id, ejus, ejus, ejus[1], — кричал Гриша, подпрыгивая по аллее.

— И еще кто-то. Верно, папа! — прокричал Левин, остановившись у входа в аллею. — Кити, не ходи по крутой лестнице, а кругом.

Но Левин ошибся, приняв того, кто сидел в коляске с Облонским, за старого князя. Когда он приблизился к коляске, он увидал рядом со Степаном Аркадьичем не князя, а красивого полного молодого человека в шотландском колпачке с длинными концами лент назад. Это был Васенька Весловский, троюродный брат Щербацких, — петербургско-московский блестящий молодой человек, "отличнейший малый и страстный охотник", как его представил Степан Аркадьич.

Нисколько не смущенный тем разочарованием, которое он произвел, заменив собою старого князя, Весловский весело поздоровался

_____
[1] Он, она, оно, его, ее, его (лат.).

"No, I'm going, Dolly, you sit still," he said. "We'll do it all properly, by the book. Only when Stiva comes and we go hunting, then I'll pass it."

And Levin went to Grisha.

Varenka said the same thing to Kitty. Even in the happy, well-ordered household of the Levins Varenka had succeeded in making herself useful.

"I'll order supper, and you sit still," she said and got up to go to Agafya Mikhailovna.

"Yes, yes, most likely they couldn't find chickens. If so, ours..." said Kitty.

"Agafya Mikhailovna and I will see about it." And Varenka vanished with her.

"What a nice girl!" said the Princess.

"Not nice, maman, but as delightful as no one else can be."

"So you are expecting Stepan Arkadyich today?" said Sergey Ivanovich, evidently not disposed to continue the conversation about Varenka. "It's difficult to find two brothers-in-law less alike than your husbands," he said with a subtle smile. "One all movement, only living in society, like a fish in water; the other, our Kostya, lively, quick, alert to everything, but as soon as he is in society, he either freezes or struggles mindlessly like a fish on land."

"Yes, he's very light-minded," said the Princess, addressing Sergey Ivanovich. "I've been meaning, indeed, to ask you to tell him that it's impossible for her, Kitty, to stay here, that she positively must come to Moscow. He talks of getting a doctor down..."

"Maman, he'll do everything, he has agreed to everything," Kitty said, annoyed with her mother for appealing to Sergey Ivanovich to judge in this matter.

In the middle of their conversation they heard the snorting of horses and the sound of wheels on the gravel of the avenue.

Dolly had no time to get up to go and meet her husband, when from the window of the room below, where Grisha studied, Levin leaped out and helped Grisha out.

"It's Stiva!" Levin shouted from under the balcony. "We've finished, Dolly, don't worry!" he added, and started running like a boy to meet the carriage.

"Is, ea, id, ejus, ejus, ejus[1]," shouted Grisha, skipping along the avenue.

"And someone else. Papa, of course!" shouted Levin, stopping at the entrance of the avenue. "Kitty, don't come down the steep staircase, go round."

But Levin had been mistaken in taking the person sitting in the carriage with Oblonsky for the old Prince. As he got nearer to the carriage, he saw beside Stepan Arkadyich not the Prince but a handsome, stout young man in a Scotch cap with long ends of ribbon behind. This was Vasenka Veslovsky, the Shcherbatskys' cousin twice removed, a brilliant young man in Petersburg and Moscow society, "a capital fellow and a keen sportsman," as Stepan Arkadyich introduced him.

Not a bit abashed by the disappointment caused by his having come in place of the old Prince, Veslovsky gaily greeted Levin, reminding him of

---

[1] He, she, it, his, hers, its (Latin).

с Левиным, напоминая прежнее знакомство, и, подхватив в коляску Гришу, перенес его через пойнтера, которого вез с собой Степан Аркадьич.

Левин не сел в коляску, а пошел сзади. Ему было немного досадно на то, что не приехал старый князь, которого он чем больше знал, тем больше любил, и на то, что явился этот Васенька Весловский, человек совершенно чужой и лишний. Он показался ему еще тем более чуждым и лишним, что, когда Левин подошел к крыльцу, у которого собралась вся оживленная толпа больших и детей, он увидал, что Васенька Весловский с особенно ласковым и галантным видом целует руку Кити.

— А мы cousins с вашей женой, да и старые знакомые, — сказал Васенька Весловский, опять крепко-крепко пожимая руку Левина.

— Ну что, дичь есть? — обратился к Левину Степан Аркадьич, едва поспевавший каждому сказать приветствие. — Мы вот с ним имеем самые жестокие намерения. Как же, maman, они с тех пор не были в Москве. Ну, Таня, вот тебе! Достань, пожалуйста, в коляске сзади, — на все стороны говорил он. — Как ты посвежела, Долленька, — говорил он жене, еще раз целуя ее руку, удерживая ее в своей и потрепливая сверху другою.

Левин, за минуту тому назад бывший в самом веселом расположении духа, теперь мрачно смотрел на всех, и все ему не нравилось.

“Кого он вчера целовал этими губами?” — думал он, глядя на нежности Степана Аркадьича с женой. Он посмотрел на Долли, и она тоже не понравилась ему.

“Ведь она не верит его любви. Так чему же она так рада? Отвратительно!” — думал Левин.

Он посмотрел на княгиню, которая так мила была ему минуту тому назад, и ему не понравилась та манера, с которою она, как к себе в дом, приветствовала этого Васеньку с его лентами.

Даже Сергей Иванович, который тоже вышел на крыльцо, показался ему неприятен тем притворным дружелюбием, с которым он встречал Степана Аркадьича, тогда как Левин знал, что брат его не любил и не уважал Облонского.

И Варенька, и та ему была противна тем, как она с своим видом sainte nitouche[1] знакомилась с этим господином, тогда как только и думала о том, как бы ей выйти замуж.

И противнее всех была Кити тем, как она поддалась тому тону веселья, с которым этот господин, как на праздник для себя и для всех, смотрел на свой приезд в деревню, и в особенности неприятна была тою особенною улыбкой, которою она отвечала на его улыбки.

Шумно разговаривая, все пошли в дом; но как только все уселись, Левин повернулся и вышел.

Кити видела, что с мужем что-то сделалось. Она хотела улучить минутку поговорить с ним наедине, но он поспешил уйти от нее, сказав, что ему нужно в контору. Давно уже ему хозяйственные дела не казались так важны, как нынче. “Им там все праздник, — думал он,

---

[1] недотрога (франц.).

their acquaintance in the past, and snatching up Grisha into the carriage, lifted him over the pointer that Stepan Arkadyich had brought with him.

Levin did not get into the carriage, but walked behind. He was rather vexed at the non-arrival of the old Prince, whom he loved more the more he knew him, and at the arrival of this Vasenka Veslovsky, a quite uncongenial and superfluous person. He seemed to him still more uncongenial and superfluous when, on approaching the steps where the whole excited crowd of grown-ups and children had gathered, Levin saw Vasenka Veslovsky, with a particularly affectionate and gallant air, kissing Kitty's hand.

"Your wife and I are cousins and old acquaintances," said Vasenka Veslovsky, once more shaking Levin's hand very, very strongly.

"Well, is there any game?" Stepan Arkadyich turned to Levin, hardly having time to greet everyone. "He and I have the most savage intentions. Why, maman, they've not been in Moscow since. Well, Tanya, here's something for you! Get it, please, it's in the back of the carriage," he talked in all directions. "How fresh you've grown, Dollenka," he said to his wife, once more kissing her hand, holding it in one of his and patting it with the other.

Levin, who a minute ago had been in the happiest frame of mind, now looked darkly at everyone, and everything displeased him.

"Who did he kiss yesterday with those lips?" he thought, looking at Stepan Arkadyich's tenderness with his wife. He looked at Dolly, and he did not like her either.

"She doesn't believe in his love. So what is she so pleased about? Revolting!" thought Levin.

He looked at the Princess, who had been so dear to him a minute ago, and he did not like the manner in which she welcomed this Vasenka, with his ribbons, as if she were in her own house.

Even Sergey Ivanovich, who had come out too onto the steps, seemed to him unpleasant with the false amicability with which he met Stepan Arkadyich, when Levin knew that his brother neither liked nor respected Oblonsky.

And Varenka, even she seemed hateful to him, with her air of a sainte nitouche[1] making the acquaintance of this gentleman, while all the while she was thinking of nothing but getting married.

And most hateful of all was Kitty for falling in with the tone of gaiety with which this gentleman regarded his visit in the country as if it were a holiday for himself and everyone else; and particularly unpleasant was that particular smile with which she responded to his smiles.

Noisily talking, they all went into the house; but as soon as they were all seated, Levin turned and went out.

Kitty saw something was wrong with her husband. She wanted to seize a moment to speak to him alone, but he made haste to get away from her, saying he needed to go to the office. It was long since his farming business had seemed to him so important as at that moment. "It's all holiday for

[1] holy touch-me-not (French).

— а тут дела не праздничные, которые не ждут и без которых жить нельзя".

VII

Левин вернулся домой только тогда, когда послали звать его к ужину. На лестнице стояли Кити с Агафьей Михайловной, совещаясь о винах к ужину.

— Да что вы такой fuss[1] делаете? Подай, что обыкновенно.

— Нет, Стива не пьет... Костя, подожди, что с тобой? — заговорила Кити, поспевая за ним, но он безжалостно, не дожидаясь ее, ушел большими шагами в столовую и тотчас же вступил в общий оживленный разговор, который поддерживали там Васенька Весловский и Степан Аркадьич.

— Ну что же, завтра едем на охоту? — сказал Степан Аркадьич.

— Пожалуйста, поедем, — сказал Весловский, пересаживаясь боком на другой стул и поджимая под себя жирную ногу.

— Я очень рад, поедем. А вы уже охотились нынешний год? — сказал Левин Весловскому, внимательно оглядывая его ногу, но с притворною приятностью, которую так знала в нем Кити и которая так не шла ему. — Дупелей, не знаю, найдем ли, а бекасов много. Только надо ехать рано. Вы не устанете? Ты не устал, Стива?

— Я устал? Никогда еще не уставал. Давайте не спать всю ночь! Пойдемте гулять.

— В самом деле, давайте не спать! отлично! — подтвердил Весловский.

— О, в этом мы уверены, что ты можешь не спать и другим не давать, — сказала Долли мужу с тою чуть заметною иронией, с которою она теперь почти всегда относилась к своему мужу, — А по-моему, уж теперь пора... Я пойду, я не ужинаю.

— Нет, ты посиди, Долленька, — сказал Степан Аркадьич, переходя на ее сторону за большим столом, на котором ужинали. — Я тебе еще сколько расскажу!

— Верно, ничего.

— А ты знаешь, Весловский был у Анны. И он опять к ним едет. Ведь они всего в семидесяти верстах от вас. И я тоже непременно съезжу. Весловский, поди сюда!

Васенька перешел к дамам и сел рядом с Кити.

— Ах, расскажите, пожалуйста, вы были у нее? Как она? — обратилась к нему Дарья Александровна.

Левин остался на другом конце стола и, не переставая разговаривать с княгиней и Варенькой, видел, что между Степаном Аркадьичем, Долли, Кити и Весловским шел оживленный и таинственный разговор. Мало того, что шел таинственный разговор, он видел в лице своей жены выражение серьезного чувства, когда она, не

[1] суматоха (*англ.*).

them," he thought, "but these are no holiday matters, they won't wait, and there's no living without them."

VII

Levin came back home only when they sent to summon him to supper. On the stairs were standing Kitty and Agafya Mikhailovna, discussing wines for supper.

"But why are you making such a fuss? Serve the usual."

"No, Stiva doesn't drink... Kostya, wait, what's the matter with you?" Kitty began to say, hurrying after him, but he strode ruthlessly away to the dining room without waiting for her and at once joined in the lively general conversation which was being maintained there by Vasenka Veslovsky and Stepan Arkadyich.

"Well, what do you say, are we going hunting tomorrow?" said Stepan Arkadyich.

"Please, let's go," said Veslovsky, moving to another chair, where he sat down sideways, with one fat leg tucked under him.

"I shall be delighted, let's go. And have you had any hunting yet this year?" said Levin to Veslovsky, looking intently at his leg, but speaking with that affected amenity that Kitty knew so well in him and that was so unbecoming to him. "I don't know if we'll find any double snipe, but there are plenty of snipe. Only we ought to start early. You won't get tired? Aren't you tired, Stiva?"

"Me tired? I've never been tired yet. Let's not sleep all night! Let's go for a walk."

"Yes, really, let's not sleep! Splendid!" Veslovsky endorsed.

"Oh, we're sure that you can do without sleep and keep others from sleeping," Dolly said to her husband with that scarcely noticeable irony with which she almost always treated her husband now. "But to my thinking, it's time now... I'm going, I won't have supper."

"No, do stay, Dollenka," said Stepan Arkadyich, going round to her side of the big table at which they were having supper. "I've so much still to tell you!"

"Nothing really, I suppose."

"You know, Veslovsky has been at Anna's. And he's going to them again. They're just fifty miles from you. And I'll certainly go too. Veslovsky, come here!"

Vasenka crossed over to the ladies and sat down beside Kitty.

"Ah, do tell me, please; you have been to see her? How is she?" Darya Alexandrovna addressed him.

Levin stayed at the other end of the table and, though never ceasing his conversation with the Princess and Varenka, saw that there was a lively and mysterious conversation going on between Stepan Arkadyich, Dolly, Kitty, and Veslovsky. Not only was a mysterious conversation going on, but he saw on his wife's face an expression of serious feeling as she gazed with fixed

спуская глаз, смотрела в красивое лицо Васеньки, что-то оживленно рассказывавшего.

— Очень у них хорошо, — рассказывал Васенька про Вронского и Анну. — Я, разумеется, не беру на себя судить, но в их доме чувствуешь себя в семье.

— Что ж они намерены делать?

— Кажется, на зиму хотят ехать в Москву.

— Как бы хорошо нам вместе съехаться у них! Ты когда поедешь? — спросил Степан Аркадьич у Васеньки.

— Я проведу у них июль.

— А ты поедешь? — обратился Степан Аркадьич к жене.

— Я давно хотела и непременно поеду, — сказала Долли. — Мне ее жалко, и я знаю ее. Она прекрасная женщина. Я поеду одна, когда ты уедешь, и никого этим не стесню. И даже лучше без тебя.

— И прекрасно, — сказал Степан Аркадьич. — А ты, Кити?

— Я? Зачем я поеду? — вся вспыхнув, сказала Кити. И оглянулась на мужа.

— А вы знакомы с Анною Аркадьевной? — спросил ее Весловский. — Она очень привлекательная женщина.

— Да, — еще более краснея, отвечала она Весловскому, встала и подошла к мужу.

— Так ты завтра едешь на охоту? — сказала она.

Ревность его в эти несколько минут, особенно по тому румянцу, который покрыл ее щеки, когда она говорила с Весловским, уже далеко ушла. Теперь, слушая ее слова, он их уже понимал по-своему. Как ни странно было ему потом вспоминать об этом, теперь ему казалось ясно, что если она спрашивает его, едет ли он на охоту, то это интересует ее только для того, чтобы узнать, доставит ли он это удовольствие Васеньке Весловскому, в которого она, по его понятию, уже была влюблена.

— Да, я поеду, — ненатуральным, самому себе противным голосом отвечал он ей.

— Нет, лучше пробудьте завтра день, а то Долли не видала мужа совсем, а послезавтра поезжайте, — сказала Кити.

Смысл слов Кити теперь уже переводился Левиным так: "Не разлучай меня с *ним*. Что ты уедешь — это мне все равно, но дай мне насладиться обществом этого прелестного молодого человека".

— Ах, если ты хочешь, то мы завтра пробудем, — с особенной приятностью отвечал Левин.

Васенька между тем, нисколько и не подозревая всего того страдания, которое причинялось его присутствием, вслед за Кити встал от стола и, следя за ней улыбающимся, ласковым взглядом, пошел за нею.

Левин видел этот взгляд. Он побледнел и с минуту не мог перевести дыхания. "Как позволить себе смотреть так на мою жену!" — кипело в нем.

eyes on the handsome face of Vasenka, who was telling them something with animation.

"It's very nice at their place," Veslovsky was telling them about Vronsky and Anna. "I can't, of course, take it upon myself to judge, but in their house you feel the real feeling of a family."

"What do they intend to do?"

"I believe they want to go to Moscow for the winter."

"How jolly it would be for us all to get together at their house! When are you going?" Stepan Arkadyich asked Vasenka.

"I'm spending July there."

"Will you go?" Stepan Arkadyich turned to his wife.

"I've wanted to for a long while and I shall certainly go," said Dolly. "I feel sorry for her, and I know her. She's a splendid woman. I'll go alone, when you go back, and I'll be in no one's way. And it will be better indeed without you."

"Splendid," said Stepan Arkadyich. "And you, Kitty?"

"I? Why should I go?" Kitty said, flushing all over. And she glanced round at her husband.

"Are you acquainted with Anna Arkadyevna?" Veslovsky asked her. "She's a very attractive woman."

"Yes," she answered Veslovsky, crimsoning still more, got up and went up to her husband.

"Are you going hunting tomorrow?" she said.

His jealousy had in these few minutes, especially at the flush that had overspread her cheeks while she was talking to Veslovsky, gone far indeed. Now, listening to her words, he understood them in his own fashion. Strange as it was to him afterwards to recall it, it seemed clear to him now that in asking whether he was going hunting, all she cared to know was whether he would give that pleasure to Vasenka Veslovsky, with whom, as he thought, she was already in love.

"Yes, I'm going," he answered her in an unnatural voice, disagreeable to himself.

"No, better spend the day here tomorrow, since Dolly has not seen her husband at all, and set off the day after," said Kitty.

The meaning of Kitty's words was now interpreted by Levin thus: "Don't separate me from *him*. I don't care about your going, but do let me enjoy the company of this delightful young man."

"Ah, if you wish, we'll stay here tomorrow," Levin answered with peculiar amenity.

Vasenka meanwhile, utterly unsuspecting all the misery his presence had occasioned, got up from the table after Kitty and, watching her with a smiling, tender look, followed her.

Levin saw that look. He paled and for a minute could not catch his breath. "How dare he look at my wife like that!" boiled in him.

— Так завтра? Поедем, пожалуйста, — сказал Васенька, присаживаясь на стуле и опять подворачивая ногу по своей привычке.

Ревность Левина еще дальше ушла. Уже он видел себя обманутым мужем, в котором нуждаются жена и любовник только для того, чтобы доставлять им удобства жизни и удовольствия... Но, несмотря на то, он любезно и гостеприимно расспрашивал Васеньку об его охотах, ружье, сапогах и согласился ехать завтра.

На счастье Левина, старая княгиня прекратила его страдания тем, что сама встала и посоветовала Кити идти спать. Но и тут не обошлось без нового страдания для Левина. Прощаясь с хозяйкой, Васенька опять хотел поцеловать ее руку, но Кити, покраснев, с наивною грубостью, за которую ей потом выговаривала мать, сказала, отстранив руку:

— Это у нас не принято.

В глазах Левина она была виновата в том, что она допустила такие отношения, и еще больше виновата в том, что так неловко показала, что они ей не нравятся.

— Ну что за охота спать! — сказал Степан Аркадьич, после выпитых за ужином нескольких стаканов вина пришедший в свое самое милое и поэтическое настроение. — Смотри, смотри, Кити, — говорил он, указывая на поднимавшуюся из-за лип луну, — что за прелесть! Весловский, вот когда серенаду. Ты знаешь, у него славный голос. Мы с ним спелись дорогой. Он привез с собою прекрасные романсы, новые два. С Варварой Андреевной бы спеть.

Когда все разошлись, Степан Аркадьич еще долго ходил с Весловским по аллее, и слышались их спевавшиеся на новом романсе голоса.

Слушая эти голоса, Левин насупившись сидел на кресле в спальне жены и упорно молчал на ее вопросы о том, что с ним; но когда наконец она сама, робко улыбаясь, спросила: "Уж не что ли нибудь не понравилось тебе с Весловским?" — его прорвало, и он высказал все; то, что он высказывал, оскорбляло его и потому еще больше его раздражало.

Он стоял пред ней с страшно блестевшими из-под насупленных бровей глазами и прижимал к груди сильные руки, как будто напрягая все силы свои, чтоб удержать себя. Выражение лица его было бы сурово и даже жестоко, если б оно вместе с тем не выражало страдания, которое трогало ее. Скулы его тряслись, и голос обрывался.

— Ты пойми, что я не ревную: это мерзкое слово. Я не могу ревновать и верить, чтоб... Я не могу сказать, что я чувствую, но это ужасно... Я не ревную, но я оскорблен, унижен тем, что кто-нибудь смеет думать, смеет смотреть на тебя такими глазами...

— Да какими глазами? — говорила Кити, стараясь как можно добросовестнее вспомнить все речи и жесты нынешнего вечера и все их оттенки.

"Tomorrow, then? Let's go, please," said Vasenka, sitting down on a chair and again tucking his leg under as his habit was.

Levin's jealousy went further still. Already he saw himself as a deceived husband, needed by his wife and her lover only to provide them with the conveniences of life and pleasures... But in spite of that he made polite and hospitable inquiries of Vasenka about his hunting, gun, boots and agreed to go the next day.

Happily for Levin, the old Princess cut short his agonies by getting up herself and advising Kitty to go to bed. But even at this point Levin could not escape another agony. Saying good-night to his hostess, Vasenka again wanted to kiss her hand, but Kitty, blushing, drew back her hand and said with a naïve clumsiness, for which her mother scolded her afterwards:

"We don't have that fashion."

In Levin's eyes she was to blame for having allowed such relations, and still more to blame for showing so awkwardly that she did not like them.

"Why, how can one want to sleep!" said Stepan Arkadyich, who, after drinking several glasses of wine at supper, was now in his most endearing and poetical mood. "Look, look, Kitty," he said, pointing to the moon, rising from behind the lime trees, "how exquisite! Veslovsky, this is the time for a serenade. You know, he has a splendid voice. We practiced singing together along the road. He has brought some lovely romances with him, two new ones. We should sing with Varvara Andreyevna."

When the party had broken up, Stepan Arkadyich walked a long while about the avenue with Veslovsky, and their voices could be heard singing a new romance together.

Listening to these voices, Levin sat scowling in an armchair in his wife's bedroom and maintained an obstinate silence when she asked him what was wrong; but when at last with a timid smile she asked: "Was there something you disliked about Veslovsky?"—it all burst out of him, and he told her all; he was humiliated himself at what he was saying, and that exasperated him all the more.

He stood before her with his eyes glittering frightfully under his scowling eyebrows and pressed his strong arms to his chest, as if straining all his strength to hold himself back. The expression of his face would have been grim, and even cruel, if it had not at the same time had a look of suffering which touched her. His cheekbones were twitching, and his voice kept breaking.

"You must understand that I'm not jealous, that's a nasty word. I can't be jealous and believe that... I can't say what I feel, but this is awful... I'm not jealous, but I'm offended, humiliated that somebody dares to think, dares to look at you with eyes like that..."

"Eyes like what?" said Kitty, trying as conscientiously as possible to recall every word and gesture of that evening and every shade of them.

Во глубине души она находила, что было что-то именно в ту минуту, как он перешел за ней на другой конец стола, но не смела признаться в этом даже самой себе, тем более не решалась сказать это ему и усилить этим его страдание.

— И что же может быть привлекательного во мне, какая я?..

— Ах! — вскрикнул он, хватаясь за голову. — Ты бы не говорила!.. Значит, если бы ты была привлекательна...

— Да нет, Костя, да постой, да послушай! — говорила она, с страдальчески-соболезнующим выражением глядя на него. — Ну, что же ты можешь думать? Когда для меня нет людей, нету, нету!.. Ну, хочешь ты, чтоб я никого не видала?

В первую минуту ей была оскорбительна его ревность; ей было досадно, что малейшее развлечение и самое невинное, было ей запрещено; но теперь она охотно пожертвовала бы и не такими пустяками, а всем для его спокойствия, чтоб избавить его от страдания, которое он испытывал.

— Ты пойми ужас и комизм моего положения, — продолжал он отчаянным шепотом, — что он у меня в доме, что он ничего неприличного, собственно, ведь не сделал, кроме этой развязности и поджимания ног. Он считает это самым хорошим тоном, и потому я должен быть любезен с ним.

— Но, Костя, ты преувеличиваешь, — говорила Кити, в глубине души радуясь той силе любви к ней, которая выражалась теперь в его ревности.

— Ужаснее всего то, что ты — какая ты всегда и теперь, когда ты такая святыня для меня, мы так счастливы, так особенно счастливы, и вдруг такая дрянь... Не дрянь, зачем я его браню? Мне до него дела нет. Но за что мое, твое счастье?..

— Знаешь, я понимаю, отчего это сделалось, — начала Кити.

— Отчего? отчего?

— Я видела, как ты смотрел, когда мы говорили за ужином.

— Ну да, ну да! — испуганно сказал Левин.

Она рассказала ему, о чем они говорили. И, рассказывая это, она задыхалась от волнения. Левин помолчал, потом пригляделся к ее бледному, испуганному лицу и вдруг схватился за голову.

— Катя, я измучал тебя! Голубчик, прости меня! Это сумасшествие! Катя, я кругом виноват. И можно ли было из такой глупости так мучаться?

— Нет, мне тебя жалко.

— Меня? Меня? Что я? Сумасшедший!.. А тебя за что? Это ужасно думать, что всякий человек чужой может расстроить наше счастье.

— Разумеется, это-то и оскорбительно...

— Нет, так я, напротив, оставлю его нарочно у нас все лето и буду рассыпаться с ним в любезностях, — говорил Левин, целуя ее руки.

— Вот увидишь. Завтра... Да, правда, завтра мы едем.

In the depths of her soul she did think that there had been something precisely at the moment when he had crossed over after her to the other end of the table, but she dared not to own it even to herself, much less to resolve to tell it to him and so to increase his suffering.

"And what can there possibly be attractive about me as I am?.."

"Ah!" he cried, clutching at his head. "You shouldn't say that!.. So, if you had been attractive..."

"No, Kostya, wait, listen!" she said, looking at him with an expression of pained commiseration. "What can you be thinking? When for me there's no one, no one, no one!.. Would you like me not to see anyone?"

For the first minute she had been offended by his jealousy; she was annoyed that the slightest amusement, even the most innocent, was forbidden her; but now she would readily have sacrificed, not merely such trifles, but everything, for his peace of mind, to save him from the agony he was suffering.

"You must understand the horror and the funny side of my position," he went on in a desperate whisper, "that he's in my house, that he's done nothing improper positively except his free and easy airs and the way he tucks his legs under. He thinks it's the best tone, and so I'm obliged to be amiable to him."

"But, Kostya, you're exaggerating," said Kitty, in the depths of her soul rejoicing at the strength of his love for her, expressed now in his jealousy.

"The most awful part of it all is that you're just as you always are, and especially now when you're so sacred to me, and we're so happy, so particularly happy, and all of a sudden this rubbish... Not rubbish, why do I abuse him? I don't care about him. But why should my and your happiness..."

"You know, I understand why it happened," Kitty began.

"Why? why?"

"I saw how you looked while we were talking at supper."

"Well, well!" Levin said in dismay.

She told him what they had been talking about. And as she told it, she was breathless with emotion. Levin was silent for a while, then looked hard at her pale, scared face and suddenly clutched at his head.

"Katia, I've been torturing you! Darling, forgive me! It's madness! Katia, it's my fault all round. And how could I be so distressed at such nonsense?"

"No, I'm sorry for you."

"For me? For me? What am I? A madman!.. But why you? It's awful to think that any outsider can shatter our happiness."

"Of course, and that is what is offensive..."

"No, then, on the contrary, I'll purposely keep him with us all the summer and will overwhelm him with amiability," said Levin, kissing her hands. "You shall see. Tomorrow... Oh, yes, we are going tomorrow."

VIII

На другой день, дамы еще не вставали, как охотничьи два экипажа, катки и тележка, стояли у подъезда, и Ласка, еще с утра понявшая, что едут на охоту, навизжавшись и напрыгавшись досыта, сидела на катках подле кучера, взволнованно и неодобрительно за промедление глядя на дверь, из которой все еще не выходили охотники. Первый вышел Васенька Весловский в больших новых сапогах, доходивших до половины толстых ляжек, в зеленой блузе, подпоясанной новым, пахнущим кожей патронташем, и в своем колпачке с лентами, и с английским новеньким ружьем без антапок и перевязи. Ласка подскочила к нему, поприветствовала его, попрыгав, спросила у него по-своему, скоро ли выйдут те, но, не получив от него ответа, вернулась на свой пост ожидания и опять замерла, повернув набок голову и насторожив одно ухо. Наконец дверь с грохотом отворилась, вылетел, кружась и повертываясь на воздухе, Крак, половопегий пойнтер Степана Аркадьича, и вышел сам Степан Аркадьич с ружьем в руках и с сигарой во рту. "Тубо, тубо, Крак!" — покрикивал он ласково на собаку, которая вскидывала ему лапы на живот и грудь, цепляясь ими за ягдташ. Степан Аркадьич был одет в поршни и подвертки, в оборванные панталоны и короткое пальто. На голове была развалина какой-то шляпы, но ружье новой системы было игрушечка, и ягдташ и патронташ, хотя истасканные, были наилучшей доброты.

Васенька Весловский не понимал прежде этого настоящего охотничьего щегольства — быть в отрепках, но иметь охотничью снасть самого лучшего качества. Он понял это теперь, глядя на Степана Аркадьича, в этих отрепках сиявшего своею элегантною, откормленною и веселою барскою фигурой, и решил, что он к следующей охоте непременно так устроится.

— Ну, а хозяин наш что? — спросил он.

— Молодая жена, — улыбаясь, сказал Степан Аркадьич.

— Да, и такая прелестная.

— Он уже был одет. Верно, опять побежал к ней.

Степан Аркадьич угадал. Левин забежал опять к жене спросить у нее еще раз, простила ли она его за вчерашнюю глупость, и еще затем, чтобы попросить ее, чтобы она, ради Христа, была осторожнее. Главное, от детей была бы дальше, — они всегда могут толкнуть. Потом надо было еще раз получить от нее подтверждение, что она не сердится на него за то, что он уезжает на два дня, и еще просить ее непременно прислать ему записку завтра с верховым, написать хоть только два слова, только чтоб он мог знать, что она благополучна.

Кити, как всегда, больно было на два дня расставаться с мужем, но, увидав его оживленную фигуру, казавшуюся особенно большою и сильною в охотничьих сапогах и белой блузе, и какое-то непонятное для нее сияние охотничьего возбуждения, она из-за его радости забыла свое огорчение и весело простилась с ним.

VIII

Next day, before the ladies were up, two hunting carriages, a trap and a wagonette, stood at the porch, and Laska, aware since morning that they were going hunting, after yelping and skipping to the full, was sitting in the trap beside the coachman and, disapproving of the delay, was excitedly watching the door from which the sportsmen still did not come out. The first to come out was Vasenka Veslovsky, in big new boots that reached half-way up his fat thighs, in a green blouse girdled with a new cartridge belt smelling of leather, and in his cap with ribbons, with a new English gun without swivels and a sling. Laska flew up to him, greeted him by jumping up, asked him in her own way whether the others were coming out soon, but getting no answer from him, returned to her observation post and froze again, her head turned sideways and one ear pricked up. At last the door opened with a crash, and Stepan Arkadyich's yellow and white pointer Krak flew out, spinning and turning in the air, and Stepan Arkadyich himself came out, too, with a gun in his hands and a cigar in his mouth. "Quiet, quiet, Krak!" he cried affectionately to the dog, who put his paws up on his stomach and chest, catching at the game bag. Stepan Arkadyich was dres-sed in coarse shoes and leggings, in ragged trousers and a short coat. On his head there was the wreck of some hat, but his gun of a new system was a gem, and his game bag and cartridge belt, though worn, were of the very best quality.

Vasenka Veslovsky had not understood before this real sportsman's pa-nache—to be in rags, but to have hunting equipment of the best quality. He understood it now as he looked at Stepan Arkadyich, radiant in these rags with his elegant, well-fed and joyous figure of a nobleman, and decided that next time he went hunting he would certainly adopt the same get-up.

"Well, and what about our host?" he asked.

"A young wife," said Stepan Arkadyich, smiling.

"Yes, and such a charming one."

"He was already dressed. No doubt he's run to her again."

Stepan Arkadyich guessed right. Levin had run again to his wife to ask her once more if she forgave him for his yesterday's nonsense, and also to beg her for Christ's sake to be more careful. The main thing was for her to keep further away from the children—they might always push against her. Then he had once more to hear her confirm that she was not angry with him for going away for two days, and to ask her to be sure to send him a note the next day by a mounted servant, to write him, if it were but two words only, to let him know that she was well.

Kitty, as always, was distressed at parting for two days from her husband, but when she saw his lively figure, looking particularly big and strong in hunting boots and a white blouse, and a sort of radiance of hunting excite-ment incomprehensible to her, she forgot her own chagrin because of his joy, and said good-bye to him cheerfully.

— Виноват, господа! — сказал он, выбегая на крыльцо. — Завтрак положили? Зачем рыжего направо? Ну, все равно. Ласка, брось, пошла сидеть!

— Пусти в холостое стадо, — обратился он к скотнику, дожидавшемуся его у крыльца с вопросом о валушках. — Виноват, вот еще злодей идет.

Левин соскочил с катков, на которые он уже сел было, к рядчику-плотнику, с саженью шедшему к крыльцу.

— Вот вчера не пришел в контору, теперь меня задерживаешь. Ну, что?

— Прикажите еще поворот сделать. Всего три ступеньки прибавить. И пригоним в самый раз. Много покойнее будет.

— Ты бы слушал меня, — с досадой отвечал Левин. — Я говорил, установи тетивы и потом ступени врубай. Теперь не поправишь. Делай, как я велел, — руби новую.

Дело было в том, что в строящемся флигеле рядчик испортил лестницу, срубив ее отдельно и не разочтя подъем, так что ступени все вышли покатые, когда ее поставили на место. Теперь рядчик хотел, оставив ту же лестницу, прибавить три ступени.

— Много лучше будет.

— Да куда же она у тебя выйдет с тремя ступенями?

— Помилуйте-с, — с презрительною улыбкой сказал плотник. — В самую тахту выйдет. Как, значит, возьмется снизу, — с убедительным жестом сказал он, — пойдеть, пойдеть и придеть.

— Ведь три ступеньки и в длину прибавят... Куда ж она придет?

— Так она, значит, снизу как пойдеть, так и придеть, — упорно и убедительно говорил рядчик.

— Под потолок и в стену она придет.

— Помилуйте. Ведь снизу пойдеть. Пойдеть, пойдеть и придеть.

Левин достал шомпол и стал по пыли рисовать ему лестницу.

— Ну, видишь?

— Как прикажете, — сказал плотник, вдруг просветлев глазами и, очевидно, поняв наконец дело. — Видно, приходится новую рубить.

— Ну, так так и делай, как велено! — крикнул Левин, садясь на катки. — Пошел! Собак держи, Филипп!

Левин испытывал теперь, оставив позади себя все заботы семейные и хозяйственные, такое сильное чувство радости жизнью и ожиданья, что ему не хотелось говорить. Кроме того, он испытывал то чувство сосредоточенного волнения, которое испытывает всякий охотник, приближаясь к месту действия. Если его что и занимало теперь, то лишь вопросы о том, найдут ли они что в Колпенском болоте, о том, какова окажется Ласка в сравнении с Краком и как-то самому ему удастся стрелять нынче. Как бы не осрамиться ему пред новым человеком? Как бы Облонский не обстрелял его? — тоже приходило ему в голову.

"Sorry, gentlemen!" he said, running out onto the steps. "Have you put the lunch in? Why is the chestnut on the right? Well, never mind. Laska, stop it, go and sit down!"

"Put them in the herd of oxen," he turned to the cattleman, who was waiting for him at the steps with a question about bullocks. "Sorry, here comes another villain."

Levin jumped out of the trap, in which he had already taken his seat, to meet the carpentry contractor, who was walking towards the steps with a ruler.

"You didn't come to the office yesterday, and now you're detaining me. Well, what is it?"

"Let me make another turning. It's only three steps to add. And we'll make it just fit. It will be much more convenient."

"You should have listened to me," Levin answered with annoyance. "I said: set up the string boards and then fit in the steps. Now there's no setting it right. Do as I told you, and make a new one."

The point was that in the wing that was being built the contractor had spoiled the staircase, fitting it together without calculating the elevation, so that the steps were all sloping when it was put in place. Now the contractor wanted, keeping the same staircase, to add three steps.

"It will be much better."

"But where will it come out with its three steps?"

"Upon my word, sir," the carpenter said with a contemptuous smile. "It'll come out right at the very spot. You see, it'll start from the bottom," he said with a persuasive gesture, "it'll go up and up and come out right."

"But three steps will add to the length too... Where will it come out?"

"You see, it'll start from the bottom and come out right," the contractor said obstinately and persuasively.

"It'll reach the ceiling and the wall."

"Upon my word. It'll start from the bottom. It'll go up and up and come out right."

Levin took out a ramrod and began sketching him the staircase in the dust.

"There, do you see?"

"As you wish," said the carpenter, with a sudden gleam in his eyes, obviously understanding the thing at last. "It seems I'll have to make a new one."

"Well, then, do it as you're told!" Levin shouted, seating himself in the trap. "Drive on! Hold the dogs, Filipp!"

Levin experienced now, at leaving behind all his family and farming cares, such a strong sense of joy in life and expectation that he was not disposed to talk. Besides, he experienced that feeling of concentrated excitement that every sportsman experiences as he approaches the place of action. If he had anything on his mind now, it was only the questions whether they would find anything in the Kolpensky marsh, how Laska would compare with Krak and how he would shoot that day himself. Not to disgrace himself before the new man, not to be outshot by Oblonsky—that too crossed his head.

Облонский испытывал подобное же чувство и был тоже неразговорчив. Один Васенька Весловский не переставая весело разговаривал. Теперь, слушая его, Левину совестно было вспомнить, как он был не прав к нему вчера. Васенька был действительно славный малый, простой, добродушный и очень веселый. Если бы Левин сошелся с ним холостым, он бы сблизился с ним. Было немножко неприятно Левину его праздничное отношение к жизни и какая-то развязность элегантности. Как будто он считал за собой высокое несомненное значение за то, что у него были длинные ногти, и шапочка, и остальное соответствующее; но это можно было извинить за его добродушие и порядочность. Он нравился Левину своим хорошим воспитанием, отличным выговором на французском и английском языках и тем, что он был человек его мира.

Васеньке чрезвычайно понравилась степная донская лошадь на левой пристяжке. Он все восхищался ею.

— Как хорошо верхом на степной лошади скакать по степи. А? Не правда ли? — говорил он.

Что-то такое он представлял себе в езде на степной лошади дикое, поэтическое, из которого ничего не выходило; но наивность его, в особенности в соединении с его красотой, милою улыбкой и грацией движений, была очень привлекательна. Оттого ли, что натура его была симпатична Левину, или потому, что Левин старался в искупление вчерашнего греха найти в нем все хорошее, Левину было приятно с ним.

Отъехав три версты, Весловский вдруг хватился сигар и бумажника и не знал, потерял ли он их или оставил на столе. В бумажнике было триста семьдесят рублей, и потому нельзя было так оставить этого.

— Знаете что, Левин, я на этой донской пристяжной поскачу домой. Это будет отлично. А? — говорил он, уже готовясь влезать.

— Нет, зачем же? — отвечал Левин, рассчитавший, что в Васеньке должно быть не менее шести пудов веса. — Я кучера пошлю.

Кучер поехал на пристяжной, а Левин стал сам править парой.

IX

— Ну, какой же наш маршрут? Расскажи-ка хорошенько, — сказал Степан Аркадьич.

— План следующий: теперь мы едем до Гвоздева. В Гвоздеве болото дупелиное по сю сторону, а за Гвоздевым идут чудные бекасиные болота, и дупеля бывают. Теперь жарко, и мы к вечеру (двадцать верст) приедем и возьмем вечернее поле; переночуем, а уже завтра в большие болота.

— А дорогой разве ничего нет?

— Есть; но задержимся, и жарко. Есть славные два местечка, да едва ли есть что.

Oblonsky experienced the same feeling and was also taciturn. Only Vasenka Veslovsky kept up a cheerful chatter. Listening to him now, Levin felt ashamed to recall how unfair he had been to him yesterday. Vasenka was really a nice fellow, simple, good-natured and very cheerful. If Levin had met him when still a bachelor, he would have made friends with him. Levin slightly disliked his holiday attitude to life and a sort of free and easy elegance. It was as if he assumed a high degree of doubtless importance in himself because he had long nails and his cap, and everything else to correspond; but this could be forgiven for the sake of his good nature and decency. Levin liked him for his good breeding, for speaking French and English with excellent pronunciation, and for being a man of his world.

Vasenka was extremely delighted with the left trace horse, a Don Steppe horse. He kept admiring it.

"How fine it must be galloping over the steppes on a steppe horse! Eh? Isn't it?" he said.

He had imagined riding on a steppe horse as something wild and poetic, and nothing came of it; but his naïvety, particularly in conjunction with his good looks, his endearing smile and the grace of his movements, was very attractive. Either because his nature was sympathetic to Levin, or because Levin was trying to atone for his yesterday's sin by finding everything good in him, Levin liked being with him.

Having driven over two miles from home, Veslovsky suddenly realized that his cigars and his wallet were missing and did not know whether he had lost them or left them on the table. In the wallet there were three hundred and seventy rubles, and so the matter could not be left like that.

"You know what, Levin, I'll gallop home on that Don trace horse. That will be splendid. Eh?" he said, already preparing to mount up.

"No, why?" answered Levin, calculating that Vasenka could hardly weigh less than a hundred kilograms. "I'll send the coachman."

The coachman rode back on the trace horse, and Levin himself drove the pair.

IX

"Well, what's our route? Tell us all about it," said Stepan Arkadyich.

"The plan is the following: now we're driving to Gvozdevo. In Gvozdevo there's a double snipe marsh on this side, and beyond Gvozdevo come some magnificent snipe marshes where there are double snipe too. It's hot now, and we'll get there (it's thirteen miles) towards evening and have some evening hunting; we'll spend the night there and go on tomorrow to the big marshes."

"And is there nothing on the way?"

"There is; but we'll delay ourselves; besides it's hot. There are two nice places, but I doubt there being anything."

Левину самому хотелось зайти в эти местечки, но местечки были от дома близкие, он всегда мог взять их, и местечки были маленькие, — троим негде стрелять. И потому он кривил душой, говоря, что едва ли есть что. Поравнявшись с маленьким болотцем, Левин хотел проехать мимо, но опытный охотничий глаз Степана Аркадьича тотчас же рассмотрел видную с дороги мочежину.

— Не заедем ли? — сказал он, указывая на болотце.

— Левин, пожалуйста! как отлично! — стал просить Васенька Весловский, и Левин не мог не согласиться.

Не успели остановиться, как собаки, перегоняя одна другую, уже летели к болоту.

— Крак! Ласка!..

Собаки вернулись.

— Втроем тесно будет. Я побуду здесь, — сказал Левин, надеясь, что они ничего не найдут, кроме чибисов, которые поднялись от собак и, перекачиваясь на лету, жалобно плакали над болотом.

— Нет! Пойдемте, Левин, пойдем вместе! — звал Весловский.

— Право, тесно. Ласка, назад! Ласка! Ведь вам не нужно другой собаки?

Левин остался у линейки и с завистью смотрел на охотников. Охотники прошли все болотце. Кроме курочки и чибисов, из которых одного убил Васенька, ничего не было в болоте.

— Ну вот видите, что я не жалел болота, — сказал Левин, — только время терять.

— Нет, все-таки весело. Вы видели? — говорил Васенька Весловский, неловко влезая на катки с ружьем и чибисом в руках. — Как я славно убил этого! Не правда ли? Ну, скоро ли мы приедем на настоящее?

Вдруг лошади рванулись, Левин ударился головой о ствол чьего-то ружья, и раздался выстрел. Выстрел, собственно, раздался прежде, но так показалось Левину. Дело было в том, что Васенька Весловский, спуская курки, жал одну гашетку, а придерживал другой курок. Заряд влетел в землю, никому не сделав вреда. Степан Аркадьич покачал головой и посмеялся укоризненно Весловскому. Но Левин не имел духа выговорить ему. Во-первых, всякий упрек показался бы вызванным миновавшею опасностью и шишкой, которая вскочила у Левина на лбу; а во-вторых, Весловский был так наивно огорчен сначала и потом так смеялся добродушно и увлекательно их общему переполоху, что нельзя было самому не смеяться.

Когда подъехали ко второму болоту, которое было довольно велико и должно было взять много времени, Левин уговаривал не выходить, но Весловский опять упросил его. Опять, так как болото было узко, Левин, как гостеприимный хозяин, остался у экипажей.

Прямо с прихода Крак потянул к кочкам. Васенька Весловский первый побежал за собакой. И не успел Степан Аркадьич подойти, как уж вылетел дупель. Весловский сделал промах, и дупель пересел в неко-

Levin himself would have liked to go into these places, but the places were near home, he could visit them any time, and the places were small—there would be no room for three men to shoot. And so, with some insincerity, he said that he doubted there being anything. When they reached a little marsh, Levin wanted to drive by, but the experienced sportsman's eye of Stepan Arkadyich at once detected a pool visible from the road.

"Won't we try that?" he said, pointing to the little marsh.

"Levin, please! how splendid!" Vasenka Veslovsky began begging, and Levin could but consent.

No sooner had they stopped than the dogs had flown one before the other to the marsh.

"Krak! Laska!.."

The dogs came back.

"There won't be room for three. I'll stay here," said Levin, hoping they would find nothing but peewits, who had been startled by the dogs, and turning over in their flight, were plaintively weeping over the marsh.

"No! Come along, Levin, let's go together!" Veslovsky called.

"Really, there's no room. Laska, back! Laska! You won't need another dog, will you?"

Levin remained by the wagonette and watched enviously the sportsmen. The sportsmen walked across the marsh. Except a gallinule and peewits, of which Vasenka killed one, there was nothing in the marsh.

"Well, you see that it was not that I grudged the marsh," said Levin, "only it's wasting time."

"No, it was jolly all the same. Did you see?" said Vasenka Veslovsky, clambering awkwardly into the trap with his gun and his peewit in his hands. "How splendidly I shot this one! Didn't I? Well, shall we soon be getting to the real place?"

Suddenly the horses started off, Levin knocked his head against the barrel of someone's gun, and a shot sounded. The shot did actually sound first, but that was how it seemed to Levin. The thing was that Vasenka Veslovsky had pulled only one trigger, and had left the other hammer still cocked. The charge flew into the ground without doing harm to anyone. Stepan Arkadyich shook his head and laughed reprovingly at Veslovsky. But Levin had not the heart to reprove him. First, any reproach would have seemed to be called forth by the danger he had evaded and the bump that had come up on Levin's forehead; and second, Veslovsky was at first so naïvely distressed and then laughed so good-humoredly and infectiously at their general dismay that one could not but laugh with him.

When they reached the second marsh, which was fairly large and would inevitably take much time, Levin tried to persuade them to pass it by, but Veslovsky again cajoled him. Again, as the marsh was narrow, Levin, as a hospitable host, remained with the carriages.

Krak made straight for the hillocks. Vasenka Veslovsky was the first to run after the dog. And before Stepan Arkadyich had time to come up, a double snipe flew out. Veslovsky missed it and the double snipe flew into an

шеный луг. Весловскому предоставлен был этот дупель. Крак опять нашел его, стал, и Весловский убил его и вернулся к экипажам.

— Теперь идите вы, а я побуду с лошадьми, — сказал он.

Левина начинала разбирать охотничья зависть. Он передал вожжи Весловскому и пошел в болото.

Ласка, уже давно жалобно визжавшая и жаловавшаяся на несправедливость, понеслась вперед, прямо к надежному, знакомому Левину кочкарнику, в который не заходил еще Крак.

— Что ж ты ее не остановишь? — крикнул Степан Аркадьич.

— Она не спугнет, — отвечал Левин, радуясь на собаку и спеша за нею.

В поиске Ласки, чем ближе и ближе она подходила к знакомым кочкам, становилось больше и больше серьезности. Маленькая болотная птичка только на мгновенье развлекла ее. Она сделала один круг пред кочками, начала другой и вдруг вздрогнула и замерла.

— Иди, иди, Стива! — крикнул Левин, чувствуя, как сердце у него начинает сильнее биться и как вдруг, как будто какая-то задвижка отодвинулась в его напряженном слухе, все звуки, потеряв меру расстояния, беспорядочно, но ярко стали поражать его. Он слышал шаги Степана Аркадьича, принимая их за дальний топот лошадей, слышал хрупкий звук оторвавшегося с кореньями угла кочки, на которую он наступил, принимая этот звук за полет дупеля. Слышал тоже сзади недалеко какое-то шлепанье по воде, в котором он не мог дать себе отчета.

Выбирая место для ноги, он подвигался к собаке.

— Пиль!

Не дупель, а бекас вырвался из-под собаки. Левин повел ружьем, но в то самое время как он целился, тот самый звук шлепанья по воде усилился, приблизился, и к нему присоединился голос Весловского, что-то странно громко кричавшего. Левин видел, что он берет ружьем сзади бекаса, но все-таки выстрелил.

Убедившись в том, что сделан промах, Левин оглянулся и увидал, что лошади с катками уже не на дороге, а в болоте.

Весловский, желая видеть стрельбу, заехал в болото и увязил лошадей.

— И черт его носит! — проговорил про себя Левин, возвращаясь к завязшему экипажу. — Зачем вы поехали? — сухо сказал он ему и, кликнув кучера, принялся выпрастывать лошадей.

Левину было досадно и то, что ему помешали стрелять, и то, что увязили его лошадей, и то, главное, что, для того чтобы выпростать лошадей, отпречь их, ни Степан Аркадьич, ни Весловский не помогали ему и кучеру, так как не имели ни тот, ни другой ни малейшего понятия, в чем состоит запряжка. Ни слова не отвечая Васеньке на его уверения, что тут было совсем сухо, Левин молча работал с кучером, чтобы выпростать лошадей. Но потом, разгоревшись работой и увидав, как старательно, усердно Весловский тащил катки за крыло, так

unmowed meadow. This double snipe was left to Veslovsky. Krak found it again, pointed, and Veslovsky shot it and went back to the carriages.

"Now you go and I'll stay with the horses," he said.

Levin began to feel a sportsman's envy. He handed the reins to Veslovsky and walked into the marsh.

Laska, who had long been whining plaintively and complaining against the injustice, flew straight ahead to some tried hillocks that Levin knew well, and that Krak had not yet come upon.

"Why don't you stop her?" shouted Stepan Arkadyich.

"She won't scare them," answered Levin, pleased with his dog and hurrying after her.

As she came nearer and nearer to the familiar hillocks there was more and more earnestness in Laska's exploration. A little marsh bird diverted her attention only for an instant. She made one circle in front of the hillocks, began another and suddenly shivered and froze.

"Come, come, Stiva!" shouted Levin, feeling his heart beginning to beat more violently; and suddenly, as if some sort of shutter had opened in his straining ears, all sounds, losing all measure of distance, began to beat on his hearing disorderly but loudly. He heard the steps of Stepan Arkadyich, taking them for the distant tramp of horses, heard the brittle sound of the corner of a hillock on which he had trodden, tearing it off with its roots and taking this sound for the flying of a double snipe. He heard too, not far behind him, a splashing in the water, which he could not explain to himself.

Picking his steps, he moved towards the dog.

"Fetch it!"

Not a double snipe but a snipe burst up from under the dog. Levin followed it with his gun, but at the very instant when he was taking aim, that same sound of splashing in the water grew louder, came closer, and was joined by the voice of Veslovsky, shouting something with strange loudness. Levin saw that he had his gun pointed behind the snipe, but he fired anyway.

After making sure he had missed, Levin looked round and saw the horses and the trap not on the road but in the marsh.

Veslovsky, eager to see the shooting, had driven into the marsh and got the horses stuck in the mud.

"Damn the fellow!" Levin said to himself, going back to the stuck carriage. "What did you drive in for?" he said to him dryly and, calling the coachman, began pulling the horses out.

Levin was vexed both at being hindered from shooting and at his horses getting stuck in the mud, and above all at the fact that neither Stepan Arkadyich nor Veslovsky helped him and the coachman to unharness the horses and get them out, since neither of them had the slightest notion of harnessing. Without saying a word in reply to Vasenka's assurances that it had been quite dry there, Levin worked in silence with the coachman at extricating the horses. But then, as he got warm at the work and saw how assiduously and diligently Veslovsky was tugging at the trap by the mud-

что даже отломил его, Левин упрекнул себя за то, что он под влиянием вчерашнего чувства был слишком холоден к Весловскому, и постарался особенною любезностью загладить свою сухость. Когда все было приведено в порядок и экипажи выведены на дорогу, Левин велел достать завтрак.

— Bon appétit — bonne conscience! Ce poulet va tomber jusqu'au fond de mes bottes[1], — говорил французскую прибауточку опять повеселевший Васенька, доедая второго цыпленка. — Ну, теперь бедствия наши кончились; теперь пойдет все благополучно. Только уж за свою вину я теперь обязан сидеть на козлах. Не правда ли? А? Нет, нет, я Автомедон. Посмотрите, как я вас довезу! — отвечал он, не выпуская вожжи, когда Левин просил его пустить кучера. — Нет, я должен свою вину искупить, и мне прекрасно на козлах. — И он поехал.

Левин боялся немного, что он замучает лошадей, особенно левого, рыжего, которого он не умел держать; но невольно он подчинялся его веселью, слушал романсы, которые Весловский, сидя на козлах, распевал всю дорогу, или рассказы и представления в лицах, как надо править по-английски four in hand[2]; и они все после завтрака в самом веселом расположении духа доехали до Гвоздевского болота.

X

Васенька так шибко гнал лошадей, что они приехали к болоту слишком рано, так что было еще жарко.

Подъехав к серьезному болоту, главной цели поездки, Левин невольно подумывал о том, как бы ему избавиться от Васеньки и ходить без помехи. Степан Аркадьич, очевидно, желал того же, и на его лице Левин видел выражение озабоченности, которое всегда бывает у настоящего охотника пред началом охоты, и некоторой свойственной ему добродушной хитрости.

— Как же мы пойдем? Болото отличное, я вижу, и ястреба́, — сказал Степан Аркадьич, указывая на двух вившихся над осокой больших птиц. — Где ястреба́, там наверно есть.

— Ну вот видите ли, господа, — сказал Левин с несколько мрачным выражением подтягивая сапоги и осматривая пистоны на ружье. — Видите эту осоку? — Он указал на темневший черною зеленью островок в огромном, раскинувшемся по правую сторону реки, до половины скошенном мокром луге. — Болото начинается вот здесь, прямо перед нами, видите — где зеленее. Отсюда оно идет направо, где лошади ходят; там кочки, дупеля бывают; и кругом этой осоки вон до того ольшаника и до самой мельницы. Вон там, видишь, где залив. Это лучшее место. Там я раз семнадцать бекасов убил. Мы разойдемся с двумя собаками в разные стороны и там у мельницы сойдемся.

---

[1] Хороший аппетит — значит, совесть чиста! Этот цыпленок проникает до глубины моей души (франц.).

[2] четверкой (англ.).

guard, so that he even broke it off, Levin reproached himself for being too cold to Veslovsky under the influence of yesterday's feeling, and tried to smooth over his dryness by being particularly amiable. When everything had been put right, and the carriages had been brought back to the road, Levin ordered lunch to be served.

"Bon appétit—bonne conscience! Ce poulet va tomber jusqu'au fond de mes bottes[1]," Vasenka, who had recovered his spirits, quoted the French saying as he finished his second chicken. "Well, now our troubles are over, now everything's going to go well. Only, for my sins I'm bound to sit on the box now. That's so, eh? No, no, I'm an Automedon. You shall see how I'll get you there!" he answered, not letting go the reins, when Levin asked him to let the coachman drive. "No, I must atone for my sins, and I'm very comfortable on the box." And he drove.

Levin was a little afraid he would exhaust the horses, especially the chestnut on the left, whom he did not know how to hold in; but involuntarily he fell under the influence of his gaiety, listened to the romances Veslovsky sang all the way sitting on the box, or the stories and representations he gave of driving in the English fashion, four-in-hand; and they were all in the best of spirits when they reached the Gvozdevo marsh after lunch.

X

Vasenka drove the horses so fast that they reached the marsh too early, while it was still hot.

As they drew near the serious marsh, the chief aim of their journey, Levin could not help considering how he could get rid of Vasenka and walk about without hindrance. Stepan Arkadyich evidently had the same desire, and on his face Levin saw the look of concern always present in a true sportsman before the beginning of a hunt, together with a certain good-humored slyness peculiar to him.

"How shall we go? It's a splendid marsh, I see, and there are hawks," said Stepan Arkadyich, pointing to two big birds hovering over the sedge. "Where there are hawks, there is sure to be game."

"Now, gentlemen," said Levin, pulling up his boots and examining the percussion caps on his gun with rather a gloomy expression. "Do you see that sedge?" He pointed to a little island of blackish green in the huge half-mown wet meadow that stretched along the right bank of the river. "The marsh begins here, straight in front of us, do you see—where it is greener. From here it goes to the right where the horses are; there are hillocks there, and there may be double snipe; and around that sedge as far as that alder forest and right up to the mill. Over there, you see, where the creek is. That's the best place. There I once shot seventeen snipe. We'll separate with the two dogs and go in different directions, and then meet over there at the mill."

---

[1] A good appetite means a good conscience! This chicken will go down to the bottom of my boots (French).

— Ну, кто ж направо, кто налево? — сказал Степан Аркадьич. — Направо шире, идите вы вдвоем, а я налево, — беззаботно как будто сказал он.

— Прекрасно! мы его обстреляем. Ну, пойдем, пойдем! — подхватил Васенька.

Левину нельзя было не согласиться, и они разошлись.

Только что они вошли в болото, обе собаки вместе заискали и потянули к ржавчине. Левин знал этот поиск Ласки, осторожный и неопределенный; он знал и место и ждал табунка бекасов.

— Весловский, рядом, рядом идите! — замирающим голосом проговорил он плескавшемуся сзади по воде товарищу, направление ружья которого после нечаянного выстрела на Колпенском болоте невольно интересовало Левина.

— Нет, я вас не буду стеснять, вы обо мне не думайте.

Но Левин невольно думал и вспоминал слова Кити, когда она отпускала его: "Смотрите, не застрелите друг друга". Ближе и ближе подходили собаки, минуя одна другую, каждая ведя свою нить; ожидание бекаса было так сильно, что чмоканье своего каблука, вытаскиваемого изо ржавчины, представлялось Левину криком бекаса, и он схватывал и сжимал приклад ружья.

Бац! Бац! — раздалось у него над ухом. Это Васенька выстрелил в стадо уток, которые вились над болотом и далеко не в меру налетели в это время на охотников. Не успел Левин оглянуться, как чмокнул один бекас, другой, третий, и еще штук восемь поднялось один за другим.

Степан Аркадьич срезал одного в тот самый момент, как он собирался начать свои зигзаги, и бекас комочком упал в трясину. Облонский неторопливо повел за другим, еще низом летевшим к осоке, и вместе со звуком выстрела и этот бекас упал; и видно было, как он выпрыгивал из скошенной осоки, биясь уцелевшим белым снизу крылом.

Левин не был так счастлив: он ударил первого бекаса слишком близко и промахнулся; повел за ним, когда уже он стал подниматься, но в это время вылетел еще один из-под ног и развлек его, и он сделал другой промах.

Покуда заряжали ружья, поднялся еще бекас, и Весловский, успевший зарядить другой раз, пустил по воде еще два заряда мелкой дроби. Степан Аркадьич подобрал своих бекасов и блестящими глазами взглянул на Левина.

— Ну, теперь расходимся, — сказал Степан Аркадьич и, прихрамывая на левую ногу и держа ружье наготове и посвистывая собаке, пошел в одну сторону. Левин с Весловским пошли в другую.

С Левиным всегда бывало так, что, когда первые выстрелы были неудачны, он горячился, досадовал и стрелял целый день дурно. Так было и нынче. Бекасов оказалось очень много. Из-под собаки, из-под ног охотников беспрестанно вылетали бекасы, и Левин мог бы поправиться; но чем больше он стрелял, тем больше срамился пред Весловским, весело палившим в меру и не в меру, ничего не

"Well, who goes right and who goes left?" asked Stepan Arkadyich. "It's wider to the right, you two go that way, and I'll go left," he said as if carelessly.

"Capital! we'll outshoot him. Well, come along, come along!" Vasenka exclaimed.

Levin could not but agree, and they separated.

As soon as they entered the marsh, both dogs began hunting about together and made towards a rusty pool. Levin knew this hunting of Laska's, wary and indefinite; he knew the place too and expected a covey of snipe.

"Veslovsky, beside me, walk beside me!" he said in a faded voice to his companion splashing in the water behind him, the direction of whose gun involuntarily interested Levin after that casual shot at the Kolpensky marsh.

"No, I won't discomfort you, don't think about me."

But Levin could not help thinking and recalling Kitty's words at parting: "Mind you don't shoot one another." The dogs came nearer and nearer, passing each other, each following its own thread; the expectation of snipe was so intense that to Levin the squelching sound of his own heel, as he drew it up out of the rusty mire, seemed to be the call of a snipe, and he clutched and pressed the butt of his gun.

"Bang! bang!" sounded by his ear. It was Vasenka firing at a flock of ducks which was hovering over the marsh and flying at that moment towards the sportsmen, far out of range. Before Levin had time to look round, there was the whir of one snipe, another, a third, and some eight more rose one after another.

Stepan Arkadyich hit one at the very moment when it was about to begin its zigzag movements, and the snipe fell like a lump into the mire. Oblonsky aimed deliberately at another, still flying low to the sedge, and together with the sound of the shot that snipe also fell, and it could be seen fluttering out in the mown sedge, beating its unhurt wing, white beneath.

Levin was not so lucky: he fired at his first snipe when it was too close, and missed; he aimed at it again, just as it was rising, but at that instant another flew up from under his feet and distracted him so that he missed again.

While they were loading their guns, another snipe rose, and Veslovsky, who had had time to load again, sent two charges of small shot over the water. Stepan Arkadyich picked up his snipe and with sparkling eyes looked at Levin.

"Well, now let's separate," said Stepan Arkadyich, and limping on his left foot, holding his gun ready and whistling to his dog, he walked off in one direction. Levin and Veslovsky walked in the other.

It always happened with Levin that when his first shots were unsuccessful he got hot and out of temper, and shot badly the whole day. So it was that day. There were a great many snipe. Snipe kept flying up from under the dog, from under the sportsmen's feet, and Levin might have recovered; but the more he fired, the more he disgraced himself before Veslovsky, who was popping away merrily, in and out of range, killing nothing and not in the

убивавшим и нисколько этим не смущавшимся. Левин торопился, не выдерживал, горячился все больше и больше и дошел до того уже, что, стреляя, почти не надеялся, что убьет. Казалось, и Ласка понимала это. Она ленивее стала искать и точно с недоумением или укоризною оглядывалась на охотников. Выстрелы следовали за выстрелами. Пороховой дым стоял вокруг охотников, а в большой, просторной сетке ягдташа были только три легонькие, маленькие бекаса. И то один из них был убит Весловским и один общий. Между тем по другой стороне болота слышались не частые, но, как Левину казалось, значительные выстрелы Степана Аркадьича, причем почти за каждым следовало: "Крак, Крак, апорт!"

Это еще более волновало Левина. Бекасы не переставая вились в воздухе над осокой. Чмоканье по земле и карканье в вышине не умолкая были слышны со всех сторон; поднятые прежде и носившиеся в воздухе бекасы садились пред охотниками. Вместо двух ястребов теперь десятки их с писком вились над болотом.

Пройдя бо́льшую половину болота, Левин с Весловским добрались до того места, по которому длинными полосками, упирающимися в осоку, был разделен мужицкий покос, отмеченный где протоптанными полосками, где прокошенным рядком. Половина из этих полос была уже скошена.

Хотя по нескошенному было мало надежды найти столько же, сколько по скошенному, Левин обещал Степану Аркадьичу сойтись с ним и пошел со своим спутником дальше по прокошенным и непрокошенным полосам.

— Эй, охотники! — прокричал им один из мужиков, сидевших у отпряженной телеги, — иди с нами полудновать! Вино пить!

Левин оглянулся.

— Иди, ничаво! — прокричал с красным лицом веселый бородатый мужик, оскабляя белые зубы и поднимая зеленоватый, блестящий на солнце штоф.

— Qu'est-ce qu'ils disent[1]? — спросил Весловский.

— Зовут водку пить. Они, верно, луга делили. Я бы выпил, — не без хитрости сказал Левин, надеясь, что Весловский соблазнится водкой и уйдет к ним.

— Зачем же они угощают?

— Так, веселятся. Право, подойдите к ним. Вам интересно.

— Allons, c'est curieux[2].

— Идите, идите, вы найдете дорогу на мельницу! — крикнул Левин и, оглянувшись, с удовольствием увидел, что Весловский, нагнувшись и спотыкаясь усталыми ногами и держа ружье в вытянутой руке, выбирался из болота к мужикам.

— Иди и ты! — кричал мужик на Левина. — Нябось! Закусишь пирожка! Во!

---

[1] Что они говорят? (франц.).
[2] Пойдемте, это любопытно. (франц.)

slightest abashed by it. Levin hurried, could not restrain himself, got more and more out of temper, and ended by shooting almost without a hope of killing. Even Laska seemed to understand this. She began searching more languidly and gazed back at the sportsmen as if with perplexity or reproach. Shots followed shots. Powder smoke hung about the sportsmen, but in the big, roomy net of the game bag there were only three light little snipe. And of these one had been killed by Veslovsky and one by both of them. Meanwhile from the other side of the marsh came the sound of Stepan Arkadyich's shots, not frequent, but, as it seemed to Levin, suggestive, for almost after each they heard "Krak, Krak, fetch!"

This disturbed Levin still more. The snipe were continually hovering in the air over the sedge. Their whirring wings close to the earth and their croaking high in the air could be heard continually on all sides; the snipe that had been raised earlier and flown up into the air, settled before the sportsmen. Instead of two hawks there were now dozens of them hovering over the marsh and squeaking.

After walking through the larger half of the marsh, Levin and Veslovsky reached the place where the peasants' meadow was divided into long strips reaching to the sedge, marked off in one place by the trampled strips, in another by a path mown through it. Half of these strips had already been mown.

Though there was little hope of finding as many birds in the unmown part as in the mown part, Levin had promised Stepan Arkadyich to meet him, and so he walked on with his companion through the mown and unmown strips.

"Hey, sportsmen!" one of the peasants, sitting by an unharnessed cart, shouted to them, "come and have some meal with us! Drink wine!"

Levin looked round.

"Come along, it's all right!" shouted a cheerful bearded peasant with a red face, showing his white teeth in a grin and holding up a greenish bottle that flashed in the sunlight.

"Qu'est-ce qu'ils disent[1]?" asked Veslovsky.

"They invite us to drink vodka. Most likely they've been dividing the meadows. I should have a drink," said Levin, not without some guile, hoping Veslovsky would be tempted by the vodka and go to them.

"Why do they treat us?"

"They're just merry-making. Really, go to them. You would be interested."

"Allons, c'est curieux[2]."

"You go, you go, you'll find the way to the mill!" Levin cried and, looking round, saw with satisfaction that Veslovsky, bent and stumbling on his weary legs, holding his gun in his outstretched hand, was making his way out of the marsh towards the peasants.

"You come too!" the peasant shouted to Levin. "Never fear! Have our cake! Here!"

---

[1] What are they saying? *(French)*
[2] Let's go, it's curious. *(French)*

Левину сильно хотелось выпить водки и съесть кусок хлеба. Он ослабел и чувствовал, что насилу выдирает заплетающиеся ноги из трясины, и он на минуту был в сомненье. Но собака стала. И тотчас вся усталость исчезла, и он легко пошел по трясине к собаке. Из-под ног его вылетел бекас; он ударил и убил, — собака продолжала стоять. "Пиль!" Из-под собаки поднялся другой. Левин выстрелил. Но день был несчастный; он промахнулся, и когда пошел искать убитого, то не нашел и его. Он излазил всю осоку, но Ласка не верила, что он убил, и, когда он посылал ее искать, притворялась, что ищет, но не искала.

И без Васеньки, которого Левин упрекал в своей неудаче, дело не поправилось. Бекасов было много и тут, но Левин делал промах за промахом.

Косые лучи солнца были еще жарки; платье, насквозь промокшее от пота, липло к телу; левый сапог, полный воды, был тяжел и чмокал; по испачканному пороховым осадком лицу каплями скатывался пот; во рту была горечь, в носу запах пороха и ржавчины, в ушах непрестающее чмоканье бекасов; до стволов нельзя было дотронуться, так они разгорелись; сердце стучало быстро и коротко; руки тряслись от волнения, и усталые ноги спотыкались и переплетались по кочкам и трясине; но он все ходил и стрелял. Наконец, сделав постыдный промах, он бросил наземь ружье и шляпу.

"Нет, надо опомниться!" — сказал он себе. Он поднял ружье и шляпу, подозвал к ноге Ласку и вышел из болота. Выйдя на сухое, он сел на кочку, разулся, вылил воду из сапога, потом подошел к болоту, напился со ржавым вкусом воды, помочил разгоревшиеся стволы и обмыл себе лицо и руки. Освежившись, он двинулся опять к тому месту, куда пересел бекас, с твердым намерением не горячиться.

Он хотел быть спокойным, но было то же. Палец его прижимал гашетку прежде, чем он брал на цель птицу. Все шло хуже и хуже.

У него было пять штук в ягдташе, когда он вышел из болота к ольшанику, где должен был сойтись со Степаном Аркадьичем.

Прежде чем увидать Степана Аркадьича, он увидал его собаку. Из-за вывороченного корня ольхи выскочил Крак, весь черный от вонючей болотной тины, и с видом победителя обнюхался с Лаской. За Краком показалась в тени ольх и статная фигура Степана Аркадьича. Он шел навстречу красный, распотевший, с расстегнутым воротом, все так же прихрамывая.

— Ну, что? Вы палили много! — сказал он, весело улыбаясь.

— А ты? — спросил Левин. Но спрашивать было не нужно, потому что он уже видел полный ягдташ.

— Да ничего.

У него было четырнадцать штук.

Levin greatly wanted to drink a little vodka and to eat a piece of bread. He was exhausted and felt it a great effort to drag his staggering legs out of the mire, and for a minute he hesitated. But the dog pointed. And immediately all his weariness vanished, and he walked lightly through the mire towards the dog. A snipe flew up from under his feet; he fired and killed it—the dog still pointed. "Fetch it!" Another rose from under the dog. Levin fired. But it was an unlucky day; he missed, and when he went to look for the one he had shot, he could not find that either. He wandered all about the sedge, but Laska did not believe he had shot it, and when he sent her to hunt for it, she pretended to hunt for it, but did not really.

Even in the absence of Vasenka, whom Levin blamed for his failure, things went no better. There were plenty of snipe here, but Levin made one miss after another.

The slanting rays of the sun were still hot; his clothes, soaked through with sweat, stuck to his body; his left boot, full of water, was heavy and made a smacking sound; the sweat ran in drops down his face, grimy with the residue of gunpowder; there was a bitter taste in his mouth, the smell of gunpowder and rust in his nose, the incessant whir of the snipe in his ears; he could not touch the barrels, they were too hot; his heart beat with short, rapid throbs; his hands shook from emotion, and his weary legs stumbled and staggered over the hillocks and in the mire; but still he walked on and still he shot. At last, after a disgraceful miss, he flung his gun and his hat on the ground.

"No, I must come to my senses!" he said to himself. He picked up his gun and his hat, called Laska to heel and went out of the marsh. When he got on to dry ground, he sat down on a hillock, pulled off his boot, poured the water out of it, then walked to the marsh, drank some rusty-tasting water, moistened the burning barrels and washed his face and hands. Having refreshed himself, he went back to the spot where a snipe had settled, firmly resolved to keep cool.

He wanted to be calm, but it was the same again. His finger pressed the trigger before he had taken a good aim at the bird. Everything got worse and worse.

He had five birds in his game bag when he walked out of the marsh towards the alder forest, where he was to rejoin Stepan Arkadyich.

Before he saw Stepan Arkadyich, he saw his dog. Krak darted out from behind the upturned root of an alder, black all over with the stinking ooze of the marsh, and with the air of a conqueror sniffed at Laska. Behind Krak there came into view in the shade of the alder trees the portly figure of Stepan Arkadyich. He came towards him, red and perspiring, with unbuttoned collar, still limping in the same way.

"Well? You have been popping away a good deal!" he said, smiling cheerfully.

"What about you?" asked Levin. But there was no need to ask, for he already saw the full game bag.

"Not bad."

He had fourteen birds.

— Славное болото! Тебе, верно, Весловский мешал. Двум с одною собакой неловко, — сказал Степан Аркадьич, смягчая свое торжество.

XI

Когда Левин со Степаном Аркадьичем пришли в избу мужика, у которого всегда останавливался Левин, Весловский уже был там. Он сидел в средине избы и, держась обеими руками за лавку, с которой его стаскивал солдат, брат хозяйки, за облитые тиной сапоги, смеялся своим заразительно-веселым смехом.

— Я только что пришел. Ils ont été charmants[1]. Представьте себе, напоили меня, накормили. Какой хлеб, это чудо! Délicieux[2]! И водка — я никогда вкуснее не пил! И ни за что не хотели взять деньги. И всё говорили: "не обсудись", как-то.

— Зачем же деньги брать? Они вас, значит, поштовали. Разве у них продажная водка? — сказал солдат, стащив, наконец, с почерневшим чулком замокший сапог.

Несмотря на нечистоту избы, загаженной сапогами охотников и грязными, облизывавшимися собаками, на болотный и пороховой запах, которым она наполнилась, и на отсутствие ножей и вилок, охотники напились чаю и поужинали с таким вкусом, как едят только на охоте. Умытые и чистые, они пошли в подметенный сенной сарай, где кучера приготовили господам постели.

Хотя уж смерклось, никому из охотников не хотелось спать.

Поколебавшись между воспоминаниями и рассказами о стрельбе, о собаках, о прежних охотах, разговор напал на заинтересовавшую всех тему. По случаю несколько раз уже повторенных выражений восхищения Васеньки о прелести этого ночлега и запаха сена, о прелести сломанной телеги (ему она казалась сломанною, потому что была снята с передков), о добродушии мужиков, напоивших его водкой, о собаках, лежавших каждая у ног своего хозяина, Облонский рассказал про прелесть охоты у Мальтуса, на которой он был прошлым летом. Мальтус был известный железнодорожный богач. Степан Аркадьич рассказал, какие у этого Мальтуса были в Тверской губернии откуплены болота, и как сбережены, и о том, какие экипажи, догкарты, подвезли охотников, и какая палатка с завтраком была раскинута у болота.

— Не понимаю тебя, — сказал Левин, поднимаясь на своем сене, — как тебе не противны эти люди. Я понимаю, что завтрак с лафитом очень приятен, но неужели тебе не противна именно эта роскошь? Все эти люди, как наши откупщики, наживают деньги так, что при наживе заслуживают презренье людей, пренебрегают этим презреньем, а потом бесчестно нажитым откупаются от прежнего презренья.

---

[1] Они были восхитительны. (*франц.*)
[2] Прелестно! (*франц.*)

"A splendid marsh! I've no doubt Veslovsky got in your way. It's awkward for two with one dog," said Stepan Arkadyich, softening his triumph.

XI

When Levin and Stepan Arkadyich came to the peasant's hut where Levin always used to stay, Veslovsky was already there. He was sitting in the middle of the hut, clinging with both hands to the bench from which a soldier, the brother of the mistress of the house, was pulling him by his miry boots, and laughing his infectiously cheerful laugh.

"I've just come. Ils ont été charmants[1]. Just imagine, they gave me drink, fed me. Such bread, it was wonderful! Délicieux! And the vodka, I never drank any tastier! And they absolutely would not take any money. And they kept saying: "Don't get us wrong," or something like that."

"Why should they take money? They were treating you. Do you suppose they keep vodka for sale?" said the soldier, at last pulling off the soaked boot with the blackened stocking.

In spite of the dirtiness of the hut, muddied by the sportsmen's boots and the dirty dogs licking themselves, the smell of marsh and powder that filled it, and the absence of knives and forks, the sportsmen drank their tea and ate their supper with a relish only known to sportsmen. Washed and clean, they went to a swept-out hay barn, where the coachmen had prepared beds for the gentlemen.

Though it was already dusk, none of the sportsmen wanted to sleep.

After wavering between reminiscences and stories about shooting, about dogs, about previous hunts, the conversation rested on a topic that interested all of them. After Vasenka had several times expressed his delight at the charm of this sleeping place and the smell of the hay, at the charm of the broken cart (it seemed broken to him because the shafts had been taken out), at the good nature of the peasants that had treated him to vodka, at the dogs who lay at the feet of their respective masters, Oblonsky told them about the charm of the hunting at Malthus's, in which he had taken part the previous summer. Malthus was a well-known railway rich man. Stepan Arkadyich told about the moors this Malthus had bought in the Tver province, and how they were preserved, and about the carriages—dog-carts—in which the sportsmen had been driven, and about the luncheon pavilion that had been rigged up at the marsh.

"I don't understand you," said Levin, sitting up on his hay, "how is it those people don't disgust you? I understand that a lunch with Lafitte is very pleasant, but doesn't that very sumptuousness disgust you? All these people, just like our tax farmers, make their money in a way that gains them people's contempt; they disregard this contempt and then use their dishonest gains to buy off the previous contempt."

---

[1] They were charming. (French)

— Совершенно справедливо! — отозвался Васенька Весловский. — Совершенно! Разумеется, Облонский делает это из bonhomie[1], а другие говорят: "Облонский ездит..."

— Нисколько, — Левин слышал, что Облонский улыбался, говоря это, — я просто не считаю его нисколько не более бесчестным, чем кого бы то ни было из богатых купцов и дворян. И те и эти нажили одинаково трудом, умом.

— Да, но каким трудом? Разве это труд, чтобы добыть концессию и перепродать?

— Разумеется, труд. Труд в том смысле, что если бы не было его или других ему подобных, то и дорог бы не было.

— Но труд не такой, как труд мужика или ученого.

— Положим, но труд в том смысле, что деятельность его дает результат — дорогу. Но ведь ты находишь, что дороги бесполезны.

— Нет, это другой вопрос; я готов признать, что они полезны. Но всякое приобретение, не соответственное положенному труду, нечестно.

— Да кто ж определит соответствие?

— Приобретение нечестным путем, хитростью, — сказал Левин, чувствуя, что он не умеет ясно определить черту между честным и бесчестным, — так, как приобретение банкирских контор, — продолжал он. — Это зло, приобретение громадных состояний без труда, как это было при откупах, только переменило форму. Le roi est mort, vive le roi[2]! Только успели уничтожить откупа, как явились железные дороги, банки: тоже нажива без труда.

— Да, это все, может быть, верно и остроумно... Лежать, Крак! — крикнул Степан Аркадьич на чесавшуюся и ворочавшую все сено собаку, очевидно уверенный в справедливости своей темы и потому спокойно и неторопливо. — Но ты не определил черты между честным и бесчестным трудом. То, что я получаю жалованья больше, чем мой столоначальник, хотя он лучше меня знает дело, — это бесчестно?

— Я не знаю.

— Ну, так я тебе скажу: то, что ты получаешь за свой труд в хозяйстве лишних, положим, пять тысяч, а наш хозяин мужик, как бы он ни трудился, не получит больше пятидесяти рублей, точно так же бесчестно, как то, что я получаю больше столоначальника и что Мальтус получает больше дорожного мастера. Напротив, я вижу какое-то враждебное, ни на чем не основанное отношение общества к этим людям, и мне кажется, что тут зависть...

— Нет, это несправедливо, — сказал Весловский, — зависти не может быть, а что-то есть нечистое в этом деле.

— Нет, позволь, — продолжал Левин. — Ты говоришь, что несправедливо, что я получу пять тысяч, а мужик пятьдесят рублей: это правда. Это несправедливо, и я чувствую это, но...

---

[1] добродушия (франц.).
[2] Король умер, да здравствует король! (франц.)

"Absolutely true!" chimed in Vasenka Veslovsky. "Absolutely! Oblonsky, of course, does it out of bonhomie, but other people say: "Oblonsky goes there...""

"Not a bit of it." Levin could hear that Oblonsky was smiling as he said it. "I simply don't consider him more dishonest than any other wealthy merchant or nobleman. They've all made their money alike—by their work and their intelligence."

"Yes, but by what work? Is it work to get a concession and resell it?"

"Of course it's work. Work in this sense, that if it were not for him and others like him, there would have been no railways."

"But that's not work, like the work of a peasant or a scientist."

"Granted, but it's work in the sense that his activity produces a result—a railway. But of course you think the railways useless."

"No, that's another question; I am prepared to admit that they're useful. But any acquisition that doesn't correspond to the work expended is dishonest."

"But who is to define the correspondence?"

"Acquisition by dishonest means, by trickery," said Levin, conscious that he could not draw a distinct line between honest and dishonest, "such as the acquisition of banks," he went on. "It's an evil, the acquisition of huge fortunes without work, as it used to be with tax farming, it has only changed its form. Le roi est mort, vive le roi[1]! No sooner was the tax farming abolished than the railways and banks came up; that, too, is gain without work."

"Yes, that may all be true and clever... Lie down, Krak!" Stepan Arkadyich called to his dog, who was scratching and turning over all the hay; he was obviously convinced of the correctness of his theme, and so talked serenely and without haste. "But you have not drawn the line between honest and dishonest work. That I receive a bigger salary than my chief clerk, though he knows the work better than I do—is that dishonest?"

"I don't know."

"Well, but I can tell you: your receiving a profit of five thousand, let's say, for your farm work, while our host, the peasant here, however hard he works, can never get more than fifty rubles, is just as dishonest as my earning more than my chief clerk, and Malthus getting more than a railway master. In fact, I see that society takes up a sort of antagonistic attitude to these people, which is utterly baseless, and I think there's envy here..."

"No, that's unfair," said Veslovsky, "there can be no envy, but there is something impure in this business."

"No, excuse me," Levin went on. "You say it's unjust for me to receive five thousand, while the peasant gets fifty: that's true. It is unjust, and I feel it, but..."

---

[1] The king is dead, long live the king! *(French)*

— Оно в самом деле. За что мы едим, пьем, охотимся, ничего не делаем, а он вечно, вечно в труде? — сказал Васенька, очевидно в первый раз в жизни ясно подумав об этом и потому вполне искренно.

— Да, ты чувствуешь, но ты не отдашь ему свое именье, — сказал Степан Аркадьич, как будто нарочно задиравший Левина.

В последнее время между двумя своякатами установилось как бы тайное враждебное отношение: как будто с тех пор, как они были женаты на сестрах, между ними возникло соперничество в том, кто лучше устроил свою жизнь, и теперь эта враждебность выражалась в начавшем принимать личный оттенок разговоре.

— Я не отдаю потому, что никто этого от меня не требует, и если бы я хотел, то мне нельзя отдать, — отвечал Левин, — и некому.

— Отдай этому мужику; он не откажется.

— Да, но как же я отдам ему? Поеду с ним и совершу купчую?

— Я не знаю; но если ты убежден, что ты не имеешь права...

— Я вовсе не убежден. Я, напротив, чувствую, что не имею права отдать, что у меня есть обязанности и к земле и к семье.

— Нет, позволь; но если ты считаешь, что это неравенство несправедливо, то почему же ты не действуешь так?..

— Я и действую, только отрицательно, в том смысле, что я не буду стараться увеличить ту разницу положения, которая существует между мною и им.

— Нет уж, извини меня; это парадокс.

— Да, это что-то софистическое объяснение, — подтвердил Весловский. — А! хозяин, — сказал он мужику, который, скрипя воротами, входил в сарай. — Что, не спишь еще?

— Нет, какой сон! Я думал, господа наши спят, да слышу, гуторят. Мне крюк взять тута. Не укусит она? — прибавил он, осторожно ступая босыми ногами.

— А ты где же спать будешь?

— Мы в ночное.

— Ах, какая ночь! — сказал Весловский, глядя на видневшиеся при слабом свете зари в большой раме отворенных теперь ворот край избы и отпряженных катков. — Да слушайте, это женские голоса поют, и, право, недурно. Это кто поет, хозяин?

— А это дворовые девки, тут рядом.

— Пойдемте погуляем! Ведь не заснем. Облонский, пойдем!

— Как бы это и лежать и пойти, — потягиваясь, отвечал Облонский. — Лежать отлично.

— Ну, я один пойду, — живо вставая и обуваясь, сказал Весловский. — До свиданья, господа. Если весело, я вас позову. Вы меня дичью угощали, и я вас не забуду.

— Не правда ли, славный малый? — сказал Облонский, когда Весловский ушел и мужик за ним затворил ворота.

"It really is. Why do we eat, drink, hunt, do nothing, while he is forever, forever at work?" said Vasenka, obviously for the first time in his life reflecting on it clearly, and therefore quite sincerely.

"Yes, you feel it, but you won't give him your estate," said Stepan Arkadyich, as if purposely provoking Levin.

There had arisen of late something like a secret antagonism between the two brothers-in-law: as if, since they had married sisters, a rivalry had sprung up between them as to which was arranging his life better, and now this antagonism showed itself in the conversation, as it began to take a personal tone.

"I don't give it away because no one demands that from me, and if I wanted to, I could not give it away," answered Levin, "and there is no one to give it to."

"Give it to this peasant; he won't refuse."

"Yes, but how am I to give it to him? Am I to go with him and make a deed of conveyance?"

"I don't know; but if you are convinced that you have no right..."

"I'm not at all convinced. On the contrary, I feel I have no right to give it away, that I have duties both to the land and to my family."

"No, excuse me; but if you consider this inequality is unjust, why don't you act accordingly?.."

"Well, I do act, only negatively, to the effect that I'm not going to try to increase the difference of position existing between him and me."

"No, excuse me; that's a paradox."

"Yes, it's a rather sophistic explanation," Veslovsky endorsed. "Ah! our host," he said to the peasant, who was coming into the barn, opening the creaking door. "So you're not asleep yet?"

"No, how's one to sleep! I thought our gentlemen were asleep, but I heard them chattering. I need to get a hook from here. She won't bite?" he added, stepping cautiously with his bare feet.

"And where are you going to sleep?"

"We are going to night pasture."

"Ah, what a night!" said Veslovsky, looking out at the edge of the hut and the unharnessed trap that could be seen in the faint light of the evening glow in the big frame of the now open door. "But listen, there are women's voices singing, and, on my word, not badly too. Who's that singing, my friend?"

"That's the maids not far from here."

"Let's have a walk! We are not going to fall asleep anyway. Oblonsky, come along!"

"If one could only do both, lie here and go," answered Oblonsky, stretching. "It's capital lying here."

"Well, I'll go by myself," said Veslovsky, getting up eagerly and putting on his boots. "Good-bye, gentlemen. If it's fun, I'll call you. You've treated me to game, and I won't forget you."

"He really is a nice fellow, isn't he?" said Oblonsky, when Veslovsky had gone and the peasant had closed the door after him.

— Да, славный, — ответил Левин, продолжая думать о предмете только что бывшего разговора. Ему казалось, что он, насколько умел, ясно высказал свои мысли и чувства, а между тем оба они, люди неглупые и искренние, в один голос сказали, что он утешается софизмами. Это смущало его.

— Так так-то, мой друг. Надо одно из двух: или признавать, что настоящее устройство общества справедливо, и тогда отстаивать свои права; или признаваться, что пользуешься несправедливыми преимуществами, как я и делаю, и пользоваться ими с удовольствием.

— Нет, если бы это было несправедливо, ты бы не мог пользоваться этими благами с удовольствием, по крайней мере я не мог бы. Мне, главное, надо чувствовать, что я не виноват.

— А что, в самом деле, не пойти ли? — сказал Степан Аркадьич, очевидно устав от напряжения мысли. — Ведь не заснем. Право, пойдем!

Левин не отвечал. Сказанное ими в разговоре слово о том, что он действует справедливо только в отрицательном смысле, занимало его. "Неужели только отрицательно можно быть справедливым?" — спрашивал он себя.

— Однако как сильно пахнет свежее сено! — сказал Степан Аркадьич, приподнимаясь. — Не засну, ни за что. Васенька что-то затеял там. Слышишь хохот и его голос? Не пойти ли? Пойдем!

— Нет, я не пойду, — отвечал Левин.

— Неужели ты это тоже из принципа? — улыбаясь, сказал Степан Аркадьич, отыскивая в темноте свою фуражку.

— Не из принципа, а зачем я пойду?

— А знаешь, ты себе наделаешь бед, — сказал Степан Аркадьич, найдя фуражку и вставая.

— Отчего?

— Разве я не вижу, как ты себя поставил с женой? Я слышал, как у вас вопрос первой важности — поедешь ли ты или нет на два дня на охоту. Все это хорошо как идиллия, но на целую жизнь этого не хватит. Мужчина должен быть независим, у него есть свои мужские интересы. Мужчина должен быть мужествен, — сказал Облонский, отворяя ворота.

— То есть что же? Пойти ухаживать за дворовыми девками? — спросил Левин.

— Отчего же и не пойти, если весело. Ça ne tire pas à conséquence[1]. Жене моей от этого не хуже будет, а мне будет весело. Главное дело — блюди святыню дома. В доме чтобы ничего не было. А рук себе не завязывай.

— Может быть, — сухо сказал Левин и повернулся на бок. — Завтра рано надо идти, и я не бужу никого, а иду на рассвете.

— Messieurs, venez vite[2]! — послышался голос возвратившегося Весловского. — Charmante[3]! Это я открыл. Charmante, совершенная

---

[1] Это не будет иметь никаких последствий. (*франц.*)
[2] Господа, идите скорее! (*франц.*)
[3] Прелесть! (*франц.*)

"Yes, nice," answered Levin, still thinking of the subject of their conversation just before. It seemed to him that he had clearly expressed his thoughts and feelings to the best of his capacity, and yet both of them, frank and not stupid men, had said with one voice that he was comforting himself with sophistries. This disconcerted him.

"It's just this, my friend. One must do one or the other: either admit that the existing order of society is just, and then stick up for one's rights; or admit that you are enjoying unjust privileges, as I do, and enjoy them with pleasure."

"No, if it was unjust, you wouldn't be able to enjoy these advantages with pleasure, at least I wouldn't be able to. The main thing for me is to feel that I'm not to blame."

"What do you say, why not go after all?" said Stepan Arkadyich, evidently weary of the strain of thought. "We are not going to fall asleep anyway. Come, let's go!"

Levin did not answer. What they had said in the conversation, that he acted justly only in a negative sense, absorbed his thoughts. "Can it be that it's possible to be just only negatively?" he was asking himself.

"How strong the smell of the fresh hay is, though!" said Stepan Arkadyich, getting up. "There's no chance for me of sleeping. Vasenka has been getting up something there. Do you hear the laughing and his voice? Hadn't we better go? Come along!"

"No, I'm not going," answered Levin.

"Surely that's not a matter of principle too," said Stepan Arkadyich, smiling, as he felt about in the dark for his cap.

"It's not a matter of principle, but why should I go?"

"You know, you are going to make trouble for yourself," said Stepan Arkadyich, finding his cap and getting up.

"How so?"

"Do you suppose I don't see the line you've taken up with your wife? I heard how it's a question of the greatest importance with you, whether or not you're going hunting for two days. That's all very well as an idyll, but for your whole life that's not enough. A man must be independent, he has his manly interests. A man must be manly," said Oblonsky, opening the door.

"What do you mean? To go courting servant girls?" asked Levin.

"Why not, if it amuses you? Ça ne tire pas à conséquence[1]. It won't do my wife any harm, and it'll amuse me. The main thing is to maintain the sanctity of the home. There should be nothing in the home. But don't tie your own hands."

"Perhaps so," Levin said dryly and turned on his side. "Tomorrow we must go early, and I won't wake anyone, I'll just set off at daybreak."

"Messieurs, venez vite[2]!" they heard the voice of Veslovsky coming back. "Charmante[3]! I've made this discovery. Charmante, a perfect Gretchen, and

---

[1] It doesn't entail any consequences. *(French)*

[2] Gentlemen, come quickly! *(French)*

[3] Charming! *(French)*

Гретхен, и мы с ней уж познакомились. Право, прехорошенькая! — рассказывал он с таким одобряющим видом, как будто именно для него сделана она была хорошенькою, и он был доволен тем, кто приготовил это для него.

Левин притворился спящим, а Облонский, надев туфли и закурив сигару, пошел из сарая, и скоро голоса их затихли.

Левин долго не мог спать. Он слышал, как его лошади жевали сено, потом как хозяин со старшим малым собирался и уехал в ночное; потом слышал, как солдат укладывался спать с другой стороны сарая с племянником, маленьким сыном хозяина; слышал, как мальчик тоненьким голоском сообщил дяде свое впечатление о собаках, которые казались мальчику страшными и огромными; потом как мальчик расспрашивал, кого будут ловить эти собаки, и как солдат хриплым и сонным голосом говорил ему, что завтра охотники пойдут в болото и будут палить из ружей, и как потом, чтоб отделаться от вопросов мальчика, он сказал: "Спи, Васька, спи, а то смотри", — и скоро сам захрапел, и все затихло; только слышно было ржание лошадей и каркание бекаса. "Неужели только отрицательно? — повторил он себе. — Ну и что ж? Я не виноват". И он стал думать о завтрашнем дне.

"Завтра пойду рано утром и возьму на себя не горячиться. Бекасов пропасть. И дупеля есть. А приду домой, будет записка от Кити. Да, Стива, пожалуй, и прав: я не мужествен с нею, я обабился... Но что ж делать! Опять отрицательно!"

Сквозь сон он услыхал смех и веселый говор Весловского и Степана Аркадьича. Он на мгновенье открыл глаза: луна взошла, и в отворенных воротах, ярко освещенные лунным светом, они стояли, разговаривая. Что-то Степан Аркадьич говорил про свежесть девушки, сравнивая ее с только что вылупленным свежим орешком, и что-то Весловский, смеясь своим заразительным смехом, повторял, вероятно сказанные ему мужиком слова: "Ты своей как можно домогайся!" Левин сквозь сон проговорил:

— Господа, завтра чем свет! — и заснул.

XII

Проснувшись на ранней заре, Левин попробовал будить товарищей. Васенька, лежа на животе и вытянув одну ногу в чулке, спал так крепко, что нельзя было от него добиться ответа. Облонский сквозь сон отказался идти так рано. Даже и Ласка, спавшая, свернувшись кольцом, в краю сена, неохотно встала и лениво, одну за другой, вытягивала и расправляла свои задние ноги. Обувшись, взяв ружье и осторожно отворив скрипучую дверь сарая, Левин вышел на улицу. Кучера спали у экипажей, лошади дремали. Одна только лениво ела овес, раскидывая его храпом по колоде. На дворе еще было серо.

we've already become acquainted. Really, exceedingly pretty!" he told with such an approving look, as if she had been made pretty especially for him, and he was content with the one who had prepared this for him.

Levin pretended to be asleep, while Oblonsky, putting on his shoes and lighting a cigar, walked out of the barn, and soon their voices died away.

For a long while Levin could not fall asleep. He heard his horses munching hay, then the host and his elder boy getting ready and going off to the night pasture; then he heard the soldier arranging his bed on the other side of the barn with his nephew, the younger son of the host; he heard the boy in his thin little voice telling his uncle his impression of the dogs, who seemed huge and terrible to the boy; then the boy asking what the dogs were going to hunt, and the soldier in a husky, sleepy voice telling him the sportsmen were going tomorrow to the marsh and would shoot with their guns; and then, to check the boy's questions, he said: "Sleep, Vaska, sleep, or you'll catch it," and soon he began snoring himself, and everything got quiet; he could only hear the neigh of the horses and the croak of a snipe. "Is it really only negative?" he repeated to himself. "Well, what of it? It's not my fault." And he began thinking about the next day.

"Tomorrow I'll go early in the morning and make a point of not getting excited. There are lots of snipe. And there are double snipe too. When I come back there'll be a note from Kitty. Yes, Stiva may be right: I'm not manly with her, I've become effeminate... Well, what's to be done! Negative again!"

Through his sleep he heard the laughter and mirthful talk of Veslovsky and Stepan Arkadyich. For an instant he opened his eyes: the moon was up, and in the open doorway, brightly lighted up by the moonlight, they were standing talking. Stepan Arkadyich was saying something about the freshness of a girl, comparing her to a freshly peeled nut, and Veslovsky, laughing his infectious laugh, was repeating some words, probably said to him by a peasant: "You'd better get one of your own!" Levin, through his sleep, said:

"Gentlemen, tomorrow at daybreak!" and fell asleep.

XII

Waking up at early dawn, Levin tried to wake his companions. Vasenka, lying on his stomach, with one leg in a stocking thrust out, was sleeping so soundly that he could elicit no response. Oblonsky, through his sleep, refused to go so early. Even Laska, who slept curled up at the edge of the hay, got up unwillingly and lazily stretched out and straightened her hind legs one after the other. Putting on his boots, taking his gun and carefully opening the creaking door of the barn, Levin went out into the street. The coachmen were sleeping by their carriages, the horses were dozing. Only one was lazily eating oats, scattering them all over the manger with its nose. It was still gray outside.

— Что рано так поднялся, касатик? — дружелюбно, как к старому доброму знакомому, обратилась к нему вышедшая из избы старуха хозяйка.

— Да на охоту, тетушка. Тут пройду на болото?

— Прямо задами; нашими гумнами, милый человек, да коноплями; стежка там.

Осторожно шагая босыми загорелыми ногами, старуха проводила Левина и откинула ему загородку у гумна.

— Прямо так и стеганешь в болото. Наши ребята туда вечор погнали.

Ласка весело бежала впереди по тропинке; Левин шел за нею быстрым, легким шагом, беспрестанно поглядывая на небо. Ему хотелось, чтобы солнце не встало прежде, чем он дойдет до болота. Но солнце не мешкало. Месяц, еще светивший, когда он выходил, теперь только блестел, как кусок ртути; утреннюю зарницу, которую прежде нельзя было не видеть, теперь надо было искать; прежде неопределенные пятна на дальнем поле теперь уже ясно были видны. Это были ржаные копны. Невидная еще без солнечного света роса в душистой высокой конопле, из которой выбраны были уже замашки, мочила ноги и блузу Левина выше пояса. В прозрачной тишине утра слышны были малейшие звуки. Пчелка со свистом пули пролетела мимо уха Левина. Он пригляделся и увидел еще другую и третью. Все они вылетали из-за плетня пчельника и над коноплей скрывались по направлению к болоту. Стежка вывела прямо в болото. Болото можно было узнать по парам, которые поднимались из него где гуще, где реже, так что осока и ракитовые кустики, как островки, колебались на этом паре. На краю болота и дороги мальчишки и мужики, стерегшие ночное, лежали и пред зарей все спали под кафтанами. Недалеко от них ходили три спутанные лошади. Одна из них гремела кандалами. Ласка шла рядом с хозяином, просясь вперед и оглядываясь. Пройдя спавших мужиков и поравнявшись с первою мочежинкой, Левин осмотрел пистоны и пустил собаку. Одна из лошадей, сытый бурый третьяк, увидав собаку, шарахнулся и, подняв хвост, фыркнул. Остальные лошади тоже испугались и, спутанными ногами шлепая по воде и производя вытаскиваемыми из густой глины копытами звук, подобный хлопанью, запрыгали из болота. Ласка остановилась, насмешливо посмотрев на лошадей и вопросительно на Левина. Левин погладил Ласку и посвистал в знак того, что можно начинать.

Ласка весело и озабоченно побежала по колеблющейся под нею трясине.

Вбежав в болото, Ласка тотчас же среди знакомых ей запахов кореньев, болотных трав, ржавчины и чуждого запаха лошадиного помета почувствовала рассеянный по всему этому месту запах птицы, той самой пахучей птицы, которая более всех других волновала ее. Кое-где по моху и лопушкам болотным запах этот был очень силен, но нельзя было решить, в какую сторону он усиливался и ослабевал. Чтобы найти направление, надо было отойти дальше под ветер. Не

"Why are you up so early, my dear?" the old woman, their hostess, coming out of the hut, addressed him friendly as a good old acquaintance.

"Going hunting, auntie. Do I go this way to the marsh?"

"Straight out at the back; by our threshing floor, my dear man, and hemp patches; there's a footpath."

Stepping carefully with her sunburnt, bare feet, the old woman conducted Levin and opened the fence for him by the threshing floor.

"Straight on and you'll come to the marsh. Our lads took the horses there last night."

Laska joyfully ran ahead along the path; Levin followed her with a rapid, light step, continually looking at the sky. He did not want the sun to rise before he reached the marsh. But the sun did not delay. The moon, which had still been bright when he went out, by now shone only like a piece of quicksilver; the flush of dawn, which one could not help seeing before, now had to be sought; what had before been vague spots on the distant field could now be distinctly seen. They were stacks of rye. The dew, still invisible without the sunshine, wetted Levin's legs and his blouse above his belt in the high, fragrant hemp, from which the common hemp had already been plucked. In the transparent stillness of morning the smallest sounds were audible. A bee flew by Levin's ear with the whizzing sound of a bullet. He looked closely and saw a second and a third. They were all flying out from behind the hedge of the bee yard and disappeared over the hemp in the direction of the marsh. The path led straight to the marsh. The marsh could be recognized by the steam which rose from it, thicker in one place and thinner in another, so that the sedge and little willow bushes swayed like little islands in this steam. At the edge of the marsh and the road, boys and peasants, who had been herding in the night, were lying, and before dawn all were asleep under their caftans. Not far from them, three hobbled horses were moving about. One of them clanked its chain. Laska walked beside her master, asking permission to run ahead and looking round. Passing the sleeping peasants and reaching the first wet place, Levin examined his percussion caps and let his dog off. One of the horses, a sleek chestnut three-year-old, seeing the dog, started away, raised its tail and snorted. The other horses were also frightened, and splashing through the water with their hobbled legs, and drawing their hoofs out of the thick mud with a squelching sound, they bounded out of the marsh. Laska stopped, looking scoffingly at the horses and inquiringly at Levin. Levin patted Laska and whistled as a sign that she might begin.

Laska ran joyfully and anxiously through the mire that swayed under her.

Running into the marsh, among the familiar scents of roots, marsh grass, rust and the extraneous smell of horse dung, Laska detected at once the bird smell that pervaded this whole place, the smell of that strong-smelling bird that excited her more than any other. Here and there over the moss and marsh burdock this smell was very strong, but it was impossible to determine in which direction it grew stronger or fainter. To find the direction, she had to go further downwind. Not feeling the motion of her legs, Laska

чувствуя движения своих ног, Ласка напряженным галопом, таким, что при каждом прыжке она могла остановиться, если встретится необходимость, поскакала направо прочь от дувшего с востока предрассветного ветерка и повернулась на ветер. Вдохнув в себя воздух расширенными ноздрями, она тотчас же почувствовала, что не следы только, а они сами были тут, пред нею, и не один, а много. Ласка уменьшила быстроту бега. Они были тут, но где именно, она не могла еще определить. Чтобы найти это самое место, она начала уже круг, как вдруг голос хозяина развлек ее. "Ласка! тут!" — сказал он, указывая ей в другую сторону. Она постояла, спрашивая его, не лучше ли делать, как она начала, но он повторил приказанье сердитым голосом, показывая в залитый водою кочкарник, где ничего не могло быть. Она послушала его, притворяясь, что ищет, чтобы сделать ему удовольствие, излазила кочкарник и вернулась к прежнему месту и тотчас же опять почувствовала их. Теперь, когда он не мешал ей, она знала, что делать, и, не глядя себе под ноги и с досадой спотыкаясь по высоким кочкам и попадая в воду, но справляясь гибкими, сильными ногами, начала круг, который все должен был объяснить ей. Запах их все сильнее и сильнее, определеннее и определеннее поражал ее, и вдруг ей вполне стало ясно, что один из них тут, за этою кочкой, в пяти шагах пред нею, и она остановилась и замерла всем телом. На своих низких ногах она ничего не могла видеть пред собой, но она по запаху знала, что он сидел не далее пяти шагов. Она стояла, все больше и больше ощущая его и наслаждаясь ожиданием. Напруженный хвост ее был вытянут и вздрагивал только в самом кончике. Рот ее был слегка раскрыт, уши приподняты. Одно ухо заворотилось еще на бегу, и она тяжело, но осторожно дышала и еще осторожнее оглянулась, больше глазами, чем головой, на хозяина. Он, с его привычным ей лицом, но всегда страшными глазами, шел, спотыкаясь, по кочкам, и необыкновенно тихо, как ей казалось. Ей казалось, что он шел тихо, а он бежал.

Заметив тот особенный поиск Ласки, когда она прижималась вся к земле, как будто загребала большими шагами задними ногами, и слегка раскрывала рот, Левин понял, что она тянула по дупелям, и, в душе помолившись Богу, чтобы был успех, особенно на первую птицу, подбежал к ней. Подойдя к ней вплоть, он стал с своей высоты смотреть пред собою и увидал глазами то, что она видела носом. В проулочке между кочками на одной виднелся дупель. Повернув голову, он прислушивался. Потом, чуть расправив и опять сложив крылья, он, неловко вильнув задом, скрылся за угол.

— Пиль, пиль, — крикнул Левин, толкнув ее в зад.

"Но я не могу идти, — думала Ласка. — Куда я пойду? Отсюда я чувствую их, а если я двинусь вперед, я ничего не пойму, где они и кто они". Но вот он толкнул ее коленом и взволнованным шепотом проговорил: "Пиль, Ласочка, пиль!"

"Ну, так если он хочет этого, я сделаю, но я за себя уже не отвечаю теперь", — подумала она и со всех ног рванулась вперед между кочек.

bounded with a strained gallop, so that at each bound she could stop if necessary, to the right, away from the wind that blew from the east before
sunrise, and turned facing the wind. Sniffing in the air with dilated nostrils,
she felt at once that not their tracks only but they themselves were here before her, and not one, but many. Laska slackened the speed of her run. They
were here, but where precisely she could not yet determine. To find the very
spot, she had already begun a circle, when suddenly her master's voice drew
her off. "Laska! here!" he said, pointing her to a different direction. She
stood, asking him if she had better not go on doing as she had begun, but
he repeated his command in an angry voice, pointing to the hillocks' spot
covered with water, where there could not be anything. She obeyed him,
pretending she was looking, so as to please him, ran all over the hillocks'
spot and went back to the former place, and at once felt them again. Now,
when he was not hindering her, she knew what to do, and without looking at
what was under her feet, and to her vexation stumbling over high hillocks
and getting into the water, but righting herself with her strong, supple legs,
she began the circle which was to make all clear to her. Their smell hit her
more and more strongly, more and more directly, and all at once it became
perfectly clear to her that one of them was here, behind this hillock, five
paces in front of her; she stopped, and her whole body froze. On her short
legs she could see nothing in front of her, but by the smell she knew it was
sitting no more than five paces off. She stood, feeling it more and more and
enjoying the anticipation. Her tense tail was stretched and only its very tip
quivered. Her mouth was slightly open, her ears raised a little. One ear had
been turned wrong side out as she ran, and she breathed heavily but warily,
and still more warily looked round, but more with her eyes than her head,
to her master. He, with his familiar face but ever terrible eyes, was coming,
stumbling over hillocks, and extraordinarily slowly as she thought. She
thought he was coming slowly, but he was running.

Noticing Laska's peculiar manner of searching as she pressed to the
ground, as if scratching it with her hind legs in big paces, and with her
mouth slightly open, Levin realized she was pointing at double snipe, and,
praying to God in his soul for luck, especially with the first bird, he ran up
to her. Coming close up to her, he began looking from his height in front of
him and saw with his eyes what she was seeing with her nose. In a space
between two hillocks, on one of them, he could see a double snipe. Turning
its head, it was listening. Then, slightly spreading its wings and folding
them again, it disappeared round a corner with a clumsy wag of its tail.

"Fetch it, fetch it," shouted Levin, pushing her from behind.

"But I can't go," thought Laska. "Where am I to go? From here I feel them,
but if I move forward I shall know nothing of where they are or who they
are." But then he pushed her with his knee and in an excited whisper said:
"Fetch it, Lasochka, fetch it!"

"Well, if that's what he wants, I'll do it, but I can't answer for myself now,"
she thought and darted forward at full speed between the hillocks. She

Она ничего уже не чуяла теперь и только видела и слышала, ничего не понимая.

В десяти шагах от прежнего места с жирным хорканьем и особенным дупелиным выпуклым звуком крыльев поднялся один дупель. И вслед за выстрелом тяжело шлепнулся белою грудью о мокрую трясину. Другой не дождался и сзади Левина поднялся без собаки.

Когда Левин повернулся к нему, он был уже далеко. Но выстрел достал его. Пролетев шагов двадцать, второй дупель поднялся кверху колом и кубарем, как брошенный мячик, тяжело упал на сухое место.

"Вот это будет толк! — думал Левин, запрятывая в ягдташ теплых и жирных дупелей. — А, Ласочка, будет толк?"

Когда Левин, зарядив ружье, тронулся дальше, солнце, хотя еще и не видное за тучками, уже взошло. Месяц, потеряв весь блеск, как облачко, белел на небе; звезд не видно было уже ни одной. Мочежинки, прежде серебрившиеся росой, теперь золотились. Ржавчина была вся янтарная. Синева трав перешла в желтоватую зелень. Болотные птички копошились на блестящих росою и клавших длинную тень кустиках у ручья. Ястреб проснулся и сидел на копне, с боку на бок поворачивая голову, недовольно глядя на болото. Галки летели в поле, и босоногий мальчишка уже подгонял лошадей к поднявшемуся из-под кафтана и почесывавшемуся старику. Дым от выстрелов, как молоко, белел по зелени травы.

Один из мальчишек подбежал к Левину.

— Дяденька, утки вчера туто были! — прокричал он ему и пошел за ним издалека.

И Левину, в виду этого мальчика, выражавшего свое одобрение, было вдвойне приятно убить еще тут же раз за разом трех бекасов.

XIII

Охотничья примета, что если не упущен первый зверь и первая птица, то поле будет счастливо, оказалась справедливою.

Усталый, голодный, счастливый, Левин в десятом часу утра, исходив верст тридцать, с девятнадцатью штуками красной дичи и одною уткой, которую он привязал за пояс, так как она уже не влезала в ягдташ, вернулся на квартиру. Товарищи его уже давно проснулись и успели проголодаться и позавтракать.

— Постойте, постойте, я знаю, что девятнадцать, — говорил Левин, пересчитывая во второй раз не имеющих того значительного вида, какой они имели, когда вылетали, скрючившихся и ссохшихся, с запекшеюся кровью, со свернутыми набок головами дупелей и бекасов.

Счет был верен, и зависть Степана Аркадьича была приятна Левину. Приятно ему было еще то, что, вернувшись на квартиру, он застал уже приехавшего посланного от Кити с запиской.

smelled nothing now, she could only see and hear, without understanding anything.

Ten paces from her former place a double snipe rose with a fleshy cry and the peculiar round sound of its wings. And after the shot it splashed heavily with its white breast on the wet mire. Another bird did not wait, but rose behind Levin without the dog.

When Levin turned to it, it was already far away. But the shot caught it. Flying some twenty paces further, the second double snipe rose upwards, and whirling like a thrown ball, dropped heavily on a dry place.

"Now, this is going to be some good!" thought Levin, putting the warm and fat double snipe into his game bag. "Eh, Lasochka, will it be good?"

When Levin, after loading his gun, moved on, the sun, though still invisible behind the clouds, had already risen. The moon, having lost its entire luster, was white like a little cloud in the sky; not a single star could be seen. The wet places, silvery with dew before, now shone like gold. The rust was all like amber. The blue of the grass had changed to yellowish green. The little marsh birds swarmed about the brook, upon the little bushes that glittered with dew and cast long shadows. A hawk woke up and sat on a haycock, turning its head from side to side and looking discontentedly at the marsh. Jackdaws were flying into the field, and a barefoot boy was already driving the horses to an old man, who had got up from under his caftan and was scratching himself. The smoke from the shots was white as milk over the green of the grass.

One of the boys ran up to Levin.

"Uncle, there were ducks here yesterday!" he shouted to him and followed him at a long distance.

And Levin was doubly pleased, in sight of this boy, who expressed his approval, at killing three snipe, one after another, straight off.

XIII

The sportsman's sign, that if the first beast or the first bird is not missed, the field will be lucky, turned out correct.

After nine o'clock Levin, weary, hungry and happy, having tramped some twenty miles, returned to his lodging with nineteen pieces of fine game and one duck, which he tied to his belt, as it would not go into the game bag. His companions had long been awake, and had had time to get hungry and have breakfast.

"Wait, wait, I know there are nineteen," said Levin, counting a second time over the double snipe and snipe that looked less presentable now, bent and dry, covered with clotted blood, with heads crooked aside, than they did when they were flying out.

The count was correct, and Stepan Arkadyich's envy pleased Levin. He was also pleased on returning to his lodging to find that the man sent by Kitty with a note was already there.

"Я совсем здорова и весела. Если ты за меня боишься, то можешь быть еще более спокоен, чем прежде. У меня новый телохранитель, Марья Власьевна (это была акушерка, новое, важное лицо в семейной жизни Левина). Она приехала меня проведать. Нашла меня совершенно здоровою, и мы оставили ее до твоего приезда. Все веселы, здоровы, и ты, пожалуйста, не торопись, а если охота хороша, оставайся еще день".

Эти две радости, счастливая охота и записка от жены, были так велики, что две случившиеся после этого маленькие неприятности прошли для Левина легко. Одна состояла в том, что рыжая пристяжная, очевидно переработавшая вчера, не ела корма и была скучна. Кучер говорил, что она надорвана.

— Вчера загнали, Константин Дмитрич, — говорил он. — Как же, десять верст непутем гнали!

Другая неприятность, расстроившая в первую минуту его хорошее расположение духа, но над которою он после много смеялся, состояла в том, что из всей провизии, отпущенной Кити в таком изобилии, что, казалось, нельзя было ее доесть в неделю, ничего не осталось. Возвращаясь усталый и голодный с охоты, Левин так определенно мечтал о пирожках, что, подходя к квартире, он уже слышал запах и вкус их во рту, как Ласка чуяла дичь, и тотчас велел Филиппу подать себе. Оказалось, что не только пирожков, но и цыплят уже не было.

— Ну уж аппетит! — сказал Степан Аркадьич, смеясь, указывая на Васеньку Весловского. — Я не страдаю недостатком аппетита, но это удивительно...

— Mais c'était délicieux[1], — похвалил Весловский съеденную им говядину.

— Ну, что ж делать! — сказал Левин, мрачно глядя на Весловского. — Филипп, так говядины дай.

— Говядину скушали, я кость собакам отдал, — отвечал Филипп.

Левину было так обидно, что он с досадой сказал:

— Хоть бы чего-нибудь мне оставили! — и ему захотелось плакать.

— Так выпотроши же дичь, — сказал он дрожащим голосом Филиппу, стараясь не смотреть на Васеньку, — и наложи крапивы. А мне спроси хоть молока.

Уже потом, когда он наелся молока, ему стало совестно за то, что он высказал досаду чужому человеку, и он стал смеяться над своим голодным озлоблением.

Вечером еще сделали поле, в которое и Весловский убил несколько штук, и в ночь вернулись домой.

Обратный путь был так же весел, как и путь туда. Весловский то пел, то вспоминал с наслаждением свои похождения у мужиков, угостивших его водкой и сказавших ему: "Не обсудись"; то свои ночные похождения с орешками и дворовою девушкой и мужиком, который спрашивал его, женат ли он, и, узнав, что он не женат, сказал ему: "А ты на чужих жен не зарься, а пуще всего домогайся, как бы свою завести". Эти слова особенно смешили Весловского.

[1] Но это было прелестно (франц.).

"I am perfectly well and happy. If you are uneasy about me, you can feel easier than ever. I've a new bodyguard, Marya Vlasyevna (this was the midwife, a new and important person in Levin's family life). She has come to see me. She found me perfectly well, and we have kept her till you are back. All are happy and well, and please, don't be in a hurry, and, if the hunting is good, stay another day."

These two pleasures, his lucky hunting and the note from his wife, were so great that the two small unpleasantnesses, which happened afterwards, passed lightly for Levin. One was that the chestnut trace horse, which had been evidently overworked on the previous day, was off its feed and seemed dull. The coachman said it was strained.

"Overdriven yesterday, Konstantin Dmitrich," he said. "Indeed, driven hard for ten versts with no sense!"

The other unpleasantness, which for the first minute destroyed his good humor, though later he laughed at it a great deal, was to find that of all the provisions Kitty had provided in such abundance that it seemed they could not have been eaten in a week, nothing was left. On his way back from the hunting, tired and hungry, Levin had so distinct a dream of pies that, as he approached the lodging, he could already feel their smell and taste in his mouth, as Laska could smell the game, and he immediately told Filipp to give him some. It appeared that there were not only no pies left, but no chicken either.

"Well, this is an appetite!" said Stepan Arkadyich, laughing and pointing at Vasenka Veslovsky. "I don't suffer from lack of appetite, but this is amazing..."

"Mais c'était délicieux[1]," Veslovsky lauded the beef he had eaten.

"Well, it can't be helped!" said Levin, looking gloomily at Veslovsky. "Filipp, give me some beef, then."

"The beef's been eaten, I gave the bone to the dogs," answered Filipp.

Levin was so hurt that he said with vexation:

"You might have left me something!" and he felt ready to cry.

"Then gut the game," he said to Filipp in a shaking voice, trying not to look at Vasenka, "and cover it with nettles. And ask for some milk for me at least."

But later, when he had drunk some milk, he felt ashamed at having shown his annoyance to a stranger, and he began to laugh at his hungry exasperation.

In the evening they hunted in a different field, where Veslovsky also killed several birds, and in the night they returned home.

The homeward journey was as lively as the journey there. Veslovsky sang and related with enjoyment his adventures with the peasants, who had regaled him with vodka and said to him "Don't get us wrong," and his night's adventures with the nuts and the servant girl and the peasant, who had asked him whether he was married, and on learning that he was not, said to him: "Don't you run after other men's wives, you'd better get one of your own." These words had particularly amused Veslovsky.

[1] But it was delicious (French).

— Вообще я ужасно доволен нашею поездкой. А вы, Левин?

— Я очень доволен, — искренно говорил Левин, которому особенно радостно было не только не чувствовать той враждебности, которую он испытал дома к Васеньке Весловскому, но, напротив, чувствовать к нему самое дружеское расположение.

XIV

На другой день, в десять часов, Левин, обходив уже хозяйство, постучался в комнату, где ночевал Васенька.

— Entrez[1], — прокричал ему Весловский. — Вы меня извините, я еще только мои ablutions[2] кончил, — сказал он, улыбаясь, стоя пред ним в одном белье.

— Не стесняйтесь, пожалуйста. — Левин присел к окну. — Вы хорошо спали?

— Как убитый. А день какой нынче для охоты!

— Да. Вы чай или кофе?

— Ни то, ни другое. Я завтракаю. Мне, право, совестно. Дамы, я думаю, уже встали? Пройтись теперь отлично. Вы мне покажите лошадей.

Пройдясь по саду, побывав в конюшне и даже поделав вместе гимнастику на баррах, Левин вернулся с своим гостем домой и вошел с ним в гостиную.

— Прекрасно поохотились и сколько впечатлений! — сказал Весловский, подходя к Кити, которая сидела за самоваром. — Как жалко, что дамы лишены этих удовольствий!

“Ну, что же, надо же ему как-нибудь говорить с хозяйкой дома”, — сказал себе Левин. Ему опять что-то показалось в улыбке, в том победительном выражении, с которым гость обратился к Кити...

Княгиня, сидевшая с другой стороны стола с Марьей Власьевной и Степаном Аркадьичем, подозвала к себе Левина и завела с ним разговор о переезде в Москву для родов Кити и приготовлении квартиры. Для Левина как при свадьбе были неприятны всякие приготовления, оскорбляющие своим ничтожеством величие совершающегося, так еще более оскорбительны казались приготовления для будущих родов, время которых как-то высчитывали по пальцам. Он старался все время не слышать этих разговоров о способе пеленания будущего ребенка, старался отворачиваться и не видеть каких-то таинственных бесконечных вязаных полос, каких-то полотняных треугольничков, которым приписывала особенную важность Долли, и т. п. Событие рождения сына (он был уверен, что сын), которое ему обещали, но в которое он не мог верить, — так оно казалось необыкновенно, — представлялось ему, с одной стороны, столь огромным и потому невозможным счастьем, с другой стороны — столь таинственным событием, что это воображаемое знание того, что будет, и вследствие

---

[1] Войдите (*франц.*).
[2] обливания (*франц.*).

"On the whole, I've awfully enjoyed our outing. And you, Levin?"

"I have, very much," Levin said sincerely, particularly delighted not only to feel no hostility such as he had been feeling towards Vasenka Veslovsky at home, but, on the contrary, to feel the most friendly disposition towards him.

XIV

Next day at ten o'clock Levin, having already made the round of his farm, knocked at the room where Vasenka had been put for the night.

"Entrez," Veslovsky called to him. "Excuse me, I've just finished my ablutions," he said, smiling, standing before him in his underwear only.

"Don't mind me, please." Levin sat down at the window. "Have you slept well?"

"Like the dead. What a day it is for hunting!"

"Yes. Will you take tea or coffee?"

"Neither. I'll have lunch. I'm really ashamed. I suppose, the ladies are up already? A walk now would be capital. Show me your horses."

After walking about the garden, visiting the stables, and even doing some gymnastic exercises together on the bars, Levin returned to the house with his guest and went with him into the drawing room.

"We had splendid hunting, and so many impressions!" said Veslovsky, going up to Kitty, who was sitting at the samovar. "What a pity ladies are deprived of these delights!"

"Well, I suppose he must say something to the hostess," Levin said to himself. Again he fancied something in the smile, in the conquering air with which the guest addressed Kitty...

The Princess, sitting on the other side of the table with Marya Vlasyevna and Stepan Arkadyich, called Levin to her and began to talk to him about moving to Moscow for Kitty's confinement, and getting an apartment ready. Just as Levin had disliked all the preparations for his wedding as insulting in their nothingness to the grandeur of the event, now he felt still more insulting the preparations for the future confinement, the date of which they somehow reckoned on their fingers. He tried all the time to turn a deaf ear to these conversations about the way of swaddling the future baby, tried to turn away and avoid seeing some mysterious, endless knitted strips, some linen triangles, to which Dolly attached special importance, and so on. The event of the birth of his son (he was certain it would be a son) which was promised to him, but which he still could not believe in—so marvelous it seemed—appeared to him on the one hand as a happiness so immense, and therefore so impossible, and on the other, as an event so mysterious, that this imagined knowledge of what would be, and consequent preparation for

того приготовление как к чему-то обыкновенному, людьми же производимому, казалось ему возмутительно и унизительно.

Но княгиня не понимала его чувств и объясняла его неохоту думать и говорить про это легкомыслием и равнодушием, а потому не давала ему покоя. Она поручала Степану Аркадьичу посмотреть квартиру и теперь позвала к себе Левина.

— Я ничего не знаю, княгиня. Делайте, как хотите, — говорил он.

— Надо решить, когда вы переедете.

— Я, право, не знаю. Я знаю, что родятся детей миллионы без Москвы и докторов... отчего же...

— Да если так...

— Да нет, как Кити хочет.

— С Кити нельзя про это говорить! Что ж ты хочешь, чтоб я напугала ее? Вот нынче весной Натали Голицына умерла от дурного акушера.

— Как вы скажете, так я и сделаю, — сказал он мрачно.

Княгиня начала говорить ему, но он не слушал ее. Хотя разговор с княгиней и расстраивал его, он сделался мрачен не от этого разговора, но от того, что он видел у самовара.

“Нет, это невозможно”, — думал он, изредка взглядывая на перегнувшегося к Кити Васеньку, с своею красивою улыбкой говорившего ей что-то, и на нее, красневшую и взволнованную.

Было нечистое что-то в позе Васеньки, в его взгляде, в его улыбке. Левин видел даже что-то нечистое и в позе и во взгляде Кити. И опять свет померк в его глазах. Опять, как вчера, вдруг, без малейшего перехода, он почувствовал себя сброшенным с высоты счастья, спокойствия, достоинства в бездну отчаяния, злобы и унижения. Опять все и всё стали противны ему.

— Так и сделайте, княгиня, как хотите, — сказал он, опять оглядываясь.

— Тяжела шапка Мономаха! — сказал ему шутя Степан Аркадьич, намекая, очевидно, не на один разговор с княгиней, а на причину волнения Левина, которое он заметил. — Как ты нынче поздно, Долли!

Все встали встретить Дарью Александровну. Васенька встал на минуту и со свойственным новым молодым людям отсутствием вежливости к дамам чуть поклонился и опять продолжал разговор, засмеявшись чему-то.

— Меня замучала Маша. Она дурно спала и капризна нынче ужасно, — сказала Долли.

Разговор, затеянный Васенькой с Кити, шел опять о вчерашнем, об Анне и о том, может ли любовь стать выше условий света. Кити неприятен был этот разговор, и он волновал ее и самим содержанием, и тем тоном, которым он был веден, и в особенности тем, что она знала уж, как это подействует на мужа. Но она слишком была проста и невинна, чтоб уметь прекратить этот разговор, и даже для того, чтобы скрыть то внешнее удовольствие, которое доставляло ей очевидное внимание этого молодого человека. Она хотела прекратить этот разговор, но она не знала, что ей сделать. Все, что бы она ни сделала,

it, as for something ordinary, done by people, seemed to him revolting and humiliating.

But the Princess did not understand his feelings and put down his reluctance to think and talk about it to carelessness and indifference, and so she gave him no peace. She had commissioned Stepan Arkadyich to look at an apartment, and now she called Levin to her.

"I know nothing about it, Princess. Do as you like," he said.

"You must decide when you will move."

"I really don't know. I know that millions of children are born without Moscow and doctors... why then..."

"But if so..."

"Oh, no, as Kitty wishes."

"We can't talk to Kitty about it! Do you want me to frighten her? This spring Natalie Golitsyna died because she had a bad obstetrician."

"I will do as you say," he said gloomily.

The Princess began telling him, but he was not listening to her. Though the conversation with the Princess disturbed him, he became gloomy not because of that conversation, but because of what he saw at the samovar.

"No, it's impossible," he thought, glancing now and then at Vasenka bending towards Kitty, telling her something with his lovely smile, and at her, blushing and excited.

There was something impure in Vasenka's pose, in his look, in his smile. Levin even saw something impure in Kitty's pose and look. And again the light died away in his eyes. Again, as yesterday, all of a sudden, without the slightest transition, he felt thrown down from the height of happiness, peace, dignity, into an abyss of despair, rage and humiliation. Again everyone and everything became hateful to him.

"Well, do as you like, Princess," he said, looking round again.

"Heavy is the hat of Monomakh!" Stepan Arkadyich said playfully to him, hinting, evidently, not only at the conversation with the Princess, but at the cause of Levin's agitation, which he had noticed. "How late you are today, Dolly!"

Everyone got up to greet Darya Alexandrovna. Vasenka got up for an instant, and with the lack of courtesy to ladies characteristic of the modern young men, slightly bowed and continued his conversation again, laughing at something.

"I've been tormented by Masha. She slept badly and is dreadfully capricious today," said Dolly.

The conversation Vasenka had started with Kitty was again on yesterday's subject, on Anna and whether love can be put higher than society constraints. This conversation was unpleasant to Kitty and disturbed her both by its content and the tone in which it was conducted, and especially by the knowledge of the effect it would have on her husband. But she was too simple and innocent to know how to stop this conversation or even to conceal the outward pleasure afforded to her by the young man's obvious attention. She wanted to stop this conversation, but she did not know what to do. Whatever she did, she knew, would be noticed by her husband and

она знала, будет замечено мужем, и все перетолковано в дурную сторону. И действительно, когда она спросила у Долли, что с Машей, и Васенька, ожидая, когда кончится этот скучный для него разговор, принялся равнодушно смотреть на Долли, этот вопрос показался Левину ненатуральною, отвратительною хитростью.

— Что же, поедем нынче за грибами? — спросила Долли.

— Поедемте, пожалуйста, и я поеду, — сказала Кити и покраснела. Она хотела спросить Васеньку из учтивости, поедет ли он, и не спросила. — Ты куда, Костя? — спросила она с виноватым видом мужа, когда он решительным шагом проходил мимо нее. Это виноватое выражение подтвердило все его сомнения.

— Без меня приехал машинист, я еще не видал его, — сказал он, не глядя на нее.

Он сошел вниз, но не успел еще выйти из кабинета, как услыхал знакомые шаги жены, неосторожно быстро идущей к нему.

— Что ты? — сказал он ей сухо. — Мы заняты.

— Извините меня, — обратилась она к машинисту немцу, — мне несколько слов сказать мужу.

Немец хотел уйти, но Левин сказал ему:

— Не беспокойтесь.

— Поезд в три? — спросил немец. — Как бы не опоздать.

Левин не ответил ему и сам вышел с женой.

— Ну, что вы мне имеете сказать? — проговорил он по-французски.

Он не смотрел на ее лицо и не хотел видеть, что она, в ее положении, дрожала всем лицом и имела жалкий, уничтоженный вид.

— Я... я хочу сказать, что так нельзя жить, что это мученье... — проговорила она.

— Люди тут в буфете, — сказал он сердито, — не делайте сцен.

— Ну, пойдем сюда!

Они стояли в проходной комнате. Кити хотела войти в соседнюю. Но там англичанка учила Таню.

— Ну, пойдем в сад!

В саду они наткнулись на мужика, чистившего дорожку. И уже не думая о том, что мужик видит ее заплаканное, а его взволнованное лицо, не думая о том, что они имеют вид людей, убегающих от какого-то несчастия, они быстрым шагом шли вперед, чувствуя, что им надо высказаться и разубедить друг друга, побыть одним вместе и избавиться этим от того мучения, которое оба испытывали.

— Этак нельзя жить, это мученье! Я страдаю, ты страдаешь. За что? — сказала она, когда они добрались, наконец, до уединенной лавочки на углу липовой аллеи.

— Но ты одно скажи мне: было в его тоне неприличное, нечистое, унизительно-ужасное? — говорил он, становясь пред ней опять в ту же позу, с кулаками пред грудью, как он тогда ночью стоял пред ней.

— Было, — сказала она дрожащим голосом. — Но, Костя, ты не видишь разве, что я не виновата? Я с утра хотела такой тон взять, но эти

interpreted in a bad way. And indeed, when she asked Dolly what was wrong with Masha, and Vasenka, waiting till this boring conversation was over, began to gaze indifferently at Dolly, the question struck Levin as an unnatural, disgusting trick.

"What do you say, shall we go mushrooming today?" asked Dolly.

"Let's go, please, and I'll go too," said Kitty, and blushed. She wanted from politeness to ask Vasenka whether he would go, and she did not. "Where are you going, Kostya?" she asked her husband with a guilty air, as he passed by her with a resolute step. This guilty air confirmed all his suspicions.

"The machinist came when I was away; I haven't seen him yet," he said, not looking at her.

He went downstairs, but before he had time to leave his study, he heard the familiar footsteps of his wife, coming with reckless speed to him.

"What is it?" he said to her dryly. "We are busy."

"I beg your pardon," she turned to the German machinist, "I need to say a few words to my husband."

The German wanted to leave, but Levin said to him:

"Don't worry."

"The train is at three?" asked the German. "I don't want to be late."

Levin did not answer to him and walked out himself with his wife.

"Well, what do you have to say to me?" he said in French.

He did not look her in the face and did not want to see that she, in her condition, was trembling all over her face and had a piteous, crushed look.

"I... I want to say that we can't go on living like this; that this is misery..." she said.

"The servants are here, in the pantry," he said angrily, "don't make a scene."

"Well, let's go in here!"

They were standing in the passage. Kitty wanted to go into the next room. But there the English governess was giving Tanya a lesson.

"Well, let's go into the garden!"

In the garden they came upon a peasant weeding the path. And no longer considering that the peasant could see her tear-stained and his agitated face, that they looked like people fleeing from some disaster, they went on with rapid steps, feeling that they had to speak out and clear up misunderstandings, to be alone together and so get rid of the misery they were both feeling.

"We can't go on living like this, it's misery! I am suffering, you are suffering. What for?" she said, when they had at last reached a solitary bench at a turn of the lime tree avenue.

"But tell me one thing: was there in his tone anything unseemly, impure, humiliatingly horrible?" he said, standing before her again in the same position with his fists on his chest, as he had stood before her that night.

"There was," she said in a shaking voice. "But, Kostya, don't you see that I'm not to blame? All the morning I wanted to take a tone, but these people...

люди... Зачем он приехал? Как мы счастливы были! — говорила она, задыхаясь от рыданий, которые поднимали все ее пополневшее тело.

Садовник с удивлением видел, несмотря на то, что ничего не гналось за ними, и что бежать не от чего было, и что ничего они особенно радостного не могли найти на лавочке, — садовник видел, что они вернулись домой мимо него с успокоенными, сияющими лицами.

XV

Проводив жену наверх, Левин пошел на половину Долли. Дарья Александровна с своей стороны была в этот день в большом огорчении. Она ходила по комнате и сердито говорила стоявшей в углу и ревущей девочке:

— И будешь стоять в углу весь день, и обедать будешь одна, и ни одной куклы не увидишь, и платья тебе нового не сошью, — говорила она, не зная уже, чем наказать ее.

— Нет, это гадкая девочка! — обратилась она к Левину. — Откуда берутся у нее эти мерзкие наклонности?

— Да что же она сделала? — довольно равнодушно сказал Левин, которому хотелось посоветоваться о своем деле и поэтому досадно было, что он попал некстати.

— Она с Гришей ходила в малину и там... я не могу даже сказать, что она делала. Вот какие гадости. Тысячу раз пожалеешь miss Elliot. Эта ни за чем не смотрит, машина... Figurez vous, qu'elle...[1]

И Дарья Александровна рассказала преступление Маши.

— Это ничего не доказывает, это совсем не гадкие наклонности, а просто шалость, — успокоивал ее Левин.

— Но ты что-то расстроен? Ты зачем пришел? — спросила Долли. — Что там делается?

И в тоне этого вопроса Левин слышал, что ему легко будет сказать то, что он был намерен сказать.

— Я не был там, я был один в саду с Кити. Мы поссорились второй раз с тех пор, как... Стива приехал.

Долли смотрела на него умными, понимающими глазами.

— Ну скажи, руку на сердце, был ли... не в Кити, а в этом господине такой тон, который может быть неприятен, не неприятен, а ужасен, оскорбителен для мужа?

— То есть как тебе сказать... Стой, стой в углу! — обратилась она к Маше, которая, увидав чуть заметную улыбку на лице матери, повернулась было. — Светское мнение было бы то, что он ведет себя, как ведут себя все молодые люди. Il fait la cour à une jeune et jolie femme[2], а муж светский только может быть польщен этим.

[1] Представьте себе, что она... (франц.).
[2] Он ухаживает за молодой и красивой женщиной (франц.).

Why did he come? How happy we were!" she said, breathless with the sobs that shook her whole plump body.

Although nothing had been pursuing them, and there was nothing to run away from, and they could not possibly have found anything especially delightful on that bench, the gardener saw with astonishment that they passed him on their way home with comforted, radiant faces.

XV

After escorting his wife upstairs, Levin went to Dolly's part of the house. Darya Alexandrovna, for her part, was in great dismay that day. She was walking about the room, talking angrily to the girl, who stood in the corner crying:

"And you shall stand all day in the corner, and have your dinner alone, and not see one of your dolls, and I won't make you a new dress," she said, not knowing how else to punish her.

"No, she is a disgusting girl!" she turned to Levin. "Where does she get these nasty propensities?"

"But what has she done?" Levin said rather nonchalantly, for he had wanted to ask her advice about his own affairs, and so was annoyed that he had come at an inappropriate moment.

"She and Grisha went into the raspberries, and there... I can't even tell you what she did. Such disgusting things. It's a thousand pities Miss Elliot's not with us. This one sees to nothing, she's a machine... Figurez vous, qu'elle...[1]"

And Darya Alexandrovna described Masha's crime.

"That proves nothing; it's not disgusting propensities at all, it's simply mischief," Levin assured her.

"But you are upset about something? What have you come for?" asked Dolly. "What's going on there?"

And in the tone of this question Levin heard that it would be easy for him to say what he meant to say.

"I've not been there, I've been alone in the garden with Kitty. We've had a quarrel for the second time since... Stiva came."

Dolly looked at him with intelligent, comprehending eyes.

"Come, tell me, hand on heart, has there been... not in Kitty, but in that gentleman, a tone which might be unpleasant—not unpleasant, but horrible, offensive to a husband?"

"Well, how shall I say... Stay, stay in the corner!" she said to Masha, who, seeing a scarcely noticeable smile on her mother's face, had been turning round. "Society's opinion would be that he is behaving as all young men behave. Il fait la cour à une jeune et jolie femme[2], and a society husband should only be flattered by it."

---

[1] Imagine what she... *(French)*

[2] He is courting a young and pretty woman *(French).*

— Да, да, — мрачно сказал Левин, — но ты заметила?

— Не только я, но Стива заметил. Он прямо после чая мне сказал: je crois que Весловский fait un petit brin de cour à Кити[1].

— Ну и прекрасно, теперь я спокоен. Я прогоню его, — сказал Левин.

— Что ты, с ума сошел? — с ужасом вскрикнула Долли. — Что ты, Костя, опомнись! — смеясь, сказала она. — Ну, можешь идти теперь к Фанни, — сказала она Маше. — Нет, уж если ты хочешь, то я скажу Стиве. Он увезет его. Можно сказать, что ты ждешь гостей. Вообще он нам не к дому.

— Нет, нет, я сам.

— Но ты поссоришься?..

— Нисколько. Мне так это весело будет, — действительно весело блестя глазами, сказал Левин. — Ну, прости ее, Долли! Она не будет, — сказал он про маленькую преступницу, которая не пошла к Фанни и нерешительно стояла против матери, исподлобья ожидая и ища ее взгляда.

Мать взглянула на нее. Девочка разрыдалась, зарылась лицом в коленях матери, и Долли положила ей на голову свою худую нежную руку.

“И что общего между нами и им?” — подумал Левин и пошел отыскивать Весловского.

Проходя через переднюю, он велел закладывать коляску, чтобы ехать на станцию.

— Вчера рессора сломалась, — отвечал лакей.

— Ну так тарантас, но скорее. Где гость?

— Они прошли в свою комнату.

Левин застал Васеньку в то время, как тот, разобрав свои вещи из чемодана и разложив новые романсы, примеривал краги, чтоб ездить верхом.

Было ли в лице Левина что-нибудь особенное, или сам Васенька почувствовал, что ce petit brin de cour[2], который он затеял, неуместен в этой семье, но он был несколько (сколько может быть светский человек) смущен входом Левина.

— Вы в крагах верхом ездите?

— Да, это гораздо чище, — сказал Васенька, ставя жирную ногу на стул, застегивая нижний крючок и весело, добродушно улыбаясь.

Он был несомненно добрый малый, и Левину жалко стало его и совестно за себя, хозяина дома, когда он подметил робость во взгляде Васеньки.

На столе лежал обломок палки, которую они нынче утром вместе сломали на гимнастике, пробуя поднять забухшие барры. Левин взял в руки этот обломок и начал обламывать расщепившийся конец, не зная, как начать.

— Я хотел... — Он замолчал было, но вдруг, вспомнив Кити и все, что было, решительно глядя ему в глаза, сказал: — Я велел вам заложить лошадей.

---

[1] я думаю, что Весловский слегка волочится за Кити. (*франц.*)
[2] этот маленький флирт (*франц.*).

"Yes, yes," said Levin gloomily, "but you noticed it?"

"Not only I, but Stiva noticed it. Just after tea he said to me: "Je crois que Veslovsky fait un petit brin de cour à Kitty[1]."

"Well, that's great; now I'm calm. I'll turn him out," said Levin.

"Come on, are you crazy?" Dolly cried in horror. "Come on, Kostya, only think!" she said, laughing. "You can go now to Fanny," she said to Masha. "No, if you want, I'll tell Stiva. He'll take him away. He can say you're expecting guests. Generally, he doesn't fit into our household."

"No, no, I'll do it myself."

"But you'll quarrel?.."

"Not a bit. I shall so enjoy it," Levin said, his eyes shining with real enjoyment. "Come, forgive her, Dolly! She won't do it again," he said of the little villain, who had not gone to Fanny, but was standing irresolutely before her mother, waiting and looking up from under her brows to catch her eyes.

The mother glanced at her. The girl broke into sobs, buried her face in her mother's lap, and Dolly laid her thin, tender hand on her head.

"And what is there in common between us and him?" Levin thought and went off to look for Veslovsky.

As he passed through the anteroom he ordered the carriage to be harnessed to drive to the station.

"The spring was broken yesterday," said the footman.

"Well, the tarantass, then, and make haste. Where's the guest?"

"The gentleman's gone to his room."

Levin came upon Vasenka at the moment when he, having unpacked his things from his trunk and laid out some new romances, was trying on his gaiters for riding.

Whether there was something special in Levin's face, or Vasenka himself felt that ce petit brin de cour[2] he had begun was out of place in this family, but he was somewhat (as much as a society man can be) disconcerted at Levin's entrance.

"You ride in gaiters?"

"Yes, it's much cleaner," said Vasenka, putting his fat leg on a chair, fastening the lower hook, and smiling cheerfully and amiably.

He was undoubtedly a nice fellow, and Levin felt sorry for him and ashamed of himself, the master of the house, when he noticed the shyness in Vasenka's look.

On the table lay a piece of a stick which they had broken together that morning at gymnastics, trying to raise the jammed bars. Levin took this piece in his hands and began breaking off the split end, not knowing how to begin.

"I wanted..." He paused, but suddenly, remembering Kitty and everything that had happened, he said, looking him resolutely in the eyes: "I have ordered the horses to be harnessed for you."

[1] I think Veslovsky is courting Kitty a bit. *(French)*
[2] this little flirtation *(French)*.

— То есть как? — начал с удивлением Васенька. — Куда же ехать?

— Вам, на железную дорогу, — мрачно сказал Левин, щипля конец палки.

— Вы уезжаете или что-нибудь случилось?

— Случилось, что я жду гостей, — сказал Левин, быстрее и быстрее обламывая сильными пальцами концы расщепившейся палки. — И не жду гостей, и ничего не случилось, а я прошу вас уехать. Вы можете объяснить как хотите мою неучтивость.

Васенька выпрямился.

— Я прошу *вас* объяснить мне... — с достоинством сказал он, поняв наконец.

— Я не могу вам объяснить, — тихо и медленно, стараясь скрыть дрожание своих скул, заговорил Левин. — И лучше вам не спрашивать.

И так как расщепившиеся концы были уже все отломаны, Левин зацепился пальцами за толстые концы, разодрал палку и старательно поймал падавший конец.

Вероятно, вид этих нервно напряженных рук, тех самых мускулов, которые он нынче утром ощупывал на гимнастике, и блестящих глаз, тихого голоса и дрожащих скул убедили Васеньку больше слов. Он, пожав плечами и презрительно улыбнувшись, поклонился.

— Нельзя ли мне видеть Облонского?

Пожатие плеч и улыбка не раздражили Левина. "Что ж ему больше остается делать?" — подумал он.

— Я сейчас пришлю его вам.

— Что это за бессмыслица! — говорил Степан Аркадьич, узнав от приятеля, что его выгоняют из дома, и найдя Левина в саду, где он гулял, дожидаясь отъезда гостя. — Mais c'est ridicule[1]! Какая тебя муха укусила? Mais c'est du dernier ridicule[2]! Что же тебе показалось, если молодой человек...

Но место, в которое Левина укусила муха, видно, еще болело, потому что он опять побледнел, когда Степан Аркадьич хотел объяснить причину, и поспешно перебил его:

— Пожалуйста, не объясняй причины! Я не могу иначе! Мне очень совестно пред тобой и пред ним. Но ему, я думаю, не будет большого горя уехать, а мне и моей жене его присутствие неприятно.

— Но ему оскорбительно! Et puis c'est ridicule[3].

— А мне и оскорбительно и мучительно! И я ни в чем не виноват, и мне незачем страдать!

— Ну, уж этого я не ждал от тебя! On peut être jaloux, mais à ce point, c'est du dernier ridicule[4]!

Левин быстро повернулся и ушел от него в глубь аллеи и продолжал один ходить взад и вперед. Скоро он услыхал грохот тарантаса и увидал из-за деревьев, как Васенька, сидя на сене (на беду, не было сиденья в тарантасе) в своей шотландской шапочке, подпрыгивая по толчкам, проехал по аллее.

---

[1] Ведь это смешно! *(франц.)*
[2] Ведь это в высшей степени смешно! *(франц.)*
[3] И потом это смешно. *(франц.)*
[4] Можно быть ревнивым, но в такой мере — это в высшей степени смешно! *(франц.)*

"How so?" Vasenka began in surprise. "To drive where?"

"For you to drive to the station," Levin said gloomily, grazing the end of the stick.

"Are you going away, or has something happened?"

"It happens that I am expecting guests," said Levin, his strong fingers more and more rapidly breaking off the ends of the split stick. "No, I'm not expecting guests, and nothing has happened, but I ask you to go away. You can explain my rudeness as you like."

Vasenka drew himself up.

"I ask *you* to explain to me..." he said with dignity, understanding at last.

"I can't explain to you," Levin said softly and slowly, trying to hide the trembling of his jaw. "And you'd better not ask."

And as the split ends were all broken off, Levin clutched the thick ends in his fingers, broke the stick in two and carefully caught one end as it fell.

Probably the sight of those nervously strained arms, of those very muscles he had felt that morning at gymnastics, of the glittering eyes, the soft voice and trembling jaw, convinced Vasenka more than any words. He bowed, shrugging his shoulders and smiling contemptuously.

"Can I see Oblonsky?"

The shrug of the shoulders and the smile did not irritate Levin. "What else can he do?" he thought.

"I'll send him to you at once."

"What nonsense is this?" Stepan Arkadyich said, after learning from his friend that he was being ousted from the house, and finding Levin in the garden, where he was walking about waiting for his guest's departure. "Mais c'est ridicule[1]! What fly has stung you? Mais c'est du dernier ridicule[2]! What did you think, if a young man..."

But the place where the fly had stung Levin was evidently still sore, for he turned pale again, when Stepan Arkadyich wanted to explain the reason, and hastily cut him short:

"Please, don't explain the reason! I can't do otherwise! I feel very ashamed before you and before him. But it won't be, I imagine, a great grief to him to go, and his presence is distasteful to me and to my wife."

"But it's insulting to him! Et puis c'est ridicule[3]."

"And to me it's both insulting and distressing! And I'm not at fault in any way, and there's no need for me to suffer!"

"Well, this I didn't expect of you! On peut être jaloux, mais à ce point, c'est du dernier ridicule[4]!"

Levin turned quickly, walked away from him into the depths of the avenue and went on walking up and down alone. Soon he heard the rumble of the tarantass and saw from behind the trees how Vasenka, sitting on the hay (unluckily there was no seat in the tarantass) in his Scotch cap, was driven along the avenue, jolting over the ruts.

[1] But this is ridiculous! *(French)*
[2] But this is extremely ridiculous! *(French)*
[3] And besides, it's ridiculous. *(French)*
[4] One can be jealous, but to such a degree, it is extremely ridiculous! *(French)*

"Это что еще?" — подумал Левин, когда лакей, выбежав из дома, остановил тарантас. Это был машинист, про которого совсем забыл Левин. Машинист, раскланиваясь, что-то говорил Весловскому; потом влез в тарантас, и они вместе уехали.

Степан Аркадьич и княгиня были возмущены поступком Левина. И он сам чувствовал себя не только ridicule[1] в высшей степени, но и виноватым кругом и опозоренным; но, вспоминая то, что он и жена его перестрадали, он, спрашивая себя, как бы он поступил в другой раз, отвечал себе, что точно так же.

Несмотря на все это, к концу этого дня все, за исключением княгини, не прощавшей этот поступок Левину, сделались необыкновенно оживлены и веселы, точно дети после наказанья или большие после тяжелого официального приема, так что вечером про изгнание Васеньки в отсутствие княгини уже говорилось как про давнишнее событие. И Долли, имевшая от отца дар смешно рассказывать, заставляла падать от смеха Вареньку, когда она в третий и четвертый раз, все с новыми юмористическими прибавлениями, рассказывала, как она, только что собралась надеть новые бантики для гостя и выходила уж в гостиную, вдруг услыхала грохот колымаги. И кто же в колымаге? — сам Васенька, и с шотландскою шапочкой, и с романсами, и с крагами, сидит на сене.

— Хоть бы ты карету велел запрячь! Нет, и потом слышу: "Постойте!" Ну, думаю, сжалились. Смотрю, посадили к нему толстого немца и повезли... И бантики мои пропали!..

XVI

Дарья Александровна исполнила свое намерение и поехала к Анне. Ей очень жалко было огорчить сестру и сделать неприятное ее мужу; она понимала, как справедливы Левины, не желая иметь никаких сношений с Вронским; но она считала своею обязанностью побывать у Анны и показать ей, что чувства ее не могут измениться, несмотря на перемену ее положения.

Чтобы не зависеть от Левиных в этой поездке, Дарья Александровна послала в деревню нанять лошадей; но Левин, узнав об этом, пришел к ней с выговором.

— Почему же ты думаешь, что мне неприятна твоя поездка? Да если бы мне и было это неприятно, то тем более мне неприятно, что ты не берешь моих лошадей, — говорил он. — Ты мне ни разу не сказала, что ты решительно едешь. А нанимать на деревне, во-первых, неприятно для меня, а главное, они возьмутся, но не довезут. У меня лошади есть. И если ты не хочешь огорчить меня, то ты возьми моих.

Дарья Александровна должна была согласиться, и в назначенный день Левин приготовил для свояченицы четверню лошадей и подставу, собрав ее из рабочих и верховых, очень некрасивую, но которая могла довезти Дарью Александровну в один день. Теперь, когда

[1] смешным (*франц.*).

"What's this?" Levin thought, when a footman ran out of the house and stopped the tarantass. It was the machinist, whom Levin had totally forgotten. The machinist bowed and said something to Veslovsky, then clambered into the tarantass, and they drove off together.

Stepan Arkadyich and the Princess were outraged by Levin's action. And he himself felt not only in the highest degree ridicule, but also utterly guilty and disgraced; but remembering what sufferings he and his wife had been through, he asked himself how he would act another time and answered that he would do just the same again.

In spite of all this, towards the end of that day, everyone except the Princess, who could not pardon Levin's action, became extraordinarily lively and cheerful, like children after a punishment or grown-ups after a hard official reception, so that in the evening Vasenka's expulsion was spoken of, in the absence of the Princess, as if it were some remote event. And Dolly, who had inherited her father's gift of humorous storytelling, made Varenka helpless with laughter as she related for the third and fourth time, always with new humorous additions, how she was about to put on some new bows for the benefit of the guest and go into the drawing room, when she suddenly heard the rumble of the rattletrap. And who was in the rattletrap but Vasenka himself, with his Scotch cap, and his romances, and his gaiters, sitting on the hay.

"At least you might have ordered the carriage to be harnessed! But no, and then I hear: "Stop!" Well, I think, they've relented. I look, and they put the fat German in with him and drive away... And my bows were all for nothing!.."

XVI

Darya Alexandrovna carried out her intention and went to see Anna. She was very sorry to distress her sister and to do anything her husband disliked; she understood how right the Levins were in not wishing to have anything to do with Vronsky; but she considered it her duty to visit Anna and show her that her feelings could not change, in spite of the change in her position.

That she might be independent of the Levins in this journey, Darya Alexandrovna sent to the village to hire horses; but Levin learning of it went to her to admonish.

"Why do you think that I dislike your journey? But, even if I did dislike it, I should still more dislike your not taking my horses," he said. "You never told me that you were going for certain. Hiring in the village is, first of all, disagreeable to me, but above all, they'll undertake the job and never get you there. I have horses. And if you don't want to distress me, you'll take mine."

Darya Alexandrovna had to consent, and on the day fixed Levin had ready for his sister-in-law a set of four horses and relays, getting them together from work and saddle horses, very ugly but capable of getting Darya Alexandrovna there in a single day. Now, when horses were needed

лошади нужны были и для уезжавшей княгини и для акушерки, это было затруднительно для Левина, но по долгу гостеприимства он не мог допустить Дарью Александровну нанимать из его дома лошадей и, кроме того, знал, что двадцать рублей, которые просили с Дарьи Александровны за эту поездку, были для нее очень важны; а денежные дела Дарьи Александровны, находившиеся в очень плохом положении, чувствовались Левиными как свои собственные.

Дарья Александровна по совету Левина выехала до зари. Дорога была хороша, коляска покойна, лошади бежали хорошо, и на козлах, кроме кучера, сидел конторщик вместо лакея, посланный Левиным для безопасности. Дарья Александровна задремала и проснулась, только подъезжая уже к постоялому двору, где надо было переменять лошадей.

Напившись чаю у того самого богатого мужика-хозяина, у которого останавливался Левин в свою поездку к Свияжскому, и побеседовав с бабами о детях и со стариком о графе Вронском, которого тот очень хвалил, Дарья Александровна в десять часов поехала дальше. Дома ей, за заботами о детях, никогда не бывало времени думать. Зато уже теперь, на этом четырехчасовом переезде, все прежде задержанные мысли вдруг столпились в ее голове, и она передумала всю свою жизнь, как никогда прежде, и с самых разных сторон. Ей самой странны были ее мысли. Сначала она думала о детях, о которых, хотя княгиня, а главное, Кити (она на нее больше надеялась), обещала за ними смотреть, она все-таки беспокоилась. "Как бы Маша опять не начала шалить, Гришу как бы не ударила лошадь, да и желудок Лили как бы еще больше не расстроился". Но потом вопросы настоящего стали сменяться вопросами ближайшего будущего. Она стала думать о том, как в Москве надо на нынешнюю зиму взять новую квартиру, переменить мебель в гостиной и сделать шубку старшей дочери. Потом стали представляться ей вопросы более отдаленного будущего: как она выведет детей в люди. "Девочек еще ничего, — думала она, — но мальчики?

Хорошо, я занимаюсь с Гришей теперь, но ведь это только оттого, что сама я теперь свободна, не рожаю. На Стиву, разумеется, нечего рассчитывать. И я с помощью добрых людей выведу их; но если опять роды..." И ей пришла мысль о том, как несправедливо сказано, что проклятие наложено на женщину, чтобы в муках родить чада. "Родить ничего, но носить — вот что мучительно", — подумала она, представив себе свою последнюю беременность и смерть этого последнего ребенка. И ей вспомнился разговор с молодайкой на постоялом дворе. На вопрос, есть ли у нее дети, красивая молодайка весело отвечала:

— Была одна девочка, да развязал Бог, постом похоронила.

— Что ж, тебе очень жалко ее? — спросила Дарья Александровна.

— Чего жалеть? У старика внуков и так много. Только забота. Ни тебе работать, ни что. Только связа одна.

both for the Princess, who was leaving, and for the midwife, it was difficult for Levin, but the duty of hospitality would not let him allow Darya Alexandrovna to hire horses when staying in his house, and besides, he knew that the twenty rubles that would be asked of Darya Alexandrovna for the journey were very important for her; Darya Alexandrovna's pecuniary affairs, which were in a very bad state, were taken to heart by the Levins as if they were their own.

Darya Alexandrovna, by Levin's advice, started before dawn. The road was good, the carriage comfortable, the horses trotted along merrily, and on the box, besides the coachman, sat the clerk, whom Levin sent instead of a footman for security. Darya Alexandrovna dozed off and woke up only on reaching the inn where the horses were to be changed.

After drinking tea at the same rich peasant-innkeeper's with whom Levin had stayed on the way to Sviyazhsky's, and chatting with the peasant women about their children and with the old man about Count Vronsky, whom he praised very highly, Darya Alexandrovna, at ten o'clock, went on again. At home, looking after her children, she never had time to think. But now, during this four-hour passage, all the thoughts she had suppressed before suddenly rushed swarming into her head, and she thought over all her life as she never had before, and from the most different sides. Her thoughts seemed strange even to herself. At first she thought about the children, about whom she still worried, although the Princess and, above all, Kitty (she reckoned more upon her) had promised to look after them. "If only Masha does not begin her naughty tricks, if Grisha isn't kicked by a horse, and Lily's stomach isn't upset still more!" But then the questions of the present were replaced by questions of the immediate future. She began thinking that they had to get a new apartment in Moscow for the coming winter, to renew the furniture in the drawing room, and to have a fur coat made for her elder daughter. Then questions of the more remote future occurred to her: how she was to place her children in the world. "The girls are all right," she thought, "but the boys?"

"It's very well that I'm teaching Grisha now, but that's only because I am free myself now, I'm not pregnant. Stiva, of course, there's no counting on. And with the help of good people I can bring them up; but if there's another baby..." And the thought struck her how untruly it was said that the curse laid on woman was that in pain she should bring forth children. "Giving birth is nothing, but being pregnant—that's agonizing," she thought, picturing to herself her last pregnancy and the death of that last baby. And she recalled the conversation with the young peasant woman at the inn. On being asked whether she had any children, the beautiful young woman had cheerfully answered:

"I had one girl, but God set me free, I buried her last Lent."

"Well, do you grieve very much for her?" asked Darya Alexandrovna.

"Why grieve? The old man has a lot of grandchildren as it is. It was only a trouble. No working, no nothing. Only a tie."

Ответ этот показался Дарье Александровне отвратителен, несмотря на добродушную миловидность молодайки, но теперь она невольно вспомнила эти слова. В этих цинических словах была и доля правды.

"Да и вообще, — думала Дарья Александровна, оглянувшись на всю свою жизнь за эти пятнадцать лет замужества, — беременность, тошнота, тупость ума, равнодушие ко всему и, главное, безобразие. Кити, молоденькая, хорошенькая Кити, и та как подурнела, а я беременная делаюсь безобразна, я знаю. Роды, страдания, безобразные страдания, эта последняя минута... потом кормление, эти бессонные ночи, эти боли страшные..."

Дарья Александровна вздрогнула от одного воспоминания о боли треснувших сосков, которую она испытывала почти с каждым ребенком. "Потом болезни детей, этот страх вечный; потом воспитание, гадкие наклонности (она вспомнила преступление маленькой Маши в малине), ученье, латынь — все это так непонятно и трудно. И сверх всего — смерть этих же детей". И опять в воображении ее возникло вечно гнетущее ее материнское сердце жестокое воспоминание смерти последнего, грудного мальчика, умершего крупом, его похороны, всеобщее равнодушие пред этим маленьким розовым гробиком и своя разрывающая сердце одинокая боль пред бледным лобиком с вьющимися височками, пред раскрытым и удивленным ротиком, видневшимся из гроба в ту минуту, как его закрывали розовою крышечкой с галунным крестом.

"И все это зачем? Что ж будет из всего этого? То, что я, не имея ни минуты покоя, то беременная, то кормящая, вечно сердитая, ворчливая, сама измученная и других мучающая, противная мужу, проживу свою жизнь, и вырастут несчастные, дурно воспитанные и нищие дети. И теперь, если бы не лето у Левиных, я не знаю, как бы мы прожили. Разумеется, Костя и Кити так деликатны, что нам незаметно; но это не может продолжаться. Пойдут у них дети, им нельзя будет помогать; они и теперь стеснены. Что ж, папа, который себе почти ничего не оставил, будет помогать? Так что и вывести-то детей я не могу сама, а разве с помощью других, с унижением. Ну, да если предположим самое счастливое: дети не будут больше умирать, и я кое-как воспитаю их. В самом лучшем случае они только не будут негодяи. Вот все, чего я могу желать. Из-за всего этого сколько мучений, трудов... Загублена вся жизнь!" Ей опять вспомнилось то, что сказала молодайка, и опять ей гадко было вспомнить про это; но она не могла не согласиться, что в этих словах была и доля грубой правды.

— Что, далеко ли, Михайла? — спросила Дарья Александровна у конторщика, чтобы развлечься от пугавших ее мыслей.

— От этой деревни, сказывают, семь верст.

Коляска по улице деревни съезжала на мостик. По мосту, звонко и весело переговариваясь, шла толпа веселых баб со свитыми свяслами за плечами. Бабы приостановились на мосту, любопытно оглядывая коляску. Все обращенные к ней лица показались Дарье Александров-

This answer had struck Darya Alexandrovna as revolting in spite of the good-natured loveliness of the young peasant woman; but now she could not help recalling those words. In those cynical words there was indeed a grain of truth.

"And generally," thought Darya Alexandrovna, looking back over her whole life during those fifteen years of marriage, "pregnancy, sickness, vacant mind, indifference to everything, and above all, ugliness. Kitty, young and pretty Kitty, even she has lost her looks; and when I'm pregnant I become ugly, I know it. The birth, the agonies, the ugly agonies, that last moment... then the nursing, the sleepless nights, the terrible pains..."

Darya Alexandrovna shuddered at the mere recollection of the pain from cracked nipples which she had suffered with almost every child. "Then the children's illnesses, that everlasting fear; then bringing them up, disgusting propensities" (she recalled little Masha's crime in the raspberries), "education, Latin—it's all so incomprehensible and difficult. And on the top of it all, the death of these same children." And there rose again before her imagination the cruel memory, that always tore her mother's heart, of the death of her last baby boy, who had died of croup, his funeral, the general indifference before that little pink coffin, and her own heart-tearing, lonely anguish at the sight of the pale little forehead with curls on the temples, and the open, surprised little mouth seen in the coffin at the moment when it was being covered with the little pink lid with a cross braided on it.

"And all this for what? What is to come of it all? That I, never having a moment's peace, either pregnant or nursing, forever angry, peevish, tortured myself and torturing others, repulsive to my husband, will live my life, while the children are growing up unhappy, badly educated and beggarly. Even now, if it weren't for spending the summer at the Levins', I don't know how we'd live. Of course, Kostya and Kitty have so much tact that we don't notice it; but it can't go on. They'll have children, they won't be able to help us; it's a drag on them as it is. Is papa, who has left almost nothing for himself, to help us? So I can't even bring the children up by myself, only with the help of others, with humiliation. Even if we suppose the greatest good luck: the children won't die any more, and I'll bring them up somehow. At the very best they only won't be scoundrels. That's all I can wish for. And for all that so much agonies, so much toil... One's whole life ruined!" Again she recalled what the young peasant woman had said, and again she was revolted at recalling it; but she could not help admitting that there was a grain of brutal truth in those words.

"Is it far now, Mikhaila?" Darya Alexandrovna asked the clerk, to turn her mind from thoughts that were frightening her.

"From this village, they say, it's five miles."

The carriage drove along the village street onto a bridge. Along the bridge went a crowd of cheerful peasant women with coils of ties for the sheaves on their shoulders, noisily and gaily chattering. The women stopped on the bridge, looking inquisitively at the carriage. All the faces turned to Darya

ровне здоровыми, веселыми, дразнящими ее радостью жизни. "Все живут, все наслаждаются жизнью, — продолжала думать Дарья Александровна, миновав баб, выехав в гору и опять на рыси приятно покачиваясь на мягких рессорах старой коляски, — а я, как из тюрьмы, выпущенная из мира, убивающего меня заботами, только теперь опомнилась на мгновение. Все живут: и эти бабы, и сестра Натали, и Варенька, и Анна, к которой я еду, только не я.

А они нападают на Анну. За что? Что же, разве я лучше? У меня по крайней мере есть муж, которого я люблю. Не так, как бы я хотела любить, но я его люблю, а Анна не любила своего. В чем же она виновата? Она хочет жить. Бог вложил нам это в душу. Очень может быть, что и я бы сделала то же. И я до сих пор не знаю, хорошо ли сделала, что послушалась ее в это ужасное время, когда она приезжала ко мне в Москву. Я тогда должна была бросить мужа и начать жизнь сначала. Я бы могла любить и быть любима по-настоящему. А теперь разве лучше? Я не уважаю его. Он мне нужен, — думала она про мужа, — и я его терплю. Разве это лучше? Я тогда еще могла нравиться, у меня оставалась моя красота, — продолжала думать Дарья Александровна, и ей хотелось посмотреться в зеркало. У ней было дорожное зеркальце в мешочке, и ей хотелось достать его; но, посмотрев на спины кучера и покачивавшегося конторщика, она почувствовала, что ей будет совестно, если кто-нибудь из них оглянется, и не стала доставать зеркала.

Но и не глядясь в зеркало, она думала, что и теперь еще не поздно, и она вспомнила Сергея Ивановича, который был особенно любезен к ней, приятеля Стивы, доброго Туровцына, который вместе с ней ухаживал за ее детьми во время скарлатины и был влюблен в нее. И еще был один совсем молодой человек, который, как ей шутя сказал муж, находил, что она красивее всех сестер. И самые страстные и невозможные романы представлялись Дарье Александровне. "Анна прекрасно поступила, и уж я никак не стану упрекать ее. Она счастлива, делает счастье другого человека и не забита, как я, а, верно, так же, как всегда, свежа, умна, открыта ко всему", — думала Дарья Александровна, и плутовская довольная улыбка морщила ее губы, в особенности потому, что, думая о романе Анны, параллельно с ним Дарья Александровна воображала себе свой почти такой же роман с воображаемым собирательным мужчиной, который был влюблен в нее. Она, так же как Анна, признавалась во всем мужу. И удивление и замешательство Степана Аркадьича при этом известии заставляло ее улыбаться.

В таких мечтаниях она подъехала к повороту с большой дороги, ведущему в Воздвиженское.

XVII

Кучер остановил четверню и оглянулся направо, на ржаное поле, на котором у телеги сидели мужики. Конторщик хотел было соскочить,

Alexandrovna seemed to her healthy and cheerful, teasing her with the joy of life. "Everyone lives, everyone enjoys life," Darya Alexandrovna went on thinking, passing the peasant women, going uphill and again swaying pleasantly at a trot on the soft springs of the old carriage, "while I, let out, as if from prison, from the world that is killing me with worries, have only now come to my senses for an instant. Everyone lives: these peasant women, and my sister Natalie, and Varenka, and Anna, whom I am going to see—only not me.

"And they attack Anna. What for? Am I any better? I have, at least, a husband I love. Not as I should like to love him, but I do love him, while Anna did not love hers. How is she to blame? She wants to live. God has put that in our souls. It is quite possible I might have done the same. Even now I don't know whether I did right in listening to her at that terrible time when she came to me in Moscow. I ought then to have left my husband and begun my life anew. I might have loved and have been loved properly. And is it better now? I don't respect him. I need him," she thought about her husband, "and I put up with him. Is that any better? At that time I could still have been liked, I still had my beauty," Darya Alexandrovna went on thinking, and she wanted to look at herself in the mirror. She had a traveling mirror in her handbag and wanted to take it out; but looking at the backs of the coachman and the swaying clerk, she felt that she would be ashamed if either of them were to look round, and she did not take out the mirror.

But even without looking in the mirror, she thought that even now it was not too late; and she remembered Sergey Ivanovich, who was particularly amiable to her, and Stiva's friend, the kind Turovtsyn, who had helped her nurse her children through the scarlatina and was in love with her. And there was also a quite young man, who, as her husband had told her jokingly, found her more beautiful than either of her sisters. And the most passionate and impossible romances rose before Darya Alexandrovna's imagination. "Anna did splendidly, and I'm not going to reproach her in any way. She is happy, she makes another person happy, and she's not downtrodden as I am, but most likely just as she always was, fresh, clever, open to everything," thought Darya Alexandrovna, and a sly, content smile puckered her lips, especially because, as she pondered on Anna's love affair, Darya Alexandrovna imagined on parallel lines an almost identical love affair of her own, with an imaginary composite man who was in love with her. She, like Anna, confessed everything to her husband. And the amazement and perplexity of Stepan Arkadyich at this news made her smile.

In such daydreams she reached the turning from the highroad that led to Vozdvizhenskoye.

XVII

The coachman pulled up the four horses and looked round to the right, at a field of rye, where some peasants were sitting by a cart. The clerk was just

но потом раздумал и повелительно крикнул на мужика, маня его
к себе. Ветерок, который был на езде, затих, когда остановились;
слепни облепили сердито отбивавшихся от них потных лошадей. Ме-
таллический, доносившийся от телеги звон отбоя по косе затих. Один
из мужиков поднялся и пошел к коляске.

— Ишь рассохся! — сердито крикнул конторщик на медленно ступав-
шего по колчам ненаезженной сухой дороги босыми ногами мужика.
— Иди, что ль!

Курчавый старик, повязанный по волосам лычком, с темною от
пота горбатою спиной, ускорив шаг, подошел к коляске и взялся заго-
релою рукой за крыло коляски.

— Воздвиженское, на барский двор? к графу? — повторил он. — Вот
только изволок выедешь. Налево поверток. Прямо по пришпекту, так
и воткнешься. Да вам кого? самого?

— А что, дома они, голубчик? — неопределенно сказала Дарья Александровна, не зная, даже у мужика, как спросить про Анну.

— Должно, дома, — сказал мужик, переступая босыми ногами и
оставляя по пыли ясный след ступни с пятью пальцами. — Должно,
дома, — повторил он, видимо желая разговориться. — Вчера гости еще
приехали. Гостей — страсть... Чего ты? — Он обернулся к кричавшему
ему что-то от телеги парню. — И то! Даве тут проехали все верхами
жнею смотреть. Теперь, должно, дома. А вы чьи будете?..

— Мы дальние, — сказал кучер, взлезая на козлы. — Так недалече?

— Говорю, тут и есть. Как выедешь... — говорил он, перебирая рукой
по крылу коляски.

Молодой, здоровый, коренастый парень подошел тоже.

— Что, работы нет ли насчет уборки? — спросил он.

— Не знаю, голубчик.

— Как, значит, возьмешь влево, так ты и упрешься, — говорил мужик, видимо неохотно отпуская проезжающих и желая поговорить.

Кучер тронул, но только что они заворотили, как мужик закричал:

— Стой! Эй, милой! Постой! — кричали два голоса.

Кучер остановился.

— Сами едут! Вон они! — прокричал мужик. — Вишь, завали-
вают! — проговорил он, указывая на четверых верховых и двух в шарабане,
ехавших по дороге.

Это были Вронский с жокеем, Весловский и Анна верхами и княжна
Варвара с Свияжским в шарабане. Они ездили кататься и смотреть
действие вновь привезенных жатвенных машин.

Когда экипаж остановился, верховые поехали шагом. Впереди ехала
Анна рядом с Весловским. Анна ехала спокойным шагом на невысо-
ком плотном английском кобе со стриженою гривой и коротким
хвостом. Красивая голова ее с выбившимися черными волосами из-

going to jump down, but then changed his mind and shouted peremptorily to a peasant, beckoning him to come up. The breeze, that blew as they drove, dropped when they stopped; gadflies settled on the sweaty horses that angrily tried to shake them off. The metallic clank of a whetstone against a scythe, that came from the cart, ceased. One of the peasants got up and came towards the carriage.

"Well, you are stale!" the clerk shouted angrily to the peasant who was stepping slowly with his bare feet over the ruts of the rough dry road. "Come along, do!"

The curly-headed old man with a strap of bast tied round his hair, and his bent back dark with sweat, came up to the carriage, quickening his steps, and took hold of the mud-guard of the carriage with his sunburnt hand.

"Vozdvizhenskoye, the manor house? the Count's?" he repeated. "Right past that rise. Turn to the left. Straight along the avenue and you'll come right on it. But whom do you want? himself?"

"Well, are they at home, my good man?" Darya Alexandrovna said vaguely, not knowing how to ask about Anna, even of this peasant.

"Should be at home," said the peasant, shifting from one bare foot to the other and leaving a distinct footprint with five toes in the dust. "Should be at home," he repeated, evidently eager to talk. "Yesterday some guests arrived. Loads of guests... What do you want?" He turned to a lad, who was shouting something to him from the cart. "Oh, right! They all rode by here not long since, to look at a reaper. Should be at home by now. And who do you belong to?.."

"We're from far away," said the coachman, climbing onto the box. "So it's not far?"

"I tell you, it's just here. Right past..." he said, touching the mud-guard of the carriage with his hand.

A young, healthy-looking, stocky fellow came up too.

"Say, is there any work at the harvesting?" he asked.

"I don't know, my good man."

"So you turn to the left, and you'll come right on it," said the peasant, evidently unwilling to let the travelers go and eager to converse.

The coachman started, but they were just turning off when the peasant shouted:

"Stop! Hey, friend! Stop!" shouted the two voices.

The coachman stopped.

"They're coming! There they are!" shouted the peasant. "See how they go!" he said, pointing to four people on horseback and two in a char-à-banc, coming along the road.

It was Vronsky with a jockey, Veslovsky and Anna on horseback, and Princess Varvara and Sviyazhsky in the char-à-banc. They had gone for a ride and to look at the working of some newly delivered reapers.

When the carriage stopped, the riders came at a slow pace. Anna rode in front beside Veslovsky. Anna rode quietly on a short, sturdy English cob with a cropped mane and short tail. Her beautiful head with her black hair

под высокой шляпы, ее полные плечи, тонкая талия в черной амазонке и вся спокойная грациозная посадка поразили Долли.

В первую минуту ей показалось неприлично, что Анна ездит верхом.
С представлением о верховой езде для дамы в понятии Дарьи Александровны соединялось представление молодого легкого кокетства,
которое, по ее мнению, не шло к положению Анны; но когда она рассмотрела ее вблизи, она тотчас же примирилась с ее верховою ездой.
Несмотря на элегантность, все было так просто, спокойно и достойно
и в позе, и в одежде, и в движениях Анны, что ничего не могло быть
естественней.

Рядом с Анной на серой разгоряченной кавалерийской лошади,
вытягивая толстые ноги вперед и, очевидно, любуясь собой, ехал
Васенька Весловский в шотландском колпачке с развевающимися
лентами, и Дарья Александровна не могла удержать веселую улыбку,
узнав его. Сзади их ехал Вронский. Под ним была кровная темно-гне-
дая лошадь, очевидно разгорячившаяся на галопе. Он, сдерживая ее,
работал поводом.

За ним ехал маленький человек в жокейском костюме. Свияжский
с княжной в новеньком шарабане на крупном вороном рысаке догоня-
ли верховых.

Лицо Анны в ту минуту, как она в маленькой, прижавшейся в углу
старой коляски фигуре узнала Долли, вдруг просияло радостною
улыбкой. Она вскрикнула, дрогнула на седле и тронула лошадь галопом. Подъехав к коляске, она без помощи соскочила и, поддерживая
амазонку, подбежала навстречу Долли.

— Я так и думала и не смела думать. Вот радость! Ты не можешь
представить себе мою радость! — говорила она, то прижимаясь лицом
к Долли и целуя ее, то отстраняясь и с улыбкой оглядывая ее.

— Вот радость, Алексей! — сказала она, оглянувшись на Вронского,
сошедшего с лошади и подходившего к ним.

Вронский, сняв серую высокую шляпу, подошел к Долли.

— Вы не поверите, как мы рады вашему приезду, — сказал он, придавая особенное значение произносимым словам и улыбкой открывая свои крепкие белые зубы.

Васенька Весловский, не слезая с лошади, снял свою шапочку и,
приветствуя гостью, радостно замахал ей лентами над головой.

— Это княжна Варвара, — отвечала Анна на вопросительный взгляд
Долли, когда подъехал шарабан.

— А! — сказала Дарья Александровна, и лицо ее невольно выразило
неудовольствие.

Княжна Варвара была тетка ее мужа, и она давно знала ее и не
уважала. Она знала, что княжна Варвара всю жизнь свою провела
приживалкой у богатых родственников; но то, что она жила теперь у
Вронского, у чужого ей человека, оскорбило ее за родню мужа. Анна
заметила выражение лица Долли и смутилась, покраснела, выпустила из рук амазонку и споткнулась на нее.

escaping from under her tall hat, her full shoulders, her slender waist in her black riding habit, and all the ease and grace of her deportment impressed Dolly.

For the first minute it seemed to her unbecoming for Anna to be on horseback. The conception of riding on horseback for a lady was, in Darya Alexandrovna's mind, associated with the conception of youthful, light coquetry, which, in her opinion, was unsuitable in Anna's position; but when she saw her closer, she at once became reconciled with her riding. In spite of her elegance, everything was so simple, quiet and dignified in the attitude, the dress and the movements of Anna, that nothing could have been more natural.

Beside Anna, on a heated gray cavalry horse, rode Vasenka Veslovsky in his Scotch cap with flaunting ribbons, his fat legs stretched forward, obviously admiring himself, and Darya Alexandrovna could not suppress a cheerful smile as she recognized him. Behind them rode Vronsky. Under him was a dark bay thoroughbred, obviously heated from galloping. He was holding her in, working the reins.

After him rode a little man in the jockey costume. Sviyazhsky and the Princess in a new char-à-banc with a big raven trotter were overtaking the riders.

Anna's face suddenly beamed with a joyful smile at the moment when in the little figure, huddled in a corner of the old carriage, she recognized Dolly. She uttered a cry, started in the saddle and set her horse into a gallop. On reaching the carriage, she jumped off without assistance, and holding up her riding habit, ran up to meet Dolly.

"I thought so and dared not think it. What a delight! You can't imagine my delight!" she said, at one moment pressing her face against Dolly and kissing her, and at the next holding her off and examining her with a smile.

"What a delight, Alexey!" she said, turning to Vronsky, who had dismounted and was walking towards them.

Vronsky, taking off his gray tall hat, went up to Dolly.

"You won't believe how glad we are that you have come," he said, giving special significance to the words he was saying and showing his strong white teeth in a smile.

Vasenka Veslovsky, without dismounting, took off his cap and greeted the visitor by gleefully waving the ribbons over his head.

"That's Princess Varvara," Anna replied to Dolly's inquiring glance as the char-à-banc drove up.

"Ah!" said Darya Alexandrovna, and involuntarily her face betrayed her dissatisfaction.

Princess Varvara was her husband's aunt, and she had long known her and did not respect her. She knew that Princess Varvara had passed her whole life sponging on her rich relations; but the fact that she was now living at Vronsky's, a man who was a stranger to her, affronted her on account of her husband's kin. Anna noticed the expression on Dolly's face, became embarrassed, blushed, dropped her riding habit and stumbled over it.

Дарья Александровна подошла к остановившемуся шарабану и холодно поздоровалась с княжной Варварой. Свияжский был тоже знакомый. Он спросил, как поживает его чудак-приятель с молодою женой, и, осмотрев беглым взглядом непаристых лошадей и с заплатанными крыльями коляску, предложил дамам ехать в шарабане.

— А я поеду в этом вегикуле, — сказал он. — Лошадь смирная, и княжна отлично правит.

— Нет, оставайтесь как вы были, — сказала подошедшая Анна, — а мы поедем в коляске, — и, взяв под руку Долли, увела ее.

У Дарьи Александровны разбегались глаза на этот элегантный, невиданный ею экипаж, на этих прекрасных лошадей, на эти элегантные блестящие лица, окружавшие ее. Но более всего ее поражала перемена, происшедшая в знакомой и любимой Анне. Другая женщина, менее внимательная, не знавшая Анны прежде и в особенности не думавшая тех мыслей, которые думала Дарья Александровна дорогой, и не заметила бы ничего особенного в Анне. Но теперь Долли была поражена тою временною красотой, которая только в минуты любви бывает на женщинах и которую она застала теперь на лице Анны. Все в ее лице: определенность ямочек щек и подбородка, склад губ, улыбка, которая как бы летала вокруг лица, блеск глаз, грация и быстрота движений, полнота звуков голоса, даже манера, с которою она сердито-ласково ответила Весловскому, спрашивавшему у нее позволения сесть на ее коба, чтобы выучить его галопу с правой ноги, — все было особенно привлекательно, и, казалось, она сама знала это и радовалась этому.

Когда обе женщины сели в коляску, на обеих вдруг нашло смущение. Анна смутилась от того внимательно-вопросительного взгляда, которым смотрела на нее Долли; Долли — оттого, что после слов Свияжского о вегикуле ей невольно стало совестно за грязную старую коляску, в которую села с нею Анна. Кучер Филипп и конторщик испытывали то же чувство. Конторщик, чтобы скрыть свое смущение, суетился, подсаживая дам, но Филипп-кучер сделался мрачен и вперед готовился не подчиниться этому внешнему превосходству. Он иронически улыбнулся, поглядев на вороного рысака и уже решив в своем уме, что этот вороной в шарабане хорош только *на проминаж* и не пройдет сорока верст в жару в одну упряжку.

Мужики все поднялись от телеги и любопытно и весело смотрели на встречу гостьи, делая свои замечания.

— Тоже рады, давно не видались, — сказал курчавый старик, повязанный лычком.

— Вот, дядя Герасим, вороного жеребца бы снопы возить, живо бы!

— Глянь-ка. Энта в портках женщина? — сказал один из них, указывая на садившегося на дамское седло Васеньку Весловского.

— Не, мужик. Вишь, как сигнул ловко!

Darya Alexandrovna went up to the stopped char-à-banc and coldly greeted Princess Varvara. Sviyazhsky too she knew. He asked how his queer friend with the young wife was, and running his eyes over the ill-matched horses and the carriage with its patched mud-guards, proposed to the ladies that they should go in the char-à-banc.

"And I'll go in this vehicle," he said. "The horse is quiet, and the Princess drives capitally."

"No, stay as you were," said Anna, coming up, "and we'll go in the carriage," and taking Dolly by the arm, she drew her away.

Darya Alexandrovna's eyes were fairly dazzled by this elegant carriage of a pattern she had never seen before, these splendid horses and these elegant fine faces surrounding her. But what struck her most of all was the change that had taken place in the familiar and beloved Anna. Any other woman, less attentive, not knowing Anna before and in particular not having thought what Darya Alexandrovna had been thinking on the road, would not have noticed anything special in Anna. But now Dolly was struck by that temporary beauty, which women have only in the moments of love and which she saw now on Anna's face. Everything in her face: the clearness of the dimples on her cheeks and chin, the line of her lips, the smile which, as it were, fluttered about her face, the brilliance of her eyes, the grace and rapidity of her movements, the fullness of the sound of her voice, even the manner in which with angry tenderness she answered Veslovsky when he asked permission to get on her cob, so as to teach it to gallop with the right leg foremost—it was all peculiarly attractive, and it seemed that she herself knew it and rejoiced in it.

When the two women were seated in the carriage, a sudden embarrassment came over both of them. Anna was embarrassed by the intent look of inquiry Dolly fixed upon her; Dolly was embarrassed because after Sviyazhsky's words about "the vehicle," she could not help feeling ashamed of the dirty old carriage in which Anna was sitting with her. The coachman Filipp and the clerk had the same feeling. The clerk, to conceal his embarrassment, fussed about, helping the ladies in, but Filipp the coachman became sullen and was bracing himself in advance not to surrender to this external superiority. He smiled ironically, looking at the raven trotter and already deciding in his mind that this raven one in the char-à-banc was only good *for promenade*, and wouldn't do thirty miles straight off in the heat.

The peasants had all got up from the cart and were inquisitively and mirthfully looking at the visitor's reception, making their comments.

"They're pleased, too; haven't seen each other for a long while," said the curly-headed old man with the bast round his hair.

"I say, Uncle Guerasim, if we could take that raven stallion to cart sheaves, that would be quick work!"

"Look-ee. Is that a woman in breeches?" said one of them, pointing to Vasenka Veslovsky, who was getting into the side-saddle.

"Nay, a man. See how deftly he jumped!"

— Что, ребята, спать, видно, не будем?

— Какой сон нынче! — сказал старик, искосясь поглядев на солнце. — Полдни, смотри, прошли! Бери крюки, заходи!

XVIII

Анна смотрела на худое, измученное, с засыпавшеюся в морщинки пылью лицо Долли и хотела сказать то, что она думала, — именно, что Долли похудела; но вспомнив, что она сама похорошела и что взгляд Долли сказал ей это, она вздохнула и заговорила о себе.

— Ты смотришь на меня, — сказала она, — и думаешь, могу ли я быть счастлива в моем положении? Ну, и что ж! Стыдно признаться; но я... я непростительно счастлива. Со мной случилось что-то волшебное, как сон, когда сделается страшно, жутко, и вдруг проснешься и чувствуешь, что всех этих страхов нет. Я проснулась. Я пережила мучительное, страшное и теперь уже давно, особенно с тех пор, как мы здесь, так счастлива!.. — сказала она, с робкою улыбкой вопроса глядя на Долли.

— Как я рада! — улыбаясь, сказала Долли, невольно холоднее, чем она хотела. — Я очень рада за тебя. Отчего ты не писала мне?

— Отчего?.. Оттого, что я не смела... ты забываешь мое положение...

— Мне? Не смела? Если бы ты знала, как я... Я считаю...

Дарья Александровна хотела сказать свои мысли нынешнего утра, но почему-то ей теперь это показалось не у места.

— Впрочем, об этом после. Это что же эти все строения? — спросила она, желая переменить разговор и указывая на красные и зеленые крыши, видневшиеся из-за зелени живых изгородей акации и сирени. — Точно городок.

Но Анна не отвечала ей.

— Нет, нет! Что же ты считаешь о моем положении, что ты думаешь, что? — спросила она.

— Я полагаю... — начала было Дарья Александровна, но в это время Васенька Весловский, наладив коба на галоп с правой ноги, грузно шлепаясь в своей коротенькой жакетке о замшу дамского седла, прогалопировал мимо них.

— Идет, Анна Аркадьевна! — прокричал он.

Анна даже и не взглянула на него; но опять Дарье Александровне показалось, что в коляске неудобно начинать этот длинный разговор, и потому она сократила свою мысль.

— Я ничего не считаю, — сказала она, — а всегда любила тебя, а если любишь, то любишь всего человека, какой он есть, а не каким я хочу, чтоб он был.

Анна, отведя глаза от лица друга и сощурившись (это была новая привычка, которой не знала за ней Долли), задумалась, желая вполне понять значение этих слов. И, очевидно, поняв их так, как хотела, она взглянула на Долли.

"Well, lads, seems we're not going to sleep, then?"

"What chance of sleep today!" said the old man, with a sidelong look at the sun. "Midday's past, look-ee! Get your hooks and come along!"

XVIII

Anna looked at Dolly's thin, worn face, with its wrinkles filled with dust, and wanted to say what she was thinking, that is, that Dolly had got thinner; but remembering that she herself had grown prettier and that Dolly's eyes told her so, she sighed and began to speak about herself.

"You are looking at me," she said, "and wondering whether I can be happy in my position? Well, so what! It's shameful to confess, but I... I'm inexcusably happy. Something magical has happened to me, like a dream, when you're frightened, dismal, and all of a sudden you wake up and feel that all those fears are no more. I have woken up. I have lived through the misery, the fear, and now for a long while past, especially since we've been here, I've been so happy!.." she said, with a timid smile of inquiry looking at Dolly.

"How glad I am!" said Dolly smiling, involuntarily speaking more coldly than she wanted to. "I'm very glad for you. Why haven't you written to me?"

"Why?.. Because I haven't dared... you forget my position..."

"To me? You haven't dared? If you knew how I... I look at..."

Darya Alexandrovna wanted to express her thoughts of the morning, but for some reason it seemed to her now out of place.

"However, of that later. What are all these buildings?" she asked, wanting to change the subject and pointing to the red and green roofs visible through the green hedges of acacia and lilac. "Like a little town."

But Anna did not answer.

"No, no! How do you look at my position, what do you think, what?" she asked.

"I believe..." Darya Alexandrovna began, but at that moment Vasenka Veslovsky, having brought the cob to gallop with the right leg foremost, galloped past them, bumping heavily up and down in his short jacket on the chamois leather of the side-saddle.

"He's doing it, Anna Arkadyevna!" he shouted.

Anna did not even glance at him; but again it seemed to Darya Alexandrovna out of place to begin this long conversation in the carriage, and so she cut short her thought.

"I don't think anything," she said, "but I always loved you, and if one loves anyone, one loves the whole person, just as they are, and not as I would like them to be."

Anna, taking her eyes off her friend's face and narrowing her eyelids (this was a new habit Dolly had not known in her), pondered, wishing to understand the full significance of these words. And obviously understanding them as she wished, she glanced at Dolly.

— Если у тебя есть грехи, — сказала она, — они все простились бы тебе за твой приезд и эти слова.

И Долли видела, что слезы выступили ей на глаза. Она молча пожала руку Анны.

— Так что ж эти строения? Как их много! — после минуты молчания повторила она свой вопрос.

— Это дома служащих, завод, конюшни, — отвечала Анна. — А это парк начинается. Все это было запущено, но Алексей все возобновил. Он очень любит это именье, и, чего я никак не ожидала, он страстно увлекся хозяйством. Впрочем, это такая богатая натура! За что ни возьмется, он все делает отлично. Он не только не скучает, но он со страстью занимается. Он — каким я его знаю, — он сделался расчетливый, прекрасный хозяин, он даже скуп в хозяйстве. Но только в хозяйстве. Там, где дело идет о десятках тысяч, он не считает, — говорила она с тою радостно-хитрою улыбкой, с которою часто говорят женщины о тайных, ими одними открытых свойствах любимого человека. — Вот видишь это большое строение? Это новая больница. Я думаю, что это будет стоить больше ста тысяч. Это его dada[1] теперь. И знаешь, отчего это взялось? Мужики у него просили уступить им дешевле луга, кажется, и он отказал, и я упрекнула его в скупости. Разумеется, не от этого, но все вместе, — он начал эту больницу, чтобы показать, понимаешь, как он не скуп. Если хочешь, c'est une petitesse[2], но я еще больше его люблю за это. А вот сейчас ты увидишь дом. Это еще дедовский дом, и он ничего не изменен снаружи.

— Как хорош! — сказала Долли, с невольным удивлением глядя на прекрасный с колоннами дом, выступающий из разноцветной зелени старых деревьев сада.

— Не правда ли, хорош? И из дома, сверху, вид удивительный.

Они въехали в усыпанный щебнем и убранный цветником двор, на котором два работника обкладывали взрыхленную цветочную клумбу необделанными ноздреватыми камнями, и остановились в крытом подъезде.

— А, они уже приехали! — сказала Анна, глядя на верховых лошадей, которых только что отводили от крыльца. — Не правда ли, хороша эта лошадь? Это коб. Моя любимая. Подведи ее сюда, и дайте сахару. Граф где? — спросила она у выскочивших двух парадных лакеев. — А, вот и он! — сказала она, увидев выходившего навстречу ей Вронского с Весловским.

— Где вы поместите княгиню? — сказал Вронский по-французски, обращаясь к Анне, и, не дождавшись ответа, еще раз поздоровался с Дарьей Александровной и теперь поцеловал ее руку. — Я думаю, в большой балконной.

— О нет, это далеко! Лучше в угловой, мы больше будем видеться. Ну, пойдем, — сказала Анна, давшая вынесенный ей лакеем сахар любимой лошади.

---

[1] конек (франц.).

[2] это мелочь (франц.).

"If you have any sins," she said, "they would all be forgiven you for your coming and these words."

And Dolly saw that tears appeared in her eyes. She pressed Anna's hand in silence.

"Well, what are these buildings? How many there are of them!" After a minute's silence she repeated her question.

"These are the workers' houses, the stud farm, the stables," answered Anna. "And here the park begins. It was all neglected, but Alexey had everything renewed. He is very fond of this estate and, what I never expected, he has become ardently interested in farming. But his is such a rich nature! Whatever he takes up, he does splendidly. He is not only not bored, but he works ardently. He—with his temperament as I know it—he has become a prudent, splendid manager, he is even miserly in his management. But only in his management. When it's a question of tens of thousands, he doesn't count," she said with that gleefully sly smile with which women often talk of the secret characteristics of a beloved man, discovered only by them. "Do you see that big building? That's a new hospital. I believe it will cost over a hundred thousand. That's his dada[1] now. And do you know how it came about? The peasants asked him for some meadows, I think, at a cheaper rate, and he refused, and I rebuked him for being miserly. Of course it was not really because of that, but everything together, he began this hospital to show, you see, that he was not miserly. C'est une petitesse[2], if you like, but I love him all the more for it. And now you'll see the house. It was his grandfather's house, and nothing has been changed outside."

"How fine!" said Dolly, looking with involuntary amazement at the splendid house with columns, standing out from the different-colored greens of the old trees in the garden.

"Isn't it fine? And from the house, from the top, the view is wonderful."

They drove into a courtyard strewn with gravel and adorned with flowers, in which two laborers were putting coarse spongy stones around the light mould of a flower bed, and stopped in a covered entry.

"Ah, they're here already!" said Anna, looking at the saddle horses, which were just being led away from the steps. "It is a nice horse, isn't it? It's a cob. My favorite. Lead him here and bring me some sugar. Where is the Count?" she asked of two liveried footmen who darted out. "Ah, here he is!" she said, seeing Vronsky and Veslovsky coming to meet her.

"Where are you going to put the Princess?" said Vronsky in French, addressing Anna, and without waiting for a reply, he once more greeted Darya Alexandrovna and this time kissed her hand. "I think the big balcony room."

"Oh, no, that's too far away! Better in the corner room, we shall see each other more. Well, let's go," said Anna, giving her favorite horse the sugar the footman had brought her.

[1] hobbyhorse (French).
[2] it's a trifle (French).

— Et vous oubliez votre devoir[1], — сказала она вышедшему тоже на крыльцо Весловскому.

— Pardon, j'en ai tout plein les poches[2], — улыбаясь, отвечал он, опуская пальцы в жилетный карман.

— Mais vous venez trop tard[3], — сказала она, обтирая платком руку, которую ей намочила лошадь, бравшая сахар. Анна обратилась к Долли: — Ты надолго ли? На один день? Это невозможно!

— Я так обещала, и дети... — сказала Долли, чувствуя себя смущенною и оттого, что ей надо было взять мешочек из коляски, и оттого, что она знала, что лицо ее должно быть очень запылено.

— Нет, Долли, душенька... Ну, увидим. Пойдем, пойдем! — и Анна повела Долли в ее комнату.

Комната эта была не та парадная, которую предлагал Вронский, а такая, за которую Анна сказала, что Долли извинит ее. И эта комната, за которую надо было извинять, была преисполнена роскоши, в какой никогда не жила Долли и которая напомнила ей лучшие гостиницы за границей.

— Ну, душенька, как я счастлива! — на минутку присев в своей амазонке подле Долли, сказала Анна. — Расскажи же мне про своих. Стиву я видела мельком. Но он и не может рассказать про детей. Что моя любимица Таня? Большая девочка, я думаю?

— Да, очень большая, — коротко отвечала Дарья Александровна, сама удивляясь, что она так холодно отвечает о своих детях. — Мы прекрасно живем у Левиных, — прибавила она.

— Вот если бы я знала, — сказала Анна,— что ты меня не презираешь... Вы бы все приехали к нам. Ведь Стива старый и большой друг с Алексеем, — прибавила она и вдруг покраснела.

— Да, но мы так хорошо... — смутясь, отвечала Долли.

— Да впрочем, это я от радости говорю глупости. Одно, душенька, как я тебе рада! — сказала Анна, опять целуя ее. — Ты мне еще не сказала, как и что ты думаешь обо мне, а я все хочу знать. Но я рада, что ты меня увидишь, какая я есть. Мне, главное, не хотелось бы, чтобы думали, что я что-нибудь хочу доказать. Я ничего не хочу доказывать, я просто хочу жить; никому не делать зла, кроме себя. Это я имею право, не правда ли? Впрочем, это длинный разговор, и мы еще обо всем хорошо переговорим. Теперь пойду одеваться, а тебе пришлю девушку.

XIX

Оставшись одна, Дарья Александровна взглядом хозяйки осмотрела свою комнату. Все, что она видела, подъезжая к дому и проходя через него, и теперь в своей комнате, все производило в ней впечатление изобилия и щегольства и той новой европейской роскоши, про которые она читала только в английских романах, но ни-

---

[1] А вы забываете вашу обязанность. (*франц.*)
[2] Простите, у меня его полные карманы. (*франц.*)
[3] Но вы являетесь слишком поздно. (*франц.*)

"Et vous oubliez votre devoir[1]," she said to Veslovsky, who also came out on the steps.

"Pardon, j'en ai tout plein les poches[2]," he answered, smiling and putting his fingers in his waistcoat pocket.

"Mais vous venez trop tard[3]," she said, wiping with a handkerchief her hand, which the horse had wetted while taking the sugar. Anna turned to Dolly: "How long are you going to stay? One day? That's impossible!"

"I have promised so, and the children..." said Dolly, feeling embarrassed both because she had to get her bag out of the carriage, and because she knew that her face must be quite covered with dust.

"No, Dolly, darling... Well, we'll see. Come along, come along!" and Anna led Dolly to her room.

This room was not the grand one Vronsky had suggested, but the one for which Anna had said that Dolly must excuse her. And this room, for which excuse was needed, was full of such luxury in which Dolly had never lived and which reminded her of the best hotels abroad.

"Well, darling, how happy I am!" Anna said, sitting down in her riding habit for a moment beside Dolly. "Tell me about all of you. Stiva I had only a glimpse of. But he can't tell about the children. How is my favorite, Tanya? A big girl, I expect?"

"Yes, very big," Darya Alexandrovna responded shortly, surprised herself that she should respond so coolly about her children. "We are having a splendid stay at the Levins'," she added.

"If only I had known," said Anna, "that you don't despise me... You might have all come to us. Stiva is an old and great friend of Alexey's," she added and suddenly blushed.

"Yes, but we are so well..." Dolly answered in embarrassment.

"But in my delight I'm talking nonsense. The one thing, darling, is that I am so glad to have you!" said Anna, kissing her again. "You haven't told me yet how and what you think about me, and I want to know everything. But I'm glad you will see me as I am. Above all, I wouldn't want people to imagine that I want to prove anything. I don't want to prove anything, I merely want to live; to do no one harm but myself. I have that right, haven't I? But it is a long conversation, and we'll talk over everything properly later. Now I'll go and dress and send a maid to you."

XIX

Left alone, Darya Alexandrovna, with a housewife's eye, inspected her room. All she had seen while approaching the house and walking through it, and now in her room, gave her an impression of exuberance and foppery and of that modern European luxury of which she had only read in English

---

[1] And you are forgetting your duty. *(French)*
[2] Pardon me, my pockets are full. *(French)*
[3] But you come too late. *(French)*

когда не видала еще в России и в деревне. Все было ново, начиная от французских новых обой до ковра, которым была обтянута вся комната. Постель была пружинная с матрасиком и с особенным изголовьем и канаусовыми наволочками на маленьких подушках. Мраморный умывальник, туалет, кушетка, столы, бронзовые часы на камине, гардины и портьеры — все это было дорогое и новое.

Пришедшая предложить свои услуги франтиха-горничная, в прическе и платье моднее, чем у Долли, была такая же новая и дорогая, как и вся комната. Дарье Александровне были приятны ее учтивость, опрятность и услужливость, но было неловко с ней; было совестно пред ней за свою, как на беду, по ошибке уложенную ей заплатанную кофточку. Ей стыдно было за те самые заплатки и заштопанные места, которыми она так гордилась дома. Дома было ясно, что на шесть кофточек нужно было двадцать четыре аршина нансуку по шестьдесят пять копеек, что составляло больше пятнадцати рублей кроме отделки и работы, и эти пятнадцать рублей были выгаданы. Но пред горничной было не то что стыдно, а неловко.

Дарья Александровна почувствовала большое облегчение, когда в комнату вошла давнишняя ее знакомая, Аннушка. Франтиха-горничная требовалась к барыне, и Аннушка осталась с Дарьей Александровной.

Аннушка была, очевидно, очень рада приезду барыни и без умолку разговаривала. Долли заметила, что ей хотелось высказать свое мнение насчет положения барыни, в особенности насчет любви и преданности графа к Анне Аркадьевне, но Долли старательно останавливала ее, как только та начинала говорить об этом.

— Я с Анной Аркадьевной выросла, они мне дороже всего. Что ж, не нам судить. А уж так, кажется, любить...

— Так, пожалуйста, отдай вымыть, если можно, — перебивала ее Дарья Александровна.

— Слушаю-с. У нас на постирушечки две женщины приставлены особо, а белье все машиной. Граф сами до всего доходят. Уж какой муж...

Долли была рада, когда Анна вошла к ней и своим приходом прекратила болтовню Аннушки.

Анна переоделась в очень простое батистовое платье. Долли внимательно осмотрела это простое платье. Она знала, что значит и за какие деньги приобретается эта простота.

— Старая знакомая, — сказала Анна на Аннушку.

Анна теперь уже не смущалась. Она была совершенно свободна и спокойна. Долли видела, что она теперь вполне уже оправилась от того впечатления, которое произвел на нее приезд, и взяла на себя тот поверхностный, равнодушный тон, при котором как будто дверь в тот отдел, где находились ее чувства и задушевные мысли, была заперта.

— Ну, а что твоя девочка, Анна? — спросила Долли.

— Ани? (Так звала она дочь свою Анну.) Здорова. Очень поправилась. Ты хочешь видеть ее? Пойдем, я тебе покажу ее. Ужасно много было

novels, but had never seen in Russia and in the country. Everything was new, from the new French wallpaper to the carpet which covered the whole floor. The bed had a spring mattress and a special sort of bolster and silk pillowcases on the little pillows. The marble washstand, the dressing table, the couch, the tables, the bronze clock on the mantelpiece, the curtains and the portières were all expensive and new.

The smart maid, who came in to offer her services, with her hairdo and dress more fashionable than Dolly's, was as new and expensive as the whole room. Darya Alexandrovna liked her neatness, her deferential and obliging manners, but she felt ill at ease with her; she felt ashamed before her for the patched blouse that had unluckily been packed by mistake for her. She was ashamed of the very patches and darned places of which she had been so proud at home. At home it had been clear that for six blouses there would be needed twenty-four arshins of nainsook at sixty-five kopecks an arshin, which would come to more than fifteen rubles, besides the trimmings and the work, and these fifteen rubles had been saved. But before this maid she felt not exactly ashamed but ill at ease.

Darya Alexandrovna had a great sense of relief when Annushka, whom she had known a long time, walked into the room. The smart maid was needed by her mistress, and Annushka remained with Darya Alexandrovna.

Annushka was obviously much pleased at the lady's arrival and talked without a pause. Dolly noticed that she wanted to express her opinion in regard to her mistress's situation, especially in regard to the love and devotion of the Count to Anna Arkadyevna, but Dolly carefully interrupted her whenever she began to speak about it.

"I grew up with Anna Arkadyevna; my lady's dearer to me than anything. Well, it's not for us to judge. And, I think, to love like that..."

"So please give this to be washed if possible," Darya Alexandrovna interrupted her.

"Very well, ma'am. We've two women kept specially for washing small things, but all the linen's done by machine. The Count goes into everything himself. What a husband..."

Dolly was glad when Anna came in and by her arrival put an end to Annushka's chatter.

Anna had changed into a very simple lawn dress. Dolly scrutinized this simple dress attentively. She knew what such simplicity meant and at what price it was obtained.

"An old acquaintance," said Anna of Annushka.

Anna was no longer embarrassed. She was perfectly composed and at ease. Dolly saw that she had now completely recovered from the impression her arrival had made on her, and had assumed that superficial, indifferent tone which, as it were, closed the door to that compartment in which her feelings and intimate thoughts were kept.

"Well, Anna, and how is your little girl?" asked Dolly.

"Annie?" (So she called her daughter Anna.) "Very well. She has gained a lot of weight. Would you like to see her? Come, I'll show her to you. We had

хлопот, — начала она рассказывать, — с нянями. У нас итальянка была кормилицей. Хорошая, но так глупа! Мы ее хотели отправить, но девочка так привыкла к ней, что все еще держим.

— Но как же вы устроились?.. — начала было Долли вопрос о том, какое имя будет носить девочка; но, заметив вдруг нахмурившееся лицо Анны, она переменила смысл вопроса. — Как же вы устроили? отняли ее уже?

Но Анна поняла.

— Ты не то хотела спросить? Ты хотела спросить про ее имя? Правда? Это мучает Алексея. У ней нет имени. То есть она Каренина, — сказала Анна, сощурив глаза так, что только видны были сошедшиеся ресницы. — Впрочем, — вдруг просветлев лицом, — об этом мы всё переговорим после. Пойдем, я тебе покажу ее. Elle est très gentille[1]. Она ползает уже.

В детской роскошь, которая во всем доме поражала Дарью Александровну, еще больнее поразила ее. Тут были и тележечки, выписанные из Англии, и инструменты для обучения ходить, и нарочно устроенный диван вроде бильярда, для ползания, и качалки, и ванны особенные, новые. Все это было английское, прочное и добротное и, очевидно, очень дорогое. Комната была большая, очень высокая и светлая.

Когда они вошли, девочка в одной рубашечке сидела в креслице у стола и обедала бульоном, которым она облила себе всю грудку. Девочку кормила и, очевидно, с ней вместе сама ела девушка русская, прислуживавшая в детской. Ни кормилицы, ни няни не было; они были в соседней комнате, и оттуда слышался их говор на странном французском языке, на котором они только и могли между собой изъясняться.

Услыхав голос Анны, нарядная, высокая, с неприятным лицом и нечистым выражением англичанка, поспешно потряхивая белокурыми буклями, вошла в дверь и тотчас же начала оправдываться, хотя Анна ни в чем не обвиняла ее. На каждое слово Анны англичанка поспешно несколько раз приговаривала: “Yes, my lady”.

Чернобровая, черноволосая, румяная девочка, с крепеньким, обтянутым куриною кожей, красным тельцем, несмотря на суровое выражение, с которым она посмотрела на новое лицо, очень понравилась Дарье Александровне; она даже позавидовала ее здоровому виду. То, как ползала эта девочка, тоже очень понравилось ей. Ни один из ее детей так не ползал. Эта девочка, когда ее посадили на ковер и подоткнули сзади платьице, была удивительно мила. Она, как зверек, оглядываясь на больших своими блестящими черными глазами, очевидно радуясь тому, что ею любуются, улыбаясь и боком держа ноги, энергически упиралась на руки и быстро подтягивала весь задок и опять вперед перехватывала ручонками.

Но общий дух детской и в особенности англичанка очень не понравились Дарье Александровне. Только тем, что в такую неправильную семью, как Аннина, не пошла бы хорошая, Дарья Александровна и

---

[1] Она очень мила. (франц.)

a terrible bother," she began telling her, "over nurses. We had an Italian wet nurse. Good, but so stupid! We wanted to get rid of her, but the girl is so used to her that we still keep her."

"But how have you managed?.." Dolly began a question as to what name the girl would have; but noticing a sudden frown on Anna's face, she changed the drift of her question. "How did you manage? have you weaned her yet?"

But Anna understood.

"You didn't mean to ask that? You meant to ask about her name? Yes? That tortures Alexey. She has no name. That is, she's Karenina," said Anna, narrowing her eyelids till nothing could be seen but the eyelashes meeting. "But we'll talk about all that later," her face suddenly brightening. "Come, I'll show her to you. Elle est très gentille[1]. She crawls already."

In the nursery the luxury, which had struck Darya Alexandrovna in the whole house, struck her still more painfully. There were little prams ordered from England, and appliances for learning to walk, and a purposely constructed sofa, like a billiard table, for crawling, and rocking chairs and special modern baths. They were all English, solid and of good quality, and obviously very expensive. The room was large, very lofty and light.

When they went in, the girl, with nothing on but her little nightie, was sitting in a little armchair at the table, having her dinner of broth, which she spilled all over her little chest. The girl was being fed by a Russian nursery maid who was evidently sharing her meal. Neither the wet nurse nor the nanny was there; they were in the next room, from which came the sound of their conversation in the queer French which was their only means of communication.

Hearing Anna's voice, a smart, tall, English nanny with a disagreeable face and an impure expression walked in through the door, hurriedly shaking her fair curls, and immediately began to defend herself, though Anna had not accused her of anything. At every word Anna said, the English nanny said hurriedly several times: "Yes, my lady."

The rosy girl with her black eyebrows and black hair, her sturdy red little body with tight goose-flesh skin, delighted Darya Alexandrovna in spite of the severe expression with which she looked at the new face; she even envied her healthy appearance. She was delighted, too, at the girl's crawling. Not one of her own children had crawled like that. When the girl was put on the carpet and her little dress tucked up behind, she was wonderfully charming. Looking at the grown-ups like some little wild animal with her shining black eyes, she smiled, evidently pleased at their admiring her, and holding her legs sideways, she leaned vigorously on her arms and rapidly drew her whole back up, and then made another step forward with her little arms.

But the general spirit of the nursery, and especially the English nanny, Darya Alexandrovna did not like at all. It was only on the supposition that no good nanny would have entered so irregular a household as Anna's that

[1] She is very sweet. *(French)*

объяснила себе то, что Анна, с своим знанием людей, могла взять к своей девочке такую несимпатичную, нереспектабельную англичанку. Кроме того, тотчас же по нескольким словам Дарья Александровна поняла, что Анна, кормилица, нянька и ребенок не сжились вместе и что посещение матерью было дело необычное. Анна хотела достать девочке ее игрушку и не могла найти ее.

Удивительнее же всего было то, что на вопрос о том, сколько у ней зубов, Анна ошиблась и совсем не знала про два последние зуба.

— Мне иногда тяжело, что я как лишняя здесь, — сказала Анна, выходя из детской и занося свой шлейф, чтобы миновать стоявшие у двери игрушки. — Не то было с первым.

— Я думала, напротив, — робко сказала Дарья Александровна.

— О нет! Ведь ты знаешь, я его видела, Сережу, — сказала Анна, сощурившись, точно вглядываясь во что-то далекое. — Впрочем, это мы переговорим после. Ты не поверишь, я как голодный, которому вдруг поставили полный обед, и он не знает, за что взяться. Полный обед — это ты и предстоящие мне разговоры с тобой, которых я ни с кем не могла иметь, и я не знаю, за какой разговор прежде взяться. Mais je ne vous ferai grâce de rien[1]. Мне все надо высказать. Да, надо тебе сделать очерк того общества, которое ты найдешь у нас, — начала она. — Начинаю с дам. Княжна Варвара. Ты знаешь ее, и я знаю твое мнение и Стивы о ней. Стива говорит, что вся цель ее жизни состоит в том, чтобы доказать свое преимущество над тетушкой Катериной Павловной; это все правда; но она добрая, и я ей так благодарна. В Петербурге была минута, когда мне был необходим un chaperon[2]. Тут она подвернулась. Но, право, она добрая. Она много мне облегчила мое положение. Я вижу, что ты не понимаешь всей тяжести моего положения... там, в Петербурге, — прибавила она. — Здесь я совершенно спокойна и счастлива. Ну, да это после. Надо перечислить. Потом Свияжский, — он предводитель, и он очень порядочный человек, но ему что-то нужно от Алексея. Ты понимаешь, с его состоянием, теперь, как мы поселились в деревне, Алексей может иметь большое влияние. Потом Тушкевич, — ты его видела, он был при Бетси. Теперь его отставили, и он приехал к нам. Он, как Алексей говорит, один из тех людей, которые очень приятны, если их принимать за то, чем они хотят казаться, et puis, comme il faut[3], как говорит княжна Варвара. Потом Весловский... этого ты знаешь. Очень милый мальчик, — сказала она, и плутовская улыбка сморщила ее губы. — Что это за дикая история с Левиным? Весловский рассказывал Алексею, и мы не верим. Il est très gentil et naïf[4], — сказала она опять с тою же улыбкой. — Мужчинам нужно развлечение, и Алексею нужна публика, поэтому я дорожу всем этим обществом. Надо, чтоб у нас было оживленно и весело и чтоб Алексей не желал ничего нового. Потом управляющий, немец, очень хороший и знает свое дело. Алексей очень ценит его. Потом доктор, молодой

[1] Но я тебя нисколько не пощажу (*франц.*).
[2] компаньонка (*франц.*).
[3] и потом, он порядочен (*франц.*).
[4] Он очень мил и простодушен (*франц.*).

Darya Alexandrovna could explain to herself how Anna, with her knowledge of people, could take such an unsympathetic, disrespectable English nanny to her girl. Besides, from a few words, Darya Alexandrovna saw at once that Anna, the wet nurse, the nanny and the baby were not getting along together, and that the mother's visit was something exceptional. Anna wanted to get the girl her toy and could not find it.

Most amazing of all was the fact that on being asked how many teeth the baby had, Anna was mistaken and knew nothing about the two latest teeth.

"Sometimes it's hard for me to feel that I seem superfluous here," said Anna, going out of the nursery and holding up her train so as to avoid the toys standing at the door. "It was different with my first."

"I thought the opposite," said Darya Alexandrovna shyly.

"Oh, no! You know, I saw him, Seryozha," said Anna, narrowing her eyelids, as if looking at something far away. "But we'll talk about that later. You wouldn't believe it, I'm like a hungry man when a full dinner is suddenly set before him, and he does not know what to begin on first. The full dinner is you and the conversations I am going to have with you, which I could not have with anyone else; and I don't know which conversation to begin on first. Mais je ne vous ferai grâce de rien[1]. I must have everything out. Ah, I ought to give you a sketch of the company you will find here," she began. "I begin with the ladies. Princess Varvara. You know her, and I know your opinion and Stiva's about her. Stiva says the whole aim of her life is to prove her superiority over Auntie Katerina Pavlovna; that's all true; but she's kind, and I am so grateful to her. In Petersburg there was a moment when a chaperon was absolutely essential for me. Then she turned up. But really she is kind. She did a great deal to alleviate my position. I see you don't understand all the difficulty of my position... there, in Petersburg," she added. "Here I'm perfectly at ease and happy. Well, of that later. I must list them all. Then Sviyazhsky—he's the marshal of nobility of the district, and he's a very decent man, but he wants something from Alexey. You see, with his fortune, now that we are settled in the country, Alexey can exercise great influence. Then there's Tushkevich—you have seen him, Betsy's admirer. Now he's been dismissed and he's come to us. As Alexey says, he's one of those people who are very pleasant if one accepts them for what they try to appear, et puis, comme il faut[2], as Princess Varvara says. Then Veslovsky... you know that one. A very nice boy," she said, and a sly smile curved her lips. "What's this wild story with Levin? Veslovsky told Alexey, and we don't believe it. Il est très gentil et naïf[3]," she said again with the same smile. "Men need amusement, and Alexey needs an audience, so I value all this company. We have to have the house lively and gay, so that Alexey may not long for anything new. Then the steward, a German, very good and knows his work. Alexey values him highly. Then the doctor, a

---

[1] But I will not excuse you from anything *(French)*.
[2] And besides, he is proper *(French)*.
[3] He is very nice and naïve *(French)*.

человек, не то что совсем нигилист, но, знаешь, ест ножом... но очень хороший доктор. Потом архитектор... Une petite cour[1].

XX

— Ну вот вам и Долли, княжна, вы так хотели ее видеть, — сказала Анна, вместе с Дарьей Александровной выходя на большую каменную террасу, на которой в тени, за пяльцами, вышивая кресло для графа Алексея Кирилловича, сидела княжна Варвара. — Она говорит, что ничего не хочет до обеда, но вы велите подать завтракать, а я пойду сыщу Алексея и приведу их всех.

Княжна Варвара ласково и несколько покровительственно приняла Долли и тотчас же начала объяснять ей, что она поселилась у Анны потому, что всегда любила ее больше, чем ее сестра, Катерина Павловна, та самая, которая воспитывала Анну, и что теперь, когда все бросили Анну, она считала своим долгом помочь ей в этот переходный, самый тяжелый период.

— Муж даст ей развод, и тогда я опять уеду в свое уединение, а теперь я могу быть полезна и исполняю свой долг, как мне это ни тяжело, не так, как другие. И как ты мила, как хорошо сделала, что приехала! Они живут совершенно как самые лучшие супруги; их будет судить Бог, а не мы. А разве Бирюзовский и Авеньева... А сам Никандров, а Васильев с Мамоновой, а Лиза Нептунова... Ведь никто же ничего не говорил? И кончилось тем, что все их принимали. И потом, c'est un intérieur si joli, si comme il faut. Tout-à-fait à l'anglaise. On se réunit le matin au breakfast et puis on se sépare[2]. Всякий делает что хочет до обеда. Обед в семь часов. Стива очень хорошо сделал, что прислал тебя. Ему надо держаться их. Ты знаешь, он через свою мать и брата все может сделать. Потом они делают много добра. Он не говорил тебе про свою больницу? Ce sera admirable[3], — все из Парижа.

Разговор их был прерван Анной, нашедшею общество мужчин в бильярдной и с ними вместе возвращавшеюся на террасу. До обеда еще оставалось много времени, погода была прекрасная, и потому было предложено несколько различных способов провести эти остающиеся два часа. Способов проводить время было очень много в Воздвиженском, и все были не те, какие употреблялись в Покровском.

— Une partie de lawn tennis[4], — улыбаясь своею красивою улыбкой, предложил Весловский. — Мы опять с вами, Анна Аркадьевна.

— Нет, жарко; лучше пройти по саду и в лодке прокатиться, показать Дарье Александровне берега, — предложил Вронский.

— Я на все согласен, — сказал Свияжский.

— Я думаю, что Долли приятнее всего пройтись, не правда ли? А потом уже в лодке, — сказала Анна.

---

[1] Маленький двор (франц.).
[2] Это такой милый и порядочный дом. Совсем по-английски. Сходятся утром за завтраком и потом расходятся (франц.).
[3] Это будет восхитительно (франц.).
[4] Партию в теннис (франц.).

young man, not quite a nihilist, but, you know, eats with his knife... but a very good doctor. Then the architect... Une petite cour[1]."

XX

"Here's Dolly for you, Princess, you were so anxious to see her," said Anna, coming out with Darya Alexandrovna onto the big stone terrace where Princess Varvara was sitting in the shade at an embroidery frame, working at a cover for Count Alexey Kirillovich's armchair. "She says she doesn't want anything before dinner, but you order some lunch, and I'll go and find Alexey and bring them all here."

Princess Varvara gave Dolly a kind and rather patronizing reception, and began at once explaining to her that she was living with Anna because she had always loved her more than had her sister Katerina Pavlovna, the one that had brought Anna up, and that now, when everyone had abandoned Anna, she thought it her duty to help her in this most difficult period of transition.

"Her husband will give her a divorce, and then I shall go back to my solitude; but now I can be of use, and I am doing my duty, however difficult it may be for me—not like some other people. And how sweet it is of you, how good of you to have come! They live like the best of married couples; it's for God to judge them, not for us. And didn't Biryuzovsky and Avenieva... And Nikandrov himself, and Vassiliev and Mamonova, and Liza Neptunova... Did anyone say anything? And it ended by their being received by everyone. And then, c'est un intérieur si joli, si comme il faut. Tout-à-fait à l'anglaise. On se réunit le matin au breakfast et puis on se sépare[2]. Everyone does as he pleases till dinner. Dinner is at seven. Stiva did very well to send you. He should stick by them. You know, through his mother and brother he can do anything. And then they do so much good. He didn't tell you about his hospital? Ce sera admirable[3]—everything from Paris."

Their conversation was interrupted by Anna, who had found the men in the billiard room and returned with them to the terrace. There was still a long time before the dinner, it was exquisite weather, and so several different ways of spending the remaining two hours were proposed. There were very many ways of passing the time at Vozdvizhenskoye, and these were all unlike those in use at Pokrovskoye.

"Une partie de lawn tennis[4]," Veslovsky proposed, smiling his handsome smile. "We'll be partners again, Anna Arkadyevna."

"No, it's too hot; better to stroll about the garden and have a row in the boat, show Darya Alexandrovna the banks," Vronsky proposed.

"I agree to anything," said Sviyazhsky.

"I think Dolly would like most to take a stroll— wouldn't you? And then the boat," said Anna.

---

[1] A miniature court *(French)*.
[2] It is such a lovely household, in such a good taste. Totally in English style. We gather in the morning for breakfast and then each goes his own way *(French)*.
[3] It will be admirable *(French)*.
[4] A game of lawn tennis *(French)*.

Так и было решено. Весловский и Тушкевич пошли в купальню и там обещали приготовить лодку и подождать.

Двумя парами пошли по дорожке, Анна с Свияжским, Долли с Вронским. Долли была несколько смущена и озабочена тою совершенно новою для нее средой, в которой она очутилась. Отвлеченно, теоретически, она не только оправдывала, но даже одобряла поступок Анны. Как вообще нередко безукоризненно нравственные женщины, уставшие от однообразия нравственной жизни, она издалека не только извиняла преступную любовь, но даже завидовала ей. Кроме того, она сердцем любила Анну. Но в действительности, увидав ее в среде этих чуждых для нее людей, с их новым для Дарьи Александровны хорошим тоном, ей было неловко. В особенности неприятно ей было видеть княжну Варвару, все прощавшую им за те удобства, которыми она пользовалась.

Вообще, отвлеченно, Долли одобряла поступок Анны, но видеть того человека, для которого был сделан этот поступок, было ей неприятно. Кроме того, Вронский никогда не нравился ей. Она считала его очень гордым и не видела в нем ничего такого, чем он мог бы гордиться, кроме богатства. Но, против своей воли, он здесь, у себя дома, еще более импонировал ей, чем прежде, и она не могла быть с ним свободна. Она испытывала с ним чувство, подобное тому, которое она испытывала с горничной за кофточку. Как пред горничной ей было не то что стыдно, а неловко за заплатки, так и с ним ей было постоянно не то что стыдно, а неловко за самое себя.

Долли чувствовала себя смущенною и искала предмета разговора. Хотя она и считала, что с его гордостью ему должны быть неприятны похвалы его дома и сада, она, не находя другого предмета разговора, все-таки сказала ему, что ей очень понравился его дом.

— Да, это очень красивое строение и в хорошем старинном стиле, — сказал он.

— Мне очень понравился двор пред крыльцом. Это было так?

— О нет! — сказал он, и лицо его просияло от удовольствия. — Если бы вы видели этот двор нынче весной!

И он стал, сначала осторожно, а потом более и более увлекаясь, обращать ее внимание на разные подробности украшения дома и сада. Видно было, что, посвятив много труда на улучшение и украшение своей усадьбы, Вронский чувствовал необходимость похвастаться ими пред новым лицом и от души радовался похвалам Дарьи Александровны.

— Если вы хотите взглянуть на больницу и не устали, то это недалеко. Пойдемте, — сказал он, заглянув ей в лицо, чтоб убедиться, что ей точно было не скучно.

— Ты пойдешь, Анна? — обратился он к ней.

— Мы пойдем. Не правда ли? — обратилась она к Свияжскому. — Mais il ne faut pas laisser le pauvre Весловский et Тушкевич se morfondre là dans le bateau[1]. Надо послать им сказать. Да, это памятник, который

---

[1] Но не следует заставлять бедного Весловского и Тушкевича томиться в лодке (*франц.*).

So it was decided. Veslovsky and Tushkevich went off to the bathing place, promising to get the boat ready and to wait there.

They walked along the path in two couples, Anna with Sviyazhsky and Dolly with Vronsky. Dolly was a little embarrassed and anxious in the totally new surroundings in which she found herself. Abstractly, theoretically, she not only justified but even approved of Anna's action. As is indeed not infrequent with women of unimpeachable virtue, weary of the monotony of virtuous life, at a distance she not only excused illicit love but even envied it. Besides, she loved Anna with her heart. But in reality, seeing her among these strangers, with their good tone that was so new to Darya Alexandrovna, she felt ill at ease. It was particularly unpleasant for her to see Princess Varvara, who overlooked everything for the sake of the comforts she enjoyed.

In general, abstractly, Dolly approved of Anna's action, but to see the man for whose sake this action had been taken was unpleasant for her. Besides, she had never liked Vronsky. She thought him very proud, and saw nothing in him of which he could be proud except his wealth. But against her will, here in his own house, he imposed himself on her more than ever, and she could not be at ease with him. She experienced with him the same feeling she had had with the maid about her blouse. Just as with the maid she had felt not exactly ashamed, but embarrassed at her patches, so she felt with him not exactly ashamed, but embarrassed at herself all the time.

Dolly felt embarrassed and looked for a subject of conversation. Even though she supposed that, with his pride, praise of his house and garden would surely be disagreeable to him, she, unable to find another subject of conversation, did all the same tell him that she liked his house very much.

"Yes, it's a very beautiful building and in the good old style," he said.

"I liked the yard in front of the steps very much. Was that always so?"

"Oh, no!" he said, and his face beamed with pleasure. "If you could have seen that yard last spring!"

And he began, at first carefully, but more and more carried away as he went on, to draw her attention to the various details of the decoration of the house and garden. It was evident that, having devoted a great deal of work to improve and beautify his manor house, Vronsky felt a need to boast of it to a new person, and was wholeheartedly delighted at Darya Alexandrovna's praise.

"If you would like to look at the hospital and are not tired, it's not far. Let's go," he said, glancing into her face to be sure that she was indeed not bored.

"Are you coming, Anna?" he turned to her.

"We will come, won't we?" she said, addressing Sviyazhsky. "Mais il ne faut pas laisser le pauvre Veslovsky et Tushkevich se morfondre là dans le bateau[1]. We must send someone to tell them. Yes, this is a monument he is

---

[1] But we must not let poor Veslovsky and Tushkevich languish back in the boat (French).

он оставит здесь, — сказала Анна, обращаясь к Долли с тою же хитрою, знающею улыбкой, с которою она прежде говорила о больнице.

— О, капитальное дело! — сказал Свияжский. Но, чтобы не показаться поддакивающим Вронскому, он тотчас же прибавил слегка осудительное замечание. — Я удивляюсь, однако, граф, — сказал он, — как вы, так много делая в санитарном отношении для народа, так равнодушны к школам.

— C'est devenu tellement commun, les écoles[1], — сказал Вронский. — Вы понимаете, не от этого, но так, я увлекся. Так сюда надо в больницу, — обратился он к Дарье Александровне, указывая на боковой выход из аллеи.

Дамы раскрыли зонтики и вышли на боковую дорожку. Пройдя несколько поворотов и выйдя из калитки, Дарья Александровна увидала пред собой на высоком месте большое красное, затейливой формы, уже почти оконченное строение. Еще не окрашенная железная крыша ослепительно блестела на ярком солнце. Подле оконченного строения выкладывалось другое, окруженное лесами, и рабочие в фартуках на подмостках клали кирпичи и заливали из шаек кладку и ровняли правилами.

— Как быстро идет у вас работа! — сказал Свияжский. — Когда я был в последний раз, еще крыши не было.

— К осени будет все готово. Внутри уже почти все отделано, — сказала Анна.

— А это что же новое?

— Это помещение для доктора и аптеки, — отвечал Вронский, увидав подходившего к нему в коротком пальто архитектора, и, извинившись перед дамами, пошел ему навстречу.

Обойдя творило, из которого рабочие набирали известку, он остановился с архитектором и что-то горячо стал говорить.

— Фронтон все выходит ниже, — ответил он Анне, которая спросила, в чем дело.

— Я говорила, что надо было фундамент поднять, — сказала Анна.

— Да, разумеется, лучше бы было, Анна Аркадьевна, — сказал архитектор, — да уж упущено.

— Да, я очень интересуюсь этим, — отвечала Анна Свияжскому, выразившему удивление к ее знаниям по архитектуре. — Надо, чтобы новое строение соответствовало больнице. А оно придумано после и начато без плана.

Окончив разговор с архитектором, Вронский присоединился к дамам и повел их внутрь больницы.

Несмотря на то, что снаружи еще доделывали карнизы и в нижнем этаже красили, в верху уже почти все было отделано. Пройдя по широкой чугунной лестнице на площадку, они вошли в первую большую комнату. Стены были оштукатурены под мрамор, огромные цельные окна были уже вставлены, только паркетный пол был еще не кончен, и столяры, строгавшие поднятый квадрат, оставили работу, чтобы, сняв тесемки, придерживавшие их волоса, поздороваться с господами.

---

[1] Школы стали слишком обычным делом (франц.).

going to leave here," said Anna, turning to Dolly with the same sly, knowing smile with which she had previously talked about the hospital.

"Oh, a capital work!" said Sviyazhsky. But to show he was not trying to ingratiate himself with Vronsky, he promptly added a slightly critical remark. "I wonder, though, Count," he said, "that while you do so much for the people in the sanitary respect, you are so indifferent to schools."

"C'est devenu tellement commun, les écoles[1]," said Vronsky. "You see, it's not on that account, I just got carried away. This way then to the hospital," he turned to Darya Alexandrovna, pointing to a side exit from the avenue.

The ladies opened their parasols and turned into the side path. After going down several turns and passing through a gate, Darya Alexandrovna saw on an elevation before her a large, red, fancifully looking building, almost finished. The iron roof, which was not yet painted, shone dazzlingly in the bright sun. Beside the finished building another one was being built, surrounded by scaffolding; workmen in aprons, standing on scaffolds, were laying bricks, pouring mortar out of vats and smoothing it with trowels.

"How quickly work gets done with you!" said Sviyazhsky. "When I was here last time, there was no roof yet."

"By the autumn it will all be ready. Inside almost everything is done," said Anna.

"And what's this new one?"

"That's the premises for the doctor and the dispensary," answered Vronsky, seeing the architect in a short coat coming towards him; and excusing himself to the ladies, he went to meet him.

Going round a pit from which the workmen were taking lime, he stopped with the architect and began telling him something warmly.

"The fronton is still too low," he replied to Anna, who had asked what was the matter.

"I told you the foundation ought to be raised," said Anna.

"Yes, of course it would have been better, Anna Arkadyevna," said the architect, "but now it's too late."

"Yes, I take a great interest in it," Anna answered Sviyazhsky, who had expressed his surprise at her knowledge of architecture. "This new building ought to have been in harmony with the hospital. But it was thought of later and begun without a plan."

Having finished his conversation with the architect, Vronsky joined the ladies and led them inside the hospital.

Although they were still working on the cornices outside and painting on the ground floor, upstairs almost everything was finished. Going up the broad cast-iron staircase to the landing, they walked into the first large room. The walls were stuccoed to look like marble, the huge plate-glass windows were already in place, only the parquet floor was not yet finished, and the carpenters, who were planing a square they had raised, left their work, taking off the bands that fastened their hair, to greet the gentlefolk.

[1] That has become so common, the schools (*French*).

— Это приемная, — сказал Вронский. — Здесь будет пюпитр, стол, шкаф и больше ничего.

— Сюда, здесь пройдемте. Не подходи к окну, — сказала Анна, пробуя, высохла ли краска. — Алексей, краска уже высохла, — прибавила она.

Из приемной они прошли в коридор. Здесь Вронский показал им устроенную вентиляцию новой системы. Потом он показал ванны мраморные, постели с необыкновенными пружинами. Потом показал одну за другою палаты, кладовую, комнату для белья, потом печи нового устройства, потом тачки, такие, которые не будут производить шума, подвозя по коридору нужные вещи, и много другого. Свияжский оценивал все, как человек, знающий все новые усовершенствования. Долли просто удивлялась не виданному ею до сих пор и, желая все понять, обо всем подробно спрашивала, что доставляло очевидное удовольствие Вронскому.

— Да, я думаю, что это будет в России единственная вполне правильно устроенная больница, — сказал Свияжский.

— А не будет у вас родильного отделения? — спросила Долли. — Это так нужно в деревне. Я часто...

Несмотря на свою учтивость, Вронский перебил ее.

— Это не родильный дом, но больница, и назначается для всех болезней, кроме заразительных, — сказал он. — А вот это взгляните... — и он подкатил к Дарье Александровне вновь выписанное кресло для выздоравливающих. — Вы посмотрите. — Он сел в кресло и стал двигать его. — Он не может ходить, слаб еще или болезнь ног, но ему нужен воздух, и он ездит, катается...

Дарья Александровна всем интересовалась, все ей очень нравилось, но более всего ей нравился сам Вронский с этим натуральным наивным увлечением. "Да, это очень милый, хороший человек", — думала она иногда, не слушая его, а глядя на него и вникая в его выражение и мысленно переносясь в Анну. Он так ей нравился теперь в своем оживлении, что она понимала, как Анна могла влюбиться в него.

XXI

— Нет, я думаю, княгиня устала, и лошади ее не интересуют, — сказал Вронский Анне, предложившей пройти до конного завода, где Свияжский хотел видеть нового жеребца. — Вы подите, а я провожу княгиню домой, и мы поговорим, — сказал он, — если вам приятно, — обратился он к ней.

— В лошадях я ничего не понимаю, и я очень рада, — сказала несколько удивленная Дарья Александровна.

Она видела по лицу Вронского, что ему чего-то нужно было от нее. Она не ошиблась. Как только они вошли через калитку опять в сад, он посмотрел в ту сторону, куда пошла Анна, и, убедившись, что она не может ни слышать, ни видеть их, начал:

"This is the reception room," said Vronsky. "Here there will be a desk, a table, a cupboard, and nothing more."

"This way, let us go in here. Don't go near the window," said Anna, feeling whether the paint was dry. "Alexey, the paint's dry already," she added.

From the reception room they went into the corridor. Here Vronsky showed them the ventilation of a new system which had been installed. Then he showed them marble baths, beds with extraordinary springs. Then, one after another, he showed them the wards, the storeroom, the linen room, then the stoves of a new pattern, then the trolleys, which would make no noise when carrying necessary things along the corridor, and much more. Sviyazhsky, as a connoisseur of all the new improvements, appreciated everything. Dolly simply wondered at what she had never seen before, and, anxious to understand it all, made minute inquiries about everything, which gave Vronsky obvious satisfaction.

"Yes, I suppose this will be the only quite properly organized hospital in Russia," said Sviyazhsky.

"And won't you have a maternity ward?" asked Dolly. "That's so much needed in the country. I often..."

In spite of his courtesy, Vronsky interrupted her.

"This is not a maternity home, but a hospital, and is intended for all diseases, except infectious ones," he said. "And look at this..." and he rolled up to Darya Alexandrovna a newly ordered chair for the convalescents. "Look." He sat down in the chair and began moving it. "He can't walk, still weak or something wrong with his legs, but he needs air, and he moves, rolls himself about..."

Darya Alexandrovna was interested in everything, she liked everything very much, but most of all she liked Vronsky himself with his natural, naïve enthusiasm. "Yes, he's a very nice, good man," she thought now and again, not listening to him but looking at him and penetrating into his expression, while she mentally put herself inside Anna. She liked him so much now in his animation that she understood how Anna could fall in love with him.

XXI

"No, I think the Princess is tired, and horses don't interest her," Vronsky said to Anna, who had suggested to go on to the stud farm, where Sviyazhsky wished to see the new stallion. "You go on, and I'll escort the Princess home, and we'll talk," he said, "if you would like that," he added, turning to her.

"I understand nothing about horses, and I shall be delighted," said Darya Alexandrovna, rather astonished.

She saw by Vronsky's face that he wanted something from her. She was not mistaken. As soon as they had passed through the gate back into the garden, he looked in the direction Anna had gone and, having made sure that she could neither hear nor see them, began:

— Вы угадали, что мне хотелось поговорить с вами? — сказал он, смеющимися глазами глядя на нее. — Я не ошибаюсь, что вы друг Анны. — Он снял шляпу и, достав платок, отер им свою плешивевшую голову.

Дарья Александровна ничего не ответила и только испуганно поглядела на него. Когда она осталась с ним наедине, ей вдруг сделалось страшно: смеющиеся глаза и строгое выражение лица пугали ее.

Самые разнообразные предположения того, о чем он сбирается говорить с нею, промелькнули у нее в голове: "Он станет просить меня переехать гостить к ним с детьми, и я должна буду отказать ему; или о том, чтобы я в Москве составила круг для Анны... Или не о Васеньке ли Весловском и его отношениях к Анне? А может быть, о Кити, о том, что он чувствует себя виноватым?" Она предвидела все только неприятное, но не угадала того, о чем он хотел говорить с ней.

— Вы имеете такое влияние на Анну, она так любит вас, — сказал он, — помогите мне.

Дарья Александровна вопросительно-робко смотрела на его энергическое лицо, которое то все, то местами выходило на просвет солнца в тени лип, то опять омрачалось тенью, и ожидала того, что он скажет дальше, но он, цепляя тростью за щебень, молча шел подле нее.

— Если вы приехали к нам, вы, единственная женщина из прежних друзей Анны, — я не считаю княжну Варвару, — то я понимаю, что вы сделали это не потому, что вы считаете наше положение нормальным, но потому, что вы, понимая всю тяжесть этого положения, все так же любите ее и хотите помочь ей. Так ли я вас понял? — спросил он, оглянувшись на нее.

— О да, — складывая зонтик, ответила Дарья Александровна, — но...

— Нет, — перебил он и невольно, забывшись, что он этим ставит в неловкое положение свою собеседницу, остановился, так что и она должна была остановиться. — Никто больше и сильнее меня не чувствует всей тяжести положения Анны. И это понятно, если вы делаете мне честь считать меня за человека, имеющего сердце. Я причиной этого положения, и потому я чувствую его.

— Я понимаю, — сказала Дарья Александровна, невольно любуясь им, как он искренно и твердо сказал это. — Но именно потому, что вы себя чувствуете причиной, вы преувеличиваете, я боюсь, — сказала она. — Положение ее тяжело в свете, я понимаю.

— В свете это ад! — мрачно нахмурившись, быстро проговорил он. — Нельзя представить себе моральных мучений хуже тех, которые она пережила в две недели в Петербурге... и я прошу вас верить этому.

— Да, но здесь, до тех пор, пока ни Анна... ни вы не чувствуете нужды в свете...

— Свет! — с презрением сказал он. — Какую я могу иметь нужду в свете?

— До тех пор — а это может быть всегда — вы счастливы и спокойны. Я вижу по Анне, что она счастлива, совершенно счастлива, она успела

"You've guessed that I wanted to talk to you?" he said, looking at her with laughing eyes. "I am not wrong in believing that you are a friend of Anna's." He took off his hat and, taking out his handkerchief, wiped his balding head.

Darya Alexandrovna made no answer and only looked at him with dismay. When she was left alone with him, she suddenly felt afraid: his laughing eyes and the stern expression of his face scared her.

The most diverse suppositions as to what he was about to speak of to her flashed in her head: "He is going to ask me to come to stay with them with the children, and I'll have to refuse; or to become a member of Anna's set in Moscow... Or isn't it Vasenka Veslovsky and his relations with Anna? Or perhaps about Kitty, that he feels guilty?" All her conjectures were unpleasant, but she did not guess what he wanted to talk to her about.

"You have such influence on Anna, she is so fond of you," he said, "do help me."

Darya Alexandrovna looked with timid inquiry at his energetic face, which in the shade of the lime-trees was continually being lighted up in patches or entirely by the sunshine, then was obscured by the shade again, and waited for what more he was going to say, but he walked in silence beside her, scratching with his cane in the gravel.

"If you have come to us, you, the only woman of Anna's former friends—I don't count Princess Varvara—I understand that you have done this not because you regard our position as normal, but because, understanding all the difficulty of this position, you still love her and want to help her. Have I understood you rightly?" he asked, looking round at her.

"Oh, yes," answered Darya Alexandrovna, folding her parasol, "but..."

"No," he interrupted and involuntarily, oblivious of the awkward position into which he was putting his companion, he stopped, so that she had to stop too. "No one feels more deeply and intensely than I do all the difficulty of Anna's position. And that is understandable, if you do me the honor of considering me a man who has a heart. I am the reason of that position, and that is why I feel it."

"I understand," said Darya Alexandrovna, involuntarily admiring the sincerity and firmness with which he said this. "But precisely because you feel yourself the reason of it, you exaggerate it, I am afraid," she said. "Her position in society is difficult, I understand that."

"In society it is hell!" he said quickly, frowning darkly. "It's impossible to imagine moral sufferings worse than those she lived through for two weeks in Petersburg... and I beg you to believe it."

"Yes, but here, so long as neither Anna... nor you feel any need of society..."

"Society!" he said contemptuously. "What need can I have of society?"

"So far—and it may be so always—you are happy and at peace. I see in Anna that she is happy, perfectly happy, she has already had time to tell me

уже сообщить мне, — сказала Дарья Александровна, улыбаясь; и невольно, говоря это, она теперь усумнилась в том, действительно ли Анна счастлива.

Но Вронский, казалось, не сомневался в этом.

— Да, да, — сказал он. — Я знаю, что она ожила после всех ее страданий; она счастлива. Она счастлива настоящим. Но я?.. я боюсь того, что ожидает нас... Виноват, вы хотите идти?

— Нет, все равно.

— Ну, так сядемте здесь.

Дарья Александровна села на садовую скамейку в углу аллеи. Он остановился пред ней.

— Я вижу, что она счастлива, — повторил он, и сомнение в том, счастлива ли она, еще сильнее поразило Дарью Александровну. — Но может ли это так продолжаться? Хорошо ли, дурно ли мы поступили, это другой вопрос; но жребий брошен, — сказал он, переходя с русского на французский язык, — и мы связаны на всю жизнь. Мы соединены самыми святыми для нас узами любви. У нас есть ребенок, у нас могут быть еще дети. Но закон и все условия нашего положения таковы, что являются тысячи компликаций, которых она теперь, отдыхая душой после всех страданий и испытаний, не видит и не хочет видеть. И это понятно. Но я не могу не видеть. Моя дочь по закону — не моя дочь, а Каренина. Я не хочу этого обмана! — сказал он с энергическим жестом отрицания и мрачно-вопросительно посмотрел на Дарью Александровну.

Она ничего не отвечала и только смотрела на него. Он продолжал:

— И завтра родится сын, мой сын, и он по закону — Каренин, он не наследник ни моего имени, ни моего состояния, и как бы мы счастливы ни были в семье и сколько бы у нас ни было детей, между мною и ими нет связи. Они Каренины. Вы поймите тягость и ужас этого положения! Я пробовал говорить про это Анне. Это раздражает ее. Она не понимает, и я не могу *ей* высказать все. Теперь посмотрите с другой стороны. Я счастлив ее любовью, но я должен иметь занятия. Я нашел это занятие, и горжусь этим занятием, и считаю его более благородным, чем занятия моих бывших товарищей при дворе и по службе. И уже, без сомнения, не променяю этого дела на их дело. Я работаю здесь, сидя на месте, и я счастлив, доволен и нам ничего более не нужно для счастья. Я люблю эту деятельность. Cela n'est pas un pis-aller[1], напротив...

Дарья Александровна заметила, что в этом месте своего объяснения он путал, и не понимала хорошенько этого отступления, но чувствовала, что, раз начав говорить о своих задушевных отношениях, о которых он не мог говорить с Анной, он теперь высказывал все и что вопрос о его деятельности в деревне находился в том же отделе задушевных мыслей, как и вопрос о его отношениях к Анне.

— Итак, я продолжаю, — сказал он, очнувшись. — Главное же то, что, <u>работая, необходимо иметь убеждение, что дело мое не умрет со мной,</u>

---

[1] И не потому, что нет лучшей *(франц.).*

so," said Darya Alexandrovna, smiling; and involuntarily, as she said this, she doubted now whether Anna was really happy.

But Vronsky, it appeared, had no doubts about it.

"Yes, yes," he said. "I know that she has revived after all her sufferings; she is happy. She is happy in the present. But I?.. I am afraid of what awaits us... I beg your pardon, you would like to walk on?"

"No, I don't mind."

"Well, then, let's sit down here."

Darya Alexandrovna sat down on a garden bench in a corner of the avenue. He stood before her.

"I see that she is happy," he repeated, and the doubt whether she was happy struck Darya Alexandrovna even more strongly. "But can it last? Whether we have acted rightly or wrongly is another question; but the die is cast," he said, passing from Russian to French, "and we are bound together for life. We are united by the ties of love that we hold most sacred. We have a child, we may have more children. But the law and all the conditions of our position are such that thousands of complications arise which she does not see and does not want to see now, as her soul rests after all the sufferings and hardship. And that is understandable. But I can't help seeing them. My daughter is by law not my daughter, but Karenin's. I don't want this falsity!" he said with a vigorous gesture of negation and looked with gloomy inquiry at Darya Alexandrovna.

She made no answer and only looked at him. He went on:

"And tomorrow a son will be born, my son, and he will be legally a Karenin; he will not be the heir of my name nor of my fortune, and however happy we may be in our family and however many children we may have, there will be no tie between me and them. They will be Karenins. You can understand the load and horror of this position! I have tried to speak of this to Anna. It irritates her. She does not understand, and to *her* I cannot speak plainly of all this. Now look at it from the other side. I am happy in her love, but I must have occupation. I have found an occupation, and am proud of that occupation and consider it nobler than the occupations of my former comrades at court and in the service. And most certainly I would not exchange this work for their work. I am working here, settled in my own place, and I am happy, contented, and we need nothing more for happiness. I love this activity. Cela n'est pas un pis-aller[1], on the contrary..."

Darya Alexandrovna noticed that at this point of his explanation he became confused, and she did not quite understand this digression, but she felt that having once begun to speak of his intimate concerns, of which he could not speak to Anna, he was now making a clean breast of everything, and that the question of his activity in the country was in the same compartment of intimate thoughts as the question of his relations with Anna.

"Well, I will go on," he said, coming to himself. "The main thing is that, as I work, I need to have a conviction that my work will not die with me, that

[1] This is not just a stop-gap measure *(French).*

что у меня будут наследники, — а этого у меня нет. Представьте себе положение человека, который знает вперед, что дети его и любимой им женщины не будут его, а чьи-то, кого-то того, кто их ненавидит и знать не хочет. Ведь это ужасно!

Он замолчал, очевидно, в сильном волнении.

— Да, разумеется, я это понимаю. Но что же может Анна? — сказала Дарья Александровна.

— Да, это приводит меня к цели моего разговора, — сказал он, с усилием успокоиваясь. — Анна может, это зависит от нее... Даже для того, чтобы просить государя об усыновлении, необходим развод. А это зависит от Анны. Муж ее согласен был на развод — тогда ваш муж совсем устроил это. И теперь, я знаю, он не отказал бы. Стоило бы только написать ему. Он прямо отвечал тогда, что если она выразит желание, он не откажет. Разумеется, — сказал он мрачно, — это одна из этих фарисейских жестокостей, на которые способны только эти люди без сердца. Он знает, какого мучения ей стоит всякое воспоминание о нем, и, зная ее, требует от нее письма. Я понимаю, что ей мучительно. Но причины так важны, что надо passer par-dessus toutes ces finesses de sentiment. Il y va du bonheur et de l'existence d'Anne et de ses enfants[1]. Я о себе не говорю, хотя мне тяжело, очень тяжело, — сказал он с выражением угрозы кому-то за то, что ему было тяжело. — Так вот, княгиня, я за вас бессовестно хватаюсь, как за якорь спасения. Помогите мне уговорить ее писать ему и требовать развода!

— Да, разумеется, — задумчиво сказала Дарья Александровна, вспомнив живо свое последнее свидание с Алексеем Александровичем. — Да, разумеется, — повторила она решительно, вспомнив Анну.

— Употребите ваше влияние на нее, сделайте, чтоб она написала. Я не хочу и почти не могу говорить с нею про это.

— Хорошо, я поговорю. Но как же она сама не думает? — сказала Дарья Александровна, вдруг почему-то при этом вспоминая странную новую привычку Анны щуриться. И ей вспомнилось, что Анна щурилась, именно когда дело касалось задушевных сторон жизни. "Точно она на свою жизнь щурится, чтобы не все видеть", — подумала Долли. — Непременно, я для себя и для нее буду говорить с ней, — отвечала Дарья Александровна на его выражение благодарности.

Они встали и пошли к дому.

XXII

Застав Долли уже вернувшеюся, Анна внимательно посмотрела ей в глаза, как бы спрашивая о том разговоре, который она имела с Вронским, но не спросила словами.

— Кажется, уж пора к обеду, — сказала она. — Совсем мы не видались еще. Я рассчитываю на вечер. Теперь надо идти одеваться. Я думаю, и ты тоже. Мы все испачкались на постройке.

---

[1] перешагнуть через все эти тонкости чувства. Дело идет о счастье и о судьбе Анны и ее детей (франц.).

I will have heirs—and this I have not. Imagine the position of a man who knows beforehand that his children, the children of the woman he loves, will be not his but someone else's, someone who hates them and does not want to know them. It is awful!"

He paused, evidently much moved.

"Yes, of course, I understand that. But what can Anna do?" said Darya Alexandrovna.

"Yes, that brings me to the object of my conversation," he said, calming himself with an effort. "Anna can, it depends on her... Even to petition the Tsar for legitimization, a divorce is essential. And that depends on Anna. Her husband agreed to a divorce—at that time your husband had arranged it completely. And now, I know, he would not refuse it. It is only a matter of writing to him. He answered plainly at that time that if she expressed the desire, he would not refuse. Of course," he said gloomily, "it is one of those pharisaic cruelties of which only such heartless men are capable. He knows what agony any recollection of him costs her, and knowing her, he demands a letter from her. I understand that it is agony to her. But the reasons are so important that one must passer par-dessus toutes ces finesses de sentiment. Il y a du bonheur et de l'existence d'Anne et de ses enfants[1]. I am not speaking of myself, though it's hard for me, very hard," he said with an expression as if he were threatening someone for its being hard for him. "And so it is, Princess, that I am shamelessly clutching at you as an anchor of salvation. Help me to persuade her to write to him and demand a divorce!"

"Yes, of course," Darya Alexandrovna said thoughtfully, vividly recalling her last meeting with Alexey Alexandrovich. "Yes, of course," she repeated decisively, recalling Anna.

"Use your influence on her, make her write. I don't want and am almost unable to speak to her about this."

"Very well, I will talk to her. But how is it she does not think of it herself?" said Darya Alexandrovna, at that point suddenly recalling for some reason Anna's strange new habit of narrowing her eyelids. And she recalled that Anna narrowed her eyelids precisely when the intimate sides of life were touched upon. "As if she narrows her eyelids at her life, so as not to see everything," thought Dolly. "By all means, for my own sake and for hers I will talk to her," Darya Alexandrovna replied to his look of gratitude.

They got up and walked to the house.

XXII

When Anna found Dolly already at home, she looked intently in her eyes, as if asking about the talk she had had with Vronsky, but she did not ask in words.

"I believe it's dinner time," she said. "We've not seen each other at all yet. I am reckoning on the evening. Now I must go and dress. I expect, you too. We all got dirty at the buildings."

---

[1] pass over all these delicacies of sentiment. It has to do with the welfare and existence of Anna and her children (French).

Долли пошла в свою комнату, и ей стало смешно. Одеваться ей не во что было, потому что она уже надела свое лучшее платье; но, чтоб ознаменовать чем-нибудь свое приготовление к обеду, она попросила горничную обчистить ей платье, переменила рукавчики и бантик и надела кружева на голову.

— Вот все, что я могла сделать, — улыбаясь, сказала она Анне, которая в третьем, опять в чрезвычайно простом, платье вышла к ней.

— Да, мы здесь очень чопорны, — сказала она, как бы извиняясь за свою нарядность. — Алексей доволен твоим приездом, как он редко бывает чем-нибудь. Он решительно влюблен в тебя, — прибавила она. — А ты не устала?

До обеда не было времени говорить о чем-нибудь. Войдя в гостиную, они застали там уже княжну Варвару и мужчин в черных сюртуках. Архитектор был во фраке. Вронский представил гостье доктора и управляющего. Архитектора он познакомил с нею еще в больнице.

Толстый дворецкий, блестя круглым бритым лицом и крахмаленым бантом белого галстука, доложил, что кушанье готово, и дамы поднялись. Вронский попросил Свияжского подать руку Анне Аркадьевне, а сам подошел к Долли. Весловский прежде Тушкевича подал руку княжне Варваре, так что Тушкевич с управляющим и доктором пошли одни.

Обед, столовая, посуда, прислуга, вино и кушанье не только соответствовали общему тону новой роскоши дома, но, казалось, были еще роскошнее и новее всего. Дарья Александровна наблюдала эту новую для себя роскошь и, как хозяйка, ведущая дом, — хотя и не надеясь ничего из виденного применить к своему дому, так это все по роскоши было далеко выше ее образа жизни, — невольно вникала во все подробности и задавала себе вопрос, кто и как это все сделал. Васенька Весловский, ее муж и даже Свияжский и много людей, которых она знала, никогда не думали об этом, а верили на слово тому, что всякий порядочный хозяин желает дать почувствовать своим гостям, именно, что все, что так хорошо у него устроено, не стоило ему, хозяину, никакого труда, а сделалось само собой. Дарья же Александровна знала, что само собой не бывает даже кашки к завтраку детям и что потому при таком сложном и прекрасном устройстве должно было быть положено чье-нибудь усиленное внимание. И по взгляду Алексея Кирилловича, как он оглядел стол, и как сделал знак головой дворецкому, и как предложил Дарье Александровне выбор между ботвиньей и супом, она поняла, что все это делается и поддерживается заботами самого хозяина. От Анны, очевидно, зависело все это не более, как и от Весловского. Она, Свияжский, княжна и Весловский были одинаково гости, весело пользующиеся тем, что для них было приготовлено.

Анна была хозяйкой только по ведению разговора. И этот разговор, весьма трудный для хозяйки дома при небольшом столе, при лицах, как управляющий и архитектор, лицах совершенно другого мира, старающихся не робеть пред непривычною роскошью и не могущих

Dolly went to her room and felt amused. She had nothing to change into, for she had already put on her best dress; but in order to signify in some way her preparation for dinner, she asked the maid to brush her dress, changed her cuffs and bow, and put some lace on her head.

"This is all I could do," she said with a smile to Anna, who came out to her in a third dress, again of extreme simplicity.

"Yes, we are very formal here," she said, as if apologizing for her smartness. "Alexey is delighted at your visit, as he rarely is at anything. He is positively in love with you," she added. "You're not tired?"

There was no time for talking about anything before dinner. Going into the drawing room, they found Princess Varvara already there, and the men in black frock coats. The architect was wearing a tail coat. Vronsky presented the doctor and the steward to his guest. The architect he had already introduced to her at the hospital.

A fat butler, resplendent with his round, shaven face and the starched bow of his white cravat, announced that dinner was ready, and the ladies got up. Vronsky asked Sviyazhsky to offer Anna Arkadyevna his arm, and himself went up to Dolly. Veslovsky was before Tushkevich in offering his arm to Princess Varvara, so that Tushkevich with the steward and the doctor walked in alone.

The dinner, the dining room, the tableware, the servants, the wine and the food were not only in keeping with the general tone of modern luxury in the house, but seemed even more luxurious and modern than anything else. Darya Alexandrovna watched this luxury which was novel to her, and as the mistress of a house—although she had no hope of adapting anything she saw to her own house, as it was all in a style of luxury far above her mode of life—she could not help scrutinizing every detail and asking herself how and by whom it was all done. Vasenka Veslovsky, her husband, and even Sviyazhsky, and many other people she knew, never considered this question, and took on trust what every decent host wishes to make his guests feel, that is, that all that is arranged so well in his house has cost him, the host, no trouble whatever, but comes of itself. But Darya Alexandrovna knew that even porridge for the children's breakfast did not come of itself, and that therefore such a complicated and magnificent arrangement demanded someone's intensive attention. And from the glance with which Alexey Kirillovich surveyed the table, from the way he nodded to the butler and offered Darya Alexandrovna her choice between cold soup and hot soup, she understood that it was all done and maintained by the care of the host himself. It was evident that it all depended no more on Anna than on Veslovsky. She, Sviyazhsky, the Princess and Veslovsky were equally guests, merrily enjoying what had been prepared for them.

Anna was the hostess only in conducting the conversation. This conversation was quite difficult for the hostess of the house at a small table with persons present, like the steward and the architect, belonging to a completely different world, trying not to quail before the unfamiliar luxury and un-

принимать долгого участия в общем разговоре, этот трудный разговор Анна вела со своим обычным тактом, естественностью и даже удовольствием, как замечала Дарья Александровна.

Разговор зашел о том, как Тушкевич с Весловским одни ездили в лодке, и Тушкевич стал рассказывать про последние гонки в Петербурге в Яхт-клубе. Но Анна, выждав перерыв, тотчас же обратилась к архитектору, чтобы вывести его из молчания.

— Николай Иваныч был поражен, — сказала она про Свияжского, — как выросло новое строение с тех пор, как он был здесь последний раз; но я сама каждый день бываю и каждый день удивляюсь, как скоро идет.

— С его сиятельством работать хорошо, — сказал с улыбкой архитектор (он был с сознанием своего достоинства, почтительный и спокойный человек). — Не то что иметь дело с губернскими властями. Где бы стопу бумаги исписали, я графу доложу, потолкуем, и в трех словах.

— Американские приемы, — сказал Свияжский, улыбаясь.

— Да-с, там воздвигаются здания рационально...

Разговор перешел на злоупотребления властей в Соединенных Штатах, но Анна тотчас же перевела его на другую тему, чтобы вызвать управляющего из молчания.

— Ты видела когда-нибудь жатвенные машины? — обратилась она к Дарье Александровне. — Мы ездили смотреть, когда тебя встретили. Я сама в первый раз видела.

— Как же они действуют? — спросила Долли.

— Совершенно как ножницы. Доска и много маленьких ножниц. Вот этак.

Анна взяла своими красивыми, белыми, покрытыми кольцами руками ножик и вилку и стала показывать. Она, очевидно, видела, что из ее объяснения ничего не поймется; но, зная, что она говорит приятно и что руки ее красивы, она продолжала объяснение.

— Скорее ножички перочинные, — заигрывая, сказал Весловский, не спускавший с нее глаз.

Анна чуть заметно улыбнулась, но не отвечала ему.

— Не правда ли, Карл Федорыч, что как ножницы? — обратилась она к управляющему.

— Oh, ja, — отвечал немец. — Es ist ein ganz einfaches Ding[1], — и начал объяснять устройство машины.

— Жалко, что она не вяжет. Я видел на Венской выставке, вяжет проволокой, — сказал Свияжский. — Те выгоднее бы были.

— Es kommt drauf an... Der Preis vom Draht muss ausgerechnet werden[2]. — И немец, вызванный из молчанья, обратился к Вронскому: — Das lässt sich ausrechnen, Erlaucht[3]. — Немец уже взялся было за карман, где у него был карандаш в книжечке, в которой он все вычислял, но,

---

[1] О да. Это совсем простая вещь (нем.).
[2] Все сводится к тому... Нужно подсчитать цену проволоки (нем.).
[3] Это можно подсчитать, ваше сиятельство (нем.).

able to sustain a large share in the general conversation, but this difficult conversation Anna directed with her usual tact, naturalness and even pleasure, as Darya Alexandrovna noticed.

The conversation began about the row Tushkevich and Veslovsky had taken alone together in the boat, and Tushkevich began telling them about the last races in Petersburg at the Yacht Club. But Anna, seizing a pause, at once turned to the architect to draw him out of his silence.

"Nikolay Ivanych was struck," she said about Sviyazhsky, "by how the new building has grown since he was here last; but I am there every day, and every day I am surprised at how fast it grows."

"It's good working with his excellency," said the architect with a smile (he was a respectful and composed man with a sense of his own dignity). "Very different from dealing with the provincial authorities. Where one would write out a sheaf of papers, I tell the Count, we discuss it, and in three words."

"The American methods," said Sviyazhsky, smiling.

"Yes, there they build rationally..."

The conversation turned to the abuses of the authorities in the United States, but Anna immediately turned it to another topic, so as to draw the steward out of his silence.

"Have you ever seen a reaper?" she said, addressing Darya Alexandrovna. "We had ridden over to look at one when we met you. It's the first time I saw one myself."

"How do they work?" asked Dolly.

"Exactly like scissors. A plank and a lot of little scissors. Like this."

Anna took a knife and fork in her beautiful white hands covered with rings, and began showing. She evidently saw that nothing would be understood from her explanation; but knowing that her talk was pleasant and her hands were beautiful, she went on explaining.

"More like little penknives," Veslovsky said playfully, never taking his eyes off her.

Anna gave a just perceptible smile, but did not answer him.

"Isn't it true, Karl Fedorych, that it's just like scissors?" she said, addressing the steward.

"Oh, ja," answered the German. "Es ist ein ganz einfaches Ding[1]," and he began to explain the construction of the machine.

"It's a pity it doesn't bind. I saw one at the Vienna exhibition, which binds with wire," said Sviyazhsky. "They would be more profitable."

"Es kommt drauf an... Der Preis vom Draht muss ausgerechnet werden[2]." And the German, roused from his silence, turned to Vronsky. "Das lässt sich ausrechnen, Erlaucht[3]." The German was just feeling in his pocket where he had a pencil in a little notebook in which he calculated everything, but

---

[1] Oh, yes. It is a very simple thing (*German*).
[2] That depends on... The price of the wire must be accounted for (*German*).
[3] That can be calculated, your excellency (*German*).

вспомнив, что он сидит за обедом, и заметив холодный взгляд Вронского, воздержался. — Zu compliziert, macht zu viel Klopot[1], — заключил он.

— Wünscht man Dochots, so hat man auch Klopots[2], — сказал Васенька Весловский, подтрунивая над немцем. — J'adore l'allemand[3], — обратился он опять с той же улыбкой к Анне.

— Cessez[4], — сказала она ему шутливо-строго.

— А мы думали вас застать на поле, Василий Семеныч, — обратилась она к доктору, человеку болезненному, — вы были там?

— Я был там, но улетучился, — с мрачною шутливостью отвечал доктор.

— Стало быть, вы хороший моцион сделали.

— Великолепный!

— Ну, а как здоровье старухи? надеюсь, что не тиф?

— Тиф не тиф, а не в авантаже обретается.

— Как жаль! — сказала Анна и, отдав таким образом дань учтивости домочадцам, обратилась к своим.

— А все-таки, по вашему рассказу, построить машину трудно было бы, Анна Аркадьевна, — шутя, сказал Свияжский.

— Нет, отчего же? — сказала Анна с улыбкой, которая говорила, что она знала, что в ее толковании устройства машины было что-то милое, замеченное и Свияжским. Эта новая черта молодого кокетства неприятно поразила Долли.

— Но зато в архитектуре знания Анны Аркадьевны удивительны, — сказал Тушкевич.

— Как же, я слышал, вчера Анна Аркадьевна говорила: в стробу и плинтусы, — сказал Весловский. — Так я говорю?

— Ничего удивительного нет, когда столько видишь и слышишь, — сказала Анна. — А вы, верно, не знаете даже, из чего делают дома?

Дарья Александровна видела, что Анна недовольна была тем тоном игривости, который был между нею и Весловским, но сама невольно впадала в него.

Вронский поступал в этом случае совсем не так, как Левин. Он, очевидно, не приписывал болтовне Весловского никакой важности и, напротив, поощрял эти шутки.

— Да ну скажите, Весловский, чем соединяют камни?

— Разумеется, цементом.

— Браво! А что такое цемент?

— Так, вроде размазни... нет, замазки, — возбуждая общий хохот, сказал Весловский.

Разговор между обедавшими, за исключением погруженных в мрачное молчание доктора, архитектора и управляющего, не умолкал, где скользя, где цепляясь и задевая кого-нибудь за живое. Один раз Дарья Александровна была задета за живое и так разгорячилась, что даже покраснела, и потом уже вспоминала, не сказано ли ею чего-нибудь

---

[1] Слишком сложно, будет очень много хлопот (нем.).
[2] Кто хочет иметь доходы, тот должен иметь хлопоты (нем.).
[3] Обожаю немецкий язык (франц.).
[4] Перестаньте (франц.).

recollecting that he was at a dinner and noticing Vronsky's chilly glance, he checked himself. "Zu kompliziert, macht zu viel Troubles[1]," he concluded.

"Wünscht man Earnings, so hat man auch Troubles[2]," said Vasenka Veslovsky, teasing the German. "J'adore l'allemand[3]," he addressed Anna again with the same smile.

"Cessez[4]," she said to him with playful severity.

"And we expected to find you in the fields, Vassily Semyonych," she said, addressing the doctor, a sickly man, "have you been there?"

"I was there, but I evaporated," the doctor answered with gloomy humor.

"Then you've taken a good constitutional."

"Splendid!"

"Well, and how is the old woman's health? I hope it's not typhus?"

"Typhus or not typhus, but she is not finding herself in advantage."

"What a pity!" said Anna, and having thus paid the dues of civility to the members of the household, she turned to her own friends.

"It would be difficult, though, to build a machine from your description, Anna Arkadyevna," Sviyazhsky said jestingly.

"No, why so?" said Anna with a smile that betrayed that she knew there was something charming in her explanation of the construction of the machine that had also been noticed by Sviyazhsky. This new trait of youthful coquettishness made an unpleasant impression on Dolly.

"But Anna Arkadyevna's knowledge of architecture is amazing," said Tushkevich.

"Of course, yesterday I heard Anna Arkadyevna say "in strobe" and "plinths"," said Veslovsky. "Am I saying it right?"

"There's nothing amazing about it, when one sees and hears so much," said Anna. "But you probably don't even know what houses are made of?"

Darya Alexandrovna saw that Anna disliked the tone of playfulness that existed between her and Veslovsky, but fell in with it against her will.

Vronsky acted in this case quite differently from Levin. He obviously attached no significance to Veslovsky's chattering and, on the contrary, encouraged these jokes.

"Come now, tell us, Veslovsky, how are the stones held together?"

"By cement, of course."

"Bravo! And what is cement?"

"Well, some sort of paste... no, putty," said Veslovsky, raising general laughter.

The company at dinner, with the exception of the doctor, the architect and the steward, who remained plunged in gloomy silence, kept up a conversation that never paused, glancing off one subject, fastening on another and stinging someone to the quick. Once Darya Alexandrovna was stung to the quick and got so hot that she positively flushed and tried to recall after-

---

[1] Too complicated, makes too much troubles *(German)*.
[2] A man who wants earnings will have troubles *(German)*.
[3] I love German *(French)*.
[4] Stop it *(French)*.

лишнего и неприятного. Свияжский заговорил о Левине, рассказывая
его странные суждения о том, что машины только вредны в русском
хозяйстве.

— Я не имею удовольствия знать этого господина Левина, — улыбаясь, сказал Вронский, — но, вероятно, он никогда не видал тех машин, которые он осуждает. А если видел и испытывал, то кое-как, и
не заграничную, а какую-нибудь русскую. А какие же тут могут быть
взгляды?

— Вообще турецкие взгляды, — обратясь к Анне, с улыбкой сказал
Весловский.

— Я не могу защищать его суждений, — вспыхнув, сказала Дарья
Александровна, — но я могу сказать, что он очень образованный человек, и если б он был тут, он бы вам знал, что ответить, но я не умею.

— Я его очень люблю, и мы с ним большие приятели, — добродушно
улыбаясь, сказал Свияжский. — Mais pardon, il est un petit peu toqué[1]:
например, он утверждает, что и земство, и мировые суды — все не нужно, и ни в чем не хочет участвовать.

— Это наше русское равнодушие, — сказал Вронский, наливая воду
из ледяного графина в тонкий стакан на ножке, — не чувствовать обязанностей, которые налагают на нас наши права, и потому отрицать
эти обязанности.

— Я не знаю человека более строгого в исполнении своих обязанностей, — сказала Дарья Александровна, раздраженная этим тоном
превосходства Вронского.

— Я, напротив, — продолжал Вронский, очевидно почему-то затро-
нутый за живое этим разговором, — я, напротив, каким вы меня видите, очень благодарен за честь, которую мне сделали, вот благодаря
Николаю Иванычу (он указал на Свияжского), избрав меня почетным
мировым судьей. Я считаю, что для меня обязанность отправляться
на съезд, обсуждать дело мужика о лошади так же важна, как и все, что
я могу сделать. И буду за честь считать, если меня выберут гласным.
Я этим только могу отплатить за те выгоды, которыми я пользуюсь
как землевладелец. К несчастию, не понимают того значения, которое
должны иметь в государстве крупные землевладельцы.

Дарье Александровне странно было слушать, как он был спокоен в
своей правоте у себя за столом. Она вспомнила, как Левин, думающий
противоположное, был так же решителен в своих суждениях у себя за
столом. Но она любила Левина и потому была на его стороне.

— Так мы можем рассчитывать на вас, граф, на следующий съезд?
— сказал Свияжский. — Но надо ехать раньше, чтобы восьмого уже
быть там. Если бы вы мне сделали честь приехать ко мне?

— А я немного согласна с твоим beau-frère, — сказала Анна. — Только
не так, как он, — прибавила она с улыбкой. — Я боюсь, что в последнее
время у нас слишком много этих общественных обязанностей. Как
прежде чиновников было так много, что для всякого дела нужен
был чиновник, так теперь всё общественные деятели. Алексей теперь
здесь шесть месяцев, и он уж член, кажется, пяти или шести разных

---

[1] Но, простите, он немного с причудами (*франц.*).

wards whether she had said anything excessive or unpleasant. Sviyazhsky began talking of Levin, telling about his strange views that machines only did harm in Russian farming.

"I have not the pleasure of knowing this Mr. Levin," Vronsky said, smiling, "but most likely he has never seen the machines he condemns. Or if he has seen and tried any, has done it just anyhow, and not with a foreign-made but with a Russian machine. And what sort of views can there be here?"

"Turkish views, in general," Veslovsky said with a smile, turning to Anna.

"I can't defend his views," Darya Alexandrovna said, flushing, "but I can say that he's a highly educated man, and if he were here he would know how to answer you, though I am not capable of doing so."

"I am very fond of him, and we are great friends," Sviyazhsky said, smiling good-naturedly. "Mais pardon, il est un petit peu toqué[1]: for instance, he maintains that the district councils and the courts of the peace are all of no use, and he doesn't want to take part in anything."

"It's our Russian apathy," said Vronsky, pouring water from an iced decanter into a thin glass with a stem, "not to feel the duties our rights impose upon us and therefore to deny those duties."

"I know no man more strict in the performance of his duties," said Darya Alexandrovna, irritated by Vronsky's tone of superiority.

"I, on the contrary," continued Vronsky, who was evidently for some reason affected to the quick by this conversation, "I, on the contrary, such as I am, feel extremely grateful for the honor they have done me, thanks to Nikolay Ivanych here" (he indicated Sviyazhsky), "in electing me an honorable justice of the peace. I consider that for me the duty of going to the session, of judging the case of some peasant and his horse, is as important as anything I can do. And I will regard it as an honor if they elect me to the open court. Only in that way I can pay back the advantages I enjoy as a landowner. Unfortunately, they don't understand the weight that the big landowners ought to have in the state."

It was strange to Darya Alexandrovna to hear how serenely confident he was of being right at his own table. She remembered how Levin, who believed the opposite, was just as positive in his opinions at his own table. But she loved Levin, and so she was on his side.

"So we can reckon upon you, Count, for the coming session?" said Sviyazhsky. "But you must go earlier, so as to be there by the eighth. If you would do me the honor to come to my place?"

"And I rather agree with your beau-frère," said Anna. "Though not quite in the same way," she added with a smile. "I'm afraid we have had too many of these public duties lately. Just as previously there were so many officials that every single thing required an official, so now it's all about public figures. Alexey has been here now six months, and he's already a member, I think, of five or six different public offices—he is a trustee, a judge, a

---

[1] But, excuse me, he is a little cracked (French).

общественных учреждений — попечительство, судья, гласный, присяжный, конской что-то. Du train que cela va[1] все время уйдет на это. И я боюсь, что при таком множестве этих дел это только форма. Вы скольких мест член, Николай Иваныч? — обратилась она к Свияжскому. — Кажется, больше двадцати?

Анна говорила шутливо, но в тоне ее чувствовалось раздражение. Дарья Александровна, внимательно наблюдавшая Анну и Вронского, тотчас же заметила это. Она заметила тоже, что лицо Вронского при этом разговоре тотчас же приняло серьезное и упорное выражение. Заметив это и то, что княжна Варвара тотчас же, чтобы переменить разговор, поспешно заговорила о петербургских знакомых, и, вспомнив то, что некстати говорил Вронский в саду о своей деятельности, Долли поняла, что с этим вопросом об общественной деятельности связывалась какая-то интимная ссора между Анной и Вронским.

Обед, вина, сервировка — все было очень хорошо, но все это было такое, какое видела Дарья Александровна на званых обедах и балах, от которых она отвыкла, и с тем же характером безличности и напряженности; и потому в обыкновенный день и в маленьком кружке все это произвело на нее неприятное впечатление.

После обеда посидели на террасе. Потом стали играть в lawn tennis. Игроки, разделившись на две партии, расстановились на тщательно выровненном и убитом *крокетграунде*, по обе стороны натянутой сетки с золочеными столбиками. Дарья Александровна попробовала было играть, но долго не могла понять игры, а когда поняла, то так устала, что села с княжной Варварой и только смотрела на играющих. Партнер ее Тушкевич тоже отстал; но остальные долго продолжали игру. Свияжский и Вронский оба играли очень хорошо и серьезно. Они зорко следили за кидаемым к ним мячом, не торопясь и не мешкая, ловко подбегали к нему, выжидали прыжок и, метко и верно поддавая мяч ракетой, перекидывали за сетку. Весловский играл хуже других. Он слишком горячился, но зато весельем своим одушевлял играющих. Его смех и крики не умолкали. Он снял, как и другие мужчины, с разрешения дам, сюртук, и крупная красивая фигура его в белых рукавах рубашки, с румяным потным лицом и порывистые движения так и врезывались в память.

Когда Дарья Александровна в эту ночь *легла* спать, как только она закрывала глаза, она видела метавшегося по *крокетграунду* Васеньку Весловского.

Во время же игры Дарье Александровне было невесело. Ей не нравилось продолжавшееся при этом игривое отношение между Васенькой Весловским и Анной и та общая ненатуральность больших, когда они одни, без детей, играют в детскую игру. Но, чтобы не расстроить других и как-нибудь провести время, она, отдохнув, опять присоединилась к игре и притворилась, что ей весело. Весь этот день ей все казалось, что она играет на театре с лучшими, чем она, актерами и что ее плохая игра портит все дело.

---

[1] Если так дело пойдет дальше (*франц.*).

member of the open court, a juror and a member of something about horses. Du train que cela va[1], the whole time will be spent on it. And I'm afraid with such a multiplicity of these affairs, it's only a form. How many places are you a member of, Nikolay Ivanych?" she turned to Sviyazhsky. "Over twenty, I think?"

Anna spoke playfully, but irritation could be felt in her tone. Darya Alexandrovna, watching Anna and Vronsky attentively, noticed it instantly. She also noticed that Vronsky's face during this conversation had immediately taken a serious and obstinate expression. Noticing this, and that Princess Varvara at once made haste to change the conversation by talking of Petersburg acquaintances, and remembering what Vronsky had inappropriately said in the garden of his activity, Dolly understood that this question of public activity was connected with some private disagreement between Anna and Vronsky.

The dinner, the wines, the table appointments were all very good, but it was all like what Darya Alexandrovna had seen at formal dinners and balls which had become quite strange to her, and had the same impersonal and constrained character; and so, on an ordinary day and in a small circle, it all made a disagreeable impression on her.

After dinner they sat on the terrace. Then they began to play lawn tennis. The players, divided into two parties, stood on either side of a drawn net with gilt poles on the carefully leveled and rolled *croquet-ground*. Darya Alexandrovna tried to play, but it was a long time before she could understand the game, and by the time she did understand it, she was so tired that she sat down with Princess Varvara and only looked on at the players. Her partner, Tushkevich, gave up playing too; but the others kept the game up for a long time. Sviyazhsky and Vronsky both played very well and seriously. They kept a sharp lookout on the ball sent to them, without haste or hesitation, they ran adroitly up to it, waited for the rebound and, accurately and surely hitting the ball with the racket, threw it back over the net. Veslovsky played worse than the others. He got too excited, but, on the other hand, he invigorated the players with his mirth. His laughter and outcries never stopped. Like the other men, with the ladies' permission, he took off his frock coat, and his big, handsome figure in white shirt-sleeves, with his red, sweaty face and his impulsive movements, burned itself into memory.

When Darya Alexandrovna went to bed that night, as soon as she closed her eyes, she saw Vasenka Veslovsky flying about the *croquet-ground*.

But during the game Darya Alexandrovna was not enjoying herself. She did not like the playful relations, which were kept up all the while between Vasenka Veslovsky and Anna, and that general unnaturalness of grown-ups, when they all alone, without children, play at a children's game. But to avoid disappointing the others and to pass the time somehow, after a rest she joined the game again and pretended to be enjoying it. All that day it seemed to her that she was acting in a theater with actors better than herself and that her bad acting was spoiling the whole thing.

---

[1] At the rate this continues *(French)*.

Она приехала с намерением пробыть два дня, если поживется. Но вечером же, во время игры, она решила, что уедет завтра. Те мучительные материнские заботы, которые она так ненавидела дорогой, теперь, после дня, проведенного без них, представлялись ей уже в другом свете и тянули ее к себе.

Когда после вечернего чая и ночной прогулки в лодке Дарья Александровна вошла одна в свою комнату, сняла платье и села убирать свои жидкие волосы на ночь, она почувствовала большое облегчение.

Ей даже неприятно было думать, что Анна сейчас придет к ней. Ей хотелось побыть одной с своими мыслями.

XXIII

Долли уже хотела ложиться, когда Анна в ночном костюме вошла к ней.

В продолжение дня несколько раз Анна начинала разговоры о задушевных делах и каждый раз, сказав несколько слов, останавливалась. "После, наедине все переговорим. Мне столько тебе нужно сказать", — говорила она.

Теперь они были наедине, и Анна не знала, о чем говорить. Она сидела у окна, глядя на Долли и перебирая в памяти все те, казавшиеся неистощимыми, запасы задушевных разговоров, и не находила ничего. Ей казалось в эту минуту, что все уже было сказано.

— Ну, что Кити? — сказала она, тяжело вздохнув и виновато глядя на Долли. — Правду скажи мне, Долли, не сердится она на меня?

— Сердится? Нет, — улыбаясь, сказала Дарья Александровна.

— Но ненавидит, презирает?

— О нет! Но ты знаешь, это не прощается.

— Да, да, — отвернувшись и глядя в открытое окно, сказала Анна. — Но я не была виновата. И кто виноват? Что такое виноват? Разве могло быть иначе? Ну, как ты думаешь? Могло ли быть, чтобы ты была не жена Стивы?

— Право, не знаю. Но вот что ты мне скажи...

— Да, да, но мы не кончили про Кити. Она счастлива? Он прекрасный человек, говорят.

— Это мало сказать, что прекрасный. Я не знаю лучше человека.

— Ах, как я рада! Я очень рада! Мало сказать, что прекрасный человек, — повторила она.

Долли улыбнулась.

— Но ты мне скажи про себя. Мне с тобой длинный разговор. И мы говорили с... — Долли не знала, как его назвать. Ей было неловко называть его графом и Алексей Кириллычем.

— С Алексеем, — сказала Анна, — я знаю, что вы говорили. Но я хотела спросить тебя прямо, что ты думаешь обо мне, о моей жизни?

— Как так вдруг сказать? Я, право, не знаю.

She had come with the intention of staying two days, if all went well. But in the evening, during the game, she decided that she would leave the next day. Those torturous maternal cares, which she had so hated on the way, now, after a day spent without them, presented themselves to her in quite another light and pulled her to them.

When, after evening tea and a row by night in the boat, Darya Alexandrovna went alone to her room, took off her dress and sat down to arrange her thin hair for the night, she had a great sense of relief.

It was even disagreeable to her to think that Anna was coming to see her immediately. She wanted to be alone with her thoughts.

XXIII

Dolly was about to go to bed when Anna came into her room, dressed for the night.

In the course of the day Anna had several times begun to speak of intimate matters and every time, after a few words, she had stopped. "Later, when we are alone, we'll talk about everything. I've got so much to tell you," she said.

Now they were alone, and Anna did not know what to talk about. She sat by the window, looking at Dolly and going over in her memory all the stores of intimate talk which had seemed so inexhaustible, and she found nothing. At that moment it seemed to her that everything had already been said.

"Well, how is Kitty?" she said, sighing heavily and looking guiltily at Dolly. "Tell me the truth, Dolly, isn't she angry with me?"

"Angry? No," said Darya Alexandrovna, smiling.

"But she hates me, despises me?"

"Oh, no! But you know that sort of thing isn't forgiven."

"Yes, yes," said Anna, turning away and looking out of the open window. "But I was not to blame. And who is to blame? What's the meaning of being to blame? Could it have been otherwise? Well, what do you think? Could you not be the wife of Stiva?"

"Really, I don't know. But tell me this..."

"Yes, yes, but we've not finished about Kitty. Is she happy? He's a splendid man, they say."

"It's not enough to say he's splendid. I don't know a better man."

"Ah, how glad I am! I'm very glad! It's not enough to say he's a splendid man," she repeated.

Dolly smiled.

"But tell me about yourself. I must have a long talk with you. And I've had a talk with..." Dolly did not know what to call him. She felt it awkward to call him either the Count or Alexey Kirillych.

"With Alexey," said Anna, "I know you've had a talk. But I wanted to ask you directly what you think of me, of my life?"

"How am I to say like that straight off? I really don't know."

— Нет, ты мне все-таки скажи... Ты видишь мою жизнь. Но ты не забудь, что ты нас видишь летом, когда ты приехала, и мы не одни... Но мы приехали раннею весной, жили совершенно одни и будем жить одни, и лучше этого я ничего не желаю. Но представь себе, что я живу одна без него, одна, а это будет... Я по всему вижу, что это часто будет повторяться, что он половину времени будет вне дома, — сказала она, вставая и присаживаясь ближе к Долли.

— Разумеется, — перебила она Долли, хотевшую возразить, — разумеется, я насильно не удержу его. Я и не держу. Нынче скачки, его лошади скачут, он едет, и я очень рада. Но ты подумай обо мне, представь себе мое положение... Да что говорить про это! — Она улыбнулась. — Так о чем же он говорил с тобой?

— Он говорил о том, о чем я сама хочу говорить, и мне легко быть его адвокатом: о том, нет ли возможности и нельзя ли... — Дарья Александровна запнулась, — исправить, улучшить твое положение... Ты знаешь, как я смотрю... Но все-таки, если возможно, надо выйти замуж...

— То есть развод? — сказала Анна. — Ты знаешь, единственная женщина, которая приехала ко мне в Петербурге, была Бетси Тверская? Ты ведь ее знаешь? Au fond c'est la femme la plus dépravée qui existe[1]. Она была в связи с Тушкевичем, самым гадким образом обманывая мужа. И она мне сказала, что она меня знать не хочет, пока мое положение будет неправильно. Не думай, чтобы я сравнивала... Я знаю тебя, душенька моя. Но я невольно вспомнила... Ну, так что же он сказал тебе? — повторила она.

— Он сказал, что страдает за тебя и за себя. Может быть, ты скажешь, что это эгоизм, но такой законный и благородный эгоизм! Ему хочется, во-первых, узаконить свою дочь и быть твоим мужем, иметь право на тебя.

— Какая жена, раба, может быть до такой степени рабой, как я, в моем положении? — мрачно перебила она.

— Главное же, чего он хочет... хочет, чтобы ты не страдала.

— Это невозможно! Ну?

— Ну, и самое законное — он хочет, чтобы дети ваши имели имя.

— Какие же дети? — не глядя на Долли и щурясь, сказала Анна.

— Ани и будущие...

— Это он может быть спокоен, у меня не будет больше детей.

— Как же ты можешь сказать, что не будет?..

— Не будет, потому что я этого не хочу.

И, несмотря на все свое волнение, Анна улыбнулась, заметив наивное выражение любопытства, удивления и ужаса на лице Долли.

— Мне доктор сказал после моей болезни...

....

— Не может быть! — широко открыв глаза, сказала Долли. Для нее это было одно из тех открытий, следствия и выводы которых так огромны, что в первую минуту только чувствуется, что сообразить всего нельзя, но что об этом много и много придется думать.

---

[1] В сущности — это развратнейшая женщина (*франц.*).

"No, tell me all the same... You see my life. But don't forget that you're seeing us in the summer, when you have come to us, and we are not alone... But we came here early in the spring, lived quite alone, and shall be alone again, and I desire nothing better than that. But imagine me living alone without him, alone, and that will be... I see by everything that it will often be repeated, that he will be half the time away from home," she said, getting up and sitting down close by Dolly.

"Of course," she interrupted Dolly, who wanted to object, "of course, I won't be able to keep him by force. I don't keep him indeed. The races are just coming, his horses are running, he will go, and I'm very glad. But think of me, imagine my position... But what's the use of talking about it!" She smiled. "Well, what did he talk about with you?"

"He talked about what I myself want to talk about, and it's easy for me to be his advocate: about whether there is a possibility and whether you could..." Darya Alexandrovna hesitated, "correct, improve your position... You know how I look at... But all the same, if possible, you should get married..."

"Divorce, you mean?" said Anna. "You know, the only woman who came to see me in Petersburg was Betsy Tverskaya? You know her, of course? Au fond c'est la femme la plus dépravée qui existe[1]. She had a liaison with Tushkevich, deceiving her husband in the basest way. And she told me that she did not want to know me as long as my position was irregular. Don't think I would compare... I know you, my darling. But I could not help remembering... Well, so what did he say to you?" she repeated.

"He said that he was unhappy on your account and his own. Perhaps you will say that it's egoism, but what a legitimate and noble egoism! He wants, first of all, to legitimize his daughter and to be your husband, to have the right to you."

"What wife, what slave can be as utterly a slave as I am, in my position?" she interrupted gloomily.

"The main thing he wants... he wants you not to suffer."

"That's impossible! Well?"

"Well, and the most legitimate thing—he wants your children to have a name."

"What children?" Anna said, not looking at Dolly and narrowing her eyelids.

"Annie and those to come..."

"He can be calm about that, I shall have no more children."

"How can you tell that you won't?.."

"I shall not, because I don't want it."

And, in spite of all her emotion, Anna smiled, noticing the naïve expression of curiosity, surprise and horror on Dolly's face.

"The doctor told me after my illness..."

....

"It can't be!" said Dolly, opening her eyes wide. For her this was one of those discoveries the consequences and conclusions from which are so immense that for the first instant one feels only that it is impossible to take it all in, but that one will have to reflect a great, great deal upon it.

---

[1] Basically, she is the most depraved woman in existence (*French*).

Открытие это, вдруг объяснившее для нее все те непонятные для нее прежде семьи, в которых было только по одному и по два ребенка, вызвало в ней столько мыслей, соображений и противоречивых чувств, что она ничего не умела сказать и только широко раскрытыми глазами удивленно смотрела на Анну. Это было то самое, о чем она мечтала еще нынче дорогой, но теперь, узнав, что это возможно, она ужаснулась. Она чувствовала, что это было слишком простое решение слишком сложного вопроса.

— N'est-ce pas immoral[1]? —только сказала она, помолчав.

— Отчего? Подумай, у меня выбор из двух: или быть беременною, то есть больною, или быть другом, товарищем своего мужа, все равно мужа, — умышленно поверхностным и легкомысленным тоном сказала Анна.

— Ну да, ну да, — говорила Дарья Александровна, слушая те самые аргументы, которые она сама себе приводила, и не находя в них более прежней убедительности.

— Для тебя, для других, — говорила Анна, как будто угадывая ее мысли, — еще может быть сомнение; но для меня... Ты пойми, я не жена; он любит меня до тех пор, пока любит. И что ж, чем я поддержу его любовь? Вот этим?

Она вытянула белые руки пред животом.

С необыкновенною быстротой, как это бывает в минуты волнения, мысли и воспоминания толпились в голове Дарьи Александровны. "Я, — думала она, — не привлекала к себе Стиву; он ушел от меня к другим, и та первая, для которой он изменил мне, не удержала его тем, что она была всегда красива и весела. Он бросил ту и взял другую. И неужели Анна этим привлечет и удержит графа Вронского? Если он будет искать этого, то найдет туалеты и манеры еще более привлекательные и веселые. И как ни белы, как ни прекрасны ее обнаженные руки, как ни красив весь ее полный стан, ее разгоряченное лицо из-за этих черных волос, он найдет еще лучше, как ищет и находит мой отвратительный, жалкий и милый муж".

Долли ничего не отвечала и только вздохнула. Анна заметила этот вздох, высказывавший несогласие, и продолжала. В запасе у ней были еще аргументы, уже столь сильные, что отвечать на них ничего нельзя было.

— Ты говоришь, что это нехорошо? Но надо рассудить, — продолжала она. — Ты забываешь мое положение. Как я могу желать детей? Я не говорю про страдания, я их не боюсь. Подумай, кто будут мои дети? Несчастные дети, которые будут носить чужое имя. По самому своему рождению они будут поставлены в необходимость стыдиться матери, отца, своего рождения.

— Да ведь для этого-то и нужен развод.

Но Анна не слушала ее. Ей хотелось договорить те самые доводы, которыми она столько раз убеждала себя.

— Зачем же мне дан разум, если я не употреблю его на то, чтобы не производить на свет несчастных?

---

[1] Разве это не безнравственно? *(франц.)*

This discovery, which suddenly explained for her all those families of one or two children, which had hitherto been so incomprehensible to her, aroused in her so many thoughts, reflections and contradictory feelings that she could say nothing and only looked at Anna with wide-open eyes of surprise. This was the very thing she had been dreaming of that morning on the way, but now, learning that it was possible, she was horrified. She felt that it was too simple a solution of too complicated a problem.

"N'est-ce pas immoral[1]?" was all she said, after a pause.

"Why so? Think, I have a choice between the two: either to be pregnant, that is, an invalid, or to be a friend, a companion of my husband, practically my husband," Anna said in a tone intentionally superficial and frivolous.

"Well, yes, yes," said Darya Alexandrovna, listening to the very arguments she had put to herself and not finding them so convincing as before.

"For you, for others," said Anna, as if guessing her thoughts, "there may be doubt; but for me... You must understand, I am not a wife; he loves me as long as he loves me. Well, and how am I to keep his love? With this?"

She stretched her white arms before her stomach.

With extraordinary rapidity, as happens in moments of excitement, thoughts and memories crowded into Darya Alexandrovna's head. "I," she thought, "did not attract Stiva; he left me for others, and the first woman for whom he betrayed me did not keep him by being always beautiful and lively. He left her and took another. And can Anna attract and keep Count Vronsky in that way? If he seeks for that, he will find dresses and manners still more attractive and lively. And however white, however gorgeous her bare arms, however beautiful her full figure, her heated face under those black locks, he will find still better ones, just as my disgusting, pitiful and dear husband seeks and finds."

Dolly made no answer and only sighed. Anna noticed this sigh, expressing dissent, and went on. She had more arguments in reserve, so strong that no answer could be made to them.

"You say it's not right? But you must consider," she went on. "You forget my position. How can I desire children? I'm not speaking of the suffering, I'm not afraid of that. Think, who are my children to be? Unhappy children, who will bear a stranger's name. For the very fact of their birth they will be forced to be ashamed of their mother, their father, their birth."

"But that is just why a divorce is necessary."

But Anna did not listen to her. She wanted to bring out the very arguments with which she had so many times convinced herself.

"What is reason given me for, if I am not to use it to avoid bringing unhappy children into the world?"

[1] Isn't it immoral? *(French)*

Она посмотрела на Долли, но, не дождавшись ответа, продолжала:

— Я бы всегда чувствовала себя виноватою пред этими несчастными детьми, — сказала она. — Если их нет, то они не несчастны по крайней мере, а если они несчастны, то я одна в этом виновата.

Это были те самые доводы, которые Дарья Александровна приводила самой себе; но теперь она слушала и не понимала их. "Как быть виноватою пред существами не существующими?" — думала она. И вдруг ей пришла мысль: могло ли быть в каком-нибудь случае лучше для ее любимца Гриши, если б он никогда не существовал? И это ей показалось так дико, так странно, что она помотала головой, чтобы рассеять эту путаницу кружащихся сумасшедших мыслей.

— Нет, я не знаю, это не хорошо, — только сказала она с выражением гадливости на лице.

— Да, но ты не забудь, что́ ты и что́ я... И кроме того, — прибавила Анна, несмотря на богатство своих доводов и на бедность доводов Долли, как будто все-таки сознаваясь, что это не хорошо, — ты не забудь главное, что я теперь нахожусь не в том положении, как ты. Для тебя вопрос: желаешь ли ты не иметь более детей, а для меня: желаю ли иметь я их. И это большая разница. Понимаешь, что я не могу этого желать в моем положении.

Дарья Александровна не возражала. Она вдруг почувствовала, что стала уж так далека от Анны, что между ними существуют вопросы, в которых они никогда не сойдутся и о которых лучше не говорить.

XXIV

— Так тем более тебе надо устроить свое положение, если возможно, — сказала Долли.

— Да, если возможно, — сказала Анна вдруг совершенно другим, тихим и грустным голосом.

— Разве невозможен развод? Мне говорили, что муж твой согласен.

— Долли! Мне не хочется говорить про это.

— Ну, не будем, — поспешила сказать Дарья Александровна, заметив выражение страдания на лице Анны. Я только вижу, что ты слишком мрачно смотришь.

— Я? Нисколько. Я очень весела и довольна. Ты видела, je fais des passions[1]. Весловский...

— Да, если правду сказать, мне не понравился тон Весловского, — сказала Дарья Александровна, желая переменить разговор.

— Ах, нисколько! Это щекотит Алексея и больше ничего; но он мальчик и весь у меня в руках; ты понимаешь, я им управляю, как хочу. Он все равно, что твой Гриша... Долли! — вдруг переменила она речь, — ты говоришь, что я мрачно смотрю. Ты не можешь понимать. Это слишком ужасно. Я стараюсь вовсе не смотреть.

— Но, мне кажется, надо. Надо сделать все, что можно.

---

[1] я имею успех (франц.).

She looked at Dolly, but without waiting for a reply she went on:

"I would always feel guilty before these unhappy children," she said. "If they don't exist, at least they are not unhappy, and if they are unhappy, I alone am guilty of it."

These were the very arguments Darya Alexandrovna had put to herself; but now she listened to them and did not understand them. "How can one be guilty before creatures that don't exist?" she thought. And suddenly a thought came to her: could it possibly, under any circumstances, have been better for her favorite Grisha if he had never existed? And this seemed to her so wild, so strange, that she shook her head to drive away this tangle of whirling, mad thoughts.

"No, I don't know, it's not right," was all she said, with an expression of disgust on her face.

"Yes, but don't forget what you are and what I am... And besides," added Anna, in spite of the wealth of her arguments and the poverty of Dolly's arguments, seeming still to admit that it was not right, "don't forget the main point, that I am not now in the same position as you. For you the question is: do you desire not to have any more children; while for me it is: do I desire to have them? And that's a big difference. You see, I can't desire it in my position."

Darya Alexandrovna did not object. She suddenly felt that she had got so far away from Anna that there were questions between them on which they would never agree and about which it was better not to speak.

XXIV

"Then there is all the more reason for you to settle your position, if possible," said Dolly.

"Yes, if possible," said Anna, speaking all at once in an utterly different voice, quiet and sad.

"Is divorce impossible? I was told your husband had consented to it."

"Dolly! I don't want to talk about that."

"Well, we won't then," Darya Alexandrovna hastened to say, noticing the expression of suffering on Anna's face. "I only see that you take too gloomy a view of things."

"I? Not at all! I'm very bright and happy. You've seen, je fais des passions[1]. Veslovsky..."

"Yes, to tell the truth, I didn't like Veslovsky's tone," said Darya Alexandrovna, anxious to change the subject.

"Ah, not at all! It titillates Alexey, and that's all; but he's a boy, and totally in my hands; you understand, I handle him as I please. He's like your Grisha... Dolly!"—she suddenly changed her tone—"you say I take too gloomy a view of things. You can't understand. It's too awful. I try not to take any view at all."

"But I think you ought to. You ought to do all you can."

---

[1] I have admirers *(French)*.

— Но что же можно? Ничего. Ты говоришь, выйти замуж за Алексея и что я не думаю об этом. Я не думаю об этом!! — повторила она, и краска выступила ей на лицо. Она встала, выпрямила грудь, тяжело вздохнула и стала ходить своею легкою походкой взад и вперед по комнате, изредка останавливаясь. — Я не думаю? Нет дня, часа, когда бы я не думала и не упрекала себя за то, что думаю... потому что мысли об этом могут с ума свести. С ума свести, — повторила она. — Когда я думаю об этом, то я уже не засыпаю без морфина. Но хорошо. Будем говорить спокойно. Мне говорят — развод. Во-первых, *он* не даст мне его. *Он* теперь под влиянием графини Лидии Ивановны.

Дарья Александровна, прямо вытянувшись на стуле, со страдальчески-сочувствующим лицом следила, поворачивая голову, за ходившею Анной.

— Надо попытаться, — тихо сказала она.

— Положим, попытаться. Что это значит? — сказала она, очевидно мысли, тысячу раз передуманные и наизусть заученные. — Это значит, мне, ненавидящей его, но все-таки признающей себя виноватою пред ним, — и я считаю его великодушным, — мне унизиться писать ему... Ну, положим, я сделаю усилие, сделаю это. Или я получу оскорбительный ответ, или согласие. Хорошо, я получила согласие... — Анна в это время была в дальнем конце комнаты и остановилась там, что-то делая с гардиной окна. — Я получу согласие, а сы... сын? Ведь они мне не отдадут его. Ведь он вырастет, презирая меня, у отца, которого я бросила. Ты пойми, что я люблю, кажется, равно, но обоих больше себя, два существа — Сережу и Алексея.

Она вышла на середину комнаты и остановилась пред Долли, сжимая руками грудь. В белом пеньюаре фигура ее казалась особенно велика и широка. Она нагнула голову и исподлобья смотрела сияющими мокрыми глазами на маленькую, худенькую и жалкую в своей штопаной кофточке и ночном чепчике, всю дрожавшую от волнения Долли.

— Только эти два существа я люблю, и одно исключает другое. Я не могу их соединить, а это мне одно нужно. А если этого нет, то все равно. Все, все равно. И как-нибудь кончится, и потому я не могу, не люблю говорить про это. Так ты не упрекай меня, не суди меня ни в чем. Ты не можешь со своею чистотой понять всего того, чем я страдаю.

Она подошла, села рядом с Долли и, с виноватым выражением вглядываясь в ее лицо, взяла ее за руку.

— Что ты думаешь? Что ты думаешь обо мне? Ты не презирай меня. Я не стою презрения. Я именно несчастна. Если кто несчастен, так это я, — выговорила она и, отвернувшись от нее, заплакала.

Оставшись одна, Долли помолилась Богу и легла в постель. Ей всею душой было жалко Анну в то время, как она говорила с ней; но теперь она не могла себя заставить думать о ней. Воспоминания о доме и детях с особенною, новою для нее прелестью, в каком-то новом сиянии возникали в ее воображении. Этот ее мир показался ей теперь

"But what can I do? Nothing. You tell me to marry Alexey, and say I don't think about it. I don't think about it!!" she repeated, and color rose into her face. She rose, drew herself up, sighed heavily, and began pacing up and down the room with her light step, stopping now and then. "I don't think about it? Not a day, not an hour passes that I don't think about it, and blame myself for thinking about it... because the thoughts about it may drive me mad. Drive me mad," she repeated. "When I think about it, I can't fall asleep without morphine. But never mind. Let us talk calmly. They tell me, divorce. In the first place, *he* won't give it to me. *He* is under the influence of Countess Lydia Ivanovna now."

Darya Alexandrovna, sitting erect on a chair, turned her head, following Anna with a face of sympathetic suffering.

"You ought to try," she said softly.

"Suppose I try. What does it mean?" she said, evidently giving utterance to the thoughts, a thousand times thought over and learned by heart. "It means that I, hating him, but still recognizing that I'm guilty before him—and I consider him magnanimous—that I humiliate myself to write to him... Well, suppose I make an effort, I do it. Either I receive an offensive answer or his consent. Good, I have received his consent..." Anna was at that moment at the furthest end of the room, and she stopped there, doing something to the curtain at the window. "I receive his consent, but my... my son? They won't give him to me. He will grow up despising me, with the father I've abandoned. You must understand, I love equally, I think, but both more than myself, two creatures—Seryozha and Alexey."

She came out into the middle of the room and stopped before Dolly, with her arms pressed to her chest. In her white peignoir her figure seemed particularly grand and broad. She bent her head, and with shining, wet eyes looked from under her brows at the little, thin Dolly, pitiful in her patched blouse and nightcap, shaking all over with emotion.

"It is only those two creatures that I love, and one excludes the other. I can't unite them, and I need only that. And if I don't have that, I don't care about the rest. I don't care about anything, anything. And it will end somehow, and so I can't, I don't like to talk about it. So don't blame me, don't judge me for anything. You with your purity can't understand all that I'm suffering."

She went up and sat down beside Dolly, and, with a guilty expression peering into her face, took her by the hand.

"What do you think? What do you think about me? Don't despise me. I don't deserve despisal. I'm simply unhappy. If anyone is unhappy, I am," she said and, turning away from her, she burst into tears.

Left alone, Dolly said her prayers and went to bed. She had felt for Anna with all her soul while she was talking with her; but now she could not force herself to think about her. The memories of home and of her children rose up in her imagination with a peculiar charm quite new to her, with a sort of new shine. That world of her own seemed to her now so precious and sweet

так дорог и мил, что она ни за что не хотела вне его провести лишний день и решила, что завтра непременно уедет.

Анна между тем, вернувшись в свой кабинет, взяла рюмку и накапала в нее несколько капель лекарства, в котором важную часть составлял морфин, и, выпив и посидев несколько времени неподвижно, с успокоенным и веселым духом пошла в спальню.

Когда она вошла в спальню, Вронский внимательно посмотрел на нее. Он искал следов того разговора, который, он знал, она, так долго оставаясь в комнате Долли, должна была иметь с нею. Но в ее выражении, возбужденно-сдержанном и что-то скрывающем, он ничего не нашел, кроме хотя и привычной ему, но все еще пленяющей его красоты, сознания ее и желания, чтоб она на него действовала. Он не хотел спросить ее о том, что они говорили, но надеялся, что она сама скажет что-нибудь. Но она сказала только:

— Я рада, что тебе понравилась Долли. Не правда ли?

— Да ведь я ее давно знаю. Она очень добрая, кажется, mais excessivement terre-à-terre[1]. Но все-таки я ей очень был рад.

Он взял руку Анны и посмотрел ей вопросительно в глаза.

Она, иначе поняв этот взгляд, улыбнулась ему.

На другое утро, несмотря на упрашивания хозяев, Дарья Александровна собралась ехать. Кучер Левина в своем не новом кафтане и полуямской шляпе, на разномастных лошадях, в коляске с заплатанными крыльями мрачно и решительно въехал в крытый, усыпанный песком подъезд.

Прощание с княжной Варварой, с мужчинами было неприятно Дарье Александровне. Пробыв день, и она и хозяева ясно чувствовали, что они не подходят друг другу и что лучше им не сходиться. Одной Анне было грустно. Она знала, что теперь, с отъездом Долли, никто уже не растревожит в ее душе те чувства, которые поднялись в ней при этом свидании. Тревожить эти чувства ей было больно, но она все-таки знала, что это была самая лучшая часть ее души и что эта часть ее души быстро зарастала в той жизни, которую она вела.

Выехав в поле, Дарья Александровна испытала приятное чувство облегчения, и ей хотелось спросить у людей, как им понравилось у Вронского, как вдруг кучер Филипп сам заговорил:

— Богачи-то богачи, а овса всего три меры дали. До петухов дочиста подобрали. Что ж три меры? только закусить. Ныне овес у дворников сорок пять копеек. У нас небось приезжим сколько съедят, столько дают.

— Скупой барин, — подтвердил конторщик.

— Ну, а лошади их понравились тебе? — спросила Долли.

— Лошади — одно слово. И пища хороша. А так мне скучно что-то показалось, Дарья Александровна, не знаю, как вам, — сказал он, обернув к ней свое красивое и доброе лицо.

— Да и мне тоже. Что ж, к вечеру доедем?

— Надо доехать.

---

[1] но слишком прозаична (франц.).

that she did not want to spend an extra day outside it on any account and decided to leave the next morning by all means.

Anna meantime went back to her boudoir, took a wine glass and dropped into it several drops of a medicine, of which an important ingredient was morphine, and after drinking it off and sitting still for a while, she went to the bedroom in a soothed and cheerful spirit.

When she went into the bedroom, Vronsky looked intently at her. He was looking for traces of the conversation which he knew that, staying so long in Dolly's room, she must have had with her. But in her expression, excitedly restrained and disguising something, he found nothing but the beauty that still bewitched him, though he was used to it, her consciousness of it and her desire that it should affect him. He did not want to ask her what they had been talking about, but hoped that she would tell him something herself. But she only said:

"I am glad you like Dolly. You do, don't you?"

"But I've known her for a long while. She's very kind, I suppose, mais excessivement terre-à-terre[1]. Still, I'm very glad to see her."

He took Anna's hand and looked inquiringly into her eyes.

Misinterpreting this look, she smiled to him.

Next morning, in spite of the blandishments of her hosts, Darya Alexandrovna prepared for leaving. Levin's coachman, in his by no means new caftan and his hat, half looking like a coachman's hat, with his ill-matched horses and his carriage with the patched mud-guards, drove gloomily and determinately into the covered, sand-strewn entry.

Darya Alexandrovna disliked taking leave of Princess Varvara and the men. After a day spent together, both she and her hosts distinctly felt that they mismatched each other and that it was better for them not to get together. Only Anna was sad. She knew that now, with Dolly's departure, no one would stir up in her soul those feelings that had been roused in her by this meeting. It hurt her to stir up these feelings, but yet she knew that that was the best part of her soul, and that that part of her soul was quickly being overgrown in the life she was leading.

As she drove out into the field, Darya Alexandrovna had a pleasant sense of relief, and she wanted to ask the servants how they had liked it at Vronsky's, when suddenly the coachman, Filipp, spoke himself:

"Rolling in wealth they may be, but three measures of oats was all they gave us. Everything cleared up by cockcrow. What are three measures? A mere starter. And innkeepers sell oats now for forty-five kopecks. At our place all comers may have as much as they can eat."

"A stingy master," the clerk endorsed.

"Well, and did you like their horses?" asked Dolly.

"Horses for real. And the food is good. But it seemed to me sort of boring there, Darya Alexandrovna, I don't know about you," he said, turning his handsome and good-natured face to her.

"I thought so too. Well, shall we get there by evening?"

"We must."

---

[1] but excessively down-to-earth (French).

Вернувшись домой и найдя всех вполне благополучными и особенно милыми, Дарья Александровна с большим оживлением рассказывала про свою поездку, про то, как ее хорошо принимали, про роскошь и хороший вкус жизни Вронских, про их увеселения и не давала никому слова сказать против них.

— Надо знать Анну и Вронского — я его больше узнала теперь, — чтобы понять, как они милы и трогательны, — теперь совершенно искренно говорила она, забыв то неопределенное чувство недовольства и неловкости, которое она испытывала там.

XXV

Вронский и Анна, все в тех же условиях, все так же не принимая никаких мер для развода, прожили все лето и часть осени в деревне. Было между ними решено, что они никуда не поедут; но оба чувствовали, чем долее они жили одни, в особенности осенью и без гостей, что они не выдержат этой жизни и что придется изменить ее.

Жизнь, казалось, была такая, какой лучше желать нельзя: был полный достаток, было здоровье, был ребенок, и у обоих были занятия. Анна без гостей все так же занималась собою и очень много занималась чтением — и романов и серьезных книг, какие были в моде. Она выписывала все те книги, о которых с похвалой упоминалось в получаемых ею иностранных газетах и журналах, и с тою внимательностью к читаемому, которая бывает только в уединении, прочитывала их. Кроме того, все предметы, которыми занимался Вронский, она изучала по книгам и специальным журналам, так что часто он обращался прямо к ней с агрономическими, архитектурными, даже иногда коннозаводческими и спортсменскими вопросами. Он удивлялся ее знанию, памяти и сначала, сомневаясь, желал подтверждения; и она находила в книгах то, о чем он спрашивал, и показывала ему.

Устройство больницы тоже занимало ее. Она не только помогала, но многое и устраивала и придумывала сама. Но главная забота ее все-таки была она сама — она сама, насколько она дорога Вронскому, насколько она может заменить для него все, что он оставил. Вронский ценил это, сделавшееся единственною целью ее жизни, желание не только нравиться, но служить ему, но вместе с тем и тяготился теми любовными сетями, которыми она старалась опутать его. Чем больше проходило времени, чем чаще он видел себя опутанным этими сетями, тем больше ему хотелось не то что выйти из них, но попробовать, не мешают ли они его свободе. Если бы не это все усиливающееся желание быть свободным, не иметь сцены каждый раз, как ему надо было ехать в город на съезд, на бега, Вронский был бы вполне доволен своею жизнью. Роль, которую он избрал, роль богатого землевладельца, из каких должно состоять ядро русской аристократии, не только пришлась ему вполне по вкусу, но теперь, после того как он прожил

On returning home and finding everyone quite well and particularly sweet, Darya Alexandrovna told them about her journey with great liveliness, about how well they had received her, about the luxury and good taste of the Vronskys' life, about their recreations, and would not allow anyone to say a word against them.

"One has to know Anna and Vronsky—I have got to know him better now—to understand how sweet and touching they are," she said, now with perfect sincerity, forgetting the vague feeling of dissatisfaction and awkwardness she had experienced there.

XXV

Vronsky and Anna spent the whole summer and part of the autumn in the country, in the same conditions, taking no measures to get a divorce. It was decided between them that they would not go anywhere; but both felt, the longer they lived alone, especially in the autumn and without guests, that they would not stand this life and that they would have to change it.

Life was apparently such that nothing better could be desired: they had the full abundance, they had health, they had a child, and both had occupation. Anna devoted just as much care to her appearance without guests and did a great deal of reading—both of novels and the serious books that were in fashion. She ordered all the books that were mentioned with praise in the foreign newspapers and magazines she received, and read them with that attention to what is read which is only given in seclusion. Moreover, every subject that was of interest to Vronsky, she studied in books and special journals, so that he often turned straight to her with questions relating to agronomy, architecture, sometimes even horse-breeding and sport. He was amazed at her knowledge, her memory, and at first doubted it and sought confirmation; and she would find what he asked about in books and show it to him.

The arrangement of the hospital also occupied her. She not only helped, but arranged and invented a great deal herself. But her main thought was still of herself—herself, how far she was dear to Vronsky, how far she could make up to him for all he had given up. Vronsky appreciated this desire not only to please, but to serve him, which had become the only aim of her life, but at the same time he wearied of those loving nets in which she tried to ensnare him. As time went on, and he saw himself more and more often ensnared in these nets, he had an ever growing desire, not so much to escape from them, as to try whether they hindered his freedom. Had it not been for this growing desire to be free, not to have a scene every time he had to go to the town to a session or a race, Vronsky would have been quite satisfied with his life. The role he had chosen, the role of a wealthy landowner, one of those who ought to constitute the heart of the Russian aristocracy, not only was entirely to his taste, but now that he had lived so for

так полгода, доставляла ему все возрастающее удовольствие. И дело его, все больше и больше занимая и втягивая его, шло прекрасно. Несмотря на огромные деньги, которых ему стоила больница, машины, выписанные из Швейцарии коровы и многое другое, он был уверен, что он не расстраивал, а увеличивал свое состояние. Там, где дело шло до доходов, продажи лесов, хлеба, шерсти, отдачи земель, Вронский был крепок, как кремень, и умел выдерживать цену. В делах большого хозяйства и в этом и в других имениях он держался самых простых, нерискованных приемов и был в высшей степени бережлив и расчетлив на хозяйственные мелочи. Несмотря на всю хитрость и ловкость немца, втягивавшего его в покупки и выставлявшего всякий расчет так, что нужно было сначала гораздо больше, но, сообразив, можно было сделать то же и дешевле и тотчас же получить выгоду, Вронский не поддавался ему. Он выслушивал управляющего, расспрашивал и соглашался с ним, только когда выписываемое или устраиваемое было самое новое, в России еще неизвестное, могущее возбудить удивление. Кроме того, он решался на большой расход только тогда, когда были лишние деньги, и, делая этот расход, доходил до всех подробностей и настаивал на том, чтоб иметь самое лучшее за свои деньги. Так что по тому, как он повел дела, было ясно, что он не расстроил, а увеличил свое состояние.

В октябре месяце были дворянские выборы в Кашинской губернии, где были имения Вронского, Свияжского, Кознышева, Облонского и маленькая часть Левина.

Выборы эти, по многим обстоятельствам и лицам, участвовавшим в них, обращали на себя общественное внимание. О них много говорили и к ним готовились. Московские, петербургские и заграничные жители, никогда не бывавшие на выборах, съехались на эти выборы.

Вронский давно уже обещал Свияжскому ехать на них.

Пред выборами Свияжский, часто навещавший Воздвиженское, заехал за Вронским.

Накануне еще этого дня между Вронским и Анной произошла почти ссора за эту предполагаемую поездку. Было самое тяжелое, скучное в деревне осеннее время, и потому Вронский, готовясь к борьбе, со строгим и холодным выражением, как он никогда прежде не говорил с Анной, объявил ей о своем отъезде. Но, к его удивлению, Анна приняла это известие очень спокойно и спросила только, когда он вернется. Он внимательно посмотрел на нее, не понимая этого спокойствия. Она улыбнулась на его взгляд. Он знал эту способность ее уходить в себя и знал, что это бывает только тогда, когда она на что-нибудь решилась про себя, не сообщая ему своих планов. Он боялся этого; но ему так хотелось избежать сцены, что он сделал вид и отчасти искренно поверил тому, чему ему хотелось верить, — ее благоразумию.

— Надеюсь, ты не будешь скучать?

half a year, gave him an ever growing satisfaction. And his business, which occupied and absorbed him more and more, went perfectly. In spite of the immense sums of money cost him by the hospital, by the machines, by the cows ordered from Switzerland and many other things, he was convinced that he was not wasting, but increasing his fortune. In all matters affecting income, the sales of timber, grain, wool, the letting of lands, Vronsky was hard as flint and knew how to hold out for his price. In all operations on a large scale on this and his other estates, he kept to the simplest methods involving no risk, and was thrifty and prudent to an extreme degree in business details. In spite of all the cunning and dexterity of the German, who tried to tempt him into purchases by making his original estimate always far larger than really required, and then representing to Vronsky that he might get the thing cheaper, and so make an immediate profit, Vronsky did not yield to him. He listened to his steward, questioned him, and agreed with him only when the thing to be ordered or arranged was the newest, not yet known in Russia and likely to excite wonder. Apart from that, he resolved upon a big expenditure only when he had extra money, and in making this expenditure went into all the details and insisted on getting the very best for his money. So that by the way he managed his business, it was clear that he had not wasted but increased his fortune.

In the month of October there were the nobility elections in the Kashinskaya province, where were the estates of Vronsky, Sviyazhsky, Koznyshev, Oblonsky, and a small part of Levin's estate.

These elections were attracting public attention due to many circumstances and the people taking part in them. There had been a great deal of talk about them, and preparations were being made for them. People from Moscow, Petersburg and abroad, who never attended elections, came to these elections.

Vronsky had long ago promised Sviyazhsky to go to them.

Before the elections Sviyazhsky, who often visited Vozdvizhenskoye, drove over to fetch Vronsky.

The day before there had been almost a quarrel between Vronsky and Anna over this proposed journey. It was the most difficult, dullest autumn time in the country, and so, preparing for a battle, Vronsky, with a stern and cold expression, informed Anna of his departure as he had never spoken to her before. But, to his surprise, Anna took the news with great composure and only asked when he would be back. He looked intently at her, not understanding this composure. She smiled at his look. He knew this ability she had of withdrawing into herself, and knew that it only happened when she had determined upon something in herself without letting him know her plans. He was afraid of this; but he was so anxious to avoid a scene that he pretended to believe and in part sincerely believed in what he wanted to believe in—her reasonableness.

"I hope you won't be dull?"

— Надеюсь, — сказала Анна. — Я вчера получила ящик книг от Готье. Нет, я не буду скучать.

"Она хочет взять этот тон, и тем лучше, — подумал он, — а то все одно и то же".

И так и не вызвав ее на откровенное объяснение, он уехал на выборы. Это было еще в первый раз с начала их связи, что он расставался с нею, не объяснившись до конца. С одной стороны, это беспокоило его, с другой стороны, он находил, что это лучше. "Сначала будет, как теперь, что-то неясное, затаенное, а потом она привыкнет. Во всяком случае, я все могу отдать ей, но не свою мужскую независимость", — думал он.

XXVI

В сентябре Левин переехал в Москву для родов Кити. Он уже жил без дела целый месяц в Москве, когда Сергей Иванович, имевший именье в Кашинской губернии и принимавший живое участие в вопросе предстоящих выборов, собрался ехать на выборы. Он звал с собою и брата, у которого был шар по Селезневскому уезду. Кроме этого, у Левина было в Кашине крайне нужное для сестры его, жившей за границей, дело по опеке и по получению денег выкупа.

Левин все еще был в нерешительности, но Кити, видевшая, что он скучает в Москве, и советовавшая ему ехать, помимо его заказала ему дворянский мундир, стоивший восемьдесят рублей. И эти восемьдесят рублей, заплаченные за мундир, были главной причиной, побудившей Левина ехать. Он поехал в Кашин.

Левин был в Кашине уже шестой день, посещая каждый день собрание и хлопоча по делу сестры, которое не ладилось. Предводители все были заняты выборами, и нельзя было добиться того самого простого дела, которое зависело от опеки. Другое же дело — получение денег — точно так же встречало препятствия. После долгих хлопот о снятии запрещения деньги были готовы к выдаче; но нотариус, услужливейший человек, не мог выдать талона, потому что нужна была подпись председателя, а председатель, не сдав должности, был на сессии. Все эти хлопоты, хождения из места в место, разговоры с очень добрыми, хорошими людьми, понимающими вполне неприятность положения просителя, но не могущими пособить ему, — все это напряжение, не дающее никаких результатов, произвело в Левине чувство мучительное, подобное тому досадному бессилию, которое испытываешь во сне, когда хочешь употребить физическую силу. Он испытывал это часто, разговаривая со своим добродушнейшим поверенным. Этот поверенный делал, казалось, все возможное и напрягал все свои умственные силы, чтобы вывести Левина из затруднения. "Вот что попробуйте, — не раз говорил он, — съездите туда-то и туда-то", и поверенный делал целый план, как обойти то роковое

"I hope not," said Anna. "I got a box of books yesterday from Gautier's. No, I won't be dull."

"She wants to take this tone, and so much the better," he thought, "or else it would be the same thing over and over again."

And he set off for the elections without challenging her to a candid explanation. It was the first time since the beginning of their liaison that he had parted from her without a full explanation. On the one hand, this troubled him, on the other hand, he felt that it was better so. "At first it will be like now, something ambiguous, repressed, and then she will get used to it. In any case, I can give her everything, but not my masculine independence," he thought.

XXVI

In September Levin moved to Moscow for Kitty's confinement. He had spent a whole month in Moscow with nothing to do, when Sergey Ivanovich, who had an estate in the Kashinskaya province and took great interest in the question of the forthcoming elections, got ready to set off to the elections. He invited his brother, who had a ballot for the Seleznevsky district, to come with him. Besides that, Levin had to transact in Kashin some extremely important business relating to the wardship of land and to the receiving of redemption money for his sister, who lived abroad.

Levin still hesitated, but Kitty, who saw that he was bored in Moscow, and advised him to go, on her own authority ordered him a nobleman's uniform, costing eighty rubles. And those eighty rubles paid for the uniform were the main cause that made Levin go. He went to Kashin.

Levin had already been six days in Kashin, visiting the assembly every day and busily engaged about his sister's business, which wasn't working out. The district marshals of nobility were all occupied with the elections, and it was impossible to get the simplest thing done that depended on the wardship. The other matter—the receiving of money—was met with hindrances in the same way. After long troubles to have the embargo lifted, the money was ready to be paid; but the notary, a most obliging man, could not hand over the talon because the president's signature was needed, and the president, without giving over his duties, was at the session. All these troubles, this going from place to place, talking with very kind, good people, who quite understood the unpleasantness of the petitioner's position, but were unable to help him—all this effort that yielded no result, led to a feeling of misery in Levin akin to the tormenting powerlessness one experiences in dreams when one wants to use physical force. He felt it frequently as he talked to his most good-natured solicitor. This solicitor did, it seemed, everything possible and strained all his mental powers to get Levin out of his difficulties. "Try this," he said more than once, "go to so-and-so and so-and-so," and the solicitor drew up a whole plan for getting round the fatal

начало, которое мешало всему. Но тотчас же прибавлял: "Все-таки задержат; однако попробуйте". И Левин пробовал, ходил, ездил. Все были добры и любезны, но оказывалось, что обойденное вырастало опять на конце и опять преграждало путь. В особенности было обидно то, что Левин не мог никак понять, с кем он борется, кому выгода оттого, что его дело не кончается. Этого, казалось, никто не знал; не знал и поверенный. Если б Левин мог понять, как он понимал, почему подходить к кассе на железной дороге нельзя иначе, как становясь в ряд, ему бы не было обидно и досадно; но в препятствиях, которые он встречал по делу, никто не мог объяснить ему, для чего они существуют.

Но Левин много изменился со времени своей женитьбы; он был терпелив и если не понимал, для чего все это так устроено, то говорил себе, что, не зная всего, он не может судить, что, вероятно, так надобно, и старался не возмущаться.

Теперь, присутствуя на выборах и участвуя в них, он старался также не осуждать, не спорить, а сколько возможно понять то дело, которым с такою серьезностью и увлечением занимались уважаемые им честные и хорошие люди. С тех пор как он женился, Левину открылось столько новых, серьезных сторон, прежде, по легкомысленному к ним отношению, казавшихся ничтожными, что и в деле выборов он предполагал и искал серьезного значения.

Сергей Иванович объяснил ему смысл и значение предполагавшегося на выборах переворота. Губернский предводитель, в руках которого по закону находилось столько важных общественных дел, — и опеки (те самые, от которых страдал теперь Левин), и дворянские огромные суммы, и гимназии женская, мужская и военная, и народное образование по новому положению, и, наконец, земство, — губернский предводитель Снетков был человек старого дворянского склада, проживший огромное состояние, добрый человек, честный в своем роде, но совершенно не понимавший потребностей нового времени. Он во всем всегда держал сторону дворянства, он прямо противодействовал распространению народного образования и придавал земству, долженствующему иметь такое громадное значение, сословный характер. Нужно было на его место поставить свежего, современного, дельного человека, совершенно нового, и повести дело так, чтоб извлечь из всех дарованных дворянству, не как дворянству, а как элементу земства, прав те выгоды самоуправления, какие только могли быть извлечены. В богатой Кашинской губернии, всегда шедшей во всем впереди других, теперь набрались такие силы, что дело, поведенное здесь как следует, могло послужить образцом для других губерний, для всей России. И потому все дело имело большое значение. Предводителем на место Снеткова предполагалось поставить или Свияжского, или, еще лучше, Неведовского, бывшего профессора, замечательно умного человека и большого приятеля Сергея Ивановича.

point that hindered everything. But he would add immediately: "They'll delay it anyway, but try it." And Levin tried, went, drove. Everyone was kind and amiable, but the point evaded seemed to crop up again in the end, and again to bar the way. It was particularly hurtful that Levin simply could not understand with whom he was struggling, to whose interest it was that his business should not be done. That no one seemed to know; the solicitor did not know either. If Levin could have understood why, just as he understood why one could approach the ticket office at a railway station only by standing in line, it would not have been so hurtful and vexatious to him; but with the hindrances that confronted him in his business, no one could explain to him why they existed.

But Levin had changed a good deal since his marriage; he was patient, and if he could not understand why it was all arranged like this, he told himself that he could not judge without knowing all about it, and that most likely it must be so, and he tried not to become outraged.

Now, attending the elections and taking part in them, he also tried not to judge, not to argue, but to understand as fully as he could the business which was so earnestly and passionately absorbing honest and good people whom he respected. Since his marriage there had been revealed to Levin so many new, serious aspects that had previously, through his frivolous attitude to them, seemed insignificant, that in the business of the elections too he assumed and sought some serious meaning.

Sergey Ivanovich explained to him the meaning and significance of the revolution that was expected to take place at the elections. The provincial marshal, in whose hands the law had placed so many important public matters—the wardships (the same which were giving Levin so much suffering now), the huge sums of money of the nobility, the high schools, female, male and military, and public education according to the new law, and finally, the district council—the provincial marshal, Snetkov, was a nobleman of the old school, who had dissipated an immense fortune, a good-hearted man, honest in his own way, but utterly without any comprehension of the needs of the new time. He always took the side of the nobility in everything, he directly resisted the spread of public education and attached a class character to the district council which ought to have such an immense importance. It was necessary to put in his place a fresh, modern, competent man, perfectly new, and to manage the business so as, from the rights conferred upon the nobility, not as the nobility, but as an element of the district council, to extract the benefits of self-government that could possibly be extracted. In the rich Kashinskaya province, which always took the lead of the others in everything, there was now such an accumulation of forces that this business, once carried through properly there, might serve as a model for other provinces, for all Russia. And therefore the whole business was of great importance. It was proposed to elect as marshal in place of Snetkov either Sviyazhsky, or, better still, Nevedovsky, a former professor, a man of remarkable intelligence and a great friend of Sergey Ivanovich's.

Собрание открыл губернатор, который сказал речь дворянам, чтоб они выбирали должностных лиц не по лицеприятию, а по заслугам и для блага отечества, и что он надеется, что кашинское благородное дворянство, как и в прежние выборы, свято исполнит свой долг и оправдает высокое доверие монарха.

Окончив речь, губернатор пошел из залы, и дворяне шумно и оживленно, некоторые даже восторженно, последовали за ним и окружили его в то время, как он надевал шубу и дружески разговаривал с губернским предводителем. Левин, желая во все вникнуть и ничего не пропустить, стоял тут же в толпе и слышал, как губернатор сказал: "Пожалуйста, передайте Марье Ивановне, что жена очень сожалеет, что она едет в приют". И вслед за тем дворяне весело разобрали шубы, и все поехали в собор.

В соборе Левин, вместе с другими поднимая руку и повторяя слова протопопа, клялся самыми страшными клятвами исполнять все то, на что надеялся губернатор. Церковная служба всегда имела влияние на Левина, и когда он произносил слова "целую крест" и оглянулся на толпу этих молодых и старых людей, повторявших то же самое, он почувствовал себя тронутым.

На второй и третий день шли дела о суммах дворянских и о женской гимназии, не имевшие, как объяснил Сергей Иванович, никакой важности, и Левин, занятый своим хождением по делам, не следил за ними. На четвертый день за губернским столом шла поверка губернских сумм. И тут в первый раз произошло столкновение новой партии со старою. Комиссия, которой поручено было поверить суммы, доложила собранию, что суммы были все в целости. Губернский предводитель встал, благодаря дворянство за доверие, и прослезился. Дворяне громко приветствовали его и жали ему руку. Но в это время один дворянин из партии Сергея Ивановича сказал, что он слышал, что комиссия не поверяла сумм, считая поверку оскорблением губернскому предводителю. Один из членов комиссии неосторожно подтвердил это. Тогда один маленький, очень молодой на вид, но очень ядовитый господин стал говорить, что губернскому предводителю, вероятно, было бы приятно дать отчет в суммах и что излишняя деликатность членов комиссии лишает его этого нравственного удовлетворения. Тогда члены комиссии отказались от своего заявления, и Сергей Иванович начал логически доказывать, что надо или признать, что суммы ими поверены, или не поверены, и подробно развил эту дилемму. Сергею Ивановичу возражал говорун противной партии. Потом говорил Свияжский и опять ядовитый господин. Прения шли долго и ничем не кончились. Левин был удивлен, что об этом так долго спорили, в особенности потому, что, когда он спросил у Сергея Ивановича, предполагает ли он, что суммы растрачены, Сергей Иванович отвечал:

The meeting was opened by the governor, who made a speech to the nobles, urging them to elect the functionaries not out of favoritism, but for their services and for the good of the fatherland, and expressing his hope that the honorable nobility of the Kashinskaya province would, as in previous elections, fulfill their duty as sacred, and justify the exalted confidence of the monarch.

Having finished his speech, the governor walked out of the hall, and the noblemen noisily and merrily, some even rapturously, followed him and surrounded him while he was putting on his fur coat and talked amicably with the provincial marshal. Levin, anxious to see into everything and not to miss anything, stood there too in the crowd and heard the governor say: "Please tell Marya Ivanovna that my wife is very sorry she is going to the hospice." And after that the nobles lively took their fur coats and all drove off to the cathedral.

In the cathedral Levin, raising his hand and repeating the words of the protopope together with the others, swore with the most terrible oaths to do all the governor had hoped for. Church services always affected Levin, and as he uttered the words "I kiss the cross," and glanced round at the crowd of those young and old men repeating the same thing, he felt touched.

On the second and third days there was business relating to the sums of money of the nobility and the female high school, of no importance whatever, as Sergey Ivanovich explained, and Levin, busy seeing after his own affairs, did not follow it. On the fourth day the auditing of the provincial accounts took place at the provincial table. And here for the first time a skirmish occurred between the new party and the old. The commission which had been charged with auditing the accounts reported to the meeting that all was in order. The provincial marshal got up, thanked the nobility for their confidence and shed tears. The nobles gave him a loud welcome and shook his hand. But at that moment a nobleman of Sergey Ivanovich's party said that he had heard that the commission had not audited the accounts, considering auditing an insult to the provincial marshal. One of the members of the commission incautiously acknowledged it. Then a small gentleman, very young-looking but very malignant, began to say that it would probably be agreeable to the provincial marshal to give an account of the sums of money and that the excessive delicacy of the members of the commission was depriving him of this moral satisfaction. Then the members of the commission withdrew their declaration, and Sergey Ivanovich began to prove logically that they must admit either that they had audited the accounts or that they had not, and he developed this dilemma in detail. Sergey Ivanovich was replied by a spokesman of the opposite party. Then Sviyazhsky spoke, and then the malignant gentleman again. The discussion lasted a long time and ended with nothing. Levin was surprised that they disputed upon it so long, especially as, when he asked Sergey Ivanovich whether he supposed that the sums of money had been misappropriated, Sergey Ivanovich answered:

— О нет! Он честный человек. Но этот старинный прием отеческого семейного управления дворянскими делами надо было поколебать.

На пятый день были выборы уездных предводителей. Этот день был довольно бурный в некоторых уездах. В Селезневском уезде Свияжский был выбран без баллотирования единогласно, и у него был в этот день обед.

XXVII

На шестой день были назначены губернские выборы. Залы большие и малые были полны дворян в разных мундирах. Многие приехали только к этому дню. Давно не видавшиеся знакомые, кто из Крыма, кто из Петербурга, кто из-за границы, встречались в залах. У губернского стола, под портретом государя, шли прения.

Дворяне и в большой и в малой зале группировались лагерями, и, по враждебности и недоверчивости взглядов, по замолкавшему при приближении чуждых лиц говору, по тому, что некоторые, шепчась, уходили даже в дальний коридор, было видно, что каждая сторона имела тайны от другой. По наружному виду дворяне резко разделялись на два сорта: на старых и новых. Старые были большею частью или в дворянских старых застегнутых мундирах, со шпагами и шляпами, или в своих особенных, флотских, кавалерийских, пехотных, выслуженных мундирах. Мундиры старых дворян были сшиты по-старинному, с буфочками на плечах; они были очевидно малы, коротки в талиях и узки, как будто носители их выросли из них. Молодые же были в дворянских расстегнутых мундирах с низкими талиями и широких в плечах, с белыми жилетами, или в мундирах с черными воротниками и лаврами, шитьем министерства юстиции. К молодым же принадлежали придворные мундиры, кое-где украшавшие толпу.

Но деление на молодых и старых не совпадало с делением партий. Некоторые из молодых, по наблюдениям Левина, принадлежали к старой партии, и некоторые, напротив, самые старые дворяне шептались со Свияжским и, очевидно, были горячими сторонниками новой партии.

Левин стоял в маленькой зале, где курили и закусывали, подле группы своих, прислушиваясь к тому, что говорили, и тщетно напрягая свои умственные силы, чтобы понять, что говорилось. Сергей Иванович был центром, около которого группировались другие. Он теперь слушал Свияжского и Хлюстова, предводителя другого уезда, принадлежащего к их партии. Хлюстов не соглашался идти со своим уездом просить Снеткова баллотироваться, а Свияжский уговаривал его сделать это, и Сергей Иванович одобрял этот план. Левин не понимал, зачем было враждебной партии просить баллотироваться того предводителя, которого они хотели забаллотировать.

"Oh, no! He's an honest man. But this old-fashioned method of paternal family management of the affairs of the nobility must be shaken."

On the fifth day came the elections of the district marshals. It was rather a stormy day in some districts. In the Seleznevsky district Sviyazhsky was elected unanimously without a ballot, and he gave a dinner that evening.

XXVII

On the sixth day the provincial elections were to be held. The halls, large and small, were full of noblemen in various uniforms. Many had come only for that day. Acquaintances who had not seen each other for a long time, some from the Crimea, some from Petersburg, some from abroad, met in the halls. There was much discussion by the governor's table under the portrait of the Tsar.

The nobles, both in the large and small halls, grouped themselves in camps, and from their hostile and suspicious glances, from the silence that fell upon them when outsiders approached, from the fact that some even went whispering into the farther corridor, it was evident that each side had secrets from the other. In appearance the noblemen were sharply divided into two sorts: the old and the new. The old were for the most part either in old buttoned-up uniforms of the nobility, with swords and hats, or in their special naval, cavalry, or infantry uniforms to which each was individually entitled. The uniforms of the old nobles were cut in the old-fashioned way, with puffs on their shoulders; they were obviously too small, short in the waist and tight, as if their wearers had grown out of them. The young wore the unbuttoned uniforms of the nobility with low waists and broad shoulders, with white waistcoats, or uniforms with black collars and embroidered laurels of the Ministry of Justice. To the young also belonged the court uniforms that here and there adorned the crowd.

But the division into young and old did not correspond with the division of parties. Some of the young, as Levin observed, belonged to the old party, and some of the oldest noblemen, on the contrary, were whispering with Sviyazhsky, and were evidently ardent partisans of the new party.

Levin stood in the small hall, where they were smoking and taking refreshments, close to a group of his own people, listening to what they were saying and vainly exerting his mental powers to understand what was said. Sergey Ivanovich was the center around which the others grouped themselves. He was listening now to Sviyazhsky and Khliustov, the marshal of another district, who belonged to their party. Khliustov would not agree to go with his district to ask Snetkov to stand, while Sviyazhsky was persuading him to do so, and Sergey Ivanovich was approving of this plan. Levin did not understand why the opposition party should ask the marshal to stand whom they wanted to blackball.

Степан Аркадьич, только что закусивший и выпивший, обтирая душистым батистовым с каемками платком рот, подошел к ним в своем камергерском мундире.

— Занимаем позицию, — сказал он, расправляя обе бакенбарды, — Сергей Иваныч!

И, прислушавшись к разговору, он подтвердил мнение Свияжского.

— Довольно одного уезда, а Свияжский уже, очевидно, оппозиция, — сказал он всем, кроме Левина, понятные слова.

— Что, Костя, и ты вошел, кажется, во вкус? — прибавил он, обращаясь к Левину, и взял его под руку. Левин и рад был бы войти во вкус, но не мог понять, в чем дело, и, отойдя несколько шагов от говоривших, выразил Степану Аркадьичу свое недоумение, зачем было просить губернского предводителя.

— O sancta simplicitas[1]! — сказал Степан Аркадьич и кратко и ясно растолковал Левину, в чем дело.

Если бы, как в прошлые выборы, все уезды просили губернского предводителя, то его выбрали бы всеми белыми. Этого не нужно было. Теперь же восемь уездов согласны просить; если же два откажутся просить, то Снетков может отказаться от баллотировки. И тогда старая партия может выбрать другого из своих, так как расчет весь будет потерян. Но если только один уезд Свияжского не будет просить, Снетков будет баллотироваться. Его даже выберут и нарочно переложат ему, так что противная партия собьется со счета, и, когда выставят кандидата из наших, они же ему переложат.

Левин понял, но не совсем, и хотел еще сделать несколько вопросов, когда вдруг все заговорили, зашумели и двинулись в большую залу.

— Что такое? что? кого? — Доверенность? кому? что? — Опровергают? — Не доверенность. — Флерова не допускают. — Что же, что под судом? — Этак никого не допустят. Это подло. — Закон! — слышал Левин с разных сторон и вместе со всеми, торопившимися куда-то и боявшимися что-то пропустить, направился в большую залу и, теснимый дворянами, приблизился к губернскому столу, у которого что-то горячо спорили губернский предводитель, Свияжский и другие коноводы.

XXVIII

Левин стоял довольно далеко. Тяжело, с хрипом дышавший подле него один дворянин и другой, скрипевший толстыми подошвами, мешали ему ясно слышать. Он издалека слышал только мягкий голос предводителя, потом визгливый голос ядовитого дворянина и потом голос Свияжского. Они спорили, сколько он мог понять, о значении статьи закона и о значении слов: *находившегося под следствием.*

---

[1] О святая простота! (*лат.*)

Stepan Arkadyich, who had just had some refreshment and a drink, came up to them in his uniform of a gentleman of the bedchamber, wiping his mouth with a perfumed lawn handkerchief with a border.

"Placing our forces," he said, pulling out his whiskers, "Sergey Ivanych!"

And listening to the conversation, he endorsed Sviyazhsky's opinion.

"One district's enough, and Sviyazhsky's obviously already in the opposition," he said the words intelligible to all except Levin.

"Well, Kostya, you seem to begin enjoying it, too?" he added, turning to Levin, and took him by the arm. Levin would have been glad indeed to begin enjoying it, but could not understand what the point was and, retreating a few steps from the speakers, he expressed to Stepan Arkadyich his bewilderment why the provincial marshal should be asked to stand.

"O sancta simplicitas[1]!" said Stepan Arkadyich, and briefly and clearly he explained the matter to Levin.

If, as at the previous elections, all the districts asked the provincial marshal to stand, then he would be elected with all the white ballots. That must not be. Now eight districts had agreed to ask him; if two refused to ask, Snetkov might decline to stand at all. And then the old party might choose another of their people, as their whole design would be destroyed. But if only one district, Sviyazhsky's, did not ask, Snetkov would stand. He would even be chosen, and they would purposely give him too many votes, so that the opposition party might lose count, and when our candidate was put up, they too might give him too many votes.

Levin understood, but not fully, and would have put a few more questions, when suddenly everyone began talking and making a noise, and they moved to the large hall.

"What is it? what? whom?—Proxy? for whom? what?—They contest it?—No proxy.—They don't admit Flerov.—So what if there's a charge against him?—That way they won't admit anyone. It's despicable.—The law!" Levin heard from all sides, and he went to the large hall together with the others, all hurrying somewhere and afraid of missing something, and, squeezed by the noblemen, approached the governor's table, by which the provincial marshal, Sviyazhsky and other leaders were hotly disputing about something.

XXVIII

Levin was standing rather far off. A nobleman breathing heavily and hoarsely at his side, and another whose thick soles were creaking, prevented him from hearing distinctly. He could only hear the soft voice of the marshal from afar, then the shrill voice of the malignant nobleman, and then the voice of Sviyazhsky. They were disputing, as far as he could understand, about the meaning of an article of the law and the meaning of the words: *"being under investigation."*

---

[1] Oh holy simplicity! *(Latin)*

Толпа раздалась, чтобы дать дорогу подходившему к столу Сергею Ивановичу. Сергей Иванович, выждав окончания речи ядовитого дворянина, сказал, что ему кажется, что вернее всего было бы справиться со статьей закона, и попросил секретаря найти статью. В статье было сказано, что в случае разногласия надо баллотировать.

Сергей Иванович прочел статью и стал объяснять ее значение, но тут один высокий, толстый, сутуловатый, с крашеными усами, в узком мундире с подпиравшим ему сзади шею воротником помещик перебил его. Он подошел к столу и, ударив по нем перстнем, громко закричал:

— Баллотировать! На шары! Нечего разговаривать! На шары!

Тут вдруг заговорило несколько голосов, и высокий дворянин с перстнем, все более и более озлобляясь, кричал громче и громче. Но нельзя было разобрать, что он говорил.

Он говорил то самое, что предлагал Сергей Иванович; но, очевидно, он ненавидел его и всю его партию, и это чувство ненависти сообщилось всей партии и вызвало отпор такого же, хотя и более приличного озлобления с другой стороны. Поднялись крики, и на минуту все смешалось, так что губернский предводитель должен был просить о порядке.

— Баллотировать, баллотировать! Кто дворянин, тот понимает. Мы кровь проливаем... Доверие монарха... Не считать предводителя, он не приказчик... Да не в том дело... Позвольте, на шары! Гадость!.. — слышались озлобленные, неистовые крики со всех сторон. Взгляды и лица были еще озлобленнее и неистовее речи. Они выражали непримиримую ненависть. Левин совершенно не понимал, в чем было дело, и удивлялся той страстности, с которою разбирался вопрос о том, баллотировать или не баллотировать мнение о Флерове. Он забывал, как ему потом разъяснил Сергей Иванович, тот силлогизм, что для общего блага нужно было свергнуть губернского предводителя; для свержения же предводителя нужно было большинство шаров; для большинства же шаров нужно было дать Флерову право голоса; для признания же Флерова способным надо было объяснить, как понимать статью закона.

— А один голос может решить все дело, и надо быть серьезным и последовательным, если хочешь служить общественному делу, — заключил Сергей Иванович.

Но Левин забыл это, и ему было тяжело видеть этих уважаемых им, хороших людей в таком неприятном, злом возбуждении. Чтоб избавиться от этого тяжелого чувства, он, не дождавшись конца прений, ушел в залу, где никого не было, кроме лакеев около буфета. Увидав хлопотавших лакеев над перетиркой посуды и расстановкой тарелок и рюмок, увидав их спокойные, оживленные лица, Левин испытал неожиданное чувство облегчения, точно из смрадной комнаты он вышел на чистый воздух. Он стал ходить взад и вперед, с удовольствием глядя на лакеев. Ему очень понравилось, как один лакей с седыми бакенбардами, выказывая презрение к другим, молодым, которые над

The crowd parted to make way for Sergey Ivanovich approaching the table. Sergey Ivanovich, waiting till the malignant nobleman had finished speaking, said that he thought the right solution would be to refer to the article of the law, and asked the secretary to find the article. The article said that in case of disagreement there must be a ballot.

Sergey Ivanovich read the article and began to explain its meaning, but then a tall, stout, round-shouldered landowner, with dyed mustache, in a tight uniform with a collar that supported the back of his neck, interrupted him. He went up to the table and, striking it with his signet ring, shouted loudly:

"Vote! Put it to the ballot! Enough talking! Put it to the ballot!"

Then several voices began to talk all at once, and the tall nobleman with the signet ring, getting more and more angry, shouted louder and louder. But it was impossible to make out what he was saying.

He was saying the same thing Sergey Ivanovich had proposed; but it was evident that he hated him and all his party, and this feeling of hatred spread through the whole party and roused in opposition to it the same anger, though in a more seemly form, on the other side. Shouts arose, and for a moment all was confusion, so that the provincial marshal had to call for order.

"Vote! Vote! Everyone who is a nobleman understands it. We shed our blood... The confidence of the monarch... Don't audit the marshal, he's not a salesclerk... But that's not the point... Put it to the ballot, please! Despicable!.."
Bitter, furious shouts were heard from all sides. The looks and faces were even more bitter and furious than the words. They expressed implacable hatred. Levin did not in the least understand what was the matter, and he marveled at the passion with which they disputed the question whether or not the opinion about Flerov should be put to the vote. He forgot, as Sergey Ivanovich explained to him afterwards, the syllogism that it was necessary for the common good to depose the provincial marshal; that to depose the marshal it was necessary to have a majority of ballots; that to get a majority of ballots it was necessary to give Flerov the right to vote; that to recognize Flerov's eligibility it was necessary to explain how to understand the article of the law.

"One vote may decide the whole matter, and one must be serious and consistent if one wants to serve the public cause," concluded Sergey Ivanovich.

But Levin forgot that, and it was painful to him to see these good people, whom he respected, in such unpleasant, vicious excitement. To escape from this painful feeling he went, without waiting for the end of the discussion, to the other hall where there was nobody except the lackeys at the buffet. Seeing the lackeys busy over wiping crockery and setting in order plates and glasses, seeing their calm, lively faces, Levin felt an unexpected sense of relief as if he had come out of a stinking room into the fresh air. He began walking up and down, looking with pleasure at the lackeys. He particularly liked the way one gray-whiskered lackey, showing his scorn for the other

ним подтрунивали, учил их, как надо складывать салфетки. Левин только что собирался вступить в разговор со старым лакеем, как секретарь дворянской опеки, старичок, имевший специальность знать всех дворян губернии по имени и отчеству, развлек его.

— Пожалуйте, Константин Дмитрич, — сказал он ему, — вас братец ищут. Баллотируется мнение.

Левин вошел в залу, получил беленький шарик и вслед за братом Сергеем Ивановичем подошел к столу, у которого стоял с значительным и ироническим лицом, собирая в кулак бороду и нюхая ее, Свияжский. Сергей Иванович вложил руку в ящик, положил куда-то свой шар и, дав место Левину, остановился тут же. Левин подошел, но, совершенно забыв, в чем дело, и смутившись, обратился к Сергею Ивановичу с вопросом: "Куда класть?" Он спросил тихо, в то время как вблизи говорили, так что он надеялся, что его вопрос не услышат. Но говорившие замолкли, и неприличный вопрос его был услышан. Сергей Иванович нахмурился.

— Это дело убеждения каждого, — сказал он строго.

Некоторые улыбнулись. Левин покраснел, поспешно сунул под сукно руку и положил направо, так как шар был в правой руке. Положив, он вспомнил, что надо было засунуть и левую руку, и засунул ее, но уже поздно, и, еще более сконфузившись, поскорее ушел в самые задние ряды.

— Сто двадцать шесть избирательных! Девяносто восемь неизбирательных! — прозвучал не выговаривающий букву *р* голос секретаря. Потом послышался смех: пуговица и два ореха нашлись в ящике. Дворянин был допущен, и новая партия победила.

Но старая партия не считала себя побежденною. Левин услыхал, что Снеткова просят баллотироваться, и увидал, что толпа дворян окружала губернского предводителя, который говорил что-то. Левин подошел ближе. Отвечая дворянам, Снетков говорил о доверии дворянства, о любви к нему, которой он не сто́ит, ибо вся заслуга его состоит в преданности дворянству, которому он посвятил двенадцать лет службы. Несколько раз он повторял слова: "Служил сколько было сил, верой и правдой, ценю и благодарю", — и вдруг остановился от душивших его слез и вышел из залы. Происходили ли эти слезы от сознания несправедливости к нему, от любви к дворянству или от натянутости положения, в котором он находился, чувствуя себя окруженным врагами, но волнение сообщилось, большинство дворян было тронуто, и Левин почувствовал нежность к Снеткову.

В дверях губернский предводитель столкнулся с Левиным.

— Виноват, извините, пожалуйста, — сказал он, как незнакомому; но, узнав Левина, робко улыбнулся. Левину показалось, что он хотел сказать что-то, но не мог от волнения. Выражение его лица и всей фигуры в мундире, крестах и белых с галунами панталонах, как он торопливо шел, напомнило Левину травимого зверя, который

younger ones who were teasing him, was teaching them how to fold up napkins. Levin was just about to enter into conversation with the old lackey, when the secretary of the wardship of the nobility, a little old man whose specialty was knowing all the noblemen of the province by name and patronymic, distracted him.

"Please come, Konstantin Dmitrich," he said to him, "your brother is looking for you. The opinion is being put to the vote."

Levin walked into the hall, received a little white ballot and, following his brother Sergey Ivanovich, approached the table by which Sviyazhsky was standing with a significant and ironic face, gathering his beard in his fist and sniffing at it. Sergey Ivanovich inserted his hand into the box, put his ballot somewhere and, making room for Levin, stopped right there. Levin came up, but completely forgetting what he was to do and becoming embarrassed, he turned to Sergey Ivanovich with the question: "Where am I to put it?" He asked it softly, while there was talking going on near, so that he hoped his question would not be overheard. But the talkers became silent, and his improper question was overheard. Sergey Ivanovich frowned.

"That is a matter of each man's conviction," he said severely.

Several people smiled. Levin blushed, hurriedly thrust his hand under the cloth and put the ballot to the right as it was in his right hand. Having put it in, he recalled that he ought to have thrust his left hand too, and so he thrust it in, though too late, and becoming still more embarrassed, he beat a hasty retreat to the back rows.

"One hundred and twenty-six for eligibility! Ninety-eight against eligibility!" rang out the voice of the secretary, who could not pronounce the letter *r*. Then there was a laugh: a button and two nuts were found in the box. The nobleman was admitted, and the new party won.

But the old party did not consider itself defeated. Levin heard that they were asking Snetkov to stand, and he saw that a crowd of noblemen was surrounding the provincial marshal, who was saying something. Levin went nearer. In reply to the noblemen Snetkov spoke of the trust of the nobility, of their affection for him, which he did not deserve, as his only merit had been his allegiance to the nobility, to whom he had devoted twelve years of service. Several times he repeated the words: "I have served to the best of my powers, with good faith and fidelity, I appreciate and thank you," and suddenly he stopped from the tears that choked him, and went out of the hall. Whether these tears came from a sense of the injustice being done him, from his affection for the nobility, or from the strain of the position he was in, feeling himself surrounded by enemies, his emotion communicated itself, the majority of the noblemen were touched, and Levin felt a tenderness for Snetkov.

In the doorway the provincial marshal ran into Levin.

"Sorry, excuse me, please," he said as to a stranger; but recognizing Levin, he smiled timidly. It seemed to Levin that he wanted to say something, but could not because of the emotion. The expression of his face and of his whole figure in the uniform, the crosses and white trousers with braid, the way he moved hurriedly along, reminded Levin of some hunted beast

видит, что дело его плохо. Это выражение в лице предводителя было особенно трогательно Левину, потому что вчера только он по делу опеки был у него дома и видел его во всем величии доброго и семейного человека. Большой дом со старою семейною мебелью; не щеголеватые, грязноватые, но почтительные старые лакеи, очевидно еще из прежних крепостных, не переменившие хозяина; толстая, добродушная жена в чепчике с кружевами и турецкой шали, ласкавшая хорошенькую внучку, дочь дочери; молодчик сын, гимназист шестого класса, приехавший из гимназии и, здороваясь с отцом, поцеловавший его большую руку; внушительные ласковые речи и жесты хозяина — все это вчера возбудило в Левине невольное уважение и сочувствие. Левину трогателен и жалок был теперь этот старик, и ему хотелось сказать ему что-нибудь приятное.

— Стало быть, вы опять наш предводитель, — сказал он.

— Едва ли, — испуганно оглянувшись, сказал предводитель. — Я устал, уж стар. Есть достойнее и моложе меня, пусть послужат.

И предводитель скрылся в боковую дверь.

Наступила самая торжественная минута. Тотчас надо было приступить к выборам. Коноводы той и другой партии по пальцам высчитывали белые и черные.

Прения о Флерове дали новой партии не только один шар Флерова, но еще и выигрыш времени, так что могли быть привезены три дворянина, кознями старой партии лишенные возможности участвовать в выборах. Двух дворян, имевших слабость к вину, напоили пьяными клевреты Снеткова, а у третьего увезли мундирную одежду.

Узнав об этом, новая партия успела во время прений о Флерове послать на извозчике своих обмундировать дворянина и из двух напоенных привезти одного в собрание.

— Одного привез, водой отлил, — проговорил ездивший за ним помещик, подходя к Свияжскому. — Ничего, годится.

— Не очень пьян, не упадет? — покачивая головой, сказал Свияжский.

— Нет, молодцом. Только бы тут не подпоили... Я сказал буфетчику, чтобы не давал ни под каким видом.

XXIX

Узкая зала, в которой курили и закусывали, была полна дворянами. Волнение все увеличивалось, и на всех лицах было заметно беспокойство. В особенности сильно волновались коноводы, знающие все подробности и счет всех шаров. Это были распорядители предстоящего сражения. Остальные же, как рядовые пред сражением, хотя и готовились к бою, но покамест искали развлечений. Одни закусывали, стоя или присев к столу, другие ходили, куря папиросы, взад

who sees that he is in evil case. This expression on the marshal's face was particularly touching to Levin, because only yesterday he had been at his house about his wardship business and had seen him in all the grandeur of a kind-hearted family man. The big house with the old family furniture; the rather dirty, far from stylish, but respectful old footmen, evidently former house serfs who had not changed masters; the stout, good-natured wife in a cap with lace and a Turkish shawl, caressing her pretty granddaughter, her daughter's daughter; the young son, a sixth form high school student, who had just come home from school and who kissed his father's big hand in greeting; the impressive, cordial words and gestures of the host—all this had yesterday roused an involuntary respect and sympathy in Levin. This old man was a touching and pathetic figure to Levin now, and he wanted to say something pleasant to him.

"So you're to be our marshal again," he said.

"Hardly," said the marshal, looking round with a scared expression. "I'm tired and old. There are others worthier and younger than I, let them serve."

And the marshal disappeared through a side door.

The most solemn moment arrived. They were to proceed immediately to the elections. The leaders of both parties were reckoning white and black ballots on their fingers.

The discussion about Flerov had given the new party not only Flerov's one ballot but also a gain in time, so that they could bring in three noblemen who had been rendered unable to take part in the elections by the wiles of the old party. Two noblemen, who had a weakness for wine, had been made drunk by Snetkov's myrmidons, and the third had been robbed of his uniform.

On learning this, the new party had time, during the discussion about Flerov, to send some of their men in a cab to provide the nobleman with a uniform and to bring one of the two drunken men to the meeting.

"I've brought one, drenched him with water," said the landowner, who had gone on this errand, coming up to Sviyazhsky. "He's all right, he'll do."

"Not too drunk, he won't fall down?" said Sviyazhsky, shaking his head.

"No, he's fine. If only they don't give him any more to drink here... I've told the bartender not to give him anything on any account."

XXIX

The narrow hall, in which they were smoking and taking refreshments, was full of noblemen. The excitement was increasing, and anxiety was noticeable on all the faces. Especially excited were the leaders, who knew every detail and had reckoned up every ballot. They were the administrators of the impending battle. The rest, like the rank and file before a battle, though they were getting ready for the fight, sought distraction meanwhile. Some of them ate, standing or sitting at the table; others were walking

и вперед по длинной комнате и разговаривали с давно не виденными приятелями.

Левину не хотелось есть, он не курил; сходиться со своими, то есть с Сергеем Ивановичем, Степаном Аркадьичем, Свияжским и другими, не хотел, потому что с ними вместе в оживленной беседе стоял Вронский в шталмейстерском мундире. Еще вчера Левин увидал его на выборах и старательно обходил, не желая с ним встретиться. Он подошел к окну и сел, оглядывая группы и прислушиваясь к тому, что говорилось вокруг него. Ему было грустно в особенности потому, что все, как он видел, были оживлены, озабочены и заняты, и лишь он один со старым-старым, беззубым старичком во флотском мундире, шамкавшим губами, присевшим около него, был без интереса и без дела.

— Это такая шельма! Я ему говорил, так нет. Как же! Он в три года не мог собрать, — энергически говорил сутуловатый невысокий помещик с помаженными волосами, лежавшими на вышитом воротнике его мундира, стуча крепко каблуками новых, очевидно для выборов надеваемых сапог. И помещик, кинув недовольный взгляд на Левина, круто повернулся.

— Да, нечистое дело, что и говорить, — проговорил тоненьким голосом маленький помещик.

Вслед за этими целая толпа помещиков, окружавшая толстого генерала, поспешно приблизилась к Левину. Помещики, очевидно, искали места переговорить так, чтоб их не слышали.

— Как он смеет говорить, что я велел украсть у него брюки! Он их пропил, я думаю. Мне плевать на него с его княжеством. Он не смей говорить, это свинство!

— Да ведь позвольте! Они на статье основываются, — говорили в другой группе, — жена должна быть записана дворянкой.

— А черта мне в статье! Я говорю по душе. На то благородные дворяне. Имей доверие.

— Ваше превосходительство, пойдем, fine champagne[1].

Другая толпа следом ходила за что-то громко кричавшим дворянином: это был один из трех напоенных.

— Я Марье Семеновне всегда советовал сдать в аренду, потому что она не выгадает, — приятным голосом говорил помещик с седыми усами, в полковничьем мундире старого генерального штаба. Это был тот самый помещик, которого Левин встретил у Свияжского. Он тотчас узнал его. Помещик тоже пригляделся к Левину, и они поздоровались.

— Очень приятно. Как же! Очень хорошо помню. В прошлом году у Николая Ивановича, предводителя.

— Ну, как идет ваше хозяйство? — спросил Левин.

— Да все так же, в убыток, — с покорной улыбкой, но с выражением спокойствия и убеждения, что это так и надо, отвечал помещик, останавливаясь подле. — А вы как же в нашу губернию попали?

---

[1] коньяку (франц.).

up and down the long room, smoking cigarettes and talking with friends whom they had not seen for a long while.

Levin did not want to eat, and he was not smoking; he did not want to join his own people, that is Sergey Ivanovich, Stepan Arkadyich, Sviyazhsky and the others, because Vronsky in his equerry's uniform was standing with them in lively conversation. Levin had seen him yesterday at the elections and had studiously avoided him, not wishing to meet him. He went to the window and sat down, looking at the groups and listening to what was being said around him. He felt sad, especially because everyone else was, as he saw, lively, preoccupied and busy, and he alone, with a very old, toothless little man with mumbling lips wearing a naval uniform, sitting beside him, had no interest and nothing to do.

"He's such a rascal! I told him, but no. Really! He couldn't collect it in three years," a short, round-shouldered landowner, with pomaded hair hanging over the embroidered collar of his uniform, was saying vigorously, stamping firmly with the heels of his new boots, obviously put on for the elections. Casting a displeased glance at Levin, the landowner sharply turned away.

"Yes, it's a dirty business, say what you will," the small landowner said in a high voice.

After them a whole crowd of landowners, surrounding a stout general, hurriedly came near Levin. The landowners were evidently seeking a place where they could talk without being overheard.

"How dare he say I ordered his trousers stolen! Pawned them for drink, I think. I spit on him and his princely title. He has no right to say it, it's piggishness!"

"But excuse me! They rely on the article," was being said in another group, "the wife must be registered as a noblewoman."

"Ah, damn your article! I speak from my soul. That's what the nobility are for. One must have confidence."

"Come, your excellency, fine champagne[1]."

Another crowd was following a nobleman, who was loudly shouting something: he was one of the three who had been made drunk.

"I always advised Marya Semyonovna to let it, because she can't make a profit," a landowner with gray mustache, wearing the uniform of a colonel of the old general staff, said in a pleasant voice. It was the very landowner Levin had met at Sviyazhsky's. He recognized him at once. The landowner also looked closely at Levin, and they exchanged greetings.

"Very pleased to see you. Of course! I remember very well. Last year at Nikolay Ivanovich's, the marshal."

"Well, how is your farming going?" asked Levin.

"Still just the same, at a loss," the landowner, stopping near him, answered with a resigned smile, but with an expression of serenity and conviction that so it must be. "And how do you come to be in our province?" he asked.

---

[1] cognac (French).

— спросил он. — Приехали принять участие в нашем coup d'état[1]?
— сказал он, твердо, но дурно выговаривая французские слова. — Вся
Россия съехалась: и камергеры и чуть не министры. — Он указал на
представительную фигуру Степана Аркадьича в белых панталонах и
камергерском мундире, ходившего с генералом.

— Я должен вам признаться, что я очень плохо понимаю значение
дворянских выборов, — сказал Левин.

Помещик посмотрел на него.

— Да что ж тут понимать? Значения нет никакого. Упавшее учреждение, продолжающее свое движение только по силе инерции. Посмотрите, мундиры — и эти говорят вам: это собрание мировых судей,
непременных членов и так далее, а не дворян.

— Так зачем вы ездите? — спросил Левин.

— По привычке, одно. Потом связи нужно поддержать. Нравствен-
ная обязанность в некотором роде. А потом, если правду сказать, есть
свой интерес. Зять желает баллотироваться в непременные члены.
Они люди небогатые, и нужно провести его. Вот эти господа для чего
ездят? — сказал он, указывая на того ядовитого господина, который
говорил за губернским столом.

— Это новое поколение дворянства.

— Новое-то новое. Но не дворянство. Это землевладельцы, а мы помещики. Они как дворяне налагают сами на себя руки.

— Да ведь вы говорите, что это отжившее учреждение.

— Отжившее-то отжившее, а все бы с ним надо обращаться поуважи-
тельнее. Хоть бы Снетков... Хороши мы, нет ли, мы тысячу лет росли.
Знаете, придется если вам пред домом разводить садик, планировать,
и растет у вас на этом месте столетнее дерево... Оно хотя и корявое
и старое, а всё вы для клумбочек цветочных не срубите старика, а
так клумбочки распланируете, чтобы воспользоваться деревом. Его
в год не вырастишь, — сказал он осторожно и тотчас же переменил
разговор. — Ну, а ваше хозяйство как?

— Да нехорошо. Процентов пять.

— Да, но вы себя не считаете. Вы тоже что-нибудь да стоите? Вот я
про себя скажу. Я до тех пор, пока не хозяйничал, получал на службе
три тысячи. Теперь я работаю больше, чем на службе, и, так же как вы,
получаю пять процентов, и то дай Бог. А свои труды задаром.

— Так зачем же вы это делаете? Если прямой убыток?

— А вот делаешь! Что прикажете? Привычка, и знаешь, что так надо. Больше вам скажу, — облокачиваясь об окно и разговорившись,
продолжал помещик, — сын не имеет никакой охоты к хозяйству. Очевидно, ученый будет. Так что некому будет продолжать. А все делаешь.
Вот нынче сад насадил.

— Да, да, — сказал Левин, — это совершенно справедливо. Я всегда
чувствую, что нет настоящего расчета в моем хозяйстве, а делаешь...
Какую-то обязанность чувствуешь к земле.

---

[1] государственном перевороте? (франц.)

"Come to take part in our coup d'etat?" he said, pronouncing the French words firmly but badly. "All Russia has assembled here: gentlemen of the bedchamber and almost ministers." He pointed to the imposing figure of Stepan Arkadyich in white trousers and the uniform of a gentleman of the bedchamber, walking about with a general.

"I must confess to you that I have a very bad understanding of the meaning of the nobility elections," said Levin.

The landowner looked at him.

"What is there to understand? There's no meaning in it at all. An obsolete institution that goes on moving only by the force of inertia. Look, the uniforms—even they tell you: it's an assembly of justices of the peace, permanent members and so on, but not of noblemen."

"Then why do you come?" asked Levin.

"From habit, nothing else. Then, too, one must keep up connections. It's a moral obligation of a sort. And then, to tell the truth, there's one's own interest. My son-in-law wants to stand as a permanent member. They're not rich people, and I want him to get it. These gentlemen, now, what do they come for?" he said, pointing to the malignant gentleman, who had spoken at the provincial table.

"That's the new generation of nobility."

"New it is. But not nobility. They are landlords, and we are landowners. As noblemen, they are committing suicide."

"But you say it's an obsolete institution."

"Obsolete it is, but still it ought to be treated a little more respectfully. Snetkov, now... We may be good, or we may not, we have been growing for a thousand years. You know, if you are making a garden, planning one before the house, and there you have a hundred-year-old tree growing in that spot... Though it is gnarled and old, you still don't cut down the old fellow to make room for the flowerbeds, but lay out your beds so as to take advantage of the tree. You won't grow him in a year," he said cautiously, and immediately changed the subject. "Well, and how is your farming?"

"Not well. About five per cent."

"Yes, but you don't reckon yourself. Aren't you are worth something too? I'll tell you about myself. Before I took to farming, I had a salary of three thousand rubles in the service. Now I work more than in the service, and like you I get five per cent, and thank God for that. But my labor goes for free."

"Then why do you do it, if it's a clear loss?"

"Well, one does it! What would you have? It's a habit, and one knows it's how it should be. I'll tell you more," the landowner went on, leaning his elbow on the windowsill and falling into talk, "my son has no taste for farming. Apparently, he'll be a scientist. So there'll be no one to carry on. And yet one does it. I've just planted a garden."

"Yes, yes," said Levin, "that's perfectly true. I always feel there's no real reckoning in my farming, and yet one does it... It's a sort of duty one feels to the land."

— Да вот я вам скажу, — продолжал помещик. — Сосед купец был у меня. Мы прошлись по хозяйству, по саду. "Нет, говорит, Степан Васильич, все у вас в порядке идет, но садик в забросе". А он у меня в порядке. "На мой разум, я бы эту липу срубил. Только в сок надо. Ведь их тысяча лип, из каждой два хороших лубка выйдет. А нынче лубок в цене, и струбов бы липовеньких нарубил".

— А на эти деньги он бы накупил скота или землицу купил бы за бесценок и мужикам роздал бы внаймы, — с улыбкой докончил Левин, очевидно не раз уже сталкивавшийся с подобными расчетами. — И он составит себе состояние. А вы и я — только дай Бог нам свое удержать и деткам оставить.

— Вы женаты, я слышал? — сказал помещик.

— Да, — с гордым удовольствием отвечал Левин. — Да, это что-то странно, — продолжал он. — Так мы без расчета и живем, точно приставлены мы, как весталки древние, блюсти огонь какой-то.

Помещик усмехнулся под белыми усами.

— Есть из нас тоже, вот хоть бы наш приятель Николай Иваныч или теперь граф Вронский поселился, те хотят промышленность агрономическую вести; ну это до сих пор, кроме как капитал убить, ни к чему не ведет.

— Но для чего же мы не делаем как купцы? На лубок не срубаем сад? — возвращаясь к поразившей его мысли, сказал Левин.

— Да вот, как вы сказали, огонь блюсти. А то не дворянское дело. И дворянское дело наше делается не здесь, на выборах, а там, в своем углу. Есть тоже свой сословный инстинкт, что должно или не должно. Вот мужики тоже, посмотрю на них другой раз: как хороший мужик, так хватает земли нанять сколько может. Какая ни будь плохая земля, все пашет. Тоже без расчета. Прямо в убыток.

— Так так и мы, — сказал Левин. — Очень, очень приятно встретиться, — прибавил он, увидав подходившего к нему Свияжского.

— А мы вот встретились в первый раз после как у вас, — сказал помещик, — да и заговорились.

— Что ж, побранили новые порядки? — с улыбкой сказал Свияжский.

— Не без того.

— Душу отводили.

XXX

Свияжский взял под руку Левина и пошел с ним к своим.

Теперь уж нельзя было миновать Вронского. Он стоял со Степаном Аркадьичем и Сергеем Ивановичем и смотрел прямо на подходившего Левина.

— Очень рад. Кажется, я имел удовольствие встретить... у княгини Щербацкой, — сказал он, подавая руку Левину.

"I'll tell you something," the landowner went on. "A neighbor of mine, a merchant, was at my place. We walked about the farm, the garden. 'No,' he says, 'Stepan Vassilych, you keep everything going in order, but your garden's neglected.' But my garden is in order. 'To my thinking, I'd cut down those limes. But it must be done when the sap rises. Here you've a thousand limes, and each would make two good bundles of bast. Nowadays bast fetches a good price, and I'd cut them up for lime log huts.'"

"And with that money he'd buy cattle, or he'd buy some land for a trifle and let it out in lots to the peasants," Levin finished with a smile, evidently having more than once come across such calculations. "And he'd make his fortune. But you and I must thank God if we keep what we've got and leave it to our children."

"You're married, I've heard?" said the landowner.

"Yes," Levin answered with proud satisfaction. "Yes, it's rather strange," he went on. "So we live without reckoning, as if we were ancient vestals set to guard some sort of fire."

The landowner chuckled under his white mustache.

"There are some among us, too, like our friend Nikolay Ivanych or Count Vronsky, who's settled here now, they want to carry on agricultural industry; but so far it leads to nothing but making away with capital on it."

"But why don't we do like the merchants? Why don't we cut down our garden for bast?" said Levin, returning to a thought that had struck him.

"As you said, to guard the fire. That thing is no business for a nobleman. And our business as noblemen isn't done here at the elections, but there, in our corner. There's a class instinct, too, of what one ought and oughtn't to do. And the peasants, too, I look at them sometimes: any good peasant grabs as much land as he can to rent. However bad the land is, he ploughs it. Without reckoning too. At a simple loss."

"Just as we do," said Levin. "Very, very glad to have met you," he added, seeing Sviyazhsky approaching him.

"And here we've met for the first time since we met at your place," said the landowner, "and we've talked away."

"Well, have you berated the new order?" said Sviyazhsky with a smile.

"One could say that."

"Gave vent to our feelings."

XXX

Sviyazhsky took Levin's arm and went with him to their people.

Now there was no avoiding Vronsky. He was standing with Stepan Arkadyich and Sergey Ivanovich and looking straight at the approaching Levin.

"Delighted. I believe I've had the pleasure of meeting you... at Princess Shcherbatskaya's," he said, giving Levin his hand.

— Да, я очень помню нашу встречу, — сказал Левин и, багрово покраснев, тотчас же отвернулся и заговорил с братом.

Слегка улыбнувшись, Вронский продолжал говорить со Свияжским, очевидно не имея никакого желания вступать в разговор с Левиным; но Левин, говоря с братом, беспрестанно оглядывался на Вронского, придумывая, о чем бы заговорить с ним, чтобы загладить свою грубость.

— За чем же теперь дело? — спросил Левин, оглядываясь на Свияжского и Вронского.

— За Снетковым. Надо, чтоб он отказался или согласился, — отвечал Свияжский.

— Да что же он, согласился или нет?

— В том-то и дело, что ни то ни се, — сказал Вронский.

— А если откажется, кто же будет баллотироваться? — спросил Левин, поглядывая на Вронского.

— Кто хочет, — сказал Свияжский.

— Вы будете? — спросил Левин.

— Только не я, — смутившись и бросив испуганный взгляд на стоявшего подле с Сергеем Ивановичем ядовитого господина, сказал Свияжский.

— Так кто же? Неведовский? — сказал Левин, чувствуя, что он запутался.

Но это было еще хуже. Неведовский и Свияжский были два кандидата.

— Уж я-то ни в каком случае, — ответил ядовитый господин.

Это был сам Неведовский. Свияжский познакомил с ним Левина.

— Что, и тебя забрало за живое? — сказал Степан Аркадьич, подмигивая Вронскому. — Это вроде скачек. Пари можно.

— Да, это забирает за живое, — сказал Вронский. — И, раз взявшись за дело, хочется его сделать. Борьба! — сказал он, нахмурившись и сжав свои сильные скулы.

— Что за делец Свияжский! Так ясно у него все.

— О да, — рассеянно сказал Вронский.

Наступило молчание, во время которого Вронский, — так как надо же смотреть на что-нибудь, — посмотрел на Левина, на его ноги, на его мундир, потом на его лицо и, заметив мрачные, направленные на себя глаза, чтобы сказать что-нибудь, сказал:

— А как это вы, — постоянный деревенский житель, — не мировой судья? Вы не в мундире мирового судьи.

— Оттого, что я считаю, что мировой суд есть дурацкое учреждение, — отвечал мрачно Левин, все время ждавший случая разговориться с Вронским, чтобы загладить свою грубость при первой встрече.

— Я этого не полагаю, напротив, — со спокойным удивлением сказал Вронский.

— Это игрушка, — перебил его Левин. — Мировые судьи нам не нужны. Я в восемь лет не имел ни одного дела. А какое имел, то было

"Yes, I quite remember our meeting," said Levin and, blushing crimson, he turned away immediately and began talking to his brother.

With a slight smile Vronsky went on talking to Sviyazhsky, obviously without the slightest inclination to enter into conversation with Levin; but Levin, as he talked to his brother, was continually looking round at Vronsky, trying to think of something to say to him to smooth over his rudeness.

"What are we waiting for now?" asked Levin, looking at Sviyazhsky and Vronsky.

"For Snetkov. He has to refuse or to consent," answered Sviyazhsky.

"Well, and what has he done, consented or not?"

"That's the point, that he's done neither," said Vronsky.

"And if he refuses, who will stand then?" asked Levin, looking at Vronsky.

"Whoever wants to," said Sviyazhsky.

"Will you?" asked Levin.

"Certainly not I," said Sviyazhsky, getting embarrassed and casting a frightened glance at the malignant gentleman, who was standing beside Sergey Ivanovich.

"Who then? Nevedovsky?" said Levin, feeling confused.

But this was worse still. Nevedovsky and Sviyazhsky were the two candidates.

"Not I, under any circumstances," answered the malignant gentleman.

This was Nevedovsky himself. Sviyazhsky introduced him to Levin.

"Well, you find it exciting too?" said Stepan Arkadyich, winking at Vronsky. "It's like a race. One might bet on it."

"Yes, it is exciting," said Vronsky. "And once taking the thing up, one wants to see it through. It's a fight!" he said, frowning and clenching his strong jaws.

"What a dealer Sviyazhsky is! Sees it all so clearly."

"Oh, yes," Vronsky said absent-mindedly.

A silence followed, during which Vronsky—since he had to look at something—looked at Levin, at his feet, at his uniform, then at his face, and noticing his gloomy eyes fixed upon him, he said, in order to say something:

"How is it that you, living constantly in the country, are not a justice of the peace? You are not in the uniform of a justice of the peace."

"It's because I think that the court of the peace is a silly institution," Levin answered gloomily; he had been all the time waiting for an opportunity to enter into conversation with Vronsky, so as to smooth over his rudeness at their first meeting.

"I don't think so, quite the contrary," Vronsky said with quiet surprise.

"It's a plaything," Levin interrupted him. "We don't need justices of the peace. I've not had a single case in eight years. And what I had was decided

решено навыворот. Мировой судья от меня в сорока верстах. Я должен о деле в два рубля посылать поверенного, который стоит пятнадцать.

И он рассказал, как мужик украл у мельника муку, и когда мельник сказал ему это, то мужик подал иск судье в клевете. Все это было некстати и глупо, и Левин, в то время как говорил, сам чувствовал это.

— О, это такой оригинал! — сказал Степан Аркадьич со своею самою миндальною улыбкой. — Пойдемте, однако; кажется, баллотируют...

И они разошлись.

— Я не понимаю, — сказал Сергей Иванович, заметивший неловкую выходку брата, — я не понимаю, как можно быть до такой степени лишенным всякого политического такта. Вот чего мы, русские, не имеем. Губернский предводитель — наш противник, ты с ним ami cochon[1] и просишь его баллотироваться. А граф Вронский... я друга себе из него не сделаю; он звал обедать, я не поеду к нему; но он наш, зачем же делать из него врага? Потом, ты спрашиваешь Неведовского, будет ли он баллотироваться. Это не делается.

— Ах, я ничего не понимаю! И все это пустяки, — мрачно отвечал Левин.

— Вот ты говоришь, что все это пустяки, а возьмешься, так все путаешь.

Левин замолчал, и они вместе вошли в большую залу.

Губернский предводитель, несмотря на то, что он чувствовал в воздухе приготовляемый ему подвох, и несмотря на то, что не все просили его, все-таки решился баллотироваться. Всё в зале замолкло, секретарь громогласно объявил, что баллотируется в губернские предводители ротмистр гвардии Михаил Степанович Снетков.

Уездные предводители заходили с тарелочками, в которых были шары, от своих столов к губернскому, и начались выборы.

— Направо клади, — шепнул Степан Аркадьич Левину, когда он вместе с братом вслед за предводителем подошел к столу. Но Левин забыл теперь тот расчет, который объясняли ему, и боялся, не ошибся ли Степан Аркадьич, сказав "направо". Ведь Снетков был враг. Подойдя к ящику, он держал шар в правой, но, подумав, что ошибся, перед самым ящиком переложил шар в левую руку и, очевидно, потом положил налево. Знаток дела, стоявший у ящика, по одному движению локтя узнававший, кто куда положит, недовольно поморщился. Ему не на чем было упражнять свою проницательность.

Всё замолкло, и послышался счет шаров. Потом одинокий голос провозгласил число избирательных и неизбирательных.

Предводитель был выбран значительным большинством. Всё зашумело и стремительно бросилось к двери. Снетков вошел, и дворянство окружило его, поздравляя.

— Ну, теперь кончено? — спросил Левин у Сергея Ивановича.

— Только начинается, — улыбаясь, сказал за Сергея Ивановича Свияжский. — Кандидат предводителя может получить больше шаров.

---

[1] запанибрата (франц.).

inside out. The justice of the peace is over thirty miles from me. For some matter of two rubles I have to send a lawyer, who costs fifteen."

And he told them how a peasant had stolen some flour from a miller, and when the miller told him about it, the peasant sued for slander. All this was beside the point and stupid, and Levin felt it himself as he said it.

"Oh, this is such an original fellow!" said Stepan Arkadyich with his most almond-oil smile. "But come along; I think they're voting..."

And they dispersed.

"I don't understand," said Sergey Ivanovich, who had noticed his brother's clumsy behavior, "I don't understand how one can be devoid of political tact to such a degree. That's what we Russians lack. The provincial marshal is our opponent, and with him you're ami cochon[1] and ask him to stand. And Count Vronsky... I won't make a friend of him; he's asked me to dinner, and I won't go; but he's one of us—why make an enemy of him? Then you ask Nevedovsky if he's going to stand. That kind of thing is not done."

"Ah, I don't understand it at all! And it's all nonsense," Levin answered gloomily.

"You say it's all nonsense, but when you begin on it you make a muddle."

Levin fell silent, and they walked together into the big hall.

The provincial marshal, though he felt in the air some trap being prepared for him, and though not everyone had asked him, still decided to stand. All was silence in the hall, the secretary announced in a loud voice that Mikhail Stepanovich Snetkov, captain of the guards, was standing for provincial marshal.

The district marshals began walking carrying little plates with ballots, from their tables to the governor's, and the elections began.

"Put it on the right," whispered Stepan Arkadyich to Levin, as with his brother he followed the marshal to the table. But Levin forgot by now the calculation that had been explained to him, and was afraid Stepan Arkadyich might be mistaken in saying "on the right." Surely Snetkov was the enemy. As he went up to the box, he held the ballot in his right hand, but thinking he was wrong, just at the box he changed the ballot to his left hand, and then, clearly, put it on the left. An expert in the business, standing at the box and seeing by the mere movement of the elbow where each put his ballot, winced with annoyance. There was nothing for him to practice his insight on.

Everything fell silent, and the counting of the ballots was heard. Then a single voice proclaimed the numbers for and against.

The marshal was elected by a considerable majority. All was noise and eager movement towards the door. Snetkov came in, and the nobility surrounded him with congratulations.

"Well, now is it over?" Levin asked Sergey Ivanovich.

"It's only just beginning," Sviyazhsky said with a smile, replying for Sergey Ivanovich. "The marshal's candidate may receive more ballots."

---

[1] bosom buddies *(French)*.

Левин совсем опять забыл про это. Он вспомнил только теперь, что тут была какая-то тонкость, но ему скучно было вспоминать, в чем она состояла. На него нашло уныние, и захотелось выбраться из этой толпы.

Так как никто не обращал на него внимания и он, казалось, никому не был нужен, он потихоньку направился в маленькую залу, где закусывали, и почувствовал большое облегчение, опять увидав лакеев. Старичок лакей предложил ему покушать, и Левин согласился. Съев котлетку с фасолью и поговорив с лакеем о прежних господах, Левин, не желая входить в залу, где ему было так неприятно, пошел пройтись на хоры.

Хоры были полны нарядных дам, перегибавшихся через перила и старавшихся не проронить ни одного слова из того, что говорилось внизу. Около дам сидели и стояли элегантные адвокаты, учителя гимназии в очках и офицеры. Везде говорилось о выборах и о том, как измучился предводитель и как хороши были прения; в одной группе Левин слышал похвалу своему брату. Одна дама говорила адвокату:

— Как я рада, что слышала Кознышева! Это стоит, чтобы поголодать. Прелесть! Как ясно. И слышно все! Вот у вас в суде никто так не говорит. Только один Майдель, и то он далеко не так красноречив.

Найдя свободное место у перил, Левин перегнулся и стал смотреть и слушать.

Все дворяне сидели за перегородочками в своих уездах. Посередине залы стоял человек в мундире и тонким, громким голосом провозглашал:

— Баллотируется в кандидаты губернского предводителя дворянства штаб-ротмистр Евгений Иванович Опухтин!

Наступило мертвое молчание, и послышался один слабый старческий голос:

— Отказался!

— Баллотируется надворный советник Петр Петрович Боль, — начинал опять голос.

— Отказался! — раздавался молодой визгливый голос.

Опять начиналось то же, и опять "отказался". Так продолжалось около часа. Левин, облокотившись на перила, смотрел и слушал. Сначала он удивлялся и хотел понять, что это значило; потом, убедившись, что понять этого он не может, ему стало скучно. Потом, вспомнив все то волнение и озлобление, которые он видел на всех лицах, ему стало грустно: он решился уехать и пошел вниз. Проходя через сени хор, он встретил ходившего взад и вперед унылого гимназиста с подтекшими глазами. На лестнице же ему встретилась пара: дама, быстро бежавшая на каблучках, и легкий товарищ прокурора.

— Я говорил вам, что не опоздаете, — сказал прокурор в то время, когда Левин посторонился, пропуская даму.

Левин уже был на выходной лестнице и доставал из жилетного кармана номерок своей шубы, когда секретарь поймал его.

Levin had quite forgotten about that again. Only now he remembered that there was some nuance here, but he was too bored to remember what it was. He felt depressed and wanted to get out of this crowd.

As no one was paying any attention to him, and no one apparently needed him, he quietly went to the little hall where the refreshments were, and had a great sense of relief when he saw the lackeys again. The little old lackey offered him some food, and Levin agreed. After eating a cutlet with beans and talking with the lackey of gentlemen of the old days, Levin, not wishing to enter the hall, where it was all so distasteful to him, proceeded to walk through the gallery.

The gallery was full of smartly dressed ladies, leaning over the balustrade and trying not to lose a single word of what was being said below. Beside the ladies were sitting and standing elegant lawyers, high school teachers in spectacles and officers. Everywhere they were talking of the elections and of how exhausted the marshal was, and how splendid the discussions had been; in one group Levin heard his brother praised. One lady was telling a lawyer:

"How glad I am I heard Koznyshev! It's worth going hungry. Exquisite! So clear. And one can hear all of it! There's no one in your court who speaks like that. The only one is Meidel, and he's not so eloquent by a long way."

Finding a free place by the balustrade, Levin leaned over and began looking and listening.

All the noblemen were sitting behind barriers according to their districts. In the middle of the hall a man in a uniform stood and proclaimed in a high, loud voice:

"Cavalry staff-captain Evgeny Ivanovich Opukhtin is standing as a candidate for provincial marshal of the nobility!"

A dead silence followed, and one weak old man's voice was heard:

"Declined!"

"Court councilor Pyotr Petrovich Bol is standing," the voice began again.

"Declined!" a young shrill voice rang out.

The same thing began again, and again "declined." So it went on for about an hour. Levin, leaning on the balustrade, looked and listened. At first he wondered and wanted to understand what it meant; then, realizing that he could not understand it, he got bored. Then, recalling all the excitement and exasperation he had seen on all the faces, he felt sad: he decided to leave and went downstairs. As he passed through the entry to the gallery he met a dejected high school student walking up and down with puffy eyes. On the stairs he met a couple: a lady running quickly on her high heels and a jaunty deputy prosecutor.

"I told you you wouldn't be late," the prosecutor said at the moment when Levin moved aside to let the lady pass.

Levin was already on the stairs to the exit and taking the check for his fur coat from his waistcoat pocket, when the secretary caught him.

— Пожалуйте, Константин Дмитрич, баллотируют.

В кандидаты баллотировался так решительно отказавшийся Неведовский.

Левин подошел к двери в залу: она была заперта. Секретарь постучался, дверь отворилась, и навстречу Левину проюркнули два раскрасневшиеся помещика.

— Мочи моей нет, — сказал один раскрасневшийся помещик.

Вслед за помещиком высунулось лицо губернского предводителя. Лицо это было страшно от изнеможения и страха.

— Я тебе сказал не выпускать! — крикнул он сторожу.

— Я впустил, ваше превосходительство!

— Господи! — и, тяжело вздохнув, губернский предводитель, устало шмыгая в своих белых панталонах, опустив голову, пошел по средине залы к большому столу.

Неведовскому переложили, как и было рассчитано, и он был губернским предводителем. Многие были веселы, многие были довольны, счастливы, многие в восторге, многие недовольны и несчастливы. Губернский предводитель был в отчаянии, которого он не мог скрыть. Когда Неведовский пошел из залы, толпа окружила его и восторженно следовала за ним, так же как она следовала в первый день за губернатором, открывшим выборы, и так же как она следовала за Снетковым, когда тот был выбран.

XXXI

Вновь избранный губернский предводитель и многие из торжествующей партии новых обедали в этот день у Вронского.

Вронский приехал на выборы и потому, что ему было скучно в деревне и нужно было заявить свои права на свободу пред Анной, и для того, чтоб отплатить Свияжскому поддержкой на выборах за все его хлопоты для Вронского на земских выборах, и более всего для того, чтобы строго исполнять все обязанности того положения дворянина и землевладельца, которые он себе избрал. Но он никак не ожидал, чтоб это дело выборов так заняло его, так забрало за живое и чтоб он мог так хорошо делать это дело. Он был совершенно новый человек в кругу дворян, но, очевидно, имел успех и не ошибался, думая, что приобрел уже влияние между дворянами. Влиянию его содействовало: его богатство и знатность; прекрасное помещение в городе, которое уступил ему старый знакомый, Ширков, занимавшийся финансовыми делами и учредивший процветающий банк в Кашине; отличный повар Вронского, привезенный из деревни; дружба с губернатором, который был товарищем, и еще покровительствуемым товарищем Вронского; а более всего — простые, ровные ко всем отношения, очень скоро заставившие большинство дворян изменить суждение о его мнимой гордости. Он чувствовал сам, что, кроме этого шального господина, женатого на Кити Щербацкой, который à propos de

"Please come, Konstantin Dmitrich, they are voting."

Nevedovsky, who had so decidedly declined, was standing as a candidate.

Levin went up to the door of the hall: it was locked. The secretary knocked, the door opened, and Levin was met by two red-faced landowners, who darted out.

"I can't stand it any more," said one red-faced landowner.

After the landowner the face of the provincial marshal thrust itself out. This face was dreadful-looking from exhaustion and fear.

"I told you not to let anyone out!" he cried to the doorkeeper.

"I let someone in, your excellency!"

"Lord!" and with a heavy sigh the provincial marshal walked with downcast head down the middle of the hall to the big table, shuffling wearily in his white trousers.

Nevedovsky had the majority, as they had reckoned, and he became the provincial marshal. Many were amused, many were pleased and happy, many were in rapture, many were dissatisfied and unhappy. The provincial marshal was in despair, which he could not conceal. When Nevedovsky went out of the hall, the crowd surrounded him and followed him enthusiastically, just as it had followed the governor on the first day when he had opened the elections, and just as it had followed Snetkov when he had been elected.

XXXI

The newly elected provincial marshal and many of the triumphant party of the new dined that day at Vronsky's.

Vronsky had come to the elections partly because he was bored in the country and had to proclaim to Anna his right to freedom, and also to repay Sviyazhsky by his support at the elections for all the trouble he had taken for Vronsky at the district council elections, but most of all in order to strictly perform all the duties of the position of a nobleman and landowner which he had chosen for himself. But he had not in the least expected that this business of the elections would so interest him, so keenly excite him, and that he would be so good at this business. He was quite a new man in the circle of the noblemen, but his success was obvious, and he was not mistaken in thinking that he had already obtained influence among the noblemen. His influence was contributed by: his wealth and noble origin; his splendid quarters in the town which were made available to him by his old acquaintance Shirkov, a financial dealer who had set up a flourishing bank in Kashin; the excellent cook Vronsky had brought from the country; his friendship with the governor, who had been Vronsky's comrade and whom he used to patronize; and most of all by his simple, equable manner with everyone, which very quickly made the majority of the noblemen change their opinion about his supposed arrogance. He himself felt that, except that whimsical gentleman married to Kitty Shcherbatskaya, who

bottes[1] с смешной злобой наговорил ему кучу ни к чему нейдущих глупостей, каждый дворянин, с которым он знакомился, делался его сторонником. Он ясно видел, и другие признавали это, что успеху Неведовского очень много содействовал он. И теперь у себя за столом, празднуя выбор Неведовского, он испытывал приятное чувство торжества за своего избранника. Самые выборы так заманили его, что, если он будет женат к будущему трехлетию, он и сам подумывал баллотироваться, — вроде того, как после выигрыша приза чрез жокея ему захотелось скакать самому.

Теперь же праздновался выигрыш жокея. Вронский сидел в голове стола, по правую руку его сидел молодой губернатор, свитский генерал. Для всех это был хозяин губернии, торжественно открывавший выборы, говоривший речь и возбуждавший и уважение и раболепность во многих, как видел Вронский; для Вронского же это был Маслов Катька, — такое было у него прозвище в Пажеском корпусе, — конфузившийся пред ним, и которого Вронский старался mettre à son aise[2]. По левую руку сидел Неведовский со своим юным, непоколебимым и ядовитым лицом. С ним Вронский был прост и уважителен.

Свияжский переносил свою неудачу весело. Это даже не была неудача для него, как он сам сказал, с бокалом обращаясь к Неведовскому: лучше нельзя было найти представителя того нового направления, которому должно последовать дворянство. И потому всё честное, как он сказал, стояло на стороне нынешнего успеха и торжествовало его.

Степан Аркадьич был также рад, что весело провел время и что все довольны. За прекрасным обедом перебирались эпизоды выборов. Свияжский комически передал слезную речь предводителя и заметил, обращаясь к Неведовскому, что его превосходительству придется избрать другую, более сложную, чем слезы, поверку сумм. Другой шутливый дворянин рассказал, как выписаны были лакеи в чулках для бала губернского предводителя и как теперь их придется отослать назад, если новый губернский предводитель не даст бала с лакеями в чулках.

Беспрестанно во время обеда, обращаясь к Неведовскому, говорили ему: "наш губернский предводитель" и "ваше превосходительство".

Это говорилось с тем же удовольствием, с каким молодую женщину называют "madame" и по имени мужа. Неведовский делал вид, что он не только равнодушен, но и презирает это звание, но очевидно было, что он счастлив и держит себя под уздцы, чтобы не выразить восторга, не подобающего той новой, либеральной среде, в которой все находились.

За обедом было послано несколько телеграмм людям, интересовавшимся ходом выборов. И Степан Аркадьич, которому было очень весело, послал Дарье Александровне телеграмму такого содержания: "Неведовский выбран двенадцатью шарами. Поздравляю. Передай". Он продиктовал ее вслух, заметив: "Надо их порадовать". Дарья же

---

[1] ни с того ни с сего (франц.).
[2] ободрить (франц.).

had à propos de bottes[1] told him with absurd rage a pile of totally irrelevant nonsense, every nobleman with whom he had made acquaintance had become his adherent. He saw clearly, and others recognized it, too, that he had contributed a great deal to the success of Nevedovsky. And now at his own table, celebrating Nevedovsky's election, he experienced a pleasant sense of triumph for his elect. The elections themselves had so fascinated him that, should he be married by the next triennial elections, he began to think of standing himself—just as, after winning a prize through a jockey, he wanted to ride a race himself.

But now they were celebrating the prize of the jockey. Vronsky sat at the head of the table, on his right hand sat the young governor, a general from the Tsar's retinue. To all the rest he was the master of the province, who had solemnly opened the elections, made a speech and aroused both respect and subservience in many, as Vronsky saw; but to Vronsky he was Maslov Katka—that had been his nickname in the Corps of Pages—who felt embarrassed before him and whom Vronsky tried to mettre à son aise[2]. On the left hand sat Nevedovsky with his youthful, unflinching and malignant face. With him Vronsky was simple and respectful.

Sviyazhsky took his failure merrily. It was not even a failure for him, as he said himself, turning, glass in hand, to Nevedovsky: they could not have found a better representative of the new direction, which the nobility ought to follow. And therefore all that was honest, as he said, stood on the side of today's success and was rejoicing over it.

Stepan Arkadyich was glad, too, that he was having a merry time and that everyone was pleased. Over the excellent dinner the episodes of the elections were discussed. Sviyazhsky comically imitated the tearful speech of the marshal and observed, addressing Nevedovsky, that his excellency would have to select another, more complicated method of auditing the sums of money than tears. Another jocular nobleman told them how footmen in stockings had been ordered for the provincial marshal's ball, and how now they would have to be sent back unless the new provincial marshal would give a ball with footmen in stockings.

Continually during dinner, addressing Nevedovsky, they said to him: "our provincial marshal" and "your excellency."

This was said with the same pleasure with which a young woman is called "madame" and with her husband's name. Nevedovsky pretended to be not only indifferent but even scornful of this title, but it was obvious that he was happy and kept a curb on himself so as not to show rapture which was unsuitable to the new liberal community in which they all found themselves.

Over dinner several telegrams were sent to people interested in the process of the elections. And Stepan Arkadyich, who was very merry, sent Darya Alexandrovna a telegram with the following content: "Nevedovsky elected by twelve ballots. Congratulations. Tell people." He dictated it aloud, observing: "I must cheer them up." Darya Alexandrovna, getting the

---

[1] out of the blue (French).
[2] put him at ease (French).

Александровна, получив депешу, только вздохнула о рубле за телеграмму и поняла, что дело было в конце обеда. Она знала, что Стива имеет слабость в конце хороших обедов "faire jouer le télégraphe[1]".

Все было, вместе с отличным обедом и винами не от русских виноторговцев, а прямо заграничной разливки, очень благородно, просто и весело. Кружок людей в двадцать человек был подобран Свияжским из единомышленных, либеральных, новых деятелей и вместе остроумных и порядочных. Пили тосты, тоже полушутливые, и за нового губернского предводителя, и за губернатора, и за директора банка, и за "любезного нашего хозяина".

Вронский был доволен. Он никак не ожидал такого милого тона в провинции.

В конце обеда стало еще веселее. Губернатор просил Вронского ехать в концерт в пользу братии, который устраивала его жена, желающая с ним познакомиться.

— Там будет бал, и ты увидишь нашу красавицу. В самом деле замечательно.

— Not in my line[2], — отвечал Вронский, любивший это выражение, но улыбнулся и обещал приехать.

Уже пред выходом из-за стола, когда все закурили, камердинер Вронского подошел к нему с письмом на подносе.

— Из Воздвиженского с нарочным, — сказал он с значительным выражением.

— Удивительно, как он похож на товарища прокурора Свентицкого, — сказал один из гостей по-французски про камердинера, в то время как Вронский, хмурясь, читал письмо.

Письмо было от Анны. Еще прежде чем он прочел письмо, он уже знал его содержание. Предполагая, что выборы кончатся в пять дней, он обещал вернуться в пятницу. Нынче была суббота, и он знал, что содержанием письма были упреки в том, что он не вернулся вовремя. Письмо, которое он послал вчера вечером, вероятно, не дошло еще.

Содержание было то самое, как он ожидал, но форма была неожиданная и особенно неприятная ему. "Ани очень больна, доктор говорил, что может быть воспаление. Я одна теряю голову. Княжна Варвара не помощница, а помеха. Я ждала тебя третьего дня, вчера и теперь посылаю узнать, где ты и что ты? Я сама хотела ехать, но раздумала, зная, что это будет тебе неприятно. Дай ответ какой-нибудь, чтоб я знала, что делать".

Ребенок болен, а она сама хотела ехать. Дочь больна, и этот враждебный тон.

Это невинное веселье выборов и та мрачная, тяжелая любовь, к которой он должен был вернуться, поразили Вронского своею противоположностью. Но надо было ехать, и он по первому поезду, в ночь, уехал к себе.

---

[1] поиграть в телеграф (франц.).
[2] Не по моей части (англ.).

message, only sighed over the ruble wasted on the telegram and realized that it had been sent at the end of the dinner. She knew that Stiva had a weakness for "faire jouer le télégraphe[1]" at the end of a good dinner.

Everything, including the excellent dinner and the wines, not from Russian wine merchants but imported ready-bottled from abroad, was very dignified, simple and merry. The circle of twenty people had been selected by Sviyazhsky from like-minded, liberal, new figures who were at the same time witty and decent. They drank, also half in jest, to the new provincial marshal, to the governor, to the bank director, and to "our amiable host."

Vronsky was satisfied. He had never expected so nice a tone in the provinces.

At the end of dinner it became even merrier. The governor asked Vronsky to come to a concert for the benefit of the brothers which his wife, who was anxious to make his acquaintance, had arranged.

"There'll be a ball, and you'll see our beauty. Quite remarkable, really."

"Not in my line," answered Vronsky who liked this expression, but he smiled and promised to come.

Before they rose from the table, when all of them began smoking, Vronsky's valet went up to him with a letter on a tray.

"From Vozdvizhenskoye by a messenger," he said with a significant expression.

"It's astonishing how like he is to the deputy prosecutor Sventitsky," said one of the guests in French of the valet, while Vronsky, frowning, read the letter.

The letter was from Anna. Even before he read the letter, he knew its contents. Expecting the elections to be over in five days, he had promised to be back on Friday. Today was Saturday, and he knew that the letter contained reproaches for not being back on time. The letter he had sent the previous evening had probably not reached her yet.

The contents were what he had expected, but the form was unexpected and particularly disagreeable to him. "Annie is very ill, the doctor says it may be inflammation. I am losing my head all alone. Princess Varvara is no help, but a hindrance. I expected you the day before yesterday, and yesterday, and now I am sending to find out where you are and what you are doing. I wanted to come myself, but changed my mind, knowing it would displease you. Give me some answer so that I know what to do."

The child was ill, yet she wanted to come herself. Their daughter was ill, and there was this hostile tone.

The innocent festivities of the elections and that gloomy, burdensome love to which he had to return struck Vronsky by their contrast. But he had to go, and by the first train that night he set off home.

---

[1] Play with the telegraph *(French)*.

XXXII

Перед отъездом Вронского на выборы, обдумав то, что те сцены, которые повторялись между ними при каждом его отъезде, могут только охладить, а не привязать его, Анна решилась сделать над собой все возможные усилия, чтобы спокойно переносить разлуку с ним. Но тот холодный, строгий взгляд, которым он посмотрел на нее, когда пришел объявить о своем отъезде, оскорбил ее, и еще он не уехал, как спокойствие ее уже было разрушено.

В одиночестве потом передумывая этот взгляд, который выражал право на свободу, она пришла, как и всегда, к одному — к сознанию своего унижения. "Он имеет право уехать, когда и куда он хочет. Не только уехать, но оставить меня. Он имеет все права, я не имею никаких. Но, зная это, он не должен был этого делать. Однако что же он сделал?.. Он посмотрел на меня с холодным, строгим выражением. Разумеется, это неопределимо, неосязаемо, но этого не было прежде, и этот взгляд многое значит, — думала она. — Этот взгляд показывает, что начинается охлаждение".

И хотя она убедилась, что начинается охлаждение, ей все-таки нечего было делать, нельзя было ни в чем изменить своих отношений к нему. Точно так же как прежде, одною любовью и привлекательностью она могла удержать его. И так же как прежде, занятиями днем и морфином по ночам она могла заглушать страшные мысли о том, что будет, если он разлюбит ее. Правда, было еще одно средство: не удерживать его, — для этого она не хотела ничего другого, кроме его любви, — но сблизиться с ним, быть в таком положении, чтобы он не покидал ее. Это средство было развод и брак. И она стала желать этого и решилась согласиться в первый же раз, как он или Стива заговорят ей об этом.

В таких мыслях она провела без него пять дней, те самые, которые он должен был находиться в отсутствии.

Прогулки, беседы с княжной Варварой, посещения больницы, а главное, чтение, чтение одной книги за другой, занимали ее время. Но на шестой день, когда кучер вернулся без него, она почувствовала, что уже не в силах ничем заглушать мысль о нем и о том, что он там делает. В это самое время дочь ее заболела. Анна взялась ходить за нею, но и это не развлекло ее, тем более, что болезнь не была опасна. Как она ни старалась, она не могла любить эту девочку, а притворяться в любви она не могла. К вечеру этого дня, оставшись одна, Анна почувствовала такой страх за него, что решилась было ехать в город, но, раздумав хорошенько, написала то противоречивое письмо, которое получил Вронский, и, не перечтя его, послала с нарочным. На другое утро она получила его письмо и раскаялась в своем. Она с ужасом ожидала повторения того строгого взгляда, который он бросил на нее, уезжая, особенно когда он узнает, что девочка не была опасно больна. Но все-таки она была рада, что написала ему. Теперь Анна уж

XXXII

Before Vronsky's departure for the elections, Anna had reflected that the scenes repeated between them each time he left home, might only make him colder instead of attaching him to her, and resolved to do all she could to control herself so as to bear the parting with composure. But the cold, severe glance with which he had looked at her when he came to tell her he was going had offended her, and before he had started her composure was destroyed.

In solitude afterwards, thinking over that glance which had expressed his right to freedom, she came, as always, to one thing—the sense of her humiliation. "He has the right to go away when and where he wants. Not only to go away, but to leave me. He has every right, and I have none. But knowing that, he shouldn't have done it. What has he done, though?.. He looked at me with a cold, severe expression. Of course, that is something indefinable, impalpable, but it has never been so before, and that glance means a lot," she thought. "That glance shows the beginning of alienation."

And though she felt sure that alienation was beginning, there was nothing she could do, she could not in any way change her relations to him. Just as before, only by love and by charm could she keep him. And just as before, by occupation in the day and by morphine at night, could she stifle the terrible thoughts of what would be if he ceased to love her. True, there was one other means: not to keep him—for that she wanted nothing but his love—but to get nearer to him, to be in such a position that he would not leave her. That means was divorce and marriage. And she began to long for that, and decided to agree to it the first time he or Stiva mentioned it to her.

In such thoughts she spent five days without him, the days when he was to be away.

Walks, conversations with Princess Varvara, visits to the hospital, and, above all, reading, reading one book after another, filled up her time. But on the sixth day, when the coachman came back without him, she felt that now she was utterly incapable of stifling the thought of him and of what he was doing there. Just at that time her daughter fell ill. Anna began to look after her, but even that did not distract her, especially as the illness was not dangerous. However hard she tried, she could not love this girl and she could not pretend to love her. Towards the evening of that day, left alone, Anna felt such anxiety about him that she decided to go to the town, but on second thoughts wrote the contradictory letter that Vronsky received, and without reading it through, sent it off by a messenger. The next morning she received his letter and regretted her own. She dreaded a repetition of that severe look he had cast at her at parting, especially when he knew that the girl was not dangerously ill. But still she was glad she had written to him.

признавалась себе, что он тяготится ею, что он с сожалением бросит свою свободу, чтобы вернуться к ней, и, несмотря на то, она рада была, что он приедет. Пускай он тяготится, но будет тут с нею, чтоб она видела его, знала его каждое движение.

Она сидела в гостиной, под лампой, с новою книгой Тэна и читала, прислушиваясь к звукам ветра на дворе и ожидая каждую минуту приезда экипажа. Несколько раз ей казалось, что она слышала звук колес, но она ошибалась; наконец послышались не только звуки колес, но и покрик кучера и глухой звук в крытом подъезде. Даже княжна Варвара, делавшая пасьянс, подтвердила это, и Анна, вспыхнув, встала, но, вместо того чтоб идти вниз, как она прежде два раза ходила, она остановилась. Ей вдруг стало стыдно за свой обман, но более всего страшно за то, как он примет ее. Чувство оскорбления уже прошло; она только боялась выражения его неудовольствия. Она вспомнила, что дочь уже второй день была совсем здорова. Ей даже досадно стало на нее за то, что она оправилась как раз в то время, как было послано письмо. Потом она вспомнила его, что он тут, весь, со своими глазами, руками. Она услыхала его голос. И, забыв все, радостно побежала ему навстречу.

— Ну, что Ани? — робко сказал он снизу, глядя на сбегавшую к нему Анну.

Он сидел на стуле, и лакей стаскивал с него теплый сапог.

— Ничего, ей лучше.

— А ты? — сказал он, отряхиваясь.

Она взяла его обеими руками за руку и потянула ее к своей талии, не спуская с него глаз.

— Ну, я очень рад, — сказал он, холодно оглядывая ее, ее прическу, ее платье, которое он знал, что она надела для него.

Все это нравилось ему, но уже столько раз нравилось! И то строгокаменное выражение, которого она так боялась, остановилось на его лице.

— Ну, я очень рад. А ты здорова? — сказал он, отерев платком мокрую бороду и целуя ее руку.

"Все равно, — думала она, — только бы он был тут, а когда он тут, он не может, не смеет не любить меня".

Вечер прошел счастливо и весело при княжне Варваре, которая жаловалась ему, что Анна без него принимала морфин.

— Что ж делать? Я не могла спать... Мысли мешали. При нем я никогда не принимаю. Почти никогда.

Он рассказал про выборы, и Анна умела вопросами вызвать его на то самое, что веселило его, — на его успех. Она рассказала ему все, что интересовало его дома. И все сведения ее были самые веселые.

Но поздно вечером уже, когда они остались одни, Анна, видя, что она опять вполне овладела им, захотела стереть то тяжелое впечатление взгляда за письмо. Она сказала:

Now Anna admitted to herself that she was a burden to him, that he would relinquish his freedom regretfully to return to her, and in spite of that she was glad he was coming. Let him be burdened, but let him be here with her, so that she would see him, would know his every movement.

She was sitting in the drawing room, under a lamp, with a new book by Taine, reading and listening to the sounds of the wind outside, and every minute expecting the carriage to arrive. Several times she had fancied she heard the sound of wheels, but she had been mistaken; at last she heard not only the sounds of wheels, but also the coachman's shout and the dull sound in the covered entry. Even Princess Varvara, playing patience, confirmed this, and Anna, flushing, got up, but instead of going down, as she had done twice before, she stopped. She suddenly felt ashamed of her deceit, but even more she dreaded how he might meet her. The feeling of offense had passed now; she was only afraid of the expression of his displeasure. She remembered that her daughter had already been perfectly well for two days. She even felt vexed with her for getting better at the very moment the letter was sent off. Then she remembered him, that he was here, all of him, with his eyes, his hands. She heard his voice. And forgetting everything, she ran joyfully to meet him.

"Well, how is Annie?" he said timidly from below, looking up to Anna as she ran down to him.

He was sitting on a chair, and a footman was pulling off his warm boot.

"All right, she is better."

"And you?" he said, giving himself a shake.

She took his hand in both of hers and drew it to her waist, not taking her eyes off him.

"Well, I'm very glad," he said, coldly looking at her, her hair, her dress, which he knew she had put on for him.

All this pleased him, but it had already pleased him so many times! And the stern, stony expression that she so dreaded settled upon his face.

"Well, I'm very glad. And are you well?" he said, wiping his damp beard with his handkerchief and kissing her hand.

"Never mind," she thought, "only let him be here, and as long as he's here he cannot, he dare not cease to love me."

The evening passed happily and merrily in the presence of Princess Varvara, who complained to him that Anna had been taking morphine in his absence.

"What am I to do? I couldn't sleep... My thoughts prevented me. When he's here I never take it. Almost never."

He told her about the elections, and Anna knew how by questions to bring him to what gave him fun—his success. She told him of everything that interested him at home. And all her news was most cheerful.

But late in the evening, when they were alone, Anna, seeing that she had regained complete possession of him, wanted to erase the painful impression of the glance he had given her for her letter. She said:

— А признайся, тебе досадно было получить письмо, и ты не поверил мне?

Только что она сказала это, она поняла, что, как ни любовно он был теперь расположен к ней, он этого не простил ей.

— Да, — сказал он. — Письмо было такое странное. То Ани больна, то ты сама хотела приехать.

— Это все было правда.

— Да я и не сомневаюсь.

— Нет, ты сомневаешься. Ты недоволен, я вижу.

— Ни одной минуты. Я только недоволен, это правда, тем, что ты как будто не хочешь допустить, что есть обязанности...

— Обязанности ехать в концерт...

— Но не будем говорить, — сказал он.

— Почему же не говорить? — сказала она.

— Я только хочу сказать, что могут встретиться дела, необходимость. Вот теперь мне надо будет ехать в Москву, по делу дома... Ах, Анна, почему ты так раздражаешься? Разве ты не знаешь, что я не могу без тебя жить?

— А если так, — сказала Анна вдруг изменившимся голосом, — то ты тяготишься этою жизнью... Да, ты приедешь на день и уедешь, как поступают...

— Анна, это жестоко. Я всю жизнь готов отдать...

Но она не слушала его.

— Если ты поедешь в Москву, то и я поеду. Я не останусь здесь. Или мы должны разойтись, или жить вместе.

— Ведь ты знаешь, что это одно мое желанье. Но для этого...

— Надо развод? Я напишу ему. Я вижу, что я не могу так жить... Но я поеду с тобой в Москву.

— Точно ты угрожаешь мне. Да я ничего так не желаю, как не разлучаться с тобою, — улыбаясь, сказал Вронский.

Но не только холодный, злой взгляд человека преследуемого и ожесточенного блеснул в его глазах, когда он говорил эти нежные слова.

Она видела этот взгляд и верно угадала его значение.

"Если так, то это несчастие!" — говорил этот его взгляд. Это было минутное впечатление, но она никогда уже не забыла его.

Анна написала письмо мужу, прося его о разводе, и в конце ноября, расставшись с княжной Варварой, которой надо было ехать в Петербург, вместе с Вронским переехала в Москву. Ожидая каждый день ответа Алексея Александровича и вслед за тем развода, они поселились теперь супружески вместе.

"But confess, you were vexed at getting the letter, and you didn't believe me?"

As soon as she said it, she realized that however amorous his feelings were to her now, he had not forgiven her for that.

"Yes," he said. "The letter was so strange. First, Annie was ill, and then you wanted to come yourself."

"It was all true."

"I don't doubt it."

"Yes, you do doubt it. You are displeased, I see."

"Not for one minute. I'm only displeased, that's true, that you seem unwilling to admit that there are duties..."

"The duties of going to a concert..."

"But let's not talk about it," he said.

"Why not talk about it?" she said.

"I only want to say that business may turn up, some necessity. Now, for instance, I'll have to go to Moscow to arrange about the house... Ah, Anna, why are you so irritable? Don't you know that I can't live without you?"

"If so," said Anna, her voice suddenly changing, "it means that this life is a burden to you... Yes, you will come for a day and go away, as men do..."

"Anna, that's cruel. I am ready to give my whole life..."

But she did not listen to him.

"If you go to Moscow, I will go too. I will not stay here. Either we must separate or live together."

"You know, that's my one desire. But for that..."

"A divorce is necessary? I will write to him. I see that I cannot live like this... But I will go with you to Moscow."

"It's as if you were threatening me. But I desire nothing so much as not to be separated from you," said Vronsky, smiling.

But as he said these tender words there gleamed in his eyes not only a cold, malicious look of a persecuted and fierce man.

She saw that look and correctly guessed its meaning.

"If so, it's a calamity!" that look of his told her. It was a moment's impression, but she never forgot it.

Anna wrote a letter to her husband asking him for a divorce, and at the end of November, having parted from Princess Varvara, who had to go to Petersburg, she moved with Vronsky to Moscow. Expecting every day an answer from Alexey Alexandrovich and after that the divorce, they now established themselves together like a married couple.

Часть седьмая

I

Левины жили уже третий месяц в Москве. Уже давно прошел тот срок, когда, по самым верным расчетам людей, знающих эти дела, Кити должна была родить; а она все еще носила, и ни по чему не было заметно, чтобы время было ближе теперь, чем два месяца назад. И доктор, и акушерка, и Долли, и мать, и в особенности Левин, без ужаса не могший подумать о приближавшемся, начинали испытывать нетерпение и беспокойство; одна Кити чувствовала себя совершенно спокойною и счастливою.

Она теперь ясно сознавала зарождение в себе нового чувства любви к будущему, отчасти для нее уже настоящему ребенку и с наслаждением прислушивалась к этому чувству. Он теперь уже не был вполне частью ее, а иногда жил и своею независимою от нее жизнью. Часто ей бывало больно от этого, но вместе с тем хотелось смеяться от странной новой радости.

Все, кого она любила, были с нею, и все были так добры к ней, так ухаживали за нею, так одно приятное во всем предоставлялось ей, что если б она не знала и не чувствовала, что это должно скоро кончиться, она бы и не желала лучшей и приятнейшей жизни. Одно, что портило ей прелесть этой жизни, было то, что муж ее был не тот, каким она любила его и каким он бывал в деревне.

Она любила его спокойный, ласковый и гостеприимный тон в деревне. В городе же он постоянно казался беспокоен и настороже, как будто боясь, чтобы кто-нибудь не обидел его и, главное, ее. Там, в деревне, он, очевидно зная себя на своем месте, никуда не спешил и никогда не бывал не занят. Здесь, в городе, он постоянно торопился, как бы не пропустить чего-то, и делать ему было нечего. И ей было жалко его. Для других, она знала, он не представлялся жалким; напротив, когда Кити в обществе смотрела на него, как иногда смотрят на любимого человека, стараясь видеть его как будто чужого, чтоб определить себе то впечатление, которое он производит на других, она видела, со страхом даже для своей ревности, что он не только не жалок, но

Part Seven

I

The Levins were already living for the third month in Moscow. The date had long passed on which, according to the most trustworthy calculations of people learned in such matters, Kitty should have given birth; but she was still with child, and there was nothing to show that her time was any nearer now than two months ago. The doctor, the midwife, Dolly, her mother and especially Levin, who could not think of the approaching event without terror, began to be impatient and uneasy; only Kitty was perfectly calm and happy.

She was distinctly conscious now of the birth of a new feeling of love for the future child, for her to some extent existing already, and she brooded blissfully over this feeling. It was not by now altogether a part of herself, but sometimes lived its own life independently of her. Often it gave her pain, but at the same time she wanted to laugh with a strange new joy.

All the people she loved were with her, and all were so kind to her, so caring for her, so entirely pleasant was everything presented to her, that if she had not known and felt that it must all soon be over, she could not have wished for a better and pleasanter life. The only thing that spoiled the charm of this life for her was that her husband was not as she loved him to be, and as he was in the country.

She loved his serene, affectionate and hospitable manner in the country. But in town he seemed continually uneasy and on his guard, as if he were afraid someone would offend him and, above all, her. There, in the country, knowing himself distinctly to be in his right place, he was never in a hurry to go anywhere and was never unoccupied. Here in town he was in a continual hurry, as if afraid of missing something, and he had nothing to do. And she felt pity for him. To others, she knew, he did not look pitiful; on the contrary, when Kitty looked at him in society, as one sometimes looks at a person one loves, trying to see him as if he were a stranger, so as to define the impression he makes on others, she saw even with fear of her jealousy that he was not only not pitiful but very attractive with his decency, his

очень привлекателен своею порядочностью, несколько старомодною, застенчивою вежливостью с женщинами, своею сильною фигурой и особенным, как ей казалось, выразительным лицом. Но она видела его не извне, а изнутри; она видела, что он здесь не настоящий; иначе она не могла определить себе его состояние. Иногда она в душе упрекала его за то, что он не умеет жить в городе; иногда же сознавалась, что ему действительно трудно было устроить здесь свою жизнь так, чтобы быть ею довольным.

В самом деле, что ему было делать? В карты он не любил играть. В клуб не ездил. С веселыми мужчинами вроде Облонского водиться, она уже знала теперь, чтó значило... это значило пить и ехать после питья куда-то. Она без ужаса не могла подумать, куда в таких случаях ездили мужчины. Ездить в свет? Но она знала, что для этого надо находить удовольствие в сближении с женщинами молодыми, и она не могла желать этого. Сидеть дома с нею, с матерью и сестрами? Но, как ни были ей приятны и веселы одни и те же разговоры, — “Алины-Надины”, как называл эти разговоры между сестрами старый князь, — она знала, что ему должно быть это скучно. Что же ему оставалось делать? Продолжать писать свою книгу? Он и попытался это делать и ходил сначала в библиотеку заниматься выписками и справками для своей книги; но, как он говорил ей, чем больше он ничего не делал, тем меньше у него оставалось времени. И, кроме того, он жаловался ей, что слишком много разговаривал здесь о своей книге и что потому все мысли о ней спутались у него и потеряли интерес.

Одна выгода этой городской жизни была та, что ссор здесь, в городе, между ними никогда не было. Оттого ли, что условия городские другие, или оттого, что они оба стали осторожнее и благоразумнее в этом отношении, в Москве у них не было ссор из-за ревности, которых они так боялись, переезжая в город.

В этом отношении случилось даже одно очень важное для них обоих событие, именно встреча Кити с Вронским.

Старуха княгиня Марья Борисовна, крестная мать Кити, всегда очень ее любившая, пожелала непременно видеть ее. Кити, никуда по своему положению не ездившая, поехала с отцом к почтенной старухе и встретила у ней Вронского.

Кити при этой встрече могла упрекнуть себя только в том, что на мгновение, когда она узнала в штатском платье столь знакомые ей когда-то черты, у ней прервалось дыхание, кровь прилила к сердцу, и яркая краска, она чувствовала это, выступила на лицо. Но это продолжалось лишь несколько секунд. Еще отец, нарочно громко заговоривший с Вронским, не кончил своего разговора, как она была уже вполне готова смотреть на Вронского, говорить с ним, если нужно, точно так же, как она говорила с княгиней Марьей Борисовной, и, главное, так, чтобы все до последней интонации и улыбки было одобрено мужем, которого невидимое присутствие она как будто чувствовала над собой в эту минуту.

rather old-fashioned, shy courtesy with women, his powerful figure, and, as she thought, his exceptionally expressive face. But she saw him not from without, but from within; she saw that here he was not himself; that was the only way she could define his condition to herself. Sometimes she reproached him in her soul for his inability to live in town; sometimes she recognized that it was really hard for him to organize his life here so that he could be satisfied with it.

What had he to do, indeed? He did not like to play cards. He did not go to a club. Spending the time with jovial men of Oblonsky's type—she knew now what that meant... it meant drinking and going somewhere after drinking. She could not think without horror of where men went on such occasions. Was he to go into society? But she knew that for that one had to take pleasure in the society of young women, and she could not wish for that. Should he stay at home with her, her mother and her sisters? But much as she liked and enjoyed their conversations forever on the same subjects—"Alines-Nadines," as the old Prince called these conversations between sisters—she knew it must bore him. What was there left for him to do? To go on writing his book? He had indeed attempted to do that, and at first he used to go to the library to take notes and look up references for his book; but, as he told her, the more he did nothing, the less time he had left. And besides, he complained to her that he had talked too much about his book here, and that consequently all his ideas about it were muddled and had lost their interest for him.

One advantage in this town life was that quarrels never happened between them here in town. Either because town conditions were different, or because they had both become more careful and sensible in that respect, they had no quarrels in Moscow from jealousy, which they had so dreaded when they moved to town.

An event even occurred of great importance to them both in this respect, namely, Kitty's meeting with Vronsky.

The old Princess Marya Borissovna, Kitty's godmother, who had always loved her, had insisted on seeing her. Kitty, who in her condition was not going out anywhere, went with her father to see the venerable old woman, and there met Vronsky.

The only thing Kitty could reproach herself for at this meeting was that at the instant when she recognized in his civilian dress the features once so familiar to her, her breath failed her, the blood rushed to her heart, and a vivid blush—she felt it—came to her face. But this lasted only a few seconds. Before her father, who purposely began talking in a loud voice to Vronsky, had finished speaking, she was perfectly ready to look at Vronsky, to talk with him, if necessary, exactly as she talked with Princess Marya Borissovna, and, the main thing, to do so in such a way that everything to the faintest intonation and smile would have been approved by her husband, whose unseen presence she seemed to feel above her at that moment.

Она сказала с ним несколько слов, даже спокойно улыбнулась на его шутку о выборах, которые он назвал "наш парламент". (Надо было улыбнуться, чтобы показать, что она поняла шутку.) Но тотчас же она отвернулась к княгине Марье Борисовне и ни разу не взглянула на него, пока он не встал, прощаясь; тут она посмотрела на него, но, очевидно, только потому, что неучтиво не смотреть на человека, когда он кланяется.

Она благодарна была отцу за то, что он ничего не сказал ей о встрече с Вронским; но она видела по особенной нежности его после визита, во время обычной прогулки, что он был доволен ею. Она сама была довольна собою. Она никак не ожидала, чтоб у нее нашлась эта сила задержать где-то в глубине души все воспоминания прежнего чувства к Вронскому и не только казаться, но и быть к нему вполне равнодушною и спокойною.

Левин покраснел гораздо больше ее, когда она сказала ему, что встретила Вронского у княгини Марьи Борисовны. Ей очень трудно было сказать это ему, но еще труднее было продолжать говорить о подробностях встречи, так как он не спрашивал ее, а только, нахмурившись, смотрел на нее.

— Мне очень жаль, что тебя не было, — сказала она. — Не то, что тебя не было в комнате... я бы не была так естественна при тебе... Я теперь краснею гораздо больше, гораздо, гораздо больше, — говорила она, краснея до слез. — Но что ты не мог видеть в щелку.

Правдивые глаза сказали Левину, что она была довольна собою, и он, несмотря на то, что она краснела, тотчас же успокоился и стал расспрашивать ее, чего только она и хотела. Когда он узнал все, даже до той подробности, что она только в первую секунду не могла не покраснеть, но что потом ей было так же просто и легко, как с первым встречным, Левин совершенно повеселел и сказал, что он очень рад этому и теперь уже не поступит так глупо, как на выборах, а постарается при первой встрече с Вронским быть как можно дружелюбнее.

— Так мучительно думать, что есть человек почти враг, с которым тяжело встречаться, — сказал Левин. — Я очень, очень рад.

II

— Так заезжай, пожалуйста, к Болям, — сказала Кити мужу, когда он в одиннадцать часов, пред тем, как уехать из дома, зашел к ней. — Я знаю, что ты обедаешь в клубе, папа тебя записал. А утро что ты делаешь?

— Я к Катавасову только, — отвечал Левин.

— Что же так рано?

— Он обещал меня познакомить с Метровым. Мне хотелось поговорить с ним о моей работе, это известный ученый петербургский, — сказал Левин.

— Да, это его статью ты так хвалил? Ну, а потом? — сказала Кити.

She said a few words to him, even smiled serenely at his joke about the elections, which he called "our parliament." (She had to smile to show she understood the joke.) But she turned away immediately to Princess Marya Borissovna, and did not once glance at him till he got up to go; then she looked at him, but evidently only because it would be uncivil not to look at a man when he was bowing to her.

She was grateful to her father for saying nothing to her about their meeting Vronsky; but she saw by his special tenderness after the visit, during their usual walk, that he was pleased with her. She was pleased with herself. She had not expected she would have had the power, while keeping somewhere in the bottom of her soul all the memories of her old feeling for Vronsky, not only to seem but to be perfectly indifferent and composed with him.

Levin blushed much more than she did when she told him she had met Vronsky at Princess Marya Borissovna's. It was very hard for her to tell him this, but still harder to go on speaking of the details of the meeting, as he did not question her, but only gazed at her with a frown.

"I am very sorry you weren't there," she said. "Not that you weren't in the room... I wouldn't have been so natural in your presence... I am blushing now much more, much, much more," she said, blushing to tears. "But that you couldn't see through a crack."

The truthful eyes told Levin that she was satisfied with herself, and in spite of her blushing he was instantly reassured and began questioning her, which was all she wanted. When he had learned everything, even to the detail that only for the first second she could not help blushing, but that afterwards she was just as direct and as much at her ease as with any chance acquaintance, Levin was quite happy again and said he was very glad of it, and would not now behave as stupidly as he had done at the elections, but would try the first time he met Vronsky to be as friendly as possible.

"It's so agonizing to think that there's a man almost an enemy whom it's painful to meet," said Levin. "I'm very, very glad."

II

"Well then, please call on the Bols," Kitty said to her husband, when he came in to see her at eleven o'clock before going out. "I know you are dining at the club, papa put down your name. But what are you doing in the morning?"

"I am only going to Katavasov," answered Levin.

"Why so early?"

"He promised to introduce me to Metrov. I wanted to talk to him about my work, he's a distinguished scientist from Petersburg," said Levin.

"Yes, wasn't it his article you were praising so much? Well, and after that?" said Kitty.

— Еще в суд, может быть, заеду по делу сестры.

— А в концерт? — спросила она.

— Да что я поеду один!

— Нет, поезжай; там дают эти новые вещи... Это тебя так интересовало. Я бы непременно поехала.

— Ну, во всяком случае, я заеду домой пред обедом, — сказал он, глядя на часы.

— Надень же сюртук, чтобы прямо заехать к графине Боль.

— Да разве это непременно нужно?

— Ах, непременно! Он был у нас. Ну что тебе стоит? Заедешь, сядешь, поговоришь пять минут о погоде, встанешь и уедешь.

— Ну, ты не поверишь, я так от этого отвык, что это-то мне и совестно. Как это? Пришел чужой человек, сел, посидел безо всякого дела, им помешал, себя расстроил и ушел.

Кити засмеялась.

— Да ведь ты делал визиты холостым? — сказала она.

— Делал, но всегда бывало совестно, а теперь так отвык, что, ей-богу, лучше два дня не обедать вместо этого визита. Так совестно! Мне все кажется, что они обидятся, скажут: зачем это ты приходил без дела?

— Нет, не обидятся. Уж я за это тебе отвечаю, — сказала Кити, со смехом глядя на его лицо. Она взяла его за руку. — Ну, прощай... Поезжай, пожалуйста.

Он уже хотел уходить, поцеловав руку жены, когда она остановила его.

— Костя, ты знаешь, что у меня уж остается только пятьдесят рублей.

— Ну что ж, я заеду возьму из банка. Сколько? — сказал он с знакомым ей выражением неудовольствия.

— Нет, ты постой. — Она удержала его за руку. — Поговорим, меня это беспокоит. Я, кажется, ничего лишнего не плачу, а деньги так и плывут. Что-нибудь мы не так делаем.

— Нисколько, — сказал он, откашливаясь и глядя на нее исподлобья.

Это откашливанье она знала. Это был признак его сильного недовольства, не на нее, а на самого себя. Он действительно был недоволен, но не тем, что денег вышло много, а что ему напоминают то, о чем он, зная, что в этом что-то неладно, желает забыть.

— Я велел Соколову продать пшеницу и за мельницу взять вперед. Деньги будут, во всяком случае.

— Нет, но я боюсь, что вообще много...

— Нисколько, нисколько, — повторял он. — Ну, прощай, душенька.

— Нет, право, я иногда жалею, что послушалась мама́. Как бы хорошо было в деревне! А то я вас всех измучала, и деньги мы тратим...

— Нисколько, нисколько. Ни разу еще не было с тех пор, как я женат, чтоб я сказал, что лучше было бы иначе, чем как есть...

— Правда? — сказала она, глядя ему в глаза.

"I will go to the court, perhaps, about my sister's business."

"And to the concert?" she asked.

"I won't go there alone!"

"No, do go; they are giving those new pieces... That interested you so much. I would certainly go."

"Well, anyway, I will come home before dinner," he said, looking at his watch.

"Put on your frock coat, so that you can go straight to call on Countess Bol."

"But is it absolutely necessary?"

"Ah, absolutely! He has been to see us. Come, what will it cost you? You go in, sit down, talk for five minutes about the weather, get up and go away."

"Well, you won't believe it, but I've got so out of the habit of it that it makes me feel ashamed. How come? A stranger comes, sits down, stays on with no business, disturbs them, upsets himself, and walks away."

Kitty laughed.

"You used to pay calls when you were a bachelor, didn't you?" she said.

"I did, but I always felt ashamed, and now I'm so out of the habit of it that, by God, I'd rather go two days without dinner than pay this call. One's so ashamed! I always think that they will be offended and will say: 'Why have you come when you have no business here?'"

"No, they won't be offended. I will vouch for that," said Kitty, looking into his face with a laugh. She took his hand. "Well, good-bye... Do go, please."

He was just going out after kissing his wife's hand, when she stopped him.

"Kostya, you know, I've only fifty rubles left."

"All right, I'll go to the bank and get some. How much?" he said, with the expression of dissatisfaction familiar to her.

"No, wait." She held his hand. "Let's talk, it worries me. I seem to spend nothing unnecessary, but the money simply floats away. We are doing something wrong."

"Not at all," he said, clearing his throat and looking at her from under his brows.

She knew that clearing of his throat. It was a sign of his intense dissatisfaction, not with her, but with himself. He was indeed dissatisfied, not at so much money being spent, but at being reminded of what he, knowing something was wrong, wished to forget.

"I have told Sokolov to sell the wheat, and to take money in advance for the mill. We'll have money in any case."

"No, but I'm afraid that generally it's too much..."

"Not at all, not at all," he repeated. "Well, good-bye, darling."

"No, really, I'm sorry sometimes that I listened to mama. How nice it would have been in the country! As it is, I have been torturing you all, and we're spending money..."

"Not at all, not at all. Not once since I've been married have I said that things would have been better otherwise than they are..."

"Truly?" she said, looking into his eyes.

Он сказал это не думая, только чтоб утешить ее. Но когда он, взглянув на нее, увидал, что эти правдивые милые глаза вопросительно устремлены на него, он повторил то же уже от всей души. "Я решительно забываю ее", — подумал он. И он вспомнил то, что так скоро ожидало их.

— А скоро? Как ты чувствуешь? — прошептал он, взяв ее за обе руки.

— Я столько раз думала, что теперь ничего не думаю и не знаю.

— И не страшно?

Она презрительно усмехнулась.

— Ни капельки, — сказала она.

— Так если что, я буду у Катавасова.

— Нет, ничего не будет, и не думай. Я поеду с папа́ гулять на бульвар. Мы заедем к Долли. Пред обедом тебя жду. Ах, да! Ты знаешь, что положение Долли становится решительно невозможным? Она кругом должна, денег у нее нет. Мы вчера говорили с мама́ и с Арсением (так она звала мужа сестры Львовой) и решили тебя с ним напустить на Стиву. Это решительно невозможно. С папа́ нельзя говорить об этом... Но если бы ты и он...

— Ну что же мы можем? — сказал Левин.

— Все-таки, ты будешь у Арсения, поговори с ним; он тебе скажет, что мы решили.

— Ну, с Арсением я вперед на все согласен. Так я заеду к нему. Кстати, если в концерт, то я с Натали и поеду. Ну, прощай.

На крыльце старый, еще холостой жизни, слуга Кузьма, заведывавший городским хозяйством, остановил Левина.

— Красавчика (это была лошадь, левая дышловая, приведенная из деревни) перековали, а все хромает, — сказал он. — Как прикажете?

Первое время в Москве Левина занимали лошади, приведенные из деревни. Ему хотелось устроить эту часть как можно лучше и дешевле; но оказалось, что свои лошади обходились дороже извозчичьих, и извозчика все-таки брали.

— Вели за коновалом послать, наминка, может быть.

— Ну, а для Катерины Александровны? — спросил Кузьма.

Левина уже не поражало теперь, как в первое время его жизни в Москве, что для переезда с Воздвиженки на Сивцев Вражек нужно было запрягать в тяжелую карету пару сильных лошадей, провезти эту карету по снежному месиву четверть версты и стоять там четыре часа, заплатив за это пять рублей. Теперь уже это казалось ему натурально.

— Вели извозчику привести пару в нашу карету, — сказал он.

— Слушаю-с.

И, так просто и легко разрешив благодаря городским условиям затруднение, которое в деревне потребовало бы столько личного труда и внимания, Левин вышел на крыльцо и, кликнув извозчика, сел и поехал на Никитскую. Дорогой он уже не думал о деньгах, а размышлял о том, как он познакомится с петербургским ученым, занимающимся социологией, и будет говорить с ним о своей книге.

He had said it without thinking, only to console her. But when he glanced at her and saw those sweet truthful eyes fastened questioningly on him, he repeated the same thing with his whole heart. "I am positively forgetting her," he thought. And he remembered what was before them, so soon to come.

"Will it be soon? How do you feel?" he whispered, taking both her hands.

"I have so often thought so that now I don't think or know anything."

"And you're not frightened?"

She smiled contemptuously.

"Not a bit," she said.

"Well, if anything happens, I will be at Katavasov's."

"No, nothing will happen, and don't think about it. I'm going for a walk on the boulevard with papa. We're going to see Dolly. I'll expect you before dinner. Ah, yes! Do you know that Dolly's position is becoming utterly impossible? She's in debt all around, she has no money. We talked yesterday with mama and Arseny" (so she called her sister's husband Lvov), "and we decided to set you and him at Stiva. It's utterly impossible. One can't speak to papa about it... But if you and he..."

"But what can we do?" said Levin.

"You'll be at Arseny's, anyway, talk to him; he will tell you what we decided."

"Well, with Arseny I agree to everything beforehand. I'll call on him. By the way, if I do go to the concert, I'll go with Natalie. Well, good-bye."

On the steps Kuzma, an old servant from his bachelor days, who was now managing the household in town, stopped Levin.

"Handsome" (that was the left shaft-horse brought up from the country) "has been re-shod but still goes lame," he said. "What are your orders?"

At the beginning of their stay in Moscow, Levin had taken an interest in the horses brought up from the country. He had wanted to arrange this part in the best and cheapest way possible; but it appeared that their own horses came dearer than hired horses, and they still hired too.

"Send for the horse doctor, there may be a bruise."

"Well, and for Katerina Alexandrovna?" asked Kuzma.

Levin was no longer struck now, as he had been at the beginning of his life in Moscow, that to get from Vozdvizhenka to Sivtsev Vrazhek one had to have a pair of strong horses put into a heavy carriage, to take that carriage a quarter of a verst through the snowy slush and to keep it standing there for four hours, paying five rubles for it. Now it seemed natural to him.

"Hire a pair for our carriage from the cabman," he said.

"Yes, sir."

And so, simply and easily, thanks to town conditions, Levin settled a difficulty which, in the country, would have called for so much personal trouble and attention, and going out onto the steps, he called a cab, sat down and drove to Nikitskaya. On the way he thought no more of money, but mused on the introduction that awaited him to the Petersburg scientist, a specialist in sociology, and what he would say to him about his book.

Только в самое первое время в Москве те странные деревенскому жителю, непроизводительные, но неизбежные расходы, которые потребовались от него со всех сторон, поражали Левина. Но теперь он уже привык к ним. С ним случилось в этом отношении то, что, говорят, случается с пьяницами: первая рюмка — колóм, вторая соколóм, а после третьей — мелкими пташечками. Когда Левин разменял первую сторублевую бумажку на покупку ливрей лакею и швейцару, он невольно сообразил, что эти никому не нужные ливреи, но неизбежно необходимые, судя по тому, как удивились княгиня и Кити при намеке, что без ливреи можно бы обойтись, — что эти ливреи будут стоить двух летних работников, то есть около трехсот рабочих дней от святой до заговень, и каждый день тяжкой работы с раннего утра до позднего вечера, — и эта сторублевая бумажка еще шла колóм. Но следующая, размененная на покупку провизии к обеду для родных, стоившей двадцать восемь рублей, хотя и вызвала в Левине воспоминание о том, что двадцать восемь рублей — это девять четвертей овса, который, потея и кряхтя, косили, вязали, возили, молотили, веяли, подсевали и насыпали, — эта следующая прошла все-таки легче. А теперь размениваемые бумажки уже давно не вызывали таких соображений и летели мелкими пташечками. Соответствует ли труд, положенный на приобретение денег, тому удовольствию, которое доставляет покупаемое на них, — это соображение уж давно было потеряно. Расчет хозяйственный о том, что есть известная цена, ниже которой нельзя продать известный хлеб, тоже был забыт. Рожь, цену на которую он так долго выдерживал, была продана пятьюдесятью копейками на четверть дешевле, чем за нее давали месяц тому назад. Даже и расчет, что при таких расходах невозможно будет прожить весь год без долга, — и этот расчет уже не имел никакого значения. Только одно требовалось: иметь деньги в банке, не спрашивая, откуда они, так, чтобы знать всегда, на что завтра купить говядины. И этот расчет до сих пор у него соблюдался: у него всегда были деньги в банке. Но теперь деньги в банке вышли, и он не знал хорошенько, откуда взять их. И это-то на минуту, когда Кити напомнила о деньгах, расстроило его; но ему некогда было думать об этом. Он ехал, размышляя о Катавасове и предстоящем знакомстве с Метровым.

III

Левин в этот свой приезд сошелся опять близко с бывшим товарищем по университету, профессором Катавасовым, с которым он не видался со времени своей женитьбы. Катавасов был ему приятен ясностию и простотой своего миросозерцания. Левин думал, что ясность миросозерцания Катавасова вытекала из бедности его натуры, Катавасов же думал, что непоследовательность мысли Левина вытекала из недостатка дисциплины его ума; но ясность Катавасова была приятна Левину, и обилие недисциплинированных

Only during his very first days in Moscow Levin had been struck by the expenditure, strange to a country dweller, unproductive but inevitable, that was expected of him on every side. But by now he had grown used to it. What had happened to him in this respect was what is said to happen to drunkards: the first glass sticks in the throat, the second flies down like a hawk, but after the third they're like little birdies. When Levin had changed his first hundred-ruble note to buy liveries for his footman and hall porter he could not help reflecting that these liveries were of no use to anyone—but they were inevitably necessary, judging by the amazement of the Princess and Kitty when he suggested that they might do without liveries,—that these liveries would cost the wages of two summer laborers, that is, would pay for about three hundred working days from Easter to Shrovetide, and each a day of hard work from early morning to late evening—and that hundred-ruble note did stick in his throat. But the next one, changed to buy provisions for a dinner for their relations, that cost twenty-eight rubles, though it did excite in Levin the recollection that twenty-eight rubles meant nine measures of oats, which men would with groans and sweat have reaped, bound, carted, thrashed, winnowed, sifted and poured—for all that this next one had gone more easily. And now the notes he changed no longer aroused such reflections, and they flew off like little birdies. Whether the labor devoted to obtaining the money corresponded to the pleasure given by what was bought with it, was a consideration he had long ago lost. His business consideration that there was a certain price below which he could not sell certain grain was forgotten too. The rye, for the price of which he had so long held out, had been sold for fifty kopecks a measure cheaper than it had been fetching a month ago. Even the consideration that with such expenditure they could not go on living for a year without debt,—that consideration no longer had any value. Only one thing was essential: to have money in the bank, without asking where it came from, so as always to know how to buy beef tomorrow. And this consideration had hitherto been observed: he had always had the money in the bank. But now the money in the bank had gone, and he did not quite know where to get it. And this it was which, at the moment when Kitty reminded him about money, had disturbed him; but he had no time to think about it. He drove on, thinking about Katavasov and the forthcoming meeting with Metrov.

III

On this visit to town Levin had again become close with his former university friend, Professor Katavasov, whom he had not seen since his marriage. He liked in Katavasov the clearness and simplicity of his world view. Levin thought that the clearness of Katavasov's world view was due to the poverty of his nature, while Katavasov thought that the incoherence of Levin's ideas was due to his lack of intellectual discipline; but Levin liked Katavasov's clearness, and Katavasov liked the abundance of Levin's

мыслей Левина было приятно Катавасову, и они любили встречаться и спорить.

Левин читал Катавасову некоторые места из своего сочинения, и они понравились ему. Вчера, встретив Левина на публичной лекции, Катавасов сказал ему, что известный Метров, которого статья так понравилась Левину, находится в Москве и очень заинтересован тем, что ему сказал Катавасов о работе Левина, и что Метров будет у него завтра в одиннадцать часов и очень рад познакомиться с ним.

— Решительно исправляетесь, батюшка, приятно видеть, — сказал Катавасов, встречая Левина в маленькой гостиной. — Я слышу звонок и думаю: не может быть, чтобы вовремя... Ну что, каковы черногорцы? По породе воины.

— А что? — спросил Левин.

Катавасов в коротких словах передал ему последнее известие и, войдя в кабинет, познакомил Левина с невысоким, плотным, очень приятной наружности человеком. Это был Метров. Разговор остановился на короткое время на политике и на том, как смотрят в высших сферах в Петербурге на последние события. Метров передал известные ему из верного источника слова, будто бы сказанные по этому случаю государем и одним из министров. Катавасов же слышал тоже за верное, что государь сказал совсем другое. Левин постарался придумать такое положение, в котором и те и другие слова могли быть сказаны, и разговор на эту тему прекратился.

— Да вот написал почти книгу об естественных условиях рабочего в отношении к земле, — сказал Катавасов. — Я не специалист, но мне понравилось, как естественнику, то, что он не берет человечества как чего-то вне зоологических законов, а, напротив, видит зависимость его от среды и в этой зависимости отыскивает законы развития.

— Это очень интересно, — сказал Метров.

— Я, собственно, начал писать сельскохозяйственную книгу, но невольно, занявшись главным орудием сельского хозяйства, рабочим, — сказал Левин, краснея, — пришел к результатам совершенно неожиданным.

И Левин стал осторожно, как бы ощупывая почву, излагать свой взгляд. Он знал, что Метров написал статью против общепринятого политико-экономического учения, но до какой степени он мог надеяться на сочувствие в нем к своим новым взглядам, он не знал и не мог догадаться по умному и спокойному лицу ученого.

— Но в чем же вы видите особенные свойства русского рабочего? — сказал Метров. — В зоологических, так сказать, его свойствах или в тех условиях, в которых он находится?

Левин видел, что в вопросе этом уже высказывалась мысль, с которою он был несогласен; но он продолжал излагать свою мысль, состоящую в том, что русский рабочий имеет совершенно особенный от других народов взгляд на землю. И чтобы доказать это положение, он поторопился прибавить, что, по его мнению, этот взгляд русского

undisciplined ideas, and they liked to meet and debate.

Levin had read to Katavasov some parts of his work, and he had liked them. Yesterday Katavasov had met Levin at a public lecture and told him that the famous Metrov, whose article Levin had so much liked, was in Moscow, that he had been very interested in what Katavasov had told him about Levin's work, and that Metrov was coming to see him tomorrow at eleven, and would be very glad to make his acquaintance.

"You're positively reforming, my dear fellow, I'm glad to see it," said Katavasov, meeting Levin in the little drawing room. "I heard the bell and thought: he can't be on time... Well, what do you say about the Montenegrins? A race of warriors."

"What's happened?" asked Levin.

Katavasov in a few words told him the latest news, and going into his study, introduced Levin to a short, thick-set man of very pleasant appearance. This was Metrov. The conversation dwelt for a brief time on politics and on how recent events were looked at in the highest spheres in Petersburg. Metrov told them the words that had reached him through a trustworthy source, allegedly uttered on this occasion by the Tsar and one of his ministers. Katavasov had heard also on excellent authority that the Tsar had said something quite different. Levin tried to imagine circumstances in which both things might have been uttered, and the conversation on that subject stopped.

"Well, he's almost written a book on the natural conditions of the laborer in relation to the land," said Katavasov. "I'm not a specialist, but I, as a natural scientist, liked his not taking mankind as something outside zoological laws, but, on the contrary, seeing his dependence on the environment, and in that dependence seeking the laws of development."

"That's very interesting," said Metrov.

"As a matter of fact, I began to write a book on agriculture, but studying the main tool of agriculture, the laborer," said Levin, blushing, "I could not help coming to quite unexpected results."

And Levin began carefully, as if feeling the ground, to expound his view. He knew that Metrov had written an article against the generally accepted political-economic teaching, but to what extent he could reckon on his sympathy with his own new views he did not know and could not guess from the intelligent and serene face of the scientist.

"But in what do you see the special characteristics of the Russian laborer?" said Metrov. "In his zoological characteristics, so to speak, or in the conditions in which he is placed?"

Levin saw that there was already an idea expressed in this question with which he did not agree; but he went on expounding his own idea that the Russian laborer had a view of the land quite different from that of other peoples. And to prove this proposition he made haste to add that in his opinion this view of the Russian people was due to the consciousness of his

народа вытекает из сознания им своего призвания заселить огромные, незанятые пространства на востоке.

— Легко быть введену в заблуждение, делая заключение об общем призвании народа, — сказал Метров, перебивая Левина. — Состояние рабочего всегда будет зависеть от его отношения к земле и капиталу.

И уже не давая Левину досказать свою мысль, Метров начал излагать ему особенность своего учения.

В чем состояла особенность его учения, Левин не понял, потому что и не трудился понимать: он видел, что Метров, так же как и другие, несмотря на свою статью, в которой он опровергал учение экономистов, смотрел все-таки на положение русского рабочего только с точки зрения капитала, заработной платы и ренты. Хотя он и должен был признать, что в восточной, самой большой части России рента еще нуль, что заработная плата выражается для девяти десятых восьмидесятимиллионного русского населения только пропитанием самих себя и что капитал еще не существует иначе, как в виде самых первобытных орудий, — но он только с этой точки зрения рассматривал всякого рабочего, хотя во многом и не соглашался с экономистами и имел свою новую теорию о заработной плате, которую он и изложил Левину.

Левин слушал неохотно и сначала возражал. Ему хотелось перебить Метрова, чтобы сказать свою мысль, которая, по его мнению, должна была сделать излишним дальнейшее изложение. Но потом, убедившись, что они до такой степени различно смотрят на дело, что никогда не поймут друг друга, он уже и не противоречил и только слушал. Несмотря на то, что ему теперь уж вовсе не было интересно то, что говорил Метров, он испытывал, однако, некоторое удовольствие, слушая его. Самолюбие его было польщено тем, что такой ученый человек так охотно, с таким вниманием и доверием к знанию предмета Левиным, иногда одним намеком указывая на целую сторону дела, высказывал ему свои мысли. Он приписывал это своему достоинству, не зная того, что Метров, переговорив со всеми своими близкими, особенно охотно говорил об этом предмете с каждым новым человеком, да и вообще охотно говорил со всеми о занимавшем его, неясном еще ему самому предмете.

— Однако мы опоздаем, — сказал Катавасов, взглянув на часы, как только Метров кончил свое изложение.

— Да, нынче заседание в Обществе любителей в память пятидесятилетнего юбилея Свинтича, — сказал Катавасов на вопрос Левина. — Мы собирались с Петром Иванычем. Я обещал прочесть об его трудах по зоологии. Поедем с нами, очень интересно.

— Да, и в самом деле пора, — сказал Метров. — Поедемте с нами, а оттуда, если угодно, ко мне. Я бы очень желал прослушать ваш труд.

— Нет, что ж. Это так еще не кончено. Но в заседание я очень рад.

— Что ж, батюшка, слышали? Подал отдельное мнение, — сказал Катавасов, в другой комнате надевавший фрак.

vocation to populate the vast unoccupied expanses in the east.

"One may easily be led into error by making conclusion about the general vocation of a people," said Metrov, interrupting Levin. "The condition of the laborer will always depend on his relation to the land and to capital."

And without letting Levin finish explaining his idea, Metrov began expounding to him the special point of his own teaching.

In what the point of his teaching lay, Levin did not understand, because he did not take the trouble to understand: he saw that Metrov, like other people, in spite of his own article, in which he had contested the teaching of the economists, still looked at the position of the Russian laborer only from the point of view of capital, wages and rent. Though he had to admit that in the eastern and greater part of Russia rent was as yet nil, that for nine-tenths of the eighty millions of the Russian population wages took the form only of food provided for themselves, and that capital did not so far exist except in the form of the most primitive tools, yet it was only from that point of view that he considered every laborer, though in many points he disagreed with the economists and had his own new theory of the wages, which he expounded to Levin.

Levin listened reluctantly and at first made objections. He wanted to interrupt Metrov in order to tell him his thought, which in his opinion would have rendered further exposition superfluous. But then, feeling convinced that they looked at the matter so differently that they would never understand each other, he did not even argue and only listened. Although what Metrov was saying was by now utterly devoid of interest for him, he yet experienced a certain satisfaction in listening to him. It flattered his vanity that such a learned man should explain his ideas to him so eagerly, with such attention and confidence in Levin's understanding of the subject, sometimes with a mere hint referring to a whole aspect of the subject. He put this down to his own credit, unaware that Metrov, who had discussed it with all his intimate friends, talked about this subject with special eagerness to every new person, and in general was eager to talk to anyone about the subject that interested him, even if still obscure to himself.

"We are going to be late though," said Katavasov, looking at his watch as soon as Metrov had finished his discourse.

"Yes, there's a meeting of the Society of Amateurs today in commemoration of Svintich's fiftieth birthday," said Katavasov in answer to Levin's question. "Pyotr Ivanych and I were going. I've promised to read a paper on his work on zoology. Come with us, it's very interesting."

"Yes, and indeed it's time," said Metrov. "Come with us, and from there to my place, if you care to. I should very much like to hear your work."

"Oh, no. It's no good yet, it's unfinished. But I'll be very glad to go to the meeting."

"Well, my dear fellow, have you heard? He has handed in a separate opinion," said Katavasov, putting on his tailcoat in the other room.

И начался разговор об университетском вопросе.

Университетский вопрос был очень важным событием в эту зиму в Москве. Три старые профессора в совете не приняли мнения молодых; молодые подали отдельное мнение. Мнение это, по суждению одних, было ужасное, по суждению других, было самое простое и справедливое мнение, и профессора разделились на две партии.

Одни, к которым принадлежал Катавасов, видели в противной стороне подлог, донос и обман; другие — мальчишество и неуважение к авторитетам. Левин, хотя и не принадлежавший к университету, несколько раз уже в свою бытность в Москве слышал и говорил об этом деле и имел свое составленное на этот счет мнение; он принял участие в разговоре, продолжавшемся и на улице, пока все трое дошли до здания старого университета.

Заседание уже началось... У стола, покрытого сукном, за который сели Катавасов и Метров, сидело шесть человек, и один из них, близко пригибаясь к рукописи, читал что-то. Левин сел на один из пустых стульев, стоявших вокруг стола, и шепотом спросил у сидевшего тут студента, что читают. Студент, недовольно оглядев Левина, сказал:

— Биография.

Хотя Левин и не интересовался биографией ученого, но невольно слушал и узнал кое-что интересного и нового о жизни знаменитого ученого.

Когда чтец кончил, председатель поблагодарил его и прочел присланные ему стихи поэта Мента на этот юбилей и несколько слов в благодарность стихотворцу. Потом Катавасов своим громким, крикливым голосом прочел свою записку об ученых трудах юбиляра.

Когда Катавасов кончил, Левин посмотрел на часы, увидал, что уже второй час, и подумал, что он не успеет до концерта прочесть Метрову свое сочинение, да теперь ему уж и не хотелось этого. Он во время чтения думал тоже о бывшем разговоре. Ему теперь ясно было, что хотя мысли Метрова, может быть, и имеют значение, но и его мысли также имеют значение; мысли эти могут уясниться и привести к чему-нибудь, только когда каждый будет отдельно работать на избранном пути, а из сообщения этих мыслей ничего выйти не может. И, решившись отказаться от приглашения Метрова, Левин в конце заседания подошел к нему. Метров познакомил Левина с председателем, с которым он говорил о политической новости. При этом Метров рассказал председателю то же, что он рассказывал Левину, а Левин сделал те же замечания, которые он уже делал нынче утром, но для разнообразия высказал и свое новое мнение, которое тут же пришло ему в голову. После этого начался разговор опять об университетском вопросе. Так как Левин уже все это слышал, он поторопился сказать Метрову, что сожалеет, что не может воспользоваться его приглашением, раскланялся и поехал ко Львову.

And a conversation began on the university question.

The university question was a very important event that winter in Moscow. Three old professors in the council had not accepted the opinion of the young ones; the young ones had handed in a separate opinion. This opinion, in the judgment of some people, was terrible, in the judgment of others it was the simplest and most just opinion, and the professors split up into two parties.

One party, to which Katavasov belonged, saw in the opposite side a sham, denunciation and fraud; the other party—childishness and disrespect for authority. Levin, though he did not belong to the university, had several times already during his stay in Moscow heard and talked about this matter and had his own opinion on the subject; he took part in the conversation that was continued in the street, as they all three walked to the building of the old university.

The meeting had already begun... At the cloth-covered table, at which Katavasov and Metrov seated themselves, there were six men sitting, and one of them, bending close over a manuscript, was reading something. Levin sat down on one of the vacant chairs that were standing around the table and in a whisper asked a student sitting near what was being read. The student, eyeing Levin with displeasure, said:

"Biography."

Though Levin was not interested in the biography of the scientist, he could not help listening and learned some new and interesting facts about the life of the famous scientist.

When the reader had finished, the chairman thanked him and read some verses by the poet Ment sent to him for this jubilee, and said a few words in gratitude to the poet. Then Katavasov in his loud, shrill voice read his note on the scientific works of the man whose jubilee was being celebrated.

When Katavasov had finished, Levin looked at his watch, saw it was past one, and thought that there would not be time before the concert to read his work to Metrov, and indeed, he did not now want to. During the reading he had also thought about their conversation. He saw distinctly now that though Metrov's ideas might perhaps have value, his own ideas had a value too; these ideas could be made clear and lead to something only if each worked separately on his chosen path, and nothing could come from communicating these ideas. And having decided to refuse Metrov's invitation, Levin went up to him at the end of the meeting. Metrov introduced Levin to the chairman, with whom he was talking about the political news. Metrov told the chairman what he had already told Levin, and Levin made the same remarks he had already made that morning, but for the sake of variety he expressed also a new opinion which had only just struck him. After that the conversation turned again on the university question. As Levin had already heard it all, he made haste to tell Metrov that he was sorry he could not take advantage of his invitation, made his bows and went to Lvov's.

IV

Львов, женатый на Натали, сестре Кити, всю свою жизнь провел в столицах и за границей, где он и воспитывался и служил дипломатом.

В прошлом году он оставил дипломатическую службу, не по неприятности (у него никогда ни с кем не было неприятностей), и перешел на службу в дворцовое ведомство в Москву, для того чтобы дать наилучшее воспитание своим двум мальчикам.

Несмотря на самую резкую противоположность в привычках и во взглядах и на то, что Львов был старше Левина, они в эту зиму очень сошлись и полюбили друг друга.

Львов был дома, и Левин без доклада вошел к нему.

Львов в длинном сюртуке с поясом и замшевых ботинках сидел на кресле и в pince-nez с синими стеклами читал книгу, стоявшую на пюпитре, осторожно на отлете держа красивою рукой до половины испеплившуюся сигару.

Прекрасное, тонкое и молодое еще лицо его, которому курчавые блестящие серебряные волосы придавали еще более породистое выражение, просияло улыбкой, когда он увидел Левина.

— Отлично! А я хотел к вам посылать. Ну, что Кити? Садитесь сюда, спокойнее... — Он встал и подвинул качалку. — Читали последний циркуляр в *"Journal de St.-Pétersbourg"*? Я нахожу — прекрасно, — сказал он с несколько французским акцентом.

Левин рассказал слышанное от Катавасова о том, что говорят в Петербурге, и, поговорив о политике, рассказал про свое знакомство с Метровым и поездку в заседание. Львова это очень заинтересовало.

— Вот я завидую вам, что у вас есть входы в этот интересный ученый мир, — сказал он. И, разговорившись, как обыкновенно, тотчас же перешел на более удобный ему французский язык. — Правда, что мне и некогда. Моя и служба и занятия детьми лишают меня этого; а потом я не стыжусь сказать, что мое образование слишком недостаточно.

— Этого я не думаю, — сказал Левин с улыбкой и, как всегда, умиляясь на его низкое мнение о себе, отнюдь не напущенное на себя из желания казаться или даже быть скромным, но совершенно искреннее.

— Ах, как же! Я теперь чувствую, как я мало образован. Мне для воспитания детей даже нужно много освежить в памяти и просто выучиться. Потому что мало того, чтобы были учителя, нужно, чтобы был наблюдатель, как в вашем хозяйстве нужны работники и надсмотрщик. Вот я читаю, — он показал грамматику Буслаева, лежавшую на пюпитре, — требуют от Миши, и это так трудно... Ну вот объясните мне. Здесь он говорит...

Левин хотел объяснить ему, что понять этого нельзя, а надо учить; но Львов не соглашался с ним.

— Да, вот вы над этим смеетесь!

IV

Lvov, who was married to Natalie, Kitty's sister, had spent all his life in the capitals and abroad, where he had been educated and served as a diplomat.

Last year he had left the diplomatic service, not owing to any unpleasantness (he never had any unpleasantness with anyone), and gone to serve in the palace department in Moscow, in order to give his two boys the best education.

In spite of the sharpest contrast in their habits and views and the fact that Lvov was older than Levin, they had become very close that winter and had taken a great liking to each other.

Lvov was at home, and Levin went in to him unannounced.

Lvov, in a long frock coat with a belt and in suede shoes, was sitting in an armchair, and with a pince-nez with blue glasses he was reading a book that stood on a reading desk, while in his beautiful hand he held a half-burned cigar carefully away from him.

His handsome, delicate and still youthful-looking face, to which his curly, glistening silvery hair gave a still more aristocratic air, lighted up with a smile when he saw Levin.

"Great! And I was meaning to send to you. Well, how's Kitty? Sit here, it's more comfortable..." He got up and pushed up a rocking chair. "Have you read the last circular in the *Journal de St.-Pétersbourg*? I think it's excellent," he said with a slight French accent.

Levin told him what he had heard from Katavasov about what was being said in Petersburg, and after talking about politics, he told him of his making Metrov's acquaintance and going to the meeting. This interested Lvov very much.

"I envy you for having the entry into this interesting scientific world," he said. And, as he talked, he immediately switched, as usual, to French, which was easier to him. "True, I also have no time. My service and occupation with the children deprive me of that; besides, I'm not ashamed to say that my education has been too insufficient."

"I don't think so," said Levin with a smile, feeling, as always, touched by his low opinion of himself, which was not in the least put on from a desire to seem or even be modest, but was absolutely sincere.

"Ah, indeed! I feel now how badly educated I am. To educate my children I even have to refresh my memory a great deal and simply to study. Because it's not enough to have teachers, there must be an observer, just as in your estate you need laborers and an overseer. See what I'm reading"—he pointed to Buslayev's grammar on the reading desk—"it's expected of Misha, and it's so difficult... Come, explain to me. Here he says..."

Levin wanted to explain to him that it couldn't be understood, but that it had to be learned; but Lvov did not agree with him.

"Yes, you're laughing at it!"

— Напротив, вы не можете себе представить, как, глядя на вас, я всегда учусь тому, что мне предстоит, — именно воспитанию детей.

— Ну, уж учиться-то нечему, — сказал Львов.

— Я только знаю, — сказал Левин, — что я не видал лучше воспитанных детей, чем ваши, и не желал бы детей лучше ваших.

Львов, видимо, хотел удержаться, чтобы не высказать своей радости, но так и просиял улыбкой.

— Только бы были лучше меня. Вот все, чего я желаю. Вы не знаете еще всего труда, — начал он, — с мальчиками, которые, как мои, были запущены этою жизнью за границей.

— Это все нагоните. Они такие способные дети. Главное — нравственное воспитание. Вот чему я учусь, глядя на ваших детей.

— Вы говорите — нравственное воспитание. Нельзя себе представить, как это трудно! Только что вы побороли одну сторону, другие вырастают, и опять борьба. Если не иметь опоры в религии, — помните, мы с вами говорили, — то никакой отец одними своими силами без этой помощи не мог бы воспитывать.

Интересовавший всегда Левина разговор этот был прерван вошедшею, одетою уже для выезда, красавицей Натальей Александровной.

— А я не знала, что вы здесь, — сказала она, очевидно не только не сожалея, но даже радуясь, что перебила этот давно известный ей и наскучивший разговор. — Ну, что Кити? Я обедаю у вас нынче. Вот что, Арсений, — обратилась она к мужу, — ты возьмешь карету...

И между мужем и женой началось суждение, как они проведут день. Так как мужу надо было ехать встречать кого-то по службе, а жене в концерт и публичное заседание юго-восточного комитета, то надо было много решить и обдумать. Левин, как свой человек, должен был принимать участие в этих планах. Решено было, что Левин поедет с Натали в концерт и на публичное заседание, а оттуда карету пришлют в контору за Арсением, и он заедет за ней и свезет ее к Кити; или же если он не кончит дел, то пришлет карету, и Левин поедет с нею.

— Вот он меня портит, — сказал Львов жене, — уверяет меня, что наши дети прекрасные, когда я знаю, что в них столько дурного.

— Арсений доходит до крайности, я всегда говорю, — сказала жена. — Если искать совершенства, то никогда не будешь доволен. И правду говорит папа, что, когда нас воспитывали, была одна крайность — нас держали в антресолях, а родители жили в бельэтаже; теперь напротив — родителей в чулан, а детей в бельэтаж. Родители уж теперь не должны жить, а все для детей.

— Что ж, если это приятнее? — сказал Львов, улыбаясь своею красивою улыбкой и дотрогиваясь до ее руки. — Кто тебя не знает, подумает, что ты не мать, а мачеха.

— Нет, крайность ни в чем не хороша, — спокойно сказала Натали, укладывая его разрезной ножик на стол в определенное место.

"On the contrary, you can't imagine how, when I look at you, I'm always learning what awaits me, that is, the education of children."

"Well, there's nothing here to learn," said Lvov.

"I only know," said Levin, "that I have never seen better brought-up children than yours, and I wouldn't wish for children better than yours."

Lvov evidently wanted to restrain the expression of his joy, but he was positively radiant with his smile.

"If only they're better than I am. That's all I desire. You don't know yet all the trouble," he began, "with boys who, like mine, were neglected in that life abroad."

"You'll catch all that up. They're such capable children. The main thing is the moral education. That's what I learn when I look at your children."

"You talk of the moral education. One can't imagine how difficult that is! You have just succeeded on one side when other things crop up, and the struggle begins again. If one had not a support in religion—remember, we talked about that—no father could bring up children relying on his own resources alone without that help."

This conversation, which always interested Levin, was cut short by the entrance of the beauty Natalia Alexandrovna, dressed to go out.

"I didn't know you were here," she said, evidently not only feeling no regret, but even glad to have interrupted this conversation which was long-familiar and boring for her. "Well, how is Kitty? I am dining with you today. I tell you what, Arseny," she turned to her husband, "you take the carriage..."

And the husband and wife began to discuss how they were going to spend the day. As the husband had to drive to meet someone on official business, while the wife had to go to a concert and a public meeting of the South-Eastern Committee, there was a great deal to decide and consider. Levin had to take part in their planning as one of their own. It was decided that Levin would go with Natalie to the concert and the public meeting, and from there they would send the carriage to the office for Arseny, and he would call for her and take her to Kitty's; or that, if he had not finished his work, he would send the carriage and Levin would go with her.

"He's spoiling me," Lvov said to his wife, "he assures me that our children are splendid, when I know how much bad there is in them."

"Arseny goes to extremes, I always say," said the wife. "If you look for perfection, you will never be satisfied. And it's true what papa says, that when we were being brought up there was one extreme—we were kept in the entresol, while our parents lived on the first floor; now it's the opposite—the parents are in the closet, while the children are on the first floor. Parents now are not expected to live, and everything is for the children."

"Why not, if that is pleasanter?" Lvov said, smiling his beautiful smile and touching her hand. "Anyone who didn't know you would think you were not a mother but a stepmother."

"No, extremes are not good in anything," Natalia said serenely, putting his paper knife in its proper place on the desk.

— Ну вот, подите сюда, совершенные дети, — сказал он входившим красавцам мальчикам, которые, поклонившись Левину, подошли к отцу, очевидно желая о чем-то спросить его.

Левину хотелось поговорить с ними, послушать, что они скажут отцу, но Натали заговорила с ним, и тут же вошел в комнату товарищ Львова по службе, Махотин, в придворном мундире, чтобы ехать вместе встречать кого-то, и начался уж неумолкаемый разговор о Герцеговине, о княжне Корзинской, о думе и скоропостижной смерти Апраксиной.

Левин и забыл про данное ему поручение. Он вспомнил, уже выходя в переднюю.

— Ах, Кити мне поручила что-то переговорить с вами об Облонском, — сказал он, когда Львов остановился на лестнице, провожая жену и его.

— Да, да, maman хочет, чтобы мы, les beaux-frères[1], напали на него, — сказал он, краснея и улыбаясь. — И потом, почему же я?

— Так я же нападу на него, — улыбаясь, сказала Львова, дожидавшаяся конца разговора в своей белой собачьей ротонде. — Ну, поедемте.

V

В утреннем концерте давались две очень интересные вещи.

Одна была фантазия *"Король Лир в степи",* другая был квартет, посвященный памяти Баха. Обе вещи были новые и в новом духе, и Левину хотелось составить о них свое мнение. Проводив свояченицу к ее креслу, он стал у колонны и решился как можно внимательнее и добросовестнее слушать. Он старался не развлекаться и не портить себе впечатления, глядя на махание руками белогалстучного капельмейстера, всегда так неприятно развлекающее музыкальное внимание, на дам в шляпах, старательно для концерта завязавших себе уши лентами, и на все эти лица, или ничем не занятые, или занятые самыми разнообразными интересами, но только не музыкой. Он старался избегать встреч со знатоками музыки и говорунами, а стоял, глядя вниз перед собой, и слушал.

Но чем более он слушал фантазию Короля Лира, тем далее он чувствовал себя от возможности составить себе какое-нибудь определенное мнение. Беспрестанно начиналось, как будто собиралось музыкальное выражение чувства, но тотчас же оно распадалось на обрывки новых начал музыкальных выражений, а иногда просто на ничем, кроме прихоти композитора, не связанные, но чрезвычайно сложные звуки. Но и самые отрывки этих музыкальных выражений, иногда хороших, были неприятны, потому что были совершенно неожиданны и ничем не приготовлены. Веселость, и грусть, и отчаяние, и нежность, и торжество являлись безо всякого на то права, точно чувства сумасшедшего. И, так же как у сумасшедшего, чувства эти проходили неожиданно.

---

[1] свояки (*франц.*).

"Well, come here, you perfect children," he said to the two handsome boys who came in and, after bowing to Levin, went up to their father, obviously wishing to ask him about something.

Levin would have liked to talk with them, to hear what they would say to their father, but Natalie began talking to him, and then Lvov's colleague in the service, Makhotin, walked into the room, wearing his court uniform, to go with him to meet someone, and an unending conversation began about Herzegovina, Princess Korzinskaya, the Duma and the sudden death of Apraksina.

Levin even forgot the commission given to him. He recollected it as he was going into the anteroom.

"Ah, Kitty told me to talk to you about Oblonsky," he said, as Lvov stopped on the stairs, seeing his wife and Levin off.

"Yes, yes, maman wants us, les beaux-frères[1], to fall on him," he said, blushing and smiling. "But why should I?"

"Well, then, I will fall on him," said Lvova with a smile, waiting in her white dog-fur pelisse for the end of the conversation. "Come, let us go."

V

At the matinee concert two very interesting pieces were performed.

One was a fantasia, *King Lear on the Heath*, the other was a quartette dedicated to the memory of Bach. Both pieces were new and in the new style, and Levin wanted to form his own opinion of them. After escorting his sister-in-law to her stall, he stood by a column and decided to listen as attentively and conscientiously as possible. He tried not to get distracted and not to spoil his impression by looking at the white-tied conductor's arm-waving, which always so unpleasantly distracts one's musical attention, at the ladies in hats, with ribbons carefully tied over their ears especially for the concert, and at all these faces either unoccupied by anything at all or occupied by all sorts of interests except the music. He tried to avoid meeting musical connoisseurs and babblers, and stood looking at the floor straight before him, listening.

But the more he listened to the fantasia of King Lear, the further he felt from a possibility of forming any definite opinion. There was, as it were, a continual beginning, a preparation of the musical expression of some feeling, but it immediately fell apart into fragments of new beginnings of musical phrases, or sometimes into exceedingly complex sounds, connected by nothing but the mere whim of the composer. But these fragments of musical phrases, though good sometimes, were disagreeable, because they were utterly unexpected and unprepared for. Gaiety and grief and despair and tenderness and triumph came without any right, like the feelings of a madman. And those feelings, like a madman's, passed unexpectedly.

---

[1] the brothers-in-law *(French)*.

Левин во все время исполнения испытывал чувство глухого, смотрящего на танцующих. Он был в совершенном недоумении, когда кончилась пиеса, и чувствовал большую усталость от напряженного и ничем не вознагражденного внимания. Со всех сторон послышались громкие рукоплескания. Все встали, заходили, заговорили. Желая разъяснить по впечатлению других свое недоумение, Левин пошел ходить, отыскивая знатоков, и рад был, увидав одного из известных знатоков в разговоре со знакомым ему Песцовым.

— Удивительно! — говорил густой бас Песцова. — Здравствуйте, Константин Дмитрич. В особенности образно и скульптурно, так сказать, и богато красками то место, где вы чувствуете приближение Корделии, где женщина, das ewig Weibliche[1], вступает в борьбу с роком. Не правда ли?

— То есть почему же тут Корделия? — робко спросил Левин, совершенно забыв, что фантазия изображала короля Лира в степи.

— Является Корделия... вот! — сказал Песцов, ударяя пальцами по атласной афише, которую он держал в руке, и передавая ее Левину.

Тут только Левин вспомнил заглавие фантазии и поспешил прочесть в русском переводе стихи Шекспира, напечатанные на обороте афиши.

— Без этого нельзя следить, — сказал Песцов, обращаясь к Левину, так как собеседник его ушел и поговорить ему больше не с кем было.

В антракте между Левиным и Песцовым завязался спор о достоинствах и недостатках вагнеровского направления музыки. Левин доказывал, что ошибка Вагнера и всех его последователей в том, что музыка хочет переходить в область чужого искусства, что так же ошибается поэзия, когда описывает черты лиц, что должна делать живопись, и, как пример такой ошибки, он привел скульптора, который вздумал высекать из мрамора тени поэтических образов, восстающие вокруг фигуры поэта на пьедестале. "Тени эти так мало тени у скульптора, что они даже держатся о лестницу", — сказал Левин. Фраза эта понравилась ему, но он не помнил, не говорил ли он прежде эту же самую фразу и именно Песцову, и, сказав это, он смутился.

Песцов же доказывал, что искусство одно и что оно может достигнуть высших своих проявлений только в соединении всех родов.

Второй нумер концерта Левин уже не мог слушать. Песцов, остановившись подле него, почти все время говорил с ним, осуждая эту пиесу за ее излишнюю, приторную напущенную простоту и сравнивая ее с простотой прерафаелитов в живописи. При выходе Левин встретил еще много знакомых, с которыми он поговорил и о политике, и о музыке, и об общих знакомых; между прочим, встретил графа Боля, про визит к которому он совсем забыл.

— Ну, так поезжайте сейчас, — сказала ему Львова, которой он передал это, — может быть, вас не примут, а потом заезжайте за мной в заседание. Вы застанете еще.

---

[1] вечная женственность (нем.).

Throughout the performance Levin felt like a deaf man watching people dancing. He was in complete bewilderment when the piece was over, and felt a great weariness from the fruitless strain on his attention. Loud applause resounded on all sides. Everyone got up, began walking, talking. Wishing to clear up his bewilderment by hearing other people's impressions, Levin began to walk about, looking for connoisseurs, and was glad to see one well-known connoisseur in conversation with Pestsov, whom he knew.

"Marvelous!" Pestsov was saying in his deep bass. "How do you do, Konstantin Dmitrich? Particularly picturesque and sculptural, so to say, and richly colored is that passage where you feel Cordelia's approach, where woman, das ewig Weibliche[1], enters into struggle with fate. Isn't it?"

"But what has Cordelia to do with it?" Levin asked timidly, forgetting totally that the fantasia presented King Lear on the heath.

"Cordelia comes in... see here!" said Pestsov, tapping his fingers on the satiny playbill he held in his hand and passing it to Levin.

Only then did Levin recollect the title of the fantasia and made haste to read Shakespeare's verses in the Russian translation, printed on the back of the playbill.

"You can't follow it without that," said Pestsov, addressing Levin, as his interlocutor had gone away and he had no one to talk to.

In the entr'acte Levin and Pestsov fell into an argument upon the merits and defects of music of the Wagner school. Levin maintained that the mistake of Wagner and all his followers lay in their trying to take music into the sphere of another art, just as poetry goes wrong when it describes the features of faces as painting ought to do, and as an example of such a mistake he cited the sculptor who decided to carve in marble the shadows of poetic images arising around the figure of the poet on the pedestal. "The sculptor's shadows were so far from being shadows that they were even clinging to the ladder," said Levin. He liked this phrase, but could not remember whether he had not used the same phrase before, and to Pestsov, too, and as he said it he felt embarrassed.

Pestsov maintained that art is one and that it can attain its highest manifestations only by uniting all the different kinds of art.

Levin could not listen to the second part of the concert. Pestsov, who stood beside him, was talking to him almost all the time, condemning this piece for its excessive, sugary affected simplicity and comparing it with the simplicity of the Pre-Raphaelites in painting. On the way out Levin met many more acquaintances, with whom he talked about politics, music and mutual acquaintances; among others he met Count Bol, whom he had totally forgotten to call upon.

"Well then, go now," Lvova said to him when he told her about it; "perhaps they won't receive you, and then you can come to the meeting to fetch me. You'll find me still there."

---

[1] the eternal feminine (*German*).

VI

— Может быть, не принимают? — сказал Левин, входя в сени дома графини Боль.

— Принимают, пожалуйте, — сказал швейцар, решительно снимая с него шубу.

"Экая досада, — думал Левин, со вздохом снимая одну перчатку и расправляя шляпу. — Ну, зачем я иду? ну, что мне с ними говорить?"

Проходя через первую гостиную, Левин встретил в дверях графиню Боль, с озабоченным и строгим лицом что-то приказывавшую слуге. Увидав Левина, она улыбнулась и попросила его в следующую маленькую гостиную, из которой слышались голоса. В этой гостиной сидели на креслах две дочери графини и знакомый Левину московский полковник. Левин подошел к ним, поздоровался и сел подле дивана, держа шляпу на колене.

— Как здоровье вашей жены? Вы были в концерте? Мы не могли. Мама должна была быть на панихиде.

— Да, я слышал... Какая скоропостижная смерть, — сказал Левин.

Пришла графиня, села на диван и спросила тоже про жену и про концерт.

Левин ответил и повторил вопрос про скоропостижность смерти Апраксиной.

— Она всегда, впрочем, была слабого здоровья.

— Вы были вчера в опере?

— Да, я был.

— Очень хороша была Лукка.

— Да, очень хороша, — сказал он и начал, так как ему совершенно было все равно, что о нем подумают, повторять то, что сотни раз слышал об особенности таланта певицы. Графиня Боль притворялась, что слушала. Потом, когда он достаточно поговорил и замолчал, полковник, молчавший до сих пор, начал говорить. Полковник заговорил тоже про оперу и про освещение. Наконец, сказав про предполагаемую folle journée[1] у Тюрина, полковник засмеялся, зашумел, встал и ушел. Левин тоже встал, но по лицу графини он заметил, что ему еще не пора уходить. Еще минуты две надо. Он сел.

Но так как он все думал о том, как это глупо, то и не находил предмета разговора и молчал.

— Вы не едете на публичное заседание? Говорят, очень интересно, — начала графиня.

— Нет, я обещал моей belle-sœur[2] заехать за ней, — сказал Левин.

Наступило молчание. Мать с дочерью еще раз переглянулись.

"Ну, кажется, теперь пора", — подумал Левин и встал. Дамы пожали ему руку и просили передать mille choses[3] жене.

Швейцар спросил его, подавая шубу:

---

[1] безумный день (*франц.*).

[2] свояченице (*франц.*).

[3] наилучшие пожелания (*франц.*).

VI

"Perhaps they're not receiving?" said Levin, entering the anteroom of Countess Bol's house.

"They are; please come in," said the porter, resolutely removing his fur coat.

"How annoying," thought Levin, removing one glove and shaping his hat with a sigh. "What am I going for? What have I to say to them?"

Passing through the first drawing room, Levin met in the doorway Countess Bol, who with an anxious and severe face was giving some order to a servant. On seeing Levin, she smiled and asked him to come into the next little drawing room, from which voices were heard. In this drawing room there were sitting in armchairs two daughters of the Countess and a Moscow colonel, whom Levin knew. Levin went up to them, greeted them and sat down beside the sofa with his hat on his knee.

"How is your wife's health? Have you been at the concert? We couldn't go. Mama had to be at the funeral service."

"Yes, I heard... What a sudden death," said Levin.

The Countess came in, sat down on the sofa and also asked about his wife and the concert.

Levin answered and repeated his remark about the suddenness of Apraksina's death.

"But she was always in weak health."

"Were you at the opera yesterday?"

"Yes, I was."

"Lucca was very good."

"Yes, very good," he said, and as he was quite indifferent to what they might think of him, he began repeating what he had heard hundreds of times about the peculiarities of the singer's talent. Countess Bol pretended to be listening. Then, when he had talked enough and fell silent, the colonel, who had been silent till then, began to talk. The colonel also talked about the opera and illumination. At last, after speaking about the proposed folle journée[1] at Turin's, the colonel laughed, got up noisily and went away. Levin got up too, but saw by the Countess's face that it was not yet time for him to go. He must stay two minutes longer. He sat down.

But as he was thinking all the while how stupid it was, he could not find a subject for conversation and remained silent.

"You are not going to the public meeting? They say it's very interesting," began the Countess.

"No, I promised my belle-sœur[2] to fetch her from it," said Levin.

A silence followed. Mother and daughter exchanged glances once more.

"Well, I believe it's time now," Levin thought and got up. The ladies shook hands with him and asked him to say mille choses[3] to his wife for them.

The porter asked him, as he held his fur coat for him:

---

[1] mad fête (*French*).

[2] sister-in-law (*French*).

[3] their best wishes (*French*).

— Где изволите стоять? — и тотчас же записал в большую, хорошо переплетенную книжку.

“Разумеется, мне все равно, но все-таки совестно и ужасно глупо”, — подумал Левин, утешая себя тем, что все это делают, и поехал в публичное заседание комитета, где он должен был найти свояченицу, чтобы с ней вместе ехать домой.

В публичном заседании комитета было много народа и почти все общество. Левин застал еще обзор, который, как все говорили, был очень интересен. Когда кончилось чтение обзора, общество сошлось, и Левин встретил и Свияжского, звавшего его нынче вечером непременно в Общество сельского хозяйства, где будет читаться знаменитый доклад, и Степана Аркадьича, который только что приехал с бегов, и еще много других знакомых, и Левин еще поговорил и послушал разные суждения о заседании, о новой пиесе и о процессе. Но, вероятно, вследствие усталости внимания, которую он начинал испытывать, говоря о процессе, он ошибся, и ошибка эта потом несколько раз с досадой вспоминалась ему. Говоря о предстоящем наказании иностранцу, судившемуся в России, и о том, как было бы неправильно наказать его высылкой за границу, Левин повторил то, что он слышал вчера в разговоре от одного знакомого.

— Я думаю, что выслать его за границу, — все равно что наказать щуку, пустив ее в воду, — сказал Левин. Уже потом он вспомнил, что эта, как будто выдаваемая им за свою, мысль, услышанная им от знакомого, была из басни Крылова и что знакомый повторил эту мысль из фельетона газеты.

Заехав со свояченицей домой и застав Кити веселою и благополучною, Левин поехал в клуб.

VII

Левин приехал в клуб в самое время. Вместе с ним подъезжали гости и члены. Левин не был в клубе очень давно, с тех пор как он еще по выходе из университета жил в Москве и ездил в свет. Он помнил клуб, внешние подробности его устройства, но совсем забыл то впечатление, которое он в прежнее время испытывал в клубе. Но только что въехав на широкий полукруглый двор и слезши с извозчика, он вступил на крыльцо и навстречу ему швейцар в перевязи беззвучно отворил дверь и поклонился; только что он увидал в швейцарской калоши и шубы членов, сообразивших, что менее труда снимать калоши внизу, чем вносить их наверх; только что он услыхал таинственный, предшествующий ему звонок и увидал, входя по отлогой ковровой лестнице, статую на площадке и в верхних дверях третьего, состарившегося знакомого швейцара в клубной ливрее, неторопливо и не медля отворявшего дверь и оглядывавшего гостя, — Левина охватило давнишнее впечатление клуба, впечатление отдыха, довольства и приличия.

"Where is your honor staying?" and immediately wrote it down in a big, well-bound book.

"Of course, I don't care, but still I feel ashamed, and it's awfully stupid," thought Levin, consoling himself with the reflection that everyone did it, and he drove to the public meeting of the committee, where he was to find his sister-in-law, so as to drive home with her.

At the public meeting of the committee there were many people and almost the whole of society. Levin was in time to hear a part of the report which, as everyone said, was very interesting. When the reading of the report was over, society gathered together, and Levin met Sviyazhsky, who invited him very pressingly to come that evening to the Society of Agriculture, where a celebrated lecture was to be read, and Stepan Arkadyich, who had just come from the races, and many other acquaintances; and Levin talked more and listened to various judgments on the meeting, on the new piece and on a trial. But, probably from the mental fatigue he was beginning to experience, he made a blunder in speaking about the trial, and later he recalled that blunder several times with vexation. Speaking of the punishment awaiting a foreigner who had been on trial in Russia, and of how wrong it would be to punish him by deportation abroad, Levin repeated what he had heard yesterday in conversation from an acquaintance.

"I think deporting him abroad is much the same as punishing a pike by putting it into the water," said Levin. Only afterwards did he recollect that this idea, which he had heard from an acquaintance and seemed to present as his own, came from a fable of Krylov's, and that the acquaintance had repeated this idea from a newspaper feuilleton.

After driving home with his sister-in-law and finding Kitty cheerful and well, Levin drove to the club.

VII

Levin arrived at the club just at the right time. Guests and members were driving up as he arrived. Levin had not been at the club for a very long while, not since the days when after leaving the university he had lived in Moscow and gone out into society. He remembered the club, the external details of its arrangement, but he had completely forgotten the impression it had made on him in old days. But as soon as, driving into the wide semicircular court and getting out of the cab, he mounted the steps, and the hall porter with a shoulder belt noiselessly opened the door to him with a bow; as soon as he saw in the porter's room the galoshes and fur coats of members who thought it less trouble to take off their galoshes downstairs than to go up in them; as soon as he heard the mysterious ringing bell that preceded him as he ascended the easy, carpeted staircase and saw the statue on the landing and, at the top doors, a third familiar and aged porter in the club livery, opening the door without haste or delay and examining the guest, Levin was overtaken by the old impression of the club, an impression of repose, contentment and propriety.

— Пожалуйте шляпу, — сказал швейцар Левину, забывшему правило клуба оставлять шляпы в швейцарской. — Давно не бывали. Князь вчера еще записали вас. Князя Степана Аркадьича нету еще.

Швейцар знал не только Левина, но и все его связи и родство и тотчас же упомянул о близких ему людях.

Пройдя первую проходную залу с ширмами и направо перегороженную комнату, где сидит фруктовщик, Левин, перегнав медленно шедшего старика, вошел в шумевшую народом столовую.

Он прошел вдоль почти занятых уже столов, оглядывая гостей. То там, то сям попадались ему самые разнообразные, и старые и молодые, и едва знакомые и близкие, люди. Ни одного не было сердитого и озабоченного лица. Все, казалось, оставили в швейцарской с шапками свои тревоги и заботы и собирались неторопливо пользоваться материальными благами жизни. Тут был и Свияжский, и Щербацкий, и Неведовский, и старый князь, и Вронский, и Сергей Иванович.

— А! что ж опоздал? — улыбаясь, сказал князь, подавая ему руку через плечо. — Что Кити? — прибавил он, поправляя салфетку, которую заткнул себе за пуговицу жилета.

— Ничего, здорова; они втроем дома обедают.

— А, Алины-Надины. Ну, у нас места нет. А иди к тому столу да занимай скорее место, — сказал князь и, отвернувшись, осторожно принял тарелку с ухою из налимов.

— Левин, сюда! — крикнул несколько дальше добродушный голос. Это был Туровцын. Он сидел с молодым военным, и подле них были два перевернутые стула. Левин с радостью подошел к ним. Он и всегда любил добродушного кутилу Туровцына, — с ним соединялось воспоминание объяснения с Кити, — но нынче, после всех напряженно умных разговоров, добродушный вид Туровцына был ему особенно приятен.

— Это вам и Облонскому. Он сейчас будет.

Очень прямо державшийся военный с веселыми, всегда смеющимися глазами был петербуржец Гагин. Туровцын познакомил их.

— Облонский вечно опоздает.

— А, вот и он.

— Ты только что приехал? — сказал Облонский, быстро подходя к ним. — Здорово. Пил водку? Ну, пойдем.

Левин встал и пошел с ним к большому столу, уставленному водками и самыми разнообразными закусками. Казалось, из двух десятков закусок можно было выбрать, что было по вкусу, но Степан Аркадьич потребовал какую-то особенную, и один из стоявших ливрейных лакеев тотчас принес требуемое. Они выпили по рюмке и вернулись к столу.

Сейчас же, еще за ухой, Гагину подали шампанского, и он велел наливать в четыре стакана. Левин не отказался от предлагаемого вина и спросил другую бутылку. Он проголодался и ел и пил с большим удовольствием и еще с большим удовольствием принимал участие в веселых и простых разговорах собеседников. Гагин, понизив голос,

"Your hat, please," the porter said to Levin, who forgot the club rule to leave his hat in the porter's room. "Long time since you've been. The Prince put your name down yesterday. Prince Stepan Arkadyich is not here yet."

The porter knew not only Levin, but also all his ties and family relationships, and so immediately mentioned people close to him.

Passing through the first outer hall with screens, and the room partitioned on the right, where a man sat at the fruit buffet, Levin overtook a slow walking old man and entered the dining room full of noisy people.

He walked along the tables, almost all occupied, and looked at the guests. Here and there he saw people of all sorts, old and young; some he knew a little, some were his intimate friends. There was not a single cross or worried face. All seemed to have left their anxieties and cares in the porter's room together with their hats and were getting ready to deliberately enjoy the material blessings of life. Sviyazhsky, and Shcherbatsky, and Nevedovsky, and the old Prince, and Vronsky and Sergey Ivanovich were here.

"Ah! why are you late?" the Prince said smiling and giving him his hand over his own shoulder. "How's Kitty?" he added, adjusting the napkin he had tucked in behind his waistcoat button.

"All right, quite well; they are dining at home, the three of them."

"Ah, Alines-Nadines. There's no room with us. Go to that table, and make haste and take a seat," said the Prince, and turning away he carefully took a plate of burbot soup.

"Levin, over here!" a good-natured voice shouted a little further on. It was Turovtsyn. He was sitting with a young military man, and beside them were two chairs turned upside down. Levin gladly went up to them. He had always liked the good-natured rake Turovtsyn—he was associated in his mind with memories of his proposal to Kitty—but now, after all those strained intellectual conversations, the sight of Turovtsyn's good-natured face was particularly pleasant to him.

"These are for you and Oblonsky. He'll be here in a minute."

The military man, holding himself very erect, with cheerful, always laughing eyes, was the Petersburger Gagin. Turovtsyn introduced them.

"Oblonsky's always late."

"Ah, here he is."

"Have you just come?" said Oblonsky, quickly coming up to them. "Hi! Had some vodka? Well, come along."

Levin got up and went with him to the big table spread with vodkas and hors d'oeuvres of the most various kinds. One would have thought that out of two dozen hors d'oeuvres one might choose something to one's taste, but Stepan Arkadyich asked for something special, and one of the liveried lackeys standing by immediately brought what was required. They drank a glass each and returned to their table.

At once, while they were still at the fish soup, Gagin was served with champagne and had four glasses filled. Levin did not refuse the wine he was offered and asked for another bottle. He was hungry, and ate and drank with great enjoyment, and with still greater enjoyment took part in the merry and simple conversations of his companions. Gagin, lowering his

рассказал новый петербургский анекдот, и анекдот, хотя неприличный и глупый, был так смешон, что Левин расхохотался так громко,
что на него оглянулись соседи.

— Это в том же роде, как: "Я этого-то и терпеть не могу!" Ты знаешь?
— спросил Степан Аркадьич. — Ах, это прелесть! Подай еще бутылку,
— сказал он лакею и начал рассказывать.

— Петр Ильич Виновский просят, — перебил старичок лакей Степана
Аркадьича, поднося два тоненькие стакана доигрывающего шампанского и обращаясь к Степану Аркадьичу и к Левину. Степан Аркадьич
взял стакан и, переглянувшись на другой конец стола с плешивым ры-
жим усатым мужчиной, помахал ему, улыбаясь, головой.

— Кто это? — спросил Левин.

— Ты его у меня встретил раз, помнишь? Добрый малый.

Левин сделал то же, что Степан Аркадьич, и взял стакан.

Анекдот Степана Аркадьича был тоже очень забавен. Левин рассказал свой анекдот, который тоже понравился. Потом зашла речь о
лошадях, о бегах нынешнего дня и о том, как лихо Атласный Вронского выиграл первый приз. Левин не заметил, как прошел обед.

— А! Вот и они! — в конце уже обеда сказал Степан Аркадьич, перегибаясь через спинку стула и протягивая руку шедшему к нему
Вронскому с высоким гвардейским полковником. В лице Вронского
светилось тоже общее клубное веселое добродушие. Он весело облоко-
тился на плечо Степану Аркадьичу, что-то шепча ему, и с тою же веселою улыбкой протянул руку Левину.

— Очень рад встретиться, — сказал он. — А я вас тогда искал на выборах, но мне сказали, что вы уже уехали, — сказал он ему.

— Да, я в тот же день уехал. Мы только что говорили об вашей
лошади. Поздравляю вас, — сказал Левин. — Это очень быстрая езда.

— Да ведь у вас тоже лошади.

— Нет, у моего отца были; но я помню и знаю.

— Ты где обедал?— спросил Степан Аркадьич.

— Мы за вторым столом, за колоннами.

— Его поздравляли, — сказал высокий полковник. — Второй импера-
торский приз; кабы мне такое счастие в карты, как ему на лошадей.

— Ну, что же золотое время терять. Я иду в инфернальную, — сказал
полковник и отошел от стола.

— Это Яшвин, — отвечал Туровцыну Вронский и присел на освобо-
дившееся подле них место. Выпив предложенный бокал, он спросил
бутылку. Под влиянием ли клубного впечатления, или выпитого вина
Левин разговорился с Вронским о лучшей породе скота и был очень
рад, что не чувствует никакой враждебности к этому человеку. Он даже сказал ему между прочим, что слышал от жены, что она встретила
его у княгини Марьи Борисовны.

— Ах, княгиня Марья Борисовна, это прелесть! — сказал Степан
Аркадьич и рассказал про нее анекдот, который всех насмешил. В
особенности Вронский так добродушно расхохотался, что Левин почувствовал себя совсем примиренным с ним.

voice, told a new Petersburg anecdote, and the anecdote, though improper and stupid, was so funny that Levin broke into laughter so loud that his neighbors turned to look at him.

"That's in the same style as 'That's a thing I can't stand!' You know it?" asked Stepan Arkadyich. "Ah, that's exquisite! Bring another bottle," he said to the lackey and began telling the anecdote.

"With Pyotr Ilyich Vinovsky's compliments," a little old lackey interrupted Stepan Arkadyich, bringing two thin glasses of still sparkling champagne and addressing Stepan Arkadyich and Levin. Stepan Arkadyich took a glass and, exchanging glances with a bald, red-haired man with a mustache at the other end of the table, nodded to him, smiling.

"Who's that?" asked Levin.

"You met him once at my place, remember? A nice fellow."

Levin did the same as Stepan Arkadyich and took the glass.

Stepan Arkadyich's anecdote was also very amusing. Levin told his anecdote, which also was appreciated. Then they talked about horses, about that day's races, and how smartly Vronsky's Atlasny had won the first prize. Levin did not notice how the dinner passed.

"Ah! Here they are!" Stepan Arkadyich said at the end of dinner, leaning over the back of his chair and holding out his hand to Vronsky, who was coming towards him with a tall colonel of the guards. Vronsky's face also beamed with the general merry good humor of the club. He merrily leaned on Stepan Arkadyich's shoulder, whispering something to him, and with the same merry smile held out his hand to Levin.

"Very glad to meet you," he said. "I looked for you then at the elections, but I was told you had already left."

"Yes, I left that same day. We've just been talking about your horse. I congratulate you," said Levin. "That is very quick riding."

"You have race horses too, haven't you?"

"No, my father had; but I remember and know something about it."

"Where have you dined?" asked Stepan Arkadyich.

"We are at the second table, behind the columns."

"He has been congratulated," said the tall colonel. "It's his second imperial prize; I wish I might have the luck at cards he has with horses."

"Well, why waste the golden time? I'm going to the 'infernal regions,'" the colonel said and walked away from the table.

"That's Yashvin," Vronsky said in answer to Turovtsyn and sat down in the vacated seat beside them. After drinking the glass offered to him, he ordered a bottle. Under the influence of either the impression from the club or the wine he had drunk, Levin chatted away with Vronsky about the best breeds of cattle and was very glad not to feel the slightest hostility to this man. He even told him, among other things, that he had heard from his wife that she had met him at Princess Marya Borissovna's.

"Ah, Princess Marya Borissovna, she's exquisite!" said Stepan Arkadyich, and he told an anecdote about her which set them all laughing. Vronsky particularly burst into such good-natured laughter that Levin felt quite reconciled with him.

— Что ж, кончили? — сказал Степан Аркадьич, вставая и улыбаясь. — Пойдем!

VIII

Выйдя из-за стола, Левин, чувствуя, что у него на ходьбе особенно правильно и легко мотаются руки, пошел с Гагиным через высокие комнаты к бильярдной. Проходя через большую залу, он столкнулся с тестем.

— Ну, что? Как тебе нравится наш храм праздности? — сказал князь, взяв его под руку. — Пойдем пройдемся.

— Я и то хотел походить, посмотреть. Это интересно.

— Да, тебе интересно. Но мне интерес уж другой, чем тебе. Ты вот смотришь на этих старичков, — сказал он, указывая на сгорбленного члена с отвислою губой, который, чуть передвигая ноги в мягких сапогах, прошел им навстречу, — и думаешь, что они так родились шлюпиками.

— Как шлюпиками?

— Ты вот и не знаешь этого названия. Это наш клубный термин. Знаешь, как яйца катают, так когда много катают, то сделается шлюпик. Так и наш брат: ездишь-ездишь в клуб и сделаешься шлюпиком. Да, вот ты смеешься, а наш брат уже смотрит, когда сам в шлюпики попадет. Ты знаешь князя Чеченского? — спросил князь, и Левин видел по лицу, что он собирается рассказать что-то смешное.

— Нет, не знаю.

— Ну, как же! Ну, князь Чеченский, известный. Ну, все равно. Вот он всегда на бильярде играет. Он еще года три тому назад не был в шлюпиках и храбрился. И сам других шлюпиками называл. Только приезжает он раз, а швейцар наш... ты знаешь, Василий? Ну, этот толстый. Он бонмотист большой. Вот и спрашивает князь Чеченский у него: "Ну что, Василий, кто да кто приехал? А шлюпики есть?" А он ему говорит: "Вы третий". Да, брат, так-то!

Разговаривая и здороваясь со встречавшимися знакомыми, Левин с князем прошел все комнаты: большую, где стояли уже столы и играли в небольшую игру привычные партнеры; диванную, где играли в шахматы и сидел Сергей Иванович, разговаривая с кем-то; бильярдную, где на изгибе комнаты у дивана составилась веселая партия с шампанским, в которой участвовал Гагин; заглянули и в инфернальную, где у одного стола, за который уже сел Яшвин, толпилось много державших. Стараясь не шуметь, они вошли и в темную читальную, где под лампами с абажурами сидел один молодой человек с сердитым лицом, перехватывавший один журнал за другим, и плешивый генерал, углубленный в чтение. Вошли и в ту комнату, которую князь называл умною. В этой комнате трое господ горячо говорили о последней политической новости.

"Well, have we finished?" said Stepan Arkadyich, getting up and smiling. "Let's go!"

VIII

Leaving the table, Levin walked with Gagin through the lofty rooms to the billiard room, feeling his arms swing as he walked with a peculiar rightness and ease. Crossing the big hall, he came upon his father-in-law.

"Well? How do you like our temple of indolence?" said the Prince, taking him by the arm. "Come along, let's take a walk."

"Yes, I wanted to walk about and have a look. It's interesting."

"Yes, it's interesting for you. But my interest is different from yours. You look at those little old men now," he said, pointing to a club member with bent back and hanging lip who walked towards and past them, hardly moving his feet in his soft boots, "and think that they were born such sloppers."

"How sloppers?"

"I see you don't even know that word. That's our club term. You know how they roll eggs, and when they roll a long while it becomes a slopper. So it is with us: one goes on coming and coming to the club and becomes a slopper. Well, you laugh, but we look out, for fear of becoming sloppers ourselves. You know Prince Chechensky?" asked the Prince, and Levin saw by his face that he was going to relate something funny.

"No, I don't."

"You don't say so! Well, the famous Prince Chechensky. No matter, though. He's always playing billiards. Only some three years ago he was not a slopper and kept up his spirits. He even used to call other people sloppers. But one day he comes, and our porter... you know Vassily? Well, that fat one. He's famous for his bon mots. And so Prince Chechensky asks him: 'Well, Vassily, who's here? Any sloppers here yet?' And he says to him: 'You're the third.' Yes, brother, there it is!"

Talking and greeting the acquaintances they met, Levin and the Prince walked through all the rooms: the big one where tables had already been set, and the usual partners were playing for small stakes; the divan room, where they were playing chess, and Sergey Ivanovich was sitting talking to somebody; the billiard room, where, about a sofa at the bend of the room there was a merry party drinking champagne—Gagin was one of them; they also peeped into the "infernal regions," where many gamblers were crowding round one table, at which Yashvin was already sitting. Trying not to make a noise, they walked into the dark reading room, where under the shaded lamps there sat a young man with an angry face, turning over one magazine after another, and a bald general absorbed in reading. They also went into a room which the Prince called the intelligent room. In this room three gentlemen were engaged in a heated discussion of the latest political news.

— Князь, пожалуйте, готово, — сказал один из его партнеров, найдя его тут, и князь ушел. Левин посидел, послушал; но, вспомнив все разговоры нынешнего утра, ему вдруг стало ужасно скучно. Он поспешно встал и пошел искать Облонского и Туровцына, с которыми было весело.

Туровцын сидел с кружкой питья на высоком диване в бильярдной, и Степан Аркадьич с Вронским о чем-то разговаривали у двери в дальнем углу комнаты.

— Она не то что скучает, но эта неопределенность, нерешительность положения, — слышал Левин и хотел поспешно отойти; но Степан Аркадьич подозвал его.

— Левин! — сказал Степан Аркадьич, и Левин заметил, что у него на глазах были не слезы, а влажность, как это всегда бывало у него, или когда он выпил, или когда он расчувствовался. Нынче было то и другое. — Левин, не уходи, — сказал он и крепко сжал его руку за локоть, очевидно ни за что не желая выпустить его.

— Это мой искренний, едва ли не лучший друг, — сказал он Вронскому. — Ты для меня тоже еще более близок и дорог. И я хочу и знаю, что вы должны быть дружны и близки, потому что вы оба хорошие люди.

— Что ж, нам остается только поцеловаться, — добродушно шутя, сказал Вронский, подавая руку.

Он быстро взял протянутую руку и крепко пожал ее.

— Я очень, очень рад, — сказал Левин, пожимая его руку.

— Человек, бутылку шампанского, — сказал Степан Аркадьич.

— И я очень рад, — сказал Вронский.

Но, несмотря на желание Степана Аркадьича и их взаимное желание, им говорить было нечего, и оба это чувствовали.

— Ты знаешь, что он не знаком с Анной? — сказал Степан Аркадьич Вронскому. — И я непременно хочу свозить его к ней. Поедем, Левин!

— Неужели? — сказал Вронский. — Она будет очень рада. Я бы сейчас поехал домой, — прибавил он, — но Яшвин меня беспокоит, и я хочу побыть тут, пока он кончит.

— А что, плохо?

— Все проигрывает, и я только один могу его удержать.

— Так что ж, пирамидку? Левин, будешь играть? Ну, и прекрасно, — сказал Степан Аркадьич. — Ставь пирамидку, — обратился он к маркеру.

— Давно готово, — отвечал маркер, уже уставивший в треугольник шары и для развлечения перекатывавший красный.

— Ну, давайте.

После партии Вронский и Левин подсели к столу Гагина, и Левин стал по предложению Степана Аркадьича держать на тузы. Вронский то сидел у стола, окруженный беспрестанно подходившими к нему знакомыми, то ходил в инфернальную проведывать Яшвина. Левин испытывал приятный отдых от умственной усталости утра. Его ра-

"Prince, please come, we're ready," said one of his partners, who found him here, and the Prince went off. Levin sat and listened for a while, but, recalling all the conversations of the morning, he suddenly felt terribly bored. He got up hurriedly and went to look for Oblonsky and Turovtsyn, with whom it had been so merry.

Turovtsyn was sitting with a mug of drink on a high sofa in the billiard room, and Stepan Arkadyich was talking about something with Vronsky near the door in the far corner of the room.

"It's not that she's bored, but this uncertainty, this unsettled position," Levin heard and wanted to walk away hurriedly, but Stepan Arkadyich called to him.

"Levin!" said Stepan Arkadyich, and Levin noticed that his eyes were not full of tears, but moist, which always happened with him when he had been drinking or when he was touched. Now it was both. "Levin, don't go," he said and firmly squeezed his arm by the elbow, obviously not at all wishing to let him go.

"This is a true friend of mine, perhaps my best friend," he said to Vronsky. "You have also become even closer and dearer to me. And I want you, and I know that you ought to be close friends, because you're both good people."

"Well, there's nothing for us now but to kiss," Vronsky said with good-natured humor, holding out his hand.

He quickly took the offered hand and pressed it firmly.

"I'm very, very glad," said Levin, pressing his hand.

"Waiter, a bottle of champagne," said Stepan Arkadyich.

"And I'm very glad," said Vronsky.

But in spite of Stepan Arkadyich's desire and their own mutual desire, they had nothing to talk about and they both felt it.

"You know, he has never met Anna?" Stepan Arkadyich said to Vronsky. "And I want by all means to take him to see her. Let's go, Levin!"

"Really?" said Vronsky. "She will be very glad. I would go home now," he added, "but I'm worried about Yashvin, and I want to stay on till he's finished."

"Why, is it bad?"

"He keeps losing, and I'm the only one who can restrain him."

"Well, what do you say to the pyramid? Levin, will you play? Well, excellent," said Stepan Arkadyich. "Set the pyramid," he turned to the marker.

"It has been ready for a long while," answered the marker, who had already set the balls in a triangle, and was knocking the red one about for his own amusement.

"Well, let's begin."

After the game Vronsky and Levin sat down at Gagin's table, and at Stepan Arkadyich's suggestion Levin began placing bets on aces. Vronsky first sat down at the table, surrounded by acquaintances who were incessantly coming up to him, then went to the "infernal" to check on Yashvin. Levin was experiencing a pleasant repose from the mental fatigue of the morning.

довало прекращение враждебности с Вронским, и впечатление спокойствия, приличия и удовольствия не оставляло его.

Когда партия кончилась, Степан Аркадьич взял Левина под руку.

— Ну, так поедем к Анне. Сейчас? А? Она дома. Я давно обещал ей привезти тебя. Ты куда собирался вечером?

— Да никуда особенно. Я обещал Свияжскому в Общество сельского хозяйства. Пожалуй, поедем, — сказал Левин.

— Отлично, едем! Узнай, приехала ли моя карета, — обратился Степан Аркадьич к лакею.

Левин подошел к столу, заплатил проигранные им на тузы сорок рублей, заплатил каким-то таинственным образом известные старичку лакею, стоявшему у притолока, расходы по клубу и, особенно размахивая руками, пошел по всем залам к выходу.

IX

— Облонского карету! — сердитым басом прокричал швейцар. Карета подъехала, и оба сели. Только первое время, пока карета выезжала из ворот клуба, Левин продолжал испытывать впечатление клубного покоя, удовольствия и несомненной приличности окружающего; но как только карета выехала на улицу и он почувствовал качку экипажа по неровной дороге, услыхал сердитый крик встречного извозчика, увидел при неярком освещении красную вывеску кабака и лавочки, впечатление это разрушилось, и он начал обдумывать свои поступки и спросил себя, хорошо ли он делает, что едет к Анне. Что скажет Кити? Но Степан Аркадьич не дал ему задуматься и, как бы угадывая его сомнения, рассеял их.

— Как я рад, — сказал он, — что ты узнаешь ее. Ты знаешь, Долли давно этого желала. И Львов был же у нее и бывает. Хоть она мне и сестра, — продолжал Степан Аркадьич, — я смело могу сказать, что это замечательная женщина. Вот ты увидишь. Положение ее очень тяжело, в особенности теперь.

— Почему же в особенности теперь?

— У нас идут переговоры с ее мужем о разводе. И он согласен; но тут есть затруднения относительно сына, и дело это, которое должно было кончиться давно уже, вот тянется три месяца. Как только будет развод, она выйдет за Вронского. Как это глупо, этот старый обычай кружения, "Исаия ликуй", в который никто не верит и который мешает счастью людей! — вставил Степан Аркадьич. — Ну, и тогда их положение будет определенно, как мое, как твое.

— В чем же затруднение? — сказал Левин.

— Ах, это длинная и скучная история! Все это так неопределенно у нас. Но дело в том, — она, ожидая этого развода здесь, в Москве, где все его и ее знают, живет три месяца; никуда не выезжает, никого не видит из женщин, кроме Долли, потому что, понимаешь ли, она не

He was glad that all hostility was at an end with Vronsky, and the sense of peace, propriety and pleasure never left him.

When the game was over, Stepan Arkadyich took Levin by the arm.

"Well, let's go to Anna's, then. Now? Eh? She is at home. I promised her long ago to bring you. Where were you going to spend the evening?"

"Nowhere in particular. I promised Sviyazhsky to go to the Society of Agriculture. Let's go, if you like," said Levin.

"Excellent, let's go! Find out if my carriage has arrived," Stepan Arkadyich said to the lackey.

Levin went up to the table, paid the forty rubles he had lost placing bets on aces, paid his club charges, the amount of which was in some mysterious way known to the little old lackey who stood at the door, and, swinging his arms in a special way, he walked through all the rooms to the exit.

IX

"Oblonsky's carriage!" the porter shouted in an angry bass. The carriage drove up and they both got in. It was only for the first few moments, while the carriage was driving out of the clubhouse gates, that Levin was still under the impression of the club peace, pleasure and the unimpeachable propriety of the surroundings; but as soon as the carriage drove out into the street and he felt it jolting over the uneven road, heard the angry shout of a driver coming towards them, saw in the dim light the red sign of a tavern and a shop, this impression was destroyed, and he began to think over his actions and to wonder whether he was doing right in going to see Anna. What would Kitty say? But Stepan Arkadyich gave him no time for reflection, and, as if guessing his doubts, he scattered them.

"How glad I am," he said, "that you will get to know her. You know, Dolly has long wished for it. And Lvov's been to see her, and keeps going. Though she is my sister," Stepan Arkadyich went on, "I can easily say that she's a remarkable woman. You will see. Her position is very painful, especially now."

"Why especially now?"

"We are carrying on negotiations with her husband about a divorce. And he's agreed; but there are difficulties here in regard to the son, and the business, which ought to have been finished long ago, has been dragging on for three months. As soon as she gets the divorce, she will marry Vronsky. How stupid it is, this old custom of going in a circle, "Rejoice, O Isaiah," which no one believes in and which prevents people from being happy!" Stepan Arkadyich put in. "Well, then their position will be as definite as mine, as yours."

"What is the difficulty?" said Levin.

"Ah, it's a long and tedious story! It's all so uncertain with us. But the point is she has been living here in Moscow for three months, where everyone knows him and her, waiting for the divorce; she goes out nowhere, sees no woman except Dolly, because, you understand, she doesn't want to have

хочет, чтобы к ней ездили из милости; эта дура княжна Варвара — и та уехала, считая это неприличным. Так вот, в этом положении другая женщина не могла бы найти в себе ресурсов. Она же, вот ты увидишь, как она устроила свою жизнь, как она спокойна, достойна. Налево, в переулок, против церкви! — крикнул Степан Аркадьич, перегибаясь в окно кареты. — Фу, как жарко! — сказал он, несмотря на двенадцать градусов мороза, распахивая еще больше свою и так распахнутую шубу.

— Да ведь у ней дочь; верно, она ею занята? — сказал Левин.

— Ты, кажется, представляешь себе всякую женщину только самкой, une couveuse[1], — сказал Степан Аркадьич. — Занята, то непременно детьми. Нет, она прекрасно воспитывает ее, кажется, но про нее не слышно. Она занята, во-первых, тем, что пишет. Уж я вижу, что ты иронически улыбаешься, но напрасно. Она пишет детскую книгу и никому не говорит про это, но мне читала, и я давал рукопись Воркуеву... знаешь, этот издатель... и сам он писатель, кажется. Он знает толк, и он говорит, что это замечательная вещь. Но ты думаешь, что это женщина-автор? Нисколько. Она прежде всего женщина с сердцем, ты вот увидишь. Теперь у ней девочка-англичанка и целое семейство, которым она занята.

— Что же, это филантропическое что-нибудь?

— Вот ты все хочешь видеть дурное. Не филантропическое, а сердечное. У них, то есть у Вронского, был тренер-англичанин, мастер своего дела, но пьяница. Он совсем запил, delirium tremens[2], и семейство брошено. Она увидала их, помогла, втянулась, и теперь все семейство на ее руках; да не так, свысока, деньгами, а она сама готовит мальчиков по-русски в гимназию, а девочку взяла к себе. Да вот ты увидишь ее.

Карета въехала на двор, и Степан Аркадьич громко позвонил у подъезда, у которого стояли сани.

И, не спросив у отворившего дверь артельщика, дома ли, Степан Аркадьич вошел в сени. Левин шел за ним, все более и более сомневаясь в том, хорошо или дурно он делает.

Посмотревшись в зеркало, Левин заметил, что он красен; но он был уверен, что не пьян, и пошел по ковровой лестнице вверх за Степаном Аркадьичем. Наверху, у поклонившегося, как близкому человеку, лакея Степан Аркадьич спросил, кто у Анны Аркадьевны, и получил ответ, что господин Воркуев.

— Где они?

— В кабинете.

Пройдя небольшую столовую с темными деревянными стенами, Степан Аркадьич с Левиным по мягкому ковру вошли в полутемный кабинет, освещенный одною с большим темным абажуром лампой. Другая лампа-рефрактор горела на стене и освещала большой во весь рост портрет женщины, на который Левин невольно обратил внимание. Это был портрет Анны, деланный в Италии Михайловым.

---

[1] наседкой (*франц.*).
[2] белая горячка (*лат.*).

people come as a favor; that fool Princess Varvara, even she has left her, considering it improper. Well, in such a position any other woman would not be able to find resources in herself. But you'll see how she has arranged her life, how calm, how dignified she is. To the left, into the bystreet, opposite the church!" shouted Stepan Arkadyich, leaning out of the window of the carriage. "Phew, how hot it is!" he said, in spite of twelve degrees below zero, flinging his open fur coat still wider open.

"But she has a daughter; no doubt she's busy looking after her?" said Levin.

"You seem to picture every woman only as a female, une couveuse[1]," said Stepan Arkadyich. "If she's busy, it must be with children. No, she brings her up perfectly, I believe, but one doesn't hear about her. She's busy, in the first place, with writing. I see you're smiling ironically, but you're wrong. She's writing a children's book and doesn't tell anyone about it, but she read it to me and I gave the manuscript to Vorkuyev... you know, that publisher... and he's a writer himself, I think. He is an expert, and he says it's a remarkable thing. But you think she's an authoress? Not a bit of it. Before everything she's a woman with a heart, you'll see. Now she has a little English girl with her, and a whole family she's looking after."

"What, something in a philanthropic way?"

"Why, you will look at everything in the worst light. It's not from philanthropy, it's from the heart. They—that is, Vronsky— had a trainer, an Englishman, a master in his own line, but a drunkard. He's completely given up to drink, delirium tremens, and the family is abandoned. She saw them, helped them, got involved, and now the whole family is on her hands; but not condescendingly, not with money, but she's herself preparing the boys in Russian for the high school, and she's taken the girl to live with her. But you'll see her."

The carriage drove into the courtyard, and Stepan Arkadyich rang loudly at the entrance where a sledge was standing.

And without asking the servant who opened the door whether the lady was at home, Stepan Arkadyich walked into the anteroom. Levin followed him, more and more doubtful whether he was doing right or wrong.

Looking in the mirror, Levin noticed that he was flushed; but he felt certain he was not drunk, and he followed Stepan Arkadyich up the carpeted stairs. At the top Stepan Arkadyich asked the footman, who bowed to him as to someone he knew well, who was with Anna Arkadyevna, and received the answer that it was Mr. Vorkuyev.

"Where are they?"

"In the study."

Passing through a small dining room with dark paneled walls, Stepan Arkadyich and Levin walked over the soft carpet into the semi-dark study, lighted up by a single lamp with a big dark shade. Another lamp with a reflector was burning on the wall, lighting up a big full-length portrait of a woman, to which Levin involuntarily paid his attention. It was the portrait of Anna, painted in Italy by Mikhailov. While Stepan

[1] a brood hen *(French)*.

В то время как Степан Аркадьич заходил за трельяж и говоривший мужской голос замолк, Левин смотрел на портрет, в блестящем освещении выступавший из рамы, и не мог оторваться от него. Он даже забыл, где был, и, не слушая того, что говорилось, не спускал глаз с удивительного портрета. Это была не картина, а живая прелестная женщина с черными вьющимися волосами, обнаженными плечами и руками и задумчивой полуулыбкой на покрытых нежным пушком губах, победительно и нежно смотревшая на него смущавшими его глазами. Только потому она была не живая, что она была красивее, чем может быть живая.

— Я очень рада, — услыхал он вдруг подле себя голос, очевидно обращенный к нему, голос той самой женщины, которою он любовался на портрете. Анна вышла ему навстречу из-за трельяжа, и Левин увидел в полусвете кабинета ту самую женщину с портрета в темном, разноцветно-синем платье, не в том положении, не с тем выражением, но на той самой высоте красоты, на которой она была уловлена художником на портрете. Она была менее блестяща в действительности, но зато в живой было и что-то такое новое привлекательное, чего не было на портрете.

X

Она встала ему навстречу, не скрывая своей радости увидать его. И в том спокойствии, с которым она протянула ему маленькую и энергическую руку и познакомила его с Воркуевым и указала на рыжеватую хорошенькую девочку, которая тут же сидела за работой, назвав ее своею воспитанницей, были знакомые и приятные Левину приемы женщины большого света, всегда спокойной и естественной.

— Очень, очень рада, — повторила она, и в устах ее для Левина эти простые слова почему-то получили особенное значение. — Я вас давно знаю и люблю, и по дружбе со Стивой и за вашу жену... я знала ее очень мало времени, но она оставила во мне впечатление прелестного цветка, именно цветка. И она уж скоро будет матерью!

Она говорила свободно и неторопливо, изредка переводя свой взгляд с Левина на брата, и Левин чувствовал, что впечатление, произведенное им, было хорошее, и ему с нею тотчас же стало легко, просто и приятно, как будто он с детства знал ее.

— Мы с Иваном Петровичем поместились в кабинете Алексея, — сказала она, отвечая Степану Аркадьичу на его вопрос, можно ли курить, — именно затем, чтобы курить, — и, взглянув на Левина, вместо вопроса: курит ли он? подвинула к себе черепаховый портсигар и вынула пахитоску.

— Как твое здоровье нынче? — спросил ее брат.

— Ничего. Нервы, как всегда.

— Не правда ли, необыкновенно хорош? — сказал Степан Аркадьич, заметив, что Левин взглядывал на портрет.

— Я не видал лучше портрета.

Arkadyich went behind the trellis, and the man's voice which had been speaking paused, Levin gazed at the portrait, which stood out from the frame in the brilliant light, and could not tear himself away from it. He even forgot where he was, and not listening to what was being said, could not take his eyes off the marvelous portrait. It was not a picture, but a living, charming woman with black curly hair, bare shoulders and arms, and a pensive half-smile on her lips, covered with soft down, looking at him triumphantly and softly with eyes that perplexed him. She was not alive only because she was more beautiful than a living woman can be.

"I am very glad," he suddenly heard near him a voice, evidently addressing him, the voice of the very woman he had been admiring in the portrait. Anna had come from behind the trellis to meet him, and Levin saw in the half-light of the study the very woman of the portrait, in a dark dress of different shades of blue, not in the same position nor with the same expression, but on the same height of beauty as that on which the artist had caught her in the portrait. She was less dazzling in reality, but there was something new and seductive in the living woman which was not in the portrait.

X

She had risen to meet him, not concealing her joy at seeing him. And in the composure with which she held out her little and energetic hand to him, introduced him to Vorkuyev and pointed to the red-haired, pretty girl who was sitting there at work, calling her her pupil, Levin saw the familiar and pleasant manners of a woman of high society, always calm and natural.

"I am very, very glad," she repeated, and on her lips these simple words took for Levin a special significance. "I have known you and liked you for a long while, both from your friendship with Stiva and for your wife... I knew her for a very short time, but she left on me the impression of an exquisite flower, just a flower. And she will soon be a mother!"

She spoke easily and without haste, turning her eyes now and then from Levin to her brother, and Levin felt that the impression he made was good, and he felt immediately at ease, simple and pleasant with her, as if he had known her from childhood.

"Ivan Petrovich and I settled in Alexey's study," she said in answer to Stepan Arkadyich's question whether he might smoke, "just so as to smoke"— and glancing at Levin, instead of asking whether he smoked, she pulled closer a tortoise-shell cigar-case and took a cigarette.

"How are you feeling today?" her brother asked her.

"All right. Nerves, as usual."

"Extraordinarily fine, isn't it?" said Stepan Arkadyich, noticing that Levin was glancing at the portrait.

"I have never seen a better portrait."

— И необыкновенно похоже, не правда ли? — сказал Воркуев.

Левин поглядел с портрета на оригинал. Особенный блеск осветил лицо Анны в то время, как она почувствовала на себе его взгляд. Левин покраснел и, чтобы скрыть свое смущение, хотел спросить, давно ли она видела Дарью Александровну; но в то же время Анна заговорила:

— Мы сейчас говорили с Иваном Петровичем о последних картинах Ващенкова. Вы видели их?

— Да, я видел, — отвечал Левин.

— Но виновата, я вас перебила, вы хотели сказать...

Левин спросил, давно ли она видела Долли.

— Вчера она была у меня, она очень рассержена за Гришу на гимназию. Латинский учитель, кажется, несправедлив был к нему.

— Да, я видел картины. Они мне не очень понравились, — вернулся Левин к начатому ею разговору.

Левин говорил теперь совсем уже не с тем ремесленным отношением к делу, с которым он разговаривал в это утро. Всякое слово в разговоре с нею получало особенное значение. И говорить с ней было приятно, еще приятнее было слушать ее.

Анна говорила не только естественно, умно, но умно и небрежно, не приписывая никакой цены своим мыслям, а придавая большую цену мыслям собеседника.

Разговор зашел о новом направлении искусства, о новой иллюстрации Библии французским художником. Воркуев обвинял художника в реализме, доведенном до грубости. Левин сказал, что французы довели условность в искусстве как никто и что поэтому они особенную заслугу видят в возвращении к реализму. В том, что они уже не лгут, они видят поэзию.

Никогда еще ни одна умная вещь, сказанная Левиным, не доставляла ему такого удовольствия, как эта. Лицо Анны вдруг все просияло, когда она вдруг оценила эту мысль. Она засмеялась.

— Я смеюсь, — сказала она, — как смеешься, когда увидишь очень похожий портрет. То, что вы сказали, совершенно характеризует французское искусство теперь, и живопись, и даже литературу: Zola, Daudet. Но, может быть, это всегда так бывает, что сначала строят свои conceptions[1] из выдуманных, условных фигур, а потом — все combinaisons[2] сделаны, выдуманные фигуры надоели, и начинают придумывать более натуральные, справедливые фигуры.

— Вот это совершенно верно! — сказал Воркуев.

— Так вы были в клубе? — обратилась она к брату.

"Да, да, вот женщина!" — думал Левин, забывшись и упорно глядя на ее красивое подвижное лицо, которое теперь вдруг совершенно переменилось. Левин не слыхал, о чем она говорила, перегнувшись к брату, но он был поражен переменой ее выражения. Прежде столь прекрасное в своем спокойствии, ее лицо вдруг выразило странное

---

[1] концепции (франц.).
[2] комбинации (франц.).

"And it's an extraordinary likeness, isn't it?" said Vorkuyev.

Levin looked from the portrait to the original. A peculiar brilliance lighted up Anna's face when she felt his eyes on her. Levin blushed, and to hide his confusion he wanted to ask whether she had seen Darya Alexandrovna lately; but at that moment Anna spoke:

"Ivan Petrovich and I were just talking about Vashchenkov's latest pictures. Have you seen them?"

"Yes, I have," answered Levin.

"But, I beg your pardon, I interrupted you, you were saying?.."

Levin asked if she had seen Dolly lately.

"She was here yesterday, she is very angry with the school on Grisha's account. The Latin teacher, it seems, was unfair to him."

"Yes, I have seen the pictures. I didn't care for them very much," Levin went back to the conversation she had started.

Levin talked now not at all with that artisanal attitude to the subject with which he had been talking that morning. Every word in his conversation with her received a special meaning. And talking to her was pleasant; still pleasanter it was to listen to her.

Anna talked not only naturally and cleverly, but cleverly and casually, attaching no value to her own thoughts and giving great value to the thoughts of her interlocutor.

The conversation turned to the new trend in art, to the new illustrations of the Bible by a French artist. Vorkuyev blamed the artist for a realism carried to the point of coarseness. Levin said that the French had carried conventionality in art further than anyone, and that therefore they saw a special merit in the return to realism. In the fact of no longer lying they saw poetry.

Never had anything clever said by Levin given him so much pleasure as this remark. Anna's face lighted up at once, as at once she appreciated the thought. She laughed.

"I laugh," she said, "as one laughs when one sees a very true portrait. What you've said perfectly characterizes French art now, painting and even literature: Zola, Daudet. But perhaps it is always so, that people first build their conceptions from fictitious, conventional figures, and then—all the combinaisons made—they get tired of the fictitious figures and begin to invent more natural, true figures."

"That's perfectly true!" said Vorkuyev.

"So you've been at the club?" she turned to her brother.

"Yes, yes, this is a woman!" Levin thought, forgetting himself and staring persistently at her lovely, mobile face, which at that moment suddenly changed completely. Levin did not hear what she was talking about as she leaned over to her brother, but he was struck by the change of her expression. Her face, so beautiful before in its repose, suddenly expressed

любопытство, гнев и гордость. Но это продолжалось только одну минуту. Она сощурилась, как бы вспоминая что-то.

— Ну, да, впрочем, это никому не интересно, — сказала она и обратилась к англичанке:

— Please order the tea in the drawing room[1].

Девочка поднялась и вышла.

— Ну что же, она выдержала экзамен? — спросил Степан Аркадьич.

— Прекрасно. Очень способная девочка, и милый характер.

— Кончится тем, что ты ее будешь любить больше своей.

— Вот мужчина говорит. В любви нет больше и меньше. Люблю дочь одною любовью, ее — другою.

— Я вот говорю Анне Аркадьевне, — сказал Воркуев,— что если б она положила хоть одну сотую той энергии на общее дело воспитания русских детей, которую она кладет на эту англичанку, Анна Аркадьевна сделала бы большое, полезное дело.

— Да вот что хотите, я не могла. Граф Алексей Кириллыч очень поощрял меня (произнося слова *граф Алексей Кириллыч*, она просительно-робко взглянула на Левина, и он невольно отвечал ей почтительным и утвердительным взглядом) — поощрял меня заняться школой в деревне. Я ходила несколько раз. Они очень милы, но я не могла привязаться к этому делу. Вы говорите — энергию. Энергия основана на любви. А любовь неоткуда взять, приказать нельзя. Вот я полюбила эту девочку, сама не знаю зачем.

И она опять взглянула на Левина. И улыбка и взгляд ее — все говорило ему, что она к нему только обращает свою речь, дорожа его мнением и вместе с тем вперед зная, что они понимают друг друга.

— Я совершенно это понимаю, — отвечал Левин. — На школу и вообще на подобные учреждения нельзя положить сердца, и от этого, думаю, что именно эти филантропические учреждения дают всегда так мало результатов.

Она помолчала, потом улыбнулась.

— Да, да, — подтвердила она. — Я никогда не могла. Je n'ai pas le coeur assez large[2], чтобы полюбить целый приют с гаденькими девочками. Cela ne m'a jamais réussi[3]. Столько есть женщин, которые из этого делают position sociale[4]. И теперь тем более, — сказала она с грустным, доверчивым выражением, обращаясь по внешности к брату, но, очевидно, только к Левину. — И теперь, когда мне так нужно какое-нибудь занятие, я не могу. — И, вдруг нахмурившись (Левин понял, что она нахмурилась на самое себя за то, что говорит про себя), она переменила разговор. — Я знаю про вас, — сказала она Левину, — что вы плохой гражданин, и я вас защищала, как умела.

— Как же вы меня защищали?

— Смотря по нападениям. Впрочем, не угодно ли чаю? — Она поднялась и взяла в руку переплетенную сафьянную книгу.

---

[1] Пожалуйста, прикажите подать чай в гостиной (*англ.*).
[2] У меня не настолько широкое сердце (*франц.*).
[3] Это мне никогда не удавалось (*франц.*).
[4] общественное положение (*франц.*).

a strange curiosity, anger and pride. But this lasted only a minute. She narrowed her eyelids, as if recollecting something.

"Oh, well, but that's of no interest to anyone," she said and turned to the English girl:

"Please order the tea in the drawing room."

The girl got up and went out.

"Well, did she pass her examination?" asked Stepan Arkadyich.

"Splendidly. She's a very gifted girl and a sweet character."

"It will end in your loving her more than your own."

"There a man speaks. In love there's no more nor less. I love my daughter with one love, and her with another."

"I was just telling Anna Arkadyevna," said Vorkuyev, "that if she were to put a hundredth part of the energy she devotes to this English girl to the common cause of the education of Russian children, Anna Arkadyevna would be doing a great and useful work."

"But I can't help it, I couldn't do it. Count Alexey Kirillych encouraged me very much" (as she uttered the words *Count Alexey Kirillych* she glanced with appealing timidity at Levin, and he involuntarily responded with a respectful and affirmative look); "he encouraged me to take up the school in the village. I went several times. They are very nice, but I could not feel drawn to this work. You speak of energy. Energy rests upon love. And I can't get love from anywhere, I can't order myself. I love this girl, I myself don't know why."

And she glanced again at Levin. And her smile and her glance— all told him that it was to him only she was addressing her words, valuing his opinion and at the same time knowing beforehand that they understood each other.

"I quite understand that," Levin answered. "It's impossible to give one's heart to a school or such institutions in general, and I believe that's just why these philanthropic institutions always give such poor results."

She was silent for a while and then smiled.

"Yes, yes," she agreed. "I never could. Je n'ai pas le coeur assez large[1] to love a whole asylum of wretched little girls. Cela ne m'a jamais réussi[2]. There are so many women who have made themselves a position sociale[3] that way. And now more than ever," she said with a sad, confiding expression, ostensibly addressing her brother, but evidently intending her words only for Levin. "And now, when I have such need of some occupation, I cannot." And suddenly frowning (Levin realized that she was frowning at herself for talking about herself) she changed the subject. "I know about you," she said to Levin, "that you're a bad citizen, and I have defended you to the best of my ability."

"How have you defended me?"

"Depending on the attacks. But won't you have some tea?" She rose and took up a book bound in morocco.

---

[1] I do not have a heart large enough *(French)*.
[2] I could never have succeeded with that *(French)*.
[3] a social position *(French)*.

— Дайте мне, Анна Аркадьевна, — сказал Воркуев, указывая на книгу. — Это очень стоит того.

— О нет, это все так неотделано.

— Я ему сказал, — обратился Степан Аркадьич к сестре, указывая на Левина.

— Напрасно сделал. Мое писанье — это вроде тех корзиночек из резьбы, которые мне продавала, бывало, Лиза Мерцалова из острогов. Она заведывала острогами в этом обществе, — обратилась она к Левину. — И эти несчастные делали чудеса терпения.

И Левин увидал еще новую черту в этой так необыкновенно понравившейся ему женщине. Кроме ума, грации, красоты, в ней была правдивость. Она от него не хотела скрывать всей тяжести своего положения. Сказав это, она вздохнула, и лицо ее, вдруг приняв строгое выражение, как бы окаменело. С таким выражением на лице она была еще красивее, чем прежде; но это выражение было новое; оно было вне того сияющего счастьем и раздающего счастье круга выражений, которые были уловлены художником на портрете. Левин посмотрел еще раз на портрет и на ее фигуру, как она, взяв руку брата, проходила с ним в высокие двери, и почувствовал к ней нежность и жалость, удивившие его самого.

Она попросила Левина и Воркуева пройти в гостиную, а сама осталась поговорить о чем-то с братом. “О разводе, о Вронском, о том, что он делает в клубе, обо мне?” — думал Левин. И его так волновал вопрос о том, что она говорит со Степаном Аркадьичем, что он почти не слушал того, что рассказывал ему Воркуев о достоинствах написанного Анной Аркадьевной романа для детей.

За чаем продолжался тот же приятный, полный содержания разговор. Не только не было ни одной минуты, чтобы надо было отыскивать предмет для разговора, но, напротив, чувствовалось, что не успеваешь сказать того, что хочешь, и охотно удерживаешься, слушая, что говорит другой. И все, что ни говорили, не только она сама, но Воркуев, Степан Аркадьич, — все получило, как казалось Левину, благодаря ее вниманию и замечаниям, особенное значение.

Следя за интересным разговором, Левин все время любовался ею — и красотой ее, и умом, образованностью, и вместе простотой и задушевностью. Он слушал, говорил и все время думал о ней, о ее внутренней жизни, стараясь угадать ее чувства. И, прежде так строго осуждавший ее, он теперь, по какому-то странному ходу мыслей, оправдывал ее и вместе жалел и боялся, что Вронский не вполне понимает ее. В одиннадцатом часу, когда Степан Аркадьич поднялся, чтоб уезжать (Воркуев еще раньше уехал), Левину показалось, что он только что приехал. Левин с сожалением тоже встал.

— Прощайте, — сказала она ему, удерживая его за руку и глядя ему в глаза притягивающим взглядом. — Я очень рада, que la glace est rompue[1].

Она выпустила его руку и прищурилась.

---

[1] что лед сломан (*франц.*).

"Give it to me, Anna Arkadyevna," said Vorkuyev, pointing to the book. "It's well worth it."

"Oh, no, it's all so unpolished."

"I told him," Stepan Arkadyich said to his sister, pointing to Levin.

"You shouldn't have. My writing is something like those little carved baskets from the prisons which Liza Mertsalova used to sell me. She was in charge of the prisons in that society," she turned to Levin. "And those unfortunates did miracles of patience."

And Levin saw another new trait in this woman, who attracted him so extraordinarily. Besides wit, grace, beauty, she had honesty. She did not want to hide from him all the hardship of her position. As she said that she sighed, and her face, suddenly taking a severe expression, looked as it were turned to stone. With that expression on her face she was more beautiful than before; but the expression was new; it was outside the circle of expressions, radiating happiness and giving happiness, which had been caught by the painter in the portrait. Levin looked once more at the portrait and at her figure, as taking her brother's arm she walked with him through the high doors, and he felt for her a tenderness and pity which surprised him.

She asked Levin and Vorkuyev to go to the drawing room, while she stayed behind to talk about something with her brother. "About her divorce, about Vronsky, about what he's doing at the club, about me?" thought Levin. And he was so excited by the question of what she was talking about with Stepan Arkadyich that he scarcely listened to what Vorkuyev was telling him about the merits of the novel for children Anna Arkadyevna had written.

At tea the same pleasant, substantial conversation continued. Not only was there not a single moment when it was necessary to seek for a subject of conversation but, on the contrary, it was felt that one had no time to say what one wanted and eagerly held back to hear what the other was saying. And all that was said, not only by her, but by Vorkuyev and Stepan Arkadyich—all, as it seemed to Levin, gained a special significance owing to her attention and remarks.

While following the interesting conversation, Levin was all the time admiring her—her beauty, her intelligence, her education, and at the same time her simplicity and heartiness. He listened, talked and all the while thought about her, about her inner life, trying to guess her feelings. And though he had judged her so severely hitherto, now by some strange chain of reasoning he was justifying her and was also sorry for her, and afraid that Vronsky did not fully understand her. After ten, when Stepan Arkadyich got up to go (Vorkuyev had left earlier), it seemed to Levin that he had only just come. Regretfully Levin also rose.

"Good-bye," she said to him, holding his hand and glancing into his eyes with a magnetic look. "I am very glad que la glace est rompue[1]."

She let go his hand and narrowed her eyelids.

---

[1] that the ice is broken (*French*).

— Передайте вашей жене, что я люблю ее, как прежде, и что если она не может простить мне мое положение, то я желаю ей никогда не прощать меня. Чтобы простить, надо пережить то, что я пережила, а от этого избави ее Бог.

— Непременно, да, я передам... — краснея, говорил Левин.

XI

“Какая удивительная, милая и жалкая женщина”, — думал он, выходя со Степаном Аркадьичем на морозный воздух.

— Ну, что? Я говорил тебе, — сказал ему Степан Аркадьич, видя, что Левин был совершенно побежден.

— Да, — задумчиво отвечал Левин, — необыкновенная женщина! Не то что умна, но сердечная удивительно. Ужасно жалко ее!

— Теперь, Бог даст, скоро все устроится. Ну то-то, вперед не суди, — сказал Степан Аркадьич, отворяя дверцы кареты. — Прощай, нам не по дороге.

Не переставая думать об Анне, о всех тех самых простых разговорах, которые были с нею, и вспоминая при этом все подробности выражения ее лица, все более и более входя в ее положение и чувствуя к ней жалость, Левин приехал домой.

Дома Кузьма передал Левину, что Катерина Александровна здоровы, что недавно только уехали от них сестрицы, и подал два письма. Левин тут же, в передней, чтобы потом не развлекаться, прочел их. Одно было от Соколова, приказчика. Соколов писал, что пшеницу нельзя продать, дают только пять с половиной рублей, а денег больше взять неоткудова. Другое письмо было от сестры. Она упрекала его за то, что дело ее все еще не было сделано.

“Ну, продадим за пять с полтиной, коли не дают больше”, — тотчас же с необыкновенною легкостью решил Левин первый вопрос, прежде казавшийся ему столь трудным. “Удивительно, как здесь все время занято”, — подумал он о втором письме. Он почувствовал себя виноватым пред сестрой за то, что до сих пор не сделал того, о чем она просила его. “Нынче опять не поехал в суд, но нынче уж точно было некогда”. И, решив, что он это непременно сделает завтра, пошел к жене. Идя к ней, Левин воспоминанием быстро пробежал весь проведенный день. Все события дня были разговоры: разговоры, которые он слушал и в которых участвовал. Все разговоры были о таких предметах, которыми он, если бы был один и в деревне, никогда бы не занялся, а здесь они были очень интересны. И все разговоры были хорошие; только в двух местах было не совсем хорошо. Одно то, что он сказал про щуку, другое — что было что-то *не то* в нежной жалости, которую он испытывал к Анне.

Левин застал жену грустною и скучающею. Обед трех сестер удался бы очень весело, но потом его ждали, ждали, всем стало скучно, сестры разъехались, и она осталась одна.

"Tell your wife that I love her as before, and that if she cannot forgive me my position, I wish her never to forgive me. To forgive, one must live through what I have lived through, and may God spare her that."

"Certainly, yes, I will tell her..." Levin said, blushing.

XI

"What a marvelous, sweet and pitiful woman!" he thought, as he went out into the frosty air with Stepan Arkadyich.

"Well? I told you," Stepan Arkadyich said to him, seeing that Levin had been completely won over.

"Yes," Levin responded pensively, "an extraordinary woman! Not just intelligent, but wonderfully cordial. I'm terribly sorry for her!"

"Now, God willing, everything will soon be settled. Well, another time, don't judge in advance," said Stepan Arkadyich, opening the carriage doors. "Good-bye, we don't go the same way."

Without ceasing to think about Anna, about all those simplest conversations with her, and at the same time recalling all the details of the expression of her face, entering more and more into her position and feeling pity for her, Levin reached home.

At home Kuzma told Levin that Katerina Alexandrovna was well, that her sisters had not long been gone, and handed him two letters. Levin read them right there in the anteroom, so as not to be distracted later. One was from Sokolov, his steward. Sokolov wrote that the wheat could not be sold, that it was fetching only five and a half rubles, and there was no other source from which to get money. The other letter was from his sister. She reproached him for her business being still unsettled.

"Well, we'll sell it at five and a half if they won't give more," Levin resolved the first question, which had seemed so difficult to him before, with extraordinary ease at once. "It's amazing how all one's time is taken up here," he thought, considering the second letter. He felt guilty before his sister for still not having done what she had asked him to do. "Today, again, I've not been to the court, but today I've certainly had no time." And deciding that he would not fail to do it the next day, he went to his wife. On his way to her, Levin rapidly ran through the whole day he had spent in his memory. All the events of the day were conversations: conversations he had listened to and taken part in. All the conversations were upon subjects which, if he had been alone and in the country, he would never have taken up, but here they were very interesting. And all the conversations had been good; only in two places there was something not quite good. One was what he had said about the pike, the other was something *not quite right* in the tender pity he was feeling for Anna.

Levin found his wife sad and dull. The dinner of the three sisters would have gone off very merrily, but then they had waited and waited for him, all of them had felt dull, the sisters had departed, and she had been left alone.

— Ну, а ты что делал? — спросила она, глядя ему в глаза, что-то особенно подозрительно блестевшие. Но, чтобы не помешать ему все рассказать, она скрыла свое внимание и с одобрительною улыбкой слушала его рассказ о том, как он провел вечер.

— Ну, я очень рад был, что встретил Вронского. Мне очень легко и просто было с ним. Понимаешь, теперь я постараюсь никогда не видаться с ним, но чтоб эта неловкость была кончена, — сказал он и, вспомнив, что он, *стараясь никогда не видаться*, тотчас же поехал к Анне, он покраснел. — Вот мы говорим, что народ пьет; не знаю, кто больше пьет, народ или наше сословие; народ хоть в праздник, но...

Но Кити неинтересно было рассуждение о том, как пьет народ. Она видела, что он покраснел, и желала знать, почему.

— Ну, потом где ж ты был?

— Стива ужасно упрашивал меня поехать к Анне Аркадьевне.

И, сказав это, Левин покраснел еще больше, и сомнения его о том, хорошо ли, или дурно он сделал, поехав к Анне, были окончательно разрешены. Он знал теперь, что этого не надо было делать.

Глаза Кити особенно раскрылись и блеснули при имени Анны, но, сделав усилие над собой, она скрыла свое волнение и обманула его.

— А! — только сказала она.

— Ты, верно, не будешь сердиться, что я поехал. Стива просил, и Долли желала этого, — продолжал Левин.

— О нет, — сказала она, но в глазах ее он видел усилие над собой, не обещавшее ему ничего доброго.

— Она очень милая, очень, очень жалкая, хорошая женщина, — говорил он, рассказывая про Анну, ее занятия и про то, что она велела сказать.

— Да, разумеется, она очень жалкая, — сказала Кити, когда он кончил. — От кого ты письмо получил?

Он сказал ей и, поверив ее спокойному тону, пошел раздеваться.

Вернувшись, он застал Кити на том же кресле. Когда он подошел к ней, она взглянула на него и зарыдала.

— Что? что? — спрашивал он, уж зная вперед, что.

— Ты влюбился в эту гадкую женщину, она обворожила тебя. Я видела по твоим глазам. Да, да! Что ж может выйти из этого? Ты в клубе пил, пил, играл и потом поехал... к кому? Нет, уедем... Завтра я уеду.

Долго Левин не мог успокоить жену. Наконец он успокоил ее, только признавшись, что чувство жалости в соединении с вином сбили его и он поддался хитрому влиянию Анны и что он будет избегать ее. Одно, в чем он искреннее всего признавался, было то, что, живя так долго в Москве, за одними разговорами, едой и питьем, он ошалел. Они проговорили до трех часов ночи. Только в три часа они настолько примирились, что могли заснуть.

"Well, and what have you been doing?" she asked, looking into his eyes, which had a peculiarly suspicious glitter. But that she might not prevent his telling her everything, she concealed her close scrutiny of him and with an approving smile listened to his account of how he had spent the evening.

"Well, I was very glad I met Vronsky. I felt very easy and simple with him. You see, now I shall try never to see him again, but this awkwardness is over," he said and, remembering that *trying never to see him again*, he had immediately gone to Anna's, he blushed. "We talk about the peasants drinking; I don't know who drinks more, the peasants or our own class; the peasants do on holidays, but..."

But Kitty was not interested in his discourse about the drinking habits of the peasants. She saw that he blushed, and she wished to know why.

"Well, and then where did you go?"

"Stiva urged me terribly to go and see Anna Arkadyevna."

And as he said this, Levin blushed even more, and his doubts as to whether he had done right or wrong in going to see Anna were settled conclusively. He knew now that he ought not to have done it.

Kitty's eyes opened in a special way and gleamed at Anna's name, but controlling herself with an effort, she concealed her emotion and deceived him.

"Ah!" was all she said.

"You surely won't be angry at my going. Stiva asked me to, and Dolly wished it," Levin went on.

"Oh, no," she said, but he saw in her eyes the effort that boded him no good.

"She is a very sweet, very, very pitiful and good woman," he said, telling her about Anna, her occupations, and what she had told him to say to her.

"Yes, of course, she is very pitiful," said Kitty, when he had finished. "Whom was your letter from?"

He told her and, believing in her calm tone, went to undress.

Coming back, he found Kitty in the same armchair. When he went up to her, she glanced at him and broke into sobs.

"What? what?" he asked, knowing beforehand what.

"You've fallen in love with that disgusting woman, she has bewitched you. I saw it in your eyes. Yes, yes! What can it lead to? You were drinking at the club, drinking and gambling, and then you went... to whom? No, let's go away... I shall go away tomorrow."

It was a long while before Levin could soothe his wife. At last he succeeded in soothing her, only by confessing that a feeling of pity, in conjunction with the wine, had been too much for him, that he had succumbed to Anna's artful influence, and that he would avoid her. One thing he confessed most sincerely of all was that living so long in Moscow, with nothing but conversations, eating and drinking, he had gone mad. They talked till three o'clock in the morning. Only at three o'clock were they sufficiently reconciled to be able to fall asleep.

XII

Проводив гостей, Анна, не садясь, стала ходить взад и вперед по комнате. Хотя она бессознательно (как она действовала в это последнее время в отношении ко всем молодым мужчинам) целый вечер делала все возможное для того, чтобы возбудить в Левине чувство любви к себе, и хотя она знала, что она достигла этого, насколько это возможно в отношении к женатому честному человеку и в один вечер, и хотя он очень понравился ей (несмотря на резкое различие, с точки зрения мужчины, между Вронским и Левиным, она, как женщина, видела в них то самое общее, за что и Кити полюбила и Вронского и Левина), как только он вышел из комнаты, она перестала думать о нем.

Одна и одна мысль неотвязно в разных видах преследовала ее. "Если я так действую на других, на этого семейного, любящего человека, отчего же он так холоден ко мне?.. и не то что холоден, он любит меня, я это знаю. Но что-то новое теперь разделяет нас. Отчего нет его целый вечер? Он велел сказать со Стивой, что не может оставить Яшвина и должен следить за его игрой. Что за дитя Яшвин? Но положим, что это правда. Он никогда не говорит неправды. Но в этой правде есть другое. Он рад случаю показать мне, что у него есть другие обязанности. Я это знаю, я с этим согласна. Но зачем доказывать мне это? Он хочет доказать мне, что его любовь ко мне не должна мешать его свободе. Но мне не нужны доказательства, мне нужна любовь. Он бы должен был понять всю тяжесть этой жизни моей здесь, в Москве. Разве я живу? Я не живу, а ожидаю развязки, которая все оттягивается и оттягивается. Ответа опять нет! И Стива говорит, что он не может ехать к Алексею Александровичу. А я не могу писать еще. Я ничего не могу делать, ничего начинать, ничего изменять, я сдерживаю себя, жду, выдумывая себе забавы — семейство англичанина, писание, чтение, но все это только обман, все это тот же морфин. Он бы должен пожалеть меня", — говорила она, чувствуя, как слезы жалости о себе выступают ей на глаза.

Она услыхала порывистый звонок Вронского и поспешно утерла эти слезы, и не только утерла слезы, но села к лампе и развернула книгу, притворившись спокойною. Надо было показать ему, что она недовольна тем, что он не вернулся, как обещал, только недовольна, но никак не показывать ему своего горя и, главное, жалости о себе. Ей можно было жалеть о себе, но не ему о ней. Она не хотела борьбы, упрекала его за то, что он хотел бороться, но невольно сама становилась в положение борьбы.

— Ну, ты не скучала? — сказал он, оживленно и весело подходя к ней. — Что за страшная страсть — игра!

— Нет, я не скучала и давно уж выучилась не скучать. Стива был и Левин.

— Да, они хотели к тебе ехать. Ну, как тебе понравился Левин? — сказал он, садясь подле нее.

XII

After seeing her guests off, Anna did not sit down, but began walking up and down the room. Though she had unconsciously the whole evening done her utmost to arouse in Levin a feeling of love for her (as of late she had acted towards all young men), and though she knew that she had attained her aim, as far as was possible in one evening, with a married and honest man, and though she liked him very much (in spite of the acute difference, from a man's point of view, between Vronsky and Levin, as a woman she saw something they had in common, for which Kitty, too, had loved both Vronsky and Levin), as soon as he left the room, she ceased to think about him.

One thought, and one only, pursued her persistently in different forms. "If I have so much effect on others, on this loving family man, why is it he is so cold to me?.. not cold exactly, he loves me, I know that. But something new divides us now. Why wasn't he here all the evening? He told Stiva to say he could not leave Yashvin, and must watch over his play. Is Yashvin a child? But supposing it's true. He never tells a lie. But there's something else in this truth. He is glad of an opportunity of showing me that he has other duties. I know that, I agree with that. But why prove that to me? He wants to prove to me that his love for me is not to interfere with his freedom. But I need no proofs, I need love. He ought to have understood all the hardship of my life here in Moscow. Do I live? I don't live, I wait for a resolution, which is continually put off and put off. No answer again! And Stiva says he cannot go to Alexey Alexandrovich. And I can't write again. I can do nothing, can begin nothing, can change nothing; I restrain myself, wait, inventing amusements for myself—the Englishman's family, writing, reading—but it's all only a sham, it's all the same as morphine. He ought to pity me," she said, feeling tears of self-pity coming into her eyes.

She heard Vronsky's jerky ring and hurriedly dried her tears, and not only dried her tears, but sat down by a lamp and opened a book, affecting composure. She had to show him that she was displeased that he had not come home as he had promised, only displeased, and not on any account to let him see her distress, and least of all, her self-pity. She might pity herself, but he must not pity her. She did not want to fight, she blamed him for wanting to fight, but involuntarily she put herself into a fighting position.

"Well, you've not been dull?" he said, sprightly and cheerfully coming up to her. "What a terrible passion—gambling!"

"No, I've not been dull, I've learned long ago not to be dull. Stiva has been here and Levin."

"Yes, they wanted to come and see you. Well, how did you like Levin?" he said, sitting down beside her.

— Очень. Они недавно уехали. Что же сделал Яшвин?

— Был в выигрыше, семнадцать тысяч. Я его звал. Он совсем было уж поехал. Но вернулся опять и теперь в проигрыше.

— Так для чего же ты оставался? — спросила она, вдруг подняв на него глаза. Выражение ее лица было холодное и неприязненное. — Ты сказал Стиве, что останешься, чтоб увезти Яшвина. А ты оставил же его.

То же выражение холодной готовности к борьбе выразилось и на его лице.

— Во-первых, я его ничего не просил передавать тебе, во-вторых, я никогда не говорю неправды. А главное, я хотел остаться и остался, — сказал он, хмурясь. — Анна, зачем, зачем? — сказал он после минуты молчания, перегибаясь к ней, и открыл руку, надеясь, что она положит в нее свою.

Она была рада этому вызову к нежности. Но какая-то странная сила зла не позволяла ей отдаться своему влечению, как будто условия борьбы не позволяли ей покориться.

— Разумеется, ты хотел остаться и остался. Ты делаешь все, что ты хочешь. Но зачем ты говоришь мне это? Для чего? — говорила она, все более разгорячаясь. — Разве кто-нибудь оспаривает твои права? Но ты хочешь быть правым, и будь прав.

Рука его закрылась, он отклонился, и лицо его приняло еще более, чем прежде, упорное выражение.

— Для тебя это дело упрямства, — сказала она, пристально поглядев на него и вдруг найдя название этому раздражавшему ее выражению лица, — именно упрямства. Для тебя вопрос, останешься ли ты победителем со мной, а для меня... — Опять ей стало жалко себя, и она чуть не заплакала. — Если бы ты знал, в чем для меня дело! Когда я чувствую, как теперь, что ты враждебно, именно враждебно относишься ко мне, если бы ты знал, что это для меня значит! Если бы ты знал, как я близка к несчастию в эти минуты, как я боюсь, боюсь себя! — И она отвернулась, скрывая рыдания.

— Да о чем мы? — сказал он, ужаснувшись пред выражением ее отчаянья и опять перегнувшись к ней и взяв ее руку и целуя ее. — За что? Разве я ищу развлечения вне дома? Разве я не избегаю общества женщин?

— Еще бы! — сказала она.

— Ну, скажи, что я должен делать, чтобы ты была покойна? Я все готов сделать для того, чтобы ты была счастлива, — говорил он, тронутый ее отчаянием, — чего же я не сделаю, чтоб избавить тебя от горя какого-то, как теперь, Анна! — сказал он.

— Ничего, ничего! — сказала она. — Я сама не знаю: одинокая ли жизнь, нервы... Ну, не будем говорить. Что ж бега? ты мне не рассказал, — спросила она, стараясь скрыть торжество победы, которая все-таки была на ее стороне.

Он спросил ужинать и стал рассказывать ей подробности бегов; но в тоне, во взглядах его, все более и более делавшихся холодными, она

"Very much. They left not long ago. What did Yashvin do?"

"He was winning—seventeen thousand. I asked him to go. He was about to go. But he went back again, and now he's losing."

"Then what did you stay for?" she asked, suddenly raising her eyes to him. The expression of her face was cold and hostile. "You told Stiva you were staying on to get Yashvin away. And you have left him there."

The same expression of cold readiness for a fight appeared on his face too.

"In the first place, I did not ask him to give you any message; secondly, I never tell lies. But the main thing is that I wanted to stay, and I stayed," he said, frowning. "Anna, why, why?" he said after a minute's silence, bending over towards her, and he opened his hand, hoping she would lay hers in it.

She was glad of this invitation to tenderness. But some strange force of evil would not let her give herself up to her impulse, as if the rules of fight would not permit her to submit.

"Of course, you wanted to stay, and you stayed. You do everything you want to. But why do you tell that to me? What for?" she said, getting more and more excited. "Does anyone contest your rights? But you want to be right, so be right."

His hand closed, he drew back, and his face assumed a still more obstinate expression than before.

"For you it's a matter of obstinacy," she said, looking intently at him and suddenly finding the name for that expression of his face that irritated her, "exactly of obstinacy. For you it's a question of whether you keep the upper hand of me, while for me..." Again she felt pity for herself, and she almost burst into tears. "If you knew what it is for me! When I feel as I do now that you are hostile, yes, hostile to me, if you knew what this means for me! If you knew how close I am to calamity at these moments, how afraid I am, afraid of myself!" And she turned away, hiding her sobs.

"But what are we talking about?" he said, horrified at the expression of her despair, and again bending over towards her, he took her hand and kissed it. "What is it for? Do I seek amusements outside our home? Don't I avoid the company of women?"

"I should say so!" she said.

"Come, tell me what I ought to do to give you peace of mind? I am ready to do anything to make you happy," he said, touched by her despair; "what wouldn't I do to save you from such distress as now, Anna!" he said.

"Never mind, never mind!" she said. "I don't know myself whether it's the lonely life, my nerves... Come, let's not talk about it. What about the race? You haven't told me," she asked, trying to conceal her triumph at the victory, which had after all been on her side.

He asked for supper and began telling her the details of the races; but in his tone, in his eyes, which became colder and colder, she saw that he

видела, что он не простил ей ее победу, что то чувство упрямства, с которым она боролась, опять устанавливалось в нем. Он был к ней холоднее, чем прежде, как будто он раскаивался в том, что покорился. И она, вспомнив те слова, которые дали ей победу, именно: "Я близка к ужасному несчастью и боюсь себя", — поняла, что оружие это опасно и что его нельзя будет употребить другой раз. А она чувствовала, что рядом с любовью, которая связывала их, установился между ними злой дух какой-то борьбы, которого она не могла изгнать ни из его, ни, еще менее, из своего сердца.

XIII

Нет таких условий, к которым человек не мог бы привыкнуть, в особенности если он видит, что все окружающие его живут так же. Левин не поверил бы три месяца тому назад, что мог бы заснуть спокойно в тех условиях, в которых он был нынче; чтобы, живя бесцельною, бестолковою жизнию, притом жизнию сверх средств, после пьянства (иначе он не мог назвать того, что было в клубе), нескладных дружеских отношений с человеком, в которого когда-то была влюблена жена, и еще более нескладной поездки к женщине, которую нельзя было иначе назвать, как потерянною, и после увлечения своего этою женщиной и огорчения жены — чтобы при этих условиях он мог заснуть покойно. Но под влиянием усталости, бессонной ночи и выпитого вина он заснул крепко и спокойно.

В пять часов скрип отворенной двери разбудил его. Он вскочил и оглянулся. Кити не было на постели подле него. Но за перегородкой был движущийся свет, и он слышал ее шаги.

— Что?.. что? — проговорил он спросонья. — Кити! Что?

— Ничего, — сказала она, со свечой в руке выходя из-за перегородки. — Ничего. Мне нездоровилось, — сказала она, улыбаясь особенно милою и значительною улыбкой.

— Что? началось, началось? — испуганно проговорил он. — Надо послать, — и он торопливо стал одеваться.

— Нет, нет, — сказала она, улыбаясь и удерживая его рукой. — Наверное, ничего. Мне нездоровилось только немного. Но теперь прошло.

И она, подойдя к кровати, потушила свечу, легла и затихла. Хотя ему и подозрительна была тишина ее как будто сдерживаемого дыханья и более всего выражение особенной нежности и возбужденности, с которою она, выходя из-за перегородки, сказала ему "ничего", ему так хотелось спать, что он сейчас же заснул. Только уж потом он вспомнил тишину ее дыханья и понял все, что происходило в ее дорогой милой душе в то время, как она, не шевелясь, в ожидании величайшего события в жизни женщины, лежала подле него. В семь часов его разбудило прикосновение ее руки к плечу и тихий шепот. Она как будто боролась между жалостью разбудить его и желанием говорить с ним.

did not forgive her for her victory, that the feeling of obstinacy with which she had been struggling had again asserted itself in him. He was colder to her than before, as if he regretted his surrender. And she, remembering the words that had given her the victory, "I am close to terrible calamity and afraid of myself," saw that this weapon was a dangerous one, and that it could not be used a second time. And she felt that beside the love that bound them together there had grown up between them an evil spirit of some sort of fight, which she could not exorcise from his, and still less from her own heart.

XIII

There are no conditions to which a man cannot become used, especially if he sees that all around him are living in the same way. Levin would not have believed three months before that he could fall quietly asleep in the circumstances in which he was now; that living an aimless, senseless life, a life beyond his means, after excessive drinking (he could not call what happened at the club anything else), awkward friendly relations with a man with whom his wife had once been in love, and a still more awkward visit to a woman who could only be called a lost woman, and after being fascinated by that woman and causing his wife distress—that in these circumstances he could fall quietly asleep. But under the influence of fatigue, a sleepless night and the wine he had drunk, his sleep was sound and quiet.

At five o'clock the creak of a door opening waked him. He jumped up and looked round. Kitty was not in bed beside him. But there was a light moving behind the screen, and he heard her steps.

"What?.. what?" he said, half-asleep. "Kitty! What?"

"Nothing," she said, coming from behind the screen with a candle in her hand. "Nothing. I felt unwell," she said, smiling a particularly sweet and meaningful smile.

"What? has it begun? has it begun?" he said in alarm. "We must send..." and he hurriedly began to get dressed.

"No, no," she said, smiling and holding him back with her hand. "It's probably nothing. I felt unwell only a little. It's all over now."

And coming up to the bed, she put out the candle, lay down and was still. Though he thought her stillness suspicious, as if she were holding her breath, and still more suspicious the expression of peculiar tenderness and excitement with which, as she came from behind the screen, she said "nothing" to him, he was so sleepy that he fell asleep at once. Only later he remembered the stillness of her breathing and understood all that had been going on in her dear, sweet soul while she lay beside him, not stirring, in anticipation of the greatest event in a woman's life. At seven o'clock he was waked up by the touch of her hand on his shoulder and a gentle whisper. She seemed struggling between regret at waking him up and the desire to talk to him.

— Костя, не пугайся. Ничего. Но кажется... Надо послать за Лизаветой Петровной.

Свеча опять была зажжена. Она сидела на кровати и держала в руке вязанье, которым она занималась последние дни.

— Пожалуйста, не пугайся, ничего. Я не боюсь нисколько, — увидав его испуганное лицо, сказала она и прижала его руку к своей груди, потом к своим губам.

Он поспешно вскочил, не чувствуя себя и не спуская с нее глаз, надел халат и остановился, все глядя на нее. Надо было идти, но он не мог оторваться от ее взгляда. Он ли не любил ее лица, не знал ее выражения, ее взгляда, но он никогда не видал ее такою. Как гадок и ужасен он представлялся себе, вспомнив вчерашнее огорчение ее, пред нею, какою она была теперь! Зарумянившееся лицо ее, окруженное выбившимися из-под ночного чепчика мягкими волосами, сияло радостью и решимостью.

Как ни мало было неестественности и условности в общем характере Кити, Левин был все-таки поражен тем, что обнажалось теперь пред ним, когда вдруг все покровы были сняты и самое ядро ее души светилось в ее глазах. И в этой простоте и обнаженности она, та самая, которую он любил, была еще виднее. Она, улыбаясь, смотрела на него; но вдруг бровь ее дрогнула, она подняла голову и, быстро подойдя к нему, взяла его за руку и вся прижалась к нему, обдавая его своим горячим дыханием. Она страдала и как будто жаловалась ему на свои страданья. И ему в первую минуту по привычке показалось, что он виноват. Но во взгляде ее была нежность, которая говорила, что она не только не упрекает его, но любит за эти страдания. "Если не я, то кто же виноват в этом?" — невольно подумал он, отыскивая виновника этих страданий, чтобы наказать его; но виновника не было. Она страдала, жаловалась, и торжествовала этими страданиями, и радовалась ими, и любила их. Он видел, что в душе ее совершалось что-то прекрасное, но что? — он не мог понять. Это было выше его понимания.

— Я послала к мама́. А ты поезжай скорей за Лизаветой Петровной... Костя!.. Ничего, прошло.

Она отошла от него и позвонила.

— Ну, вот иди теперь, Паша идет. Мне ничего.

И Левин с удивлением увидел, что она взяла вязанье, которое она принесла ночью, и опять стала вязать.

В то время как Левин выходил в одну дверь, он слышал, как в другую входила девушка. Он остановился у двери и слышал, как Кити отдавала подробные приказания девушке и сама с нею стала передвигать кровать.

Он оделся и, пока закладывали лошадей, так как извозчиков еще не было, опять вбежал в спальню и не на цыпочках, а на крыльях, как ему казалось. Две девушки озабоченно переставляли что-то в спальне. Кити ходила и вязала, быстро накидывая петли, и распоряжалась.

"Kostya, don't be frightened. It's all right. But I think... We must send for Lizaveta Petrovna."

The candle was lighted again. She was sitting up in bed, holding some knitting, which she had been busy with during the last few days.

"Please, don't be frightened, it's all right. I'm not a bit afraid," she said, seeing his frightened face, and she pressed his hand to her bosom, then to her lips.

He hurriedly jumped up, not feeling himself and not taking his eyes off her, put on his dressing gown and stopped, still looking at her. He had to go, but he could not tear himself from her eyes. He thought he loved her face, knew her expression, her eyes, but he had never seen her like this. How repulsive and horrible he seemed to himself, before her as she was now, remembering her yesterday's distress! Her flushed face, fringed with soft hair coming from under her night cap, was radiant with joy and determination.

However little unnaturalness and conventionality there was in Kitty's character in general, Levin was struck by what was revealed to him now, when suddenly all the covers were taken off and the very core of her soul shone in her eyes. And in this simplicity and nakedness she, the very woman he loved, was even more visible. She looked at him, smiling; but suddenly her eyebrow twitched, she raised her head and, going quickly up to him, took his hand and pressed close up to him, breathing her hot breath upon him. She was suffering and seemed to be complaining to him of her sufferings. And for the first minute, from habit, it seemed to him that he was to blame. But in her eyes there was a tenderness that told him that she not only did not reproach him but loved him for these sufferings. "If not I, who is to blame for it?" he thought involuntarily, seeking the culprit of these sufferings in order to punish him; but there was no culprit. She was suffering, complaining and triumphing in these sufferings, and rejoicing in them, and loving them. He saw that something beautiful was being accomplished in her soul, but what?—he could not understand. It was above his understanding.

"I have sent to mama. And you go quickly for Lizaveta Petrovna... Kostya!.. Never mind, it's over."

She moved away from him and rang the bell.

"Well, go now, Pasha's coming. I am all right."

And Levin saw with astonishment that she took up the knitting she had brought during the night and began knitting again.

As Levin was going out of one door, he heard the maid come in at the other. He stopped at the door and heard Kitty giving detailed instructions to the maid and beginning to help her move the bed.

He got dressed and, while they were putting in his horses, as there were no cabmen yet, he ran again to the bedroom, not on tiptoe, it seemed to him, but on wings. Two maids were anxiously moving something in the bedroom. Kitty was walking and knitting, rapidly throwing the thread over the needle and giving orders.

— Я сейчас еду к доктору. За Лизаветой Петровной поехали, но я еще заеду. Не нужно ли что? Да, к Долли?

Она посмотрела на него, очевидно не слушая того, что он говорил.

— Да, да. Иди, иди, — быстро проговорила она, хмурясь и махая на него рукой.

Он уже выходил в гостиную, как вдруг жалостный, тотчас же затихший стон раздался из спальни. Он остановился и долго не мог понять.

“Да, это она”, — сказал он сам себе и, схватившись за голову, побежал вниз.

— Господи, помилуй! прости, помоги! — твердил он как-то вдруг неожиданно пришедшие на уста ему слова. И он, неверующий человек, повторял эти слова не одними устами. Теперь, в эту минуту, он знал, что все не только сомнения его, но та невозможность по разуму верить, которую он знал в себе, нисколько не мешают ему обращаться к Богу. Все это теперь как прах, слетело с его души. К кому же ему было обращаться, как не к тому, в чьих руках он чувствовал себя, свою душу и свою любовь?

Лошадь не была еще готова, но, чувствуя в себе особенное напряжение и физических сил и внимания к тому, что предстояло делать, чтобы не потерять ни одной минуты, он, не дожидаясь лошади, вышел пешком и приказал Кузьме догонять себя.

На углу он встретил спешившего ночного извозчика. На маленьких санках, в бархатном салопе, повязанная платком, сидела Лизавета Петровна. “Слава Богу, слава Богу!” — проговорил он, с восторгом узнав ее, теперь имевшее особенно серьезное, даже строгое выражение, маленькое белокурое лицо. Не приказывая останавливаться извозчику, он побежал назад рядом с нею.

— Так часа два? Не больше? — сказала она. — Вы застанете Петра Дмитрича, только не торопите его. Да возьмите опиуму в аптеке.

— Так вы думаете, что может быть благополучно? Господи, прости и помоги! — проговорил Левин, увидав свою выезжавшую из ворот лошадь. Вскочив в сани рядом с Кузьмой, он велел ехать к доктору.

XIV

Доктор еще не вставал, и лакей сказал, что “поздно легли и не приказали будить, а встанут скоро”. Лакей чистил ламповые стекла и казался очень занят этим. Эта внимательность лакея к стеклам и равнодушие к совершавшемуся у Левина сначала изумили его, но тотчас, одумавшись, он понял, что никто не знает и не обязан знать его чувств и что тем более надо действовать спокойно, обдуманно и решительно, чтобы пробить эту стену равнодушия и достигнуть своей цели. “Не торопиться и ничего не упускать”, — говорил себе Левин, чувствуя все больший и больший подъем физических сил и внимания ко всему тому, что предстояло сделать.

"I'm going to the doctor now. They have gone for Lizaveta Petrovna, but I'll go on there too. Is anything else needed? Yes, to Dolly's?"

She looked at him, obviously not listening to what he was saying.

"Yes, yes. Go, go," she said quickly, frowning and waving her hand at him.

He was already going into the drawing room, when suddenly a plaintive moan sounded from the bedroom, smothered instantly. He stopped and for a long while could not understand.

"Yes, that is she," he said to himself and, clutching his head, ran downstairs.

"Lord, have mercy! forgive us, help us!" he repeated the words that for some reason came suddenly to his lips. And he, an unbeliever, repeated these words not with his lips only. Now, at that moment, he knew that neither all his doubts, nor the impossibility of believing with his reason, which he knew in himself, did not in the least hinder his turning to God. All of that now flew off his soul like dust. To whom was he to turn if not to Him in whose hands he felt himself, his soul and his love?

The horse was not ready yet, but feeling in himself a peculiar strain of his physical forces and his attention to what lay before him to do, so as not to lose a single minute, he started off on foot without waiting for the horse, and told Kuzma to catch up with him.

At the corner he met a night cabman driving hurriedly. In the little sledge sat Lizaveta Petrovna in a velvet cloak, with a kerchief wrapped round her head. "Thank God, thank God!" he said, overjoyed to recognize her little fair face, which now wore a peculiarly serious, even stern expression. Without telling the driver to stop, he ran back beside her.

"For about two hours, then? Not more?" she asked. "You will find Pyotr Dmitrich, only don't hurry him. And get some opium at the chemist's."

"So you think that it may go on well? Lord, forgive and help us!" Levin said, seeing his horse driving out of the gate. Jumping into the sledge beside Kuzma, he told him to drive to the doctor's.

XIV

The doctor was not up yet, and the footman said that "he went to bed late and gave orders not to be waked, but would get up soon." The footman was cleaning the lamp-glasses and seemed very busy about it. This attention of the footman to the glasses and his indifference to what was happening at Levin's, at first astounded him, but coming to his senses, he immediately realized that no one knew or was obliged to know his feelings, and that it was all the more necessary to act calmly, sensibly and resolutely to break through this wall of indifference and attain his aim. "Don't be in a hurry or let anything slip," Levin said to himself, feeling a greater and greater surge of physical forces and attention to all that lay before him to do.

Узнав, что доктор еще не вставал, Левин из разных планов, представлявшихся ему, остановился на следующем: Кузьме ехать с запиской к другому доктору, а самому ехать в аптеку за опиумом, а если, когда он вернется, доктор еще не встанет, то, подкупив лакея или насильно, если тот не согласится, будить доктора во что бы то ни стало.

В аптеке худощавый провизор с тем же равнодушием, с каким лакей чистил стекла, печатал облаткой порошки для дожидавшегося кучера и отказал в опиуме. Стараясь не торопиться и не горячиться, назвав имена доктора и акушерки и объяснив, для чего нужен опиум, Левин стал убеждать его. Провизор спросил по-немецки совета, отпустить ли, и, получив из-за перегородки согласие, достал пузырек, воронку, медленно отлил из большого в маленький, наклеил ярлычок, запечатал, несмотря на просьбы Левина не делать этого, и хотел еще завертывать. Этого Левин уже не мог выдержать; он решительно вырвал у него из рук пузырек и побежал в большие стеклянные двери. Доктор не вставал еще, и лакей, занятый теперь постилкой ковра, отказался будить. Левин не торопясь достал десятирублевую бумажку и, медленно выговаривая слова, но и не теряя времени, подал ему бумажку и объяснил, что Петр Дмитрич (как велик и значителен казался теперь Левину прежде столь неважный Петр Дмитрич!) обещал быть во всякое время, что он, наверно, не рассердится, и потому чтобы он будил сейчас.

Лакей согласился, пошел наверх и попросил Левина в приемную.

Левину слышно было за дверью, как кашлял, ходил, мылся и что-то говорил доктор. Прошло минуты три; Левину казалось, что прошло больше часа. Он не мог более дожидаться.

— Петр Дмитрич, Петр Дмитрич! — умоляющим голосом заговорил он в отворенную дверь. — Ради Бога, простите меня. Примите меня, как есть. Уже два часа.

— Сейчас, сейчас! — отвечал голос, и Левин с изумлением слышал, что доктор говорил это улыбаясь.

— На одну минутку...

— Сейчас.

Прошло еще две минуты, пока доктор надевал сапоги, и еще две минуты, пока доктор надевал платье и чесал голову.

— Петр Дмитрич! — жалостным голосом начал было опять Левин, но в это время вышел доктор, одетый и причесанный. "Нет совести в этих людях, — подумал Левин. — Чесаться, пока мы погибаем!"

— Доброе утро! — подавая ему руку и точно дразня его своим спокойствием, сказал ему доктор. — Не торопитесь. Ну-с?

Стараясь как можно быть обстоятельнее, Левин начал рассказывать все ненужные подробности о положении жены, беспрестанно перебивая свой рассказ просьбами о том, чтобы доктор сейчас же с ним поехал.

Having learned that the doctor was not up yet, Levin considered various plans and decided on the following one: that Kuzma should go with a note to another doctor, while he himself should go to the chemist's for opium, and if, when he came back, the doctor was not up yet, he would either by bribing the footman, or, if he refused, by force, wake up the doctor at any cost.

At the chemist's a lank pharmacist was sealing up packets of powders for a waiting coachman with the same indifference with which the footman had cleaned the glasses, and refused him the opium. Trying not to hurry or get out of temper, Levin mentioned the names of the doctor and midwife and, explaining what the opium was needed for, began persuading him. The pharmacist asked in German whether he should give it, and receiving a consent from behind the partition, he took out a bottle and a funnel, slowly poured from a big bottle into a little one, stuck on a label, sealed it up, in spite of Levin's requests that he would not do so, and wanted to wrap it up too. This was more than Levin could stand; he resolutely snatched the bottle out of his hands and ran to the big glass doors. The doctor was not up yet, and the footman, busy now with putting down a rug, refused to wake him up. Levin deliberately took out a ten-ruble note and, pronouncing the words slowly, though wasting no time, handed him the note and explained that Pyotr Dmitrich (how great and important the previously insignificant Pyotr Dmitrich seemed to Levin now!) had promised to come at any time, that he would certainly not be angry, and that therefore he must wake him up at once.

The footman agreed and went upstairs, asking Levin to go to the waiting room.

Levin could hear through the door the doctor coughing, walking about, washing and saying something. Some three minutes passed; it seemed to Levin that more than an hour had passed. He could not wait any longer.

"Pyotr Dmitrich, Pyotr Dmitrich!" he said in an imploring voice through the open door. "For God's sake, forgive me. See me as you are. It's already been going on for two hours."

"In a moment, in a moment!" answered the voice, and to his amazement Levin heard that the doctor was smiling as he said it.

"For one little minute..."

"In a moment."

Two minutes more passed while the doctor was putting on his boots, and two minutes more while the doctor put on his clothes and combed his hair.

"Pyotr Dmitrich!" Levin began again in a plaintive voice, just as the doctor came out, dressed and combed. "These people have no conscience," thought Levin. "Combing his hair, while we're perishing!"

"Good morning!" the doctor said to him, holding out his hand, as if teasing him with his composure. "Don't hurry. Well now?"

Trying to be as accurate as possible, Levin began to tell him every unnecessary detail of his wife's condition, continually interrupting his account with entreaties that the doctor would come with him at once.

— Да вы не торопитесь. Ведь вы знаете, я и не нужен, наверное, но я обещал и, пожалуй, приеду. Но спеху нет. Вы садитесь, пожалуйста. Не угодно ли кофею?

Левин посмотрел на него, спрашивая взглядом, смеется ли он над ним. Но доктор и не думал смеяться.

— Знаю-с, знаю, — сказал доктор, улыбаясь, — я сам семейный человек; но мы, мужья, в эти минуты самые жалкие люди. У меня есть пациентка, так ее муж при этом всегда убегает в конюшню.

— Но как вы думаете, Петр Дмитрич? Вы думаете, что может быть благополучно?

— Все данные за благополучный исход.

— Так вы сейчас приедете? — сказал Левин, со злобой глядя на слугу, вносившего кофей.

— Через часик.

— Нет, ради Бога!

— Ну, так дайте кофею напьюсь.

Доктор взялся за кофей. Оба помолчали.

— Однако турок-то бьют решительно. Вы читали вчерашнюю телеграмму? — сказал доктор, пережевывая булку.

— Нет, я не могу! — сказал Левин, вскакивая. — Так через четверть часа вы будете?

— Через полчаса.

— Честное слово?

Когда Левин вернулся домой, он съехался с княгиней, и они вместе подошли к двери спальни. У княгини были слезы на глазах, и руки ее дрожали. Увидав Левина, она обняла его и заплакала.

— Ну что, душенька Лизавета Петровна, — сказала она, хватая за руку вышедшую им навстречу с сияющим и озабоченным лицом Лизавету Петровну.

— Идет хорошо, — сказала она, — уговорите ее лечь. Легче будет.

С той минуты, как он проснулся и понял, в чем дело, Левин приготовился на то, чтобы, не размышляя, не предусматривая ничего, заперев все свои мысли и чувства, твердо, не расстраивая жену, а, напротив, успокоивая и поддерживая ее храбрость, перенести то, что предстоит ему. Не позволяя себе даже думать о том, что будет, чем это кончится, судя по расспросам о том, сколько это обыкновенно продолжается, Левин в воображении своем приготовился терпеть и держать свое сердце в руках часов пять, и ему это казалось возможно. Но когда он вернулся от доктора и увидал опять ее страдания, он чаще и чаще стал повторять: "Господи, прости и помоги", вздыхать и поднимать голову кверху; и почувствовал страх, что не выдержит этого, расплачется или убежит. Так мучительно ему было. А прошел только час.

Но после этого часа прошел еще час, два, три, все пять часов, которые он ставил себе самым дальним сроком терпения, и положение было все то же; и он все терпел, потому что больше делать было нечего, как

"Don't be in such a hurry. You see, I'm probably not even needed, but I've promised, and if you like, I'll come. But there's no hurry. Please sit down. Won't you have some coffee?"

Levin looked at him with eyes that asked whether he was laughing at him. But the doctor had no notion of laughing.

"I know, I know," the doctor said, smiling, "I'm a family man myself; but at these moments we husbands are the most pitiful people. I've a patient whose husband always runs away to the stable on such occasions."

"But what do you think, Pyotr Dmitrich? Do you think it may go all right?"

"All the facts point to a successful result."

"So you'll come at once?" said Levin, looking angrily at the servant who was bringing in the coffee.

"In an hour."

"No, for God's sake!"

"Well, let me drink my coffee, anyway."

The doctor started upon his coffee. Both were silent.

"The Turks are really getting beaten, though. Did you read yesterday's telegram?" said the doctor, munching some roll.

"No, I can't stand it!" said Levin, jumping up. "So you'll be there in a quarter of an hour?"

"In half an hour."

"On your honor?"

When Levin got home, he drove up at the same time as the Princess, and they went up to the bedroom door together. The Princess had tears in her eyes, and her hands were shaking. Seeing Levin, she embraced him and burst into tears.

"Well, darling Lizaveta Petrovna?" she said, grasping the hand of Lizaveta Petrovna, who came out to meet them with a radiant and anxious face.

"It's going well," she said, "persuade her to lie down. It will be easier."

From the moment he had woken up and understood what was going on, Levin had prepared himself to bear firmly what was before him, without pondering, without anticipating anything, locking up all his thoughts and feelings, without upsetting his wife, but, on the contrary, soothing her and keeping up her courage. Without allowing himself even to think of what was to come, of how it would end, judging from his inquiries about how long it usually lasted, Levin had in his imagination prepared himself to bear up and to keep a tight rein on his heart for some five hours, and it seemed possible to him. But when he came back from the doctor's and saw her sufferings again, he fell to repeating more and more frequently: "Lord, forgive and help us," to sigh and raise up his head; and he felt afraid that he would not bear it, that he would burst into tears or run away. Such agony it was to him. And only one hour had passed.

But after that hour another hour passed, two, three, all five hours he had set for himself as the furthest limit of his sufferance, and the situation was still the same; and he was still bearing it because there was nothing to do

терпеть, каждую минуту думая, что он дошел до последних пределов терпения и что сердце его вот-вот сейчас разорвется от сострадания.

Но проходили еще минуты, часы и еще часы, и чувства его страдания и ужаса росли и напрягались еще более.

Все те обыкновенные условия жизни, без которых нельзя себе ничего представить, не существовали более для Левина. Он потерял сознание времени. То минуты, — те минуты, когда она призывала его к себе, и он держал ее за потную, то сжимающую с необыкновенною силой, то отталкивающую его руку, — казались ему часами, то часы казались ему минутами. Он был удивлен, когда Лизавета Петровна попросила его зажечь свечу за ширмами и он узнал, что было уже пять часов вечера. Если б ему сказали, что теперь только десять часов утра, он так же мало был бы удивлен. Где он был в это время, он так же мало знал, как и то, когда что было. Он видел ее воспаленное, то недоумевающее и страдающее, то улыбающееся и успокаивающее его лицо. Он видел и княгиню, красную, напряженную, с распустившимися буклями седых волос и в слезах, которые она усиленно глотала, кусая губы, видел и Долли, и доктора, курившего толстые папиросы, и Лизавету Петровну, с твердым, решительным и успокаивающим лицом, и старого князя, гуляющего по зале с нахмуренным лицом. Но как они приходили и выходили, где они были, он не знал. Княгиня была то с доктором в спальне, то в кабинете, где очутился накрытый стол; то не она была, а была Долли. Потом Левин помнил, что его посылали куда-то. Раз его послали перенести стол и диван. Он с усердием сделал это, думая, что это для нее нужно, и потом только узнал, что это он для себя готовил ночлег. Потом его посылали к доктору в кабинет спрашивать что-то. Доктор ответил и потом заговорил о беспорядках в Думе. Потом посылали его в спальню к княгине принесть образ в серебряной золоченой ризе, и он со старою горничной княгини лазил на шкапчик доставать и разбил лампадку, и горничная княгини успокаивала его о жене и о лампадке, и он принес образ и поставил в головах Кити, старательно засунув его за подушки. Но где, когда и зачем это все было, он не знал. Он не понимал тоже, почему княгиня брала его за руку и, жалостно глядя на него, просила успокоиться, и Долли уговаривала его поесть и уводила из комнаты, и даже доктор серьезно и с соболезнованием смотрел на него и предлагал капель.

Он знал и чувствовал только, что то, что совершалось, было подобно тому, что совершалось год тому назад в гостинице губернского города на одре смерти брата Николая. Но то было горе, — это была радость. Но и то горе и эта радость одинаково были вне всех обычных условий жизни, были в этой обычной жизни как будто отверстия, сквозь которые показывалось что-то высшее. И одинаково тяжело, мучительно наступало совершающееся, и одинаково непостижимо при созерцании этого высшего поднималась душа на такую высоту, которой она никогда и не понимала прежде и куда рассудок уже не поспевал за нею.

but bear it, every moment thinking that he had reached the utmost limits of his sufferance and that his heart was about to break from compassion.

But more minutes passed, hours and more hours, and his feelings of agony and horror grew and became more intense.

All the ordinary conditions of life, without which nothing could be imagined, had ceased to exist for Levin. He lost all sense of time. Minutes—those minutes when she called him to her and he held her sweaty hand, that would squeeze his hand with extraordinary force and then push it away—seemed to him like hours, and hours seemed to him like minutes. He was surprised when Lizaveta Petrovna asked him to light a candle behind the screen, and he found that it was already five o'clock in the evening. If he had been told that it was only ten o'clock in the morning, he would have been no more surprised. Where he had been all that time, he knew as little as the time of anything. He saw her inflamed face, sometimes bewildered and suffering, sometimes smiling and soothing him. He saw the Princess too, flushed, tense, with her gray curls in disorder, forcing herself to gulp down her tears, biting her lips; he saw Dolly too and the doctor, smoking fat cigarettes, and Lizaveta Petrovna with a firm, resolute and reassuring face, and the old Prince walking up and down the hall with a frowning face. But how they came in and went out, where they were, he did not know. The Princess was with the doctor in the bedroom, then in the study, where a laid table appeared; then it was not she but Dolly. Then Levin remembered he had been sent somewhere. Once he had been sent to move a table and a sofa. He had done this eagerly, thinking it was needed for her, and only later on he found it was his own bed he had been getting ready. Then he had been sent to the study to ask the doctor something. The doctor had answered and then had begun talking about the troubles in the Duma. Then he had been sent to the Princess's bedroom to fetch an icon in a silver gilded setting, and with the Princess's old maid he had clambered to get it from the top of a cabinet and had broken the icon lamp, and the Princess's maid had comforted him about his wife and about the icon lamp, and he brought the icon and set it at Kitty's head, carefully tucking it in behind the pillows. But where, when and why all this had happened, he did not know. He did not understand either why the Princess took him by the hand and, looking plaintively at him, asked him to calm down, and Dolly urged him to eat something and led him out of the room, and even the doctor looked seriously and with commiseration at him and offered him drops.

All he knew and felt was that what was happening was similar to what had happened a year before in a hotel in a provincial town on the deathbed of his brother Nikolay. But that had been grief—this was joy. Yet that grief and this joy were equally outside all the ordinary conditions of life; they were like holes in that ordinary life through which something supreme showed. And equally hard and agonizing was the advent of what was happening, and in the contemplation of this supreme something the soul was exalted to equally inconceivable heights of which it had before had no conception, while reason lagged behind, unable to keep up with it.

"Господи, прости и помоги", — не переставая твердил он себе, несмотря на столь долгое и казавшееся полным отчуждение, чувствуя, что он обращается к Богу точно так же доверчиво и просто, как и во времена детства и первой молодости.

Все это время у него были два раздельные настроения. Одно — вне ее присутствия, с доктором, курившим одну толстую папироску за другою и тушившим их о край полной пепельницы, с Долли и с князем, где шла речь об обеде, о политике, о болезни Марьи Петровны и где Левин вдруг на минуту совершенно забывал, что происходило, и чувствовал себя точно проснувшимся, и другое настроение — в ее присутствии, у ее изголовья, где сердце хотело разорваться и все не разрывалось от сострадания, и он не переставая молился Богу. И каждый раз, когда из минуты забвения его выводил долетавший из спальни крик, он подпадал под то же самое странное заблуждение, которое в первую минуту нашло на него; каждый раз, услыхав крик, он вскакивал, бежал оправдываться, вспоминал дорогой, что он не виноват, и ему хотелось защитить, помочь. Но, глядя на нее, он опять видел, что помочь нельзя, и приходил в ужас и говорил: "Господи, прости и помоги". И чем дальше шло время, тем сильнее становились оба настроения: тем спокойнее, совершенно забывая ее, он становился вне ее присутствия, и тем мучительнее становились и самые ее страдания и чувство беспомощности пред ними. Он вскакивал, желал убежать куда-нибудь, и бежал к ней.

Иногда, когда опять и опять она призывала его, он обвинял ее. Но, увидав ее покорное, улыбающееся лицо и услыхав ее слова: "Я измучала тебя", он обвинял Бога, но, вспомнив о Боге, он тотчас просил простить и помиловать.

XV

Он не знал, поздно ли, рано ли. Свечи уже все догорали. Долли только что была в кабинете и предложила доктору прилечь. Левин сидел, слушая рассказы доктора о шарлатане-магнетизере, и смотрел на пепел его папироски. Был период отдыха, и он забылся. Он совершенно забыл о том, что происходило теперь. Он слушал рассказ доктора и понимал его. Вдруг раздался крик, ни на что не похожий. Крик был так страшен, что Левин даже не вскочил, но, не переводя дыхание, испуганно-вопросительно посмотрел на доктора. Доктор склонил голову набок, прислушиваясь, и одобрительно улыбнулся. Все было так необыкновенно, что уж ничто не поражало Левина. "Верно, так надо", — подумал он и продолжал сидеть. Чей это был крик? Он вскочил, на цыпочках вбежал в спальню, обошел Лизавету Петровну, княгиню и встал на свое место, у изголовья. Крик затих, но что-то переменилось теперь. Что — он не видел и не понимал и не хотел видеть и понимать. Но он видел это по лицу Лизаветы Петровны: лицо Лизаветы Петровны было строго и бледно и все так

"Lord, forgive and help us," he repeated to himself incessantly, feeling, in spite of so long and, as it seemed, complete alienation, that he was turning to God just as trustfully and simply as in his childhood and early youth.

All this time he had two distinct moods. One was away from her presence, with the doctor, who kept smoking one fat cigarette after another and extinguishing them on the edge of a full ashtray, with Dolly and with the Prince, where there was talk about dinner, about politics, about Marya Petrovna's illness, and where Levin suddenly completely forgot for a minute what was happening and felt as if he had woken up; the other mood was in her presence, at her pillow, where his heart seemed breaking and still did not break from compassion, and he prayed to God without ceasing. And every time he was brought back from a moment of oblivion by a scream reaching him from the bedroom, he fell into the same strange delusion that had come upon him the first minute; every time he heard a scream, he jumped up, ran to justify himself, remembered on the way that he was not to blame, and he wanted to defend her, to help her. But as he looked at her, he saw again that help was impossible, and he was filled with terror and said: "Lord, forgive and help us." And as time went on, both these moods became more intense: the calmer he became away from her presence, completely forgetting her, and the more agonizing became both her sufferings and his feeling of helplessness before them. He jumped up, wished to run away somewhere, and ran to her.

Sometimes, when again and again she called him, he blamed her. But seeing her obedient, smiling face and hearing her words, "I've worn you out," he blamed God, but remembering God, he at once besought Him to forgive and have mercy.

XV

He did not know whether it was late or early. The candles were all burning out. Dolly had just been in the study and had suggested to the doctor that he should lie down. Levin sat listening to the doctor's stories about a quack magnetizer and looking at the ashes of his cigarette. There had been a period of repose, and he had become oblivious. He had completely forgotten what was going on now. He listened to the doctor's story and understood it. Suddenly there came an unearthly scream. The scream was so terrible that Levin did not even jump up, but holding his breath, gazed in terrified inquiry at the doctor. The doctor put his head on one side, listened and smiled approvingly. Everything was so extraordinary that nothing any longer shocked Levin. "I suppose it must be so," he thought and went on sitting. Whose scream was it? He jumped up, ran on tiptoe to the bedroom, edged round Lizaveta Petrovna and the Princess, and took up his place at Kitty's pillow. The scream had subsided, but there was some change now. What it was he did not see and did not comprehend, and he had no wish to see or comprehend. But he saw it by Lizaveta Petrovna's face: Lizaveta

же решительно, хотя челюсти ее немного подрагивали и глаза ее были пристально устремлены на Кити. Воспаленное, измученное лицо Кити с прилипшею к потному лицу прядью волос было обращено к нему и искало его взгляда. Поднятые руки просили его рук. Схватив потными руками его холодные руки, она стала прижимать их к своему лицу.

— Не уходи, не уходи! Я не боюсь, я не боюсь! — быстро говорила она. — Мама, возьмите сережки. Они мне мешают. Ты не боишься? Скоро, скоро, Лизавета Петровна...

Она говорила быстро, быстро и хотела улыбнуться. Но вдруг лицо ее исказилось, она оттолкнула его от себя.

— Нет, это ужасно! Я умру, умру! Поди, поди! — закричала она, и опять послышался тот же ни на что не похожий крик.

Левин схватился за голову и выбежал из комнаты.

— Ничего, ничего, все хорошо! — проговорила ему вслед Долли.

Но, что б они ни говорили, он знал, что теперь все погибло. Прислонившись головой к притолоке, он стоял в соседней комнате и слышал что-то никогда не слыханное им: визг, рев, и он знал, что это кричало то, что было прежде Кити. Уже ребенка он давно не желал. Он теперь ненавидел этого ребенка. Он даже не желал теперь ее жизни, он желал только прекращения этих ужасных страданий.

— Доктор! Что же это? Что ж это? Боже мой! — сказал он, хватая за руку вошедшего доктора.

— Кончается, — сказал доктор. И лицо доктора было так серьезно, когда он говорил это, что Левин понял кончается в смысле — умирает.

Не помня себя, он вбежал в спальню. Первое, что он увидал, это было лицо Лизаветы Петровны. Оно было еще нахмуреннее и строже. Лица Кити не было. На том месте, где оно было прежде, было что-то страшное и по виду напряжения и по звуку, выходившему оттуда. Он припал головой к дереву кровати, чувствуя, что сердце его разрывается. Ужасный крик не умолкал, он сделался еще ужаснее и, как бы дойдя до последнего предела ужаса, вдруг затих. Левин не верил своему слуху, но нельзя было сомневаться: крик затих, и слышалась тихая суетня, шелест и торопливые дыхания, и ее прерывающийся, живой и нежный, счастливый голос тихо произнес: "Кончено".

Он поднял голову. Бессильно опустив руки на одеяло, необычайно прекрасная и тихая, она безмолвно смотрела на него и хотела и не могла улыбнуться.

И вдруг из того таинственного и ужасного, нездешнего мира, в котором он жил эти двадцать два часа, Левин мгновенно почувствовал себя перенесенным в прежний, обычный мир, но сияющий теперь таким новым светом счастья, что он не перенес его. Натянутые струны все сорвались. Рыдания и слезы радости, которых он никак не предвидел, с такою силой поднялись в нем, колебля все его тело, что долго мешали ему говорить.

Упав на колени пред постелью, он держал пред губами руку жены и целовал ее, и рука эта слабым движением пальцев отвечала на

Petrovna's face was stern and pale, and still as resolute, though her jaws were twitching a little and her eyes were fixed intently on Kitty. Kitty's inflamed, agonized face, with a tress of hair stuck to her sweaty forehead, was turned to him and sought his eyes. Her raised hands asked for his hands. Grasping his cold hands with her sweaty hands, she began pressing them to her face.

"Don't go, don't go! I'm not afraid, I'm not afraid!" she was saying quickly. "Mama, take my earrings. They bother me. You're not afraid? Soon, soon, Lizaveta Petrovna..."

She spoke quickly, quickly, and tried to smile. But suddenly her face became distorted, she pushed him away from her.

"No, this is terrible! I'll die, I'll die! Go away, go away!" she cried, and again he heard that unearthly scream.

Levin clutched his head and ran out of the room.

"Never mind, never mind, it's all right!" Dolly said after him.

But whatever they said, he knew that now all was lost. He stood in the next room, his head leaning against the doorpost, and heard shrieks, howls such as he had never heard before, and he knew that what had been Kitty was uttering these screams. He had long ago ceased to wish for the child. Now he hated this child. He did not even wish for her life now, all he wished was the end of these terrible sufferings.

"Doctor! What is it? What is it? My God!" he said, grasping the doctor's hand as he came in.

"It's coming to an end," said the doctor. And the doctor's face was so serious as he said it that Levin took end as meaning her death.

Beside himself, he ran into the bedroom. The first thing he saw was Lizaveta Petrovna's face. It was even more frowning and stern. Kitty's face did not exist. In the place where it had been was something that was fearful in its strained look and in the sound that came from it. He let his head drop on the wooden bedstead, feeling that his heart was bursting. The terrible screaming did not stop, it became still more terrible, and as if it had reached the utmost limit of terror, suddenly it ceased. Levin did not believe his ears, but there could be no doubt: the screaming ceased, and he heard a quiet bustle, a rustle and hurried breathing, and her voice, faltering, alive, tender and happy, said softly: "It's over."

He raised his head. With her arms lying helplessly on the quilt, extraordinarily beautiful and serene, she silently looked at him and tried to smile, and could not.

And suddenly, from that mysterious and terrible far-away world in which he had been living for the last twenty-two hours, Levin felt himself instantly borne back to the old, ordinary world, but shining now with such a new light of happiness that he could not bear it. The strained chords all snapped. Sobs and tears of joy, which he had never foreseen, rose up in him with such force, shaking his whole body, that for a long time they prevented him from speaking.

Falling on his knees before the bed, he held his wife's hand before his lips and kissed it, and the hand, with a weak movement of the fingers,

его поцелуи. А между тем там, в ногах постели, в ловких руках Лизаветы Петровны, как огонек над светильником, колебалась жизнь человеческого существа, которого никогда прежде не было и которое так же, с тем же правом, с тою же значительностью для себя, будет жить и плодить себе подобных.

— Жив! Жив! Да еще мальчик! Не беспокойтесь! — услыхал Левин голос Лизаветы Петровны, шлепавшей дрожавшею рукой спину ребенка.

— Мама, правда? — сказал голос Кити.

Только всхлипыванья княгини отвечали ей.

И среди молчания, как несомненный ответ на вопрос матери, послышался голос совсем другой, чем все сдержанно говорившие голоса в комнате. Это был смелый, дерзкий, ничего не хотевший соображать крик непонятно откуда явившегося нового человеческого существа.

Прежде, если бы Левину сказали, что Кити умерла, и что он умер с нею вместе, и что у них дети ангелы, что Бог тут пред ними, — он ничему бы не удивился; но теперь, вернувшись в мир действительности, он делал большие усилия мысли, чтобы понять, что она жива, здорова и что так отчаянно визжавшее существо есть сын его. Кити была жива, страдания кончились. И он был невыразимо счастлив. Это он понимал и этим был вполне счастлив. Но ребенок? Откуда, зачем, кто он?.. Он никак не мог понять, не мог привыкнуть к этой мысли. Это казалось ему чем-то излишним, избытком, к которому он долго не мог привыкнуть.

XVI

В десятом часу старый князь, Сергей Иванович и Степан Аркадьич сидели у Левина и, поговорив о родильнице, разговаривали и о посторонних предметах. Левин слушал их и, невольно при этих разговорах вспоминая прошедшее, то, что было до нынешнего утра, вспоминал и себя, каким он был вчера до этого. Точно сто лет прошло с тех пор. Он чувствовал себя на какой-то недосягаемой высоте, с которой он старательно спускался, чтобы не обидеть тех, с кем говорил. Он говорил и не переставая думал о жене, о подробностях ее теперешнего состояния и о сыне, к мысли о существовании которого он старался приучить себя. Весь мир женский, получивший для него новое, неизвестное ему значение после того, как он женился, теперь в его понятиях поднялся так высоко, что он не мог воображением обнять его. Он слушал разговор о вчерашнем обеде в клубе и думал: "Что теперь делает она, заснула ли? Как ей? Что она думает? Кричит ли сын Дмитрий?" И в средине разговора, в средине фразы он вскочил и пошел из комнаты.

— Пришли мне сказать, можно ли к ней, — сказал князь.

— Хорошо, сейчас, — отвечал Левин и, не останавливаясь, пошел к ней.

responded to his kisses. And meanwhile, there at the foot of the bed, in the deft hands of Lizaveta Petrovna, like a small flame over a lamp, wobbled the life of a human being, which had never existed before, and which would now with the same right, with the same importance to itself, live and produce in its own image.

"Alive! Alive! And a boy too! Don't worry!" Levin heard Lizaveta Petrovna's voice, as she was slapping the baby's back with a shaking hand.

"Mama, is it true?" said Kitty's voice.

Only the Princess's sobs answered her.

And in the midst of the silence there came an unmistakable reply to the mother's question, a voice quite unlike all the subdued voices speaking in the room. It was the bold, daring cry, not willing to understand anything, of the new human being who had so incomprehensibly appeared.

If Levin had been told before that Kitty was dead, and that he had died with her, and that their children were angels, and that God was there before them—he would have been surprised at nothing; but now, coming back to the world of reality, he made great mental efforts to understand that she was alive and well, and that the being squalling so desperately was his son. Kitty was alive, her sufferings were over. And he was unutterably happy. That he understood, and he was completely happy with it. But the baby? Whence, why, who was he?.. He simply could not understand, could not get used to this idea. It seemed to him something extraneous, superfluous, to which he could not get used for a long time.

XVI

Past nine o'clock the old Prince, Sergey Ivanovich and Stepan Arkadyich were sitting at Levin's and, having talked about the new mother, they talked about other subjects too. Levin listened to them, and involuntarily, as they talked, recalling the past, what had been till that morning, he also recalled himself as he had been yesterday till that point. It was as if a hundred years had passed since then. He felt himself on some unattainable height, from which he studiously lowered himself so as not to offend the people he was talking to. He talked and was all the time thinking about his wife, about the details of her present condition and about his son, in whose existence he tried to school himself into believing. The whole world of women, which had taken for him since his marriage a new value he had never known before, was now so exalted in his estimation that his imagination could not grasp it. He listened to the conversation about yesterday's dinner at the club and thought: "What is she doing now? Is she asleep? How is she? What is she thinking about? Is my son Dmitri crying?" And in the middle of the conversation, in the middle of a phrase, he jumped up and went out of the room.

"Send me word if I can see her," said the Prince.

"Very well, in a moment," answered Levin, and without stopping, he went to her room.

Она не спала, а тихо разговаривала с матерью, делая планы о будущих крестинах.

Убранная, причесанная, в нарядном чепчике с чем-то голубым, выпростав руки на одеяло, она лежала на спине и, встретив его взглядом, взглядом притягивала к себе. Взгляд ее, и так светлый, еще более светлел, по мере того как он приближался к ней. На ее лице была та самая перемена от земного к неземному, которая бывает на лице покойников; но там прощание, здесь встреча. Опять волнение, подобное тому, какое он испытал в минуту родов, подступило ему к сердцу. Она взяла его руку и спросила, спал ли он. Он не мог отвечать и отворачивался, убедясь в своей слабости.

— А я забылась, Костя! — сказала она ему. — И мне так хорошо теперь.

Она смотрела на него, но вдруг выражение ее изменилось.

— Дайте мне его, — сказала она, услыхав писк ребенка. — Дайте, Лизавета Петровна, и он посмотрит.

— Ну вот, пускай папа посмотрит, — сказала Лизавета Петровна, поднимая и поднося что-то красное, странное и колеблющееся. — Постойте, мы прежде уберемся, — и Лизавета Петровна положила это колеблющееся и красное на кровать, стала развертывать и завертывать ребенка, одним пальцем поднимая и переворачивая его и чем-то посыпая.

Левин, глядя на это крошечное жалкое существо, делал тщетные усилия, чтобы найти в своей душе какие-нибудь признаки к нему отеческого чувства. Он чувствовал к нему только гадливость. Но когда его обнажили и мелькнули тоненькие-тоненькие ручки, ножки, шафранные, тоже с пальчиками, и даже с большим пальцем, отличающимся от других, и когда он увидал, как, точно мягкие пружинки, Лизавета Петровна прижимала эти таращившиеся ручки, заключая их в полотняные одежды, на него нашла такая жалость к этому существу и такой страх, что она повредит ему, что он удержал ее за руку.

Лизавета Петровна засмеялась.

— Не бойтесь, не бойтесь!

Когда ребенок был убран и превращен в твердую куколку, Лизавета Петровна перекачнула его, как бы гордясь своею работой, и отстранилась, чтобы Левин мог видеть сына во всей его красоте.

Кити, не спуская глаз, косясь, глядела туда же.

— Дайте, дайте! — сказала она и даже поднялась было.

— Что вы, Катерина Александровна, это нельзя такие движения! Погодите, я подам. Вот мы папаше покажем, какие мы молодцы!

И Лизавета Петровна подняла к Левину на одной руке (другая только пальцами подпирала качающийся затылок) это странное, качающееся и прячущее свою голову за края пеленки красное существо. Но были тоже нос, косившие глаза и чмокающие губы.

— Прекрасный ребенок! — сказала Лизавета Петровна.

She was not asleep, but was talking gently with her mother, making plans about the future christening.

Made neat, her hair brushed, in a smart little cap trimmed with something blue, her arms out on the quilt, she was lying on her back and met him with a look which drew him towards her. Her look, already bright, grew still brighter as he approached her. On her face there was the same change from earthly to unearthly that is seen on the faces of the dead; but there it means farewell, here it meant welcome. Again an emotion, such as he had felt at the moment of the birth, flooded his heart. She took his hand and asked him if he had slept. He could not answer and turned away, conscious of his weakness.

"And I dozed off, Kostya!" she said to him. "And I am so comfortable now."

She was looking at him, but suddenly her expression changed.

"Give him to me," she said, hearing the baby's squall. "Give him to me, Lizaveta Petrovna, and he will look at him."

"Well then, let papa have a look," said Lizaveta Petrovna, picking up and bringing something red, strange and wobbling. "Wait, we'll make him tidy first," and Lizaveta Petrovna laid this red wobbling thing on the bed, began unwrapping and wrapping the baby, lifting him up and turning him over with one finger and powdering him with something.

Levin, looking at this tiny, pitiful being, made vain efforts to find in his soul some traces of fatherly feeling for him. He felt nothing towards him but disgust. But when he was stripped, and he caught a glimpse of thin, thin little arms, little legs, saffron-colored, with little toes and even with a big toe different from the others, and when he saw Lizaveta Petrovna closing the wide-open little arms, as if they were soft springs, and putting them into linen garments, such pity for this being came upon him, and such fear that she would hurt him, that he held back her hand.

Lizaveta Petrovna laughed.

"Don't be afraid, don't be afraid!"

When the baby had been tidied up and transformed into a firm little doll, Lizaveta Petrovna dandled him as if proud of her work, and drew away so that Levin could see his son in all his glory.

Kitty looked sideways in the same direction, not taking her eyes off.

"Give him to me, give him to me!" she said and even made as if she would sit up.

"What are you doing, Katerina Alexandrovna, you mustn't move like that! Wait, I'll give him to you. Here, we'll show papa what a fine fellow we are!"

And Lizaveta Petrovna, with one hand supporting the wobbling head only with its fingers, lifted up to Levin on the other arm this strange, wobbling, red being, whose head was hidden behind the edge of his swaddling clothes. But he had a nose, too, and slanting eyes and smacking lips.

"A splendid baby!" said Lizaveta Petrovna.

Левин с огорчением вздохнул. Этот прекрасный ребенок внушал ему только чувство гадливости и жалости. Это было совсем не то чувство, которого он ожидал.

Он отвернулся, пока Лизавета Петровна устраивала его к непривычной груди.

Вдруг смех заставил его поднять голову. Это засмеялась Кити. Ребенок взялся за грудь.

— Ну, довольно, довольно! — говорила Лизавета Петровна, но Кити не отпускала его. Он заснул на ее руках.

— Посмотри теперь, — сказала Кити, поворачивая к нему ребенка так, чтобы он мог видеть его. Личико старческое вдруг еще более сморщилось, и ребенок чихнул.

Улыбаясь и едва удерживая слезы умиления, Левин поцеловал жену и вышел из темной комнаты.

Что он испытывал к этому маленькому существу, было совсем не то, что он ожидал. Ничего веселого и радостного не было в этом чувстве; напротив, это был новый мучительный страх. Это было сознание новой области уязвимости. И это сознание было так мучительно первое время, страх за то, чтобы не пострадало это беспомощное существо, был так силен, что из-за него и незаметно было странное чувство бессмысленной радости и даже гордости, которое он испытал, когда ребенок чихнул.

XVII

Дела Степана Аркадьича находились в дурном положении.

Деньги за две трети леса были уже прожиты, и, за вычетом десяти процентов, он забрал у купца почти все вперед за последнюю треть. Купец больше не давал денег, тем более что в эту же зиму Дарья Александровна, в первый раз прямо заявив права на свое состояние, отказалась расписаться на контракте в получении денег за последнюю треть леса. Все жалованье уходило на домашние расходы и на уплату мелких непереводившихся долгов. Денег совсем не было.

Это было неприятно, неловко и не должно было так продолжаться, по мнению Степана Аркадьича. Причина этого, по его понятию, состояла в том, что он получал слишком мало жалованья. Место, которое он занимал, было, очевидно, очень хорошо пять лет тому назад, но теперь уж было не то. Петров, директором банка, получал двенадцать тысяч; Свентицкий — членом общества — получал семнадцать тысяч; Митин, основав банк, получал пятьдесят тысяч. “Очевидно, я заснул, и меня забыли”, — думал про себя Степан Аркадьич. И он стал прислушиваться, приглядываться и к концу зимы высмотрел место очень хорошее и повел на него атаку, сначала из Москвы, через теток, дядей, приятелей, а потом, когда дело созрело, весной сам поехал в Петербург. Это было одно из тех мест, которых теперь, всех размеров, от тысячи до пятидесяти тысяч в год жалованья, стало больше, чем прежде было теплых взяточных мест;

Levin sighed with sadness. This splendid baby excited in him no feeling but disgust and pity. It was not at all the feeling he had expected.

He turned away while Lizaveta Petrovna was putting him to the unaccustomed breast.

Suddenly laughter made him raise his head. It was Kitty laughing. The baby had taken the breast.

"Come, that's enough, that's enough!" said Lizaveta Petrovna, but Kitty would not let him go. He fell asleep in her arms.

"Look now," said Kitty, turning the baby to him so that he could see him. The old-looking little face suddenly puckered up still more, and the baby sneezed.

Smiling and hardly able to restrain tears of tenderness, Levin kissed his wife and went out of the dark room.

What he felt towards this little being was not at all what he had expected. There was nothing cheerful and joyous in this feeling; on the contrary, it was a new torturous fear. It was the consciousness of a new sphere of vulnerability. And this consciousness was so torturous at first, the fear lest this helpless being should suffer was so intense, that it prevented him from noticing the strange feeling of senseless joy and even pride that he had experienced when the baby sneezed.

XVII

Stepan Arkadyich's affairs were in a bad state.

The money for two-thirds of the forest had all been spent already, and he had taken from the merchant in advance at ten per cent discount almost all the money for the last third. The merchant would not give more, especially as that winter Darya Alexandrovna, for the first time plainly claiming her rights to her own fortune, had refused to sign the receipt for the payment for the last third of the forest. All his salary went on household expenses and in payment of petty debts which he always had. There was no money at all.

This was unpleasant and awkward, and in Stepan Arkadyich's opinion things could not go on like this. The reason for it, as he understood it, was that his salary was too small. The post he filled had evidently been very good five years ago, but it was so no longer. Petrov, a bank director, got twelve thousand; Sventitsky, a company director, got seventeen thousand; Mitin, who had founded a bank, got fifty thousand. "Evidently I fell asleep, and they've forgotten me," Stepan Arkadyich thought to himself. And he began keeping his ears and eyes open, and towards the end of the winter he had discovered a very good post and began an attack on it, at first from Moscow through aunts, uncles, friends, and then, when the matter ripened, in the spring he went himself to Petersburg. It was one of those cushy bribable posts of which there are more nowadays than before, with salaries ranging from a thousand to fifty thousand a year; it was a post of a member

это было место члена от комиссии соединенного агентства кредитно-взаимного баланса южно-железных дорог и банковых учреждений. Место это, как и все такие места, требовало таких огромных знаний и деятельности, которые трудно было соединить в одном человеке. А так как человека, соединяющего эти качества, не было, то все-таки лучше было, чтобы место это занимал честный, чем нечестный человек. А Степан Аркадьич был не только человек честный (без ударения), но он был чéстный человек (с ударением), с тем особенным значением, которое в Москве имеет это слово, когда говорят: чéстный деятель, чéстный писатель, чéстный журнал, чéстное учреждение, чéстное направление, и которое означает не только то, что человек или учреждение не бесчестны, но и способны при случае подпустить шпильку правительству. Степан Аркадьич вращался в Москве в тех кругах, где введено было это слово, считался там чéстным человеком и потому имел более, чем другие, прав на это место.

Место это давало от семи до десяти тысяч в год, и Облонский мог занимать его, не оставляя своего казенного места. Оно зависело от двух министров, от одной дамы и от двух евреев; и всех этих людей, хотя они были уже подготовлены, Степану Аркадьичу надо было видеть в Петербурге. Кроме того, Степан Аркадьич обещал сестре Анне добиться от Каренина решительного ответа о разводе. И, выпросив у Долли пятьдесят рублей, он уехал в Петербург.

Сидя в кабинете Каренина и слушая его проект о причинах дурного состояния русских финансов, Степан Аркадьич выжидал только минуты, когда тот кончит, чтобы заговорить о своем деле и об Анне.

— Да, это очень верно, — сказал он, когда Алексей Александрович, сняв pince-nez, без которого он не мог читать теперь, вопросительно посмотрел на бывшего шурина, — это очень верно в подробностях, но все-таки принцип нашего времени — свобода.

— Да, но я выставляю другой принцип, обнимающий принцип свободы, — сказал Алексей Александрович, ударяя на слове "обнимающий" и надевая опять pince-nez, чтобы вновь прочесть слушателю то место, где это самое было сказано.

И, перебрав красиво написанную с огромными полями рукопись, Алексей Александрович вновь прочел убедительное место.

— Я не хочу протекционной системы не для выгоды частных лиц, но для общего блага — и для низших и для высших классов одинаково, — говорил он, поверх pince-nez глядя на Облонского. — Но они не могут понять этого, они заняты только личными интересами и увлекаются фразами.

Степан Аркадьич знал, что когда Каренин начинал говорить о том, что делают и думают они, те самые, которые не хотели принимать его проектов и были причиною всего зла в России, что тогда уже близко было к концу и потому охотно отказался теперь от принципа свободы и вполне согласился. Алексей Александрович замолк, задумчиво перелистывая свою рукопись.

of the commission of the joint agency of the mutual credit balance of the southern railways and banking institutions. This post, like all such posts, called for such immense knowledge and energy that it was difficult to unite them in one man. And since a man combining all these qualifications was not to be found, it was at least better that the post be filled by an honest than by a dishonest man. And Stepan Arkadyich was not merely an honest man (unemphatically), he was an hónest man (emphatically) in that special sense which the word has in Moscow, when they say: an hónest public figure, an hónest writer, an hónest journal, an hónest institution, an hónest tendency, meaning not merely that the man or the institution is not dishonest, but that they are capable on occasion of having a dig at the government. Stepan Arkadyich moved in those circles in Moscow in which that word had been introduced, was regarded there as an hónest man, and so had more rights to this post than others.

The post yielded from seven to ten thousand a year, and Oblonsky could fill it without giving up his government post. It depended on two ministers, one lady and two Jews; and all these people, though they had already been prepared, Stepan Arkadyich had to see in Petersburg. Besides, Stepan Arkadyich had promised his sister Anna to obtain from Karenin a definite answer about the divorce. And, having begged fifty rubles from Dolly, he set off for Petersburg.

Stepan Arkadyich sat in Karenin's study listening to his report on the causes of the bad state of Russian finances and only waiting for the moment when he would finish to speak about his own business and about Anna.

"Yes, that's very true," he said, when Alexey Alexandrovich took off his pince-nez, without which he could not read now, and looked inquiringly at his former brother-in-law, "that's very true in particular cases, but still the principle of our time is freedom."

"Yes, but I put forward another principle, embracing the principle of freedom," said Alexey Alexandrovich, with emphasis on the word "embracing," and he put on his pince-nez again, so as to reread to the listener the passage in which it was said.

And turning over the pages of the beautifully written, huge-margined manuscript, Alexey Alexandrovich reread the conclusive passage.

"I don't want the protectionist system not for the sake of private interests, but for the public weal—and for the lower and upper classes equally," he said, looking over his pince-nez at Oblonsky. "But they cannot grasp that, they are taken up with personal interests and carried away by phrases."

Stepan Arkadyich knew that when Karenin began to talk about what they were doing and thinking, the persons who did not want to accept his projects and were the cause of all the evil in Russia, that it was coming near the end, and so now he readily abandoned the principle of freedom and fully agreed. Alexey Alexandrovich fell silent, thoughtfully turning over the pages of his manuscript.

— Ах, кстати, — сказал Степан Аркадьич, — я тебя хотел попросить при случае, когда ты увидишься с Поморским, сказать ему словечко о том, что я бы очень желал занять открывающееся место члена комиссии от соединенного агентства кредитно-взаимного баланса южно-железных дорог.

Степану Аркадьичу название этого места, столь близкого его сердцу, уже было привычно, и он, не ошибаясь, быстро выговаривал его.

Алексей Александрович расспросил, в чем состояла деятельность этой новой комиссии, и задумался. Он соображал, нет ли в деятельности этой комиссии чего-нибудь противоположного его проектам. Но, так как деятельность этого нового учреждения была очень сложна и проекты его обнимали очень большую область, он не мог сразу сообразить этого и, снимая pince-nez, сказал:

— Без сомнения, я могу сказать ему; но для чего ты, собственно, желаешь занять это место?

— Жалованье хорошее, до девяти тысяч, а мои средства...

— Девять тысяч, — повторил Алексей Александрович и нахмурился. Высокая цифра этого жалованья напомнила ему, что с этой стороны предполагаемая деятельность Степана Аркадьича была противна главному смыслу его проектов, всегда клонившихся к экономии.

— Я нахожу, и написал об этом записку, что в наше время эти огромные жалованья суть признаки ложной экономической assiette[1] нашего управления.

— Да как же ты хочешь? — сказал Степан Аркадьич. — Ну, положим, директор банка получает десять тысяч, — ведь он стоит этого. Или инженер получает двадцать тысяч. Живое дело, как хочешь!

— Я полагаю, что жалованье есть плата за товар, и оно должно подлежать закону требованья и предложенья. Если же назначение жалованья отступает от этого закона, как, например, когда я вижу, что выходят из института два инженера, оба одинаково знающие и способные, и один получает сорок тысяч, а другой довольствуется двумя тысячами; или что в директоры банков общества определяют с огромным жалованьем правоведов, гусаров, не имеющих никаких особенных специальных сведений, я заключаю, что жалованье назначается не по закону требования и предложения, а прямо по лицеприятию. И тут есть злоупотребление, важное само по себе и вредно отзывающееся на государственной службе. Я полагаю...

Степан Аркадьич поспешил перебить зятя.

— Да, но ты согласись, что открывается новое, несомненно полезное учреждение. Как хочешь, живое дело! Дорожат в особенности тем, чтобы дело ведено было че́стно, — сказал Степан Аркадьич с ударением.

Но московское значение *честного* было непонятно для Алексея Александровича.

— Честность есть только отрицательное свойство, — сказал он.

— Но ты мне сделаешь большое одолжение все-таки, — сказал Степан Аркадьич, — замолвив словечко Поморскому. Так, между разговором...

---

[1] политики (*франц.*).

"Ah, by the way," said Stepan Arkadyich, "I wanted to ask you, some time when you see Pomorsky, to drop him a hint that I would like very much to get that vacant post of a member of the commission of the joint agency of the mutual credit balance of the southern railways."

Stepan Arkadyich was familiar by now with the title of this post so close to his heart, and he brought it out rapidly without mistake.

Alexey Alexandrovich questioned him about the activities of this new commission and pondered. He was considering whether this new commission would not be acting in some way contrary to his projects. But as the activities of this new institution were very complex, and his projects embraced a very wide area, he could not decide this straight off and, taking off his pince-nez, he said:

"No doubt, I can tell him; but what is your reason precisely for wishing to get this post?"

"It's a good salary, up to nine thousand, and my means..."

"Nine thousand," Alexey Alexandrovich repeated and frowned. The high figure of the salary reminded him that on that side Stepan Arkadyich's would-be activities ran counter to the main sense of his own projects, which always leaned towards economy.

"I consider, and I have written a note about it, that in our time these huge salaries are evidence of the unsound economic assiette[1] of our management."

"But what do you want?" said Stepan Arkadyich. "Well, suppose a bank director gets ten thousand—but he's worth it. Or an engineer gets twenty thousand. Say what you like, it's a living business!"

"I assume that a salary is payment for a commodity, and it ought to conform to the law of supply and demand. If the salary is fixed without any regard for that law, as, for instance, when I see two engineers leaving college together, both equally knowledgeable and efficient, and one getting forty thousand while the other is satisfied with two; or when I see lawyers and hussars, having no special qualifications, appointed directors of banking companies with huge salaries, I conclude that the salary is not fixed in accordance with the law of supply and demand, but simply through favoritism. And there is an abuse here, significant in itself, and one that reacts harmfully on the government service. I assume..."

Stepan Arkadyich made haste to interrupt his brother-in-law.

"Yes, but you must agree that it's a new institution of undoubted utility that's being started. Say what you like, it's a living business! What they lay particular stress on is the business being carried on hónestly," said Stepan Arkadyich with emphasis.

But the Moscow meaning of *"honest"* was lost on Alexey Alexandrovich.

"Honesty is only a negative quality," he said.

"But you'll do me a great favor, anyway," said Stepan Arkadyich, "by putting in a word to Pomorsky. Just in the way of conversation..."

[1] policy (*French*).

— Да ведь это больше от Болгаринова зависит, кажется, — сказал Алексей Александрович.

— Болгаринов с своей стороны совершенно согласен, — сказал Степан Аркадьич, краснея.

Степан Аркадьич покраснел при упоминании о Болгаринове, потому что он в этот же день утром был у еврея Болгаринова, и визит этот оставил в нем неприятное воспоминание. Степан Аркадьич твердо знал, что дело, которому он хотел служить, было новое, живое и честное дело; но нынче утром, когда Болгаринов, очевидно нарочно, заставил его два часа дожидаться с другими просителями в приемной, ему вдруг стало неловко.

То ли ему было неловко, что он, потомок Рюрика, князь Облонский, ждал два часа в приемной у жида, или то, что в первый раз в жизни он не следовал только примеру предков, служа правительству, а выступал на новое поприще, но ему было очень неловко. В эти два часа ожидания у Болгаринова Степан Аркадьич, бойко прохаживаясь по приемной, расправляя бакенбарды, вступая в разговор с другими просителями и придумывая каламбур, который он скажет о том, как он у жида дожидался, старательно скрывал от других и даже от себя испытываемое чувство.

Но ему во все это время было неловко и досадно, он сам не знал отчего: оттого ли, что ничего не выходило из каламбура: "было дело *до жида, и я дожида*-лся", или от чего-нибудь другого. Когда же, наконец, Болгаринов с чрезвычайною учтивостью принял его, очевидно торжествуя его унижением, и почти отказал ему, Степан Аркадьич поторопился как можно скорее забыть это. И, теперь только вспомнив, покраснел.

XVIII

— Теперь у меня еще дело, и ты знаешь какое. Об Анне, — сказал, помолчав немного и стряхнув с себя это неприятное впечатление, Степан Аркадьич.

Как только Облонский произнес имя Анны, лицо Алексея Александровича совершенно изменилось: вместо прежнего оживления оно выразило усталость и мертвенность.

— Что, собственно, вы хотите от меня? — повертываясь на кресле и защелкивая свой pince-nez, сказал он.

— Решения, какого-нибудь решения, Алексей Александрович. Я обращаюсь к тебе теперь ("не как к оскорбленному мужу", — хотел сказать Степан Аркадьич, но, побоявшись испортить этим дело, заменил это словами:) не как к государственному человеку (что вышло некстати), а просто как к человеку, и доброму человеку и христианину. Ты должен пожалеть ее, — сказал он.

— То есть в чем же, собственно? — тихо сказал Каренин.

"But I think it depends more on Bolgarinov," said Alexey Alexandrovich.

"Bolgarinov has fully assented, as far as he's concerned," said Stepan Arkadyich, blushing.

Stepan Arkadyich blushed at the mention of Bolgarinov because he had been that morning at the Jew Bolgarinov's, and the visit had left an unpleasant recollection. Stepan Arkadyich firmly knew that the business he wanted to serve was a new, living and honest business; but that morning when Bolgarinov, evidently intentionally, kept him two hours waiting with other petitioners in his waiting room, he had suddenly felt uneasy.

Whether he was uneasy that he, a descendant of Rurik, Prince Oblonsky, had waited for two hours in a Yid's waiting room, or that for the first time in his life he was not following the example of his ancestors in serving only the government, but was turning off into a new career, anyway he was very uneasy. During those two hours of waiting at Bolgarinov's, Stepan Arkadyich, stepping jauntily about the waiting room, pulling his whiskers, entering into conversation with the other petitioners, and inventing a wordplay on his waiting at an Yid's, assiduously concealed from others and even from himself the feeling he was experiencing.

But all that time he was uneasy and vexed, he himself did not know why: whether because he could not get his wordplay just right, or from some other reason. When at last Bolgarinov had received him with exceptional politeness and evident triumph at his humiliation, and had all but refused him, Stepan Arkadyich had made haste to forget it as soon as possible. And recollecting it only now, he blushed.

XVIII

"Now there is another matter, and you know what it is. About Anna," Stepan Arkadyich said, pausing briefly and shaking off the unpleasant impression.

As soon as Oblonsky uttered Anna's name, the face of Alexey Alexandrovich completely changed: instead of the previous liveliness it expressed weariness and lifelessness.

"What is it exactly that you want from me?" he said, turning in his armchair and snapping his pince-nez.

"A decision, some sort of decision, Alexey Alexandrovich. I'm appealing to you now" ("not as an injured husband," Stepan Arkadyich was going to say, but afraid of wrecking his business by this, he changed the words) "not as a statesman" (which came out inappropriately), "but simply as a man, and a good man and a Christian. You must take pity on her," he said.

"That is, in what way precisely?" Karenin said softly.

— Да, пожалеть ее. Если бы ты ее видел, как я, — я провел всю зиму с нею, — ты бы сжалился над нею. Положение ее ужасно, именно ужасно.

— Мне казалось, — отвечал Алексей Александрович более тонким, почти визгливым голосом, — что Анна Аркадьевна имеет все то, чего она сама хотела.

— Ах, Алексей Александрович, ради Бога, не будем делать рекриминаций! Что прошло, то прошло, и ты знаешь, чего она желает и ждет, — развода.

— Но я полагал, что Анна Аркадьевна отказывается от развода в том случае, если я требую обязательства оставить мне сына. Я так и отвечал и думал, что дело это кончено. И считаю его оконченным, — взвизгнул Алексей Александрович.

— Но, ради Бога, не горячись, — сказал Степан Аркадьич, дотрогиваясь до коленки зятя. — Дело не кончено. Если ты позволишь мне рекапитулировать, дело было так: когда вы расстались, ты был велик, как можно быть великодушным; ты отдал ей все — свободу, развод даже. Она оценила это. Нет, ты не думай. Именно оценила. До такой степени, что в эти первые минуты, чувствуя свою вину пред тобой, она не обдумала и не могла обдумать всего. Она от всего отказалась. Но действительность, время показали, что ее положение мучительно и невозможно.

— Жизнь Анны Аркадьевны не может интересовать меня, — перебил Алексей Александрович, поднимая брови.

— Позволь мне не верить, — мягко возразил Степан Аркадьич. — Положение ее и мучительно для нее и безо всякой выгоды для кого бы то ни было. Она заслужила его, ты скажешь. Она знает это и не просит тебя; она прямо говорит, что она ничего не смеет просить. Но я, мы все родные, все любящие ее просим, умоляем тебя. За что она мучается? Кому от этого лучше?

— Позвольте, вы, кажется, ставите меня в положение обвиняемого, — проговорил Алексей Александрович.

— Да нет, да нет, нисколько, ты пойми меня, — опять дотрогиваясь до его руки, сказал Степан Аркадьич, как будто он был уверен, что это прикосновение смягчает зятя. — Я только говорю одно: ее положение мучительно, и оно может быть облегчено тобой, и ты ничего не потеряешь. Я тебе все так устрою, что ты не заметишь. Ведь ты обещал.

— Обещание дано было прежде. И я полагал, что вопрос о сыне решал дело. Кроме того, я надеялся, что у Анны Аркадьевны достанет великодушия... — с трудом, трясущимися губами, выговорил побледневший Алексей Александрович.

— Она и предоставляет все твоему великодушию. Она просит, умоляет об одном — вывести ее из того невозможного положения, в котором она находится. Она уже не просит сына. Алексей Александрович, ты добрый человек. Войди на мгновение в ее положение. Вопрос развода для нее, в ее положении, вопрос жизни и смерти. Если бы ты не обещал прежде, она бы помирилась с своим положением, жила бы

"Yes, take pity on her. If you had seen her as I have—I have spent all the winter with her—you would take pity on her. Her position is awful, simply awful."

"I have imagined," answered Alexey Alexandrovich in a higher, almost shrill voice, "that Anna Arkadyevna has everything she herself wanted."

"Ah, Alexey Alexandrovich, for God's sake, let's not indulge in recriminations! What is past is past, and you know what she wants and is waiting for—divorce."

"But I assumed that Anna Arkadyevna refused a divorce in case I demanded a commitment to leave me my son. I replied in that sense and thought that the matter was ended. And I consider it as ended," shrieked Alexey Alexandrovich.

"But, for God's sake, don't get angry," said Stepan Arkadyich, touching his brother-in-law's knee. "The matter is not ended. If you will allow me to recapitulate, it was like this: when you parted, you were great, you were as magnanimous as could possibly be; you gave her everything—freedom, divorce even. She appreciated that. No, don't think that. She did appreciate it. To such a degree that at those first moments, feeling how she had wronged you, she did not consider and could not consider everything. She gave up everything. But reality and time have shown that her position is painful and impossible."

"Anna Arkadyevna's life cannot interest me," Alexey Alexandrovich interrupted, raising his eyebrows.

"Allow me not to believe that," Stepan Arkadyich objected gently. "Her position is painful for her and of no benefit to anyone whatever. She has deserved it, you will say. She knows that and asks you for nothing; she says plainly that she dares not ask anything. But I, all of us, her relatives, all who love her, beg you, implore you. Why should she suffer? Who is the better for it?"

"Excuse me, you seem to put me in the position of the accused," said Alexey Alexandrovich.

"Oh, no, oh, no, not at all, do understand me," said Stepan Arkadyich, touching his hand again, as if he were sure that this touching would soften his brother-in-law. "All I say is this: her position is painful, and it might be alleviated by you, and you will lose nothing. I will arrange it all for you, so that you'll not notice it. You did promise."

"The promise was given before. And I assumed that the question of my son had settled the matter. Besides, I hoped that Anna Arkadyevna would be magnanimous enough..." Alexey Alexandrovich uttered with difficulty, his lips trembling and his face pale.

"She leaves it all to your magnanimity. She begs, she implores one thing of you—to extricate her from the impossible position in which she is placed. She no longer asks for her son. Alexey Alexandrovich, you are a good man. Put yourself in her position for a moment. The question of divorce for her in her position is a question of life and death. If you had not promised before, she would have reconciled herself to her position, she would have been

в деревне. Но ты обещал, она написала тебе и переехала в Москву. И вот в Москве, где каждая встреча ей нож в сердце, она живет шесть месяцев, с каждым днем ожидая решения. Ведь это все равно, что приговоренного к смерти держать месяцы с петлей на шее, обещая, может быть, смерть, может быть, помилование. Сжалься над ней, и потом я берусь все так устроить... Vos scrupules...[1]

— Я не говорю об этом, об этом... — гадливо перебил его Алексей Александрович. — Но, может быть, я обещал то, чего я не имел права обещать.

— Так ты отказываешь в том, что обещал?

— Я никогда не отказывал в исполнении возможного, но я желаю иметь время обдумать, насколько обещанное возможно.

— Нет, Алексей Александрович! — вскакивая, заговорил Облонский, — я не хочу верить этому! Она так несчастна, как только может быть несчастна женщина, и ты не можешь отказать в такой...

— Насколько обещанное возможно. Vous professez d'être un libre penseur[2]. Но я, как человек верующий, не могу в таком важном деле поступить противно христианскому закону.

— Но в христианских обществах и у нас, сколько я знаю, развод допущен, — сказал Степан Аркадьич. — Развод допущен и нашею церковью. И мы видим...

— Допущен, но не в этом смысле.

— Алексей Александрович, я не узнаю тебя, — помолчав, сказал Облонский. — Не ты ли (и мы ли не оценили этого?) все простил и, движимый именно христианским чувством, готов был всем пожертвовать? Ты сам сказал: отдать кафтан, когда берут рубашку, и теперь...

— Я прошу, — вдруг вставая на ноги, бледный и с трясущеюся челюстью, писклявым голосом заговорил Алексей Александрович, — прошу вас прекратить, прекратить... этот разговор.

— Ах нет! Ну, прости, прости меня, если я огорчил тебя, — сконфуженно улыбаясь, заговорил Степан Аркадьич, протягивая руку, — но я все-таки, как посол, только передавал свое поручение.

Алексей Александрович подал свою руку, задумался и проговорил:

— Я должен обдумать и поискать указаний. Послезавтра я дам вам решительный ответ, — сообразив что-то, сказал он.

XIX

Степан Аркадьич хотел уже уходить, когда Корней пришел доложить:

— Сергей Алексеич!

— Кто это Сергей Алексеич? — начал было Степан Аркадьич, но тотчас же вспомнил.

— Ах, Сережа! — сказал он. — "Сергей Алексеич" — я думал, директор департамента. "Анна и просила меня повидать его", — вспомнил он.

---

[1] Ваша щепетильность... *(франц.)*
[2] Ты слывешь человеком свободомыслящим *(франц.)*.

living in the country. But you promised, she wrote to you and moved to Moscow. And here she's been for six months in Moscow, where every meeting cuts her to the heart, every day expecting an answer. It's like keeping a man condemned to death for months with a noose around his neck, promising him perhaps death, perhaps mercy. Take pity on her, and then I undertake to arrange everything... Vos scrupules...[1]"

"I am not talking about that, about that..." Alexey Alexandrovich interrupted him with disgust. "But, perhaps, I promised what I had no right to promise."

"So you refuse what you promised?"

"I have never refused to do what is possible, but I want time to consider how much of what I promised is possible."

"No, Alexey Alexandrovich!" said Oblonsky, jumping up, "I won't believe that! She's as unhappy as a woman can be, and you cannot refuse in such..."

"How much of what I promised is possible. Vous professez d'être un libre penseur[2]. But I, as a believer, cannot in a matter of such importance act contrary to the Christian law."

"But in Christian societies and among us, as far as I know, divorce is allowed," said Stepan Arkadyich. "Divorce is also allowed by our church. And we see..."

"It is allowed, but not in this sense."

"Alexey Alexandrovich, I don't recognize you," said Oblonsky, after a pause. "Wasn't it you (and didn't we appreciate it?) who forgave everything, and moved precisely by Christian feeling, were ready to sacrifice everything? You said yourself: give a caftan when they take your shirt, and now..."

"I beg," said Alexey Alexandrovich in a shrill voice, getting suddenly onto his feet, his face pale and his jaw trembling, "I beg you to stop, to stop... this conversation."

"Ah, no! Well, forgive me, forgive me if I have upset you," said Stepan Arkadyich, holding out his hand with a smile of embarrassment, "but like an ambassador I have merely delivered my message."

Alexey Alexandrovich gave him his hand, pondered a little and said:

"I must think it over and seek for guidance. The day after tomorrow I will give you a definite answer," he said, after consideration.

XIX

Stepan Arkadyich was about to leave when Korney came in to announce: "Sergey Alexeyich!"

"Who's Sergey Alexeyich?" Stepan Arkadyich was about to ask, but remembered immediately.

"Ah, Seryozha!" he said. ""Sergey Alexeyich"—I thought it was the director of the department." "Anna asked me to see him too," he remembered.

---

[1] Your scruples... *(French)*
[2] You profess to be a freethinker *(French)*.

И он вспомнил то робкое, жалостное выражение, с которым Анна, отпуская его, сказала: "Все-таки ты увидь его. Узнай подробно, где он, кто при нем. И, Стива... если бы возможно! Ведь возможно?" Степан Аркадьич понял, что означало это "если бы возможно" — если бы возможно сделать развод так, чтоб отдать ей сына... Теперь Степан Аркадьич видел, что об этом и думать нечего, но все-таки рад был увидеть племянника.

Алексей Александрович напомнил шурину, что сыну никогда не говорят про мать и что он просит его ни слова не упоминать про нее.

— Он был очень болен после того свидания с матерью, которое мы не предусмотрели, — сказал Алексей Александрович. — Мы боялись даже за его жизнь. Но разумное лечение и морские купанья летом исправили его здоровье, и теперь я по совету доктора отдал его в школу. Действительно, влияние товарищей оказало на него хорошее действие, и он совершенно здоров и учится хорошо.

— Экой молодец стал! И то, не Сережа, а целый Сергей Алексеич! — улыбаясь, сказал Степан Аркадьич, глядя на бойко и развязно вошедшего красивого широкого мальчика в синей курточке и длинных панталонах. Мальчик имел вид здоровый и веселый. Он поклонился дяде, как чужому, но, узнав его, покраснел и, точно обиженный и рассерженный чем-то, поспешно отвернулся от него. Мальчик подошел к отцу и подал ему записку о баллах, полученных в школе.

— Ну, это порядочно, — сказал отец, — можешь идти.

— Он похудел и вырос и перестал быть ребенком, стал мальчишкой; я это люблю, — сказал Степан Аркадьич. — Да ты помнишь меня?

Мальчик быстро оглянулся на отца.

— Помню, mon oncle[1], — отвечал он, взглянув на дядю, и опять потупился.

Дядя подозвал мальчика и взял его за руку.

— Ну что ж, как дела? — сказал он, желая разговориться и не зная, что сказать.

Мальчик, краснея и не отвечая, осторожно потягивал свою руку из руки дяди. Как только Степан Аркадьич выпустил его руку, он, как птица, выпущенная на волю, вопросительно взглянув на отца, быстрым шагом вышел из комнаты.

Прошел год с тех пор, как Сережа видел в последний раз свою мать. С того времени он никогда не слыхал более про нее. И в этот же год он был отдан в школу и узнал и полюбил товарищей. Те мечты и воспоминания о матери, которые после свидания с нею сделали его больным, теперь уже не занимали его. Когда они приходили, он старательно отгонял их от себя, считая их стыдными и свойственными только девочкам, а не мальчику и товарищу. Он знал, что между отцом и матерью была ссора, разлучившая их, знал, что ему суждено оставаться с отцом, и старался привыкнуть к этой мысли.

---

[1] дядя (франц.).

And he recalled the timid, piteous expression with which Anna had said as she let him go: "Anyway, see him. Find out in detail where he is, who is looking after him. And Stiva... if it were possible! Could it be possible?" Stepan Arkadyich understood what was meant by that "if it were possible,"— if it were possible to arrange the divorce so as to let her have her son... Stepan Arkadyich saw now that it was useless even to think about that, but still he was glad to see his nephew.

Alexey Alexandrovich reminded his brother-in-law that they never spoke to the boy of his mother, and he asked him not to mention a single word about her.

"He was very ill after that meeting with his mother, which we had not foreseen," said Alexey Alexandrovich. "We even feared for his life. But rational treatment and sea-bathing in the summer have restored his health, and now, by the doctor's advice, I have sent him to school. Indeed, the influence of his schoolfellows has had a good effect on him, and he is perfectly well and studies well."

"What a fine fellow he's become! Indeed, he's not Seryozha, but a full-fledged Sergey Alexeyich!" said Stepan Arkadyich, smiling, as he looked at the handsome, broad-shouldered boy in a dark-blue jacket and long trousers, who walked in jauntily and casually. The boy looked healthy and cheerful. He bowed to his uncle as to a stranger, but recognizing him, blushed and turned hurriedly away from him, as if offended and irritated at something. The boy went up to his father and handed him a note of the marks he had received at school.

"Well, that's pretty good," said his father, "you can go."

"He's grown thinner and taller, and is no longer a child but a boy; I like that," said Stepan Arkadyich. "Do you remember me?"

The boy looked quickly at his uncle.

"I do, mon oncle," he answered, glancing at his uncle, and again he looked downcast.

His uncle called the boy to him and took him by the hand.

"Well, and how are you getting on?" he said, wishing to talk to him and not knowing what to say.

The boy, blushing and making no answer, was cautiously drawing his hand from his uncle's. As soon as Stepan Arkadyich let go his hand, he glanced questioningly at his father and, like a bird set free, walked out of the room with quick steps.

A year had passed since the last time Seryozha had seen his mother. Since then he had never heard of her again. And in the course of that year he had been sent to school and had come to know and like his schoolfellows. The dreams and memories of his mother, which had made him ill after seeing her, no longer occupied his thoughts. When they came, he studiously drove them away, regarding them as shameful and girlish, and inappropriate for a boy and a chum. He knew that his father and mother were separated by some quarrel, knew that he had to remain with his father, and tried to get used to that idea.

Увидать дядю, похожего на мать, ему было неприятно, потому что это вызывало в нем те самые воспоминания, которые он считал стыдными. Это было ему тем более неприятно, что по некоторым словам, которые он слышал, дожидаясь у двери кабинета, и в особенности по выражению лица отца и дяди он догадывался, что между ними должна была идти речь о матери. И чтобы не осуждать того отца, с которым он жил и от которого зависел, и, главное, не предаваться чувствительности, которую он считал столь унизительною, Сережа старался не смотреть на этого дядю, приехавшего нарушать его спокойствие, и не думать про то, что он напоминал.

Но когда вышедший вслед за ним Степан Аркадьич, увидав его на лестнице, подозвал к себе и спросил, как он в школе проводит время между классами, Сережа, вне присутствия отца, разговорился с ним.

— У нас теперь идет железная дорога, — сказал он, отвечая на его вопрос. — Это, видите ли, вот как: двое садятся на лавку. Это пассажиры. А один становится стоя на лавку же. И все запрягаются. Можно и руками, можно и поясами, и пускаются чрез все залы. Двери уже вперед отворяются. Ну, и тут кондуктором очень трудно быть!

— Это который стоя? — спросил Степан Аркадьич, улыбаясь.

— Да, тут надо и смелость и ловкость, особенно как вдруг остановятся или кто-нибудь упадет.

— Да, это не шутка, — сказал Степан Аркадьич, с грустью вглядываясь в эти оживленные, материнские глаза, теперь уж не ребячьи, не вполне уже невинные. И, хотя он и обещал Алексею Александровичу не говорить про Анну, он не вытерпел.

— А ты помнишь мать? — вдруг спросил он.

— Нет, не помню, — быстро проговорил Сережа и, багрово покраснев, потупился. И уже дядя ничего более не мог добиться от него.

Славянин-гувернер через полчаса нашел своего воспитанника на лестнице и долго не мог понять, злится он или плачет.

— Что ж, верно, ушиблись, когда упали? — сказал гувернер. — Я говорил, что это опасная игра. И надо сказать директору.

— Если б и ушибся, так никто бы не заметил. Уж это наверно.

— Ну так что же?

— Оставьте меня! Помню, не помню... Какое ему дело? Зачем мне помнить? Оставьте меня в покое! — обратился он уже не к гувернеру, а ко всему свету.

XX

Степан Аркадьич, как и всегда, не праздно проводил время в Петербурге. В Петербурге, кроме дел: развода сестры и места, ему, как и всегда, нужно было освежиться, как он говорил, после московской затхлости.

Москва, несмотря на свои cafés chantants и омнибусы, была все-таки стоячее болото. Это всегда чувствовал Степан Аркадьич. Пожив

He disliked seeing his uncle, who looked like his mother, because it called up in him those very memories which he considered shameful. He disliked it all the more as from some words he had heard as he waited at the door of the study, and especially from the expression on the faces of his father and uncle, he guessed that they must have been talking about his mother. And in order not to blame the father with whom he lived and on whom he was dependent, and, above all, not to give way to sensibility, which he considered so degrading, Seryozha tried not to look at this uncle who had come to disturb his peace of mind, and not to think about what he reminded him of.

But when Stepan Arkadyich, going out after him, saw him on the stairs, and calling to him, asked him how he spent the time between classes at school, Seryozha talked more freely to him away from his father's presence.

"We have a railway going now," he said in answer to his question. "It's like this, you see: two sit on a bench. They're the passengers. And one stands up straight on the bench. And all are harnessed to it. They may do it by their arms or by their belts, and they run through all the halls. The doors are left open beforehand. Well, and it's very hard to be the conductor here!"

"That's the one that stands?" Stepan Arkadyich asked, smiling.

"Yes, it needs courage and dexterity, especially when they stop all of a sudden or someone falls down."

"Yes, that's no joke," said Stepan Arkadyich, looking sadly into those animated eyes, his mother's, no longer a child's eyes, no longer fully innocent. And though he had promised Alexey Alexandrovich not to speak of Anna, he could not restrain himself.

"Do you remember your mother?" he asked suddenly.

"No, I don't," Seryozha said quickly and, blushing crimson, looked downcast. And his uncle could get nothing more out of him.

His Slav tutor found his pupil on the staircase half an hour later, and for a long while he could not make out whether he was angry or crying.

"What is it? I expect you hurt yourself when you fell down?" said the tutor. "I told you it was a dangerous game. And the director must be told."

"If I had hurt myself, nobody would have noticed. That's for sure."

"Well, what is it, then?"

"Leave me alone! Remember, don't remember... What business is it of his? Why should I remember? Leave me in peace!" he said, addressing not his tutor, but the whole world.

XX

Stepan Arkadyich, as always, did not spend his time idly in Petersburg. In Petersburg, besides business: his sister's divorce and the post, he needed, as always, to freshen himself up, as he said, after the mustiness of Moscow.

In spite of its cafés chantants and its omnibuses, Moscow was, after all, a stagnant bog. Stepan Arkadyich always felt it. After living for some time in

в Москве, особенно в близости с семьей, он чувствовал, что падает духом. Поживя долго безвыездно в Москве, он доходил до того, что начинал беспокоиться дурным расположением и упреками жены, здоровьем, воспитанием детей, мелкими интересами своей службы; даже то, что у него были долги, беспокоило его. Но стоило только приехать и пожить в Петербурге, в том кругу, в котором он вращался, где жили, именно жили, а не прозябали, как в Москве, и тотчас все мысли эти исчезали и таяли, как воск от лица огня.

Жена?.. Нынче только он говорил с князем Чеченским. У князя Чеченского была жена и семья — взрослые пажи дети, и была другая, незаконная семья, от которой тоже были дети. Хотя первая семья была тоже хороша, князь Чеченский чувствовал себя счастливее во второй семье. И он возил своего старшего сына во вторую семью и рассказывал Степану Аркадьичу, что он находит это полезным и развивающим для сына. Что бы на это сказали в Москве?

Дети? В Петербурге дети не мешали жить отцам. Дети воспитывались в заведениях, и не было этого, распространяющегося в Москве — Львов, например, — дикого понятия, что детям всю роскошь жизни, а родителям один труд и заботы. Здесь понимали, что человек обязан жить для себя, как должен жить образованный человек.

Служба? Служба здесь тоже была не та упорная, безнадежная лямка, которую тянули в Москве; здесь был интерес в службе. Встреча, услуга, меткое слово, уменье представлять в лицах разные штуки — и человек вдруг делал карьеру, как Брянцев, которого вчера встретил Степан Аркадьич и который был первый сановник теперь. Эта служба имела интерес.

В особенности же петербургский взгляд на денежные дела успокоительно действовал на Степана Аркадьича. Бартнянский, проживающий по крайней мере пятьдесят тысяч по тому train[1], который он вел, сказал ему об этом вчера замечательное слово.

Пред обедом, разговорившись, Степан Аркадьич сказал Бартнянскому:

— Ты, кажется, близок с Мордвинским; ты мне можешь оказать услугу, скажи ему, пожалуйста, за меня словечко. Есть место, которое бы я хотел занять. Членом агентства...

— Ну, я все равно не запомню... Только что тебе за охота в эти железнодорожные дела с жидами?.. Как хочешь, все-таки гадость!

Степан Аркадьич не сказал ему, что это было живое дело; Бартнянский бы не понял этого.

— Деньги нужны, жить нечем.

— Живешь же?

— Живу, но долги.

— Что ты? Много? — с соболезнованием сказал Бартнянский.

— Очень много, тысяч двадцать.

Бартнянский весело расхохотался.

---

[1] образ жизни (*франц.*).

Moscow, especially close to his family, he felt a depression of spirits. After living a long time in Moscow without a break, he reached a point when he began to worry about his wife's ill-humor and reproaches, his health, his children's education, the petty details of his service; even the fact of being in debt worried him. But he had only to go and stay for a while in Petersburg, in the circle in which he moved, where people lived—really lived—instead of vegetating as in Moscow, and all these ideas vanished and melted away at once, like wax before the face of fire.

His wife?.. Only that day he had been talking to Prince Chechensky. Prince Chechensky had a wife and family—grown-up children, pages at court, and he had another illegitimate family in which there were children too. Though the first family was nice too, Prince Chechensky felt happier in his second family. And he used to take his eldest son with him to his second family, and told Stepan Arkadyich that he found it beneficial for his son's development. What would have been said to that in Moscow?

His children? In Petersburg children did not prevent their fathers from living. The children were brought up in establishments, and there was no trace of the wild idea that was spreading in Moscow—Lvov, for instance— that all the luxuries of life were for the children, while the parents had nothing but work and anxiety. Here people understood that a man must live for himself, as an educated man should live.

His service? The service here was also not that relentless, hopeless drudgery that it was in Moscow; here there was some interest in the service. A meeting, a favor, an apt word, a knack of facetious mimicry—and a man's career was suddenly made, as was the case with Bryantsev, whom Stepan Arkadyich had met yesterday and who was now a top dignitary. Service of that kind had an interest.

The Petersburg outlook on money matters had an especially soothing effect on Stepan Arkadyich. Bartnyansky, who spent at least fifty thousand, to judge by his train[1], had said a wonderful word to him about it yesterday.

As they were talking before dinner, Stepan Arkadyich said to Bartnyansky:

"You're close, I think, to Mordvinsky; you might do me a favor: say a word to him, please, for me. There's a post I would like to get. Member of the agency..."

"Well, I won't remember that anyway... But why do you want to get into this railway business with the Yids?.. Say what you like, it's repulsive!"

Stepan Arkadyich did not say to him that it was a living business; Bartnyansky would not have understood that.

"I need money, I've nothing to live on."

"But you do live, don't you?"

"I live, but in debt."

"Really? Is it much?" said Bartnyansky sympathetically.

"Very much, about twenty thousand."

Bartnyansky burst into cheerful laughter.

---

[1] mode of life (French).

— О, счастливый человек! — сказал он. — У меня полтора миллиона и ничего нет, и, как видишь, жить еще можно!

И Степан Аркадьич не на одних словах, на деле видел справедливость этого. У Живахова было триста тысяч долгу и ни копейки за душой, и он жил же, да еще как! Графа Кривцова давно уже все отпели, а он содержал двух. Петровский прожил пять миллионов и жил все точно так же и даже заведовал финансами и получал двадцать тысяч жалованья. Но, кроме этого, Петербург физически приятно действовал на Степана Аркадьича. Он молодил его. В Москве он поглядывал иногда на седину, засыпал после обеда, потягивался, шагом, тяжело дыша, входил на лестницу, скучал с молодыми женщинами, не танцевал на балах. В Петербурге же он всегда чувствовал десять лет с костей.

Он испытывал в Петербурге то же, что говорил ему вчера еще шестидесятилетний князь Облонский, Петр, только что вернувшийся из-за границы:

— Мы здесь не умеем жить, — говорил Петр Облонский. — Поверишь ли, я провел лето в Бадене; ну, право, я чувствовал себя совсем молодым человеком. Увижу женщину молоденькую, и мысли... Пообедаешь, выпьешь слегка — сила, бодрость. Приехал в Россию, — надо было к жене да еще в деревню, — ну, не поверишь, через две недели надел халат, перестал одеваться к обеду. Какое о молоденьких думать! Совсем стал старик. Только душу спасать остается. Поехал в Париж — опять справился.

Степан Аркадьич точно ту же разницу чувствовал, как и Петр Облонский. В Москве он так опускался, что в самом деле, если бы пожить там долго, дошел бы, чего доброго, и до спасения души; в Петербурге же он чувствовал себя опять порядочным человеком.

Между княгиней Бетси Тверской и Степаном Аркадьичем существовали давнишние, весьма странные отношения. Степан Аркадьич всегда шутя ухаживал за ней и говорил ей, тоже шутя, самые неприличные вещи, зная, что это более всего ей нравится. На другой день после своего разговора с Карениным Степан Аркадьич, заехав к ней, чувствовал себя столь молодым, что в этом шуточном ухаживанье и вранье зашел нечаянно так далеко, что уже не знал, как выбраться назад, так как, к несчастью, она не только не нравилась, но противна была ему. Тон же этот установился потому, что он очень нравился ей. Так что он уже был очень рад приезду княгини Мягкой, вовремя прекратившей их уединение вдвоем.

— А, и вы тут, — сказала она, увидав его. — Ну, что ваша бедная сестра? Вы не смотрите на меня так, — прибавила она. — С тех пор как все набросились на нее, все те, которые хуже ее во сто тысяч раз, я нахожу, что она сделала прекрасно. И не могу простить Вронскому, что он не дал мне знать, когда она была в Петербурге. Я бы поехала к ней и с ней повсюду. Пожалуйста, передайте ей от меня мою любовь. Ну расскажите же мне про нее.

"Oh, lucky man!" he said. "My debts amount to a million and a half, and I've nothing, and still I can live, as you see!"

And Stepan Arkadyich saw the correctness of this outlook not in words only but in actual fact. Zhivakhov owed three hundred thousand, and hadn't a kopeck to bless himself with, and he lived, and how! Count Krivtsov had long been considered a hopeless case by everyone, and yet he kept two mistresses. Petrovsky had run through five millions and still lived in just the same style, and was even a director in some financial department and received a salary of twenty thousand. But, besides that, Petersburg had physically an agreeable effect on Stepan Arkadyich. It made him younger. In Moscow he sometimes looked at his gray hair, fell asleep after dinner, stretched, walked slowly upstairs, breathing heavily, was bored in the company of young women, did not dance at balls. In Petersburg he always felt that he had shaken off ten years.

His experience in Petersburg was exactly what had been described to him yesterday by the sixty-year-old Prince Pyotr Oblonsky, who had just come back from abroad:

"Here we don't know how to live," said Pyotr Oblonsky. "Would you believe it, I spent the summer in Baden; I really felt myself quite a young man. I'd see a young woman, and thoughts... One dines and drinks a little—strength, vivacity. I came to Russia—had to see my wife and also to go to my country place—well, you wouldn't believe it, two weeks later I got into a dressing gown, gave up dressing for dinner. No more thinking about young women! I became quite an old man. There was nothing left for me but to save my soul. I went to Paris—I recovered again."

Stepan Arkadyich felt exactly the same difference as Pyotr Oblonsky. In Moscow he degenerated so much that, indeed, if he had lived there for a long time, he might in good earnest have come to saving his soul; in Petersburg he felt himself a decent man again.

Between Princess Betsy Tverskaya and Stepan Arkadyich there had long existed rather strange relations. Stepan Arkadyich always courted her in jest and used to say to her, also in jest, the most unseemly things, knowing that nothing delighted her so much. The day after his conversation with Karenin, Stepan Arkadyich went to see her and felt so young that in this jesting courtship and nonsense he accidentally went so far that he did not know how to extricate himself, as unluckily he not only did not like her but thought her repugnant. This tone had sprung up between them because she liked him very much. So that he was very glad at the arrival of Princess Miagkaya, which cut short their tête-à-tête just in time.

"Ah, you're here, too," she said when she saw him. "Well, how is your poor sister? Don't look at me like that," she added. "Ever since they've all pounced on her, all those who're a hundred thousand times worse than she, I find that she did a splendid thing. And I can't forgive Vronsky for not letting me know when she was in Petersburg. I'd have gone to see her and gone about with her everywhere. Please give her my love. Come, tell me about her."

— Да, ее положение тяжело, она... — начал было рассказывать Степан Аркадьич, в простоте душевной приняв за настоящую монету слова княгини Мягкой "расскажите про вашу сестру". Княгиня Мягкая тотчас же по своей привычке перебила его и стала сама рассказывать.

— Она сделала то, что все, кроме меня, делают, но скрывают; а она не хотела обманывать и сделала прекрасно. И еще лучше сделала, потому что бросила этого полоумного вашего зятя. Вы меня извините. Все говорили, что он умен, умен, одна я говорила, что он глуп. Теперь, когда он связался с Лидией и с Landau, все говорят, что он полоумный, и я бы и рада не соглашаться со всеми, но на этот раз не могу.

— Да объясните мне, пожалуйста, — сказал Степан Аркадьич, — что это такое значит? Вчера я был у него по делу сестры и просил решительного ответа. Он не дал мне ответа и сказал, что подумает, а нынче утром я вместо ответа получил приглашение на нынешний вечер к графине Лидии Ивановне.

— Ну так, так! — с радостью заговорила княгиня Мягкая. — Они спросят у Landau, что он скажет.

— Как у Landau? Зачем? Что такое Landau?

— Как, вы не знаете Jules Landau, le fameux Jules Landau, le clairvoyant[1]? Он тоже полоумный, но от него зависит судьба вашей сестры. Вот что происходит от жизни в провинции, вы ничего не знаете. Landau, видите ли, commis[2] был в магазине в Париже и пришел к доктору. У доктора в приемной он заснул и во сне стал всем больным давать советы. И удивительные советы. Потом Юрия Мелединского — знаете, больного? — жена узнала про этого Landau и взяла его к мужу. Он мужа ее лечит. И никакой пользы ему не сделал, по-моему, потому что он все такой же расслабленный, но они в него веруют и возят с собой. И привезли в Россию. Здесь все на него набросились, и он всех стал лечить. Графиню Беззубову вылечил, и она так полюбила его, что усыновила.

— Как усыновила?

— Так, усыновила. Он теперь не Landau больше, а граф Беззубов. Но дело не в том, а Лидия, — я ее очень люблю, но у нее голова не на месте, — разумеется, накинулась теперь на этого Landau, и без него ни у нее, ни у Алексея Александровича ничего не решается, и поэтому судьба вашей сестры теперь в руках этого Landau, иначе графа Беззубова.

XXI

После прекрасного обеда и большого количества коньяку, выпитого у Бартнянского, Степан Аркадьич, только немного опоздав против назначенного времени, входил к графине Лидии Ивановне.

---

[1] Жюля Ландо, знаменитого Жюля Ландо, ясновидящего? *(франц.)*
[2] приказчиком *(франц.)*.

"Yes, her position is difficult, she..." began Stepan Arkadyich, in the simplicity of his soul accepting as genuine coin Princess Miagkaya's words "tell me about your sister." Princess Miagkaya interrupted him immediately, as was her habit, and began talking herself.

"She's done what they all do, except me, only they hide it; but she didn't want to deceive and she did a splendid thing. And she did better still by leaving that half-witted brother-in-law of yours. You must excuse me. Everybody used to say he was so clever, so clever, and I was the only one who said he was stupid. Now that he's got involved with Lydia and Landau, they all say he's half-witted, and I'd be glad not to agree with everybody, but this time I can't help it."

"But do explain to me, please," said Stepan Arkadyich, "what does it mean? Yesterday I called on him about my sister's business and asked for a definite answer. He gave me no answer and said he would think about it, but this morning, instead of an answer, I received an invitation to Countess Lydia Ivanovna's for this evening."

"So that's it, that's it!" said Princess Miagkaya gleefully. "They're going to ask Landau what he's to say."

"Ask Landau? What for? What is Landau?"

"What? You don't know Jules Landau, le fameux Jules Landau, le clairvoyant[1]? He's half-witted too, but on him your sister's fate depends. See what comes of living in the provinces, you know nothing. Landau, you see, was a commis[2] in a shop in Paris, and he went to a doctor. In the doctor's waiting room he fell asleep, and in his sleep he began giving advice to all the patients. And wonderful advice it was. Then the wife of Yuri Meledinsky—you know, the invalid?—learned about this Landau and brought him to her husband. He is treating her husband. No good has been done to him, in my opinion, because he's still as feeble as ever, but they believe in him and take him about with them. And they brought him to Russia. Here everyone's pounced on him and he's begun treating everyone. He cured Countess Bezzubova, and she took such a fancy to him that she adopted him."

"Adopted him?"

"Yes, adopted him. He's not Landau any more now, but Count Bezzubov. However, that's not the point; but Lydia—I'm very fond of her, but her head is not screwed on right—naturally pounced on this Landau now, and nothing is decided either by her or by Alexey Alexandrovich without him, and so your sister's fate is now in the hands of this Landau, alias Count Bezzubov."

XXI

After a splendid dinner and a great deal of cognac drunk at Bartnyansky's, Stepan Arkadyich, only a little later than the appointed time, went in to Countess Lydia Ivanovna's.

---

[1] Jules Landau, the famous Jules Landau, the clairvoyant? *(French)*
[2] salesclerk *(French)*.

— Кто еще у графини? Француз? — спросил Степан Аркадьич швейцара, оглядывая знакомое пальто Алексея Александровича и странное, наивное пальто с застежками.

— Алексей Александрович Каренин и граф Беззубов, — строго отвечал швейцар.

“Княгиня Мягкая угадала, — подумал Степан Аркадьич, входя на лестницу. — Странно! Однако хорошо было бы сблизиться с ней. Она имеет огромное влияние. Если она замолвит словечко Поморскому, то уже верно”.

Было еще совершенно светло на дворе, но в маленькой гостиной графини Лидии Ивановны с опущенными шторами уже горели лампы.

У круглого стола под лампой сидели графиня и Алексей Александрович, о чем-то тихо разговаривая. Невысокий, худощавый человек с женским тазом, с вогнутыми в коленках ногами, очень бледный, красивый, с блестящими прекрасными глазами и длинными волосами, лежавшими на воротнике его сюртука, стоял на другом конце, оглядывая стену с портретами. Поздоровавшись с хозяйкой и с Алексеем Александровичем, Степан Аркадьич невольно взглянул еще раз на незнакомого человека.

— Monsieur Landau! — обратилась к нему графиня с поразившею Облонского мягкостью и осторожностью. И она познакомила их.

Landau поспешно оглянулся, подошел и, улыбнувшись, вложил в протянутую руку Степана Аркадьича неподвижную потную руку и тотчас же опять отошел и стал смотреть на портреты. Графиня и Алексей Александрович значительно переглянулись.

— Я очень рада видеть вас, в особенности нынче, — сказала графиня Лидия Ивановна, указывая Степану Аркадьичу место подле Каренина.

— Я вас познакомила с ним как с Landau, — сказала она тихим голосом, взглянув на француза и потом тотчас на Алексея Александровича, — но он, собственно, граф Беззубов, как вы, вероятно, знаете. Только он не любит этого титула.

— Да, я слышал, — отвечал Степан Аркадьич, — говорят, он совершенно исцелил графиню Беззубову.

— Она была нынче у меня, она так жалка! — обратилась графиня к Алексею Александровичу. — Разлука эта для нее ужасна. Для нее это такой удар!

— А он положительно едет? — спросил Алексей Александрович.

— Да, он едет в Париж. Он вчера слышал голос, — сказала графиня Лидия Ивановна, глядя на Степана Аркадьича.

— Ах, голос! — повторил Облонский, чувствуя, что надо быть как можно осторожнее в этом обществе, в котором происходит или должно происходить что-то особенное, к чему он не имеет еще ключа.

Наступило минутное молчание, после которого графиня Лидия Ивановна, как бы приступая к главному предмету разговора, с тонкою улыбкой сказала Облонскому:

— Я вас давно знаю и очень рада узнать вас ближе. Les amis de nos amis sont nos amis[1]. Но для того чтобы быть другом, надо вдумываться

_____
[1] Друзья наших друзей — наши друзья (*франц.*).

"Who else is with the Countess? The Frenchman?" Stepan Arkadyich asked the hall porter, as he glanced at the familiar coat of Alexey Alexandrovich and a strange, naïve coat with clasps.

"Alexey Alexandrovich Karenin and Count Bezzubov," the porter answered severely.

"Princess Miagkaya guessed right," thought Stepan Arkadyich, as he went upstairs. "Strange! It would be quite as well, though, to get on friendly terms with her. She has immense influence. If she would say a word to Pomorsky, the thing would be a certainty."

It was still quite light outside, but in Countess Lydia Ivanovna's little drawing room the blinds were drawn and the lamps lighted.

At a round table under a lamp sat the Countess and Alexey Alexandrovich, talking softly about something. A short, thinnish man, very pale, handsome, with feminine hips and knock-kneed legs, with fine brilliant eyes and long hair lying on the collar of his frockcoat, was standing at the other end, gazing at the portraits on the wall. After greeting the hostess and Alexey Alexandrovich, Stepan Arkadyich involuntarily looked once more at the unknown man.

"Monsieur Landau!" the Countess addressed him with a softness and caution that impressed Oblonsky. And she introduced them.

Landau looked round hurriedly, came up and, smiling, laid his numb, sweaty hand in Stepan Arkadyich's outstretched hand and immediately walked away and began gazing at the portraits again. The Countess and Alexey Alexandrovich looked at each other significantly.

"I am very glad to see you, particularly today," said Countess Lydia Ivanovna, pointing Stepan Arkadyich to the seat beside Karenin.

"I introduced him to you as Landau," she said in a soft voice, glancing at the Frenchman and immediately after at Alexey Alexandrovich, "but he is really Count Bezzubov, as you probably know. Only he does not like the title."

"Yes, I've heard," answered Stepan Arkadyich, "they say he completely cured Countess Bezzubova."

"She was here today, she is so pitiful!" the Countess said, turning to Alexey Alexandrovich. "This separation is terrible for her. It's such a blow to her!"

"And he positively is going?" asked Alexey Alexandrovich.

"Yes, he's going to Paris. He heard a voice yesterday," said Countess Lydia Ivanovna, looking at Stepan Arkadyich.

"Ah, a voice!" repeated Oblonsky, feeling that he must be as careful as possible in this society, where something peculiar was going on or was to go on, to which he had not yet the key.

A moment's silence followed, after which Countess Lydia Ivanovna, as if approaching the main topic of conversation, said with a subtle smile to Oblonsky:

"I've known you for a long while, and am very glad to make a closer <u>acquaintance with you. Les amis de nos amis</u> sont nos amis[1]. But to be a

[1] The friends of our friends are our friends (*French*).

в состояние души друга, а я боюсь, что вы этого не делаете в отношении к Алексею Александровичу. Вы понимаете, о чем я говорю, — сказала она, поднимая свои прекрасные задумчивые глаза.

— Отчасти, графиня, я понимаю, что положение Алексея Александровича... — сказал Облонский, не понимая хорошенько, в чем дело, и потому желая оставаться в общем.

— Перемена не во внешнем положении, — строго сказала графиня Лидия Ивановна, вместе с тем следя влюбленным взглядом за вставшим и перешедшим к Landau Алексеем Александровичем, — сердце его изменилось, ему дано новое сердце, и я боюсь, что вы не вполне вдумались в ту перемену, которая произошла в нем.

— То есть я в общих чертах могу представить себе эту перемену. Мы всегда были дружны, и теперь... — отвечая нежным взглядом на взгляд графини, сказал Степан Аркадьич, соображая, с кем из двух министров она ближе, чтобы знать, о ком из двух придется просить ее.

— Та перемена, которая произошла в нем, не может ослабить его чувства любви к ближним; напротив, перемена, которая произошла в нем, должна увеличить любовь. Но я боюсь, что вы не понимаете меня. Не хотите ли чаю? — сказала она, указывая глазами на лакея, подавшего на подносе чай.

— Не совсем, графиня. Разумеется, его несчастье...

— Да, несчастье, которое стало высшим счастьем, когда сердце стало новое, исполнилось им, — сказала она, влюбленно глядя на Степана Аркадьича.

“Я думаю, что можно будет попросить замолвить обоим”, — думал Степан Аркадьич.

— О, конечно, графиня, — сказал он, — но я думаю, что эти перемены так интимны, что никто, даже самый близкий человек, не любит говорить.

— Напротив! Мы должны говорить и помогать друг другу.

— Да, без сомнения, но бывает такая разница убеждений, и притом... — с мягкою улыбкой сказал Облонский.

— Не может быть разницы в деле святой истины.

— О да, конечно, но... — и, смутившись, Степан Аркадьич замолчал. Он понял, что дело шло о религии.

— Мне кажется, он сейчас заснет, — значительным шепотом проговорил Алексей Александрович, подходя к Лидии Ивановне.

Степан Аркадьич оглянулся. Landau сидел у окна, облокотившись на ручку и спинку кресла, опустив голову. Заметив обращенные на него взгляды, он поднял голову и улыбнулся детски-наивною улыбкой.

— Не обращайте внимания, — сказала Лидия Ивановна и легким движением подвинула стул Алексею Александровичу. — Я замечала... — начала она что-то, как в комнату вошел лакей с письмом. Лидия Ивановна быстро пробежала записку и, извинившись, с чрезвычайною быстротой написала и отдала ответ и вернулась к столу. — Я

friend, one must enter into the state of the friend's soul, and I fear that you are not doing so with regard to Alexey Alexandrovich. You understand what I am talking about," she said, raising her fine pensive eyes.

"In part, Countess, I understand that the position of Alexey Alexandrovich..." said Oblonsky, not quite understanding what it was all about, and therefore wishing to confine himself to generalities.

"The change is not in his external position," Countess Lydia Ivanovna said sternly, at the same time following Alexey Alexandrovich with enamored eyes as he got up and went over to Landau, "his heart is changed, a new heart has been given to him, and I fear you haven't fully pondered on that change that has taken place in him."

"Well, broadly speaking, I can picture the change to myself. We have always been friendly, and now..." said Stepan Arkadyich, responding with a tender glance to the Countess's glance and considering with which of the two ministers she was more closely connected, so as to know which one to ask her about.

"The change that has taken place in him cannot weaken his feeling of love for his neighbors; on the contrary, the change that has taken place in him must intensify his love. But I fear that you do not understand me. Would you like some tea?" she said, indicating with her eyes the footman who was handing round tea on a tray.

"Not quite, Countess. Of course, his misfortune..."

"Yes, a misfortune which turned into the highest happiness, when his heart became new, was filled full of it," she said, gazing with enamored eyes at Stepan Arkadyich.

"I think I might ask her to speak to both of them," thought Stepan Arkadyich.

"Oh, of course, Countess," he said, "but I think these changes are so intimate that no one, not even the closest person, likes to speak about them."

"On the contrary! We must speak and help one another."

"Yes, undoubtedly so, but there is such a difference of convictions, and besides..." said Oblonsky with a soft smile.

"There can be no difference in what concerns the holy truth."

"Oh, yes, of course, but..." and Stepan Arkadyich became silent in confusion. He realized that it was a question of religion.

"I think he is about to fall asleep," said Alexey Alexandrovich in a significant whisper, coming up to Lydia Ivanovna.

Stepan Arkadyich turned. Landau was sitting at the window, leaning on the elbow and the back of his armchair, his head hanging down. Noticing the eyes turned on him, he raised his head and smiled a childishly naïve smile.

"Don't take any notice," said Lydia Ivanovna, and she lightly moved a chair up for Alexey Alexandrovich. "I have observed..." she began to say something when a footman came into the room with a letter. Lydia Ivanovna quickly ran her eyes over the note and, excusing herself, wrote an answer with extraordinary quickness, handed it over and came back to

замечала, — продолжала она начатый разговор, — что москвичи, в особенности мужчины, самые равнодушные к религии люди.

— О нет, графиня, мне кажется, что москвичи имеют репутацию быть самыми твердыми, — отвечал Степан Аркадьич.

— Да, насколько я понимаю, вы, к сожалению, из равнодушных, — с усталою улыбкой, обращаясь к нему, сказал Алексей Александрович.

— Как можно быть равнодушным! — сказала Лидия Ивановна.

— Я в этом отношении не то что равнодушен, но в ожидании, — сказал Степан Аркадьич с своею самою смягчающей улыбкой. — Я не думаю, чтобы для меня наступило время этих вопросов.

Алексей Александрович и Лидия Ивановна переглянулись.

— Мы не можем знать никогда, наступило или нет для нас время, — сказал Алексей Александрович строго. — Мы не должны думать о том, готовы ли мы, или не готовы: благодать не руководствуется человеческими соображениями; она иногда не сходит на трудящихся и сходит на неприготовленных, как на Савла.

— Нет, кажется, не теперь еще, — сказала Лидия Ивановна, следившая в это время за движениями француза.

Landau встал и подошел к ним.

— Вы мне позволите слушать? — спросил он.

— О да, я не хотела вам мешать, — нежно глядя на него, сказала Лидия Ивановна, — садитесь с нами.

— Надо только не закрывать глаз, чтобы не лишиться света, — продолжал Алексей Александрович.

— Ах, если бы вы знали то счастье, которое мы испытываем, чувствуя всегдашнее Его присутствие в своей душе! — сказала графиня Лидия Ивановна, блаженно улыбаясь.

— Но человек может чувствовать себя неспособным иногда подняться на эту высоту, — сказал Степан Аркадьич, чувствуя, что он кривит душою, признавая религиозную высоту, но вместе с тем не решаясь признаться в своем свободомыслии перед особой, которая одним словом Поморскому может доставить ему желаемое место.

— То есть вы хотите сказать, что грех мешает ему? — сказала Лидия Ивановна. — Но это ложное мнение. Греха нет для верующих, грех уже искуплен. Pardon, — прибавила она, глядя на опять вошедшего с другой запиской лакея. Она прочла и на словах ответила: — Завтра у великой княгини, скажите. — Для верующего нет греха, — продолжала она разговор.

— Да, но вера без дел мертва есть, — сказал Степан Аркадьич, вспомнив эту фразу из катехизиса, одной улыбкой уже отстаивая свою независимость.

— Вот оно, из послания апостола Иакова, — сказал Алексей Александрович, с некоторым упреком обращаясь к Лидии Ивановне, очевидно как о деле, о котором они не раз уже говорили. — Сколько вреда сделало ложное толкование этого места! Ничто так не отталкивает от веры, как это толкование. "У меня нет дел, я не могу верить", тогда как это нигде не сказано. А сказано обратное.

the table. "I have observed," she continued the conversation she had begun, "that Muscovites, especially the men, are most indifferent to religion."

"Oh, no, Countess, I think the Muscovites have the reputation of being the firmest," answered Stepan Arkadyich.

"But as far as I understand, you are unfortunately one of the indifferent ones," said Alexey Alexandrovich with a weary smile, turning to him.

"How anyone can be indifferent!" said Lydia Ivanovna.

"I am not so much indifferent on that subject as I am waiting," said Stepan Arkadyich with his most mollifying smile. "I don't think that the time for such questions has come for me."

Alexey Alexandrovich and Lydia Ivanovna looked at each other.

"We can never know whether the time has come for us or not," said Alexey Alexandrovich severely. "We mustn't think whether we are ready or not ready: grace is not guided by human considerations; sometimes it comes not to those that strive for it, and comes to those that are unprepared, like Saul."

"No, not yet, I think," said Lydia Ivanovna, who had been meanwhile watching the movements of the Frenchman.

Landau rose and came up to them.

"Will you allow me to listen?" he asked.

"Oh, yes, I did not want to disturb you," said Lydia Ivanovna, looking tenderly at him, "sit down with us."

"One has only not to close one's eyes, so as not to deprive oneself of light," Alexey Alexandrovich went on.

"Ah, if you knew the happiness we experience, feeling His constant presence in our souls!" said Countess Lydia Ivanovna with a beatific smile.

"But sometimes a man may feel himself unable to rise to that height," said Stepan Arkadyich, conscious of hypocrisy in admitting this religious height, but at the same time not daring to acknowledge his freethinking before a person who, by a single word to Pomorsky, might procure him the coveted post.

"That is, you mean to say that sin keeps him back?" said Lydia Ivanovna. "But that is a false opinion. There is no sin for believers, sin has been atoned for. Pardon," she added, looking at the footman, who came in again with another note. She read it and gave a verbal answer: "Tomorrow at the Grand Duchess's, say." "For a believer there is no sin," she continued the conversation.

"Yes, but faith without works is dead," said Stepan Arkadyich, recalling this phrase from the catechism, and only by his smile defending his independence.

"There you have it, from the epistle of the Apostle James," said Alexey Alexandrovich, addressing Lydia Ivanovna with a certain reproach, evidently about a subject they had already discussed more than once. "How much harm has been done by the false interpretation of that passage! Nothing repels people from faith like that interpretation. 'I have no works, I cannot believe,' though that is not said anywhere. But the opposite is said."

— Трудиться для Бога, трудами, постом спасать душу, — с гадливым презрением сказала графиня Лидия Ивановна, — это дикие понятия наших монахов... Тогда как это нигде не сказано. Это гораздо проще и легче, — прибавила она, глядя на Облонского с тою самою ободряющею улыбкой, с которою она при дворе ободряла молодых, смущенных новою обстановкой фрейлин.

— Мы спасены Христом, пострадавшим за нас. Мы спасены верой, — одобряя взглядом ее слова, подтвердил Алексей Александрович.

— Vous comprenez l'anglais[1]? — спросила Лидия Ивановна и, получив утвердительный ответ, встала и начала перебирать на полочке книги.

— Я хочу прочесть "Safe and Happy"[2], или "Under the Wing"[3]? — сказала она, вопросительно взглянув на Каренина. И, найдя книгу и опять сев на место, она открыла ее. — Это очень коротко. Тут описан путь, которым приобретается вера, и то счастье превыше всего земного, которое при этом наполняет душу. Человек верующий не может быть несчастлив, потому что он не один. Да вот вы увидите. — Она собралась уже читать, как опять вошел лакей. — Бороздина? Скажите, завтра в два часа. — Да, — сказала она, заложив пальцем место в книге и со вздохом взглянув пред собой задумчивыми прекрасными глазами. — Вот как действует вера настоящая. Вы знаете Санину Мари? Вы знаете ее несчастье? Она потеряла единственного ребенка. Она была в отчаянье. Ну, и что ж? Она нашла этого друга, и она благодарит Бога теперь за смерть своего ребенка. Вот счастье, которое дает вера!

— О да, это очень... — сказал Степан Аркадьич, довольный тем, что будут читать и дадут ему немножко опомниться. "Нет, уж, видно, лучше ни о чем не просить ее нынче, — думал он, — только бы, не напутав, выбраться отсюда".

— Вам будет скучно, — сказала графиня Лидия Ивановна, обращаясь к Landau, — вы не знаете по-английски, но это коротко.

— О, я пойму, — сказал с той же улыбкой Landau и закрыл глаза.

Алексей Александрович и Лидия Ивановна значительно переглянулись, и началось чтение.

XXII

Степан Аркадьич чувствовал себя совершенно озадаченным теми новыми для него странными речами, которые он слышал. Усложненность петербургской жизни вообще возбудительно действовала на него, выводя его из московского застоя; но эти усложнения он любил и понимал в сферах, ему близких и знакомых; в этой же чуждой среде он был озадачен, ошеломлен и не мог всего обнять. Слушая графиню Лидию Ивановну и чувствуя устремленные на себя красивые, наивные или плутовские — он сам не знал — глаза Landau, Степан Аркадьич начинал испытывать какую-то особенную тяжесть в голове.

---

[1] Вы понимаете по-английски? (франц.)
[2] "Спасенный и счастливый" (англ.).
[3] "Под крылом" (англ.).

"Striving for God, saving the soul by works, by fasting," said Countess Lydia Ivanovna with disgusted contempt, "those are the wild ideas of our monks... While that is said nowhere. It is much simpler and easier," she added, looking at Oblonsky with the same encouraging smile with which at court she encouraged young maids of honor, disconcerted by the new surroundings.

"We are saved by Christ who suffered for us. We are saved by faith," Alexey Alexandrovich endorsed with a glance of approval of her words.

"Vous comprenez l'anglais[1]?" Lydia Ivanovna asked and, receiving an affirmative reply, got up and began looking through the books on the shelf.

"I want to read 'Safe and Happy,' or 'Under the Wing'?" she said, looking inquiringly at Karenin. And finding the book and sitting down again in her place, she opened it. "It's very short. In it is described the way by which faith can be acquired, and the happiness, above all earthly things, with which it fills the soul. The believer cannot be unhappy because he is not alone. But you will see." She was about to read when the footman came in again. "Borozdina? Tell her, tomorrow at two o'clock. Yes," she said, putting her finger in the place in the book, sighing and gazing before her with her fine pensive eyes. "That is how true faith acts. Do you know Marie Sanina? Do you know about her misfortune? She lost her only child. She was in despair. And what happened? She found this friend, and she thanks God now for the death of her child. Such is the happiness faith gives!"

"Oh, yes, that is very..." said Stepan Arkadyich, glad they were going to read and let him come to his senses a little. "No, I see I'd better not ask her about anything today," he thought. "If only I can get out of here without making a mess."

"It will be boring for you," said Countess Lydia Ivanovna, addressing Landau, "you don't know English, but it's short."

"Oh, I shall understand," Landau said with the same smile and closed his eyes.

Alexey Alexandrovich and Lydia Ivanovna exchanged meaningful glances, and the reading began.

XXII

Stepan Arkadyich felt completely bewildered by the strange talk he was hearing, which was new to him. The complexity of Petersburg life generally had a stimulating effect on him, rousing him out of his Moscow stagnation; but he liked and understood these complications in the spheres which were close and familiar to him; in these alien surroundings he was bewildered, perplexed, and could not understand it all. As he listened to Countess Lydia Ivanovna, aware of the beautiful, naïve or roguish—he himself did not know which—eyes of Landau fixed upon him, Stepan Arkadyich began to feel a peculiar heaviness in his head.

[1] Do you understand English? (French)

Самые разнообразные мысли путались у него в голове. "Мари Са-нина радуется тому, что у ней умер ребенок... Хорошо бы покурить теперь... Чтобы спастись, нужно только верить, и монахи не знают, как это надо делать, а знает графиня Лидия Ивановна... И отчего у меня такая тяжесть в голове? От коньяку или оттого, что уж очень все это странно? Я все-таки до сих пор ничего, кажется, неприличного не сделал. Но все-таки просить ее уж нельзя. Говорят, что они заставляют молиться. Как бы меня не заставили. Это уж будет слишком глупо. И что за вздор она читает, а выговаривает хорошо. Landau — Беззубов. Отчего он Беззубов?" Вдруг Степан Аркадьич почувствовал, что нижняя челюсть его неудержимо начинает заворачиваться на зевок. Он поправил бакенбарды, скрывая зевок, и встряхнулся. Но вслед за этим он почувствовал, что уже спит и собирается храпеть. Он очнулся в ту минуту, как голос графини Лидии Ивановны сказал: "Он спит".

Степан Аркадьич испуганно очнулся, чувствуя себя виноватым и уличенным. Но тотчас же он утешился, увидав, что слова "он спит" относились не к нему, а к Landau. Француз заснул так же, как Степан Аркадьич. Но сон Степана Аркадьича, как он думал, обидел бы их (впрочем, он и этого не думал, так уж ему все казалось странно), а сон Landau обрадовал их чрезвычайно, особенно графиню Лидию Ивановну.

— Mon ami[1], — сказала Лидия Ивановна, осторожно, чтобы не шуметь, занося складки своего шелкового платья и в возбуждении своем называя уже Каренина не Алексеем Александровичем, а "mon ami", — donnez-lui la main. Vous voyez[2]? Шш! — зашикала она на вошедшего опять лакея. — Не принимать.

Француз спал или притворялся, что спит, прислонив голову к спинке кресла, и потною рукой, лежавшею на колене, делал слабые движения, как будто ловя что-то. Алексей Александрович встал, хотел осторожно, но, зацепив за стол, подошел и положил свою руку в руку француза. Степан Аркадьич встал тоже и, широко отворяя глаза, желая разбудить себя, если он спит, смотрел то на того, то на другого. Все это было наяву. Степан Аркадьич чувствовал, что у него в голове становится все более и более нехорошо.

— Que la personne qui est arrivée la dernière, celle qui demande, qu'elle sorte! Qu'elle sorte[3]! — проговорил француз, не открывая глаз.

— Vous m'excuserez, mais vous voyez... Revenez vers dix heures, encore mieux demain[4].

— Qu'elle sorte! — нетерпеливо повторил француз.

— C'est moi, n'est ce pas[5]?

---

[1] Друг мой (*франц.*).
[2] Дайте ему руку. Видите? (*франц.*)
[3] Пусть тот, кто пришел последним, тот, кто спрашивает, пусть он выйдет! Пусть выйдет! (*франц.*)
[4] Извините меня, но вы видите... Приходите к десяти часам, еще лучше — завтра (*франц.*).
[5] Это относится ко мне, не так ли? (франц.)

The most various thoughts were mixed up in his head. "Marie Sanina is glad her child's dead... How good a smoke would be now... To be saved, one need only believe, and the monks don't know how to do it, but Countess Lydia Ivanovna does... And why is my head so heavy? Is it the cognac, or all this being so very strange? Anyway, I think I've done nothing indecent so far. But anyway, it won't do to ask her now. They say they make one pray. I only hope they won't make me. That would be too stupid. And what nonsense it is she's reading; but she has a good pronunciation. Landau—Bezzubov. Why is he Bezzubov?" Suddenly Stepan Arkadyich felt that his lower jaw began uncontrollably forming a yawn. He pulled his whiskers to cover the yawn, and shook himself. But after that he felt that he was already asleep and about to snore. He woke up at the very moment when the voice of Countess Lydia Ivanovna said: "He's asleep."

Stepan Arkadyich woke up with dismay, feeling guilty and caught. But he was reassured at once by seeing that the words "he's asleep" referred not to him, but to Landau. The Frenchman had fallen asleep as well as Stepan Arkadyich. But Stepan Arkadyich's sleep would have offended them, as he thought (though he did not think even that, as everything seemed so strange to him), while Landau's sleep delighted them extremely, especially Countess Lydia Ivanovna.

"Mon ami[1]," said Lydia Ivanovna, carefully holding the folds of her silk gown so as not to rustle, and in her excitement calling Karenin not Alexey Alexandrovich, but "mon ami," "donnez-lui la main. Vous voyez[2]? Sh!" she hissed at the footman as he came in again. "Receive no one."

The Frenchman was asleep, or pretending to be asleep, with his head on the back of his armchair, and his sweaty hand, as it lay on his knee, made faint movements, as if trying to catch something. Alexey Alexandrovich got up, tried to move carefully, but stumbled against the table, went up and laid his hand in the Frenchman's hand. Stepan Arkadyich got up too and, opening his eyes wide, wishing to wake himself up if he were asleep, looked first at one and then at the other. It was all real. Stepan Arkadyich felt that his head was getting worse and worse.

"Que la personne qui est arrivée la dernière, celle qui demande, qu'elle sorte! Qu'elle sorte[3]!" said the Frenchman, without opening his eyes.

"Vous m'excuserez, mais vous voyez... Revenez vers dix heures, encore mieux demain[4]."

"Qu'elle sorte!" repeated the Frenchman impatiently.

"C'est moi, n'est-ce pas[5]?"

---

[1] Mon ami *(French)*.

[2] Give him your hand. Do you see? *(French)*

[3] The person who arrived last, the one who is asking, must leave! Let him leave! *(French)*

[4] You will excuse me, but you see... Come back at ten o'clock, or even better, tomorrow *(French)*.

[5] It's me, right? *(French)*

И, получив утвердительный ответ, Степан Аркадьич, забыв и о том, что он хотел просить Лидию Ивановну, забыв и о деле сестры, с одним желанием поскорее выбраться отсюда, вышел на цыпочках и, как из зараженного дома, выбежал на улицу и долго разговаривал и шутил с извозчиком, желая привести себя поскорее в чувство.

Во французском театре, которого он застал последний акт, и потом у татар за шампанским Степан Аркадьич отдышался немножко свойственным ему воздухом. Но все-таки в этот вечер ему было очень не по себе.

Вернувшись домой к Петру Облонскому, у которого он останавливался в Петербурге, Степан Аркадьич нашел записку от Бетси. Она писала ему, что очень желает докончить начатый разговор и просит его приехать завтра. Едва он успел прочесть эту записку и поморщиться над ней, как внизу послышались грузные шаги людей, несущих что-то тяжелое.

Степан Аркадьич вышел посмотреть. Это был помолодевший Петр Облонский. Он был так пьян, что не мог войти на лестницу; но он велел себя поставить на ноги, увидав Степана Аркадьича, и, уцепившись за него, пошел с ним в его комнату и там стал рассказывать ему про то, как он провел вечер, и тут же заснул.

Степан Аркадьич был в упадке духа, что редко случалось с ним, и долго не мог заснуть. Все, что он ни вспоминал, все было гадко, но гаже всего, точно что-то постыдное, вспоминался ему вечер у графини Лидии Ивановны.

На другой день он получил от Алексея Александровича положительный отказ в разводе Анны и понял, что решение это было основано на том, что вчера сказал француз в своем настоящем или притворном сне.

XXIII

Для того чтобы предпринять что-нибудь в семейной жизни, необходимы или совершенный раздор между супругами, или любовное согласие. Когда же отношения супругов неопределенны и нет ни того, ни другого, никакое дело не может быть предпринято.

Многие семьи по годам остаются на старых местах, постылых обоим супругам, только потому, что нет ни полного раздора, ни согласия.

И Вронскому и Анне московская жизнь в жару и пыли, когда солнце светило уже не по-весеннему, а по-летнему, и все деревья на бульварах давно уже были в листьях, и листья были уже покрыты пылью, была невыносима; но они, не переезжая в Воздвиженское, как это давно было решено, продолжали жить в опостылевшей им обоим Москве, потому что в последнее время согласия не было между ними.

Раздражение, разделявшее их, не имело никакой внешней причины, и все попытки объяснения не только не устраняли, но увеличивали его. Это было раздражение внутреннее, имевшее для нее

And, receiving an affirmative answer, Stepan Arkadyich, forgetting the favor he had wanted to ask of Lydia Ivanovna, and forgetting his sister's business, with the sole desire to get away as soon as possible, went out on tiptoe and ran out into the street as if from a plague-stricken house, and for a long while he chatted and joked with his cabman, wishing to come to his senses as soon as possible.

At the French Theater where he arrived for the last act, and afterwards at the Tatars' over his champagne, Stepan Arkadyich recovered his breath a little in the atmosphere he was used to. But still he felt quite unlike himself that evening.

On getting home to Pyotr Oblonsky's, where he was staying in Petersburg, Stepan Arkadyich found a note from Betsy. She wrote to him that she was very anxious to finish the conversation they had started and asked him to come tomorrow. No sooner had he read this note and winced over it than he heard downstairs the ponderous tramp of the servants, carrying something heavy.

Stepan Arkadyich went out to look. It was the rejuvenated Pyotr Oblonsky. He was so drunk that he could not walk upstairs; but he told them to set him on his feet when he saw Stepan Arkadyich, and clinging to him, walked with him to his room and there began telling him how he had spent the evening, and fell asleep right there.

Stepan Arkadyich was in low spirits, which happened rarely to him, and for a long while he could not fall asleep. Everything he recalled, everything was disgusting, but most disgusting of all, as if it were something shameful, was the recollection of the evening at Countess Lydia Ivanovna's.

The next day he received from Alexey Alexandrovich a definite refusal to grant Anna's divorce and realized that this decision was based on what the Frenchman had said yesterday in his real or pretended sleep.

XXIII

In order to carry through any undertaking in family life, there must necessarily be either complete discord between the spouses or loving union. But when the relations between the spouses are ambiguous and neither one thing nor the other, no sort of enterprise can be undertaken.

Many families remain for years in the old places, odious to both spouses, only because there is neither complete discord nor union.

Both Vronsky and Anna felt Moscow life insupportable in the heat and dust, when the sun no longer shone as in the spring but as in the summer, and all the trees on the boulevards had long been in leaf, and the leaves were already covered with dust; but they did not move to Vozdvizhenskoye, as they had decided to do long ago, and went on living in Moscow which they both loathed, because of late there had been no union between them.

The irritation that kept them apart had no external cause, and all attempts to come to an understanding not only did not remove it but intensified it. It was an inner irritation, grounded in her mind on his love growing

основанием уменьшение его любви, для него — раскаяние в том, что он поставил себя ради ее в тяжелое положение, которое она, вместо того чтоб облегчить, делает еще более тяжелым. Ни тот, ни другой не высказывали причины своего раздражения, но они считали друг друга неправыми и при каждом предлоге старались доказать это друг другу.

Для нее весь он, со всеми его привычками, мыслями, желаниями, со всем его душевным и физическим складом, был одно — любовь к женщинам, и эта любовь, которая, по ее чувству, должна была быть вся сосредоточена на ней одной, любовь эта уменьшилась; следовательно, по ее рассуждению, он должен был часть любви перенести на других или на другую женщину, — и она ревновала. Она ревновала его не к какой-нибудь женщине, а к уменьшению его любви. Не имея еще предмета для ревности, она отыскивала его. По малейшему намеку она переносила свою ревность с одного предмета на другой. То она ревновала его к тем грубым женщинам, с которыми благодаря своим холостым связям он так легко мог войти в сношения; то она ревновала его к светским женщинам, с которыми он мог встретиться; то она ревновала его к воображаемой девушке, на которой он хотел, разорвав с ней связь, жениться. И эта последняя ревность более всего мучила ее, в особенности потому, что он сам неосторожно в откровенную минуту сказал ей, что его мать так мало понимает его, что позволила себе уговаривать его жениться на княжне Сорокиной.

И, ревнуя его, Анна негодовала на него и отыскивала во всем поводы к негодованию. Во всем, что было тяжелого в ее положении, она обвиняла его. Мучительное состояние ожидания, которое она между небом и землей прожила в Москве, медленность и нерешительность Алексея Александровича, свое уединение — она все приписывала ему. Если б он любил, он понимал бы всю тяжесть ее положения и вывел бы ее из него. В том, что она жила в Москве, а не в деревне, он же был виноват. Он не мог жить, зарывшись в деревне, как она того хотела. Ему необходимо было общество, и он поставил ее в это ужасное положение, тяжесть которого он не хотел понимать. И опять он же был виноват в том, что она навеки разлучена с сыном.

Даже те редкие минуты нежности, которые наступали между ними, не успокоивали ее: в нежности его теперь она видела оттенок спокойствия, уверенности, которых не было прежде и которые раздражали ее.

Были уже сумерки. Анна одна, ожидая его возвращения с холостого обеда, на который он поехал, ходила взад и вперед по его кабинету (комната, где менее был слышен шум мостовой) и во всех подробностях передумывала выражения вчерашней ссоры. Возвращаясь все назад от памятных оскорбительных слов спора к тому, что было их поводом, она добралась наконец до начала разговора. Она долго не могла поверить тому, чтобы раздор начался с такого безобидного, не близкого ничьему сердцу разговора. А действительно, это было так. Все началось с того, что он посмеялся над женскими гимназиями, считая

less; in his—on regret that he had put himself for her sake in a difficult position, which she, instead of lightening, made still more difficult. Neither of them spoke of the causes of their irritation, but they considered each other in the wrong and tried on every pretext to prove this to each other.

For her the whole of him, with all his habits, thoughts, desires, with all his internal and physical mould, was one thing—love for women, and that love, which, as she felt, ought to be entirely concentrated on her alone, had grown less; consequently, as she reasoned, he must have transferred part of his love to other women or to another woman—and she was jealous. She was jealous not of any particular woman but of the decrease of his love. Not having yet an object for her jealousy, she was looking for it. At the slightest hint she transferred her jealousy from one object to another. At one time she was jealous of those common women with whom through his bachelor connections he could so easily have intercourse; then she was jealous of the society women he might meet; then she was jealous of the imaginary girl whom he wanted to marry after breaking up with her. And this last jealousy tortured her most of all, especially as he had carelessly told her, in a moment of frankness, that his mother understood him so little that she had allowed herself to urge him to marry the young Princess Sorokina.

And being jealous, Anna was indignant with him and found grounds for indignation in everything. For everything that was difficult in her position she blamed him. The agonizing state of suspense, between heaven and earth, which she endured in Moscow, the tardiness and indecision of Alexey Alexandrovich, her solitude—she put it all down to him. If he had loved her he would have understood all the severity of her position and would have rescued her from it. For her living in Moscow and not in the country, he was to blame too. He could not live buried in the country, as she wanted to. He needed society, and he had put her in this terrible position, the severity of which he did not want to understand. And again, it was his fault that she was forever separated from her son.

Even the rare moments of tenderness which occurred between them did not soothe her: in his tenderness now she saw a shade of composure, of confidence, which had not been there before and which irritated her.

It was already dusk. Anna, all alone, awaiting his return from a bachelor dinner he had gone to, walked up and down in his study (the room where the noise from the street was least heard) and thought over every detail of their yesterday's quarrel. Going further back from the memorable, offensive words of the dispute to their cause, she arrived at last at the beginning of the conversation. For a long while she could not believe that the dissension had begun from such an inoffensive conversation, not close to either of their hearts. But so it actually was. It had all begun with his laughing at the girls' high schools, declaring they were useless, while she

их ненужными, а она заступилась за них. Он неуважительно отнесся к женскому образованию вообще и сказал, что Ганна, покровительствуемая Анной англичанка, вовсе не нуждалась в знании физики.

Это раздражило Анну. Она видела в этом презрительный намек на свои занятия. И она придумала и сказала такую фразу, которая бы отплатила ему за сделанную ей боль.

— Я не жду того, чтобы вы помнили меня, мои чувства, как может их помнить любящий человек, но я ожидала просто деликатности, — сказала она.

И действительно, он покраснел от досады и что-то сказал неприятное. Она не помнила, что она ответила ему, но только тут к чему-то он, очевидно с желанием тоже сделать ей больно, сказал:

— Мне неинтересно ваше пристрастие к этой девочке, это правда, потому что я вижу, что оно ненатурально.

Эта жестокость его, с которою он разрушал мир, с таким трудом состроенный ею себе, чтобы переносить свою тяжелую жизнь, эта несправедливость его, с которою он обвинял ее в притворстве, в ненатуральности, взорвали ее.

— Очень жалею, что одно грубое и материальное вам понятно и натурально, — сказала она и вышла из комнаты.

Когда вчера вечером он пришел к ней, они не поминали о бывшей ссоре, но оба чувствовали, что ссора заглажена, а не прошла.

Нынче он целый день не был дома, и ей было так одиноко и тяжело чувствовать себя с ним в ссоре, что она хотела все забыть, простить и примириться с ним, хотела обвинить себя и оправдать его.

“Я сама виновата. Я раздражительна, я бессмысленно ревнива. Я примирюсь с ним, и уедем в деревню, там я буду спокойнее”, — говорила она себе.

“Ненатурально”, — вспомнила она вдруг более всего оскорбившее ее не столько слово, сколько намерение сделать ей больно.

“Я знаю, что он хотел сказать; он хотел сказать: ненатурально, не любя свою дочь, любить чужого ребенка. Что он понимает в любви к детям, в моей любви к Сереже, которым я для него пожертвовала? Но это желание сделать мне больно! Нет, он любит другую женщину, это не может быть иначе”.

И, увидав, что, желая успокоить себя, она совершила опять столько раз уже пройденный ею круг и вернулась к прежнему раздражению, она ужаснулась на самое себя. “Неужели нельзя? Неужели я не могу взять на себя? — сказала она себе и начала опять сначала. — Он правдив, он честен, он любит меня. Я люблю его, на днях выйдет развод. Чего же еще нужно? Нужно спокойствие и доверие, и я возьму на себя. Да, теперь, как он придет, я скажу, что я была виновата, хотя я и не была виновата, и мы уедем”.

И чтобы не думать более и не поддаваться раздражению, она позвонила и велела внести сундуки для укладки вещей в деревню.

had defended them. He had referred irreverently to women's education in general and had said that Hannah, Anna's English protégée, had not the slightest need to know physics.

This irritated Anna. She saw in this a contemptuous reference to her occupations. And she invented and said a phrase which would pay him back for the pain he had given her.

"I don't expect you to have in mind me, my feelings, as a loving man would have them in mind, but simple delicacy I did expect," she said.

And he had actually flushed with vexation and had said something unpleasant. She did not recall her answer, but at that point, with an evident desire to wound her too, he had said:

"I feel no interest in your infatuation over this girl, that's true, because I see it's unnatural."

The cruelty with which he shattered the world she had built up for herself so laboriously to endure her hard life, the injustice with which he had accused her of affectation, of unnaturalness, enraged her.

"I am very sorry that nothing but what's common and material is comprehensible and natural to you," she said and walked out of the room.

When he had come in to her yesterday evening, they had not referred to the quarrel that had happened, but both felt that the quarrel had been smoothed over, but was not at an end.

Today he had not been at home all day, and she felt so lonely and depressed in being in a quarrel with him that she wanted to forget it all, to forgive and be reconciled with him, wanted to blame herself and to justify him.

"I am myself to blame. I'm irritable, I'm senselessly jealous. I will make it up with him, and we'll go away to the country, there I'll be more at peace."

"Unnatural," she suddenly recalled the thing that had injured her most of all, not so much the word as the intent to wound her.

"I know what he wanted to say; he wanted to say—unnatural, not loving my own daughter, to love someone else's child. What does he understand about love for children, about my love for Seryozha, whom I've sacrificed for him? But that wish to wound me! No, he loves another woman, it can't be otherwise."

And seeing that, while wishing to soothe herself, she had gone round the same circle that she had been round so many times before and had come back to her former irritation, she was horrified at herself. "Can it be impossible? Can I not take it upon myself?" she said to herself and began again from the beginning. "He's truthful, he's honest, he loves me. I love him, and in a few days the divorce will come. What more do we need? We need peace and trust, and I will take it upon myself. Yes, now when he comes, I will tell him I was to blame, though I was not to blame, and we'll leave."

And in order not to think any more and not to give way to irritation, she rang and ordered the trunks to be brought in for packing their things for the country.

В десять часов Вронский приехал.

XXIV

— Что ж, весело было? — спросила она, с виноватым и кротким выражением на лице выходя к нему навстречу.

— Как обыкновенно, — отвечал он, тотчас же по одному взгляду на нее поняв, что она в одном из своих хороших расположений. Он уже привык к этим переходам и нынче был особенно рад ему, потому что сам был в самом хорошем расположении духа.

— Что я вижу! Вот это хорошо! — сказал он, указывая на сундуки в передней.

— Да, надо ехать. Я ездила кататься, и так хорошо, что в деревню захотелось. Ведь тебя ничто не задерживает?

— Только одного желаю. Сейчас я приду и поговорим, только переоденусь. Вели чаю дать.

И он прошел в свой кабинет.

Было что-то оскорбительное в том, что он сказал: "Вот это хорошо", как говорят ребенку, когда он перестал капризничать; и еще более была оскорбительна та противоположность между ее виноватым и его самоуверенным тоном; и она на мгновение почувствовала в себе поднимающееся желание борьбы; но, сделав усилие над собой, она подавила его и встретила Вронского так же весело.

Когда он вышел к ней, она рассказала ему, отчасти повторяя приготовленные слова, свой день и свои планы на отъезд.

— Знаешь, на меня нашло точно вдохновение, — говорила она. — Зачем ждать здесь развода? Разве не все равно в деревне? Я не могу больше ждать. Я не хочу надеяться, не хочу ничего слышать про развод. Я решила, что это не будет больше иметь влияния на мою жизнь. И ты согласен?

— О да! — сказал он, с беспокойством взглянув в ее взволнованное лицо.

— Что же вы там делали, кто был? — сказала она, помолчав.

Вронский назвал гостей.

— Обед был прекрасный, и гонка лодок, и все это было довольно мило, но в Москве не могут без ridicule[1]. Явилась какая-то дама, учительница плаванья шведской королевы, и показывала свое искусство.

— Как? плавала? — хмурясь, спросила Анна.

— В каком-то красном costume de natation[2], старая, безобразная. Так когда же едем?

— Что за глупая фантазия! Что же, она особенно как-нибудь плавает? — не отвечая, сказала Анна.

— Решительно ничего особенного. Я и говорю, глупо ужасно. Так когда же ты думаешь ехать?

---

[1] смешного (*франц.*).
[2] купальном костюме (*франц.*).

At ten o'clock Vronsky arrived.

XXIV

"Well, was it merry?" she asked, coming out to meet him with a guilty and meek expression on her face.

"As usual," he answered, understanding at a glance that she was in one of her good moods. He was used by now to these transitions, and he was particularly glad to see it today, as he himself was in the best mood.

"What do I see! That's good!" he said, pointing to the trunks in the ante-room.

"Yes, we must go. I went out for a drive, and it was so fine I longed to be in the country. There's nothing to keep you, is there?"

"It's the one thing I desire. I'll be back at once and we'll talk, I only want to change. Order some tea."

And he went to his study.

There was something offensive in his saying "That's good," as one says to a child when it leaves off being capricious; and still more offensive was the contrast between her guilty and his self-confident tone; and for one instant she felt the desire of fight rising up in her; but making an effort she suppressed it and met Vronsky as cheerfully as before.

When he came out to her, she told him, partly repeating words she had prepared, how she had spent the day and her plans for departure.

"You know, it came to me almost like an inspiration," she said. "Why wait here for the divorce? Won't it be just the same in the country? I can't wait any longer. I don't want to go on hoping, I don't want to hear anything about the divorce. I have decided that it shall not influence my life any more. Do you agree?"

"Oh, yes!" he said, glancing uneasily into her excited face.

"And what did you do? Who was there?" she said after a pause.

Vronsky named the guests.

"The dinner was splendid, and the boat race, and it was all pleasant enough, but in Moscow they can't do without something ridicule. Some lady appeared, the Queen of Sweden's swimming teacher, and displayed her art."

"How? did she swim?" asked Anna, frowning.

"In some red costume de natation[1], old, hideous. So, when do we go?"

"What an absurd fancy! Why, does she swim in some special way, then?" said Anna, not answering.

"Nothing special at all. That's just what I say, it was awfully absurd. Well, then, when do you think of going?"

[1] swimming costume *(French).*

Анна встряхнула головой, как бы желая отогнать неприятную мысль.

— Когда ехать? Да чем раньше, тем лучше. Завтра не успеем. Послезавтра.

— Да... нет, постой. Послезавтра воскресенье, мне надо быть у maman, — сказал Вронский, смутившись, потому что, как только он произнес имя матери, он почувствовал на себе пристальный подозрительный взгляд. Смущение его подтвердило ей ее подозрения. Она вспыхнула и отстранилась от него. Теперь уже не учительница шведской королевы, а княжна Сорокина, которая жила в подмосковной деревне вместе с графиней Вронской, представилась Анне.

— Ты можешь поехать завтра? — сказала она.

— Да нет же! По делу, по которому я еду, доверенности и деньги не получатся завтра, — отвечал он.

— Если так, то мы не уедем совсем.

— Да отчего же?

— Я не поеду позднее. В понедельник или никогда!

— Почему же? — как бы с удивлением сказал Вронский. — Ведь это не имеет смысла!

— Для тебя это не имеет смысла, потому что до меня тебе никакого дела нет. Ты не хочешь понять моей жизни. Одно, что меня занимало здесь, — Ганна. Ты говоришь, что это притворство. Ты ведь говорил вчера, что я не люблю дочь, а притворяюсь, что люблю эту англичанку, что это ненатурально; я бы желала знать, какая жизнь для меня здесь может быть натуральна!

На мгновенье она очнулась и ужаснулась тому, что изменила своему намерению. Но и зная, что она губит себя, она не могла воздержаться, не могла не показать ему, как он был неправ, не могла покориться ему.

— Я никогда не говорил этого; я говорил, что не сочувствую этой внезапной любви.

— Отчего ты, хвастаясь своею прямотой, не говоришь правду?

— Я никогда не хвастаюсь и никогда не говорю неправду, — сказал он тихо, удерживая поднимавшийся в нем гнев. — Очень жаль, если ты не уважаешь...

— Уважение выдумали для того, чтобы скрывать пустое место, где должна быть любовь. А если ты не любишь меня, то лучше и честнее это сказать.

— Нет, это становится невыносимо! — вскрикнул Вронский, вставая со стула. И, остановившись пред ней, он медленно выговорил: — Для чего ты испытываешь мое терпение? — сказал он с таким видом, как будто мог бы сказать еще многое, но удерживался. — Оно имеет пределы.

— Что вы хотите этим сказать? — вскрикнула она, с ужасом вглядываясь в явное выражение ненависти, которое было во всем лице и в особенности в жестоких, грозных глазах.

— Я хочу сказать... — начал было он, но остановился. — Я должен спросить, чего вы от меня хотите.

Anna shook her head as if wishing to drive away some unpleasant thought.

"When to go? Well, the sooner the better. Tomorrow we won't be ready. The day after tomorrow."

"Yes... no, wait. The day after tomorrow is Sunday, I have to be at maman's," said Vronsky, embarrassed, because as soon as he uttered his mother's name he felt her intent, suspicious look fixed on him. His embarrassment confirmed her suspicions. She flushed and drew away from him. It was now not the Queen of Sweden's teacher who filled Anna's imagination, but the young Princess Sorokina, who lived in a country estate near Moscow with Countess Vronskaya.

"Can't you go tomorrow?" she said.

"Well, no! The business I'm going for, the trust deeds and the money, will not have arrived by tomorrow," he answered.

"If so, we won't go at all."

"But why not?"

"I won't go later. Monday or never!"

"But why?" said Vronsky, as if in amazement. "There's no sense in that!"

"There's no sense in that to you, because you care nothing for me. You don't want to understand my life. The only thing that I cared for here was Hannah. You say it's affectation. You said yesterday that I don't love my daughter but pretend to love this English girl, that it's unnatural; I would like to know what life there is for me that could be natural here!"

For a moment she recovered herself and was horrified at how she had fallen away from her intention. But even knowing that she was ruining herself, she could not restrain herself, could not keep herself from showing him how wrong he was, could not submit to him.

"I never said that; I said I did not sympathize with this sudden love."

"How is it, though you boast of your straightforwardness, you don't tell the truth?"

"I never boast and I never tell lies," he said softly, restraining the anger that was rising in him. "It's a great pity if you don't respect..."

"Respect was invented to cover the empty place where love should be. But if you don't love me, it would be better and more honest to say so."

"No, this is becoming unbearable!" cried Vronsky, getting up from his chair. And, stopping before her, he said slowly: "Why do you try my patience?" he said looking as if he might have said much more, but was restraining himself. "It has limits."

"What do you mean by that?" she cried, looking with terror at the visible expression of hatred on his whole face and especially in his cruel, menacing eyes.

"I mean..." he began, but stopped. "I must ask what you want of me."

— Чего я могу хотеть? Я могу хотеть только того, чтобы вы не покинули меня, как вы думаете, — сказала она, поняв все то, чего он не досказал. — Но этого я не хочу, это второстепенно. Я хочу любви, а ее нет. Стало быть, все кончено!

Она направилась к двери.

— Постой! По...стой! — сказал Вронский, не раздвигая мрачной складки бровей, но останавливая ее за руку. — В чем дело? Я сказал, что отъезд надо отложить на три дня, ты мне на это сказала, что я лгу, что я нечестный человек.

— Да, и повторяю, что человек, который попрекает меня, что он всем пожертвовал для меня, — сказала она, вспоминая слова еще прежней ссоры, — что это хуже, чем нечестный человек, — это человек без сердца.

— Нет, есть границы терпению! — вскрикнул он и быстро выпустил ее руку.

“Он ненавидит меня, это ясно”, — подумала она и молча, не оглядываясь, неверными шагами вышла из комнаты.

“Он любит другую женщину, это еще яснее, — говорила она себе, входя в свою комнату. — Я хочу любви, а ее нет. Стало быть, все кончено, — повторила она сказанные ею слова, — и надо кончить”.

“Но как?” — спросила она себя и села на кресло пред зеркалом.

Мысли о том, куда она поедет теперь — к тетке ли, у которой она воспитывалась, к Долли, или просто одна за границу, и о том, что он делает теперь один в кабинете, окончательная ли это ссора, или возможно еще примирение, и о том, что теперь будут говорить про нее все ее петербургские бывшие знакомые, как посмотрит на это Алексей Александрович, и много других мыслей о том, что будет теперь, после разрыва, приходили ей в голову, но она не всею душой отдавалась этим мыслям. В душе ее была какая-то неясная мысль, которая одна интересовала ее, но она не могла ее сознать. Вспомнив еще раз об Алексее Александровиче, она вспомнила и время своей болезни после родов и то чувство, которое тогда не оставляло ее. “Зачем я не умерла?” — вспомнились ей тогдашние ее слова и тогдашнее ее чувство. И она вдруг поняла то, что было в ее душе. Да, это была та мысль, которая одна разрешала все. “Да, умереть!..”

“И стыд и позор Алексея Александровича, и Сережи, мой ужасный стыд — все спасается смертью. Умереть — и он будет раскаиваться, будет жалеть, будет любить, будет страдать за меня”. С остановившеюся улыбкой сострадания к себе она сидела на кресле, снимая и надевая кольца с левой руки, живо с разных сторон представляя себе его чувства после ее смерти.

Приближающиеся шаги, его шаги, развлекли ее. Как бы занятая укладываньем своих колец, она не обратилась даже к нему.

Он подошел к ней и, взяв ее за руку, тихо сказал:

— Анна, поедем послезавтра, если хочешь. Я на все согласен.

Она молчала.

— Что же? — спросил он.

"What can I want? I can only want you not to abandon me, as you are thinking of doing," she said, understanding all that he had left unsaid. "But that I don't want, that's secondary. I want love and there is none. So, then it's all over!"

She went towards the door.

"Stop! Sto-op!" said Vronsky, with no change in the gloomy lines of his brows, but holding her by the hand. "What is the matter? I said that we must put off our departure for three days, and to that you told me that I am lying, that I am a dishonest man."

"Yes, and I repeat that the man who reproaches me with having sacrificed everything for me," she said, recalling the words of a previous quarrel, "that he's worse than a dishonest man—he's a heartless man."

"No, there are limits to endurance!" he cried and quickly let go her hand.

"He hates me, that's clear," she thought, and silently, without looking round, she walked with faltering steps out of the room.

"He loves another woman, that's even clearer," she said to herself as she went into her room. "I want love, and there is none. So, then it's all over," she repeated the words she had said, "and it must be ended."

"But how?" she asked herself and sat down in an armchair before the mirror. Thoughts of where she would go now, whether to the aunt who had brought her up, to Dolly, or simply alone abroad, and of what he was doing now alone in his study, whether this was the final quarrel or whether reconciliation was still possible, and of what all her former Petersburg acquaintances would say about her now, and of how Alexey Alexandrovich would look at it, and many other thoughts of what would happen now, after the break-up, came into her head, but she did not give herself up to these thoughts with all her heart. In her soul there was some obscure thought that alone interested her, but she could not get clear sight of it. Recalling Alexey Alexandrovich once more, she also recalled the time of her illness after giving birth and the feeling which never left her at that time. "Why didn't I die?" she recalled her words and her feeling of that time. And she suddenly understood what was in her soul. Yes, it was that thought which alone solved everything. "Yes, to die!.."

"And the shame and disgrace of Alexey Alexandrovich and of Seryozha, my terrible shame—it will all be saved by death. To die—and he will feel remorse, will be sorry, will love me, will suffer for me." With a frozen smile of compassion for herself she sat in the armchair, taking off and putting on the rings on her left hand, vividly picturing from different sides his feelings after her death.

Approaching steps, his steps, distracted her. As if absorbed in the arrangement of her rings, she did not even turn to him.

He went up to her and, taking her by the hand, said softly:

"Anna, we'll go the day after tomorrow, if you like. I agree to everything."

She was silent.

"What is it?" he asked.

— Ты сам знаешь, — сказала она, и в ту же минуту, не в силах удерживаться более, она зарыдала.

— Брось меня, брось! — выговаривала она между рыданьями. — Я уеду завтра... Я больше сделаю. Кто я? развратная женщина. Камень на твоей шее. Я не хочу мучать тебя, не хочу! Я освобожу тебя. Ты не любишь, ты любишь другую!

Вронский умолял ее успокоиться и уверял, что нет призрака основания ее ревности, что он никогда не переставал и не перестанет любить ее, что он любит больше, чем прежде.

— Анна, за что так мучать себя и меня? — говорил он, целуя ее руки. В лице его теперь выражалась нежность, и ей казалось, что она слышала ухом звук слез в его голосе и на руке своей чувствовала их влагу. И мгновенно отчаянная ревность Анны перешла в отчаянную, страстную нежность; она обнимала его, покрывала поцелуями его голову, шею, руки.

XXV

Чувствуя, что примирение было полное, Анна с утра оживленно принялась за приготовление к отъезду. Хотя и не было решено, едут ли они в понедельник, или во вторник, так как оба вчера уступали один другому, Анна деятельно приготавливалась к отъезду, чувствуя себя теперь совершенно равнодушной к тому, что они уедут днем раньше или позже. Она стояла в своей комнате над открытым сундуком, отбирая вещи, когда он, уже одетый, раньше обыкновенного вошел к ней.

— Я сейчас съезжу к maman, она может прислать мне деньги через Егорова. И завтра я готов ехать, — сказал он.

Как ни хорошо она была настроена, упоминание о поездке на дачу к матери кольнуло ее.

— Нет, я и сама не успею, — сказала она и тотчас же подумала: "Стало быть, можно было устроиться так, чтобы сделать, как я хотела". — Нет, как ты хотел, так и делай. Иди в столовую, я сейчас приду, только отобрать эти ненужные вещи, — сказала она, передавая на руку Аннушки, на которой уже лежала гора тряпок, еще что-то.

Вронский ел свой бифстек, когда она вышла в столовую.

— Ты не поверишь, как мне опостылели эти комнаты, — сказала она, садясь подле него к своему кофею. — Ничего нет ужаснее этих chambres garnies[1]. Нет выражения лица в них, нет души. Эти часы, гардины, главное обои — кошмар. Я думаю о Воздвиженском, как об обетованной земле. Ты не отсылаешь еще лошадей?

— Нет, они поедут после нас. А ты куда-нибудь едешь?

— Я хотела съездить к Вильсон. Мне ей свезти платья. Так решительно завтра? — сказала она веселым голосом; но вдруг лицо ее изменилось.

Камердинер Вронского пришел спросить расписку на телеграмму из Петербурга. Ничего не было особенного в получении Вронским

[1] меблированных комнат (франц.).

"You know yourself," she said, and at the same moment, unable to restrain herself any longer, she burst into sobs.

"Leave me, leave me!" she said between her sobs. "I'll go away tomorrow... I'll do more. What am I? A lecherous woman. A stone around your neck. I don't want to torture you, I don't want to! I'll set you free. You don't love me, you love another woman!"

Vronsky begged her to calm down and assured her that there was no specter of a reason for her jealousy, that he had never ceased and never would cease to love her, that he loved her more than ever.

"Anna, why torture yourself and me so?" he said, kissing her hands. There was tenderness now in his face, and she fancied she heard the sound of tears in his voice and felt them wet on her hand. And instantly Anna's desperate jealousy changed to a desperate, passionate tenderness; she embraced him and covered with kisses his head, his neck, his hands.

XXV

Feeling that the reconciliation was complete, in the morning Anna sprightly began preparing for their departure. Though it was not settled whether they should go on Monday or Tuesday, as they had each given way to the other yesterday, Anna energetically prepared for their departure, feeling absolutely indifferent now whether they went a day earlier or later. She was standing in her room over an open trunk, sorting things, when he came into her room earlier than usual, already dressed.

"I'm going off now to see maman, she can send me the money through Yegorov. And I'll be ready to go tomorrow," he said.

Though she was in such a good mood, the mention of going to his mother's country house gave her a pang.

"No, I won't be ready myself," she said and at once thought: "So then it was possible to arrange to do as I wanted." "No, do as you wanted to do. Go to the dining room, I'll come directly, it's only to sort out these things I don't need," she said, putting something more on the heap of clothes that already lay on Annushka's arm.

Vronsky was eating his beefsteak when she came into the dining room.

"You wouldn't believe how sick I am of these rooms," she said, sitting down beside him to her coffee. "There's nothing more awful than these chambres garnies[1]. There's no individuality in them, no soul. These clocks, curtains, above all the wallpaper—they're a nightmare. I think of Vozdvizhenskoye as the promised land. You're not sending the horses off yet?"

"No, they will go after us. Are you going somewhere?"

"I wanted to go to Wilson's to take some dresses to her. So it's definitely tomorrow?" she said in a cheerful voice; but suddenly her face changed.

Vronsky's valet came to ask for a receipt for a telegram from Petersburg. There was nothing special in Vronsky's getting a telegram, but he said, as

---

[1] furnished rooms (French).

депеши, но он, как бы желая скрыть что-то от нее, сказал, что расписка в кабинете, и поспешно обратился к ней.

— Непременно завтра я все кончу.

— От кого депеша? — спросила она, не слушая его.

— От Стивы, — отвечал он неохотно.

— Отчего же ты не показал мне? Какая же может быть тайна между Стивой и мной?

Вронский воротил камердинера и велел принесть депешу.

— Я не хотел показывать потому, что Стива имеет страсть телеграфировать; что ж телеграфировать, когда ничего не решено?

— О разводе?

— Да, но он пишет: ничего еще не мог добиться. На днях обещал решительный ответ. Да вот прочти.

Дрожащими руками Анна взяла депешу и прочла то самое, что сказал Вронский. В конце еще было прибавлено: надежды мало, но я сделаю все возможное и невозможное.

— Я вчера сказала, что мне совершенно все равно, когда я получу и даже получу ли развод, — сказала она, покраснев. — Не было никакой надобности скрывать от меня. — "Так он может скрыть и скрывает от меня свою переписку с женщинами", — подумала она.

— А Яшвин хотел приехать нынче утром с Войтовым, — сказал Вронский, — кажется, что он выиграл с Певцова все, и даже больше того, что тот может заплатить, — около шестидесяти тысяч.

— Нет, — сказала она, раздражаясь тем, что он так очевидно этой переменой разговора показывал ей, что она раздражена, — почему же ты думаешь, что это известие так интересует меня, что надо даже скрывать? Я сказала, что не хочу об этом думать, и желала бы, чтобы ты этим так же мало интересовался, как и я.

— Я интересуюсь потому, что люблю ясность, — сказал он.

— Ясность не в форме, а в любви, — сказала она, все более и более раздражаясь не словами, а тоном холодного спокойствия, с которым он говорил. — Для чего ты желаешь этого?

"Боже мой, опять о любви", — подумал он, морщась.

— Ведь ты знаешь для чего: для тебя и для детей, которые будут, — сказал он.

— Детей не будет.

— Это очень жалко, — сказал он.

— Тебе это нужно для детей, а обо мне ты не думаешь? — сказала она, совершенно забыв и не слыхав, что он сказал: *для тебя* и для детей.

Вопрос о возможности иметь детей был давно спорный и раздражавший ее. Его желание иметь детей она объясняла себе тем, что он не дорожил ее красотой.

— Ах, я сказал: для тебя. Более всего для тебя, — морщась, точно от боли, повторил он, — потому что я уверен, что бо́льшая доля твоего раздражения происходит от неопределенности положения.

if anxious to conceal something from her, that the receipt was in his study and hurriedly turned to her.

"By tomorrow, without fail, I will finish it all."

"From whom is the telegram?" she asked, not listening to him.

"From Stiva," he answered reluctantly.

"Why didn't you show it to me? What secret can there be between Stiva and me?"

Vronsky called the valet back and told him to bring the telegram.

"I didn't want to show it because Stiva has a passion for telegraphing; why telegraph when nothing is settled?"

"About the divorce?"

"Yes, but he writes: "I have not been able to achieve anything yet. He has promised a decisive answer in a day or two." But here it is, read it."

With trembling hands Anna took the telegram and read what Vronsky had told her. At the end was added: "Little hope, but I will do everything possible and impossible."

"I said yesterday that it's absolutely nothing to me when I get or even whether I get a divorce," she said, flushing. "There was no need whatsoever to hide it from me." "So he may hide and does hide his correspondence with women from me," she thought.

"And Yashvin wanted to come this morning with Voytov," said Vronsky, "it seems he's won from Pevtsov all and even more than he can pay—about sixty thousand."

"No," she said, irritated by his so obviously showing to her by this change of subject that she was irritated, "why do you think that this news interests me so much that you must even hide it? I said I don't want to think about it, and I wish you were as little interested in it as I am."

"I am interested because I like definiteness," he said.

"Definiteness is not in form but in love," she said, getting more and more irritated, not by his words, but by the tone of cold composure in which he spoke. "What do you want it for?"

"My God, again about love," he thought, wincing.

"You know what for: for you and our future children," he said.

"There won't be any children."

"That's a great pity," he said.

"You need it for the children, but you don't think of me?" she said, quite forgetting or not hearing that he had said: "*for you* and the children."

The question of the possibility of having children had long been a subject of dispute and irritation to her. His desire to have children she explained by the fact that he did not value her beauty.

"Ah, I said: for you. Above all for you," he repeated, wincing as if from pain, "because I am sure that the greater part of your irritation comes from the indefiniteness of the position."

"Да, вот он перестал теперь притворяться, и видна вся его холодная ненависть ко мне", — подумала она, не слушая его слов, но с ужасом вглядываясь в того холодного и жестокого судью, который, дразня ее, смотрел из его глаз.

— Причина не та, — сказала она, — и я даже не понимаю, как причиной моего, как ты называешь, раздражения может быть то, что я нахожусь совершенно в твоей власти. Какая же тут неопределенность положения? Напротив.

— Очень жалею, что ты не хочешь понять, — перебил он ее, с упорством желая высказать свою мысль, — неопределенность состоит в том, что тебе кажется, что я свободен.

— Насчет этого ты можешь быть совершенно спокоен, — сказала она и, отвернувшись от него, стала пить кофей.

Она подняла чашку, отставив мизинец, и поднесла ее ко рту. Отпив несколько глотков, она взглянула на него и по выражению его лица ясно поняла, что ему противны были рука, и жест, и звук, который она производила губами.

— Мне совершенно все равно, что думает твоя мать и как она хочет женить тебя, — сказала она, дрожащею рукой ставя чашку.

— Но мы не об этом говорим.

— Нет, об этом самом. И поверь, что для меня женщина, без сердца, будь она старуха или не старуха, твоя мать или чужая, не интересна, и я ее знать не хочу.

— Анна, я прошу тебя не говорить неуважительно о моей матери.

— Женщина, которая не угадала сердцем, в чем лежит счастье и честь ее сына, у той женщины нет сердца.

— Я повторяю свою просьбу: не говорить неуважительно о матери, которую я уважаю, — сказал он, возвышая голос и строго глядя на нее.

Она не отвечала. Пристально глядя на него, на его лицо, руки, она вспоминала со всеми подробностями сцену вчерашнего примирения и его страстные ласки. "Эти, точно такие же ласки он расточал и будет и хочет расточать другим женщинам!" — думала она.

— Ты не любишь мать. Это все фразы, фразы и фразы! — с ненавистью глядя на него, сказала она.

— А если так, то надо...

— Надо решиться, и я решилась, — сказала она и хотела уйти, но в это время в комнату вошел Яшвин. Анна поздоровалась с ним и остановилась.

Зачем, когда в душе у нее была буря и она чувствовала, что стоит на повороте жизни, который может иметь ужасные последствия, зачем ей в эту минуту надо было притворяться пред чужим человеком, который рано или поздно узнает же все, — она не знала; но, тотчас же смирив в себе внутреннюю бурю, она села и стала говорить с гостем.

— Ну, что ваше дело? получили долг? — спросила она Яшвина.

"Yes, now he has stopped pretending, and all his cold hatred for me is apparent," she thought, not listening to his words, but gazing with horror at the cold and cruel judge who looked tantalizing her out of his eyes.

"That is not the cause," she said, "and, indeed, I don't understand how the cause of my irritation, as you call it, can be that I am completely in your power. What indefiniteness is there in the position? On the contrary."

"I am very sorry that you don't want to understand," he interrupted her, obstinately anxious to express his thought, "the indefiniteness consists in your imagining that I am free."

"On that score you can set your mind quite at rest," she said and, turning away from him, began drinking her coffee.

She raised her cup, sticking out her little finger, and brought it to her lips. After drinking a few sips, she glanced at him and, by the expression of his face, clearly understood that he was repelled by her hand, and her gesture, and the sound made by her lips.

"I don't care in the least what your mother thinks and how she wants to get you married," she said, putting the cup down with a shaking hand.

"But we are not talking about that."

"Yes, exactly about that. And believe me, a heartless woman, whether she's old or not old, your mother or anyone else's, is of no interest to me, and I do not want to know her."

"Anna, I ask you not to speak disrespectfully of my mother."

"A woman whose heart does not tell her where her son's happiness and honor lie has no heart."

"I repeat my request: do not speak disrespectfully of my mother, whom I respect," he said, raising his voice and looking sternly at her.

She did not answer. Looking intently at him, at his face, his hands, she recalled in all the details the scene of yesterday's reconciliation and his passionate caresses. "Just such caresses he has lavished, and will lavish, and wants to lavish on other women!" she thought.

"You don't love your mother. That's all phrases, phrases and phrases!" she said, looking at him with hatred.

"If that's so, we must..."

"Must decide, and I have decided," she said and was about to go away, but at that moment Yashvin walked into the room. Anna greeted him and stopped.

Why, when there was a tempest in her soul, and she felt she was standing at a turning point in her life, which might have terrible consequences, why at that minute she had to pretend before a stranger, who sooner or later would know it all—she did not know; but at once quelling the inner storm within her, she sat down and began talking to the guest.

"Well, how are you getting on? Has your debt been paid you?" she asked Yashvin.

— Да ничего; кажется, что я не получу всего, а в середу надо ехать. А вы когда? — сказал Яшвин, жмурясь поглядывая на Вронского и, очевидно, догадываясь о происшедшей ссоре.

— Кажется, послезавтра, — сказал Вронский.

— Вы, впрочем, уже давно собираетесь.

— Но теперь уже решительно, — сказала Анна, глядя прямо в глаза Вронскому таким взглядом, который говорил ему, чтобы он и не думал о возможности примирения.

— Неужели же вам не жалко этого несчастного Певцова? — продолжала она разговор с Яшвиным.

— Никогда не спрашивал себя, Анна Аркадьевна, жалко или не жалко. Все равно как на войне не спрашиваешь, жалко или не жалко. Ведь мое все состояние тут, — он показал на боковой карман, — и теперь я богатый человек; а нынче поеду в клуб и, может быть, выйду нищим. Ведь кто со мной садится — тоже хочет оставить меня без рубашки, а я его. Ну, и мы боремся, и в этом-то удовольствие.

— Ну, а если бы вы были женаты, — сказала Анна, — каково бы вашей жене?

Яшвин засмеялся.

— Затем, видно, и не женился и никогда не собирался.

— А Гельсингфорс? — сказал Вронский, вступая в разговор, и взглянул на улыбнувшуюся Анну.

Встретив его взгляд, лицо Анны вдруг приняло холодно-строгое выражение, как будто она говорила ему: "Не забыто. Все то же".

— Неужели вы были влюблены? — сказала она Яшвину.

— О господи! сколько раз! Но, понимаете, одному можно сесть за карты, но так, чтобы всегда встать, когда придет время rendez-vous. А мне можно любовью заниматься, но так, чтобы вечером не опоздать к партии. Так и устраиваю.

— Нет, я не про то спрашиваю, а про настоящее. — Она хотела сказать *Гельсингфорс*; но не хотела сказать слово, сказанное Вронским.

Приехал Войтов, покупавший жеребца; Анна встала и вышла из комнаты.

Пред тем как уезжать из дома, Вронский вошел к ней. Она хотела притвориться, что ищет что-нибудь на столе, но, устыдившись притворства, прямо взглянула ему в лицо холодным взглядом.

— Что вам надо? — спросила она его по-французски.

— Взять аттестат на Гамбетту, я продал его, — сказал он таким тоном, который выражал яснее слов: "Объясняться мне некогда, и ни к чему не поведет".

"Я ни в чем не виноват пред нею, — думал он. — Если она хочет себя наказывать, tant pis pour elle[1]". Но, выходя, ему показалось, что она сказала что-то, и сердце его вдруг дрогнуло от сострадания к ней.

— Что, Анна? — спросил он.

— Я ничего, — отвечала она так же холодно и спокойно.

"А ничего, так tant pis", — подумал он, опять похолодев, повернулся и пошел. Выходя, он в зеркало увидал ее лицо, бледное, с дрожащими

---

[1] тем хуже для нее *(франц.).*

"Oh, pretty fair; it seems I won't get it all, and on Wednesday I must go. And when are you off?" said Yashvin, looking at Vronsky with half-closed eyes and evidently guessing that there had been a quarrel.

"The day after tomorrow, I think," said Vronsky.

"You've been meaning to go so long, though."

"But now it's decided," said Anna, looking Vronsky straight in the eyes with a look which told him not even to think of the possibility of reconciliation.

"Don't you feel sorry for that poor Pevtsov?" she went on talking to Yashvin.

"I've never asked myself, Anna Arkadyevna, whether I'm sorry or not. Just as in the war you don't ask whether you are sorry or not. All my fortune's here," he pointed to his side pocket, "and now I'm a wealthy man; but tonight I'll go to the club, and I may come out a beggar. Whoever sits down with me—he also wants to leave me without a shirt, and so do I him. And so we fight it out, and that's the pleasure of it."

"Well, but suppose you were married," said Anna, "how would it be for your wife?"

Yashvin laughed.

"That's why I never married and never wanted to."

"And Helsingfors?" Vronsky said, entering the conversation, and glanced at the smiling Anna.

Meeting his glance, Anna's face suddenly took a coldly severe expression as if she were saying to him: "It's not forgotten. It is still the same."

"Is it possible you were ever in love?" she said to Yashvin.

"Oh, God! so many times! But you see, one man can sit down to cards, but only so that he can always get up when the time of a rendezvous comes. And I can take up love, but only so as not to be late for a game in the evening. That's how I manage it."

"No, I am not asking about that, but about the real thing." She was about to say *Helsingfors*, but did not want to say the word Vronsky had said.

Voytov, who was buying the stallion, came; Anna got up and went out of the room.

Before leaving the house, Vronsky went into her room. She was about to pretend to be looking for something on the table, but ashamed of making a pretense, she looked straight into his face with cold eyes.

"What do you want?" she asked him in French.

"To get Gambetta's certificate, I've sold him," he said in a tone which said more clearly than words: "I've no time for discussing things, and it would lead to nothing."

"I'm not guilty in anything before her," he thought. "If she wants to punish herself, tant pis pour elle[1]." But as he was going he fancied that she said something, and his heart suddenly started with compassion for her.

"What, Anna?" he asked.

"I said nothing," she answered just as coldly and calmly.

"If it's nothing, tant pis then," he thought, becoming cold again, and he turned and went out. As he was going out, he saw her face in the mirror,

[1] so much the worse for her *(French)*.

губами. Он и хотел остановиться и сказать ей утешительное слово, но ноги вынесли его из комнаты, прежде чем он придумал, что сказать. Целый этот день он провел вне дома, и когда приехал поздно, девушка сказала ему, что у Анны Аркадьевны болит голова и она просила не входить к ней.

XXVI

Никогда еще не проходило дня в ссоре. Нынче это было в первый раз. И это была не ссора. Это было очевидное признание в совершенном охлаждении. Разве можно было взглянуть на нее так, как он взглянул, когда входил в комнату за аттестатом? Посмотреть на нее, видеть, что сердце ее разрывается от отчаяния, и пройти молча с этим равнодушно-спокойным лицом? Он не то что охладел к ней, но он ненавидел ее, потому что любил другую женщину, — это было ясно.

И, вспоминая все те жестокие слова, которые он сказал, Анна придумывала еще те слова, которые он, очевидно, желал и мог сказать ей, и все более и более раздражалась.

"Я вас не держу, — мог сказать он. — Вы можете идти, куда хотите. Вы не хотели разводиться с вашим мужем, вероятно, чтобы вернуться к нему. Вернитесь. Если вам нужны деньги, я дам вам. Сколько нужно вам рублей?"

Все самые жестокие слова, которые мог сказать грубый человек, он сказал ей в ее воображении, и она не прощала их ему, как будто он действительно сказал их.

"А разве не вчера только он клялся в любви, он, правдивый и честный человек? Разве я не отчаивалась напрасно уже много раз?" — вслед за тем говорила она себе.

Весь этот день, за исключением поездки к Вильсон, которая заняла у нее два часа, Анна провела в сомнениях о том, все ли кончено или есть надежда примирения и надо ли ей сейчас уехать или еще раз увидать его. Она ждала его целый день и вечером, уходя в свою комнату, приказав передать ему, что у нее голова болит, загадала себе: "Если он придет, несмотря на слова горничной, то, значит, он еще любит. Если же нет, то, значит, все кончено, и тогда я решу, что мне делать!.."

Она вечером слышала остановившийся стук его коляски, его звонок, его шаги и разговор с девушкой: он поверил тому, что ему сказали, не хотел больше ничего узнавать и пошел к себе. Стало быть, все было кончено.

И смерть, как единственное средство восстановить в его сердце любовь к ней, наказать его и одержать победу в той борьбе, которую поселившийся в ее сердце злой дух вел с ним, ясно и живо представилась ей.

pale, with quivering lips. He even wanted to stop and to say some comforting word to her, but his legs carried him out of the room before he could
think what to say. The whole day he spent away from home, and when he
came back late in the evening, the maid told him that Anna Arkadyevna had
a headache and asked him not to go in to her.

XXVI

Never before had a day been passed in quarrel. Today was the first time.
And this was not a quarrel. It was an evident acknowledgment of a complete
cooling off. Was it possible to glance at her as he had glanced when he
came into the room for the certificate? Look at her, see that her heart was
breaking with despair, and pass by silently with that face of indifferent
composure? He was not merely cold to her, he hated her because he loved
another woman—that was clear.

And remembering all the cruel words he had said, Anna also invented the
words that he had evidently wished to say and could have said to her, and
she grew more and more irritated.

"I am not holding you," he might have said. "You can go where you like.
You did not want to divorce your husband, no doubt so that you might go
back to him. Go back. If you need money, I'll give it to you. How many
rubles do you need?"

All the cruelest words that a brutal man could say, he said to her in her
imagination, and she could not forgive him for them, as if he had actually
said them.

"But didn't he only yesterday swear he loved me, he, a truthful and honest
man? Haven't I despaired for nothing many times already?" she said to herself afterwards.

All that day, except for the visit to Wilson's, which took two hours, Anna
spent in doubts whether everything was over or whether there was hope
of reconciliation, whether she should go away at once or see him one more
time. She was expecting him the whole day, and in the evening, as she went
to her room, leaving a message for him that she had a headache, she said
to herself: "If he comes in spite of what the maid says, it means that he still
loves me. If not, it means that it's all over, and then I will decide what I'm
to do!.."

In the evening she heard the rumbling of his carriage stopping, his ring,
his steps and his conversation with the maid: he believed what he was told,
did not want to find out more, and went to his room. So then it was all
over.

And death rose clearly and vividly before her mind as the sole means of
bringing back love for her in his heart, of punishing him and of gaining the
victory in that struggle which the evil spirit lodged in her heart was waging
with him.

Теперь было все равно: ехать или не ехать в Воздвиженское, получить или не получить от мужа развод — все было ненужно. Нужно было одно — наказать его.

Когда она налила себе обычный прием опиума и подумала о том, что стоило только выпить всю склянку, чтобы умереть, ей показалось это так легко и просто, что она опять с наслаждением стала думать о том, как он будет мучаться, раскаиваться и любить ее память, когда уже будет поздно. Она лежала в постели с открытыми глазами, глядя при свете одной догоравшей свечи на лепной карниз потолка и на захватывающую часть его тень от ширмы, и живо представляла себе, что он будет чувствовать, когда ее уже не будет и она будет для него только одно воспоминание. "Как мог я сказать ей эти жестокие слова? — будет говорить он. — Как мог я выйти из комнаты, не сказав ей ничего? Но теперь ее уж нет. Она навсегда ушла от нас. Она там..." Вдруг тень ширмы заколебалась, захватила весь карниз, весь потолок, другие тени с другой стороны рванулись ей навстречу; на мгновение тени сбежали, но потом с новой быстротой надвинулись, поколебались, слились, и все стало темно. "Смерть!" — подумала она. И такой ужас нашел на нее, что она долго не могла понять, где она, и долго не могла дрожащими руками найти спички и зажечь другую свечу вместо той, которая догорела и потухла. "Нет, все — только жить! Ведь я люблю его. Ведь он любит меня! Это было и пройдет", — говорила она, чувствуя, что слезы радости возвращения к жизни текли по ее щекам. И, чтобы спастись от своего страха, она поспешно пошла в кабинет к нему.

Он спал в кабинете крепким сном. Она подошла к нему и, сверху освещая его лицо, долго смотрела на него. Теперь, когда он спал, она любила его так, что при виде его не могла удержать слез нежности; но она знала, что если б он проснулся, то он посмотрел бы на нее холодным, сознающим свою правоту взглядом, и что, прежде чем говорить ему о своей любви, она должна бы была доказать ему, как он был виноват пред нею. Она, не разбудив его, вернулась к себе и после другого приема опиума к утру заснула тяжелым, неполным сном, во все время которого она не переставала чувствовать себя.

Утром страшный кошмар, несколько раз повторявшийся ей в сновидениях еще до связи с Вронским, представился ей опять и разбудил ее. Старичок-мужичок с взлохмаченною бородой что-то делал, нагнувшись над железом, приговаривая бессмысленные французские слова, и она, как и всегда при этом кошмаре (что и составляло его ужас), чувствовала, что мужичок этот не обращает на нее внимания, но делает это какое-то страшное дело в железе над нею, что-то страшное делает над ней. И она проснулась в холодном поту.

Когда она встала, ей, как в тумане, вспомнился вчерашний день.

"Была ссора. Было то, что бывало уже несколько раз. Я сказала, что у меня голова болит, и он не входил. Завтра мы едем, надо видеть его и готовиться к отъезду", — сказала она себе. И, узнав, что он в кабинете, она пошла к нему. Проходя по гостиной, она услыхала, что

Now nothing mattered: going or not going to Vozdvizhenskoye, getting or not getting a divorce from her husband—all that wasn't necessary. The one thing necessary was punishing him.

When she poured herself her usual dose of opium and thought that she had only to drink off the whole bottle to die, it seemed to her so easy and simple that she again began musing with enjoyment on how he would suffer, repent and love her memory when it would be too late. She lay in bed with open eyes, by the light of a single burned-down candle, gazing at the stucco cornice of the ceiling and at the shadow of the screen that covered part of it, and she vividly pictured to herself how he would feel when she would be no more, when she would be only a memory to him. "How could I say such cruel words to her?" he would say. "How could I go out of the room without saying anything to her? But now she is no more. She has gone away from us forever. She is there..." Suddenly the shadow of the screen wavered, took over the whole cornice, the whole ceiling, other shadows from the other side swooped to meet it; for an instant the shadows ran away, but then with renewed swiftness they moved forward, wavered, merged, and all became dark. "Death!" she thought. And such horror came upon her that for a long while she could not understand where she was, and for a long while her trembling hands could not find the matches and light another candle, instead of the one that had burned down and gone out. "No, anything—only to live! I do love him. He does love me! This has happened and will pass," she said, feeling that tears of joy at the return to life were trickling down her cheeks. And to escape from her fear she hurriedly went to him in his study.

He was soundly sleeping in his study. She went up to him and, lighting his face from above, gazed a long while at him. Now when he was asleep, she loved him so that at the sight of him she could not keep back tears of tenderness; but she knew that if he woke up he would look at her with cold eyes, convinced that he was right, and that before telling him of her love, she would have to prove to him how guilty he had been before her. Without waking him up, she went back to her room, and after a second dose of opium she fell towards morning into a heavy, incomplete sleep, during which she never quite lost consciousness.

In the morning a horrible nightmare, which had recurred several times in her dreams even before her liaison with Vronsky, came to her again and woke her up. A little old peasant with unkempt beard was doing something bent down over some iron, muttering meaningless French words, and she, as she always did in this nightmare (it was what made the horror of it), felt that this little peasant was paying no attention to her, but was doing this horrible thing with iron over her, was doing something horrible over her. And she woke up in a cold sweat.

When she got up, the previous day came back to her as in a mist.

"There was a quarrel. There was what had already happened several times. I said I had a headache, and he did not come in. Tomorrow we're going away, I must see him and get ready for the departure," she said to herself. And learning that he was in his study, she went to him. As she

у подъезда остановился экипаж, и, выглянув в окно, увидала карету, из которой высовывалась молодая девушка в лиловой шляпке, что-то приказывая звонившему лакею. После переговоров в передней кто-то вошел наверх, и рядом с гостиной послышались шаги Вронского. Он быстрыми шагами сходил по лестнице. Анна опять подошла к окну. Вот он вышел без шляпы на крыльцо и подошел к карете. Молодая девушка в лиловой шляпке передала ему пакет. Вронский, улыбаясь, сказал ей что-то. Карета отъехала; он быстро взбежал назад по лестнице.

Туман, застилавший все в ее душе, вдруг рассеялся. Вчерашние чувства с новой болью защемили больное сердце. Она не могла понять теперь, как она могла унизиться до того, чтобы пробыть целый день с ним в его доме. Она вошла к нему в кабинет, чтоб объявить ему свое решение.

— Это Сорокина с дочерью заезжала и привезла мне деньги и бумаги от maman. Я вчера не мог получить. Как твоя голова, лучше? — сказал он спокойно, не желая видеть и понимать мрачного и торжественного выражения ее лица.

Она молча пристально смотрела на него, стоя посреди комнаты. Он взглянул на нее, на мгновенье нахмурился и продолжал читать письмо. Она повернулась и медленно пошла из комнаты. Он еще мог вернуть ее, но она дошла до двери, он все молчал, и слышен был только звук шуршания перевертываемого листа бумаги.

— Да, кстати, — сказал он в то время, когда она была уже в дверях, — завтра мы едем решительно? Не правда ли?

— Вы, но не я, — сказала она, оборачиваясь к нему.

— Анна, эдак невозможно жить...

— Вы, но не я, — повторила она.

— Это становится невыносимо!

— Вы... вы раскаетесь в этом, — сказала она и вышла.

Испуганный тем отчаянным выражением, с которым были сказаны эти слова, он вскочил и хотел бежать за нею, но, опомнившись, опять сел и, крепко сжав зубы, нахмурился. Эта неприличная, как он находил, угроза чего-то раздражила его. "Я пробовал все, — подумал он, — остается одно — не обращать внимания", и он стал собираться ехать в город и опять к матери, от которой надо было получить подпись на доверенности.

Она слышала звуки его шагов по кабинету и столовой. У гостиной он остановился. Но он не повернул к ней, он только отдал приказание о том, чтоб отпустили без него Войтову жеребца. Потом она слышала, как подали коляску, как отворилась дверь, и он вышел опять. Но вот он опять вошел в сени, и кто-то взбежал наверх. Это камердинер вбегал за забытыми перчатками. Она подошла к окну и видела, как он не глядя взял перчатки и, тронув рукой спину кучера, что-то сказал

passed through the drawing room she heard a carriage stop at the entrance, and looking out of the window she saw the carriage, from which a young girl in a lilac hat was leaning out giving some order to the footman ringing the bell. After a parley in the anteroom, someone came upstairs, and Vronsky's steps were heard by the drawing room. He was going downstairs with rapid steps. Anna went again to the window. Now he came out onto the steps without a hat and went up to the carriage. The young girl in the lilac hat handed him a parcel. Vronsky, smiling, said something to her. The carriage drove off; he rapidly ran back upstairs.

The mist that had shrouded everything in her soul suddenly cleared away. Yesterday's feelings pierced the sick heart with a new pang. She could not understand now how she could have lowered herself by spending a whole day with him in his house. She went into his study to announce her decision to him.

"Sorokina and her daughter came and brought me the money and the papers from maman. I couldn't get them yesterday. How is your head, better?" he said calmly, not wishing to see and to understand the gloomy and solemn expression of her face.

She looked silently, intently at him, standing in the middle of the room. He glanced at her, frowned for a moment and went on reading a letter. She turned and slowly went out of the room. He still might have turned her back, but she had reached the door, he was still silent, and the only sound audible was the rustling of the paper as he turned it.

"Ah, by the way," he said at the very moment she was already in the doorway, "we're going tomorrow for certain, aren't we?"

"You, but not I," she said, turning to him.

"Anna, we can't live like this..."

"You, but not I," she repeated.

"This is getting unbearable!"

"You...you will be sorry for this," she said and went out.

Frightened by the desperate expression with which these words were said, he jumped up and wanted to run after her, but, coming to his senses, sat down again and frowned, clenching his teeth firmly. This unbecoming, as he thought it, threat of something irritated him. "I've tried everything," he thought, "the only thing left is not to pay attention," and he began to get ready to drive into town and again to his mother's to get her signature on the trust deeds.

She heard the sound of his steps about the study and the dining room. At the drawing room he stopped. But he did not turn in to see her, he merely gave an order that the stallion should be given to Voytov if he came while he was away. Then she heard the carriage brought round, the door opened, and he came out again. But he went back into the anteroom again, and someone was running upstairs. It was the valet running up for his gloves that had been forgotten. She went to the window and saw him take the gloves without looking and, touching the coachman on the back he said something

ему. Потом, не глядя в окна, он сел в свою обычную позу в коляске, заложив ногу на ногу, и, надевая перчатку, скрылся за углом.

XXVII

“Уехал! Кончено!” — сказала себе Анна, стоя у окна; и в ответ на этот вопрос впечатления мрака при потухшей свече и страшного сна, сливаясь в одно, холодным ужасом наполнили ее сердце.

“Нет, это не может быть!” — вскрикнула она и, перейдя комнату, крепко позвонила. Ей так страшно было теперь оставаться одной, что, не дожидаясь прихода человека, она пошла навстречу ему.

— Узнайте, куда поехал граф, — сказала она.

Человек отвечал, что граф поехал в конюшни.

— Они приказали доложить, что если вам угодно выехать, то коляска сейчас вернется.

— Хорошо. Постойте. Сейчас я напишу записку. Пошлите Михайлу с запиской в конюшни. Поскорее.

Она села и написала:

“Я виновата. Вернись домой, надо объясниться. Ради Бога, приезжай, мне страшно”.

Она запечатала и отдала человеку.

Она боялась оставаться одна теперь и вслед за человеком вышла из комнаты и пошла в детскую.

“Что ж, это не то, это не он! Где его голубые глаза, милая и робкая улыбка?” — была первая мысль ее, когда она увидала свою пухлую, румяную девочку с черными волосами, вместо Сережи, которого она, при запутанности своих мыслей, ожидала видеть в детской. Девочка, сидя у стола, упорно и крепко хлопала по нем пробкой и бессмысленно глядела на мать двумя смородинами — черными глазами. Ответив англичанке, что она совсем здорова и что завтра уезжает в деревню, Анна подсела к девочке и стала пред нею вертеть пробку с графина. Но громкий, звонкий смех ребенка и движение, которое она сделала бровью, так живо ей напомнили Вронского, что, удерживая рыдания, она поспешно встала и вышла. “Неужели все кончено? Нет, это не может быть, — думала она. — Он вернется. Но как он объяснит мне эту улыбку, это оживление после того, как он говорил с ней? Но и не объяснит, все-таки поверю. Если я не поверю, то мне остается одно, — а я не хочу”.

Она посмотрела на часы. Прошло двенадцать минут. “Теперь уж он получил записку и едет назад. Недолго, еще десять минут... Но что, если он не приедет? Нет, этого не может быть. Надо, чтобы он не видел меня с заплаканными глазами. Я пойду умоюсь. Да, да, чесалась я, или нет?” — спросила она себя. И не могла вспомнить. Она ощупала голову рукой. “Да, я причесана, но когда, решительно не помню”. Она

to him. Then without looking up at the windows he settled himself in his usual pose in the carriage, with his legs crossed, and drawing on a glove, vanished round the corner.

XXVII

"He has gone! It's over!" Anna said to herself, standing at the window; and in answer to this question the impressions of the darkness when the candle had gone out, and of her terrible dream merging into one, filled her heart with cold terror.

"No, that cannot be!" she cried and, crossing the room, firmly rang the bell. She was so afraid now of being alone, that without waiting for the servant to come, she went to meet him.

"Find out where the Count has gone," she said.

The servant answered that the Count had gone to the stables.

"His honor left word that if you would like to drive out, the carriage would be back immediately."

"Very good. Wait. I'll write a note. Send Mikhaila with the note to the stables. Make haste."

She sat down and wrote:

"I was wrong. Come back home, we must talk. For God's sake come, I am scared."

She sealed it up and gave it to the servant.

She was afraid of being left alone now; she followed the servant out of the room and went to the nursery.

"Why, this isn't it, this isn't he! Where are his blue eyes, his sweet and shy smile?" was her first thought when she saw her plump, rosy little girl with her black hair instead of Seryozha, whom in the tangle of her thoughts she had expected to see in the nursery. The little girl, sitting at the table, was obstinately and firmly battering on it with a stopper and staring aimlessly at her mother with two black currants—her black eyes. Answering the English nurse that she was quite well and that she was going to the country tomorrow, Anna sat down by the little girl and began spinning the stopper from the carafe in front of her. But the child's loud, ringing laughter and the movement she made with her eyebrow reminded her of Vronsky so vividly that she got up hurriedly, restraining her sobs, and went out. "Can it be all over? No, it cannot be," she thought. "He will come back. But how will he explain to me that smile, that excitement after he had talked to her? But even if he doesn't explain, I will still believe. If I don't believe, there's only one thing left for me—and I don't want that."

She looked at the clock. Twelve minutes had passed. "By now he has received the note and is coming back. Not long, ten minutes more... But what if he doesn't come? No, that cannot be. He mustn't see me with tear-stained eyes. I'll go and wash. Yes, yes, did I brush my hair or not?" she asked herself. And she could not remember. She felt her head with her hand. "Yes, my hair has been done, but I don't in the least remember when." She

даже не верила своей руке и подошла к трюмо, чтоб увидать, причесана ли она в самом деле, или нет? Она была причесана и не могла вспомнить, когда она это делала. "Кто это?" — думала она, глядя в зеркало на воспаленное лицо со странно блестящими глазами, испуганно смотревшими на нее. "Да это я", — вдруг поняла она, и, оглядывая себя всю, она почувствовала вдруг на себе его поцелуи и, содрогаясь, двинула плечами. Потом подняла руку к губам и поцеловала ее.

"Что это, я с ума схожу", — и она пошла в спальню, где Аннушка убирала комнату.

— Аннушка, — сказала она, останавливаясь пред ней и глядя на горничную, сама не зная, что скажет ей.

— К Дарье Александровне вы хотели ехать, — как бы понимая, сказала горничная.

— К Дарье Александровне? Да, я поеду.

"Пятнадцать минут туда, пятнадцать назад. Он едет уже, он приедет сейчас. — Она вынула часы и посмотрела на них. — Но как он мог уехать, оставив меня в таком положении? Как он может жить, не примирившись со мною?" Она подошла к окну и стала смотреть на улицу. По времени он уже мог вернуться. Но расчет мог быть неверен, и она вновь стала вспоминать, когда он уехал, и считать минуты.

В то время как она отходила к большим часам, чтобы проверить свои, кто-то подъехал. Взглянув из окна, она увидала его коляску. Но никто не шел на лестницу, и внизу слышны были голоса. Это был посланный, вернувшийся в коляске. Она сошла к нему.

— Графа не застали. Они уехали на Нижегородскую дорогу.

— Что тебе? Что?.. — обратилась она к румяному, веселому Михайле, подавшему ей назад ее записку.

"Да ведь он не получил ее", — вспомнила она.

— Поезжай с этою же запиской в деревню к графине Вронской, знаешь? И тотчас же привези ответ, — сказала она посланному.

"А я сама, что же я буду делать? — подумала она. — Да, я поеду к Долли, это правда, а то я с ума сойду. Да, я могу еще телеграфировать". И она написала депешу:

"Мне необходимо переговорить, сейчас приезжайте".

Отослав телеграмму, она пошла одеваться. Уже одетая и в шляпе, она опять взглянула в глаза потолстевшей, спокойной Аннушки. Явное сострадание было видно в этих маленьких добрых серых глазах.

— Аннушка, милая, что мне делать? — рыдая, проговорила Анна, беспомощно опускаясь на кресло.

— Что же так беспокоиться, Анна Аркадьевна! Ведь это бывает. Вы поезжайте, рассеетесь, — сказала горничная.

— Да, я поеду, — опоминаясь и вставая, сказала Анна. — А если без меня будет телеграмма, прислать к Дарье Александровне... Нет, я сама вернусь.

did not even believe her hand and went up to the pier glass to see whether her hair really was done or not. It was, but she could not remember when she had done it. "Who's that?" she thought, looking in the mirror at the inflamed face with strangely glittering eyes that looked at her in alarm. "Well, it's me," she suddenly realized and, looking herself all over, she suddenly felt his kisses on her and moved her shoulders, shuddering. Then she raised her hand to her lips and kissed it.

"What is it? I'm going out of my mind," and she went to her bedroom, where Annushka was tidying the room.

"Annushka," she said, stopping before the maid and looking at her, not knowing what she would say to her.

"You wanted to go to Darya Alexandrovna's," said the maid, as if she understood.

"To Darya Alexandrovna's? Yes, I'll go."

"Fifteen minutes there, fifteen minutes back. He's already coming, he'll be here in a minute." She took out her watch and looked at it. "But how could he go away, leaving me in such a state? How can he live without making it up with me?" She went to the window and began looking into the street. Judging by the time, he might be back now. But her calculations might be wrong, and again she began to recall when he had left and to count the minutes.

At the moment when she had moved away to the big clock to compare it with her watch, someone drove up. Glancing out of the window, she saw his carriage. But no one came upstairs, and voices could be heard below. It was the messenger who had come back in the carriage. She went down to him.

"We didn't catch the Count. He had driven off to Nizhniy Novgorod road."

"What do you want? What?.." she said to the rosy, cheerful Mikhaila, as he handed her back her note.

"Well, yes, he has not received it," she remembered.

"Go with this note to Countess Vronskaya's country estate, you know it? And bring an answer back immediately," she said to the messenger.

"And I, what am I going to do?" she thought. "Yes, I'm going to Dolly's, that's right, or else I'll go out of my mind. Yes, I can telegraph, too." And she wrote a telegram:

"I absolutely must talk to you, come at once."

After sending off the telegram, she went to dress. When she was dressed and in her hat, she glanced again into the eyes of the plump, calm Annushka. There was visible compassion in those little kind gray eyes.

"Annushka, dear, what am I to do?" said Anna, sobbing and sinking helplessly into an armchair.

"Why worry so, Anna Arkadyevna! It happens. You go, and it'll cheer you up," said the maid.

"Yes, I'll go," said Anna, coming to her senses and getting up. "And if there's a telegram while I'm away, send it on to Darya Alexandrovna's... No, I'll be back myself."

“Да, не надо думать, надо делать что-нибудь, ехать, главное уехать из этого дома”, — сказала она, с ужасом прислушиваясь к страшному клокотанью, происходившему в ее сердце, и поспешно вышла и села в коляску.

— Куда прикажете? — спросил Петр, пред тем как садиться на козлы.

— На Знаменку, к Облонским.

XXVIII

Погода была ясная. Все утро шел частый, мелкий дождик, и теперь недавно прояснило. Железные кровли, плиты тротуаров, голыши мостовой, колеса и кожи, медь и жесть экипажей — все ярко блестело на майском солнце. Было три часа и самое оживленное время на улицах.

Сидя в углу покойной коляски, чуть покачивавшейся своими упругими рессорами на быстром ходу серых, Анна, при несмолкаемом грохоте колес и быстро сменяющихся впечатлениях на чистом воздухе, вновь перебирая события последних дней, увидала свое положение совсем иным, чем каким оно казалось ей дома. Теперь и мысль о смерти не казалась ей более так страшна и ясна, и самая смерть не представлялась более неизбежною. Теперь она упрекала себя за то унижение, до которого она спустилась. “Я умоляю его простить меня. Я покорилась ему. Признала себя виноватою. Зачем? Разве я не могу жить без него?” И, не отвечая на вопрос, как она будет жить без него, она стала читать вывески. “Контора и склад. Зубной врач. Да, я скажу Долли все. Она не любит Вронского. Будет стыдно, больно, но я все скажу ей. Она любит меня, и я последую ее совету. Я не покорюсь ему; я не позволю ему воспитывать себя. Филиппов, калачи. Говорят, что они возят тесто в Петербург. Вода московская так хороша. А мытищинские колодцы и блины”. И она вспомнила, как давно, давно, когда ей было еще семнадцать лет, она ездила с теткой к Троице. “На лошадях еще. Неужели это была я, с красными руками? Как многое из того, что тогда мне казалось так прекрасно и недоступно, стало ничтожно, а то, что было тогда, теперь навеки недоступно. Поверила ли бы я тогда, что я могу дойти до такого унижения? Как он будет горд и доволен, получив мою записку! Но я докажу ему... Как дурно пахнет эта краска. Зачем они все красят и строят? Моды и уборы”, — читала она. Мужчина поклонился ей. Это был муж Аннушки. “Наши паразиты, — вспомнила она, как это говорил Вронский. — Наши? почему наши? Ужасно то, что нельзя вырвать с корнем прошедшего. Нельзя вырвать, но можно скрыть память о нем. И я скрою”. И тут она вспомнила о прошедшем с Алексеем Александровичем, о том, как она изгладила его из своей памяти. “Долли подумает, что я оставляю второго мужа и что я поэтому, наверное, неправа. Разве я хочу быть правой! Я не могу!” — проговорила она, и ей захотелось плакать. Но она тотчас же стала думать о том, чему могли так улыбаться эти две

"Yes, I mustn't think, I must do something, drive, most of all, get out of this house," she said, listening with horror to the terrible turmoil going on in her heart, and she made haste to go out and get into the carriage.

"Where to?" asked Pyotr before getting onto the box.
"To Znamenka, to the Oblonskys'."

XXVIII

The weather was bright. A fine, thin rain had been falling all the morning, and now it had not long cleared up. The iron roofs, the flagstones of the pavements, the cobbles of the roadway, the wheels and leather, the brass and the tinplate of the carriages—all glistened brightly in the May sunshine. It was three o'clock and the liveliest time in the streets.

As she sat in the corner of the comfortable carriage, that lightly swayed on its supple springs while the grays trotted swiftly, in the midst of the unceasing rattle of wheels and the swiftly changing impressions in the pure air, Anna once again ran over the events of the last days and saw her position quite differently from how it had seemed to her at home. Now the thought of death seemed no longer so terrible and so clear to her, and death itself no longer seemed so inevitable. Now she reproached herself for the humiliation to which she had lowered herself. "I beg him to forgive me. I submitted to him. I admitted my guilt. What for? Can't I live without him?" And without answering the question how she was going to live without him, she began reading the signboards. "Office and warehouse. Dental surgeon. Yes, I'll tell Dolly everything. She doesn't like Vronsky. It will be shameful, painful, but I'll tell her everything. She loves me, and I'll follow her advice. I won't submit to him; I won't let him train me. Filippov, bun shop. They say they send their dough to Petersburg. The Moscow water is so good. And the Mytishchi wells and pancakes." And she remembered how long, long ago, when she was just seventeen, she had gone with her aunt to Troitsa. "Riding, too. Was that really me, with red hands? How much that seemed to me then splendid and out of reach has become insignificant, while what I had then has gone out of my reach forever. Could I ever have believed then that I could come to such humiliation? How proud and satisfied he will be when he gets my note! But I will prove to him... How horrid that paint smells. Why is it they're always painting and building? Fashions and dresses," she read. A man bowed to her. It was Annushka's husband. "Our parasites," she remembered how Vronsky had said that. "Our? Why our? What's so awful is that one can't tear out the past by its roots. One can't tear it out, but one can hide one's memory of it. And I'll hide it." And then she remembered her past with Alexey Alexandrovich, how she had obliterated it out of her memory. "Dolly will think I'm leaving my second husband, and so I certainly must be in the wrong. As if I want to be right! I can't!" she said and wanted to cry. But at once she began thinking what those two girls could be smiling about. "Love, most likely? They don't know how dreary it

девушки. "Верно, о любви? Они не знают, как это невесело, как низко... Бульвар и дети. Три мальчика бегут, играя в лошадки. Сережа! И я все потеряю и не возвращу его. Да, все потеряю, если он не вернется. Он, может быть, опоздал на поезд и уже вернулся теперь. Опять хочешь унижения! — сказала она самой себе. — Нет, я войду к Долли и прямо скажу ей: я несчастна, я стою того, я виновата, но я все-таки несчастна, помоги мне. Эти лошади, эта коляска — как я отвратительна себе в этой коляске — все его; но я больше не увижу их".

Придумывая те слова, в которых она все скажет Долли, и умышленно растравляя свое сердце, Анна вошла на лестницу.

— Есть кто-нибудь? — спросила она в передней.

— Катерина Александровна Левина, — отвечал лакей.

"Кити! та самая Кити, в которую был влюблен Вронский, — подумала Анна, — та самая, про которую он вспоминал с любовью. Он жалеет, что не женился на ней. А обо мне он вспоминает с ненавистью и жалеет, что сошелся со мной".

Между сестрами, в то время как приехала Анна, шло совещание о кормлении. Долли одна вышла встретить гостью, в эту минуту мешавшую их беседе.

— А ты не уехала еще? Я хотела сама быть у тебя, — сказала она, — нынче я получила письмо от Стивы.

— Мы тоже получили депешу, — отвечала Анна, оглядываясь, чтоб увидать Кити.

— Он пишет, что не может понять, чего именно хочет Алексей Александрович, но что он не уедет без ответа.

— Я думала, у тебя есть кто-то. Можно прочесть письмо?

— Да, Кити, — смутившись, сказала Долли, — она в детской осталась. Она была очень больна.

— Я слышала. Можно прочесть письмо?

— Я сейчас принесу. Но он не отказывает; напротив, Стива надеется, — сказала Долли, останавливаясь в дверях.

— Я не надеюсь, да и не желаю, — сказала Анна.

"Что ж это, Кити считает для себя унизительным встретиться со мной? — думала Анна, оставшись одна. — Может быть, она и права. Но не ей, той, которая была влюблена в Вронского, не ей показывать мне это, хотя это и правда. Я знаю, что меня в моем положении не может принимать ни одна порядочная женщина. Я знаю, что с той первой минуты я пожертвовала ему всем! И вот награда! О, как я ненавижу его! И зачем я приехала сюда? Мне еще хуже, еще тяжелее. — Она слышала из другой комнаты голоса переговаривавшихся сестер. — И что ж я буду говорить теперь Долли? Утешать Кити тем, что я несчастна, подчиняться ее покровительству? Нет, да и Долли ничего не поймет. И мне нечего говорить ей. Интересно было бы только видеть Кити и показать ей, как я всех и все презираю, как мне все равно теперь".

Долли вошла с письмом. Анна прочла и молча передала его.

— Я все это знала, — сказала она. — И это меня нисколько не интересует.

is, how low... The boulevard and the children. Three boys running, playing at horses. Seryozha! And I'll lose everything and not get him back. Yes, I'll lose everything if he doesn't come back. Perhaps he was late for the train and has come back by now. You want humiliation again!" she said to herself. "No, I'll go to Dolly and say straight out to her: I'm unhappy, I deserve this, I'm to blame, but still I'm unhappy, help me. These horses, this carriage— how loathsome I am to myself in this carriage—all his; but I won't see them again."

Thinking over the words in which she would tell Dolly everything, and deliberately festering her own heart, Anna went upstairs.

"Is there anyone?" she asked in the anteroom.

"Katerina Alexandrovna Levina," answered the footman.

"Kitty! That same Kitty whom Vronsky was in love with," thought Anna, "the one he remembered with love. He's sorry he didn't marry her. But me he remembers with hatred and is sorry he has come together with me."

The sisters were having a consultation about nursing when Anna arrived. Dolly went out alone to meet the guest who at that moment had interrupted their conversation.

"So you've not gone away yet? I wanted to come and see you myself," she said, "I had a letter from Stiva today."

"We had a telegram too," answered Anna, looking round for Kitty.

"He writes that he can't understand exactly what Alexey Alexandrovich wants, but that he won't go away without an answer."

"I thought you had someone with you. May I read the letter?"

"Yes, Kitty," said Dolly, embarrassed, "she stayed in the nursery. She has been very ill."

"So I heard. May I read the letter?"

"I'll bring it at once. But he doesn't refuse; on the contrary, Stiva has hopes," said Dolly, stopping in the doorway.

"I haven't, and indeed I don't wish it," said Anna.

"What's this? Does Kitty consider it humiliating to meet me?" thought Anna, left alone. "Perhaps she's right. But it's not for her, the one who was in love with Vronsky, it's not for her to show me that, even if it is true. I know that in my position I can't be received by any decent woman. I know that from the first moment I sacrificed everything to him! And this is my reward! Oh, how I hate him! And why did I come here? I'm worse here, more miserable." She heard from the next room the voices of the sisters talking. "And what am I going to say to Dolly now? Console Kitty by my unhappiness, submit to her patronizing? No, and besides, Dolly won't understand anything. And I have nothing to tell her. It would only be interesting to see Kitty and to show her how I despise everyone and every- thing, how nothing matters to me now."

Dolly came in with the letter. Anna read it and silently handed it back.

"I knew all that," she said. "And it doesn't interest me in the least."

— Да отчего же? Я, напротив, надеюсь, — сказала Долли, с любопытством глядя на Анну. Она никогда не видала ее в таком странном раздраженном состоянии. — Ты когда едешь? — спросила она.

Анна, сощурившись, смотрела пред собой и не отвечала ей.

— Что ж Кити прячется от меня? — сказала она, глядя на дверь и краснея.

— Ах, какие пустяки! Она кормит, и у нее не ладится дело, я ей советовала... Она очень рада. Она сейчас придет, — неловко, не умея говорить неправду, говорила Долли. — Да вот и она.

Узнав, что приехала Анна, Кити хотела не выходить; но Долли уговорила ее. Собравшись с силами, Кити вышла и, краснея, подошла к ней и подала руку.

— Я очень рада, — сказала она дрожащим голосом.

Кити была смущена тою борьбой, которая происходила в ней, между враждебностью к этой дурной женщине и желанием быть снисходительною к ней; но как только она увидала красивое, симпатичное лицо Анны, вся враждебность тотчас же исчезла.

— Я бы не удивилась, если бы вы и не хотели встретиться со мною. Я ко всему привыкла. Вы были больны? Да, вы переменились, — сказала Анна.

Кити чувствовала, что Анна враждебно смотрит на нее. Она объясняла эту враждебность неловким положением, в котором теперь чувствовала себя пред ней прежде покровительствовавшая ей Анна, и ей стало жалко ее.

Они поговорили про болезнь, про ребенка, про Стиву, но, очевидно, ничто не интересовало Анну.

— Я заехала проститься с тобой, — сказала она, вставая.

— Когда же вы едете?

Но Анна опять, не отвечая, обратилась к Кити.

— Да, я очень рада, что увидала вас, — сказала она с улыбкой. — Я слышала о вас столько со всех сторон, даже от вашего мужа. Он был у меня, и он мне очень понравился, — очевидно с дурным намерением прибавила она. — Где он?

— Он в деревню поехал, — краснея, сказала Кити.

— Кланяйтесь ему от меня, непременно кланяйтесь.

— Непременно! — наивно повторила Кити, соболезнующе глядя ей в глаза.

— Так прощай, Долли! — И, поцеловав Долли и пожав руку Кити, Анна поспешно вышла.

— Все такая же и так же привлекательна. Очень хороша! — сказала Кити, оставшись одна с сестрой. — Но что-то жалкое есть в ней! Ужасно жалкое!

— Нет, нынче в ней что-то особенное, — сказала Долли. — Когда я ее провожала в передней, мне показалось, что она хочет плакать.

"But why? On the contrary, I have hopes," said Dolly, looking at Anna with curiosity. She had never seen her in such a strange, irritated condition. "When are you going away?" she asked.

Anna, narrowing her eyelids, looked straight before her and did not answer.

"Why does Kitty hide from me?" she said, looking at the door and blushing.

"Ah, what nonsense! She's nursing, and things aren't going right with her, and I've been advising her... She's delighted. She'll come in a minute," said Dolly awkwardly, not knowing how to tell an untruth. "And here she is."

Learning that Anna had come, Kitty did not want to appear; but Dolly persuaded her. Gathering her strength, Kitty came out and, blushing, walked up to her and held out her hand.

"I am very glad," she said with a trembling voice.

Kitty was confused by the struggle going on within her between her antagonism to this bad woman and her desire to be gracious to her; but as soon as she saw Anna's lovely, sweet face, all her antagonism disappeared at once.

"I would not have been surprised if you had not wanted to meet me. I'm used to everything. You have been ill? Yes, you've changed," said Anna.

Kitty felt that Anna was looking at her with antagonism. She explained this antagonism by the awkward position in which Anna, who had once patronized her, felt herself with her now, and she felt sorry for her.

They talked of the illness, of the baby, of Stiva, but it was obvious that nothing interested Anna.

"I came to say good-bye to you," she said, getting up.

"When are you going?"

But again not answering, Anna turned to Kitty.

"Yes, I am very glad to have seen you," she said with a smile. "I have heard so much of you from all sides, even from your husband. He came to see me, and I liked him very much," she added, evidently with vicious intent. "Where is he?"

"He has gone to the country," said Kitty, blushing.

"Remember me to him, be sure you do."

"I'll be sure to!" Kitty repeated naïvely, looking compassionately into her eyes.

"So farewell, Dolly!" And kissing Dolly and shaking hands with Kitty, Anna hurriedly went out.

"She's still the same and just as attractive. She's very lovely!" said Kitty, when she was alone with her sister. "But there's something pathetic about her! Awfully pathetic!"

"No, there's something unusual about her today," said Dolly. "When I saw her off in the anteroom, I fancied she was about to cry."

XXIX

Анна села в коляску в еще худшем состоянии, чем то, в каком она была, уезжая из дома. К прежним мучениям присоединилось теперь чувство оскорбления и отверженности, которое она ясно почувствовала при встрече с Кити.

— Куда прикажете? Домой? — спросил Петр.

— Да, домой, — сказала она, теперь и не думая о том, куда она едет.

"Как они, как на что-то страшное, непонятное и любопытное, смотрели на меня. О чем он может с таким жаром рассказывать другому? — думала она, глядя на двух пешеходов. — Разве можно другому рассказывать то, что чувствуешь? Я хотела рассказывать Долли, и хорошо, что не рассказала. Как бы она рада была моему несчастью! Она бы скрыла это; но главное чувство было бы радость о том, что я наказана за те удовольствия, в которых она завидовала мне. Кити, та еще бы более была рада. Как я ее всю вижу насквозь! Она знает, что я больше, чем обыкновенно, любезна была к ее мужу. И она ревнует и ненавидит меня. И презирает еще. В ее глазах я безнравственная женщина. Если б я была безнравственная женщина, я бы могла влюбить в себя ее мужа... если бы хотела. Да я и хотела. Вот этот доволен собой, — подумала она о толстом, румяном господине, проехавшем навстречу, принявшем ее за знакомую и приподнявшем лоснящуюся шляпу над лысою лоснящеюся головой и потом убедившемся, что он ошибся. — Он думал, что он меня знает. А он знает меня так же мало, как кто бы то ни было на свете знает меня. Я сама не знаю. Я знаю свои аппетиты, как говорят французы. Вот им хочется этого грязного мороженого. Это они знают наверное, — думала она, глядя на двух мальчиков, остановивших мороженика, который снимал с головы кадку и утирал концом полотенца потное лицо. — Всем нам хочется сладкого, вкусного. Нет конфет, то грязного мороженого. И Кити так же: не Вронский, то Левин. И она завидует мне. И ненавидит меня. И все мы ненавидим друг друга. Я Кити, Кити меня. Вот это правда. Тютькин, coiffeur... Je me fais coiffer par Тютькин[1]... Я это скажу ему, когда он приедет, — подумала она и улыбнулась. Но в ту же минуту она вспомнила, что ей некому теперь говорить ничего смешного. — Да и ничего смешного, веселого нет. Все гадко. Звонят к вечерне, и купец этот как аккуратно крестится! — точно боится выронить что-то. Зачем эти церкви, этот звон и эта ложь? Только для того, чтобы скрыть, что мы все ненавидим друг друга, как эти извозчики, которые так злобно бранятся. Яшвин говорит: он хочет меня оставить без рубашки, а я его. Вот это правда!"

На этих мыслях, которые завлекли ее так, что она перестала даже думать о своем положении, ее застала остановка у крыльца своего дома. Увидав вышедшего ей навстречу швейцара, она только вспомнила, что посылала записку и телеграмму.

---

[1] парикмахер. Я причесываюсь у Тютькина (франц.).

XXIX

Anna got into the carriage in an even worse condition than when she set out from home. To her previous tortures was added now that sense of insult and of being an outcast which she distinctly felt on meeting Kitty.

"Where to? Home?" asked Pyotr.

"Yes, home," she said, not even thinking now where she was going.

"How they looked at me as something dreadful, incomprehensible and curious. What can he be telling the other with such ardor?" she thought, looking at two pedestrians. "Can one ever tell anyone what one is feeling? I wanted to tell Dolly, and it's a good thing I didn't tell her. How glad she would have been at my misery! She would have concealed it; but her main feeling would have been joy at my being punished for the pleasures she envied me for. Kitty, she would have been even more glad. How I can see through her! She knows I was more than usually sweet to her husband. And she's jealous and hates me. And she despises me too. In her eyes I'm an immoral woman. If I were an immoral woman I could have made her husband fall in love with me... if I'd wanted to. And, indeed, I did want to. This one is pleased with himself," she thought of a fat, rosy gentleman coming towards her; he took her for an acquaintance and raised his glossy hat above his bald, glossy head, and then perceived his mistake. "He thought he knew me. And he knows me as little as anyone in the world knows me. I don't know myself. I know my appetites, as the French say. They want that dirty ice cream. That they do know for certain," she thought, looking at two boys stopping an ice cream seller, who was taking the barrel off his head and wiping his sweaty face with the end of a towel. "We all want what is sweet, tasty. If there are no sweetmeats, then a dirty ice cream will do. And Kitty's the same: if not Vronsky, then Levin. And she envies me. And hates me. And we all hate each other. I Kitty, Kitty me. That's the truth. 'Tiutkin, coiffeur...' Je me fais coiffer par Tiutkin[1]... I'll tell him that when he comes," she thought and smiled. But at the same moment she remembered that she had no one now to tell anything amusing to. "And there's nothing amusing, nothing merry, really. It's all disgusting. They're ringing for vespers, and how carefully that merchant crosses himself!—as if he is afraid of dropping something. Why these churches, this ringing and this lie? Only to conceal that we all hate each other like these cab drivers who are swearing at each other so angrily. Yashvin says: 'He wants to leave me without a shirt, and I him.' That's the truth!"

She was plunged in these thoughts, which so engrossed her that she even stopped thinking of her position, when the carriage drew up at the steps of her house. It was only when she saw the porter coming out to meet her that she remembered she had sent the note and the telegram.

---

[1] Tiutkin, hairdresser. I have my hair done by Tiutkin (French).

— Ответ есть? — спросила она.

— Сейчас посмотрю, — отвечал швейцар и, взглянув на конторке, достал и подал ей квадратный тонкий конверт телеграммы. "Я не могу приехать раньше десяти часов. Вронский", — прочла она.

— А посланный не возвращался?

— Никак нет, — отвечал швейцар.

"А, если так, то я знаю, что мне делать, — сказала она, и, чувствуя поднимающийся в себе неопределенный гнев и потребность мести, она взбежала наверх. — Я сама поеду к нему. Прежде чем навсегда уехать, я скажу ему все. Никогда никого не ненавидела так, как этого человека!" — думала она. Увидав его шляпу на вешалке, она содрогнулась от отвращения. Она не соображала того, что его телеграмма была ответ на ее телеграмму и что он не получал еще ее записки. Она представляла его себе теперь спокойно разговаривающим с матерью и с Сорокиной и радующимся ее страданиям. "Да, надобно ехать скорее", — сказала она себе, еще не зная, куда ехать. Ей хотелось поскорее уйти от тех чувств, которые она испытывала в этом ужасном доме. Прислуга, стены, вещи в этом доме — все вызывало в ней отвращение и злобу и давило ее какою-то тяжестью.

"Да, надо ехать на станцию железной дороги, а если нет, то поехать туда и уличить его". Анна посмотрела в газетах расписание поездов. Вечером отходит в восемь часов две минуты. "Да, я поспею". Она велела заложить других лошадей и занялась укладкой в дорожную сумку необходимых на несколько дней вещей. Она знала, что не вернется более сюда. Она смутно решила себе в числе тех планов, которые приходили ей в голову, и то, что после того, что произойдет там на станции или в именье графини, она поедет по Нижегородской дороге до первого города и останется там.

Обед стоял на столе; она подошла, понюхала хлеб и сыр и, убедившись, что запах всего съестного ей противен, велела подавать коляску и вышла. Дом уже бросал тень чрез всю улицу, и был ясный, еще теплый на солнце вечер. И провожавшая ее с вещами Аннушка, и Петр, клавший вещи в коляску, и кучер, очевидно недовольный, — все были противны ей и раздражали ее своими словами и движениями.

— Мне тебя не нужно, Петр.

— А как же билет?

— Ну, как хочешь, мне все равно, — с досадой сказала она.

Петр вскочил на козлы и, подбоченившись, приказал ехать на вокзал.

XXX

"Вот она опять! Опять я понимаю все", — сказала себе Анна, как только коляска тронулась и, покачиваясь, загремела по мелкой мостовой, и опять одно за другим стали сменяться впечатления.

"Is there an answer?" she asked.

"I'll look at once," answered the porter and, glancing at his desk, he took out and gave her the thin square envelope of a telegram. "I can't come before ten o'clock. Vronsky," she read.

"And hasn't the messenger come back?"

"No, ma'am" answered the porter.

"Well, in that case I know what to do," she said and, feeling a vague fury and a need for revenge rising up within her, she ran upstairs. "I'll go to him myself. Before going away forever, I'll tell him everything. Never have I hated anyone as I hate that man!" she thought. Seeing his hat on the rack, she shuddered with aversion. She did not realize that his telegram was an answer to her telegram and that he had not yet received her note. She pictured him to herself now as talking calmly to his mother and Sorokina and rejoicing at her sufferings. "Yes, I must go quickly," she said to herself, not knowing yet where to go. She wanted to get away as quickly as possible from the feelings she experienced in that awful house. The servants, the walls, the things in that house—all aroused aversion and anger in her and pressed her down like a weight.

"Yes, I must go to the railway station, and if he's not there, then go there and expose him." Anna looked at the train timetable in the newspapers. An evening train went at two minutes past eight. "Yes, I'll be in time." She gave orders for the other horses to be put in the carriage and began packing in a traveling bag the things needed for a few days. She knew she would not come back here any more. Among the plans that came into her head she also vaguely decided that after what would happen at the station or at the Countess's estate, she would go as far as the first town on the Nizhniy Novgorod road and stay there.

Dinner was on the table; she went up, smelled the bread and cheese and, realizing that the smell of all food disgusted her, ordered the carriage and went out. The house already threw a shadow across the whole street, and it was a bright evening, still warm in the sunshine. Annushka, who came out with her things, and Pyotr, who put the things in the carriage, and the evidently annoyed coachman—they all disgusted her and irritated her by their words and movements.

"I don't need you, Pyotr."

"But how about the ticket?"

"Well, as you like, I don't care," she said with vexation.

Pyotr jumped on the box and, putting his arms akimbo, told the coachman to drive to the railway station.

XXX

"Here it is again! Again I understand it all," Anna said to herself, as soon as the carriage had started and, swaying lightly, rumbled over the small cobbles of the roadway, and again one impression followed rapidly upon another.

"Да, о чем я последнем так хорошо думала? — старалась вспомнить она. — Тютькин, coiffeur? Нет, не то. Да, про то, что говорит Яшвин: борьба за существование и ненависть — одно, что связывает людей. Нет, вы напрасно едете, — мысленно обратилась она к компании в коляске четверней, которая, очевидно, ехала веселиться за город. — И собака, которую вы везете с собой, не поможет вам. От себя не уйдете". Кинув взгляд в ту сторону, куда оборачивался Петр, она увидала полумертвопьяного фабричного с качающеюся головой, которого вез куда-то городовой. "Вот этот — скорее, — подумала она. — Мы с графом Вронским также не нашли этого удовольствия, хотя и много ожидали от него". И Анна обратила теперь в первый раз тот яркий свет, при котором она видела все, на свои отношения с ним, о которых прежде она избегала думать. "Чего он искал во мне? Любви не столько, сколько удовлетворения тщеславия". Она вспоминала его слова, выражение лица его, напоминающее покорную лягавую собаку, в первое время их связи. И все теперь подтверждало это. "Да, в нем было торжество тщеславного успеха. Разумеется, была и любовь, но бо́льшая доля была гордость успеха. Он хвастался мной. Теперь это прошло. Гордиться нечем. Не гордиться, а стыдиться. Он взял от меня все, что мог, и теперь я не нужна ему. Он тяготится мною и старается не быть в отношении меня бесчестным. Он проговорился вчера, — он хочет развода и женитьбы, чтобы сжечь свои корабли. Он любит меня — но как? The zest is gone[1]. Этот хочет всех удивить и очень доволен собой, — подумала она, глядя на румяного приказчика, ехавшего на манежной лошади. — Да, того вкуса уж нет для него во мне. Если я уеду от него, он в глубине души будет рад".

Это было не предположение, — она ясно видела это в том пронзительном свете, который открывал ей теперь смысл жизни и людских отношений.

"Моя любовь все делается страстнее и себялюбивее, а его все гаснет и гаснет, и вот отчего мы расходимся, — продолжала она думать. — И помочь этому нельзя. У меня все в нем одном, и я требую, чтоб он весь больше и больше отдавался мне. А он все больше и больше хочет уйти от меня. Мы именно шли навстречу до связи, а потом неудержимо расходимся в разные стороны. И изменить этого нельзя. Он говорит мне, что я бессмысленно ревнива, и я говорила себе, что я бессмысленно ревнива; но это неправда. Я не ревнива, а я недовольна. Но... — Она открыла рот и переместилась в коляске от волнения, возбужденного в ней пришедшею ей вдруг мыслью. — Если бы я могла быть чем-нибудь, кроме любовницы, страстно любящей одни его ласки; но я не могу и не хочу быть ничем другим. И я этим желанием возбуждаю в нем отвращение, а он во мне злобу, и это не может быть иначе. Разве я не знаю, что он не стал бы обманывать меня, что он не имеет видов на Сорокину, что он не влюблен в Кити, что он не изменит мне? Я все это знаю, но мне от этого не легче. Если он, не любя меня, из долга будет добр, нежен ко мне, а того не будет, чего я хочу, — да это хуже в тысячу раз даже, чем злоба! Это — ад! А это-то и есть. Он уж давно не любит

[1] пикантность исчезла (англ.).

"Yes, what was the last thing I thought of so nicely?" she tried to remember. "Tiutkin, coiffeur? No, not that. Yes, of what Yashvin says: the struggle for existence and hatred is the one thing that connects people. No, you are going in vain," she mentally addressed a company in a coach and four, evidently going out of town on a spree. "And the dog you're taking with you won't help you. You won't get away from yourselves." Glancing in the direction in which Pyotr had turned, she saw a half-dead-drunk factory worker with a swaying head, being driven somewhere by a policeman. "That one has found a better way," she thought. "Count Vronsky and I did not find that pleasure either, though we expected so much from it." And now for the first time Anna turned that bright light in which she was seeing everything on to her relations with him, which she had hitherto avoided thinking about. "What did he seek in me? Not love so much as the satisfaction of vanity." She remembered his words, the expression of his face that recalled an obedient setter, in the early days of their liaison. And everything now confirmed this. "Yes, there was the triumph of vain success in him. Of course, there was love, too, but the main part was the pride of success. He boasted of me. Now that's over. There's nothing to be proud of. Not to be proud of, but to be ashamed of. He has taken from me all he could, and now I am no use to him. He is weary of me and is trying not to be dishonorable towards me. He let that out yesterday—he wants divorce and marriage so as to burn his ships. He loves me—but how? The zest is gone. That one wants to amaze everyone and is very pleased with himself," she thought, looking at a rosy salesclerk, riding on a riding hall horse. "Yes, there's not the same flavor about me for him now. If I leave him, at the bottom of his soul he will be glad."

This was not a supposition—she saw it distinctly in the piercing light, which revealed to her now the meaning of life and human relations.

"My love keeps growing more passionate and egoistic, while his is fading and fading, and that's why we're drifting apart,"—she went on thinking. "And there's no help for it. He is everything for me, and I demand that he give himself up to me entirely more and more. But he wants more and more to get away from me. We walked towards each other before our liaison, and then we have been irresistibly drifting in different directions. And there's no changing that. He tells me I'm senselessly jealous, and I have told myself that I am senselessly jealous; but it's not true. I'm not jealous, but I'm dissatisfied. But..." She opened her mouth and shifted her place in the carriage in the excitement, aroused by the thought that suddenly struck her. "If I could be anything but a mistress, passionately loving only his caresses; but I can't and I don't want to be anything else. And by that desire I rouse aversion in him, and he rouses anger in me, and it cannot be otherwise. Don't I know that he wouldn't deceive me, that he has no designs on Sorokina, that he's not in love with Kitty, that he won't cheat on me? I know all that, but it makes it no easier for me. If without loving me, from *duty* he'll be good and tender to me, without what I want—that's a thousand times worse even than anger! That's hell! And that's just how it is. He has

меня. А где кончается любовь, там начинается ненависть. Этих улиц я совсем не знаю. Горы какие-то, и все дома, дома... И в домах все люди, люди... Сколько их, конца нет, и все ненавидят друг друга. Ну, пусть я придумаю себе то, чего я хочу, чтобы быть счастливой. Ну? Я получаю развод, Алексей Александрович отдает мне Сережу, и я выхожу замуж за Вронского". Вспомнив об Алексее Александровиче, она тотчас с необыкновенною живостью представила себе его, как живого, пред собой, с его кроткими, безжизненными, потухшими глазами, синими жилами на белых руках, интонациями и треском пальцев, и, вспомнив то чувство, которое было между ними и которое тоже называлось любовью, вздрогнула от отвращения. "Ну, я получу развод и буду женой Вронского. Что же, Кити перестанет так смотреть на меня, как она смотрела нынче? Нет. А Сережа перестанет спрашивать или думать о моих двух мужьях? А между мною и Вронским какое же я придумаю новое чувство? Возможно ли какое-нибудь не счастье уже, а только не мученье? Нет и нет! — ответила она себе теперь без малейшего колебания. — Невозможно! Мы жизнью расходимся, и я делаю его несчастье, он мое, и переделать ни его, ни меня нельзя. Все попытки были сделаны, винт свинтился. Да, нищая с ребенком. Она думает, что жалко ее. Разве все мы не брошены на свет затем только, чтобы ненавидеть друг друга и потому мучать себя и других? Гимназисты идут, смеются. Сережа? — вспомнила она. — Я тоже думала, что любила его, и умилялась над своею нежностью. А жила же я без него, променяла же его на другую любовь и не жаловалась на этот промен, пока удовлетворялась той любовью". И она с отвращением вспоминала про то, что называла той любовью. И ясность, с которою она видела теперь свою и всех людей жизнь, радовала ее. "Так и я, и Петр, и кучер Федор, и этот купец, и все те люди, которые живут там по Волге, куда приглашают эти объявления, и везде, и всегда", — думала она, когда уже подъехала к низкому строению Нижегородской станции и к ней навстречу выбежали артельщики.

— Прикажете до Обираловки? — сказал Петр.

Она совсем забыла, куда и зачем она ехала, и только с большим усилием могла понять вопрос.

— Да, — сказала она ему, подавая кошелек с деньгами, и, взяв на руку маленький красный мешочек, вышла из коляски.

Направляясь между толпой в залу первого класса, она понемногу припоминала все подробности своего положения и те решения, между которыми она колебалась. И опять то надежда, то отчаяние по старым наболевшим местам стали растравлять раны ее измученного, страшно трепетавшего сердца. Сидя на звездообразном диване в ожидании поезда, она, с отвращением глядя на входивших и выходивших (все они были противны ей), думала то о том, как она приедет на станцию, напишет ему записку и что она напишет ему, то о том, как он теперь жалуется матери (не понимая ее страданий) на свое положение, и как она войдет в комнату, и что она скажет ему. То она думала о том, как

ceased loving me long time ago. And where love ends, hatred begins. I don't know these streets at all. Some sort of hills, and houses, houses... And in the houses people, people... How many of them, no end, and they all hate each other. Well, let me think for myself what I want in order to be happy. Well? I get the divorce, Alexey Alexandrovich lets me have Seryozha, and I marry Vronsky." Remembering Alexey Alexandrovich, she at once pictured him with extraordinary vividness as if he were alive before her, with his mild, lifeless, dull eyes, the blue veins on his white hands, his intonations and the cracking of his fingers, and remembering the feeling which had existed between them, and which was also called love, she shuddered with aversion. "Well, I'll get the divorce and be Vronsky's wife. What then? Will Kitty stop looking at me as she looked at me today? No. And will Seryozha stop asking or thinking about my two husbands? And between Vronsky and me what new feeling can I invent? Is there possible, if not happiness, some sort of absence of misery? No, no!" she answered herself now without the slightest hesitation. "Impossible! We are drawn apart by life, and I make his unhappiness, and he mine, and there's no changing him or me. Every attempt has been made, the screw has come unscrewed. Oh, a beggar woman with a baby. She thinks people pity her. Aren't we all thrown into the world only to hate each other, and so to torture ourselves and others? Schoolboys going by, laughing. Seryozha?" she remembered. "I also thought that I loved him, and used to be touched by my own tenderness. But I have lived without him, I exchanged him for another love and did not complain of the exchange as long as I was satisfied by that love." And with aversion she remembered what she called "that love." And the clarity with which she now saw her own and everyone else's life pleased her. "It's so with me and Pyotr, and the coachman Fyodor, and that merchant, and all the people living along the Volga, where those placards invite one to go, and everywhere and always," she thought as she drove up to the low building of the Nizhniy Novgorod station, and the porters ran out to meet her.

"A ticket to Obiralovka?" said Pyotr.

She had totally forgotten where and why she was going, and only with a great effort she understood the question.

"Yes," she said to him, handing him her purse with the money, and hanging her little red bag on her arm, she got out of the carriage.

Making her way through the crowd to the first-class waiting-room, she gradually recollected all the details of her position and the decisions between which she was hesitating. And again at the old sore places, first hope and then despair began festering the wounds of her tortured, terribly fluttering heart. As she sat on the star-shaped sofa waiting for the train, she gazed with aversion at the people coming in and going out (they all disgusted her), and thought how she would arrive at the station, would write him a note, and what she would write to him, and then how he was at this moment complaining to his mother of his position (not understanding her sufferings), and how she would go into the room, and what she would say to

жизнь могла бы быть еще счастлива, и как мучительно она любит и ненавидит его, и как страшно бьется ее сердце.

XXXI

Раздался звонок, прошли какие-то молодые мужчины, уродливые, наглые и торопливые и вместе внимательные к тому впечатлению, которое они производили; прошел и Петр через залу в своей ливрее и штиблетах, с тупым животным лицом, и подошел к ней, чтобы проводить ее до вагона. Шумные мужчины затихли, когда она проходила мимо их по платформе, и один что-то шепнул об ней другому, разумеется что-нибудь гадкое. Она поднялась на высокую ступеньку и села одна в купе на пружинный испачканный, когда-то белый диван. Мешок, вздрогнув на пружинах, улегся. Петр с дурацкой улыбкой приподнял у окна в знак прощания свою шляпу с галуном, наглый кондуктор захлопнул дверь и щеколду. Дама, уродливая, с турнюром (Анна мысленно раздела эту женщину и ужаснулась на ее безобразие), и девочка, ненатурально смеясь, пробежали внизу.

— У Катерины Андреевны, все у нее, ma tante[1]! — прокричала девочка.

"Девочка — и та изуродована и кривляется", — подумала Анна. Чтобы не видать никого, она быстро встала и села к противоположному окну в пустом вагоне. Испачканный уродливый мужик в фуражке, из-под которой торчали спутанные волосы, прошел мимо этого окна, нагибаясь к колесам вагона. "Что-то знакомое в этом безобразном мужике", — подумала Анна. И, вспомнив свой сон, она, дрожа от страха, отошла к противоположной двери. Кондуктор отворял дверь, впуская мужа с женой.

— Вам выйти угодно?

Анна не ответила. Кондуктор и входившие не заметили под вуалем ужаса на ее лице. Она вернулась в свой угол и села. Чета села с противоположной стороны, внимательно, но скрытно оглядывая ее платье. И муж и жена казались отвратительны Анне. Муж спросил: позволит ли она курить, очевидно не для того, чтобы курить, но чтобы заговорить с нею. Получив ее согласие, он заговорил с женой по-французски о том, что ему еще менее, чем курить, нужно было говорить. Они говорили, притворяясь, глупости, только для того, чтобы она слышала. Анна ясно видела, как они надоели друг другу и как ненавидят друг друга. И нельзя было не ненавидеть таких жалких уродов.

Послышался второй звонок и вслед за ним продвиженье багажа, шум, крик и смех. Анне было так ясно, что никому нечему было радоваться, что этот смех раздражил ее до боли, и ей хотелось заткнуть уши, чтобы не слыхать его. Наконец прозвенел третий звонок, раздался свисток, визг паровика: рванулась цепь, и муж перекрестился. "Интересно бы спросить у него, что он подразумевает под этим", — с злобой взглянув на него, подумала Анна. Она смотрела мимо дамы

[1] тетя (франц.).

him. Then she thought that life might still be happy, and how tormentingly she loved and hated him, and how terribly her heart was beating.

XXXI

The bell rang, some young men passed by, ugly, impudent and hasty, and at the same time attentive to the impression they were making; Pyotr also crossed the room in his livery and top-boots, with his dull, animal face, and came up to her to escort her to the train. Some noisy men became quiet as she passed them on the platform, and one whispered something about her to another—something nasty, of course. She mounted the high step and sat down in a compartment by herself on a dirty, once white, spring seat. Her bag lay beside her, shaken on the springs. With a foolish smile Pyotr raised his gold-braided hat at the window in token of farewell; an impudent conductor slammed the door and the latch. An ugly lady wearing a bustle (Anna mentally undressed the woman and was appalled at her hideousness), and a little girl, laughing affectedly, ran past the window.

"Katerina Andreyevna, she's got them all, ma tante!" cried the girl.

"Even the girl is ugly and affected," thought Anna. In order not to see anyone, she quickly got up and sat at the opposite window in the empty carriage. A dirty, ugly peasant in a cap from under which his tangled hair stuck out, passed by that window, stooping down to the carriage wheels. "There's something familiar about that hideous peasant," thought Anna. And remembering her dream, she moved away to the opposite door, shaking with terror. The conductor was opening the door, letting in a husband and wife.

"Do you wish to get out?"

Anna did not answer. The conductor and those entering did not notice the horror on her face beneath the veil. She went back to her corner and sat down. The couple sat on the opposite side, attentively but surreptitiously examining her dress. Both husband and wife seemed repulsive to Anna. The husband asked whether she would allow him to smoke, obviously not with a view to smoking but to getting into conversation with her. Receiving her consent, he began speaking to his wife in French about things he needed to speak about still less than he needed to smoke. They talked nonsense in an affected way, only in order that she should hear them. Anna clearly saw how sick they were of each other and how they hated each other. And it was impossible not to hate such pathetic freaks.

The second bell sounded, and was followed by moving of luggage, noise, shouting and laughter. It was so clear to Anna that there was nothing for anyone to be glad of, that this laughter irritated her painfully, and she wanted to stop up her ears not to hear it. At last the third bell rang, there was a whistle and a shriek of the engine, and a jerk of the chain, and the husband crossed himself. "It would be interesting to ask him what he means by that," thought Anna, looking angrily at him. She looked past the

в окно на точно как будто катившихся назад людей, провожавших поезд и стоявших на платформе. Равномерно вздрагивая на стычках рельсов, вагон, в котором сидела Анна, прокатился мимо платформы, каменной стены, диска, мимо других вагонов; колеса плавнее и маслянее, с легким звоном зазвучали по рельсам, окно осветилось ярким вечерним солнцем, и ветерок заиграл занавеской. Анна забыла о своих соседях в вагоне и, на легкой качке езды вдыхая в себя свежий воздух, опять стала думать.

"Да, на чем я остановилась? На том, что я не могу придумать положения, в котором жизнь не была бы мученьем, что все мы созданы затем, чтобы мучаться, и что мы все знаем это и все придумываем средства, как бы обмануть себя. А когда видишь правду, что же делать?"

— На то дан человеку разум, чтоб избавиться от того, что его беспокоит, — сказала по-французски дама, очевидно довольная своею фразой и гримасничая языком.

Эти слова как будто ответили на мысль Анны.

"Избавиться от того, что беспокоит", — повторяла Анна. И, взглянув на краснощекого мужа и худую жену, она поняла, что болезненная жена считает себя непонятою женщиной и муж обманывает ее и поддерживает в ней это мнение о себе. Анна как будто видела их историю и все закоулки их души, перенеся свет на них. Но интересного тут ничего не было, и она продолжала свою мысль.

"Да, очень беспокоит меня, и на то дан разум, чтоб избавиться; стало быть, надо избавиться. Отчего же не потушить свечу, когда смотреть больше нечего, когда гадко смотреть на все это? Но как? Зачем этот кондуктор пробежал по жердочке, зачем они кричат, эти молодые люди в том вагоне? Зачем они говорят, зачем они смеются? Все неправда, все ложь, все обман, все зло!.."

Когда поезд подошел к станции, Анна вышла в толпе других пассажиров и, как от прокаженных, сторонясь от них, остановилась на платформе, стараясь вспомнить, зачем она сюда приехала и что намерена была делать. Все, что ей казалось возможно прежде, теперь так трудно было сообразить, особенно в шумящей толпе всех этих безобразных людей, не оставлявших ее в покое. То артельщики подбегали к ней, предлагая ей свои услуги, то молодые люди, стуча каблуками по доскам платформы и громко разговаривая, оглядывали ее, то встречные сторонились не в ту сторону. Вспомнив, что она хотела ехать дальше, если нет ответа, она остановила одного артельщика и спросила, нет ли тут кучера с запиской к графу Вронскому.

— Граф Вронский? От них сейчас тут были. Встречали княгиню Сорокину с дочерью. А кучер какой из себя?

В то время как она говорила с артельщиком, кучер Михайла, румяный, веселый, в синей щегольской поддевке и цепочке, очевидно гордый тем, что он так хорошо исполнил поручение, подошел к ней и подал записку. Она распечатала, и сердце ее сжалось еще прежде, чем она прочла.

lady out of the window at the people on the platform who had been seeing the train off and who appeared to be rolling backwards. The carriage in which Anna sat, jerking rhythmically at the joints of the rails, rolled past the platform, the stone wall, the signal disc, past other carriages; the well-oiled wheels, moving more smoothly, resounded with a slight clang on the rails; the window lighted up with the bright evening sun, and the breeze fluttered the curtain. Anna forgot her fellow passengers in the carriage and, to the light swaying of the train she began thinking again, as she breathed in the fresh air.

"So, what did I stop at? That I couldn't conceive a position in which life would not be a misery, that we are all created to be miserable, and that we all know it and all invent means of deceiving ourselves. And when one sees the truth, what is one to do?"

"That's what reason is given man for, to escape from what worries him," said the lady in French, evidently pleased with her phrase and mincing with her tongue.

The words seemed to answer Anna's thought.

"To escape from what worries him," repeated Anna. And glancing at the red-cheeked husband and the thin wife, she realized that the sickly wife considered herself a misunderstood woman, and the husband deceived her and supported her in this opinion of herself. Anna seemed to see their story and all the nooks of their souls, turning the light upon them. But there was nothing interesting here, and she pursued her thought.

"Yes, it worries me very much, and that's what reason was given me for, to escape; so then, I must escape. Why not put out the candle when there's nothing more to look at, when it's sickening to look at it all? But how? Why did that conductor run along the footboard, why are they shouting, those young men in that carriage? Why are they talking, why are they laughing? It's all untrue, all a lie, all humbug, all evil!.."

When the train came into the station, Anna got off in the crowd of other passengers and, shunning them like lepers, stopped on the platform, trying to remember why she had come there and what she had intended to do. Everything that had seemed to her possible before was now so difficult to grasp, especially in the noisy crowd of all these hideous people who would not leave her alone. One moment porters ran up to her offering their services, then young men, clattering their heels on the planks of the platform and talking loudly, looked her over; people she met dodged past on the wrong side. Remembering that she wanted to go on further if there was no answer, she stopped a porter and asked whether there was a coachman there with a note for Count Vronsky.

"Count Vronsky? Someone from him was here just now. Meeting Princess Sorokina and her daughter. And what is the coachman like?"

Just as she was talking to the porter, the coachman Mikhaila, rosy, cheerful, in his smart blue coat with a watch chain, evidently proud of having carried out his errand so well, came up to her and handed her a note. She opened it, and her heart sank even before she read it.

"Очень жалею, что записка не застала меня. Я буду в десять часов", — небрежным почерком писал Вронский.

"Так! Я этого ждала!" — сказала она себе с злою усмешкой.

— Хорошо, так поезжай домой, — тихо проговорила она, обращаясь к Михайле. Она говорила тихо, потому что быстрота биения сердца мешала ей дышать. "Нет, я не дам тебе мучать себя", — подумала она, обращаясь с угрозой не к нему, не к самой себе, а к тому, кто заставлял ее мучаться, и пошла по платформе мимо станции.

Две горничные, ходившие по платформе, загнули назад головы, глядя на нее, что-то соображая вслух о ее туалете: "Настоящие", — сказали они о кружеве, которое было на ней. Молодые люди не оставляли ее в покое. Они опять, заглядывая ей в лицо и со смехом крича что-то ненатуральным голосом, прошли мимо. Начальник станции, проходя, спросил, едет ли она. Мальчик, продавец квасу, не спускал с нее глаз. "Боже мой, куда мне?" — все дальше и дальше уходя по платформе, думала она. У конца она остановилась. Дамы и дети, встретившие господина в очках и громко смеявшиеся и говорившие, замолкли, оглядывая ее, когда она поравнялась с ними. Она ускорила шаг и отошла от них к краю платформы. Подходил товарный поезд. Платформа затряслась, и ей показалось, что она едет опять.

И вдруг, вспомнив о раздавленном человеке в день ее первой встречи с Вронским, она поняла, что ей надо делать. Быстрым, легким шагом спустившись по ступенькам, которые шли от водокачки к рельсам, она остановилась подле вплоть мимо ее проходящего поезда. Она смотрела на низ вагонов, на винты и цепи и на высокие чугунные колеса медленно катившегося первого вагона и глазомером старалась определить середину между передними и задними колесами и ту минуту, когда середина эта будет против нее.

"Туда! — говорила она себе, глядя в тень вагона, на смешанный с углем песок, которым были засыпаны шпалы, — туда, на самую середину, и я накажу его и избавлюсь от всех и от себя".

Она хотела упасть под поравнявшийся с ней серединою первый вагон. Но красный мешочек, который она стала снимать с руки, задержал ее, и было уже поздно: середина миновала ее. Надо было ждать следующего вагона. Чувство, подобное тому, которое она испытывала, когда, купаясь, готовилась войти в воду, охватило ее, и она перекрестилась. Привычный жест крестного знамения вызвал в душе ее целый ряд девичьих и детских воспоминаний, и вдруг мрак, покрывавший для нее все, разорвался, и жизнь предстала ей на мгновение со всеми ее светлыми прошедшими радостями. Но она не спускала глаз с колес подходящего второго вагона. И ровно в ту минуту, как середина между колесами поравнялась с нею, она откинула красный мешочек и, вжав в плечи голову, упала под вагон на руки и легким движением, как бы готовясь тотчас же встать, опустилась на колена. И в то же мгновение она ужаснулась тому, что делала. "Где я? Что я делаю? Зачем?" Она хотела подняться,

"I am very sorry the note did not catch me. I will be back at ten," Vronsky wrote in a careless hand.

"Right! I expected that!" she said to herself with an evil smile.

"Very good, you can go home then," she said softly, addressing Mikhaila. She spoke softly because the rapidity of her heart's beating hindered her breathing. "No, I won't let you torture me," she thought, addressing her threat not to him, not to herself, but to the one who made her suffer, and she walked along the platform past the station building.

Two maids walking along the platform turned their heads, staring at her and making some audible remarks about her dress: "Real," they said of the lace she was wearing. The young men would not leave her in peace. Again they passed by, peering into her face, laughing and shouting something in unnatural voices. The station-master, passing by, asked her whether she was going on. A boy selling kvass never took his eyes off her. "My God, where am I to go?" she thought, going further and further along the platform. At the end she stopped. Some ladies and children, who had met a gentleman in spectacles, paused in their loud laughter and talking and looked her over as she reached them. She quickened her pace and walked away from them to the edge of the platform. A freight train was coming in. The platform began to shake, and she fancied she was on the train again.

And suddenly, remembering the man crushed by the train the day she had first met Vronsky, she realized what she had to do. With a rapid, light step she went down the steps that led from the water-pump station to the rails and stopped close to the passing train. She looked at the lower part of the carriages, at the screws and chains and the large cast-iron wheels of the first carriage slowly rolling by, and trying to estimate by eye the middle point between the front and back wheels and the very moment when that middle point would be opposite her.

"There!" she said to herself, looking into the shadow of the carriage, at the sand mixed with coal which covered the sleepers—"there, in the very middle, and I will punish him and escape from everyone and from myself."

She wanted to fall under the first carriage, the middle point of which reached her. But the little red bag, which she began taking off her arm, delayed her, and it was too late: the middle point passed by. She had to wait for the next carriage. A feeling such as she had experienced when preparing to enter the water in bathing, came upon her, and she crossed herself. The customary gesture of making the sign of the cross brought back into her soul a whole series of memories from girlhood and childhood, and suddenly the darkness that had covered everything for her was torn apart, and life rose up before her for a moment with all its bright past joys. But she did not take her eyes from the wheels of the approaching second carriage. And exactly at the moment when the middle point between the wheels came opposite her, she threw away her red bag and, drawing her head down between her shoulders, fell on her hands under the carriage, and with a light movement, as if preparing to get up at once, dropped on her knees. And at the same moment she was terrified at what she was doing. "Where am I? What am I doing? Why?" She wanted to get up, to drop backwards;

откинуться; но что-то огромное, неумолимое толкнуло ее в голову и потащило за спину. "Господи, прости мне все!" — проговорила она, чувствуя невозможность борьбы. Мужичок, приговаривая что-то, работал над железом. И свеча, при которой она читала исполненную тревог, обманов, горя и зла книгу, вспыхнула более ярким, чем когда-нибудь, светом, осветила ей все то, что прежде было во мраке, затрещала, стала меркнуть и навсегда потухла.

but something huge and relentless pushed her on the head and dragged her along by the back. "Lord, forgive me all!" she said, feeling it impossible to struggle. A peasant muttering something was working over the iron. And the candle by the light of which she had been reading the book filled with anxieties, deceptions, sorrow and evil, flared up more brightly than ever before, lighted up for her all that had been in darkness, crackled, began to grow dim, and went out for ever.

Часть восьмая

I

Прошло почти два месяца. Была уже половина жаркого лета, а Сергей Иванович только теперь собрался выехать из Москвы.

В жизни Сергея Ивановича происходили за это время свои события. Уже с год тому назад была кончена его книга, плод шестилетнего труда, озаглавленная: *"Опыт обзора основ и форм государственности в Европе и в России."* Некоторые отделы этой книги и введение были печатаемы в повременных изданиях, и другие части были читаны Сергеем Ивановичем людям своего круга, так что мысли этого сочинения не могли быть уже совершенной новостью для публики; но все-таки Сергей Иванович ожидал, что книга его появлением своим должна будет произвести серьезное впечатление на общество и если не переворот в науке, то, во всяком случае, сильное волнение в ученом мире.

Книга эта после тщательной отделки была издана в прошлом году и разослана книгопродавцам.

Ни у кого не спрашивая о ней, неохотно и притворно-равнодушно отвечая на вопросы своих друзей о том, как идет его книга, не спрашивая даже у книгопродавцев, как покупается она, Сергей Иванович зорко, с напряженным вниманием следил за тем первым впечатлением, какое произведет его книга в обществе и в литературе.

Но прошла неделя, другая, третья, и в обществе не было заметно никакого впечатления; друзья его, специалисты и ученые, иногда, очевидно из учтивости, заговаривали о ней. Остальные же его знакомые, не интересуясь книгой ученого содержания, вовсе не говорили с ним о ней. И в обществе, в особенности теперь занятом другим, было совершенное равнодушие. В литературе тоже в продолжение месяца не было ни слова о книге.

Сергей Иванович рассчитывал до подробности время, нужное на написание рецензии, но прошел месяц, другой, было то же молчание.

Только в *"Северном жуке"* в шуточном фельетоне о певце Драбанти, спавшем с голоса, было кстати сказано несколько презрительных

Part Eight

I

Nearly two months had gone by. It was already the middle of the hot summer, but Sergey Ivanovich was only now preparing to leave Moscow.

Sergey Ivanovich's life had its own events during this time. A year ago
he had finished his book, the fruit of six years' labor, entitled *An Essay in
Survey of the Principles and Forms of Statehood in Europe and Russia*.
Some sections of this book and its introduction had been published in perio-
dicals, and other parts had been read by Sergey Ivanovich to people of his
circle, so that the ideas of the work could not be completely novel to the
public; but still Sergey Ivanovich had expected that on its appearance his
book would be sure to make a serious impression on the public and cause, if
not a revolution in science, at any rate a great stir in the scientific world.

After thorough polishing the book had been published last year and sent
out to the booksellers.

Not asking anyone about it, reluctantly and with feigned indifference
answering his friends' questions as to how his book was doing, not even
asking the booksellers how it was selling, Sergey Ivanovich watched vigi-
lantly and with strained attention for the first impression his book would
make in the public and in literature.

But a week passed, a second, a third, and among the public no impression
whatever could be noticed; his friends, specialists and scholars, occasionally, evidently from politeness, alluded to it. The rest of his acquaintances,
not interested in a book of learned content, did not talk with him about it at
all. And the public, now especially absorbed in other things, was absolutely
indifferent. In literature, too, for a whole month there was not a word about
the book.

Sergey Ivanovich had calculated in detail the time necessary for writing a
review, but a month passed, and a second, and there was the same silence.

Only in the *Northern Beetle*, in a comic feuilleton about the singer Dra-
banti, who had lost his voice, were a few contemptuous words interpolated

слов о книге Кознышева, показывавших, что книга эта уже давно осуждена всеми и предана на всеобщее посмеяние.

Наконец на третий месяц в серьезном журнале появилась критическая статья. Сергей Иванович знал и автора статьи. Он встретил его раз у Голубцова.

Автор статьи был очень молодой и больной фельетонист, очень бойкий как писатель, но чрезвычайно мало образованный и робкий в отношениях личных.

Несмотря на совершенное презрение свое к автору, Сергей Иванович с совершенным уважением приступил к чтению статьи. Статья была ужасна.

Очевидно, нарочно фельетонист понял всю книгу так, как невозможно было понять ее. Но он так ловко подобрал выписки, что для тех, которые не читали книги (а очевидно, почти никто не читал ее), совершенно было ясно, что вся книга была не что иное, как набор высокопарных слов, да еще некстати употребленных (что показывали вопросительные знаки), и что автор книги был человек совершенно невежественный. И все это было так остроумно, что Сергей Иванович сам бы не отказался от такого остроумия; но это-то было ужасно.

Несмотря на совершенную добросовестность, с которою Сергей Иванович проверял справедливость доводов рецензента, он ни на минуту не остановился на недостатках и ошибках, которые были осмеиваемы, — было слишком очевидно, что все это подобрано нарочно, — но тотчас же невольно он до малейших подробностей стал вспоминать свою встречу и разговор с автором статьи.

“Не обидел ли я его чем-нибудь?” — спрашивал себя Сергей Иванович.

И, вспомнив, как он при встрече поправил этого молодого человека в выказывавшем его невежество слове, Сергей Иванович нашел объяснение смысла статьи.

После этой статьи наступило мертвое, и печатное и изустное, молчание о книге, и Сергей Иванович видел, что его шестилетнее произведение, выработанное с такою любовью и трудом, прошло бесследно.

Положение Сергея Ивановича было еще тяжелее оттого, что, окончив книгу, он не имел более кабинетной работы, занимавшей прежде большую часть его времени.

Сергей Иванович был умен, образован, здоров, деятелен и не знал, куда употребить всю свою деятельность. Разговоры в гостиных, съездах, собраниях, комитетах, везде, где можно было говорить, занимали часть его времени; но он, давнишний городской житель, не позволял себе уходить всему в разговоры, как это делал его неопытный брат, когда бывал в Москве; оставалось еще много досуга и умственных сил.

На его счастье, в это самое тяжелое для него по причине неудачи его книги время на смену вопросов иноверцев, американских друзей, самарского голода, выставки, спиритизма стал славянский вопрос,

about Koznyshev's book, indicating that the book had long ago been condemned by everybody and consigned to general ridicule.

At last in the third month a critical article appeared in a serious journal. Sergey Ivanovich knew the author of the article. He had met him once at Golubtsov's.

The author of the article was a very young and sickly feuilletonist, very sharp as a writer, but extremely uneducated and shy in personal relations.

In spite of his absolute contempt for the author, Sergey Ivanovich set about reading the article with complete respect. The article was awful.

Evidently, the feuilletonist had deliberately understood the whole book in a way in which it could not possibly be understood. But he had selected quotations so adroitly that for those who had not read the book (and evidently almost no one had read it) it was absolutely clear that the whole book was nothing but a selection of high-flown words, not even (as indicated by question marks) used appropriately, and that the author of the book was an absolutely ignorant person. And all this was so witty that Sergey Ivanovich would not have disowned such wit himself; but that was just what was so awful.

In spite of the absolute conscientiousness with which Sergey Ivanovich verified the correctness of the reviewer's arguments, he did not dwell for a moment on the defects and mistakes which were ridiculed—it was too evident that all this had been selected deliberately—but immediately he began involuntarily recalling down to the minutest details his meeting and conversation with the author of the article.

"Didn't I offend him in some way?" Sergey Ivanovich asked himself.

And remembering how when they met he had corrected the young man's use of a word that betrayed ignorance, Sergey Ivanovich found the explanation of the article's meaning.

This article was followed by a dead silence about the book both in print and in conversation, and Sergey Ivanovich saw that his six years' work, toiled at with such love and labor, had gone, leaving no trace.

Sergey Ivanovich's position was still more difficult because, having finished his book, he no longer had armchair work such as had previously occupied the greater part of his time.

Sergey Ivanovich was intelligent, educated, healthy, energetic and did not know what use to make of his energy. Conversations in drawing rooms, at conventions, at assemblies, in committees, everywhere where one could talk, took up part of his time; but as a long-time town-dweller, he did not allow himself to be entirely absorbed by talking, as his inexperienced brother did when he was in Moscow; he had a great deal of leisure and intellectual energy still left.

Fortunately for him, at this most trying time after the failure of his book, the questions of the non-Russian minorities, American friends, the Samara famine, the exhibition, and spiritism were replaced by the Slavonic

прежде только тлевшийся в обществе, и Сергей Иванович, и прежде бывший одним из возбудителей этого вопроса, весь отдался ему.

В среде людей, к которым принадлежал Сергей Иванович, в это время ни о чем другом не говорили и не писали, как о славянском вопросе и сербской войне. Все то, что делает обыкновенно праздная толпа, убивая время, делалось теперь в пользу славян. Балы, концерты, обеды, спичи, дамские наряды, пиво, трактиры — все свидетельствовало о сочувствии к славянам.

Со многим из того, что говорили и писали по этому случаю, Сергей Иванович был не согласен в подробностях. Он видел, что славянский вопрос сделался одним из тех модных увлечений, которые всегда, сменяя одно другое, служат обществу предметом занятия; видел и то, что много было людей, с корыстными, тщеславными целями занимавшихся этим делом. Он признавал, что газеты печатали много ненужного и преувеличенного, с одною целью — обратить на себя внимание и перекричать других. Он видел, что при этом общем подъеме общества выскочили вперед и кричали громче других все неудавшиеся и обиженные: главнокомандующие без армий, министры без министерств, журналисты без журналов, начальники партий без партизанов. Он видел, что много тут было легкомысленного и смешного; но он видел и признавал несомненный, все разраставшийся энтузиазм, соединивший в одно все классы общества, которому нельзя было не сочувствовать. Резня единоверцев и братьев славян вызвала сочувствие к страдающим и негодование к притеснителям. И геройство сербов и черногорцев, борющихся за великое дело, породило во всем народе желание помочь своим братьям уже не словом, а делом.

Но притом было другое, радостное для Сергея Ивановича явление: это было проявление общественного мнения. Общество определенно выразило свое желание. Народная душа получила выражение, как говорил Сергей Иванович. И чем более он занимался этим делом, тем очевиднее ему казалось, что это было дело, долженствующее получить громадные размеры, составить эпоху.

Он посвятил всего себя на служение этому великому делу и забыл думать о своей книге.

Все время его теперь было занято, так что он не успевал отвечать на все обращаемые к нему письма и требования.

Проработав всю весну и часть лета, он только в июле месяце собрался поехать в деревню к брату.

Он ехал и отдохнуть на две недели и в самой святая святых народа, в деревенской глуши, насладиться видом того поднятия народного духа, в котором он и все столичные и городские жители были вполне убеждены. Катавасов, давно собиравшийся исполнить данное Левину обещание побывать у него, поехал с ним вместе.

question, which had previously only smoldered among the public, and Sergey Ivanovich, who had previously been one of those who had raised this question, devoted himself to it entirely.

In the circle to which Sergey Ivanovich belonged, nothing else was talked or written about at that time except the Slavonic question and the Serbian war. Everything that the idle crowd usually does to kill time was done now for the benefit of the Slavs. Balls, concerts, dinners, speeches, ladies' dresses, beer, taverns—everything testified to sympathy with the Slavs.

With much that was spoken and written on the subject, Sergey Ivanovich did not agree in detail. He saw that the Slavonic question had become one of those fashionable pursuits which, succeeding one another, always provide the public with an object of occupation; he also saw that a great many people were taking up the subject from motives of self-interest and vanity. He recognized that the newspapers published a great deal that was superfluous and exaggerated with the sole aim of attracting attention and outcrying the others. He saw that in this general enthusiasm among the public those who thrust themselves most forward and shouted the loudest were all those who were unsuccessful and hurt: commanders-in-chief without armies, ministers without ministries, journalists without journals, party bosses without partisans. He saw that there was a great deal in it that was frivolous and absurd; but he also saw and recognized the unquestionable, ever growing enthusiasm, uniting all classes of society, with which it was impossible not to sympathize. The massacre of co-religionists and brother Slavs excited sympathy for the sufferers and indignation against the oppressors. And the heroism of the Serbs and Montenegrins, fighting for a great cause, begot in the whole nation a desire to help their brothers not in word but in deed.

But in this there was another phenomenon that rejoiced Sergey Ivanovich: that was the manifestation of public opinion. The public had definitely expressed its desire. The soul of the people had found expression, as Sergey Ivanovich put it. And the more he worked in this cause, the more evident it seemed to him that it was a cause destined to assume vast dimensions, to create an epoch.

He devoted himself entirely to the service of this great cause and forgot to think about his book.

His whole time now was taken up, so that he was unable to answer all the letters and demands addressed to him.

Having worked the whole spring and part of the summer, it was only in the month of July that he prepared to go to his brother's in the country.

He was going both to rest for a fortnight and in the very holy of holies of the people, in the wilderness of the country, to enjoy the sight of that uplift of the national spirit, of which he and all the dwellers of the capital and other cities were fully convinced. Katavasov, who had long been meaning to carry out his promise to visit Levin, went with him.

II

Едва Сергей Иванович с Катавасовым успели подъехать к особенно оживленной нынче народом станции Курской железной дороги и, выйдя из кареты, осмотреть подъезжавшего сзади с вещами лакея, как подъехали и добровольцы на четырех извозчиках. Дамы с букетами встретили их и в сопровождении хлынувшей за ними толпы вошли в станцию.

Одна из дам, встречавших добровольцев, выходя из залы, обратилась к Сергею Ивановичу.

— Вы тоже приехали проводить? — спросила она по-французски.

— Нет, я сам еду, княгиня. Отдохнуть к брату. А вы всегда провожаете? — с чуть заметной улыбкой сказал Сергей Иванович.

— Да нельзя же! — отвечала княгиня. — Правда, что от нас отправлено уж восемьсот? Мне не верил Мальвинский.

— Больше восьмисот. Если считать тех, которые отправлены не прямо из Москвы, уже более тысячи, — сказал Сергей Иваныч.

— Ну вот. Я и говорила! — радостно подхватила дама. — И ведь правда, что пожертвований теперь около миллиона?

— Больше, княгиня.

— А какова нынешняя телеграмма? Опять разбили турок.

— Да, я читал, — отвечал Сергей Иваныч. Они говорили о последней телеграмме, подтверждавшей то, что три дня сряду турки были разбиты на всех пунктах и бежали и что назавтра ожидалось решительное сражение.

— Ах, да, знаете, один молодой человек, прекрасный, просился. Не знаю, почему сделали затруднение. Я хотела просить вас, я его знаю, напишите, пожалуйста, записку. Он от графини Лидии Ивановны прислан.

Расспросив подробности, которые знала княгиня о просившемся молодом человеке, Сергей Иванович, пройдя в первый класс, написал записку к тому, от кого это зависело, и передал княгине.

— Вы знаете, граф Вронский, известный... едет с этим поездом, — сказала княгиня с торжествующею и многозначительною улыбкой, когда он опять нашел ее и передал ей записку.

— Я слышал, что он едет, но не знал когда. С этим поездом?

— Я видела его. Он здесь; одна мать провожает его. Все-таки это — лучшее, что он мог сделать.

— О да, разумеется.

В то время как они говорили, толпа хлынула мимо них к обеденному столу. Они тоже подвинулись и услыхали громкий голос одного господина, который с бокалом в руке говорил речь добровольцам. "Послужить за веру, за человечество, за братьев наших, — все возвышая голос, говорил господин. — На великое дело благословляет вас матушка Москва. *Живио!*" — громко и слезно заключил он.

Все закричали *живио!* и еще новая толпа хлынула в залу и чуть не сбила с ног княгиню.

II

Sergey Ivanovich and Katavasov had only just driven up to the station of the Kursk railway, which was particularly busy and full of people that day, got out of their carriage to look round for the footman who was following with their luggage, when the volunteers drove up in four cabs. Ladies with bouquets met them and, followed by the rushing crowd, they went into the station.

One of the ladies, who had met the volunteers, came out of the waiting room and addressed Sergey Ivanovich.

"You too have come to see them off?" she asked in French.

"No, I'm going away myself, Princess. To my brother's for a rest. Do you always see them off?" said Sergey Ivanovich with a hardly perceptible smile.

"Well, that would be impossible!" answered the Princess. "Is it true that eight hundred have been sent from us already? Malvinsky wouldn't believe me."

"More than eight hundred. If you reckon those who have been sent not directly from Moscow, over a thousand," said Sergey Ivanych.

"There. That's just what I said!" the lady exclaimed joyfully. "And it's true that nearly a million has been donated now?"

"More, Princess."

"And what about today's telegram? They have beaten the Turks again."

"Yes, I read it," answered Sergey Ivanych. They were speaking of the latest telegram confirming that the Turks had been for three days in succession beaten at all points and had fled, and that tomorrow a decisive battle was expected.

"Ah, yes, you know, a splendid young man wants to go. I don't know why they've made some difficulty. I wanted to ask you, I know him, please write a note. He's been sent from Countess Lydia Ivanovna."

Having asked for all the details the Princess knew about the volunteering young man, Sergey Ivanovich, going to the first-class waiting room, wrote a note to the person on whom it depended and handed it to the Princess.

"You know, Count Vronsky, the notorious one... is going by this train," said the Princess with a triumphant and meaningful smile, when he found her again and gave her the note.

"I had heard he was going, but I did not know when. By this train?"

"I've seen him. He's here; there's only his mother seeing him off. It's the best thing, anyway, that he could do."

"Oh, yes, of course."

While they were talking, the crowd rushed past them to the dining table. They also moved on and heard the loud voice of a gentleman who, with a glass in his hand, was making a speech to the volunteers. "To serve the faith, humanity, our brothers," the gentleman said, raising his voice more and more. "Mother Moscow blesses you to the great cause. *Zhivio!*" he concluded, loudly and tearfully.

Everyone shouted *Zhivio!* and a new crowd rushed into the waiting room, almost knocking the Princess off her feet.

— А! княгиня, каково! — сияя радостной улыбкой, сказал Степан Аркадьич, вдруг появившийся в середине толпы. — Не правда ли, славно, тепло сказал? Браво! И Сергей Иваныч! Вот вы бы сказали от себя так — несколько слов, знаете, ободрение; вы так это хорошо, — прибавил он с нежной, уважительной и осторожной улыбкой, слегка за руку подвигая Сергея Ивановича.

— Нет, я еду сейчас.

— Куда?

— В деревню, к брату, — отвечал Сергей Иванович.

— Так вы жену мою увидите. Я писал ей, но вы прежде увидите; пожалуйста, скажите, что меня видели и что all right. Она поймет. А впрочем, скажите ей, будьте добры, что я назначен членом комиссии соединенного... Ну, да она поймет! Знаете, les petites misères de la vie humaine[1], — как бы извиняясь, обратился он к княгине. — А Мягкая-то, не Лиза, а Бибиш, посылает-таки тысячу ружей и двенадцать сестер. Я вам говорил?

— Да, я слышал, — неохотно отвечал Кознышев.

— А жаль, что вы уезжаете, — сказал Степан Аркадьич. — Завтра мы даем обед двум отъезжающим — Димер-Бартнянский из Петербурга и наш Веселовский, Гриша. Оба едут. Веселовский недавно женился. Вот молодец! Не правда ли, княгиня? — обратился он к даме.

Княгиня, не отвечая, посмотрела на Кознышева. Но то, что Сергей Иваныч и княгиня как будто желали отделаться от него, нисколько не смущало Степана Аркадьича. Он, улыбаясь, смотрел то на перо шляпы княгини, то по сторонам, как будто припоминая что-то. Увидав проходившую даму с кружкой, он подозвал ее к себе и положил пятирублевую бумажку.

— Не могу видеть этих кружек спокойно, пока у меня есть деньги, — сказал он. — А какова нынешняя депеша? Молодцы черногорцы!

— Что вы говорите! — вскрикнул он, когда княгиня сказала ему, что Вронский едет в этом поезде. На мгновение лицо Степана Аркадьича выразило грусть, но через минуту, когда, слегка подрагивая на каждой ноге и расправляя бакенбарды, он вошел в комнату, где был Вронский, Степан Аркадьич уже вполне забыл свои отчаянные рыдания над трупом сестры и видел в Вронском только героя и старого приятеля.

— Со всеми его недостатками нельзя не отдать ему справедливости, — сказала княгиня Сергею Ивановичу, как только Облонский отошел от них. — Вот именно вполне русская, славянская натура! Только я боюсь, что Вронскому будет неприятно его видеть. Как ни говорите, меня трогает судьба этого человека. Поговорите с ним дорогой, — сказала княгиня.

— Да, может быть, если придется.

— Я никогда не любила его. Но это выкупает многое. Он не только едет сам, но эскадрон ведет на свой счет.

— Да, я слышал.

Послышался звонок. Все затолпились к дверям.

---

[1] маленькие неприятности человеческой жизни (*франц.*).

"Ah, Princess! What do you think of that!" said Stepan Arkadyich, suddenly appearing in the middle of the crowd and beaming with a delighted smile. "Capitally, warmly said, wasn't it? Bravo! And Sergey Ivanych! Now, you should say something on your own behalf—a few words, you know, an encouragement; you do that so well," he added with a soft, respectful and discreet smile, moving Sergey Ivanovich forward a little by the arm.

"No, I'm just off."

"Where to?"

"To the country, to my brother's," answered Sergey Ivanovich.

"Then you'll see my wife. I've written to her, but you'll see her sooner; please tell her that you've seen me and that it's 'all right.' She'll understand. However, be so good as to tell her I'm appointed a member of the commission of the joint... But she'll understand! You know, les petites misères de la vie humaine[1]," he turned to the Princess, as if apologizing. "And Miagkaya, not Liza, but Bibish, is really sending a thousand guns and twelve nurses. Did I tell you?"

"Yes, I heard," answered Koznyshev reluctantly.

"It's a pity you're going away," said Stepan Arkadyich. "Tomorrow we're giving a dinner to two who're setting off—Dimer-Bartnyansky from Petersburg and our Veselovsky, Grisha. They're both going. Veselovsky got married recently. A fine fellow! Isn't he, Princess?" he turned to the lady.

The Princess looked at Koznyshev without replying. But the fact that Sergey Ivanych and the Princess seemed anxious to get rid of him did not in the least embarrass Stepan Arkadyich. Smiling, he looked now at the feather in the Princess's hat, now about him, as if trying to remember something. Seeing a lady passing by with a cup, he beckoned her up and put in a five-ruble note.

"I can't look calmly at those cups while I've money," he said. "And how about today's dispatch? Fine chaps those Montenegrins!"

"You don't say so!" he exclaimed, when the Princess told him that Vronsky was going by this train. For a moment Stepan Arkadyich's face expressed sadness, but a minute later, when, with a slight spring in his step and smoothing his whiskers, he went into the room where Vronsky was, Stepan Arkadyich had already completely forgotten his despairing sobs over his sister's corpse and saw in Vronsky only a hero and an old friend.

"With all his defects one can't refuse to do him justice," said the Princess to Sergey Ivanovich as soon as Stepan Arkadyich had left them. "His is a thoroughly Russian, Slavonic nature! Only I'm afraid it won't be pleasant for Vronsky to see him. Say what you will, I'm touched by that man's fate. Do talk to him on the way," said the Princess.

"Yes, perhaps, if it happens so."

"I never liked him. But this atones for a great deal. He's not merely going himself, he's taking a squadron at his own expense."

"Yes, I heard."

The bell sounded. Everyone crowded to the doors.

---

[1] The little miseries of human life (*French*).

— Вот он! — проговорила княгиня, указывая на Вронского, в длинном пальто и с широкими полями черной шляпе шедшего под руку с матерью. Облонский шел подле него, что-то оживленно говоря.

Вронский, нахмурившись, смотрел перед собою, как будто не слыша того, что говорит Степан Аркадьич.

Вероятно, по указанию Облонского он оглянулся в ту сторону, где стояли княгиня и Сергей Иванович, и молча приподнял шляпу. Постаревшее и выражавшее страдание лицо его казалось окаменелым.

Выйдя на платформу, Вронский молча, пропустив мать, скрылся в отделении вагона.

На платформе раздалось *Боже, царя храни*, потом крики: *ура!* и *живио!* Один из добровольцев, высокий, очень молодой человек с ввалившеюся грудью, особенно заметно кланялся, махая над головой войлочною шляпой и букетом. За ним высовывались, кланяясь тоже, два офицера и пожилой человек с большой бородой, в засаленной фуражке.

III

Простившись с княгиней, Сергей Иваныч вместе с подошедшим Катавасовым вошел в битком набитый вагон, и поезд тронулся.

На Царицынской станции поезд был встречен стройным хором молодых людей, певших "Славься". Опять добровольцы кланялись и высовывались, но Сергей Иванович не обращал на них внимания; он столько имел дел с добровольцами, что уже знал их общий тип, и это не интересовало его. Катавасов же, за своими учеными занятиями не имевший случая наблюдать добровольцев, очень интересовался ими и расспрашивал про них Сергея Ивановича.

Сергей Иванович посоветовал ему пройти во второй класс поговорить самому с ними. На следующей станции Катавасов исполнил этот совет.

На первой остановке он перешел во второй класс и познакомился с добровольцами. Они сидели отдельно в углу вагона, громко разговаривая и, очевидно, зная, что внимание пассажиров и вошедшего Катавасова обращено на них. Громче всех говорил высокий, со впалою грудью юноша. Он, очевидно, был пьян и рассказывал про какую-то случившуюся в их заведении историю. Против него сидел уже немолодой офицер в австрийской военной фуфайке гвардейского мундира. Он, улыбаясь, слушал рассказчика и останавливал его. Третий, в артиллерийском мундире, сидел на чемодане подле них. Четвертый спал.

Вступив в разговор с юношей, Катавасов узнал, что это был богатый московский купец, промотавший большое состояние до двадцати двух лет. Он не понравился Катавасову тем, что был изнежен, избалован и слаб здоровьем; он, очевидно, был уверен, в особенности теперь,

"Here he is!" said the Princess, pointing to Vronsky, in a long coat and wide-brimmed black hat, walking with his mother on his arm. Oblonsky was walking beside him, saying something with animation.

Vronsky, frowning, was looking straight before him, as if not hearing what Stepan Arkadyich was saying.

Probably at Oblonsky's indication, he looked round in the direction where the Princess and Sergey Ivanovich were standing, and silently raised his hat. His face, aged and worn by suffering, looked petrified.

Going onto the platform, Vronsky silently let his mother pass and disappeared into a compartment of the carriage.

On the platform there rang out *"God save the Tsar,"* then shouts of *"Hurrah!"* and *"Zhivio!"* One of the volunteers, a tall, very young man with a hollow chest, was bowing particularly conspicuously, waving his felt hat and a bouquet over his head. From behind him, also bowing, peeped out two officers and an elderly man with a big beard, wearing a greasy forage cap.

III

Saying good-bye to the Princess, Sergey Ivanych and Katavasov, who joined him, together got into the crowded carriage, and the train started.

At Tsaritsyn station the train was met by a harmonious chorus of young men singing "Hail to Thee." Again the volunteers bowed and peeped out, but Sergey Ivanovich paid no attention to them; he had dealt with the volunteers so much that their general type was familiar to him and did not interest him. Katavasov, whose scientific work had prevented his having a chance of observing the volunteers, was very much interested in them and questioned Sergey Ivanovich about them.

Sergey Ivanovich advised him to go to the second class and talk to them himself. At the next station Katavasov acted on this advice.

At the first stop he went to the second class and made the acquaintance of the volunteers. They were sitting separately in a corner of the carriage, talking loudly and obviously aware that the attention of the passengers and Katavasov as he got in was concentrated upon them. More loudly than all talked the tall, hollow-chested young man. He was evidently drunk, and was relating some story that had occurred at his school. Facing him sat a middle-aged officer in the Austrian military jacket of the Guards uniform. He was listening with a smile to the teller and occasionally interrupted him. The third, in an artillery uniform, was sitting on a suitcase beside them. The fourth was asleep.

Entering into conversation with the youth, Katavasov learned that he was a wealthy Moscow merchant who had run through a large fortune before he was twenty-two. Katavasov did not like him because he was effeminate, spoilt and sickly; he was evidently convinced, especially now, after

выпив, что он совершает геройский поступок, и хвастался самым неприятным образом.

Другой, отставной офицер, тоже произвел неприятное впечатление на Катавасова. Это был, как видно, человек, попробовавший всего. Он был и на железной дороге, и управляющим, и сам заводил фабрики, и говорил обо всем, без всякой надобности и невпопад употребляя ученые слова.

Третий, артиллерист, напротив, очень понравился Катавасову. Это был скромный, тихий человек, очевидно преклонявшийся пред знанием отставного гвардейца и пред геройским самопожертвованием купца и сам о себе ничего не говоривший. Когда Катавасов спросил его, что его побудило ехать в Сербию, он скромно отвечал:

— Да что ж, все едут. Надо тоже помочь и сербам. Жалко.

— Да, в особенности ваших артиллеристов там мало, — сказал Катавасов.

— Я ведь недолго служил в артиллерии; может, и в пехоту или в кавалерию назначат.

— Как же в пехоту, когда нуждаются в артиллеристах более всего? — сказал Катавасов, соображая по годам артиллериста, что он должен быть уже в значительном чине.

— Я не много служил в артиллерии, я юнкером в отставке, — сказал он и начал объяснять, почему он не выдержал экзамена.

Все это вместе произвело на Катавасова неприятное впечатление, и когда добровольцы вышли на станцию выпить, Катавасов хотел в разговоре с кем-нибудь поверить свое невыгодное впечатление. Один проезжающий старичок в военном пальто все время прислушивался к разговору Катавасова с добровольцами. Оставшись с ним один на один, Катавасов обратился к нему.

— Да, какое разнообразие положений всех этих людей, отправляющихся туда, — неопределенно сказал Катавасов, желая высказать свое мнение и вместе с тем выведать мнение старичка.

Старичок был военный, делавший две кампании. Он знал, что такое военный человек, и, по виду и разговору этих господ, по ухарству, с которым они прикладывались к фляжке дорогой, он считал их за плохих военных. Кроме того, он был житель уездного города, и ему хотелось рассказать, как из его города пошел только один солдат бессрочный, пьяница и вор, которого никто уже не брал в работники. Но, по опыту зная, что при теперешнем настроении общества опасно высказывать мнение, противное общему, и в особенности осуждать добровольцев, он тоже высматривал Катавасова.

— Что ж, там нужны люди. Говорят, сербские офицеры никуда не годятся.

— О, да, а эти будут лихие, — сказал Катавасов, смеясь глазами. И они заговорили о последней военной новости, и оба друг перед другом скрыли свое недоумение о том, с кем назавтра ожидается

drinking, that he was performing a heroic act, and he bragged in a most unpleasant way.

The second, the retired officer, also made an unpleasant impression upon Katavasov. He was, it seemed, a man who had tried everything. He had worked on a railway, and as a steward, and had started factories himself, and he talked about it all, using learned words quite without necessity and inappropriately.

The third, the artilleryman, on the contrary, struck Katavasov very favorably. He was a modest, quiet man, who evidently admired the knowledge of the retired guardsman and the heroic self-sacrifice of the merchant and said nothing about himself. When Katavasov asked him what had impelled him to go to Serbia, he answered modestly:

"Well, everyone's going. We must help the Serbs, too. I'm sorry for them."

"Yes, you artillerymen especially are scarce there," said Katavasov.

"I didn't serve long in the artillery; maybe they'll put me into the infantry or the cavalry."

"Why into the infantry when they need artillerymen most of all?" said Katavasov, reckoning by the artilleryman's age that he must have reached a significant rank.

"I didn't serve long in the artillery, I'm a retired cadet," he said and began to explain why he had failed in his examination.

All this together made a disagreeable impression on Katavasov, and when the volunteers got out at a station for a drink, Katavasov wanted to compare his unfavorable impression in conversation with someone. There was a little old man in the carriage, wearing a military overcoat, who had been listening all the while to Katavasov's conversation with the volunteers. When they were left alone, Katavasov addressed him.

"What different positions they come from, all those men who are going off there," Katavasov said vaguely, wishing to express his opinion and at the same time to find out the old man's opinion.

The old man was a soldier who had served on two campaigns. He knew what makes a soldier, and judging by the appearance and the talk of those gentlemen, by the bravado with which they had recourse to the flask on the journey, he considered them poor soldiers. Moreover, he lived in a provincial town and wanted to tell how only one soldier, who had been on indefinite leave, had volunteered from his town, a drunkard and a thief whom no one would employ as a laborer. But knowing from experience that in the present mood of the public it was dangerous to express an opinion opposed to the general one, and especially to criticize the volunteers, he also probed Katavasov.

"Well, men are needed there. They say the Serbian officers are not good at all."

"Oh, yes, and these will be dashing ones," said Katavasov, laughing with his eyes. And they fell to talking of the latest war news, and each concealed from the other his perplexity as to with whom the battle was expected the

сражение, когда турки, по последнему известию, разбиты на всех пунктах. И так, оба не высказав своего мнения, они разошлись.

Катавасов, войдя в свой вагон, невольно кривя душой, рассказал Сергею Ивановичу свои наблюдения над добровольцами, из которых оказывалось, что они были отличные ребята.

На большой станции в городе опять пение и крики встретили добровольцев, опять явились с кружками сборщицы и сборщики, и губернские дамы поднесли букеты добровольцам и пошли за ними в буфет; но все это было уже гораздо слабее и меньше, чем в Москве.

IV

Во время остановки в губернском городе Сергей Иванович не пошел в буфет, а стал ходить взад и вперед по платформе.

Проходя в первый раз мимо отделения Вронского, он заметил, что окно было задернуто. Но, проходя в другой раз, он увидал у окна старую графиню. Она подозвала к себе Кознышева.

— Вот еду, провожаю его до Курска, — сказала она.

— Да, я слышал, — сказал Сергей Иванович, останавливаясь у ее окна и заглядывая в него. — Какая прекрасная черта с его стороны! — прибавил он, заметив, что Вронского в отделении не было.

— Да после его несчастия что ж ему было делать?

— Какое ужасное событие! — сказал Сергей Иванович.

— Ах, что я пережила! Да заходите... Ах, что я пережила! — повторила она, когда Сергей Иванович вошел и сел с ней рядом на диване. — Этого нельзя себе представить! Шесть недель он не говорил ни с кем и ел только тогда, когда я умоляла его. И ни одной минуты нельзя было его оставить одного. Мы отобрали все, чем он мог убить себя; мы жили в нижнем этаже, но нельзя было ничего предвидеть. Ведь вы знаете, он уже стрелялся раз из-за нее же, — сказала она, и брови старушки нахмурились при этом воспоминании. — Да, она кончила, как и должна была кончить такая женщина. Даже смерть она выбрала подлую, низкую.

— Не нам судить, графиня, — со вздохом сказал Сергей Иванович, — но я понимаю, как для вас это было тяжело.

— Ах, не говорите! Я жила у себя в именье, и он был у меня. Приносят записку. Он написал ответ и отослал. Мы ничего не знали, что она тут же была на станции. Вечером, я только ушла к себе, мне моя Мери говорит, что на станции дама бросилась под поезд. Меня как что-то ударило! Я поняла, что это была она. Первое, что я сказала: не говорить ему. Но они уж сказали ему. Кучер его там был и все видел. Когда я прибежала в его комнату, он был уже не свой — страшно было смотреть на него. Он ни слова не сказал и поскакал туда. Уж я не знаю, что там было, но его привезли как мертвого. Я бы не узнала его. Prostration complète[1], говорил доктор. Потом началось почти бешенство.

---

[1] Полная прострация (*франц.*).

next day, since the Turks had been beaten, according to the latest news, at all points. And so they parted, neither giving expression to his opinion.

Katavasov went back to his carriage and, involuntarily acting against his conscience, told Sergey Ivanovich his observations of the volunteers, from which it would appear that they were capital fellows.

At a big station at a town the volunteers were again met with singing and shouting, again men and women with collecting cups appeared, and provincial ladies handed bouquets to the volunteers and followed them to the refreshment room; but all this was on a much feebler and smaller scale than in Moscow.

IV

During the stop in a provincial town, Sergey Ivanovich did not go to the refreshment room, but began walking up and down the platform.

The first time he passed Vronsky's compartment he noticed that the curtain was drawn over the window. But as he passed it the second time he saw the old Countess at the window. She beckoned to Koznyshev.

"I'm going, you see, taking him as far as Kursk," she said.

"Yes, I heard," said Sergey Ivanovich, stopping at her window and peeping in. "What a noble act on his part!" he added, noticing that Vronsky was not in the compartment.

"Well, after his misfortune, what was he to do?"

"What a terrible development!" said Sergey Ivanovich.

"Ah, what I have been through! But do get in... Ah, what I have been through!" she repeated, when Sergey Ivanovich had got in and sat down beside her on the seat. "You can't imagine it! For six weeks he did not speak to anyone and ate only when I implored him to. And not for one minute could we leave him alone. We took away everything he could have used to kill himself; we lived on the ground floor, but there was no predicting anything. You know, of course, that he had shot himself once already on her account," she said, and the old lady's brows knitted at the recollection. "Yes, hers was the fitting end for such a woman. Even the death she chose was ignoble and low."

"It's not for us to judge, Countess," said Sergey Ivanovich with a sigh, "but I understand how hard it was for you."

"Ah, don't speak of it! I was living on my estate, and he was with me. A note was brought to him. He wrote an answer and sent it off. We had no idea that she was close by at the station. In the evening I had just gone to my room, when my Mary told me a lady had thrown herself under the train at the station. Something seemed to strike me at once! I realized it was she. The first thing I said was, he was not to be told. But they'd told him already. His coachman was there and saw it all. When I ran into his room, he was beside himself—it was terrible to look at him. He didn't say a word, but galloped off there. I don't know what happened there, but he was brought back like a corpse. I wouldn't have recognized him. Prostration complète, the doctor said. Then came almost madness.

— Ах, что говорить! — сказала графиня, махнув рукой. — Ужасное время! Нет, как ни говорите, дурная женщина. Ну, что это за страсти какие-то отчаянные! Это все что-то особенное доказать. Вот она и доказала. Себя погубила и двух прекрасных людей — своего мужа и моего несчастного сына.

— А что ее муж? — спросил Сергей Иванович.

— Он взял ее дочь. Алеша в первое время на все был согласен. Но теперь его ужасно мучает, что он отдал чужому человеку свою дочь. Но взять назад слово он не может. Каренин приезжал на похороны. Но мы старались, чтоб он не встретился с Алешей. Для него, для мужа, это все-таки легче. Она развязала его. Но бедный сын мой отдался весь ей. Бросил все — карьеру, меня, и тут-то она еще не пожалела его, а нарочно убила его совсем. Нет, как ни говорите, самая смерть ее — смерть гадкой женщины без религии. Прости меня Бог, но я не могу не ненавидеть память ее, глядя на погибель сына.

— Но теперь как он?

— Это Бог нам помог — эта сербская война. Я старый человек, ничего в этом не понимаю, но ему Бог это послал. Разумеется, мне, как матери, страшно; и главное, говорят, ce n'est pas très bien vu à Pétersbourg[1]. Но что же делать! Одно это могло его поднять. Яшвин — его приятель — он все проиграл и собрался в Сербию. Он заехал к нему и уговорил его. Теперь это занимает его. Вы, пожалуйста, поговорите с ним, мне хочется его развлечь. Он так грустен. Да на беду еще у него зубы разболелись. А вам он будет очень рад. Пожалуйста, поговорите с ним, он ходит с этой стороны.

Сергей Иванович сказал, что он очень рад, и перешел на другую сторону поезда.

V

В косой вечерней тени кулей, наваленных на платформе, Вронский в своем длинном пальто и надвинутой шляпе, с руками в карманах, ходил, как зверь в клетке, на двадцати шагах быстро поворачиваясь. Сергею Ивановичу, когда он подходил, показалось, что Вронский его видит, но притворяется невидящим. Сергею Ивановичу это было все равно. Он стоял выше всяких личных счетов с Вронским.

В эту минуту Вронский в глазах Сергея Ивановича был важный деятель для великого дела, и Кознышев считал своим долгом поощрить его и одобрить. Он подошел к нему.

Вронский остановился, вгляделся, узнал и, сделав несколько шагов навстречу Сергею Ивановичу, крепко-крепко пожал его руку.

— Может быть, вы и не желали со мной видеться, — сказал Сергей Иваныч, — но не могу ли я вам быть полезным?

— Ни с кем мне не может быть так мало неприятно видеться, как с вами, — сказал Вронский. — Извините меня. Приятного в жизни мне нет.

---

[1] на это косо смотрят в Петербурге (*франц.*).

"Ah, why talk of it!" said the Countess with a wave of her hand. "A terrible time! No, say what you will, she was a bad woman. Why, what are these desperate passions! It was all to prove something special. Well, she proved it. She brought herself to ruin and two excellent men—her husband and my unfortunate son."

"And what about her husband?" asked Sergey Ivanovich.

"He has taken her daughter. Alyosha was ready to agree to anything at first. But now he is greatly distressed at having given up his daughter to a stranger. But he can't take back his word. Karenin came to the funeral. But we tried to prevent his meeting Alyosha. For him, for her husband, it was easier, anyway. She had set him free. But my poor son was utterly given up to her. He had abandoned everything—his career, me, and even then she had no mercy on him but deliberately made his ruin complete. No, say what you will, her very death was the death of a vile woman without religion. God forgive me, but I can't help hating the memory of her, looking at my son's ruin."

"But how is he now?"

"It is God's help to us—this Serbian war. I'm an old person, I understand nothing about it, but for him it is a godsend. Of course I, as his mother, fear for him; and above all they say ce n'est pas très bien vu à Pétersbourg[1]. But it can't be helped! It was the only thing that could rouse him. Yashvin—a friend of his—he had lost everything at cards and was going to Serbia. He came to see him and persuaded him to go. Now it interests him. Please talk to him, I want him to have some distraction. He's so sad. And as bad luck would have it, he has toothache too. But he'll be very glad to see you. Please talk to him, he's walking about on that side."

Sergey Ivanovich said he would be very glad to, and went over to the other side of the train.

V

In the slanting evening shadow of the sacks piled up on the platform, Vronsky in his long coat and slouch hat, with his hands in his pockets, strode up and down, like a wild beast in a cage, turning sharply after twenty paces. Sergey Ivanovich fancied, as he approached him, that Vronsky saw him but was pretending not to see. Sergey Ivanovich did not care. He was above all personal considerations with Vronsky.

In Sergey Ivanovich's eyes Vronsky at that moment was an important figure in a great cause, and Koznyshev thought it his duty to encourage him and express his approval. He went up to him.

Vronsky stopped, gazed, recognized him and, going a few steps to meet Sergey Ivanovich, shook hands with him very firmly.

"Perhaps you didn't wish to see me," said Sergey Ivanych, "but couldn't I be of use to you?"

"There is no one whom it would be less unpleasant for me to see than you," said Vronsky. "Excuse me. There is nothing pleasant in life for me."

---

[1] it is not very favorably regarded in Petersburg *(French)*.

— Я понимаю и хотел предложить вам свои услуги, — сказал Сергей Иванович, вглядываясь в очевидно страдающее лицо Вронского. — Не нужно ли вам письмо к Ристичу, к Милану?

— О нет! — как будто с трудом понимая, сказал Вронский. — Если вам все равно, то будемте ходить. В вагонах такая духота. Письмо? Нет, благодарю вас; для того чтоб умереть, не нужно рекомендаций. Нешто к туркам... — сказал он, улыбнувшись одним ртом. Глаза продолжали иметь сердито-страдающее выражение.

— Да, но вам, может быть, легче вступить в сношения, которые все-таки необходимы, с человеком приготовленным. Впрочем, как хотите. Я очень рад был услышать о вашем решении. И так уж столько нападков на добровольцев, что такой человек, как вы, поднимает их в общественном мнении.

— Я, как человек, — сказал Вронский, — тем хорош, что жизнь для меня ничего не стоит. А что физической энергии во мне довольно, чтобы врубиться в каре и смять или лечь, — это я знаю. Я рад тому, что есть за что отдать мою жизнь, которая мне не то что не нужна, но постыла. Кому-нибудь пригодится. — И он сделал нетерпеливое движение скулой от непрестающей, ноющей боли зуба, мешавшей ему даже говорить с тем выражением, с которым он хотел.

— Вы возродитесь, предсказываю вам, — сказал Сергей Иванович, чувствуя себя тронутым. — Избавление своих братьев от ига есть цель, достойная и смерти и жизни. Дай вам Бог успеха внешнего — и внутреннего мира, — прибавил он и протянул руку.

Вронский крепко пожал протянутую руку Сергея Ивановича.

— Да, как орудие, я могу годиться на что-нибудь. Но, как человек, я — развалина, — с расстановкой проговорил он.

Щемящая боль крепкого зуба, наполнявшая слюною его рот, мешала ему говорить. Он замолк, вглядываясь в колеса медленно и гладко подкатывавшегося по рельсам тендера.

И вдруг совершенно другая, не боль, а общая мучительная внутренняя неловкость заставила его забыть на мгновение боль зуба. При взгляде на тендер и на рельсы под влиянием разговора с знакомым, с которым он не встречался после своего несчастия, ему вдруг вспомнилась *она*, то есть то, что оставалось еще от нее, когда он, как сумасшедший, вбежал в казарму железнодорожной станции: на столе казармы бесстыдно растянутое посреди чужих окровавленное тело, еще полное недавней жизни; закинутая назад уцелевшая голова с своими тяжелыми косами и вьющимися волосами на висках, и на прелестном лице, с полуоткрытым румяным ртом, застывшее странное, жалкое в губах и ужасное в остановившихся незакрытых глазах, выражение, как бы словами выговаривавшее то страшное слово — о том, что он раскается, — которое она во время ссоры сказала ему.

И он старался вспомнить ее такою, какою она была тогда, когда он в первый раз встретил ее тоже на станции, таинственною, прелестной, любящею, ищущею и дающею счастье, а не жестоко-мстительною, какою она вспоминалась ему в последнюю минуту. Он старался

"I understand, and I wanted to offer you my services," said Sergey Ivanovich, gazing into Vronsky's evidently suffering face. "Wouldn't you need a letter to Ristich or to Milan?"

"Oh, no!" Vronsky said, seeming to understand him with difficulty. "If you don't mind, let's walk on. It's so stuffy in the carriages. A letter? No, thank you; to die one needs no introductions. Unless indeed to the Turks..." he said, smiling with his mouth only. His eyes still kept their expression of angry suffering.

"Yes, but you might find it easier to get into relations, which are after all essential, with someone who has been prepared. However, as you like. I was very glad to hear of your decision. There have been so many attacks on the volunteers that a man like you raises them in public opinion."

"My use as a man," said Vronsky, "is that life's worth nothing to me. And that I've enough physical energy to cut my way into an infantry square and to trample it or fall—that I know. I'm glad there's something to give my life for, which is not so much useless as loathsome to me. Someone will find it useful." And his jaw moved impatiently from the incessant, gnawing toothache that prevented him from even speaking with the expression he wanted to speak with.

"You will return to life, I predict it to you," said Sergey Ivanovich, feeling touched. "Delivering one's brothers from bondage is an aim worth death and life. God grant you success outwardly—and inwardly peace," he added and held out his hand.

Vronsky firmly pressed Sergey Ivanovich's outstretched hand.

"Yes, as a weapon I may be of some use. But as a man, I'm a wreck," he said deliberately.

The pinching pain in a strong tooth, filling his mouth with saliva, prevented him from speaking. He fell silent, gazing at the wheels of the tender, slowly and smoothly rolling along the rails.

And suddenly something totally different, not a pain, but a general, torturing inner tension made him for a moment forget his toothache. As he glanced at the tender and the rails, under the influence of the conversation with an acquaintance he had not met since his misfortune, he suddenly recalled *her*—that is, what was left of her when he had run like a madman into the barrack of the railway station: on the table in the barrack, shamelessly sprawled out among strangers, the bloodstained body still full of recent life; the unhurt head, thrown back with its heavy braids and the curling hair about the temples, and on the exquisite face with its half-opened, red mouth, a frozen, strange expression, piteous on the lips and terrible in the still unclosed eyes, that seemed to utter that fearful phrase—that he would be sorry for it—that she had said to him when they were quarreling.

And he tried to remember her as she was when he met her the first time, at a station too, mysterious, exquisite, loving, seeking and giving happiness, and not cruelly revengeful as he remembered her in the last moment. He tried to remember his best moments with her, but those moments were

вспоминать лучшие минуты с нею, но эти минуты были навсегда отравлены. Он помнил ее только торжествующую, свершившуюся угрозу никому не нужного, но неизгладимого раскаяния. Он перестал чувствовать боль зуба, и рыдания искривили его лицо.

Пройдя молча два раза подле кулей и овладев собой, он спокойно обратился к Сергею Ивановичу:

— Вы не имели телеграммы после вчерашней? Да, разбиты в третий раз, но назавтра ожидается решительное сражение.

И, поговорив еще о провозглашении королем Милана и об огромных последствиях, которые это может иметь, они разошлись по своим вагонам после второго звонка.

VI

Не зная, когда ему можно будет выехать из Москвы, Сергей Иванович не телеграфировал брату, чтобы высылать за ним. Левина не было дома, когда Катавасов и Сергей Иванович на тарантасике, взятом на станции, запыленные, как арапы, в двенадцатом часу дня подъехали к крыльцу покровского дома. Кити, сидевшая на балконе с отцом и сестрой, узнала деверя и сбежала вниз встретить его.

— Как вам не совестно не дать знать, — сказала она, подавая руку Сергею Ивановичу и подставляя ему лоб.

— Мы прекрасно доехали и вас не беспокоили, — отвечал Сергей Иванович. — Я так пылен, что и боюсь дотронуться. Я был так занят, что и не знал, когда вырвусь. А вы по-старому, — сказал он, улыбаясь, — наслаждаетесь тихим счастьем вне течений в своем тихом затоне. Вот и наш приятель Федор Васильич собрался наконец.

— Но я не негр, я вымоюсь — буду похож на человека, — сказал Катавасов с своею обычною шутливостью, подавая руку и улыбаясь особенно блестящими из-за черного лица зубами.

— Костя будет очень рад. Он пошел на хутор. Ему бы пора прийти.

— Все занимается хозяйством. Вот именно в затоне, — сказал Катавасов. — А нам в городе, кроме сербской войны, ничего не видно. Ну, как мой приятель относится? Верно, что-нибудь не как люди?

— Да он так, ничего, как все, — несколько сконфуженно оглядываясь на Сергея Ивановича, отвечала Кити. — Так я пошлю за ним. А у нас папа гостит. Он недавно из-за границы приехал.

И, распорядившись послать за Левиным и о том, чтобы провести запыленных гостей умываться, одного в кабинет, другого в бывшую Доллину комнату, и о завтраке гостям, она, пользуясь правом быстрых движений, которых она была лишена во время своей беременности, вбежала на балкон.

— Это Сергей Иванович и Катавасов, профессор, — сказала она.

— Ох, в жар тяжело! — сказал князь.

poisoned forever. He remembered only her triumphant, accomplished threat of a wholly useless remorse never to be effaced. He stopped feeling the toothache, and sobs contorted his face.

Silently passing beside the sacks twice and regaining his self-possession, he addressed Sergey Ivanovich calmly:

"You have had no telegrams since yesterday's? Yes, beaten for a third time, but a decisive battle is expected tomorrow."

And after talking more of Milan's proclamation as king and the immense consequences it might have, they parted, going to their carriages after the second bell.

VI

Sergey Ivanovich had not telegraphed to his brother to send to meet him, as he did not know when he would be able to leave Moscow. Levin was not at home when Katavasov and Sergey Ivanovich in a little tarantass, hired at the station, drove up to the steps of the Pokrovskoye house past eleven in the morning, dusty as Moors. Kitty, sitting on the balcony with her father and sister, recognized her brother-in-law and ran down to meet him.

"Shame on you for not letting us know," she said, giving her hand to Sergey Ivanovich and putting her forehead up for him to kiss.

"We drove here superbly, and have not troubled you," answered Sergey Ivanovich. "I'm so dusty I'm afraid to touch you. I've been so busy I didn't know when I could tear myself away. And you, as ever," he said, smiling, "are enjoying your quiet happiness out of the reach of the currents in your quiet backwater. And our friend Fyodor Vassilych has come at last."

"But I'm not a negro, I'll look like a human being when I wash," said Katavasov with his usual jocosity, holding out his hand and smiling, his teeth flashing particularly bright on his black face.

"Kostya will be very glad. He has gone to the farmstead. It's time he should be home."

"Busy as ever with his farming. It really is a backwater," said Katavasov. "While we in town see nothing but the Serbian war. Well, how does my friend look at it? He's sure not to think like other people."

"Well, nothing special, like everybody else," Kitty answered, a little embarrassed, looking round at Sergey Ivanovich. "I'll send for him. Papa's staying with us. He has not long returned from abroad."

And making arrangements to send for Levin and for the dusty guests to be taken to wash, one to the study, the other to Dolly's former room, and giving orders for the guest's luncheon, she ran out onto the balcony, enjoying the right to rapid movements, of which she had been deprived during her pregnancy.

"It's Sergey Ivanovich and Katavasov, a professor," she said.

"Oh, it's hard in this heat!" said the Prince.

— Нет, папа, он очень милый, и Костя его очень любит, — как будто упрашивая его о чем-то, улыбаясь, сказала Кити, заметившая выражение насмешливости на лице отца.

— Да я ничего.

— Ты поди, душенька, к ним, — обратилась Кити к сестре, — и займи их. Они видели Стиву на станции, он здоров. А я побегу к Мите. Как на беду, не кормила уж с самого чая. Он теперь проснулся и, верно, кричит. — И она, чувствуя прилив молока, скорым шагом пошла в детскую.

Действительно, она не то что угадала (связь ее с ребенком не была еще порвана), она верно узнала по приливу молока у себя недостаток пищи у него.

Она знала, что он кричит, еще прежде, чем она подошла к детской. И действительно, он кричал. Она услышала его голос и прибавила шагу. Но чем скорее она шла, тем громче он кричал. Голос был хороший, здоровый, только голодный и нетерпеливый.

— Давно, няня, давно? — поспешно говорила Кити, садясь на стул и приготовляясь к кормлению. — Да дайте же мне его скорее. Ах, няня, какая вы скучная, ну, после чепчик завяжете!

Ребенок надрывался от жадного крика.

— Да нельзя же, матушка, — отвечала Агафья Михайловна, почти всегда присутствовавшая в детской. — Надо в порядке его убрать. Агу, агу! — распевала она над ним, не обращая внимания на мать.

Няня понесла ребенка к матери. Агафья Михайловна шла за ним с распустившимся от нежности лицом.

— Знает, знает. Вот верьте Богу, матушка Катерина Александровна, узнал меня! — перекрикивала Агафья Михайловна ребенка.

Но Кити не слушала ее слов. Ее нетерпение шло так же возрастая, как и нетерпение ребенка.

От нетерпения дело долго не могло уладиться. Ребенок хватал не то, что надо, и сердился.

Наконец после отчаянного задыхающегося вскрика, пустого захлебывания дело уладилось, и мать и ребенок одновременно почувствовали себя успокоенными и оба затихли.

— Однако и он, бедняжка, весь в поту, — шепотом сказала Кити, ощупывая ребенка. — Вы почему же думаете, что он узнает? — прибавила она, косясь на плутовски, как ей казалось, смотревшие из-под надвинувшегося чепчика глаза ребенка, на равномерно отдувавшиеся щечки и на его ручку с красною ладонью, которою он выделывал кругообразные движения.

— Не может быть! Уж если б узнавал, так меня бы узнал, — сказала Кити на утверждение Агафьи Михайловны и улыбнулась.

Она улыбалась тому, что, хотя она и говорила, что он не может узнавать, сердцем она знала, что не только он узнает Агафью Михайловну, но что он все знает и понимает, и знает и понимает еще много такого, чего никто не знает и что она, мать, сама узнала и стала понимать только благодаря ему. Для Агафьи Михайловны, для няни, для деда,

"No, papa, he's very nice, and Kostya is very fond of him," Kitty said, smiling, as if persuading him of something, noticing the mocking expression on her father's face.

"Well, I didn't say anything."

"You go to them, darling," said Kitty to her sister, "and entertain them. They saw Stiva at the station, he is quite well. And I'll run to Mitya. As ill-luck would have it, I haven't nursed him since tea. He's awake now, and sure to be screaming." And feeling a rush of milk, she went with rapid steps to the nursery.

Indeed, this was not a mere guess (her connection with the baby was not severed yet), she knew for sure by the rush of her milk his need of food.

She knew he was crying even before she reached the nursery. And he was indeed crying. She heard his voice and put on pace. But the faster she went, the louder he cried. It was a fine healthy voice, just hungry and impatient.

"Has he been crying long, nurse?" said Kitty hurriedly, sitting down on a chair and preparing to nurse. "But give him to me quickly. Ah, nurse, how tiresome you are, come on, you'll tie the bonnet afterwards!"

The baby was in a paroxysm of greedy crying.

"But you can't do so, my dear," replied Agafya Mikhailovna, who was almost always in the nursery. "He must be put straight. A-oo! a-oo!" she chanted over him, paying no attention to the mother.

The nurse brought the baby to his mother. Agafya Mikhailovna followed him with a face dissolving with tenderness.

"He knows me, he knows me. In God's faith, my dear Katerina Alexandrovna, he recognized me!" Agafya Mikhailovna outcried the baby.

But Kitty did not listen to her words. Her impatience kept growing, as well as the baby's.

Their impatience hindered things for a while. The baby grasped the wrong thing and was angry.

At last, after despairing, breathless crying and vain sucking, things went right, and mother and baby felt simultaneously soothed, and both calmed down.

"But poor darling, he's all sweaty," said Kitty in a whisper, feeling the baby. "Why do you think he recognizes you?" she added, with a sidelong glance at the baby's eyes, that peered roguishly, as she fancied, from under his bonnet, which had slipped forward, at his rhythmically puffing cheeks and his little red-palmed hand, with which he was making circular movements.

"Impossible! If he recognized anyone, he would recognize me," Kitty said in response to Agafya Mikhailovna's statement and smiled.

She smiled because, though she said he could not recognize anyone, in her heart she knew that he not only recognized Agafya Mikhailovna but that he knew and understood everything, and knew and understood a great deal too that no one else knew, and that she, his mother, had learned and come to understand only thanks to him. To Agafya Mikhailovna, to

для отца даже, Митя был живое существо, требующее за собой только
материального ухода; но для матери он уже давно был нравственное
существо, с которым уже была целая история духовных отношений.

— А вот проснется, Бог даст, сами увидите. Как вот этак сделаю, он
так и просияет, голубчик. Так и просияет, как денек ясный, — говорила Агафья Михайловна.

— Ну, хорошо, хорошо, тогда увидим, — прошептала Кити. — Теперь
идите, он засыпает.

VII

Агафья Михайловна вышла на цыпочках; няня спустила стору, вы-
гнала мух из-под кисейного полога кроватки и шершня, бившегося о
стекла рамы, и села, махая березовою вянущею веткой над матерью и
ребенком.

— Жара-то, жара! Хоть бы Бог дождичка дал, — проговорила она.

— Да, да, ш-ш-ш... — только отвечала Кити, слегка покачиваясь и
нежно прижимая как будто перетянутую в кисти ниточкой пухлую
ручку, которою Митя все слабо махал, то закрывая, то открывая глаз-
ки. Эта ручка смущала Кити: ей хотелось поцеловать эту ручку, но
она боялась сделать это, чтобы не разбудить ребенка. Ручка, наконец,
перестала двигаться, и глаза закрылись. Только изредка, продолжая
свое дело, ребенок, приподнимая свои длинные загнутые ресницы,
взглядывал на мать в полусвете казавшимися черными, влажными
глазами. Няня перестала махать и задремала. Сверху послышался
раскат голоса старого князя и хохот Катавасова.

“Верно, разговорились без меня, — думала Кити, — а все-таки досадно, что Кости нет. Верно, опять зашел на пчельник. Хоть и грустно,
что он часто бывает там, я все-таки рада. Это развлекает его. Теперь он
стал все веселее и лучше, чем весною.

А то он так был мрачен и так мучался, что мне становилось страшно
за него. И какой он смешной!” — прошептала она, улыбаясь.

Она знала, что мучало ее мужа. Это было его неверие. Несмотря на
то, что, если бы у нее спросили, полагает ли она, что в будущей жизни
он, если не поверит, будет погублен, она бы должна была согласиться,
что он будет погублен, — его неверие не делало ее несчастья; и она,
признававшая то, что для неверующего не может быть спасения, и
любя более всего на свете душу своего мужа, с улыбкой думала о его
неверии и говорила сама себе, что он смешной.

“Для чего он целый год все читает философии какие-то? — думала
она. — Если это все написано в этих книгах, то он может понять их.
Если же неправда там, то зачем их читать? Он сам говорит, что желал бы верить. Так отчего ж он не верит? Верно, оттого, что много
думает? А много думает от уединения. Все один, один. С нами нельзя
ему всего говорить. Я думаю, гости эти будут приятны ему, особенно
Катавасов. Он любит рассуждать с ним”, — подумала она и тотчас же

the nurse, to his grandfather, to his father even, Mitya was a living being, requiring only material care; but for his mother he had long been a moral being, with whom she already had a whole history of spiritual relations.

"When he wakes up, please God, you'll see for yourself. When I do like this, he simply beams on me, the darling. Simply beams like a sunny day," said Agafya Mikhailovna.

"Well, all right, all right, then we'll see," whispered Kitty. "But now go away, he's falling asleep."

VII

Agafya Mikhailovna went out on tiptoe; the nurse pulled down the blind, chased the flies out from under the muslin canopy of the crib and a hornet that was beating against the window-pane, and sat down waving a fading birch branch over the mother and the baby.

"Oh, the heat, the heat! If God would send a little rain," she said.

"Yes, yes, hush..." was all Kitty answered, rocking a little and tenderly pressing the plump little arm, as if tied with a thread at the wrist, which Mitya still waved feebly as he closed and opened his eyes. This arm disturbed Kitty: she wanted to kiss this arm, but was afraid to for fear of waking the baby. At last the little arm ceased moving, and the eyes closed. Only from time to time, continuing his business, the baby slightly raised his long, curly eyelashes and looked at his mother with moist eyes that seemed black in the twilight. The nurse stopped waving and dozed off. From upstairs came the peal of the old Prince's voice and Katavasov's laughter.

"They must have got into talk without me," thought Kitty, "but still it's vexing that Kostya is out. He must have gone to the bee yard again. Though it's a pity he's there so often, still I'm glad. It diverts him. He's become altogether happier and better now than in the spring.

He used to be so gloomy and worried that I felt frightened for him. And how funny he is!" she whispered, smiling.

She knew what worried her husband. It was his unbelief. Although, if she had been asked whether she supposed that in the future life, if he did not believe, he would be damned, she would have had to admit that he would be damned, his unbelief did not cause her unhappiness; and she, acknowledging that for an unbeliever there can be no salvation, and loving her husband's soul more than anything in the world, thought with a smile of his unbelief, and told herself that he was funny.

"Why does he keep reading philosophies of some sort for a whole year?" she thought. "If it's all written in those books, he can understand them. If it's all wrong, why read them? He says himself that he would like to believe. Then why doesn't he believe? Surely from his thinking so much? And he thinks so much from being solitary. He's always alone, alone. He can't talk about it all with us. I think he'll be glad of these guests, especially Katavasov. He likes discussions with them," she thought and passed instantly to the

перенеслась мыслью к тому, где удобнее положить спать Катавасова, — отдельно или вместе с Сергеем Иванычем. И тут ей вдруг пришла мысль, заставившая ее вздрогнуть от волнения и даже встревожить Митю, который за это строго взглянул на нее. "Прачка, кажется, не приносила еще белья, а для гостей постельное белье все в расходе. Если не распорядиться, то Агафья Михайловна подаст Сергею Иванычу стеленное белье", — и при одной мысли об этом кровь бросилась в лицо Кити.

"Да, я распоряжусь", — решила она и, возвращаясь к прежним мыслям, вспомнила, что что-то важное, душевное было не додумано еще, и она стала вспоминать что. "Да, Костя неверующий", — опять с улыбкой вспомнила она.

"Ну, неверующий! Лучше пускай он будет всегда такой, чем как мадам Шталь или какою я хотела быть тогда за границей. Нет, он уже не станет притворяться".

И недавняя черта его доброты живо возникала пред ней. Две недели тому назад было получено кающееся письмо Степана Аркадьича к Долли. Он умолял спасти его честь, продать ее имение, чтобы заплатить его долги. Долли была в отчаянье, ненавидела мужа, презирала, жалела, решалась развестись, отказать, но кончила тем, что согласилась продать часть своего имения. После этого Кити с невольною улыбкой умиления вспомнила сконфуженность своего мужа, его неоднократные неловкие подходы к занимавшему его делу и как он, наконец, придумав одно-единственное средство, не оскорбив, помочь Долли, предложил Кити отдать ей свою часть именья, о чем она прежде не догадалась.

"Какой же он неверующий? С его сердцем, с этим страхом огорчить кого-нибудь, даже ребенка! Все для других, ничего для себя. Сергей Иванович так и думает, что это обязанность Кости — быть его приказчиком. Тоже и сестра. Теперь Долли с детьми на его опеке. Все эти мужики, которые каждый день приходят к нему, как будто он обязан им служить".

"Да, только будь таким, как твой отец, только таким", — проговорила она, передавая Митю няне и притрогиваясь губой к его щечке.

VIII

С той минуты, как при виде любимого умирающего брата Левин в первый раз взглянул на вопросы жизни и смерти сквозь те новые, как он называл их, убеждения, которые незаметно для него, в период от двадцати до тридцати четырех лет, заменили его детские и юношеские верования, — он ужаснулся не столько смерти, сколько жизни без малейшего знания о том, откуда, для чего, зачем и что она такое. Организм, разрушение его, неистребимость материи, закон сохранения силы, развитие — были те слова, которые заменили ему прежнюю веру. Слова эти и связанные с ними понятия были очень

consideration of where it would be more convenient to put Katavasov—to sleep alone or to share Sergey Ivanych's room. And then a thought suddenly struck her, which made her shudder with emotion and even disturb Mitya, who glanced severely at her for it. "I think the laundress hasn't brought the washing yet, and all the bed sheets for the guests have been used. If I don't see to it, Agafya Mikhailovna will give Sergey Ivanych the used sheets," and at the very thought of it the blood rushed to Kitty's face.

"Yes, I'll see to it," she decided and, going back to her previous thoughts, remembered that she had not finished thinking about some inner question of importance, and she began to remember what it was. "Yes, Kostya, an unbeliever," she remembered again with a smile.

"Well, an unbeliever then! Better let him always be one than like Madame Stahl, or what I wanted to be in those days abroad. No, he won't ever sham anything."

And a recent instance of his goodness rose vividly to her mind. Two weeks ago a penitent letter had come from Stepan Arkadyich to Dolly. He besought her to save his honor, to sell her estate to pay his debts. Dolly was in despair, she detested her husband, despised him, pitied him, resolved to divorce him, to refuse him, but ended by agreeing to sell part of her estate. After that, with an involuntary smile of tenderness, Kitty remembered her husband's embarrassment, his repeated awkward approaches to the subject which occupied him, and how at last, having thought of the one and only means of helping Dolly without offending her, he had suggested to Kitty that she should give her sister her own part of the estate, something that had not occurred to her before.

"How can he be an unbeliever? With his heart, with this dread of upsetting anyone, even a child! Everything for others, nothing for himself. Sergey Ivanovich simply considers it as Kostya's duty to be his steward. And it's the same with his sister. Now Dolly and her children are under his guardianship. All these peasants who come to him every day, as if he were bound to serve them."

"Yes, only be like your father, only like him," she said, handing Mitya over to the nurse and touching his cheek with her lips.

VIII

Since the moment when, at the sight of his beloved and dying brother, Levin for the first time looked at the questions of life and death in the light of these new convictions, as he called them, which had during the period from his twentieth to his thirty-fourth year imperceptibly replaced the beliefs of his childhood and youth—he had been stricken with horror, not so much of death, as of life without any knowledge of whence, and why, and how, and what it was. The organism, its decay, the indestructibility of matter, the law of the conservation of energy, evolution, were the words which replaced his old belief. These words and the notions associated with them were very

хороши для умственных целей; но для жизни они ничего не давали, и Левин вдруг почувствовал себя в положении человека, который променял бы теплую шубу на кисейную одежду и который в первый раз на морозе, несомненно, не рассуждениями, а всем существом своим убедился бы, что он все равно что голый и что он неминуемо должен мучительно погибнуть.

С той минуты, хотя и не отдавая себе в том отчета и продолжая жить по-прежнему, Левин не переставал чувствовать этот страх за свое незнание.

Кроме того, он смутно чувствовал, что то, что он называл своими убеждениями, было не только незнание, но что это был такой склад мысли, при котором невозможно было знание того, что ему нужно было.

Первое время женитьба, новые радости и обязанности, узнанные им, совершенно заглушили эти мысли; но в последнее время, после родов жены, когда он жил в Москве без дела, Левину все чаще и чаще, настоятельнее и настоятельнее стал представляться требовавший разрешения вопрос.

Вопрос для него состоял в следующем: "Если я не признаю тех ответов, которые дает христианство на вопросы моей жизни, то какие я признаю ответы?" И он никак не мог найти во всем арсенале своих убеждений не только каких-нибудь ответов, но ничего похожего на ответ.

Он был в положении человека, отыскивающего пищу в игрушечных и оружейных лавках.

Невольно, бессознательно для себя, он теперь во всякой книге, во всяком разговоре, во всяком человеке искал отношения к этим вопросам и разрешения их.

Более всего его при этом изумляло и расстраивало то, что большинство людей его круга и возраста, заменив, как и он, прежние верования такими же, как и он, новыми убеждениями, не видели в этом никакой беды и были совершенно довольны и спокойны. Так что, кроме главного вопроса, Левина мучили еще другие вопросы: искренни ли эти люди? не притворяются ли они? или не иначе ли как-нибудь, яснее, чем он, понимают они те ответы, которые дает наука на занимающие его вопросы? И он старательно изучал и мнения этих людей и книги, которые выражали эти ответы.

Одно, что он нашел с тех пор, как вопросы эти стали занимать его, это было то, что он ошибался, предполагая по воспоминаниям своего юношеского, университетского круга, что религия уж отжила свое время и что ее более не существует. Все хорошие по жизни, близкие ему люди верили. И старый князь, и Львов, так полюбившийся ему, и Сергей Иваныч, и все женщины верили, и жена его верила так, как он верил в первом детстве, и девяносто девять сотых русского народа, весь тот народ, жизнь которого внушала ему наибольшее уважение, верили.

useful for intellectual purposes; but for life they yielded nothing, and Levin felt suddenly like a man who has exchanged his warm fur coat for a muslin garment and, being out in the frost for the first time, becomes undoubtedly convinced, not by reasoning but by his whole nature that he is as good as naked, and that he must inevitably perish miserably.

From that moment, though he did not think about it and went on living as before, Levin had never lost this sense of terror at his lack of knowledge.

He vaguely felt, too, that what he called his convictions were not merely lack of knowledge, but that they were part of a whole order of ideas, in which no knowledge of what he needed was possible.

At first, marriage, the new joys and duties he came to know, had completely silenced these thoughts; but of late, while he was living in Moscow after his wife's labor with nothing to do, the question that demanded a solution had more and more often, more and more insistently, haunted Levin's mind.

The question for him consisted in the following: "If I do not accept the answers Christianity gives to the questions of my life, what answers do I accept?" And in the whole arsenal of his convictions he was unable to find not only any answers, but anything at all like an answer.

He was in the position of a man seeking food in toy and gun shops.

Involuntarily, unconsciously, in every book, in every conversation, in every man he was looking now for an association with these questions and their solution.

What amazed and upset him most of all was that the majority of people of his circle and age had, like him, exchanged their old beliefs for the same new convictions, and yet saw nothing wrong in this and were perfectly content and serene. So that, apart from the principal question, Levin was tortured by other questions too: were these people sincere? were they not pretending? or was it that they understood the answers science gave to the questions that preoccupied him in some different, clearer sense than he did? And he assiduously studied both these people's opinions and the books which expressed these answers.

One fact he had found out since these questions had begun to preoccupy him, was that he had been wrong in supposing from the recollections of his youthful university circle, that religion had outlived its day and that it was now non-existent. All the people nearest to him who were good in their lives were believers. The old Prince, and Lvov, whom he had come to like so much, and Sergey Ivanych, and all the women believed, and his wife believed as he had believed in his earliest childhood, and ninety-nine hundredths of the Russian people, all that people for whose life he felt the deepest respect, believed.

Другое было то, что, прочтя много книг, он убедился, что люди, разделявшие с ним одинаковые воззрения, ничего другого не подразумевали под ними и что они, ничего не объясняя, только отрицали те вопросы, без ответа на которые он чувствовал, что не мог жить, а старались разрешить совершенно другие, не могущие интересовать его вопросы, как, например, о развитии организмов, о механическом объяснении души и т. п.

Кроме того, во время родов жены с ним случилось необыкновенное для него событие. Он, неверующий, стал молиться и в ту минуту, как молился, верил. Но прошла эта минута, и он не мог дать этому тогдашнему настроению никакого места в своей жизни.

Он не мог признать, что он тогда знал правду, а теперь ошибается; потому что, как только он начинал думать спокойно об этом, все распадалось вдребезги; не мог и признать того, что он тогда ошибался, потому что дорожил тогдашним душевным настроением, а признавая его данью слабости, он бы осквернял те минуты. Он был в мучительном разладе с самим собою и напрягал все душевные силы, чтобы выйти из него.

IX

Мысли эти томили и мучали его то слабее, то сильнее, но никогда не покидали его. Он читал и думал, и чем больше он читал и думал, тем дальше чувствовал себя от преследуемой им цели.

В последнее время в Москве и в деревне, убедившись, что в материалистах он не найдет ответа, он перечитал и вновь прочел и Платона, и Спинозу, и Канта, и Шеллинга, и Гегеля, и Шопенгауера — тех философов, которые не материалистически объясняли жизнь.

Мысли казались ему плодотворны, когда он или читал, или сам придумывал опровержения против других учений, в особенности против материалистического; но как только он читал или сам придумывал разрешения вопросов, так всегда повторялось одно и то же. Следуя данному определению неясных слов, как *дух, воля, свобода, субстанция,* нарочно вдаваясь в ту ловушку слов, которую ставили ему философы или он сам себе, он начинал как будто что-то понимать. Но стоило забыть искусственный ход мысли и из жизни вернуться к тому, что удовлетворяло, когда он думал, следуя данной нити, — и вдруг вся эта искусственная постройка заваливалась, как карточный дом, и ясно было, что постройка была сделана из тех же перестановленных слов, независимо от чего-то более важного в жизни, чем разум.

Одно время, читая Шопенгауера, он подставил на место его *воли — любовь,* и эта новая философия дня на два, пока он не отстранился от нее, утешала его; но она точно так же завалилась, когда он потом из жизни взглянул на нее, и оказалась кисейною, негреющею одеждой.

Брат Сергей Иванович посоветовал ему прочесть богословские сочинения Хомякова. Левин прочел второй том сочинений Хомякова и, несмотря на оттолкнувший его сначала полемический, элегантный

Another fact was that, after reading many books, he became convinced that the people who shared the same views with him saw no other meaning in them, and that they, without explaining anything, merely negated the questions which he felt he could not live without answering, and attempted to resolve totally different questions of no possible interest to him, such as the evolution of organisms, the mechanical explanation of the soul, and so forth.

Moreover, during his wife's labor, something extraordinary had happened to him. He, an unbeliever, had begun to pray, and at the moment he prayed, he believed. But that moment had passed, and he could not give his state of mind at that moment any place in his life.

He could not admit that he knew the truth then, and that now he was wrong; for as soon as he began thinking calmly about it, it all fell to pieces; nor could he admit that he was mistaken then, for his inner mood then was precious to him, and to admit that it was a proof of weakness would have been to desecrate those moments. He was in agonizing discord with himself and strained all his inner forces to get out of it.

IX

These thoughts oppressed and tortured him, growing weaker or stronger from time to time, but never leaving him. He read and thought, and the more he read and thought, the further he felt from the aim he was pursuing.

Lately in Moscow and in the country, convinced that he would find no answer in the materialists, he had reread or read for the first time Plato, Spinoza, Kant, Schelling, Hegel, and Schopenhauer—the philosophers who gave a non-materialistic explanation of life.

Their ideas seemed to him fruitful when he was either reading or was himself inventing refutations of other doctrines, especially that of the materialists; but as soon as he read or himself invented solutions of the questions, the same thing always happened. Following the given definitions of obscure words such as *spirit, will, freedom, substance,* purposely letting himself go into the trap of words set for him by the philosophers or by himself, he seemed to begin to comprehend something. But he had only to forget the artificial train of thought and to turn from life itself to what had satisfied him while thinking in accordance with a given thread, and suddenly all this artificial edifice fell to pieces like a house of cards, and it became clear that the edifice had been built up out of the same transposed words, apart from something more important in life than reason.

At one time, reading Schopenhauer, he put in place of his *will—love,* and for a couple of days this new philosophy comforted him, till he removed a little away from it; but then, when he looked at it from life, it fell to pieces too and proved to be the muslin garment with no warmth in it.

His brother Sergey Ivanovich advised him to read the theological works of Khomiakov. Levin read the second volume of Khomiakov's works, and in spite of the polemical, elegant and witty tone, which at first repelled

и остроумный тон, был поражен в них учением о церкви. Его поразила сначала мысль о том, что постижение божественных истин не
дано человеку, но дано совокупности людей, соединенных любовью,
— церкви. Его обрадовала мысль о том, как легче было поверить в
существующую, теперь живущую церковь, составляющую все верования людей, имеющую во главе Бога и потому святую и непогрешимую,
и от нее уже принять верования в Бога, в творение, в падение, в
искупление, чем начинать с Бога, далекого, таинственного Бога,
творения и т. д. Но, прочтя потом историю церкви католического писателя и историю церкви православного писателя и увидав, что обе
церкви, непогрешимые по сущности своей, отрицают одна другую,
он разочаровался и в хомяковском учении о церкви, и это здание рас-
сыпалось таким же прахом, как и философские постройки.

Всю эту весну он был не свой человек и пережил ужасные минуты.

“Без знания того, что я такое и зачем я здесь, нельзя жить. А знать я
этого не могу, следовательно, нельзя жить”, — говорил себе Левин.

“В бесконечном времени, в бесконечности материи, в бесконечном
пространстве выделяется пузырек-организм, и пузырек этот подер-
жится и лопнет, и пузырек этот — я”.

Это была мучительная неправда, но это был единственный, последний результат вековых трудов мысли человеческой в этом направлении.

Это было то последнее верование, на котором строились все, почти
во всех отраслях, изыскания человеческой мысли. Это было царст-
вующее убеждение, и Левин из всех других объяснений, как все-таки
более ясное, невольно, сам не зная когда и как, усвоил именно это.

Но это не только была неправда, это была жестокая насмешка какой-то злой силы, злой, противной и такой, которой нельзя было подчиняться.

Надо было избавиться от этой силы. И избавление было в руках
каждого. Надо было прекратить эту зависимость от зла. И было одно
средство — смерть.

И, счастливый семьянин, здоровый человек, Левин был несколько
раз так близок к самоубийству, что спрятал шнурок, чтобы не пове-
ситься на нем, и боялся ходить с ружьем, чтобы не застрелиться.

Но Левин не застрелился и не повесился и продолжал жить.

X

Когда Левин думал о том, что он такое и для чего он живет, он не
находил ответа и приходил в отчаянье; но когда он переставал спрашивать себя об этом, он как будто знал, и что он такое и для чего он
живет, потому что твердо и определенно действовал и жил; даже в это
последнее время он гораздо тверже и определеннее жил, чем прежде.

him, he was impressed by the doctrine of the church he found in them. He was impressed at first by the idea that the comprehension of divine truths had not been given to man, but it had been given to a community of men bound together by love—to the church. He was delighted by the thought of how much easier it was to believe in the existing, presently living church, embracing all the beliefs of men, and having God at its head, and therefore holy and infallible, and from it to accept the beliefs in God, in the creation, the fall, the redemption, than to begin with God, a far-away, mysterious God, the creation, etc. But afterwards, on reading a Catholic writer's history of the church and an Orthodox writer's history of the church, and seeing that the two churches, in their essence infallible, each negate the other, he became disappointed in Khomiakov's doctrine of the church, too, and this edifice crumbled into dust like the philosophical edifices.

All that spring he was not himself and lived through terrible moments.

"Without knowing what I am and why I am here, life is impossible. And that I can't know, and consequently it is impossible for me to live," Levin said to himself.

"In infinite time, in infinite matter, in infinite space, is formed a bubble-organism, and that bubble lasts a while and bursts, and that bubble is me."

It was an agonizing untruth, but it was the sole, the latest result of age-long labors of human thought in that direction.

This was the latest belief on which all the explorations of human thought in almost all the branches were built. It was the reigning conviction, and of all other explanations Levin had involuntarily, not knowing himself when or how, adopted it, as anyway the clearest one.

But it was not merely an untruth, it was the cruel jeer of some wicked power, wicked and hateful, to which one could not submit.

It was necessary to escape from this power. And the means of escape every man had in his own hands. It was necessary to stop this dependence on evil. And there was one means—death.

And Levin, a happy family man, a healthy man, was several times so near suicide that he hid the cord lest he hang himself with it, and was afraid to go out with his gun lest he shoot himself.

But Levin did not shoot himself and did not hang himself; he went on living.

X

When Levin thought about what he was and what he was living for, he found no answer and was reduced to despair; but when he stopped questioning himself about it, he seemed to know what he was and what he was living for, because he acted and lived solidly and definitely; indeed, in these latter days he lived much more solidly and definitely than before.

Вернувшись в начале июня в деревню, он вернулся и к своим обычным занятиям. Хозяйство сельское, отношения с мужиками и соседями, домашнее хозяйство, дела сестры и брата, которые были у него на руках, отношения с женою, родными, заботы о ребенке, новая пчелиная охота, которою он увлекся с нынешней весны, занимали все его время.

Дела эти занимали его не потому, чтоб он оправдывал их для себя какими-нибудь общими взглядами, как он это делывал прежде; напротив, теперь, с одной стороны, разочаровавшись неудачей прежних предприятий для общей пользы, с другой стороны, слишком занятый своими мыслями и самым количеством дел, которые со всех сторон наваливались на него, он совершенно оставил всякие соображения об общей пользе, и дела эти занимали его только потому, что ему казалось, что он должен был делать то, что он делал, — что он не мог иначе.

Прежде (это началось почти с детства и все росло до полной возмужалости), когда он старался сделать что-нибудь такое, что сделало бы добро для всех, для человечества, для России, для губернии, для всей деревни, он замечал, что мысли об этом были приятны, но сама деятельность всегда бывала нескладная, не было полной уверенности в том, что дело необходимо нужно, и сама деятельность, казавшаяся сначала столь большою, все уменьшаясь и уменьшаясь, сходила на нет; теперь же, когда он после женитьбы стал более и более ограничиваться жизнью для себя, он, хотя не испытывал более никакой радости при мысли о своей деятельности, чувствовал уверенность, что дело его необходимо, видел, что оно спорится гораздо лучше, чем прежде, и что оно все становится больше и больше.

Теперь он, точно против воли, все глубже и глубже врезывался в землю, как плуг, так что уж и не мог выбраться, не отворотив борозды.

Жить семье так, как привыкли жить отцы и деды, то есть в тех же условиях образования и в тех же воспитывать детей, было, несомненно, нужно. Это было так же нужно, как обедать, когда есть хочется; и для этого так же нужно, как приготовить обед, нужно было вести хозяйственную машину в Покровском так, чтобы были доходы. Так же несомненно, как нужно отдать долг, нужно было держать родовую землю в таком положении, чтобы сын, получив ее в наследство, сказал так же спасибо отцу, как Левин говорил спасибо деду за все то, что он настроил и насадил. И для этого нужно было не отдавать землю внаймы, а самому хозяйничать, держать скотину, навозить поля, сажать леса.

Нельзя было не делать дел Сергея Ивановича, сестры, всех мужиков, ходивших за советами и привыкших к этому, как нельзя бросить ребенка, которого держишь уже на руках. Нужно было позаботиться об удобствах приглашенной свояченицы с детьми и жены с ребенком, и нельзя было не быть с ними хоть малую часть дня.

When he went back to the country at the beginning of June, he also went back to his usual pursuits. Farming, relations with the peasants and the neighbors, the care of his household, his sister's and brother's affairs, which he handled, relations with his wife and kindred, the care of his child, and the new bee-keeping hobby he had taken up that spring, filled all his time.

These things occupied him, not because he justified them to himself by any sort of general views, as he had done in former days; on the contrary, now, disappointed by the failure of his previous enterprises for the common good, on the one hand, and, on the other hand, too much occupied with his thoughts and the mass of business with which he was burdened from all sides, he had completely abandoned all considerations of the common good, and these things occupied him only because it seemed to him that he must do what he was doing—that he could not do otherwise.

In former days (it had begun almost from childhood and had been growing till full manhood), when he had tried to do something that would be good for all, for humanity, for Russia, for the province, for the whole village, he had noticed that the thoughts about it had been pleasant, but the work itself had always been incoherent, he had never had a full conviction of its absolute necessity, and the work itself that had begun by seeming so great, had grown less and less, till it vanished into nothing; but now, since his marriage, when he had begun to confine himself more and more to living for himself, though he no longer experienced any joy at the thought of his work, he felt a conviction that his work was necessary, saw that it succeeded far better than before, and that it kept on growing more and more.

Now, involuntarily it seemed, he cut deeper and deeper into the soil like a plough, so that he could not be drawn out without turning aside the furrow.

For the family to live as their fathers and grandfathers used to live, that is, in the same conditions of culture, and to bring up their children in the same conditions, was undoubtedly necessary. It was as necessary as dining when one was hungry; and to do this, just as it was necessary to cook dinner, it was necessary to keep the farming machine at Pokrovskoye going so as to yield an income. Just as undoubtedly as it was necessary to repay a debt was it necessary to keep the family land in such a condition that his son, when he inherited it, would say "thank you" to his father as Levin had said "thank you" to his grandfather for all he had built and planted. And to do this it was necessary to look after the land himself, not to let it, and to keep cattle, to manure the fields, to plant forests.

It was as impossible not to handle the affairs of Sergey Ivanovich, of his sister, of all the peasants who came to him for advice and were accustomed to do so, as it was impossible to fling down a child one is already holding in one's arms. It was necessary to look after the comfort of his invited sister-in-law and her children, and of his wife and baby, and it was impossible not to spend with them at least a small part of the day.

И все это вместе с охотой за дичью и новой пчелиной охотой наполняло всю ту жизнь Левина, которая не имела для него никакого смысла, когда он думал.

Но кроме того, что Левин твердо знал, что ему надо делать, он точно так же знал, как ему надо все это делать и какое дело важнее другого.

Он знал, что нанимать рабочих надо было как можно дешевле; но брать в кабалу их, давая вперед деньги, дешевле, чем они стоят, не надо было, хотя это и было очень выгодно. Продавать в бескормицу мужикам солому можно было, хотя и жалко было их; но постоялый двор и питейный, хотя они и доставляли доход, надо было уничтожить. За порубку лесов надо было взыскивать сколь возможно строже, но за загнанную скотину нельзя было брать штрафов, и хотя это и огорчало караульщиков и уничтожало страх, нельзя было не отпускать загнанную скотину.

Петру, платившему ростовщику десять процентов в месяц, нужно было дать взаймы, чтобы выкупить его; но нельзя было спустить и отсрочить оброк мужикам-неплательщикам. Нельзя было пропустить приказчику то, что лужок не был скошен и трава пропала задаром; но нельзя было и косить восемьдесят десятин, на которых был посажен молодой лес. Нельзя было простить работнику, ушедшему в рабочую пору домой потому, что у него отец умер, как ни жалко было его, и надо было расчесть его дешевле за прогульные дорогие месяцы; но нельзя было и не выдавать месячины старым, ни на что не нужным дворовым.

Левин знал тоже, что, возвращаясь домой, надо было прежде всего идти к жене, которая была нездорова; а мужикам, дожидавшимся его уже три часа, можно было еще подождать; и знал, что, несмотря на все удовольствие, испытываемое им при сажании роя, надо было лишиться этого удовольствия и, предоставив старику без себя сажать рой, пойти толковать с мужиками, нашедшими его на пчельнике.

Хорошо ли, дурно ли он поступал, он не знал и не только не стал бы теперь доказывать, но избегал разговоров и мыслей об этом.

Рассуждения приводили его в сомнения и мешали ему видеть, что должно и что не должно. Когда же он не думал, а жил, он не переставая чувствовал в душе своей присутствие непогрешимого судьи, решавшего, который из двух возможных поступков лучше и который хуже; и как только он поступал не так как надо, он тотчас же чувствовал это.

Так он жил, не зная и не видя возможности знать, что он такое и для чего живет на свете, и мучаясь этим незнанием до такой степени, что боялся самоубийства и вместе с тем твердо прокладывая свою особенную, определенную дорогу в жизни.

And all this, together with hunting and his new bee-keeping, filled up the whole of Levin's life, which had no meaning at all for him, when he began to think.

But besides knowing thoroughly what he had to do, Levin knew just as well how he had to do it all, and which business was more important than another.

He knew he must hire laborers as cheaply as possible; but to hire them under bond, paying them in advance at less than the current rate of wages, was what he must not do, even though it was very profitable. Selling straw to the peasants in times of scarcity of forage was what he might do, even though he felt sorry for them; but the inn and the pothouse must be liquidated, though they were a source of income. Felling timber must be punished as severely as possible, but he could not exact forfeits for cattle being driven onto his fields; and though it upset the watchmen and liquidated fear, he had to let their stray cattle go.

To Pyotr, who was paying a moneylender ten per cent a month, he must lend a sum of money to redeem him; but he could not let off non-paying peasants and postpone the payment of rent. It was impossible to overlook the steward's not having mown a little meadow and leaving the grass to waste; and it was equally impossible to mow eighty dessiatinas where a young forest had been planted. It was impossible to excuse a laborer who had gone home in the working season because his father had died, however sorry he might feel for him, and he must pay him less for those costly months he didn't work; but it was impossible not to allow monthly rations to the old house servants who were of no use for anything.

Levin also knew that when he got home he must first of all go to his wife, who was unwell; and that the peasants who had been waiting for three hours to see him could wait longer; and he knew that, regardless of all the pleasure he felt in hiving a swarm, he must forego that pleasure and let the old man hive the swarm without him, while he went to talk to the peasants who had come after him to the bee yard.

Whether he was acting rightly or wrongly he did not know, and not only would not try to prove it now but even avoided all talk or thought about it.

Reasoning had brought him to doubt and prevented him from seeing what he ought to do and what he ought not. Yet when he did not think, but lived, he continually felt the presence of an infallible judge in his soul, determining which of two possible actions was better and which was worse; and as soon as he did not act rightly, he felt it at once.

So he lived, not knowing and not seeing any chance of knowing what he was and what he was living for in the world, and harassed at this lack of knowledge to such a degree that he was afraid of suicide, and at the same time firmly laying down his own individual, definite path in life.

XI

В тот день, как Сергей Иванович приехал в Покровское, Левин находился в одном из своих самых мучительных дней.

Было самое спешное рабочее время, когда во всем народе проявляется такое необыкновенное напряжение самопожертвования в труде, какое не проявляется ни в каких других условиях жизни и которое высоко ценимо бы было, если бы люди, проявляющие эти качества, сами ценили бы их, если б оно не повторялось каждый год и если бы последствия этого напряжения не были так просты.

Скосить и сжать рожь и овес и свезти, докосить луга, передвоить пар, обмолотить семена и посеять озимое — все это кажется просто и обыкновенно; а чтобы успеть сделать все это, надо, чтобы от старого до малого все деревенские люди работали не переставая в эти три-четыре недели втрое больше, чем обыкновенно, питаясь квасом, луком и черным хлебом, молотя и возя снопы по ночам и отдавая сну не более двух-трех часов в сутки. И каждый год это делается по всей России.

Проживя бо́льшую часть жизни в деревне и в близких сношениях с народом, Левин всегда в рабочую пору чувствовал, что это общее народное возбуждение сообщается и ему.

С утра он ездил на первый посев ржи, на овес, который возили в скирды, и, вернувшись домой к вставанью жены и свояченицы, напился с ними кофею и ушел пешком на хутор, где должны были пустить вновь установленную молотилку для приготовления семян.

Целый день этот Левин, разговаривая с приказчиком и мужиками и дома разговаривая с женою, с Долли, с детьми ее, с тестем, думал об одном и одном, что занимало его в это время помимо хозяйственных забот, и во всем искал отношения к своему вопросу: “Что же я такое? и где я? и зачем я здесь?”

Стоя в холодке вновь покрытой риги с необсыпавшимся еще пахучим листом лещинового решетника, прижатого к облупленным свежим осиновым слегам соломенной крыши, Левин глядел то сквозь открытые ворота, в которых толклась и играла сухая и горькая пыль молотьбы, на освещенную горячим солнцем траву гумна и свежую солому, только что вынесенную из сарая, то на пестроголовых белогрудых ласточек, с присвистом влетавших под крышу и, трепля крыльями, останавливавшихся в просветах ворот, то на народ, копошившийся в темной и пыльной риге, и думал странные мысли.

“Зачем все это делается? — думал он. — Зачем я тут стою, заставляю их работать? Из чего они все хлопочут и стараются показать при мне свое усердие? Из чего бьется эта старуха Матрена, моя знакомая? (Я лечил ее, когда на пожаре на нее упала матица), — думал он, глядя на худую бабу, которая, двигая граблями зерно, напряженно ступала черно-загорелыми босыми ногами по неровному жесткому току.

XI

The day on which Sergey Ivanovich came to Pokrovskoye was one of Levin's most painful days.

It was the most pressing working time, when all the peasantry show an extraordinary intensity of self-sacrifice in labor, such as is never shown in any other conditions of life, and would be highly esteemed if the people who showed these qualities themselves esteemed them, if it were not repeated every year, and if the results of this intensity were not so simple.

To mow and reap the rye and oats and to cart it, to complete mowing the meadows, to turn over the fallows, to thrash the seed and sow the winter crops—all this seems simple and ordinary; but to succeed in getting it all done everyone in the village, from the old man to the child, must work incessantly for three or four weeks, three times as hard as usual, living on kvass, onions and black bread, thrashing and carting the sheaves at night, and not giving more than two or three hours a day to sleep. And every year this is done all over Russia.

Having lived the greater part of his life in the country and in the close relations with the peasants, Levin always felt in the working time that he was infected by this general excitement of the people.

In the morning he rode over to the first sowing of the rye, and to the oats, which were being carted to the stacks, and returning home at the time his wife and sister-in-law were getting up, he drank coffee with them and walked to the farmstead, where a newly set-up thrasher was to be set working to get ready the seed.

All this day Levin, while talking with the steward and the peasants, and at home talking with his wife, with Dolly, with her children, with his father-in-law, kept on thinking of one thing, and one thing only, which at this time engrossed him, apart from the farming cares; and in everything he sought a relation to his questions: "What am I? And where am I? And why am I here?"

Standing in the cool of the newly covered thrashing barn, with fragrant leaves still remaining on the hazel lathing pressed to the freshly peeled aspen ledgers of the thatched roof, Levin gazed through the open door in which the dry bitter dust of the thrashing whirled and played, at the grass of the thrashing floor lighted by the hot sun and the fresh straw just brought in from the barn, then at the speckly-headed, white-breasted swallows that flew chirping in under the roof and, fluttering their wings, settled in the crevices of the door, then at the peasants pottering about in the dark and dusty thrashing barn, and thought strange thoughts.

"Why is all this being done?" he thought. "Why am I standing here, making them work? Why are they all bustling about and trying to show their zeal to me? What is that old Matryona, my acquaintance, toiling for? (I treated her when a beam fell on her in the fire)" he thought, looking at a thin woman who was raking up the grain, stepping strenuously with her black-tanned bare feet over the uneven, rough thrashing floor. "Then

— Тогда она выздоровела; но не нынче-завтра, через десять лет, ее закопают, и ничего не останется ни от нее, ни от этой щеголихи в красной паневе, которая таким ловким, нежным движением отбивает из мякины колос. И ее закопают, и пегого мерина этого очень скоро, — думал он, глядя на тяжело носящую брюхом и часто дышащую раздутыми ноздрями лошадь, переступающую по убегающему из-под нее наклонному колесу. — И ее закопают, и Федора подавальщика с его курчавой, полною мякины бородой и прорванной на белом плече рубашкой закопают. А он разрывает снопы, и что-то командует, и кричит на баб, и быстрым движением поправляет ремень на маховом колесе. И главное, не только их, но меня закопают, и ничего не останется. К чему?”

Он думал это и вместе с тем глядел на часы, чтобы расчесть, сколько обмолотят в час. Ему нужно было это знать, чтобы, судя по этому, задать урок на день.

“Скоро уж час, а только начали третью копну”, — подумал Левин, подошел к подавальщику и, перекрикивая грохот машины, сказал ему, чтоб он реже пускал.

— Помногу подаешь, Федор! Видишь — запирается, оттого не споро. Разравнивай!

Почерневший от липнувшей к потному лицу пыли Федор прокричал что-то в ответ, но все делал не так, как хотелось Левину.

Левин, подойдя к барабану, отстранил Федора и сам взялся подавать.

Проработав до обеда мужицкого, до которого уже оставалось недолго, он вместе с подавальщиком вышел из риги и разговорился, остановившись подле сложенного на току для семян аккуратного желтого скирда жатой ржи.

Подавальщик был из дальней деревни, из той, в которой Левин прежде отдавал землю на артельном начале. Теперь она была отдана дворнику внаймы.

Левин разговорился с подавальщиком Федором об этой земле и спросил, не возьмет ли землю на будущий год Платон, богатый и хороший мужик той же деревни.

— Цена дорога, Платону не выручить, Константин Дмитрич, — отвечал мужик, выбирая колосья из потной пазухи.

— Да как же Кириллов выручает?

— Митюхе (так презрительно назвал мужик дворника), Константин Дмитрич, как не вырулить! Этот нажмет, да свое выберет. Он хрестьянина не пожалеет. А дядя Фоканыч (так он звал старика Платона) разве станет драть шкуру с человека? Где в долг, где и спустит. Ан и не доберет. Тоже человеком.

— Да зачем же он будет спускать?

— Да так, значит — люди разные; один человек только для нужды своей живет, хоть бы Митюха, только брюхо набивает, а Фоканыч — правдивый старик. Он для души живет. Бога помнит.

she recovered; but today or tomorrow or in ten years they'll bury her, and nothing will be left either of her or of that smart girl in the red skirt, who with that skillful, gentle movement shakes the ears out of their husks. They'll bury her and this piebald gelding, and very soon too," he thought, gazing at the heavy-bellied horse, panting through his flared nostrils, that kept walking up the slanting wheel that was running away from under him. "And they will bury him, and Fyodor the supplier with his curly beard full of chaff and his shirt torn on his white shoulder—they will bury him too. He's untying the sheaves, and giving orders, and shouting at the women, and setting straight the strap on the flywheel with a quick movement. And above all, it's not only them—me they'll bury too, and nothing will be left. What for?"

He thought this and at the same time looked at his watch to reckon how much they thrashed in an hour. He needed to know this so as to judge by it the task to set for the day.

"It'll soon be one, and they've only just begun the third stack," Levin thought, went up to the supplier and, shouting over the roar of the machine, told him to put it in more slowly.

"You put in too much at a time, Fyodor! See—it gets choked, that's why it goes slowly. Do it evenly!"

Fyodor, black with the dust that clung to his sweaty face, shouted something in response, but still went on doing it not as Levin wanted.

Levin, going up to the drum, moved Fyodor aside and began feeding himself.

Working on till the peasants' dinner hour, which was not long in coming, he went out of the thrashing barn together with the supplier and fell into talk with him, stopping beside a neat yellow stack of harvested rye laid on the thrashing floor for seed.

The supplier came from a distant village, the one in which Levin used to lease land on cooperative basis. Now it had been leased to the yard-keeper.

Levin fell into talk with the supplier Fyodor about this land and asked whether Platon, a rich and good peasant from the same village, would not take the land for the coming year.

"The price is too high, it wouldn't pay Platon, Konstantin Dmitrich," answered the peasant, picking the ears from under his sweat-drenched shirt.

"But how does Kirillov make it pay?"

"Mityukha" (so the peasant contemptuously called the yard-keeper), "you may be sure he'll make it pay, Konstantin Dmitrich! He'll squeeze to get his share. He's no mercy on a Christian peasant. But Uncle Fokanych" (so he called old Platon), "do you suppose he'd flay the skin off a man? Here he'll make it on trust, there he'll let you off. So he doesn't make a profit. He's a man, too."

"But why will he let anyone off?"

"Well, you see—folks are different; one man lives for his own wants and nothing else, like Mityukha, he only fills his belly, but Fokanych is a righteous old man. He lives for his soul. He remembers God."

— Как Бога помнит? Как для души живет? — почти вскрикнул Левин.

— Известно как, по правде, по-божью. Ведь люди разные. Вот хоть вас взять, тоже не обидите человека...

— Да, да, прощай! — проговорил Левин, задыхаясь от волнения, и, повернувшись, взял свою палку и быстро пошел прочь к дому.

Новое радостное чувство охватило Левина. При словах мужика о том, что Фоканыч живет для души, по правде, по-божью, неясные, но значительные мысли толпою как будто вырвались откуда-то иззаперти и, все стремясь к одной цели, закружились в его голове, ослепляя его своим светом.

XII

Левин шел большими шагами по большой дороге, прислушиваясь не столько к своим мыслям (он не мог еще разобрать их), сколько к душевному состоянию, прежде никогда им не испытанному.

Слова, сказанные мужиком, произвели в его душе действие электрической искры, вдруг преобразившей и сплотившей в одно целый рой разрозненных, бессильных отдельных мыслей, никогда не перестававших занимать его. Мысли эти незаметно для него самого занимали его и в то время, когда он говорил об отдаче земли.

Он чувствовал в своей душе что-то новое и с наслаждением ощупывал это новое, не зная еще, что это такое.

"Не для нужд своих жить, а для Бога. Для какого Бога? Для Бога. И что можно сказать бессмысленнее того, что он сказал? Он сказал, что не надо жить для своих нужд, то есть что не надо жить для того, что мы понимаем, к чему нас влечет, чего нам хочется, а надо жить для чего-то непонятного, для Бога, которого никто ни понять, ни определить не может. И что же? Я не понял этих бессмысленных слов Федора? А поняв, усумнился в их справедливости? нашел их глупыми, неясными, неточными?

Нет, я понял его и совершенно так, как он понимает, понял вполне и яснее, чем я понимаю что-нибудь в жизни, и никогда в жизни не сомневался и не могу усумниться в этом. И не я один, а все, весь мир одно это вполне понимают и в одном этом не сомневаются и всегда согласны.

Федор говорит, что Кириллов, дворник, живет для брюха. Это понятно и разумно. Мы все, как разумные существа, не можем иначе жить, как для брюха. И вдруг тот же Федор говорит, что для брюха жить дурно, а надо жить для правды, для Бога, и я с намека понимаю его! И я и миллионы людей, живших века тому назад и живущих теперь, мужики, нищие духом и мудрецы, думавшие и писавшие об этом, своим неясным языком говорящие то же, — мы все согласны в этом одном: для чего надо жить и что хорошо. Я со всеми людьми имею только одно твердое, несомненное и ясное знание, и знание это

"What do you mean? Remembers God? Lives for his soul?" Levin almost shouted.

"You know, in truth, in God's way. Folks are different. Take you now, you wouldn't wrong a man either..."

"Yes, yes, good-bye!" said Levin, breathless with excitement, and, turning, he took his stick and quickly walked away towards home.

A new, mirthful feeling overtook Levin. At the peasant's words that Fokanych lived for his soul, in truth, in God's way, a crowd of vague but significant thoughts seemed to burst out as if they had been locked up, and all striving towards one goal, they whirled through his head, blinding him with their light.

XII

Levin strode along the highroad, listening not so much to his thoughts (he could not yet make them out) as to his inner condition, unlike anything he had experienced before.

The words uttered by the peasant had acted on his soul like an electric spark, suddenly transforming and combining into one the whole swarm of disjointed, impotent, separate thoughts that incessantly occupied his mind. These thoughts, imperceptibly to himself, had occupied him even when he had been talking about leasing the land.

He felt something new in his soul and delightedly groped this new thing, not yet knowing what it was.

"Not living for one's own wants, but for God. For what God? For God. And could one say anything more senseless than what he said? He said that one must not live for one's own wants, that is, that one must not live for what we understand, what we are attracted by, what we desire, but must live for something incomprehensible, for God, whom no one can understand nor define. And so? Didn't I understand those senseless words of Fyodor's? And understanding them, did I doubt of their truth? Did I find them stupid, vague, inexact?

No, I understood him, and exactly as he understands them, I understood fully and more clearly than I understand anything in life, and never in my life have I doubted nor can I doubt it. And not only I, but everyone, the whole world fully understands nothing but this, and about this only they have no doubt and are always agreed.

Fyodor says that Kirillov the yard-keeper lives for his belly. That's comprehensible and rational. All of us as rational beings can't live otherwise than for our belly. And all of a sudden the same Fyodor says that living for the belly is bad, that one must live for truth, for God, and at a hint I understand him! And I and millions of men, men who lived ages ago and men living now, peasants, the poor in spirit and the sages, who have thought and written about it, in their obscure language saying the same thing—we are all agreed about this one thing: what we must live for and what is good. I and all men have only one firm, undeniable and clear knowledge, and that

не может быть объяснено разумом — оно вне его и не имеет никаких причин и не может иметь никаких последствий.

Если добро имеет причину, оно уже не добро; если оно имеет последствие — награду, оно тоже не добро. Стало быть, добро вне цепи причин и следствий.

И его-то я знаю, и все мы знаем.

А я искал чудес, жалел, что не видал чуда, которое бы убедило меня. А вот оно чудо, единственно возможное, постоянно существующее, со всех сторон окружающее меня, и я не замечал его!

Какое же может быть чудо больше этого?

Неужели я нашел разрешение всего, неужели кончены теперь мои страдания?" — думал Левин, шагая по пыльной дороге, не замечая ни жару, ни усталости и испытывая чувство утоления долгого страдания. Чувство это было так радостно, что оно казалось ему невероятным. Он задыхался от волнения и, не в силах идти дальше, сошел с дороги в лес и сел в тени осин на нескошенную траву. Он снял с потной головы шляпу и лег, облокотившись на руку, на сочную, лопушистую лесную траву.

"Да, надо опомниться и обдумать, — думал он, пристально глядя на несмятую траву, которая была перед ним, и следя за движениями зеленой букашки, поднимавшейся по стеблю пырея и задерживаемой в своем подъеме листом снытки. — Все сначала, — говорил он себе, отворачивая лист снытки, чтобы он не мешал букашке, и пригибая другую траву, чтобы букашка перешла на нее. — Что радует меня? Что я открыл?

Прежде я говорил, что в моем теле, в теле этой травы и этой букашки (вот она не захотела на ту траву, расправила крылья и улетела) совершается по физическим, химическим, физиологическим законам обмен материи. А во всех нас, вместе с осинами, и с облаками, и с туманными пятнами, совершается развитие. Развитие из чего? во что? Бесконечное развитие и борьба?.. Точно может быть какое-нибудь направление и борьба в бесконечном! И я удивлялся, что, несмотря на самое большое напряжение мысли по этому пути, мне все-таки не открывается смысл жизни, смысл моих побуждений и стремлений. А смысл моих побуждений во мне так ясен, что я постоянно живу по нем, и я удивился и обрадовался, когда мужик мне высказал его: жить для Бога, для души.

Я ничего не открыл. Я только узнал то, что я знаю. Я понял ту силу, которая не в одном прошедшем дала мне жизнь, но теперь дает мне жизнь. Я освободился от обмана, я узнал хозяина".

И он вкратце повторил сам себе весь ход своей мысли за эти последние два года, начало которого была ясная, очевидная мысль о смерти при виде любимого безнадежно больного брата.

В первый раз тогда поняв ясно, что для всякого человека и для него впереди ничего не было, кроме страдания, смерти и вечного забвения, он решил, что так нельзя жить, что надо или объяснить свою жизнь

knowledge cannot be explained by the reason—it is outside it, and has no causes and can have no effects.

If the good has a cause, it is no longer the good; if it has an effect—a reward, it is not the good either. So the good is outside the chain of causes and effects.

And yet I know it, and we all know it.

And I looked for miracles, I was sorry that I did not see a miracle which would convince me. And here is a miracle, the sole miracle possible, continually existing, surrounding me on all sides, and I never noticed it!

What could be a greater miracle than that?

Can I have found the solution of it all? Can my sufferings be over now?" thought Levin, striding along the dusty road, not noticing the heat nor his weariness, and experiencing a feeling of relief from prolonged suffering. This feeling was so mirthful that it seemed to him incredible. He was breathless with emotion and, incapable of going further, he turned off the road into the forest and sat down in the shade of the aspens on the unmowed grass. He took his hat off his sweaty head and lay down, propped on his elbow, in the lush, burdock-like forest grass.

"Yes, I must come to my senses and think it over," he thought, looking intently at the untrampled grass before him, and following the movements of a green bug, going up along a blade of couch-grass and hindered in its ascent by a leaf of glague. "From the very beginning," he said to himself, bending aside the leaf of glague out of the bug's way and bending down another blade of grass for the bug to cross over onto it. "What makes me glad? What have I discovered?

I used to say that in my body, in the body of this grass and of this bug (there, it didn't want to cross over onto that grass, it spread its wings and flew away), there was going on an exchange of matter in accordance with physical, chemical and physiological laws. And in all of us, as well as in the aspens and the clouds and the nebulae, evolution goes on. Evolution from what? into what? Eternal evolution and struggle?.. As if there can be any sort of direction and struggle in the eternal! And I was astonished that in spite of the utmost effort of thought along that road I could not discover the meaning of life, the meaning of my impulses and yearnings. And the meaning of my impulses is so clear within me that I constantly live according to it, and I was astonished and rejoiced, when the peasant expressed it to me: to live for God, for the soul.

I have discovered nothing. I have only found out what I know. I have understood the force that not only gave me life in the past, but gives me life now. I have been set free from deceit, I have found the master."

And he briefly repeated to himself the whole course of his thought during the last two years, the beginning of which was the clear, evident thought of death at the sight of his dear brother hopelessly ill.

Then, for the first time understanding clearly that for every man, and himself too, there was nothing in store but suffering, death and eternal oblivion, he had decided that life was impossible like that, and that he must

так, чтобы она не представлялась злой насмешкой какого-то дьявола, или застрелиться.

Но он не сделал ни того, ни другого, а продолжал жить, мыслить и чувствовать и даже в это самое время женился и испытал много радостей и был счастлив, когда не думал о значении своей жизни.

Что ж это значило? Это значило, что он жил хорошо, но думал дурно.

Он жил (не сознавая этого) теми духовными истинами, которые он всосал с молоком, а думал не только не признавая этих истин, но старательно обходя их.

Теперь ему ясно было, что он мог жить только благодаря тем верованиям, в которых он был воспитан.

"Что бы я был такое и как бы прожил свою жизнь, если бы не имел этих верований, не знал, что надо жить для Бога, а не для своих нужд? Я бы грабил, лгал, убивал. Ничего из того, что составляет главные радости моей жизни, не существовало бы для меня". И, делая самые большие усилия воображения, он все-таки не мог представить себе того зверского существа, которое бы был он сам, если бы не знал того, для чего он жил.

"Я искал ответа на мой вопрос. А ответа на мой вопрос не могла мне дать мысль, — она несоизмерима с вопросом. Ответ мне дала сама жизнь, в моем знании того, что хорошо и что дурно. А знание это я не приобрел ничем, но оно дано мне вместе со всеми, дано потому, что я ниоткуда не мог взять его.

Откуда взял я это? Разумом, что ли, дошел я до того, что надо любить ближнего и не душить его? Мне сказали это в детстве, и я радостно поверил, потому что мне сказали то, что было у меня в душе. А кто открыл это? Не разум. Разум открыл борьбу за существование и закон, требующий того, чтобы душить всех, мешающих удовлетворению моих желаний. Это вывод разума. А любить другого не мог открыть разум, потому что это неразумно".

"Да, гордость", — сказал он себе, переваливаясь на живот и начиная завязывать узлом стебли трав, стараясь не сломать их.

"И не только гордость ума, а глупость ума. А главное — плутовство, именно плутовство ума. Именно мошенничество ума", — повторил он.

XIII

И Левину вспомнилась недавняя сцена с Долли и ее детьми. Дети, оставшись одни, стали жарить малину на свечах и лить молоко фонтаном в рот. Мать, застав их на деле, при Левине стала внушать им, какого труда стоит большим то, что они разрушают, и то, что труд этот делается для них, что если они будут бить чашки, то им не из

either interpret his life so that it would not present itself to him as the evil jest of some devil, or shoot himself.

But he had not done either, and had gone on living, thinking and feeling, and had even at that very time married and had had many joys and had been happy, when he was not thinking of the meaning of his life.

What did this mean? It meant that he had been living rightly, but thinking wrongly.

He had lived (without being aware of it) by those spiritual truths that he had sucked in with his mother's milk, but he had thought, not merely without recognition of these truths, but studiously avoiding them.

Now it was clear to him that he could only live by virtue of the beliefs in which he had been brought up.

"What would I have been and how would I have lived my life, if I had not had these beliefs, if I had not known that I must live for God and not for my own wants? I would have robbed and lied and killed. Nothing of what makes the main joys of my life would have existed for me." And with the utmost efforts of imagination he could not conceive the brutal creature he would have been himself, if he had not known what he was living for.

"I looked for an answer to my question. And thought could not give me an answer to my question—it is incommensurable with the question. The answer has been given to me by life itself, in my knowledge of what is right and what is wrong. And that knowledge I did not acquire in any way, it was given to me as to all men, given, because I could not have got it from anywhere.

Where did I get it from? Was it by reason that I arrived at knowing that I must love my neighbor and not strangle him? I was told that in my childhood, and I believed it gladly, for they told me what was in my soul. But who discovered it? Not reason. Reason discovered the struggle for existence and the law that requires me to strangle all who hinder the satisfaction of my desires. That is the conclusion of reason. But loving the other reason could never discover, because it's unreasonable."

"Yes, pride," he said to himself, turning over on his stomach and beginning to tie blades of grass into a knot, trying not to break them.

"And not merely pride of intellect, but the stupidity of intellect. And above all—the knavery, exactly the knavery of intellect. Exactly the knavery of intellect," he repeated.

XIII

And Levin remembered a recent scene with Dolly and her children. The children, left alone, had begun roasting raspberries over the candles and squirting milk into their mouths. Their mother, catching them at these pranks, began explaining to them in Levin's presence how much labor the things they were destroying had cost the grown-ups, and that this labor was all for their sake, and that if they smashed the cups they would have

чего будет пить чай, а если будут разливать молоко, то им нечего будет есть и они умрут с голода.

И Левина поразило то спокойное, унылое недоверие, с которым дети слушали эти слова матери. Они только были огорчены тем, что прекращена их занимательная игра, и не верили ни слову из того, что говорила мать. Они и не могли верить, потому что не могли себе представить всего объема того, чем они пользуются, и потому не могли представить себе, что то, что они разрушают, есть то самое, чем они живут.

"Это все само собой, — думали они, — и интересного и важного в этом ничего нет, потому что это всегда было и будет. И всегда все одно и то же. Об этом нам думать нечего, это готово; а нам хочется выдумать что-нибудь свое и новенькое. Вот мы выдумали в чашку положить малину и жарить ее на свечке, а молоко лить фонтаном прямо в рот друг другу. Это весело и ново, и ничем не хуже, чем пить из чашек".

"Разве не то же самое делаем мы, делал я, разумом отыскивая значение сил природы и смысл жизни человека?" — продолжал он думать.

"И разве не то же делают все теории философские, путем мысли, странным, не свойственным человеку, приводя его к знанию того, что он давно знает, и так верно знает, что без этого и жить бы не мог? Разве не видно ясно в развитии теории каждого философа, что он вперед знает так же несомненно, как и мужик Федор, и ничуть не яснее его, главный смысл жизни и только сомнительным умственным путем хочет вернуться к тому, что всем известно?

Ну-ка, пустить одних детей, чтоб они сами приобрели, сделали посуду, подоили молоко и т. д. Стали бы они шалить? Они бы с голоду померли. Ну-ка, пустите нас с нашими страстями, мыслями, без понятия о едином Боге и творце! Или без понятия того, что есть добро, без объяснения зла нравственного.

Ну-ка, без этих понятий постройте что-нибудь!

Мы только разрушаем, потому что мы духовно сыты. Именно дети!

Откуда у меня радостное, общее с мужиком знание, которое одно дает мне спокойствие души? Откуда взял я это?

Я, воспитанный в понятии Бога, христианином, наполнив всю свою жизнь теми духовными благами, которые дало мне христианство, преисполненный весь и живущий этими благами, я, как дети, не понимая их, разрушаю, то есть хочу разрушить то, чем я живу. А как только наступает важная минута жизни, как дети, когда им холодно и голодно, я иду к нему, и еще менее, чем дети, которых мать бранит за их детские шалости, я чувствую, что мои детские попытки с жира беситься не зачитываются мне.

Да, то, что я знаю, я знаю не разумом, а это дано мне, открыто мне, и я знаю это сердцем, верою в то главное, что исповедует церковь".

nothing to drink their tea out of, and that if they spilt the milk, they would have nothing to eat and die of hunger.

And Levin was struck by the calm, melancholy incredulity with which the children listened to their mother. They were only vexed that their amusing game had been stopped and did not believe a word of what their mother was saying. They could not believe it indeed, for they could not imagine the whole volume of what they enjoyed, and so could not imagine that what they were destroying was the very thing they lived by.

"That all comes by itself," they thought, "and there's nothing interesting or important about it, because it has always been so and always will be. And it's all always the same. We've no need to think about that, it's all ready; but we want to invent something of our own and new. So we thought of putting raspberries in a cup and roasting them over a candle, and squirting milk straight into each other's mouths. That's fun, and something new, and not a bit worse than drinking out of cups."

"Isn't it just the same that we do, that I did, searching by the aid of reason for the significance of the forces of nature and the meaning of the life of man?" he went on thinking.

"And don't all the philosophical theories do the same, bringing man by the path of thought, which is strange and not natural to him, to the knowledge of what he has long known and known so certainly that he could not live at all without it? Isn't it clearly to be seen in the development of each philosopher's theory that he knows what is the chief meaning of life beforehand, just as positively as the peasant Fyodor, and not a bit more clearly than he, and only wants by a dubious intellectual path to come back to what everyone knows?

Now then, leave the children to themselves to get things alone and make their crockery, get the milk from the cows and so on. Would they be naughty then? They'd die of hunger. Well, then, leave us with our passions and thoughts, without any idea of the one God and the Creator! Or without any idea of what is right, without an explanation of moral evil.

Now then, build something without those ideas!

We only destroy because we're spiritually full. Exactly like the children!

Where did I get that joyful knowledge, shared with the peasant, that alone gives peace to my soul? Where did I get it?

Brought up with the idea of God, a Christian, my whole life filled with the spiritual blessings Christianity has given me, full of them and living by those blessings, like the children, not understanding them, I destroy, that is, want to destroy what I live by. And as soon as an important moment of life comes, like the children when they are cold and hungry, I go to Him, and even less than the children when their mother scolds them for their childish pranks, do I feel that my childish attempts at wanton madness are reckoned against me.

Yes, what I know, I know not by reason, but it has been given to me, revealed to me, and I know it by my heart, by faith in the chief thing professed by the church."

"Церковь? Церковь!" — повторил себе Левин, перелег на другую сторону и, облокотившись на руку, стал глядеть вдаль, на сходившее с той стороны к реке стадо.

"Но могу ли я верить во все, что исповедует церковь? — думал он, испытывая себя и придумывая все то, что могло разрушить его теперешнее спокойствие. Он нарочно стал вспоминать те учения церкви, которые более всего всегда казались ему странными и соблазняли его. — Творение? А я чем же объяснял существование? Существованием? Ничем? — Дьявол и грех? — А чем я объясняю зло?.. Искупитель?..

Но я ничего, ничего не знаю и не могу знать, как только то, что мне сказано вместе со всеми".

И ему теперь казалось, что не было ни одного из верований церкви, которое бы нарушало главное — веру в Бога, в добро как единственное назначение человека.

Под каждое верование церкви могло быть подставлено верование в служение правде вместо нужд. И каждое не только не нарушало этого, но было необходимо для того, чтобы совершалось то главное, постоянно проявляющееся на земле чудо, состоящее в том, чтобы возможно было каждому вместе с миллионами разнообразнейших людей, мудрецов и юродивых, детей и стариков — со всеми, с мужиком, с Львовым, с Кити, с нищими и царями, понимать несомненно одно и то же и слагать ту жизнь души, для которой одной стоит жить и которую одну мы ценим.

Лежа на спине, он смотрел теперь в высокое, безоблачное небо. "Разве я не знаю, что это — бесконечное пространство и что оно не круглый свод? Но как бы я ни щурился и ни напрягал свое зрение, я не могу видеть его не круглым и не ограниченным, и, несмотря на свое знание о бесконечном пространстве, я несомненно прав, когда я вижу твердый голубой свод, я более прав, чем когда я напрягаюсь видеть дальше его".

Левин перестал уже думать и только как бы прислушивался к таинственным голосам, о чем-то радостно и озабоченно переговаривавшимся между собой.

"Неужели это вера? — подумал он, боясь верить своему счастью. — Боже мой, благодарю тебя!" — проговорил он, проглатывая поднимавшиеся рыданья и вытирая обеими руками слезы, которыми полны были его глаза.

XIV

Левин смотрел перед собой и видел стадо, потом увидал свою тележку, запряженную Вороным, и кучера, который, подъехав к стаду, поговорил что-то с пастухом; потом он уже вблизи от себя услыхал звук колес и фырканье сытой лошади; но он так был поглощен своими мыслями, что он и не подумал о том, зачем едет к нему кучер.

"The church? The church!" Levin repeated to himself, turned over on the other side and, leaning on his elbow, fell to gazing into the distance, at the herd coming down to the river on the other side.

"But can I believe in all the church professes?" he thought, trying himself and thinking of everything that could destroy his present peace of mind. Intentionally he began recalling those doctrines of the church which had always seemed to him the most strange and had tantalized him. "The Creation? But how did I explain existence? By existence? By nothing? The devil and sin? And how do I explain evil?.. The Redeemer?..

But I know nothing, nothing, and I can know nothing but what has been told to me together with all men."

And it seemed to him now that there was not a single belief of the church which violated the chief thing—faith in God, in the good, as the one goal of man.

Under every belief of the church could be put the belief in the service of truth instead of one's wants. And each of them not only did not violate it but was essential to accomplish that chief miracle, continually manifested upon earth, that made it possible for each man together with millions of the most different sorts of men, sages and holy fools, children and old men—together with all men, with a peasant, with Lvov, with Kitty, with beggars and tsars to understand undoubtedly the same one thing and to build up that life of the soul which alone makes life worth living and which alone is precious to us.

Lying on his back, he gazed up now into the high, cloudless sky. "Do I not know that that is infinite space, and that it is not a round dome? But, however I squint and strain my sight, I cannot see it not round and not bounded, and in spite of my knowledge about infinite space, I am undoubtedly right when I see a solid blue dome, more right than when I strain to see beyond it."

Levin ceased thinking and only, as it were, listened to mysterious voices that talked joyfully and anxiously about something among themselves.

"Can this be faith?" he thought, afraid to believe in his happiness. "My God, I thank Thee!" he said, gulping down the rising sobs and with both hands wiping away the tears that filled his eyes.

XIV

Levin looked before him and saw the herd, then he saw his wagonette with Raven in the shafts, and the coachman, who, driving up to the herd, said something to the herdsman; then he heard the sound of the wheels and the snort of the sleek horse close by him; but he was so absorbed in his thoughts that he did not even think why the coachman was coming to him.

Он вспомнил это только тогда, когда кучер, уже совсем подъехав к нему, окликнул его.

— Барыня послали. Приехали братец и еще какой-то барин.

Левин сел в тележку и взял вожжи.

Как бы пробудившись от сна, Левин долго не мог опомниться. Он оглядывал сытую лошадь, взмылившуюся между ляжками и на шее, где терлись поводки, оглядывал Ивана-кучера, сидевшего подле него, и вспоминал о том, что он ждал брата, что жена, вероятно, беспокоится его долгим отсутствием, и старался догадаться, кто был гость, приехавший с братом. И брат, и жена, и неизвестный гость представлялись ему теперь иначе, чем прежде. Ему казалось, что теперь его отношения со всеми людьми уже будут другие.

“С братом теперь не будет той отчужденности, которая всегда была между нами, — споров не будет; с Кити никогда не будет ссор; с гостем, кто бы он ни был, буду ласков и добр; с людьми, с Иваном — все будет другое”.

Сдерживая на тугих вожжах фыркающую от нетерпения и просящую хода добрую лошадь, Левин оглядывался на сидевшего подле себя Ивана, не знавшего, что делать своими оставшимися без работы руками, и беспрестанно прижимавшего свою рубашку, и искал предлога для начала разговора с ним. Он хотел сказать, что напрасно Иван высоко подтянул чересседельню, но это было похоже на упрек, а ему хотелось любовного разговора. Другого же ничего ему не приходило в голову.

— Вы извольте вправо взять, а то пень, — сказал кучер, поправляя за вожжи Левина.

— Пожалуйста, не трогай и не учи меня! — сказал Левин, раздосадованный этим вмешательством кучера. Точно так же, как и всегда, вмешательство привело бы его в досаду, и тотчас же с грустью почувствовал, как ошибочно было его предположение о том, чтобы душевное настроение могло тотчас же изменить его в соприкосновении с действительностью.

Не доезжая с четверть версты до дома, Левин увидал бегущих ему навстречу Гришу и Таню.

— Дядя Костя! И мама идет, и дедушка, и Сергей Иваныч, и еще кто-то, — говорили они, влезая на тележку.

— Да кто?

— Ужасно страшный! И вот так руками делает, — сказала Таня, поднимаясь в тележке и передразнивая Катавасова.

— Да старый или молодой? — смеясь, сказал Левин, которому представление Тани напоминало кого-то.

“Ах, только бы не неприятный человек!” — подумал Левин.

Только загнув за поворот дороги и увидав шедших навстречу, Левин узнал Катавасова в соломенной шляпе, шедшего, точно так размахивая руками, как представляла Таня.

He remembered that only when the coachman had driven quite up to him and shouted to him.

"The mistress sent me. Your brother has come and some other gentleman with him."

Levin got into the wagonette and took the reins.

As if roused out of sleep, for a long while Levin could not come to his senses. He looked at the sleek horse lathered between the haunches and on the neck, where the harness rubbed, looked at Ivan the coachman sitting beside him, and remembered that he was expecting his brother, that his wife was probably uneasy at his long absence, and tried to guess who was the guest who had come with his brother. His brother, and his wife, and the unknown guest seemed to him now different from before. He fancied that now his relations with all people would be different.

"With my brother now there will be none of that aloofness there always used to be between us, there will be no disputes; with Kitty there will never be quarrels; with the guest, whoever he may be, I will be sweet and kind; with the servants, with Ivan—it will all be different."

Pulling the stiff reins and holding in the good horse that snorted with impatience and begged to be let go, Levin looked round at Ivan sitting beside him, not knowing what to do with his unoccupied hands, continually pressing down his shirt, and he sought a pretext to start a conversation with him. He wanted to say that Ivan should not have pulled the saddle-girth up so high, but that was like blame, and he longed for friendly talk. Nothing else occurred to him.

"Your honor should keep to the right, there is a stump," said the coachman, pulling the reins Levin held.

"Please don't touch and don't teach me!" said Levin, vexed by the coachman's interference. Just as it always did, interference vexed him, and he sorrowfully felt at once how mistaken had been his supposition that his inner condition could immediately change him in contact with reality.

Levin was about a quarter of a verst from home when he saw Grisha and Tanya running to meet him.

"Uncle Kostya! Mama's coming, and grandfather, and Sergey Ivanych, and someone else," they said, clambering up into the wagonette.

"Who is he?"

"An awfully terrible person! And he does like this with his arms," said Tanya, getting up in the wagonette and mimicking Katavasov.

"Old or young?" said Levin, laughing, reminded of someone by Tanya's performance.

"Ah, I hope it's not an unpleasant person!" thought Levin.

Only when he turned at a bend of the road and saw the people coming to meet him, Levin recognized Katavasov in a straw hat, walking along swinging his arms just as Tanya had mimicked him.

Катавасов очень любил говорить о философии, имея о ней понятие от естественников, никогда не занимавшихся философией; и в Москве Левин в последнее время много спорил с ним.

И один из таких разговоров, в котором Катавасов, очевидно, думал, что он одержал верх, было первое, что вспомнил Левин, узнав его.

“Нет, уж спорить и легкомысленно высказывать свои мысли ни за что не буду”, — подумал он.

Выйдя из тележки и поздоровавшись с братом и Катавасовым, Левин спросил про жену.

— Она перенесла Митю в Колок (это был лес около дома). Хотела устроить его там, а то в доме жарко, — сказала Долли.

Левин всегда отсоветывал жене носить ребенка в лес, находя это опасным, и известие это было ему неприятно.

— Носится с ним из места в место, — улыбаясь, сказал князь. — Я ей советовал попробовать снести его на ледник.

— Она хотела прийти на пчельник. Она думала, что ты там. Мы туда идем, — сказала Долли.

— Ну, что ты делаешь? — сказал Сергей Иванович, отставая от других и равняясь с братом.

— Да ничего особенного. Как всегда, занимаюсь хозяйством, — отвечал Левин. — Что же ты, надолго? Мы тебя давно ждали.

— Недельки на две. Очень много дела в Москве.

При этих словах глаза братьев встретились, и Левин, несмотря на всегдашнее и теперь особенно сильное в нем желание быть в дружеских и, главное, простых отношениях с братом, почувствовал, что ему неловко смотреть на него. Он опустил глаза и не знал, что сказать.

Перебирая предметы разговора такие, какие были бы приятны Сергею Ивановичу и отвлекли бы его от разговора о сербской войне и славянского вопроса, на которые он намекал упоминанием о занятиях в Москве, Левин заговорил о книге Сергея Ивановича.

— Ну что, были рецензии о твоей книге? — спросил он.

Сергей Иванович улыбнулся на умышленность вопроса.

— Никто не занят этим, и я менее других, — сказал он. — Посмотрите, Дарья Александровна, будет дождик, — прибавил он, указывая зонтиком на показавшиеся над макушками осин белые тучки.

И довольно было этих слов, чтобы то не враждебное, но холодное отношение друг к другу, которого Левин так хотел избежать, опять установилось между братьями.

Левин подошел к Катавасову.

— Как хорошо вы сделали, что вздумали приехать, — сказал он ему.

— Давно собирался. Теперь побеседуем, посмотрим. Спенсера прочли?

— Нет, не дочел, — сказал Левин. — Впрочем, мне он не нужен теперь.

— Как так? Это интересно. Отчего?

— То есть я окончательно убедился, что разрешения занимающих меня вопросов я не найду в нем и ему подобных. Теперь...

Katavasov was very fond of talking about philosophy, having derived his notion of it from natural scientists who had never studied philosophy, and in Moscow Levin had had many arguments with him of late.

And one of those conversations, in which Katavasov had obviously considered that he came off victorious, was the first thing Levin remembered as he recognized him.

"No, no way I am going to argue and express my thoughts light-mindedly," he thought.

Getting out of the wagonette and greeting his brother and Katavasov, Levin asked about his wife.

"She has taken Mitya to Kolok" (that was a forest near the house). "She wanted to have him out there because it's hot in the house," said Dolly.

Levin had always advised his wife not to take the baby to the forest, thinking it unsafe, and this news displeased him.

"She rushes from place to place with him," said the Prince, smiling. "I advised her to try taking him to the ice cellar."

"She wanted to come to the bee yard. She thought you would be there. We are going there," said Dolly.

"Well, and what are you doing?" said Sergey Ivanovich, falling back from the rest and walking beside his brother.

"Nothing special. Busy as usual with the farming," answered Levin. "And what about you? Come for long? We have been expecting you for a long time."

"For a couple of weeks. I've a great deal to do in Moscow."

At these words the brothers' eyes met, and Levin, in spite of the desire he always had, stronger than ever just now, to be on friendly and, above all, simple terms with his brother, felt an awkwardness in looking at him. He lowered his eyes and did not know what to say.

Going over the subjects of conversation that would be pleasant to Sergey Ivanovich and would keep him off the conversation about the Serbian war and the Slavonic question, at which he had hinted by the allusion to what he had to do in Moscow, Levin began to talk about Sergey Ivanovich's book.

"Well, have there been reviews of your book?" he asked.

Sergey Ivanovich smiled at the intentional character of the question.

"No one is interested in it, and I less than anyone," he said. "Look, Darya Alexandrovna, it is going to rain," he added, pointing with his umbrella at the white clouds that showed above the aspen tops.

And these words were enough to re-establish between the brothers the not hostile, but chilly relations which Levin wanted to avoid so much.

Levin went up to Katavasov.

"It was jolly of you to make up your mind to come," he said to him.

"I've been meaning to a long while. Now we'll talk and see. Have you read Spencer?"

"No, I've not finished," said Levin. "But I don't need him now."

"How's that? That's interesting. Why so?"

"I mean that I'm completely convinced that the solution of the questions that interest me I won't find in him and his like. Now..."

Но спокойное и веселое выражение лица Катавасова вдруг поразило его, и ему так стало жалко своего настроения, которое он, очевидно, нарушал этим разговором, что он, вспомнив свое намерение, остановился.

— Впрочем, после поговорим, — прибавил он. — Если на пчельник, то сюда, по этой тропинке, — обратился он ко всем.

Дойдя по узкой тропинке до нескошенной полянки, покрытой с одной стороны сплошной яркой иван-да-марьей, среди которой часто разрослись темно-зеленые высокие кусты чемерицы, Левин поместил своих гостей в густой свежей тени молодых осинок, на скамейке и обрубках, нарочно приготовленных для посетителей пчельника, боящихся пчел, а сам пошел на осек, чтобы принести детям и большим хлеба, огурцов и свежего меда.

Стараясь делать как можно меньше быстрых движений и прислушиваясь к пролетавшим все чаще и чаще мимо него пчелам, он дошел по тропинке до избы. У самых сеней одна пчела завизжала, запутавшись ему в бороду, но он осторожно выпростал ее. Войдя в тенистые сени, он снял со стены повешенную на колышке свою сетку и, надев ее и засунув руки в карманы, вышел на огороженный пчельник, в котором правильными рядами, привязанные к кольям лычками, стояли среди выкошенного места все знакомые ему, каждый с своей историей, старые ульи, а по стенкам плетня молодые, посаженные в нынешнем году. Перед лётками ульев рябили в глазах кружащиеся и толкущиеся на одном месте, играющие пчелы и трутни, и среди их, всё в одном направлении, туда, в лес на цветущую липу, и назад, к ульям, пролетали рабочие пчелы с взяткой и за взяткой.

В ушах не переставая отзывались разнообразные звуки то занятой делом, быстро пролетающей рабочей пчелы, то трубящего, празднующего трутня, то встревоженных, оберегающих от врага свое достояние, сбирающихся жалить пчел-караульщиц. На той стороне ограды старик строгал обруч и не видал Левина. Левин, не окликая его, остановился на середине пчельника.

Он рад был случаю побыть одному, чтобы опомниться от действительности, которая уже успела так принизить его настроение.

Он вспомнил, что уже успел рассердиться на Ивана, выказать холодность брату и легкомысленно поговорить с Катавасовым.

"Неужели это было только минутное настроение и оно пройдет, не оставив следа?" — подумал он.

Но в ту же минуту, вернувшись к своему настроению, он с радостью почувствовал, что что-то новое и важное произошло в нем. Действительность только на время застилала то душевное спокойствие, которое он нашел; но оно было цело в нем.

Точно так же, как пчелы, теперь вившиеся вокруг него, угрожавшие и развлекавшие его, лишая его полного физического спокойствия, заставляли его сжиматься, избегая их, так точно заботы, обступив его с той минуты, как он сел в тележку, лишали его свободы душевной; но это продолжалось только до тех пор, пока он был среди них. Как,

But the serene and cheerful expression on Katavasov's face suddenly struck him, and he felt so sorry for his own mood, which he was evidently disturbing by this conversation, that he, remembering his intention, stopped.

"But we'll talk later," he added. "If we're going to the bee yard, it's this way, along this path," he said, addressing them all.

Having come by the narrow path to an unmowed glade, covered on one side with thick bright cow-wheat among which densely stood up tall, dark-green tufts of hellebore, Levin settled his guests in the dense, fresh shade of the young aspens on a bench and some stumps purposely prepared for visitors to the bee yard who were afraid of the bees, and went off himself to the yard to fetch bread, cucumbers and fresh honey for the children and grown-ups.

Trying to make as few swift movements as possible and listening to the bees that buzzed more and more frequently past him, he walked along the path to the hut. At the very anteroom one bee shrilled, tangled in his beard, but he carefully extricated it. Going into the shady anteroom, he took down from the wall his net, that hung on a peg and, putting it on and thrusting his hands into his pockets, he went into the fenced bee yard, where there stood in the middle of a mowed space in regular rows, fastened with bast on posts, all the old hives he knew so well, each with its own history, and along the wattle fence the young ones hived that year. Before the bee entrances of the hives, playing bees and drones circled and swarmed on the same spot, flickering in his eyes, while among them the worker bees flew in and out with spoils or in search of them, always in the same direction into the forest to the flowering lime trees and back to the hives.

His ears were filled with the incessant various sounds, now of a busy worker bee flying quickly by, now of a blaring, idle drone, now of the alarmed guard bees, protecting their property from the enemy and preparing to sting. On the other side of the fence the old man was shaving a hoop and did not see Levin. Levin stopped in the middle of the bee yard and did not call him.

He was glad of a chance to be alone to recover from reality, which had already managed to depress his mood so much.

He remembered that he had already managed to lose his temper with Ivan, to show chill to his brother and to talk light-mindedly with Katavasov.

"Can it have been only a momentary mood, and will it pass and leave no trace?" he thought.

But the same moment, going back to his mood, he felt with delight that something new and important had happened in him. Reality had only for a time overcast the inner peace he had found; but it was intact within him.

Just as the bees, hovering around him now, menacing and distracting him, depriving him of complete physical peace, forced him to shrink to avoid them, so had the cares that had surrounded him from the moment he got into the wagonette deprived him of inner freedom; but that lasted only as long as he was among them. Just as his bodily strength was all intact in

несмотря на пчел, телесная сила была вся цела в нем, так и цела была вновь сознанная им его духовная сила.

XV

— А ты знаешь, Костя, с кем Сергей Иванович ехал сюда? — сказала Долли, оделив детей огурцами и медом. — С Вронским! Он едет в Сербию.

— Да еще не один, а эскадрон ведет на свой счет! — сказал Катавасов.

— Это ему идет, — сказал Левин. — А разве всё едут еще добровольцы? — прибавил он, взглянув на Сергея Ивановича.

Сергей Иванович, не отвечая, осторожно вынимал ножом-тупиком из чашки, в которой лежал углом белый сот меду, влипшую в подтекший мед живую еще пчелу.

— Да еще как! Вы бы видели, что вчера было на станции! — сказал Катавасов, звонко перекусывая огурец.

— Ну, это-то как понять? Ради Христа, объясните мне, Сергей Иванович, куда едут все эти добровольцы, с кем они воюют? — спросил старый князь, очевидно продолжая разговор, начавшийся еще без Левина.

— С турками, — спокойно улыбаясь, отвечал Сергей Иванович, выпроставший беспомощно двигавшую ножками, почерневшую от меда пчелу и ссаживая ее с ножа на крепкий осиновый листок.

— Но кто же объявил войну туркам? Иван Иваныч Рагозов и графиня Лидия Ивановна с мадам Шталь?

— Никто не объявлял войны, а люди сочувствуют страданиям ближних и желают помочь им, — сказал Сергей Иванович.

— Но князь говорит не о помощи, — сказал Левин, заступаясь за тестя, — а об войне. Князь говорит, что частные люди не могут принимать участия в войне без разрешения правительства.

— Костя, смотри, это пчела! Право, нас искусают! — сказала Долли, отмахиваясь от осы.

— Да это и не пчела, это оса, — сказал Левин,

— Ну-с, ну-с, какая ваша теория? — сказал с улыбкой Катавасов Левину, очевидно вызывая его на спор. — Почему частные люди не имеют права?

— Да моя теория та: война, с одной стороны, есть такое животное, жестокое, ужасное дело, что ни один человек, не говорю уже христианин, не может лично взять на свою ответственность начало войны, а может только правительство, которое призвано к этому и приводится к войне неизбежно. С другой стороны, и по науке и по здравому смыслу, в государственных делах, в особенности в деле войны, граждане отрекаются от своей личной воли.

Сергей Иванович и Катавасов с готовыми возражениями заговорили в одно время.

him, in spite of the bees, so, too, was his spiritual strength that he had just become aware of.

XV

"Do you know, Kostya, with whom Sergey Ivanovich traveled on his way here?" said Dolly, doling out cucumbers and honey to the children. "With Vronsky! He's going to Serbia."

"And not alone; he's taking a squadron out with him at his own expense!" said Katavasov.

"That's the right thing for him," said Levin. "Are volunteers still going then?" he added, glancing at Sergey Ivanovich.

Sergey Ivanovich, without answering, was carefully, with a blunt knife, getting a still-living bee stuck in the fluid honey out of a cup where white honeycomb lay.

"Indeed they are! You should have seen what was going on at the station yesterday!" said Katavasov, biting with a juicy sound into a cucumber.

"Well, what is one to make of it? For Christ's sake, do explain to me, Sergey Ivanovich, where are all those volunteers going, whom are they fighting with?" asked the old Prince, evidently continuing a conversation started in Levin's absence.

"With the Turks," Sergey Ivanovich answered, smiling serenely, as he extricated the bee, dark with honey and helplessly moving its legs, and put it with the knife on a stout aspen leaf.

"But who has declared war on the Turks? Ivan Ivanych Ragozov and Countess Lydia Ivanovna with Madame Stahl?"

"No one has declared war, but people sympathize with their neighbors' sufferings and want to help them," said Sergey Ivanovich.

"But the Prince is not speaking of help," said Levin, standing up for his father-in-law, "but of war. The Prince says that private persons cannot take part in a war without the permission of the government."

"Kostya, look, that's a bee! Really, they'll sting us!" said Dolly, waving away a wasp.

"But that's not a bee, it's a wasp," said Levin.

"Well, well, what's your theory?" Katavasov said to Levin with a smile, evidently challenging him to a dispute. "Why haven't private persons the right?"

"My theory is this: war, on the one hand, is such a beastly, cruel and terrible thing, that no man, not to speak of a Christian, can individually take upon himself the responsibility for beginning a war; that can only be done by a government, which is called upon to do this and is driven inevitably into war. On the other hand, both science and common sense teach us that in matters of state, and especially in the matter of war, citizens forego their personal will."

Sergey Ivanovich and Katavasov had their objections ready and began speaking at the same time.

— В том-то и штука, батюшка, что может быть случай, когда правительство не исполняет воли граждан, и тогда общество заявляет свою волю, — сказал Катавасов.

Но Сергей Иванович, очевидно, не одобрял этого возражения. Он нахмурился на слова Катавасова и сказал другое:

— Напрасно ты так ставишь вопрос. Тут нет объявления войны, а просто выражение человеческого, христианского чувства. Убивают братьев, единокровных и единоверцев. Ну, положим даже не братьев, не единоверцев, а просто детей, женщин, стариков; чувство возмущается, и русские люди бегут, чтобы помочь прекратить эти ужасы. Представь себе, что ты бы шел по улице и увидал бы, что пьяные бьют женщину или ребенка; я думаю, ты не стал бы спрашивать, объявлена или не объявлена война этому человеку, а ты бы бросился на него и защитил бы.

— Но не убил бы, — сказал Левин.

— Нет, ты бы убил.

— Я не знаю. Если бы я увидал это, я бы отдался своему чувству непосредственному; но вперед сказать я не могу. И такого непосредственного чувства к угнетению славян нет и не может быть.

— Может быть, для тебя нет. Но для других оно есть, — недовольно хмурясь, сказал Сергей Иванович. — В народе живы предания о православных людях, страдающих под игом "нечестивых агарян". Народ услыхал о страданиях своих братий и заговорил.

— Может быть, — уклончиво сказал Левин, — но я не вижу этого; я сам народ, и я не чувствую этого.

— Вот и я, — сказал князь. — Я жил за границей, читал газеты и, признаюсь, еще до болгарских ужасов никак не понимал, почему все русские так вдруг полюбили братьев славян, а я никакой к ним любви не чувствую? Я очень огорчался, думал, что я урод или что так Карлсбад на меня действует. Но, приехав сюда, я успокоился, вижу, что и кроме меня есть люди, интересующиеся только Россией, а не братьями славянами. Вот и Константин.

— Личные мнения тут ничего не значат, — сказал Сергей Иваныч, — нет дела до личных мнений, когда вся Россия — народ выразил свою волю.

— Да извините меня. Я этого не вижу. Народ и знать не знает, — сказал князь.

— Нет, папа... как же нет? А в воскресенье в церкви? — сказала Долли, прислушивавшаяся к разговору. — Дай, пожалуйста, полотенце, — сказала она старику, с улыбкой смотревшему на детей. — Уж не может быть, чтобы все...

— Да что же в воскресенье в церкви? Священнику велели прочесть. Он прочел. Они ничего не поняли, вздыхали, как при всякой проповеди, — продолжал князь. — Потом им сказали, что вот собирают на душеспасительное дело в церкви, ну они вынули по копейке и дали. А на что — они сами не знают.

"But the point is, my dear fellow, that there may be cases when the government does not carry out the will of the citizens, and then the public asserts its will," said Katavasov.

But evidently Sergey Ivanovich did not approve of this objection. He scowled at Katavasov's words and said something different:

"You shouldn't put the question this way. There is no declaration of war here, but simply the expression of a human Christian feeling. Our brothers, one with us in blood and religion, are being massacred. Even supposing they were not our brothers nor our coreligionists, but simply children, women, old men; feeling is aroused, and Russian people run to help in stopping these atrocities. Imagine, if you were going along the street and saw drunken men beating a woman or a child; I think you would not start asking whether war had or had not been declared on the man, but would throw yourself on him and protect the victim."

"But I would not kill him," said Levin.

"Yes, you would kill him."

"I don't know. If I saw that, I would give way to my spontaneous feeling, but I can't say beforehand. And such a spontaneous feeling there is not, and there cannot be, in the case of the oppression of the Slavs."

"Maybe not for you. But for others there is," said Sergey Ivanovich, frowning with displeasure. "There are legends alive among the people about Orthodox Christians suffering under the yoke of the 'impious Hagarenes.' The people have heard of the sufferings of their brethren and have spoken."

"Maybe so," said Levin evasively, "but I don't see it; I'm one of the people myself, and I don't feel it."

"Here am I, too," said the Prince. "I was living abroad and reading the papers, and I confess, before the Bulgarian atrocities I couldn't understand why all the Russians suddenly became so fond of their Slavonic brethren, while I didn't feel the slightest affection for them. I was very upset, thought I was a monster, or that it was the influence of Karlsbad on me. But I came here and calmed down; I see that there are people besides me who're interested only in Russia, and not in our Slavonic brethren. Konstantin, for example."

"Personal opinions mean nothing here," said Sergey Ivanych, "it's not a matter of personal opinions when all Russia—the people—has expressed its will."

"But excuse me. I don't see that. The people don't know anything about it," said the Prince.

"No, papa... what do you mean they don't know? And last Sunday in church?" said Dolly, listening to the conversation. "Please give me a towel," she said to the old man, who was looking at the children with a smile. "It's not possible that all..."

"But what was it in church last Sunday? The priest had been told to read that. He read it. They didn't understand anything, sighed as they do at every sermon," the Prince went on. "Then they were told that there was a collection for a pious cause in church; well, they each took out a kopeck and gave it. But what for—they themselves don't know."

— Народ не может не знать; сознание своих судеб всегда есть в народе, и в такие минуты, как нынешние, оно выясняется ему, — сказал Сергей Иванович, взглядывая на старика пчельника.

Красивый старик с черной с проседью бородой и густыми серебряными волосами неподвижно стоял, держа чашку с медом, ласково и спокойно с высоты своего роста глядя на господ, очевидно ничего не понимая и не желая понимать.

— Это так точно, — значительно покачивая головой, сказал он на слова Сергея Ивановича.

— Да вот спросите у него. Он ничего не знает и не думает, — сказал Левин. — Ты слышал, Михайлыч, об войне? — обратился он к нему. — Вот что в церкви читали? Ты что же думаешь? Надо нам воевать за христиан?

— Что ж нам думать? Александр Николаич, император, нас обдумал, он нас и обдумает во всех делах. Ему видней... Хлебушка не принесть ли еще? Парнишке еще дать? — обратился он к Дарье Александровне, указывая на Гришу, который доедал корку.

— Мне не нужно спрашивать, — сказал Сергей Иванович, — мы видели и видим сотни и сотни людей, которые бросают все для того, чтобы послужить правому делу, приходят со всех концов России и прямо и ясно выражают свою мысль и цель. Они приносят свои гроши или сами идут и прямо говорят зачем. Что же это значит?

— Значит, по-моему, — сказал начинавший горячиться Левин, — что в восьмидесятимиллионном народе всегда найдутся не сотни, как теперь, а десятки тысяч людей, потерявших общественное положение, бесшабашных людей, которые всегда готовы — в шайку Пугачева, в Хиву, в Сербию...

— Я тебе говорю, что не сотни и не люди бесшабашные, а лучшие представители народа! — сказал Сергей Иваныч с таким раздражением, как будто он защищал последнее свое достояние. — А пожертвования? Тут уж прямо весь народ выражает свою волю.

— Это слово "народ" так неопределенно, — сказал Левин. — Писаря волостные, учителя и из мужиков, один на тысячу, может быть, знают, о чем идет дело. Остальные же восемьдесят миллионов, как Михайлыч, не только не выражают своей воли, но не имеют ни малейшего понятия, о чем им надо бы выражать свою волю. Какое же мы имеем право говорить, что это воля народа?

XVI

Опытный в диалектике Сергей Иванович, не возражая, тотчас же перенес разговор в другую область.

— Да, если ты хочешь арифметическим путем узнать дух народа, то, разумеется, достигнуть этого очень трудно. И подача голосов не введена у нас и не может быть введена, потому что не выражает воли народа; но для этого есть другие пути. Это чувствуется в воздухе, это чувствуется сердцем. Не говорю уже о тех подводных течениях,

"The people cannot help knowing; the sense of their own destinies is always in the people, and at such moments as the present it becomes clarified to them," said Sergey Ivanovich, glancing at the old bee-keeper.

The handsome old man, with black grizzled beard and thick silvery hair, stood motionless, holding a cup of honey, looking down kindly and calmly from the height of his figure at the gentlefolk, obviously understanding nothing and not wishing to understand.

"That's so, no doubt," he said to Sergey Ivanovich's words, with a significant shake of his head.

"Here, then, ask him. He knows nothing and thinks nothing," said Levin. "Have you heard about the war, Mikhailych?" he said, turning to him. "What they read in church? What do you think? Should we fight for the Christians?"

"What should we think? Alexander Nikolaich, the Emperor, has thought for us; he will think for us in all things. He knows better... Shall I bring more bread? Give the little lad some more?" he said addressing Darya Alexandrovna and pointing to Grisha, who was finishing the crust.

"I don't need to ask," said Sergey Ivanovich, "we have seen and are seeing hundreds and hundreds of people who give up everything to serve a just cause, come from every part of Russia and directly and clearly express their thought and aim. They bring their kopecks or go themselves and say directly what for. What does it mean?"

"It means, to my thinking," said Levin, who was beginning to get excited, "that among eighty million people there can always be found not hundreds, as now, but tens of thousands of people who have lost their social position, devil-may-care people, who are always ready—to go to Pugachev's band, to Khiva, to Serbia..."

"I tell you that it's not a case of hundreds or of devil-may-care people, but the best representatives of the people!" said Sergey Ivanych, with such irritation as if he were defending his last asset. "And the donations? Here the whole people directly expresses its will."

"This word 'people' is so vague," said Levin. "District clerks, teachers, and one in a thousand of the peasants, maybe, know what it's all about. The rest of the eighty millions, like Mikhailych, not only don't express their will, but haven't the faintest idea what there is for them to express their will about. What right then have we to say that this is the people's will?"

XVI

Sergey Ivanovich, experienced in dialectics, did not object, but at once turned the conversation to another field.

"Yes, if you want to learn the spirit of the people by arithmetical means, of course, it's very difficult to achieve. And voting has not been introduced among us and cannot be introduced, for it does not express the will of the people; but there are other ways of doing that. It is felt in the air, it is felt by the heart. I won't speak of those undercurrents which are astir in the still

которые двинулись в стоячем море народа и которые ясны для всякого непредубежденного человека; взгляни на общество в тесном
смысле. Все разнообразнейшие партии мира интеллигенции, столь
враждебные прежде, все слились в одно. Всякая рознь кончилась, все
общественные органы говорят одно и одно, все почуяли стихийную
силу, которая захватила их и несет в одном направлении.

— Да это газеты все одно говорят, — сказал князь. — Это правда. Да
уж так-то всё одно, что точно лягушки перед грозой. Из-за них и не
слыхать ничего.

— Лягушки ли, не лягушки, — я газет не издаю и защищать их не
хочу, но я говорю о единомыслии в мире интеллигенции, — сказал
Сергей Иванович, обращаясь к брату.

Левин хотел отвечать, но старый князь перебил его.

— Ну, про это единомыслие еще другое можно сказать, — сказал
князь. — Вот у меня зятек, Степан Аркадьич, вы его знаете. Он теперь получает место члена от комитета комиссии и еще что-то, я не
помню. Только делать там нечего — что ж, Долли, это не секрет! — а
восемь тысяч жалованья. Попробуйте, спросите у него, полезна ли его
служба, — он вам докажет, что самая нужная. И он правдивый человек, но нельзя же не верить в пользу восьми тысяч.

— Да, он просил меня передать о получении места Дарье Александровне, — недовольно сказал Сергей Иванович, полагая, что князь говорит некстати.

— Так-то и единомыслие газет. Мне это растолковали: как только
война, то им вдвое дохода. Как же им не считать, что судьбы народа и
славян... и все это?

— Я не люблю газет многих, но это несправедливо, — сказал Сергей
Иванович.

— Я только бы одно условие поставил, — продолжал князь. —
Alphonse Karr прекрасно это писал перед войной с Пруссией. "Вы считаете, что война необходима? Прекрасно. Кто проповедует войну — в
особый, передовой легион и на штурм, в атаку, впереди всех!"

— Хороши будут редакторы, — громко засмеявшись, сказал Катавасов,
представив себе знакомых ему редакторов в этом избранном легионе.

— Да что ж, они убегут, — сказала Долли, — только помешают.

— А коли побегут, так сзади картечью или казаков с плетьми поставить, — сказал князь.

— Да это шутка, и нехорошая шутка, извините меня, князь, — сказал
Сергей Иванович.

— Я не вижу, чтобы это была шутка, это... — начал было Левин, но
Сергей Иванович перебил его.

— Каждый член общества призван делать свое, свойственное ему
дело, — сказал он. — И люди мысли исполняют свое дело, выражая
общественное мнение. И единодушное и полное выражение общественного мнения есть заслуга прессы и вместе с тем радостное явление.
Двадцать лет тому назад мы бы молчали, а теперь слышен голос

sea of the people, and which are evident to every unprejudiced man; look at society in the narrow sense. All the most diverse parties of the world of intelligentsia, so hostile before, have merged into one. Every discord has ended, all the public organs say the same thing, all have felt the spontaneous force that has overtaken them and is carrying them in one direction."

"Well, all the newspapers do say the same thing," said the Prince. "That's true. And so it is the same thing that all the frogs croak before a thunderstorm. One can hear nothing because of them."

"Frogs or no frogs, I don't publish the newspapers and I don't want to defend them, but I am speaking of the like-mindedness in the world of intelligentsia," said Sergey Ivanovich, addressing his brother.

Levin was about to answer, but the old Prince interrupted him.

"Well, about that like-mindedness one may say something else," said the Prince. "There's my son-in-law, Stepan Arkadyich, you know him. He's getting a post now of a member of the committee of a commission and something or other, I don't remember. Only there's nothing to do there—well, Dolly, it's no secret!—and a salary of eight thousand. You try asking him whether his service is of use, he'll prove to you that it's most necessary. And he's a truthful man, but there's no refusing to believe in the usefulness of eight thousand."

"Yes, he asked me to give a message to Darya Alexandrovna that he got the post," said Sergey Ivanovich discontentedly, feeling the Prince's remark to be inappropriate.

"So it is with the like-mindedness of the newspapers. That's been explained to me: as soon as there's war their incomes are doubled. How can they help believing in the destinies of the people and the Slavs... and all that?"

"I don't like many of the newspapers, but that's unjust," said Sergey Ivanovich.

"I would only make one condition," the Prince went on. "Alphonse Karr wrote a great thing before the war with Prussia. 'You consider war to be necessary? Great. Let everyone who advocates war be enrolled in a special leading legion—and into the assault, into the attack, to lead them all!'"

"A nice lot the editors would make," said Katavasov, with a loud laughter, as he pictured the editors he knew in this privileged legion.

"But they'd run away," said Dolly, "they'd only be in the way."

"And if they run away, then we'd have grape-shot or Cossacks with whips behind them," said the Prince.

"But that's a joke, and a mean one too, if you'll excuse my saying so, Prince," said Sergey Ivanovich.

"I don't see that it was a joke, that..." Levin began, but Sergey Ivanovich interrupted him.

"Every member of society is called upon to do his own special work," said he. "And men of thought are doing their work when they express public opinion. And the unanimous and full expression of public opinion is the service of the press and a joyful phenomenon at the same time. Twenty years ago we would have been silent, but now we hear the voice of the Rus-

русского народа, который готов встать, как один человек, и готов жертвовать собой для угнетенных братьев; это великий шаг и задаток силы.

— Но ведь не жертвовать только, а убивать турок, — робко сказал Левин. — Народ жертвует и всегда готов жертвовать для своей души, а не для убийства, — прибавил он, невольно связывая разговор с теми мыслями, которые так его занимали.

— Как для души? Это, понимаете, для естественника затруднительное выражение. Что же это такое душа? — улыбаясь, сказал Катавасов.

— Ах, вы знаете!

— Вот, ей-богу, ни малейшего понятия не имею! — с громким смехом сказал Катавасов.

— "Я не мир, а меч принес", говорит Христос, — с своей стороны возразил Сергей Иваныч, просто, как будто самую понятную вещь, приводя то самое место из Евангелия, которое всегда более всего смущало Левина.

— Это так точно, — опять повторил старик, стоявший около них, отвечая на случайно брошенный на него взгляд.

— Нет, батюшка, разбиты, разбиты, совсем разбиты! — весело прокричал Катавасов.

Левин покраснел от досады, не на то, что он был разбит, а на то, что он не удержался и стал спорить.

"Нет, мне нельзя спорить с ними, — подумал он, — на них непроницаемая броня, а я голый".

Он видел, что брата и Катавасова убедить нельзя, и еще менее видел возможности самому согласиться с ними. То, что они проповедывали, была та самая гордость ума, которая чуть не погубила его. Он не мог согласиться с тем, что десятки людей, в числе которых и брат его, имели право, на основании того, что им рассказали сотни приходивших в столицы краснобаев-добровольцев, говорить, что они с газетами выражают волю и мысль народа, и такую мысль, которая выражается в мщении и убийстве. Он не мог согласиться с этим, потому что и не видел выражения этих мыслей в народе, в среде которого он жил, и не находил этих мыслей в себе (а он не мог себя ничем другим считать, как одним из людей, составляющих русский народ), а главное потому, что он вместе с народом не знал, не мог знать того, в чем состоит общее благо, но твердо знал, что достижение этого общего блага возможно только при строгом исполнении того закона добра, который открыт каждому человеку, и потому не мог желать войны и проповедывать для каких бы то ни было общих целей. Он говорил вместе с Михайлычем и народом, выразившим свою мысль в предании о призвании варягов: "Княжите и владейте нами. Мы радостно обещаем полную покорность. Весь труд, все унижения, все жертвы мы берем на себя; но не мы судим и решаем". А теперь народ, по словам Сергей Иванычей, отрекался от этого, купленного такой дорогой ценой права.

sian people, which is ready to rise as one man and ready to sacrifice itself for its oppressed brethren; that is a great step and a pledge of strength."

"But it's not only making a sacrifice, but killing Turks," said Levin timidly. "The people make sacrifices and are always ready to make sacrifices for their soul, but not for murder," he added, involuntarily connecting the conversation with the thoughts that had been absorbing him so much.

"For their soul? That's a challenging expression for a natural scientist, you see. What sort of thing is the soul?" said Katavasov, smiling.

"Ah, you know!"

"No, by God, I haven't the faintest idea!" said Katavasov with a loud laughter.

"'I bring not peace, but a sword,' says Christ," Sergey Ivanych objected for his part, quoting as simply as if it were the easiest thing to understand the very passage of the Gospel that had always puzzled Levin most.

"That's so, no doubt," the old man repeated again, standing near them and responding to a chance glance cast at him.

"No, my dear fellow, you're defeated, defeated, utterly defeated!" cried Katavasov cheerfully.

Levin flushed with vexation, not at being defeated, but at having failed to restrain himself and having begun to argue.

"No, I can't argue with them," he thought, "they wear impenetrable armor, while I'm naked."

He saw that it was impossible to convince his brother and Katavasov, and he saw even less possibility of himself agreeing with them. What they advocated was the very pride of intellect that had almost ruined him. He could not admit that some dozens of men, among them his brother, had the right, on the ground of what they were told by some hundreds of glib volunteers coming to the capitals, to say that they and the newspapers were expressing the will and thought of the people, and a thought which is expressed in vengeance and murder. He could not admit this, because he neither saw the expression of these thoughts in the people among whom he was living, nor found these thoughts in himself (and he could not but consider himself one of the persons making up the Russian people), and above all because he, like the people, did not know and could not know what is for the common good, though he firmly knew that this common good could be attained only by the strict observance of that law of the good which has been revealed to every man, and therefore he could not wish for war or advocate it for any common objects whatsoever. He said together with Mikhailych and the people, who had expressed their thought in the legend about the calling of the Varangians: "Be Princes and rule over us. Gladly we promise complete submission. All the labor, all humiliations, all sacrifices we take upon ourselves; but we will not judge and decide." And now, according to Sergey Ivanychs' words, the people had foregone this right they had bought at such a costly price.

Ему хотелось еще сказать, что если общественное мнение есть непогрешимый судья, то почему революция, коммуна не так же законны, как и движение в пользу славян? Но все это были мысли, которые ничего не могли решить. Одно несомненно можно было видеть — это то, что в настоящую минуту спор раздражал Сергея Ивановича, и потому спорить было дурно; и Левин замолчал и обратил внимание гостей на то, что тучки собрались и что от дождя лучше идти домой.

XVII

Князь и Сергей Иваныч сели в тележку и поехали; остальное общество, ускорив шаг, пешком пошло домой.

Но туча, то белея, то чернея, так быстро надвигалась, что надо было еще прибавить шага, чтобы до дождя поспеть домой. Передовые ее, низкие и черные, как дым с копотью, облака с необыкновенною быстротой бежали по небу. До дома еще было шагов двести, а уже поднялся ветер, и всякую секунду можно было ждать ливня.

Дети с испуганным и радостным визгом бежали впереди. Дарья Александровна, с трудом борясь с своими облепившими ее ноги юбками, уже не шла, а бежала, не спуская с глаз детей. Мужчины, придерживая шляпы, шли большими шагами. Они были уже у самого крыльца, как большая капля ударилась и разбилась о край железного желоба. Дети и за ними большие с веселым говором вбежали под защиту крыши.

— Катерина Александровна? — спросил Левин у встретившей их в передней Агафьи Михайловны с плащами и пледами.

— Мы думали, с вами,— сказала она.

— А Митя?

— В Колке, должно, и няня с ними.

Левин схватил пледы и побежал в Колок.

В этот короткий промежуток времени туча уже настолько надвинулась своей серединой на солнце, что стало темно, как в затмение. Ветер упорно, как бы настаивая на своем, останавливал Левина и, обрывая листья и цвет с лип и безобразно и странно оголяя белые сучья берез, нагибал все в одну сторону: акации, цветы, лопухи, траву и макушки дерев. Работавшие в саду девки с визгом пробежали под крышу людской. Белый занавес проливного дождя уже захватил весь дальний лес и половину ближнего поля и быстро подвигался к Колку. Сырость дождя, разбивавшегося на мелкие капли, слышалась в воздухе.

Нагибая вперед голову и борясь с ветром, который вырывал у него платки, Левин уже подбегал к Колку и уже видел что-то белеющееся за дубом, как вдруг все вспыхнуло, загорелась вся земля и как будто над головой треснул свод небес. Открыв ослепленные глаза, Левин

He also wanted to say that if public opinion is an infallible judge, then why were not a revolution and a commune as lawful as the movement in favor of the Slavs? But these were all thoughts that could settle nothing. One thing could be seen beyond doubt—that at the present moment the dispute was irritating Sergey Ivanovich, and so it was wrong to argue; and Levin fell silent and called the attention of his guests to the fact that the clouds gathered, and that they had better be going home before it rained.

XVII

The Prince and Sergey Ivanych got into the wagonette and drove off; the rest of the party, hastening their pace, went home on foot.

But the storm cloud, turning white and then black, moved down so quickly that they had to quicken their pace to get home before the rain. The foremost clouds, low and black as soot-laden smoke, rushed with extraordinary swiftness over the sky. They were still about two hundred paces from home, but the wind had already risen, and every second the downpour could be expected.

The children ran ahead with frightened and gleeful shrieks. Darya Alexandrovna, struggling hard with her skirts that clung round her legs, was no longer walking, but running, her eyes fixed on the children. The men, holding their hats on, strode with long steps. They were just at the porch when a big drop hit splashing on the edge of the iron gutter. The children and the grown-ups after them ran under the shelter of the roof, talking merrily.

"Katerina Alexandrovna?" Levin asked of Agafya Mikhailovna, who met them with raincoats and plaids in the anteroom.

"We thought she was with you," she said.

"And Mitya?"

"In Kolok, they must be, and the nurse with them."

Levin snatched up the plaids and ran to Kolok.

In that brief interval of time the center of the storm cloud had covered the sun so much that it became as dark as in an eclipse. Stubbornly, as if having its own way, the wind was stopping Levin, and tearing the leaves and flowers off the lime trees and stripping the white birch branches into strange shameful nakedness, it bent everything to one side: acacias, flowers, burdocks, grass and tree-tops. The peasant girls working in the garden ran shrieking under the roof of the servants' quarters. The torrential rain had already flung its white curtain over all the distant forest and half the field close by, and was rapidly moving towards Kolok. The wet of the rain breaking up into small drops could be felt in the air.

Holding his head bent down before him and struggling with the wind that tore the wraps away from him, Levin was already running up to Kolok and could already see something white behind an oak, when suddenly everything flashed, the whole earth took fire and the vault of the sky seemed cracking overhead. Opening his blinded eyes, Levin gazed through the

сквозь густую завесу дождя, отделившую его теперь от Колка, с ужасом увидал прежде всего странно изменившую свое положение зеленую макушу знакомого ему дуба в середине леса. "Неужели разбило?" — едва успел подумать Левин, как, все убыстряя и убыстряя движение, макушка дуба скрылась за другими деревьями, и он услыхал треск упавшего на другие деревья большого дерева.

Свет молнии, звук грома и ощущение мгновенно обданного холодом тела слились для Левина в одно впечатление ужаса.

— Боже мой! Боже мой, чтоб не на них! — проговорил он.

И хотя он тотчас же подумал о том, как бессмысленна его просьба о том, чтоб они не были убиты дубом, который уже упал теперь, он повторил ее, зная, что лучше этой бессмысленной молитвы он ничего не может сделать.

Добежав до того места, где они бывали обыкновенно, он не нашел их.

Они были на другом конце леса, под старою липой, и звали его. Две фигуры в темных платьях (они прежде были в светлых), нагнувшись, стояли над чем-то. Это были Кити и няня. Дождь уже переставал, и начинало светлеть, когда Левин подбежал к ним. У няни подол был сух, но на Кити платье промокло насквозь и всю облепило ее. Хотя дождя уже не было, они все еще стояли в том же положении, в которое они стали, когда разразилась гроза. Обе стояли, нагнувшись над тележкой с зеленым зонтиком.

— Живы? Целы? Слава Богу! — проговорил он, шлепая по неубравшейся воде сбивавшеюся, полною воды ботинкой и подбегая к ним.

Румяное и мокрое лицо Кити было обращено к нему и робко улыбалось из-под изменившей форму шляпы.

— Ну, как тебе не совестно! Я не понимаю, как можно быть такой неосторожной! — с досадой напал он на жену.

— Я, ей-богу, не виновата. Только что хотели уйти, тут он развозился. Надо было его переменить. Мы только что... — стала извиняться Кити.

Митя был цел, сух и не переставая спал.

— Ну, слава Богу! Я не знаю, что говорю!

Собрали мокрые пеленки; няня вынула ребенка и понесла его. Левин шел подле жены, виновато за свою досаду, потихоньку от няни, пожимая ее руку.

XVIII

В продолжение всего дня за самыми разнообразными разговорами, в которых он как бы только одной внешней стороной своего ума принимал участие, Левин, несмотря на разочарование в перемене, долженствовавшей произойти в нем, не переставал радостно слышать полноту своего сердца.

thick veil of rain that separated him now from Kolok, and to his horror the first thing he saw was the green crown of the familiar oak in the middle of the forest which strangely changed its position. "Can it have been struck?" Levin hardly had time to think when, moving more and more rapidly, the oak's crown vanished behind the other trees, and he heard the crash of the big tree falling upon the others.

The flash of lightning, the sound of thunder and the instantaneous chill that ran through his body merged for Levin into one impression of horror.

"My God! My God, not on them!" he said.

And though he thought at once how senseless was his prayer that they should not be killed by the oak which had already fallen now, he repeated it, knowing that he could do nothing better than this senseless prayer.

Running up to the place where they usually went, he did not find them.

They were at the other end of the forest, under an old lime tree, and they were calling him. Two figures in dark dresses (they had been light before) were standing bending over something. It was Kitty with the nurse. The rain was already ceasing, and it was growing lighter when Levin ran up to them. The hem of the nurse's dress was dry, but Kitty's dress was drenched through and clung to her all over. Though the rain was over, they still stood in the same position which they had taken when the storm broke. Both stood bending over a pram with a green umbrella.

"Alive? Safe? Thank God!" he said, splashing with his loose soaked shoe through the standing water and running up to them.

Kitty's rosy and wet face was turned to him and smiled timidly from under her shapeless hat.

"Aren't you ashamed of yourself? I don't understand how you can be so reckless!" he attacked his wife with vexation.

"By God, it wasn't my fault. We were about to go, when he made such a to-do that we had to change him. We were just..." Kitty began apologizing.

Mitya was safe, dry, and still fast asleep.

"Well, thank God! I don't know what I'm saying!"

They gathered up the wet napkins; the nurse took out the baby and carried him. Levin walked beside his wife and, penitent for his vexation, squeezed her hand when the nurse was not looking.

XVIII

During the whole of that day, in the most various conversations in which he took part, only as it were with the external part of his mind, in spite of the disappointment of not finding the change he expected in himself, Levin had been all the while joyfully conscious of the fullness of his heart.

После дождя было слишком мокро, чтобы идти гулять; притом же и грозовые тучи не сходили с горизонта и то там, то здесь проходили, гремя и чернея, по краям неба. Все общество провело остаток дня дома.

Споров более не затевалось, а, напротив, после обеда все были в самом хорошем расположении духа.

Катавасов сначала смешил дам своими оригинальными шутками, которые всегда так нравились при первом знакомстве с ним, но потом, вызванный Сергеем Ивановичем, рассказал очень интересные свои наблюдения о различии характеров и даже физиономий самок и самцов комнатных мух и об их жизни. Сергей Иванович тоже был весел и за чаем, вызванный братом, изложил свой взгляд на будущность восточного вопроса, и так просто и хорошо, что все заслушались его.

Только одна Кити не могла дослушать его, — ее позвали мыть Митю.

Через несколько минут после ухода Кити и Левина вызвали к ней в детскую.

Оставив свой чай и тоже сожалея о перерыве интересного разговора и вместе с тем беспокоясь о том, зачем его звали, так как это случалось только при важных случаях, Левин пошел в детскую.

Несмотря на то, что недослушанный план Сергея Ивановича о том, как освобожденный сорокамиллионный мир славян должен вместе с Россией начать новую эпоху в истории, как нечто совершенно новое для него, очень заинтересовал его, несмотря на то, что любопытство и беспокойство о том, зачем его звали, тревожили его, — как только он остался один, выйдя из гостиной, он тотчас же вспомнил свои утренние мысли. И все эти соображения о значении славянского элемента во всемирной истории показались ему так ничтожны в сравнении с тем, что делалось в его душе, что он мгновенно забыл все это и перенесся в то самое настроение, в котором он был нынче утром.

Он не вспоминал теперь, как бывало прежде, всего хода мысли (этого не нужно было ему). Он сразу перенесся в то чувство, которое руководило им, которое было связано с этими мыслями, и нашел в душе своей это чувство еще более сильным и определенным, чем прежде. Теперь с ним не было того, что бывало при прежних придумываемых успокоениях, когда надо было восстановить весь ход мысли для того, чтобы найти чувство. Теперь, напротив, чувство радости и успокоения было живее, чем прежде, а мысль не поспевала за чувством.

Он шел через террасу и смотрел на выступавшие две звезды на потемневшем уже небе и вдруг вспомнил: "Да, глядя на небо, я думал о том, что свод, который я вижу, не есть неправда, и при этом что-то я не додумал, что-то я скрыл от себя, — подумал он. — Но что бы там ни было, возражения не может быть. Стоит подумать — и все разъяснится!"

After the rain it was too wet to go for a walk; besides, the storm clouds still hung about the horizon, and passed here and there, black and thundery, on the rim of the sky. The whole party spent the rest of the day in the house.

No more disputes sprang up; on the contrary, after dinner everyone was in the best frame of mind.

At first Katavasov amused the ladies with his original jokes, which always pleased people so much on their first acquaintance with him, but then, induced by Sergey Ivanovich, he told them about the very interesting observations he had made on the difference of characters and even of physiognomy between female and male houseflies and on their life. Sergey Ivanovich, too, was in good spirits, and at tea, induced by his brother, expounded his view of the future of the Eastern question, and so simply and well that everyone listened eagerly.

Only Kitty could not listen to the end—she was summoned to give Mitya his bath.

A few minutes after Kitty had left Levin was also summoned to her in the nursery.

Leaving his tea, and also regretting the interruption of the interesting conversation, and at the same time uneasily wondering why he had been summoned, as this only happened on important occasions, Levin went to the nursery.

Although he had been much interested in Sergey Ivanovich's plan, which he had not listened to the end, of the new epoch in history that would be started by the liberated forty millions of the Slavonic world together with Russia, a conception quite new to him, and although he was disturbed by uneasy wonder at being sent for, as soon as he came out of the drawing room and was alone, he immediately remembered his morning thoughts. And all these considerations about the significance of the Slav element in the history of the world seemed to him so trivial compared with what was going on in his soul, that he instantly forgot it all and was transported into the same frame of mind that he had been in that morning.

He did not, as he had done before, recall the whole train of thought now (that he did not need). He was transported at once into the feeling which had guided him, which was connected with those thoughts, and he found that feeling in his soul even stronger and more definite than before. He did not, as he had had to do with previous attempts to find comforting arguments, need to restore the whole train of thought to find the feeling. Now, on the contrary, the feeling of joy and peace was keener than before, and thought could not keep pace with feeling.

He walked across the terrace and looked at two stars that had come out in the already darkening sky, and suddenly remembered: "Yes, looking at the sky, I thought that the dome that I see is not a deception, and then I did not think over something to the end, I concealed something from myself," he thought. "But whatever it was, there can be no objection. I have but to think, and all will come clear!"

Уже входя в детскую, он вспомнил, что такое было то, что он скрыл от себя. Это было то, что если главное доказательство божества есть его откровение о том, что есть добро, то почему это откровение ограничивается одною христианскою церковью? Какое отношение к этому откровению имеют верования буддистов, магометан, тоже исповедующих и делающих добро?

Ему казалось, что у него есть ответ на этот вопрос; но он не успел еще сам себе выразить его, как уже вошел в детскую.

Кити стояла с засученными рукавами у ванны над полоскавшимся в ней ребенком и, заслышав шаги мужа, повернув к нему лицо, улыбкой звала его к себе. Одною рукой она поддерживала под голову плавающего на спине и корячившего ножонки пухлого ребенка, другою она, равномерно напрягая мускул, выжимала на него губку.

— Ну вот, посмотри, посмотри! — сказала она, когда муж подошел к ней. — Агафья Михайловна права. Узнает.

Дело шло о том, что Митя с нынешнего дня, очевидно, несомненно уже узнавал всех своих.

Как только Левин подошел к ванне, ему тотчас же был представлен опыт, и опыт вполне удался. Кухарка, нарочно для этого призванная, заменила Кити и нагнулась к ребенку. Он нахмурился и отрицательно замотал головой. Кити нагнулась к нему, — он просиял улыбкой, уперся ручками в губку и запрукал губами, производя такой довольный и странный звук, что не только Кити и няня, но и Левин пришел в неожиданное восхищение.

Ребенка вынули на одной руке из ванны, окатили водой, окутали простыней, вытерли и после пронзительного крика подали матери.

— Ну, я рада, что ты начинаешь любить его, — сказала Кити мужу, после того как она с ребенком у груди спокойно уселась на привычном месте. — Я очень рада. А то это меня уже начинало огорчать. Ты говорил, что ничего к нему не чувствуешь.

— Нет, разве я говорил, что я не чувствую? Я только говорил, что я разочаровался.

— Как, в нем разочаровался?

— Не то что разочаровался в нем, а в своем чувстве; я ждал больше. Я ждал, что, как сюрприз, распустится во мне новое приятное чувство. И вдруг вместо этого — гадливость, жалость...

Она внимательно слушала его через ребенка, надевая на тонкие пальцы кольца, которые она снимала, чтобы мыть Митю.

— И главное, что гораздо больше страха и жалости, чем удовольствия. Нынче после этого страха во время грозы я понял, как я люблю его.

Кити просияла улыбкой.

— А ты очень испугался? — сказала она. — И я тоже, но мне теперь больше страшно, как уж прошло. Я пойду посмотреть дуб. А как мил Катавасов! Да и вообще целый день было так приятно. И ты с Сергеем Иванычем так хорош, когда ты захочешь... Ну, иди к ним. А то после ванны здесь всегда жарко и пар...

As he was going into the nursery, he remembered what it was he had concealed from himself. It was that if the chief proof of the Divinity is His revelation of what is good, then why this revelation is confined to the Christian church alone? What relation to this revelation have the beliefs of the Buddhists, Mohammedans, who profess and do good, too?

It seemed to him that he had an answer to this question; but he had no time to formulate it to himself before he went into the nursery.

Kitty was standing with her sleeves rolled up over the baby splashing in the bath and, hearing her husband's footsteps, turned her face to him, summoning him to her with her smile. With one hand she was supporting the head of the plump baby that lay floating on his back and sprawling his little legs, while with the other she squeezed a sponge over him, smoothly straining her muscle.

"Here, look, look!" she said, when her husband came up to her. "Agafya Mikhailovna's right. He recognizes us."

The thing was that on that day Mitya had evidently, positively begun to recognize all his people.

As soon as Levin approached the bath, an experiment was immediately presented to him, and it was completely successful. The cook, purposely summoned for it, replaced Kitty and bent over the baby. He frowned and shook his head negatively. Kitty bent over him—he gave her a beaming smile, propped his little hands on the sponge and chirruped with his lips, making such a contented and strange sound that not only Kitty and the nurse but Levin, too, was surprised and delighted.

The baby was taken out of the bath with one hand, doused with water, wrapped in a sheet, dried and, after a piercing scream, handed to his mother.

"Well, I am glad you are beginning to love him," said Kitty to her husband, after she had settled herself comfortably in her usual place, with the baby at her breast. "I am very glad. Because it was already beginning to distress me. You said you felt nothing for him."

"No, did I say I felt nothing? I only said I was disappointed."

"What, disappointed in him?"

"Not disappointed in him, but in my own feeling; I expected more. I expected that a new pleasant emotion would blossom in me as a surprise. And suddenly instead of that—disgust, pity..."

She listened to him attentively over the baby, putting on her slender fingers the rings she had taken off to give Mitya his bath.

"And above all, there is far more fright and pity than pleasure. Today, after that fright during the storm, I realized how much I love him."

Kitty's smile was radiant.

"Were you very much frightened?" she said. "So was I, but I feel more frightened now that it's over. I'm going to look at the oak. And how nice Katavasov is! And overall the whole day was so pleasant. And you're so nice with Sergey Ivanych, when you want to be... Well, go to them. It's always so hot and steamy here after the bath..."

XIX

Выйдя из детской и оставшись один, Левин тотчас же опять вспомнил ту мысль, в которой было что-то неясное.

Вместо того чтобы идти в гостиную, из которой слышны были голоса, он остановился на террасе и, облокотившись на перила, стал смотреть на небо.

Уже совсем стемнело, и на юге, куда он смотрел, не было туч. Тучи стояли с противной стороны. Оттуда вспыхивала молния и слышался дальний гром. Левин прислушивался к равномерно падающим с лип в саду каплям и смотрел на знакомый ему треугольник звезд и на проходящий в середине его Млечный Путь с его разветвлением. При каждой вспышке молнии не только Млечный Путь, но и яркие звезды исчезали, но, как только потухала молния, как будто брошенные какой-то меткой рукой, опять появлялись на тех же местах.

“Ну, что же смущает меня?” — сказал себе Левин, вперед чувствуя, что разрешение его сомнений, хотя он не знает еще его, уже готово в его душе.

“Да, одно очевидное, несомненное проявление божества — это законы добра, которые явлены миру откровением, и которые я чувствую в себе, и в признании которых я не то что соединяюсь, а волею-неволею соединен с другими людьми в одно общество верующих, которое называют церковью. Ну, а евреи, магометане, конфуцианцы, буддисты — что же они такое? — задал он себе тот самый вопрос, который и казался ему опасен.

— Неужели эти сотни миллионов людей лишены того лучшего блага, без которого жизнь не имеет смысла? — Он задумался, но тотчас же поправил себя. — Но о чем же я спрашиваю? — сказал он себе. — Я спрашиваю об отношении к божеству всех разнообразных верований всего человечества. Я спрашиваю об общем проявлении Бога для всего мира со всеми этими туманными пятнами. Что же я делаю? Мне лично, моему сердцу, открыто, несомненно, знание, непостижимое разумом, а я упорно хочу разумом и словами выразить это знание.

Разве я не знаю, что звезды не ходят? — спросил он себя, глядя на изменившую уже свое положение к высшей ветке березы яркую планету. — Но я, глядя на движение звезд, не могу представить себе вращения земли, и я прав, говоря, что звезды ходят.

И разве астрономы могли бы понять и вычислить что-нибудь, если бы они принимали в расчет все сложные разнообразные движения земли? Все удивительные заключения их о расстояниях, весе, движениях и возмущениях небесных тел основаны только на видимом движении светил вокруг неподвижной земли, на том самом движении, которое теперь передо мной и которое было таким для миллионов людей в продолжение веков и было и будет всегда одинаково и всегда может быть поверено. И точно так же, как праздны и шатки были бы заключения астрономов, не основанные на

XIX

Going out of the nursery and being alone, Levin at once remembered that thought, in which there was something unclear.

Instead of going to the drawing room, where he heard voices, he stopped on the terrace and, leaning on the parapet, began gazing up at the sky.

It was already quite dark, and in the south, where he was looking, there were no clouds. The clouds stood on the opposite side. There were flashes of lightning and distant thunder coming from there. Levin listened to the monotonous drip from the lime trees in the garden and looked at the familiar triangle of stars and the Milky Way with its branches that ran through its midst. At each flash of lightning not only the Milky Way, but the bright stars also vanished, but as soon as the lightning died away, they reappeared in the same places as if some accurate hand had flung them back.

"Well, what is it that perplexes me?" Levin said to himself, feeling beforehand that the resolution of his doubts was already ready in his soul, though he did not know it yet.

"Yes, the one evident, undeniable manifestation of the Divinity is the laws of the good, which have come into the world by revelation, and which I feel in myself, and in the recognition of which—I don't make myself, but whether I will or not—I am made one with other men in one body of believers, which is called the church. Well, but the Jews, the Mohammedans, the Confucians, the Buddhists—what are they?" he put to himself the same question that seemed dangerous to him.

"Can these hundreds of millions of men be deprived of that highest blessing without which life has no meaning?" He pondered, but immediately corrected himself. "But what am I questioning?" he said to himself. "I am questioning the relation to the Divinity of all the different religions of all mankind. I am questioning the universal manifestation of God to the whole world with all those nebulae. What am I doing? To me personally, to my heart has been revealed a knowledge beyond all doubt, and inconceivable by reason, and I obstinately want to express that knowledge in reason and words.

Don't I know that the stars don't move?" he asked himself, looking at a bright planet which had already changed its position up to the topmost twig of a birch. "But looking at the movement of the stars, I can't picture to myself the rotation of the earth, and I'm right in saying that the stars move.

And could the astronomers have understood and calculated anything, if they had taken into account all the complicated and various movements of the earth? All their marvelous conclusions about the distances, weights, movements and perturbations of the heavenly bodies are founded only on the visible movement of the heavenly bodies around the stationary earth, on that very movement I see before me now, which has been so for millions of men throughout the ages, and has been and will be always the same, and can always be verified. And just as the conclusions of the astronomers would have been vain and uncertain if not founded on observations of the

наблюдениях видимого неба по отношению к одному меридиану и одному горизонту, так праздны и шатки были бы и мои заключения, не основанные на том понимании добра, которое для всех всегда было и будет одинаково и которое открыто мне христианством и всегда в душе моей может быть поверено. Вопроса же о других верованиях и их отношениях к божеству я не имею права и возможности решить".

— А, ты не ушел? — сказал вдруг голос Кити, шедшей тем же путем в гостиную. — Что, ты ничем не расстроен? — сказала она, внимательно вглядываясь при свете звезд в его лицо.

Но она все-таки не рассмотрела бы его лица, если б опять молния, скрывшая звезды, не осветила его. При свете молнии она рассмотрела все его лицо и, увидав, что он спокоен и радостен, улыбнулась ему.

"Она понимает, — думал он, — она знает, о чем я думаю. Сказать ей или нет? Да, я скажу ей". Но в ту минуту, как он хотел начать говорить, она заговорила тоже.

— Вот что, Костя! Сделай одолжение, — сказала она, — поди в угловую и посмотри, как Сергею Ивановичу все устроили. Мне неловко. Поставили ли новый умывальник?

— Хорошо, я пойду непременно, — сказал Левин, вставая и целуя ее.

"Нет, не надо говорить, — подумал он, когда она прошла вперед его. — Это тайна, для меня одного нужная, важная и невыразимая словами.

Это новое чувство не изменило меня, не осчастливило, не просветило вдруг, как я мечтал, — так же как и чувство к сыну. Никакого сюрприза тоже не было. А вера — не вера — я не знаю, что это такое, — но чувство это так же незаметно вошло страданиями и твердо засело в душе.

Так же буду сердиться на Ивана-кучера, так же буду спорить, буду некстати высказывать свои мысли, так же будет стена между святая святых моей души и другими, даже женой моей, так же буду обвинять ее за свой страх и раскаиваться в этом, так же буду не понимать разумом, зачем я молюсь, и буду молиться, — но жизнь моя теперь, вся моя жизнь, независимо от всего, что может случиться со мной, каждая минута ее — не только не бессмысленна, какою была прежде, но имеет несомненный смысл добра, который я властен вложить в нее!"

Конец

visible sky in relation to a single meridian and a single horizon, so would my conclusions be vain and uncertain if not founded on that understanding of the good, which has been and will be always the same for all men, and which has been revealed to me by Christianity, and which can always be verified in my soul. The question of other religions and their relations to the Divinity I have no right or possibility to resolve."

"Ah, you haven't gone?" Kitty's voice suddenly said, as she came by the same way to the drawing room. "What, are you upset about something?" she said, looking intently at his face in the starlight.

But she could not have seen his face if lightning, hiding the stars, had not elucidated it again. In the flash of lightning she saw his face distinctly and, seeing him calm and cheerful, she smiled at him.

"She understands," he thought, "she knows what I'm thinking about. Shall I tell her or not? Yes, I'll tell her." But at the moment he was about to speak, she also began speaking.

"Listen, Kostya! Do me a favor," she said, "go to the corner room and see how they've made it for Sergey Ivanovich. I feel awkward to. Have they put the new wash stand?"

"Very well, I'll surely go," said Levin, standing up and kissing her.

"No, I'd better not speak of it," he thought, when she had gone in before him. "It is a secret which is necessary for me alone, important and un-speakable in words.

This new feeling has not changed me, has not made me happy or enlightened all of a sudden, as I dreamed—just like the feeling for my son. There was no surprise either. And faith—or not faith—I don't know what it is—but this feeling has come just as imperceptibly through suffering and has taken firm root in my soul.

I will go on in the same way, losing my temper with Ivan the coachman, arguing in the same way, expressing my thoughts inappropriately, there will be the same wall between the holy of holies of my soul and other people, even my wife, I will go on accusing her in the same way of my own fright and being remorseful for it, I will be unable in the same way to understand with my reason why I pray, and I will go on praying—but my life now, my whole life, apart from anything that can happen to me, every minute of it—is not only not meaningless, as it was before, but it has the undeniable meaning of the good, which I have the power to put into it!"

The End

CPSIA information can be obtained at www.ICGtesting.com
Printed in the USA
BVOW05s2138291114

376835BV00008B/260/P